县委大院

王小枪　著

海南出版社

·海口·

图书在版编目（CIP）数据

县委大院 / 王小枪著. -- 海口：海南出版社，
2023.2（2025.7重印）.

ISBN 978-7-5730-0908-1

Ⅰ.①县… Ⅱ.①王… Ⅲ.①长篇小说—中国—当代
Ⅳ.①I247.5

中国版本图书馆CIP数据核字（2022）第236017号

县委大院

XIANWEI DAYUAN

作　　者：王小枪

责任编辑：谭丽琳　熊　果　李佳妮

封面设计：黎花莉

内文排版：卢雅彬

责任印制：杨　程

读者服务：谢五城

出版发行　海南出版社

地　　址：海口市金盘开发区建设三横路2号

电　　话：0898-66819831

印刷装订：河北盛世彩捷印刷有限公司

版　　次：2023年2月第1版

印　　次：2025年7月第5次印刷

开　　本：787 mm×1 092 mm　1/16

印　　张：22.75

字　　数：435千字

书　　号：ISBN 978-7-5730-0908-1

定　　价：59.80元

《县委大院》剧照

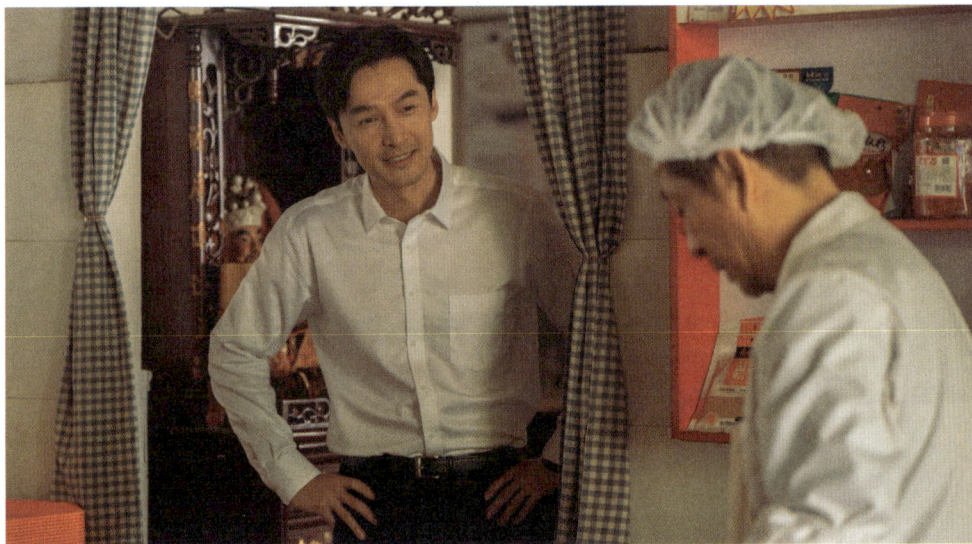

▲ 馄饨铺里，老拐拿着个面团狠狠地朝案板上摔打，仿佛要把心中的恶气都撒在这团面上。此时，一直在等餐的梅晓歌走过来，倚在后厨门框上跟他搭话："这是现包现煮呀？"

▲ 环保重要，发展也重要，老百姓的民生更重要，艾鲜枝一时有些理不出头绪。

▲ 乡间小道上，林志为骑着他的电动车在为长岭村的百姓奔波。

▲ 梅晓歌望着窗外的篮球场，陷入了沉思。

◀ "钉子户"老邱拎着一兜蔬菜,穿过一条两侧墙壁写满"拆"字的小道。

▲ 梅晓歌牵着一头牛到奶牛交易市场带头道歉。

▲ 艾鲜枝一行人去的是鹿泉乡的后营村，最新消息说那里已经发生了山体滑坡，具体受灾情况不明。

▲ 月光下，看着大家的手举得整整齐齐，林志为露出了欣慰的笑容。

▲ 艾鲜枝早知道这是应付他们的戏码，她看都不看刘晋飞一眼，走到河道边，探头朝上游望去。

▲ 郭厅长回头望了望道旁的绿树和远方的青山，很有指向性地说："绿水青山才是金山银山，其他农业项目的扶持资金，也应该考虑投到这样的县里面。"

▲ 喜旺法兰厂里，宝根和大鹏正干得热火朝天。

▲ 鹿泉乡政府食堂里，餐桌上摆满丰盛的菜，中间放着一个小小的蛋糕，大家兴奋地布置着，想给肖俊学一个充满惊喜的欢送仪式。

《县委大院》人物介绍

胡歌　饰　梅晓歌

梅晓歌初任光明县县长之时，就展现出了出色的执政能力和天然的亲和力。他走入光明县的每个村镇，倾听百姓心声，帮助时任县委书记吕青山解决迫在眉睫的一系列难题。在接过吕青山的重担成为县委书记后，梅晓歌更展现出破釜沉舟的勇气。他团结艾鲜枝等班子成员，带领各级党政干部和群众，直面各类问题与挑战，坚持绿色发展，探索新的发展模式，同时关心并鼓励林志为等青年干部的成长。

吴越　饰　艾鲜枝

外柔内刚的艾鲜枝是梅晓歌的得力副手，执政理念与梅晓歌不谋而合。她性格坚韧，善交际，办事有毅力也有技巧，为梅晓歌在光明县推行的诸多举措找到了发力点。成为光明县县长以后，艾鲜枝更是冲在第一线，为光明县的百姓解决燃眉之急，谋划远大福祉。

张新成　饰　林志为

林志为是一名毕业于省内名校的高才生。他初来县委大院时，谦虚好学，力求上进。经历过一些职场上的挫折后，林志为仍然有所追求，不改初心，成长为县委大院中亮眼的新人。为了更快地成长，他放弃了县长联络员的职位，选择成为一名驻村干部，扎根田间地头，开阔眼界，从实践中汲取养分，飞速成长起来。

黄磊　饰　吕青山

时任县委书记的吕青山，面对光明县牵一发而动全身的杂症和迫在眉睫的财政危机，难免有些心有余而力不足。梅晓歌的到来为吕青山打开了新的局面，梅晓歌破釜沉舟的勇气激发了吕青山的斗志。终于，吕青山承担起自己的那份责任，助梅晓歌打开了新局面。

李光洁　饰　曹立新

曹立新任职的九原县就在光明县隔壁，他与梅晓歌作为县长的境遇大不相同。光明县急需救援，得向九原县借钱；九原县是新州市经济发展的优等生，前途一片光明。然而优等生并不是全无问题，急于求成的曹立新犯了冒进的错误，反而耽误了九原县的发展，也毁了自己的大好前途。

王骁　饰　乔胜利

为了城关镇的发展，乔胜利全身心扑到工作上，经常忽视自己的身体健康与家庭和谐。他不怕得罪人、一心为公的处事方式，其实与老邱颇为相似，两人也因此建立了奇妙的关系，是一对上演着"猫鼠游戏"的忘年交。因为出色的办事能力和坚定的信念，乔胜利在梅晓歌就任县委书记后，承担起更重要的职责。

尤勇智　饰　老邱

老邱曾经是一名医生，退休后，他以自己的方式继续"医治"着光明县的各类难题。在跟属地干部乔胜利多年的斗智斗勇中，老邱与乔胜利惺惺相惜。他是出了名的"上访户"，哪怕事情与自己无关，只要事关百姓的利益，事关光明县的发展，他就坚持出头。与其说老邱的上访是四起的火情，不如说他是光明县长鸣的一口警钟，而他发人深省的钟声，终于在梅晓歌卸任县委书记后停止了。

目 录 》》》
CONTENES

第一章　领先的预言

这世上，跑得最快的不是光线，也不是声音，是消息。

还没有结束晨跑，梅晓歌在市体育场就接到了九原县县长曹立新的电话。

"什么叫谣言？遥遥领先的预言。全世界早就知道你要上任了。好事啊，就你不敢说。"

曹立新说的好事，是梅晓歌被新州市委任命为光明县委常委、副书记，拟提名县人民政府县长人选这事。之前组织上谈话的时候，叮嘱梅晓歌先不要对外透露这次的工作调动。如今祝贺电话都打来了，想必这个消息已经长了腿，从市里到县里都传遍了。

即便如此，梅晓歌还在揣着明白装糊涂，有些事情必须是要装的。他说："临时改的事情多了，万一有变化呢？不能让组织被动。我哪知道会不会叫你去。"

"光明县这么好的地方，轮得着我？市委领导最信任的还是梅县长吧。"

"你眼睁睁看我往坑里跳，回头你可得拉我一把。"

"别卖惨啦，像我们这种等着退休的，哪有你这样立功的机会——正式恭喜一下。"曹立新的话在体制里是一种习惯，自贬永远是种美德。

电话在一番打趣之间结束。梅晓歌走到体育场的出口，看看手机，又看看远处的天空。再过一会儿，他就要奔赴光明县这个既熟悉又陌生的地方。前方的路能否像刚才的这通电话一般顺畅轻松？

梅晓歌的心里没底。

此时的光明县，上到县委大院，下到乡村干部，几乎人人都知道今天是新县长到任的日子。也正是因为知道了这个消息，所以上上下下都觉得有些事情需要赶紧解决。

光明县的县委书记吕青山天不亮就起床了，一大早就带着联络员小董赶到了城关镇。车子停在一处拆迁现场的外围，吕青山朝车窗外看了一眼，救护车、警车一应俱全，都明晃晃地闪着车顶灯。一堆民警和镇上的干部，再加上围观群众，把现场围了个水泄不通。

见一辆公务车毫不迟疑地开过来，人群中发出一阵嗡嗡的议论声。一直盯着现场的县委办公室主任徐泳涛和副县长兼公安局局长纪东亮，马上迎过去给吕青山打开了车门。

吕青山在众人的簇拥和注视下，一边脚步飞快地朝现场中心走去，一边听着身旁的徐泳涛汇报："本来昨天都说好了，开油坊的也点了头，大家都同意今天早上八点集体签字，可一夜之间全变了卦。这次搞串联的还是那个姓邱的老上访户。乔胜利摸过底，老邱家里人其实都想搬，但谁都拗不过他，他横竖就是不搬，你敢动他一块砖头，他马上就喝药。"

身着便装的纪东亮在一旁附和道："陈芝麻烂谷子，扯不完的旧账。他知道今天新县长要来，故意的。"

"新县长"这三个字像一把小刷子，在吕青山心里轻轻拂过，但他脸上并未显露出半分痕迹，脚步一刻未缓，问了徐泳涛一句："郑三呢？"

心领神会的徐泳涛马上拿出手机拨了出去。

顷刻，一行人已经走到了老邱家门口。

一片废墟瓦砾之间，老邱的破房子显得有些鹤立鸡群。房门上挂着国旗和党旗，一把大梯子横着拦在大门口。老邱把铺盖搬到了门口的一张行军床上，摆出了一副安营扎寨的架势。

此刻的他趿拉着鞋，手里攥着一瓶难辨真假的农药，指着最靠前的一位干部，骂得口沫横飞："你的良心叫狗给吃了？你小时候发高烧打摆子，你爸半夜把你背到县医院，没一个值班大夫敢收，是谁中西医结合把你治好的？乔胜利，你现在带警察来拆你救命恩人的家！"

这个被他指名道姓骂得狗血淋头的乔胜利，正是城关镇的党委书记。不过乔胜利并不气恼——在基层当干部，就得把祖宗十八代的面子都放下，眼前这种小场面，他见多了，也习惯了。老邱在那边骂，乔胜利就在这边平心静气地哄："要不是你打'110'说要喝农药，警察也不会来呀。邱叔，咱先进去说。我早上还没吃饭，进去喝碗粥行不行？"

"喝完粥你再砸了我的锅？我不和你说，叫你爸来，我问问他怎么教育出你这么一个儿子!"

乔胜利他爸是断然来不了的,况且来了也没用。这时候乔胜利身后的人群里传来了徐泳涛的声音:"书记来了!"

乔胜利赶紧向旁边 闪身,把老邱暴露给了疾步走来的吕青山。

吕青山径直走到老邱面前,迅速扫了一眼现场,语气不无担忧地说:"是不是先把梯子撤了?进进出出的,别把老太太再给绊倒了。"

话音未落,早有人瞄着书记的眼色,把大梯子抽走了。老邱也知道县委书记要来,他攥着农药瓶子说:"吕书记,你来了最好,我跟你诉诉苦。好好的房子,你们说拆就拆,好啊,我可以支持,但以前安置房的旧账是不是先算清楚?"

提到旧账,徐泳涛和纪东亮不禁对视了一下,很快把目光投向了乔胜利。乔胜利自然早有准备,他一边将一沓复印资料递到吕青山的手上,一边口头汇报道:"他最早住的是一九四九年以前建的老房子,因为自然灾害塌了,政府给他置换了这个安置房。他不满意,嫌自己的不如别家的条件好。"

说到这,乔胜利又转向老邱说道:"家家情况不一样,其实已经很照顾你了。白纸黑字,都签过字了,咱不能说不满意就随时反悔耍赖呀。"

老邱没搭理乔胜利的话,因为他已经注意到刚刚抽走梯子的几个人,这时候又瞄着他的行军床走过来了。他把鞋一甩,跳到床上,紧紧攥着农药瓶子大声嚷嚷道:"谁也别动我一块砖!以前的协议不合理,我当然不能认!"

四下里的人见老邱情绪激动纷纷退却,唯有吕青山纹丝未动,自顾自地低头研读资料——这些年,要死要活的老百姓,他见了没有一千,也有八百,况且早有现场的警察偷偷告诉纪东亮,那农药瓶子里装的是水,不过是拿来吓唬人的。眼观六路,耳听八方,现场的一举一动,吕青山已经了然了。

老邱也不是没眼力见儿,他见自己的三两招唬不住县委书记,便又把枪口对准了乔胜利:"平时我一给你打电话,就说在市里开会——你是书记还是县长?天天去市里开会,敷衍我啊?你怎么不去北京开?不想管以前的事情,那你还当什么官?"

乔胜利也还是老一套,边叫苦边打太极:"真是在忙啊。现在的会多,你是不知道。主要你这个事情,你不同意,当初也不会签,对不对?"

"你在这里倒是好说,当时不签我去哪住?一大家子几口人,老的小的去街心花园搭个帐篷住吗?被逼的呀。是你们没有把握好国家政策,应不应该负全部责任?当初为什么骗我说所有人条件都一样?就因为我是国家干部,过于相信政府里的个别人?"

老邱的话夹枪带棒,让现场的各级干部脸上都有些挂不住。吕青山却没在意,他大概看完了资料,也把应对老邱的话组织了七七八八,他甚至还在这个节骨眼上让老邱接了个家里的电话，而且听完这个电话，他更加觉得解决掉老邱的问题根本不是事儿——电话里，老邱还叮嘱家里买什么样的菜、什么样的鱼，还怕鱼刺扎了闺女的嗓子。活得这么挑剔的人哪舍得死？舍不得死，条件就好谈。

等老邱挂了电话，吕青山稳住气，指着手上的资料说："为这个事情，你也去过好几次信访局了……"

"那也不给我解决呀。过去签的东西有问题，这是欺骗！"老邱依旧扯着嗓子嚷嚷道。

吕青山不疾不徐地答道："你看，你说话的时候，我没插过话。我说话的时候，你是不是也听我说完？"见老邱无奈地安静下来，他接着说："拆迁、安置房，还有你给乔胜利小时候看过病，都不是一回事。救命归救命，这个事情还是交给法律去评判。政府给你请律师，你要是不信任也可以自己找，不满意还可以换。讲理，讲法，讲规矩，好吧。"

寥寥数语，似乎什么问题也没解答，但是老邱的气势却实实在在地被压下去了。效果基本达到，吕青山微微松了口气。但很快他的眉头又紧紧皱了起来，因为徐泳涛伏在他耳边低声说了一句话："长岭村有人去市委上访了。"

从家里开车出来没两步，光明县企业家郑三的车就被交警拦下了，而且还是县交警队的谭副队长亲手拦下的。

"超速、压线、开车打电话，扣十二分，罚款两百五十元。"谭副队长故意拉着脸说。

郑三挂了电话，揶揄道："新县长还没起身吧，至于这么早就亲自上街表现吗？"

谭副队长嗤笑一声："少废话，驾驶证拿来，我看看里头夹了多少女助理的情书。"

"有女助理，我还用自己开车？不扯了，吕书记着急等，老房子又拆不下去了。闹不完的心呀。"

没等谭副队长再接话，郑三一脚油门，轿车转眼没了踪影。郑三确实着急，心想："本来以为拆迁这事已经翻篇了，谁想到这帮'刁民'又闹幺蛾子。乔胜利也是压不住场子，把吕书记闹过来有什么好？这还偏赶上新县长今天上任，事都赶到一块了。"

郑三边开车边上火，无意间瞥见车里散落的名片——什么东亚能源集团董事长。在领导面前，他只能当个懂事的。

单单他懂事也没什么用，下面不懂事的人太多了。想到这里，郑三更来气了，他一路疾驰赶到拆迁现场，直接冲到临街的一家小油坊门前，一边砸门一边朝里面嚷嚷："开门！昨天吃饭，上主食之前说好谈拢的人是不是你？睡一觉起来就赖账，是不是你老婆教的？你还是不是个男人？非得在书记面前给我上眼药，你太够意思了！

今天要是不说清楚，几十年的交情就到这了！出来！"

屋里没什么动静，可郑三的身后却传来一声巨响，惊得周围人一哄。郑三顺着人群往后一看，油坊的房顶上，一个小伙子朝下面扔了块石头，不偏不倚，正砸到了吕青山的公车上，而车身后面，吕青山带着徐泳涛他们几个人也刚好走了过来。

郑三愣了一秒钟，冲着房顶大喝一声："要造反啊?!"

市委大楼的台阶下面，送梅晓歌去光明县的车早就停好等着了，梅晓歌拎着包，站在车前也静静等着——新州市委常委、组织部部长李国春要亲自送他上任。这个待遇，不一般。

车子快到新州高速出口了，远远地便能看见一块蓝底白字的路牌：往左是光明县，往右是九原县。

司机驾轻就熟，方向盘一打，车子朝右侧的道路驶去。李国春望了望窗外，对梅晓歌说："有些事情我也是参加工作以后才明白的，搞基层工作就四个字——入乡随俗。县和县、区和区、市和市的差别很大，看问题、办事情得尊重当地的习惯。你就说从市里到光明县这条路，从古至今县官上任，历来讲究舍近求远。你肯定知道为什么。"

梅晓歌脸上挂着笑却没说话——领导要讲典故，知道也得装作不知道。

见梅晓歌不吭声，李国春接着说："走近路，过去这叫贬官出关。绕个远路，也有历史典故——进京赶考。不过共产党员不讲迷信只讲效率，哪条路更好走就走哪条路，先到九原再兜圈子回来，路远但是快，节约一半时间，所以咱们也就绕一下。"

"这边的路还好走。"梅晓歌的脸上始终挂着笑，"历来九原就比光明有钱，修路也早。小时候我跟着姥姥在鹿泉乡住到八岁，那时候来回坐车，一说要到光明县县城去，都不能吃得太饱，路太颠了。"

李国春笑了笑，说："你也算半个这里的人了。"

梅晓歌点点头："我知道的第一个成语叫'破釜沉舟'。上小学之前，从《光明县志》里看来的。"

李国春再次把目光投向了窗外："传说很早以前这里都是水，是一些成语的发源地。光明县的情况你也知道，破釜沉舟，背水一战——你也得把斧子、凿子备好了。"说着话，他大有深意地拍了拍梅晓歌的公文包。

李国春的这一拍有多重，梅晓歌也全然知晓。如今的光明县，随便拎出一件事都是吓死人的节奏。比如让上一任县长蒋新民直接丢了官帽的奶牛基地事件，说起来连李国春也心有余悸。

"奶牛基地数据造假,有多离谱你是知道的,骇人听闻呀。一个村办企业,总共十一头牛,十大一小,里面还有三头是黄牛,刷了黑白油漆就敢当奶牛。上面检查就借村民家里的凑。往上报的数字有多少?"

"八百头牛,上亿产值。"尽管知道答案,梅晓歌依然感觉到这谎话离谱到荒谬。

"中央巡视组的同志脸都气白了。蒋新民还觉得他这个县长被免得委屈,和吕青山连夜跑到市里,找到巡视组领导做沟通。"

"听说是见着面了。"梅晓歌这话看似漫不经心,实则是在探李国春的态度。

果然,李国春颇有些感慨地说:"怎么说呢,要说委屈一点没有,也不真实。蒋新民和青山书记来到光明县的第一天,它就已经是这样了。前几任都是这么报的,水分就这么多,你怎么挤?真掀开了,撕破脸?就算你自己豁得出去,兄弟们提拔晋升的路和县委大院上下辛苦干了一年的绩效工资,要不要管?"

问题又抛回给了梅晓歌,他心里明白,此刻自己的处境并不比前任县长好:"两难呀。前面人扔的烟头烫了后面人的脚,踩住了不敢动,疼也不敢说。"

李国春叹了口气说:"再大的领导,也是从基层干起来的。但是道理再明白,该罚的还得罚。隔墙扔砖头,砸到光明县身上就得认。"

"骑着独轮车扔小球,他也没办法。愿赌服输吧。"梅晓歌顺着李国春的感叹说了一句,但心里却觉得应该还没探到他的底。

果然,李国春话锋一转,又说:"这些话也只能在私下说说了。该填的坑还得接着填,为这青山书记把头发都熬白了。市委肯定要给他配个精兵强将,整个光明县都在等着你啦。"

这是千斤重担。梅晓歌没再言语,只是也只能是微笑了一下。

载着梅晓歌的车子一路疾驰,可是却有一个人先一步到了光明县的县委大院。和梅晓歌一样,他也是第一天来这里报到,只不过比起众人瞩目的县长,他只是个不起眼的县政府办公室科员。当西装革履的林志为刚走过大院的两只石狮子时,门口传达室的老徐就用一串"欸欸欸"拦住了他。

"您好,我是来上班的,第一天报到。"林志为彬彬有礼道。

别看老徐只是个门卫,可他就像门口两只历经风雨的石狮子一样,什么人都见过。面对生瓜蛋子林志为,他不紧不慢地问了一句:"哪个部门的?"

"县政府办公室。"林志为回道。

老徐把目光转向一边,拍了拍小桌上的登记簿:"不管哪个办公室也得登记。"

第一天上班,林志为谁也不敢怠慢。他在登记簿上工工整整地写下了自己的信息，又冲着老徐点点头，这才向大院深处走去。

这是一个始建于二十世纪六七十年代的院子，大门两边斑驳的高墙上各刷着四个字：人民政府，为民做主。虽然都是些有年代的建筑，但收拾得还算整洁。前后六排平房，容纳了县委的大部分办公机构。穿过这里，院子的最里面是两栋二十世纪九十年代建造的五层楼房，一栋县委人大，一栋政府政协。两栋楼的连接处有个不起眼的后门，林志为匆匆看了一眼，便走进了政府政协那栋楼。

出了电梯，穿过一条长长的楼道，林志为发现了一个奇怪的现象——除了县长办公室的大门是敞开的，其他县领导的办公室都关着厚厚的门。林志为张望了一眼，脚步却没敢停，终于找到了县政府办公室。

这里是个大开间，一屋子人各自忙碌着。林志为看着众人大都是一身白衬衣配深色裤子，自己这身西服似乎有点格格不入。他心里微微一紧，还是沉住气举手敲了敲门："不好意思。"

所有人都听见了他的声音，但只有一个年纪大、头发不多的男人搭腔问了一句："找谁？"

看着男人一副老资格的神情，林志为赶忙走过去问道："范太平主任在吗？"

男人没再说话，朝里面的套间随意地挥了挥手，那是县政府办公室主任范太平的办公室。林志为探头朝里面看了看，桌子上的枸杞茶还冒着热气，旁边放着一本翻旧的《红楼梦》，却偏偏不见办公室主人的踪影。

无奈，林志为又回到了刚才那个男人的身边，小心地说："麻烦您，范主任不在，我是来报到的……"

话未说完，男人的手机响了。他看了一眼，马上接起来殷勤地应答："常务，您说，常务。"

这是个通知电话，新县长马上就到，办公室里迅速忙碌起来。林志为不明所以地站在原地，显得有点多余。就在林志为尴尬得不知如何是好之际，一个坐在旁边叫江霞的女同事对他说："范主任今天很忙，你先坐那边吧。"

林志为点点头，向江霞投去一个感激的微笑，然后经她的指点坐在了最靠门口的一个位置上。

此时的政府办明显比刚才热闹多了——有几个人在不停地接打电话，其余的则是议论纷纷。

"听说能喝一斤半白酒，真的假的啊？"

"鹿泉乡的，在长岭村长大的，和九原县挨着，光明县的半个老乡……"

"县长的车到哪儿了？范主任在院子里等着呢。"

"对，路上堵了一段，估计要晚到几分钟。是的，常务，会提前五分钟通知您……"

林志为默不作声，但回荡在办公室里的各色信息早已被他装进了心里。

这时又一阵敲门声，县委大院的送水工小曾扛着一桶水在门口问："水到了，送哪间？"

刚才的那个头发不多的男人随口喊了一声"县长办公室"，紧接着他扫视一圈，找到林志为说："那个谁，带一下。"

林志为赶紧起身，带着小曾一路来到县长办公室。小曾麻利地装好桶装水，林志为则在一旁接好了插座。"怪不得这间办公室敞着大门，原来是要迎接新主人啊。"林志为正想着，门外的楼道里传来一个声音："梅县长五分钟后到。"

紧接着便是一阵脚步纷乱，林志为正琢磨着自己是不是也需要下楼迎接，忽然又有一个声音传来："大门口有上访的！"

李来有开着车，从大清早一直追了半个上午，竟然连宝根他们几个上访人的影子都没扑到。

作为鹿泉乡党委书记，每次开会他都对各个村的书记、主任下了死命令，无论如何别出上访的。下面老百姓不明白，但他心里清楚得很，赶上个不长眼的撞到枪口上，不知道有多少人要跟着受牵连呢。

想到这些，李来有没好气地冲着车里的长岭村村主任三宝说："六七个大活人，一早就跑了也不知道。新县长今天要来，你这个村主任不想干，也别他妈害我呀！"

三宝也闹心得很，苦着一张脸答道："这些上访的都贼得很，横竖防不住呀。"

好在得了消息之后，李来有第一时间通知了信访局和交警队。他一边让副驾驶座上的三宝透过车窗仔细观察经过的车辆，一边在脑子里整理思路：宝根是不怕事的，要闹必然想去市里。不过交警队已经得了消息，通往市里的各个路口都设卡盘查。现在还没传来抓住人的消息，估计宝根也看出了眉目。如此，他极有可能奔县政府去了。想到这一层，李来有赶紧对身后的人吩咐："打电话，问问新县长到哪儿了！"说完，他狠狠地踩了一脚油门，直奔县委大院。

县委大院的门口，宝根和另外几个人都穿着喜旺法兰厂的工服，每人手里端着个搪瓷缸子，静立在人群之中。往常遇到这般情景，县委大院的保安都是统统往外推的，可今天不一样，新县长分分钟就到了，他们能把人推到哪儿去？门卫老徐带着几个保安死命地想把几个人拉进院里——只要新县长的车顺利进了大院，后面就好安排了。

此刻老徐的嗓子都喊劈了，他拉住宝根的胳膊，尽量压住情绪说："不是要上访吗？进去呀！信访局不在门卫室，别在这儿堵着大门！"

几个工人都看着宝根，只见他甩开老徐的手，说："松手，别让人以为我们是闹访的。"

时间一分一秒流过，老徐也急了，嚷嚷道："该接访接访，要回复有回复，还没完了！非要今天来，你们什么意思！"

旁边一个工人更是没好气："来几次都解决不了，关了厂子没饭吃，你说什么意思！来上访还要看什么好日子？"

这时，信访局的几个工作人员和李来有几乎同时赶到了现场，撕扯的人群瞬间又壮大了一圈。忽然，混乱中有人喊了一声："新县长到了！"

人群里的宝根马上拉了一把身边的工友："把路让开。"

宝根他们一退，其他人也自觉地分开站在两端。载着李国春和梅晓歌的车子，穿过一片纷乱和惶恐，缓缓开进了县委大院。仅仅隔了几秒钟，三宝便冲上去，一手一个，抓小鸡似的把宝根他们几人挨个往外拽，一边拽一边压低声音说："大小事情回车上说，听明白了吗？李书记也在这儿，我们俩都听着！"

"我们正常反映情况，我们没闹事呀，主任。"宝根还在坚持着。

三宝终于黑了脸："梁宝根，我现在不是村主任，是你四老舅的亲表弟，是你长辈。我叫你上车！"

村主任的名号压不住宝根，可长辈的气势却把他镇住了。宝根没再说话，和几个工友乖乖地上了车。

一辆满是泥点子的破面包车，挤挤插插地坐着宝根他们几个。李来有一眼便看出端倪，这一车人，都不用说上访，随便查个超载，他们也寸步难行，宝根还是太嫩了。不过刚刚三宝已经唱完了黑脸，现在他只能唱红脸了。堵在面包车的门外，他半哄半劝地说："平时无所谓，想哪天来你们随时来，依法上访嘛，乡里、县里都说不着。今天不一样，新县长上任的第一天啊！你们村里谁家办个喜事，上门吃席，难听的话是不是也得往后忍两天？好歹让人把新媳妇娶进门，进了洞房再说吧？是不是这个道理？"

宝根张了张嘴，刚想接茬，三宝沉着一张脸说道："我自己要不要脸没关系，李书记是要脸的人。谁今天不给面子，别怨我翻脸。"

书记的面子和长辈的训斥生生让宝根把溜到嘴边的话给咽了回去。李来有见时机成熟，赶紧跟着说："弟兄们肯定早饭也没吃。三宝，找个地方，多点几个硬菜。"

　　眼见着三宝坐上了面包车的副驾驶座，李来有还不放心地拍拍车窗嘱咐："司机别喝酒啊！"待面包车走远后，他忍不住朝县委大院看了一眼。

　　面包车七拐八拐到了一间馄饨铺前，不是饭点，人不多，可三宝还是领着几个人进了最里面的半包厢。

　　炒菜、啤酒，外加每人一大碗馄饨，众人都吃得抬不起头来。三宝也仿佛变了个人："现在和以前不一样，县委大院也讲理，依法上访到哪儿都对。蒜给我。平时你能见得着县长、书记？就得今天来，再不重视的事也重视了。"说到这儿，他忽然转向宝根问道："你不是还准备了几句话，怎么没说？"

　　宝根赶紧咽下嘴里的馄饨答道："我看你脸一变，以为差不多了。要不吃完再去一趟？"

　　"再去我这个村主任今天就得被当场拿下。"三宝喝了口啤酒，"行了，会哭的孩子有奶吃。哭也哭了，回家等奶吧。"

　　"来三次都不行，这回真能有用？"宝根心里还是没底。

　　"又是新县长，又是老朋友，于公于私，于情于理，领导都得说句话吧。"

　　"好汉难见老街坊。都县长了，谁会理咱们？"另一个工人插了一句。

　　三宝不以为然，他指着刚说话的那个工人的脑袋说："所以你也当不了县长。新官上任，哪怕装样子他也得装。等着看吧。"

　　县政府大楼的卫生间内，梅晓歌站在马桶边，和似有若无的尿意较量着。这么多年了，一紧张就想上厕所的毛病他一直没能改掉。是什么让他如此紧张？是刚才下车和光明县的一众同僚满脸堆笑的寒暄，还是马上要召开的上任后的第一次全县领导干部大会，抑或是车子进门前那一闪而过的骚乱？

　　此刻，梅晓歌也有点说不清。他硬挤出几滴尿，无奈地系上裤带，走到洗手池旁，对着镜子深吸了一口气。联络员小周就等在门外，片刻之后，他引着梅晓歌朝大会议室走去。

　　大会议室里几乎坐满了人，光明县党政各个部门的领导悉数到场，参加这场新县长到任后的第一次全县领导干部大会。

　　林志为静悄悄地走进来站在最后一排，一边听着台上的新县长梅晓歌的讲话，一边努力记着台上每位领导和他们面前的名牌。忽然他腰间被人捅了一下，惊得差点叫出来。转头一看，原来是他表哥，县委办公室联络员袁浩。

林志为故意瞪了他一眼，压低声音说："跑哪儿去了？找你半天！"

袁浩瞥了一眼林志为的行头，同样小声地说："像模像样呀，还整了套西服，再打个领带就盖过新县长了。"

林志为瞪了他一眼说："你也不提醒我。今天不是开大会吗？"

袁浩把目光投向了前方的主席台："大会也分主角、配角，等你什么时候坐到主席台上再好好打扮。这种事情还用教啊。"

"你不说，我什么都不知道。中午请你吃饭，好好教教我。"

"请什么？"

林志为白了袁浩一眼，紧接着又问："第一排坐的都是常委吗？一共几个人啊？我听说还有个核心五人组，哪几个是？刚才在厕所，我还跟常务打了个招呼，他算不算？"

袁浩被这连珠炮似的问题轰得耳朵痒："十万个为什么啊！"

林志为轻叹了一口气："初中比咱们高一届那个卷头发，书呆子学霸，记得吗？他前一阵考到了九原县政府，听说闹了不少笑话。我和他一样，连摆名牌都不会，你多给我说说。"

袁浩眼珠一转："厕所里尿尿，遇见明常务，你说什么了？"

"应该说什么？"林志为紧张地问道。

"什么都不说。"袁浩目视前方，接着小声讲起来，"还有，厕所再遇着领导别叫错。常务副县长不叫县长，叫常务；县委副书记兼副县长，别叫县长，叫书记；县长助理不叫助理，叫县长；都是副县长但同时是常委的，叫常委。明白吗？"

林志为点点头："明白，全都往大了叫。"

袁浩听了这话微微一笑："考你一个。第一排的组织部部长，见面怎么叫？"

"不是肖部长吗？"

"肖博士。"袁浩说着朝前台望去，"全县唯一的博士。县委大院也是学校，好好学着吧。"

此时，主席台上梅晓歌的发言已近尾声："使命如山，行胜于言。我将以实际行动践行今天的诺言。我坚信在市委、市政府的坚强领导下，在以吕青山书记为班长的县委带领下，在全县广大干部群众的共同努力下，我县一定能够取得更加优异的成绩，向市委、市政府和全县人民交上一份满意的答卷！"

在洪亮的誓言中，吕青山第一个带头鼓掌。梅晓歌原地起身，向台下微微鞠了一躬。在一片热烈的掌声中，林志为带着满脑子的知识点，远远望向了这位新县长。

这点要领只是个开始。午饭时，袁浩在食堂里对林志为进行了更为密集的培训：

"防汛防火，安全生产，正、副县长都在微信工作群里，四套班子的领导各管一摊，你也不用去加微信好友，加也不会通过的。没有什么大事，领导轻易不会在微信工作群里发消息，安静得让你觉得他们都不看微信，其实都在。说好事没反应，说坏事马上就会有动静。还有，在微信朋友圈别轻易点赞，你给张三点了，李四的点不点？就算王五不计较，万一赵六矫情呢？别以为没人看微信朋友圈，你发什么他们都知道。总之少说话，成熟就是四个字——谨言慎行。谨言是第一位。哟，今天有烧茄子。"

林志为见状赶紧也打了一份，接着问道："领导呢？范太平主任发了朋友圈，我要不要点赞？"

袁浩"授课"的速度飞快，林志为还纠结在上一个点，他已经讲到下一课了："吃早饭别来太晚，要不容易被县领导撞见你迟到。二楼是小灶，书记早起在人武部吃，其他领导都在上面，有些工作就在吃饭的时候交流解决了，下来得晚。你要是故意想等着见谁，那就另当别论了。"

林志为的脑袋有点转不过来了，他问袁浩："这么多知识点，你来了多久学会的？"

袁浩微微一笑："这才哪到哪，好好干吧，争取早点把你的档案调到组织部。"

"什么意思？"

"副科呀。副科的档案才会归组织部管理。"

打饭的队伍一点点往前挪动着，林志为朝前看了一眼说道："你说排队的人这么多，有几个能上副科。"

袁浩瞄着菜，不以为意地说："和吃饭一样，排吧。"

"熬时间吗？"

"当然也可以加塞，只要你有本事。能提拔的人分三种：第一种，像我这样的，既能干事又会来事的，叫人才。第二种，你要是努努力也有希望，德才兼备，业绩突出，这叫干将。对领导也尊重，但是拍马屁的功夫差点火候。第三种人没什么本事，但是够忠诚，领导一句话，能把自己豁出去卖命。这种人提拔的概率虽然小，但也不是没有。"

林志为往前凑了凑，小声问道："谁是第三种？政府办有吗？"

此时，早上在办公室接待了林志为的男人从他俩面前走过。林志为想打个招呼，却突然想起自己还不知道对方的名字。倒是袁浩，很自然地向对方点了点头。

"你认得他？"林志为问道。

"认得，赵乐恒啊。他应该跟你一个办公室吧？"

"嗯，是。"林志为点点头，默默记住了这个名字。

袁浩看着他木讷的表情，凑过去小声说道："日子长着呢，你慢慢品。"

在食堂吃完工作餐，梅晓歌和吕青山、范太平、徐泳涛一起送别了李国春。车子走远后，吕青山问道："县长住处的东西都安排好了吧？"

范太平马上应声回答："好了，我送梅县长上去。"

吕青山点点头，对梅晓歌说："那就这样，你先休息。下午你先熟悉熟悉情况，晚上有个调度会，到时候再说。"

梅晓歌听出其中的门道："书记不回去休息一下吗？"

吕青山摆摆手，边往外走边说："上午还剩了一堆事情，我去拆迁现场那边看看。"

"我也一起去吧。"梅晓歌马上回了一句。

烈日当空，小油坊的大门紧闭着。乔胜利撅着屁股，扒着门缝朝里面喊话："骂娘你随便，拿石头砸车就犯法，犯法就得抓，今天肯定是回不来了。你说怨谁？你们要是好好反映情况，市委书记也拿你们没办法。你儿子非要扔石头，换了你，你行吗？"

里面有人喊了一句："先把人放了。放了再谈！"

乔胜利用力推了推门："那你先把门开开呀，我带你去派出所送饭去！"

屋里又没了动静，可他口袋里的手机却嗡嗡振动起来。乔胜利接起电话问道："范主任有什么指示？"没想到手机里的一句话让他的腰立马直了起来。他不禁问道："两个人都要来？"

很快，两辆车一前一后到了拆迁现场。吕青山一下车就看见了车上早晨刚砸的坑。他向从另一辆车上下来的徐泳涛问道："扔石头那个小子呢？"

"东亮县长的人把他带回镇派出所了。"徐泳涛看着吕青山的脸色忙不迭地回答。

吕青山一边朝前走一边说："算了，放出来吧。"

"要不要等等他爹妈的态度再看看？"徐泳涛看着吕青山犹疑地问。

"要是关人有用，这一片全搬了。"

小油坊的门终于开了，乔胜利先一步带路，半开玩笑地冲着油坊老板樊金河说："书记和县长来了才开门，你这也太势利了。"

虽然把院门关了，但里面的油坊并未停工。油坊老板系着油腻腻的围裙，一声不吭地穿过院子往里走。

吕青山随着他一路进到客厅，自己拉了把油乎乎的凳子，和油坊老板面对面坐下。他开口并未提拆迁的事，而是拉家常似的问道："我记得这边很早以前是不是有个戏台？什么时候没有的？"

见吕青山熟门熟路的样子，梅晓歌便没言语，跟着拉了把凳子，坐在了吕青山旁边。

油坊老板则是谁也不搭理，找暖壶，倒开水，仿佛在用自己的待客之道来表明立场。

见油坊老板没接茬，吕青山顺势问了问梅晓歌："梅县长小时候就是在光明县长大的吧？对这片熟吗？"

梅晓歌带着惯有的笑容，回忆着过往的时光："曾跟着我姥姥来这边看过戏。五毛钱的炒瓜子，自带马扎，想靠前得早排队。"

吕青山从茶几上拿过几个脏兮兮的玻璃杯，也不擦，直接放到面前，看着正在倒水的油坊老板，又把话题拉了回来："你这个榨油店是不是那时候就有了？"

老板冷冷地嗯了一声，也没有更多的话。乔胜利坐在一旁的沙发扶手上，赶紧接茬说道："书记把你儿子放了。不是我拍马屁啊，这要是换了我这个小心眼，绝对先关三天再说！"

吕青山端起一杯热水抿了一口，接着对油坊老板说："都说你在网上写文章骂政府的花样数不过来，见了面看也不像，我觉得你还是个能讲道理的人。"

一旁的范太平听了这话立刻点了点头，周围的众人也纷纷附和。三言两语的配合，让屋里的气氛缓和了不少。油坊老板自然也受到了影响，又看见书记和县长真真地喝下了他家脏茶杯里的热水，终于开口说了句话："我爷爷就住在这边。祖宗留下来的院子，说拆就拆，我们不是不配合，但不能欺负老实人。"

话还没展开说明白，东厢房的作坊里传来一阵摔摔打打的声音。乔胜利朝里面瞟了一眼，对油坊老板问道："你老婆的甲亢还没去看看啊？"

吕青山看出端倪，老百姓跟他们一样，也会打配合。他把杯子里的水喝光，又起身自己添满，顺便朝东厢房瞥了一眼说："你先说，说什么都可以，只要能解决问题，我什么话都能听。"

油坊老板犹豫了一下，接着说道："你们一个书记、一个县长，现在坐在我家里，拆迁办的人什么话都敢答应，但你们一走又没事了，什么都没人兑现。"

"话不能这么说。"吕青山重新坐回凳子上，"划片里，每家房子都是把尺子，量得对，我不来也能解决，量错了，谁说话也没用。打油也得有个标准，你觉得补偿款不够，那以你的标准，你说说看。"

"房子是你们要拆的，你们说。"油坊老板是买卖人，他比谁都懂先出价会被动的道理。

乔胜利笑着在旁插话道："我们说了三次，你都觉得不行，叫你说，你又不肯。总不能当成拍卖，拿把锤子喊价吧？"

此时，东厢房里又摔了个物件。油坊老板听见动静，站起来就要走："那你们先回去商量吧。"

吕青山倒不慌："我们的工作方法也有问题，搞拆迁不能影响你们做生意。总不能是我们早上八点上班就来，下午八点下班就走，也得配合你的时间。不行的话，那就夜里再谈——但是下次我不一定有空能来。你要不要先和我当面聊清楚？"

和县委书记亲自谈，这样的机会确实不是随时都有，油坊老板的脚步又停下了。乔胜利见状，赶紧趁热打铁："明天就开始拆街道啦。乱七八糟的，今天谈不拢，领导是怕影响你家做生意。"

油坊老板定了定神，重新坐了下来，看看梅晓歌，又看看吕青山，叹了口气说："钱，真给少了。"

说完，油坊老板咳嗽了几声。不一会儿，他媳妇抱着一摞新旧不一的手记账本走了进来，一下子堆到了茶几上。

梅晓歌、吕青山和乔胜利每人都拿起一本翻看。乔胜利三五下就翻完了一本，吕青山倒是一页一页翻，但也只是看了个大概。只有梅晓歌逐条查看，非常仔细。

油坊老板在一边抱怨道："从我媳妇嫁过来就开始记账，每年的流水都在上面。"

老板媳妇板着脸在一旁说："我们也没说今年的。你们往前翻，每年都是一百多万元的利润。"

"之前你给他们看过吗？"吕青山问道。

"不敢！"老板媳妇的态度相当不客气，"他们上次来的是些什么人，那是流氓还是干部？就差拿棍子打人了，谁敢往外拿？拿出来就让撕烂了。"

吕青山顿了一下，看着账本上的数字问："现在打油的人还这么多吗？"

不等油坊老板答话，他媳妇又抢着说："左邻右舍，吕书记你可以自己去问。我们不贪心，多的便宜绝对不占，按标准补偿是政策，我们就要以实际利润为标准补偿。"

此时，一直默默埋头于账本的梅晓歌突然问了一句："从哪里进的原料？"

这次油坊老板不敢说话了，直接看向了媳妇。

"去农户家里收啊。"油坊老板媳妇答得理直气壮。

"那你这利润可太稳定了。"

梅晓歌说着把账本递到吕青山面前，接着问道："收花生的价格，每年没有波动吗？"

接过账本的吕青山立刻反应了过来："去年旱，大前年涝，花生的价格起落很大，你们的油钱不涨吗？不好意思给街坊涨价，还是有其他的油做替补？别的是什么？胡麻油，还是菜籽油？光明县还没有玉米油吧？"

油坊老板夫妇一下子被问住了。一旁的乔胜利把账本一合，顺水推舟地开玩笑说："我也想跟着你们学习学习，利润这么高，等哪天退休我也开个油坊。"

眼见着把戏被戳穿，油坊老板媳妇立刻急了："我公公婆婆在这忙了一辈子，县城里哪口锅里没放过我家的油？反正账本都在这里，该补偿的为什么不给补？书记和县长也不能欺负人，是不是？"

见媳妇使了眼色，油坊老板也赶紧附和道："那不能！"

真相大白让吕青山松了口气，他把杯子里的水喝掉，起身说道："道理不好讲，补偿款数目也不好讲，那今天就先到这里？"

拆旧自然就要建新，就在吕青山和梅晓歌在拆迁现场啃"硬骨头"的时候，县委副书记艾鲜枝把郑三叫到了自己的办公室。

她端详着眼前的一份商业地产规划图，指着中心区域里的一处问道："上次好像不是这样的。这片空地是要建什么？"

郑三坐在办公桌对面的椅子上，认真地汇报说："光明文化广场。青山书记总在讲情怀，我们也要讲点政治。县里要搞什么大型活动，比如美食节、安全日、创文创卫、摔跤比赛、招商引资大会，全都可以用。夜里不管是广场舞还是网红直播，也都随他们。"

艾鲜枝抬头看了郑三一眼："人越聚越多，商业上你也不亏。"

"亏咱也不怕。"郑三笑着说，"人生有些事情，不能总盯着钱。您的名言嘛。"

艾鲜枝没接茬，又问道："安置房二期进度怎么样？"

"争取月底交工，但电梯可能要晚个把月。对您不能撒谎，实话实说。"

艾鲜枝抬头盯着郑三问道："具体晚多久？"

"两个半月，最多。"

郑三笃定的眼神让艾鲜枝稍稍放松了一些，她把商业地产规划图合上，缓缓说道："旧城改造这种事情就是要形成合力。县里有多使劲，你也看见了，大家都要配合好。很多事情都是拖来拖去，一来二去就拖黄了。要快，也要保证质量，不能出事是大原则。"

郑三往前探了探身子："以脑袋担保。我是本地人，我爷爷还埋在鹿泉乡，不能让亲戚们戳着脸骂祖宗呀。"

第二章　钉子户

和去的时候不同，从拆迁现场出来后，吕青山和梅晓歌没有再坐同一辆车，而是分别和自己的办公室主任坐在了一起。

吕青山这边没等上车，就给身边的徐泳涛布置了两件事："这一片都是妇女当家，让艾鲜枝书记迅速组织一批妇女干部顶上来；另外，油坊老板看着窝囊，其实鬼得很，让税务局查查他的纳税情况，看看对不对得上。"

徐泳涛跟在吕青山身旁，边应声边点头。乔胜利则在身后不停地说："这主意好！"

另一边，梅晓歌没安排什么事情，但是事情会自己找他。刚上车，范太平就接了个电话。挂断电话后，他对梅晓歌说："郑三，县里的一个企业家，拆迁后这一片的商业计划是他做的。有些对接政府的工作，他想当面给县长汇报一下。"

梅晓歌点点头："我知道他，马市长提过。县里的支柱企业也是他的吧？"

"东亚能源集团，纳税大户。"

"可以啊，回头找个时间吧。"

"他现在正好在县委大院，您看方不方便。"

一听这话，梅晓歌笑了："都这么正好了，还有什么不方便的？"

联络员小周把郑三领进来的时候，梅晓歌正在专注地看着那份招商引资新项目意向协议。小周刚介绍完，郑三便抢着上前一步，双手握住了梅晓歌的手："幸会县长，我是东亚能源集团的郑贵平。"

梅晓歌的心情也不错，待小周倒完茶出去之后，他指着刚刚翻看的协议笑呵呵地说："我刚来就收到这么大的礼，我得谢谢你啊。"

"不敢不敢！"郑三刚坐到梅晓歌的对面，一听这话马上躬身说道，"我哪有这本事，都是顺水推舟，沾光的事。说是投资，其实都是投人，太钢集团知道县长以前的口碑，抢着要来，推都推不掉。"

"那你也是媒婆啊。"梅晓歌的笑容始终未减，"我看框架都没什么问题，新娘子什么时候嫁过来啊？"

郑三拍了拍口袋："进门之前，我又给杨总打了个电话，协议随时可以签，看县长要求是这个月底，还是下个月初，对方听咱们的。"

"你和杨总关系很熟，是吧？"

"业务往来几十年，不是朋友也成朋友了。"郑三说着忽然想到了什么，抬头看着梅晓歌说，"和县长汇报一下，他高中三年就是在九原县读的，九原一中，和您是校友啊。"

"这么巧？他哪一届的？"

"比您大两届，高三对高一。您可能不记得他，但他对您很有印象。"

"学长还记得住一个默默无闻的学弟？"

"他是住校生，宿舍正对着操场，您风雨无阻，每天晨跑，这是全校出了名的。"

郑三的这句话让梅晓歌有点意外，他略一沉思，似有些感慨地说道："还真是啊。我现在还在晨跑。你这样，签约的时候把杨总请过来，我得和他好好叙叙旧。"

"我来组织。"郑三马上张罗起来，"咱们去县体育场旁边那家小饭馆，环境一般，但是好吃，砂锅面一绝。厨子就是从九原县来的。"

"你这是活地图啊，以后还得多导导游。"

郑三顺着梅晓歌的话一起笑了起来，同时手里也没闲着，他迅速打开了微信二维码，然后边说边把手机捧到了梅晓歌面前："要是方便，我能和县长加个微信吗？"

加了好友真能成为好友吗？这郑三不知道，不过他相信事在人为。从县长办公室里出来后，他先给手下打了个电话，让对方马上去买一双41码的跑步鞋。待回到车上，他调出一条早已编辑好的微信消息给梅晓歌发了过去："县长丰神俊朗，谦谦君子，掌舵光明，百姓之幸。郑三（郑贵平）翘首以待县长有空莅临东亚能源集团指导工作。"

梅晓歌看着这条微信消息，又看看桌上的协议，默默地摁灭了手机屏幕。

　

林志为没想到，刚来第一天就要加班。

棚户区改造进度协调会如今成了县委大院每天的例会，而且是下班时间开的例会。林志为和袁浩负责会务，两人站在后门外侧，一边听着里面的动静，一边小声聊着。

"天天开会，这么晚还加班，为什么拆迁要这么急？"林志为不解地问。

袁浩往里面瞟了一眼，把声音又压低了一档说："县里没钱了，绩效工资都欠着。以前都是拆东墙补西墙，现在墙也快塌啦。假数据的事一出，全省都在盯着火明县，环境整改也来查，关了一半的厂子，再不抓紧，咱俩的工资也发不出来了。"

"这么要命？"这话让林志为吃了一惊。

"所以得输血呀。土地出让金加上其他税收，房地产开发增加就业。有了钱，随便你修路搞开发，县里和老百姓都得利。懂了吗？你和那些钉子户一样迷糊。"

外边的小会喊喊喳喳不断，里面的大会却没人吭声。每个参会者的跟前都摆着一份郑三白天曾给艾鲜枝汇报过的地产商业协议。主持会议的吕青山看完协议，见没人吭声，便率先说道："智慧城市的想法是好的，框架协议原则上也可行，但是要实实在在的东西。我们也想像北京、深圳一样搞不夜城，但有没有那么多钱？细节再推敲推敲。各个网格干部说说今天的拆迁进度吧，拣重要的。乔胜利？"

第一个被点名，乔胜利早预料到了。他抬头看向吕青山，十拿九稳地汇报道："今天计划签署十一户，实际完成七户，还有四户没有同意。除了老邱和开油坊的没把握，剩下的明天应该没大问题。"

编得这么圆的说辞，还是被吕青山抓住了把柄："没把握的怎么办？明天晚上继续讨论吗？"

乔胜利没词了，脑门上很快冒出了细密的汗珠。好在吕青山并未揪着不放，他把目光投向别处，让其他的网格干部继续汇报。如此转了一圈，话筒来到了艾鲜枝的面前。她提前清了清嗓子，提高声调说："青山书记天没亮就出去了，每天只睡四五个小时，说实话，我都有点心疼他。拆迁历来就是'老大难'的问题。不管县城还是村镇，有些地方就只听当地德高望重的老人的话。有的老人搬个马扎往门口一坐，每一寸土地都要政府掏钱。"

见一旁的妇联主席祁美萍在本子上唰唰地写着会议记录，艾鲜枝皱了皱眉说："别记了，这些话有什么好记？"然后她转向大家接着说道："我们可以参考一下隔壁九原县是怎么做的。一碗水端平，一鼓作气，5%的硬骨头花95%的精力啃下来，其他人就好办了。很多人不怕吃亏，就怕邻居多占了便宜，就是这么个心态。所以就要拖着，就要等等看，拖来拖去，稀里糊涂成了钉子户。"

此时，艾鲜枝又把目光投向了后面一排列席的女干部："青山书记很敏感，他发现很多家庭都是妇女当家，所以今天挑了一些女同志，把以前那些'凶神恶煞'的男干部换一换。妇联带个头，反正剩下的都是硬骨头，一共就这么多根，都得啃下来。"

艾鲜枝机枪似的发言，字字句句都灌进了林志为的耳朵。直到她讲完，林志为才敢缓一口气，对袁浩感慨道："艾书记说话挺厉害的。"

袁浩撇撇嘴："得理不饶人，逮着问题能骂死人，大院里的野猫都躲着她走。我是天天都烧香，千万别给她当联络员。"

"她没固定联络员吗？"

"县委办前后给她换了六个，最多两个月就不满意了。挑刺，接着换，搞不好下一个就得是我了。"想到此，袁浩禁不住一脸苦相。

会议室里，轮到梅晓歌发言了。见下面的人被艾鲜枝的气势镇住了，梅晓歌刻意调整了讲话的情绪，尽量温和自然。不过语气缓和不代表和稀泥，他一张口就切中了拆迁工作的要害，并且条理明晰地指出了下一步工作的切入点。

"我以前在覃县的时候也搞过一次拆迁。今天只说一点经验，一切以吕书记等会儿说的为准。现在已经到了攻坚阶段，具体分析很重要：划片区里人员的构成，家庭成员的年龄、性格、身份，家里谁说了算，在外地有没有亲戚。不愿意搬迁的真实原因是什么，哪些是为了钱，哪些是故土难离，哪些是受人挑唆，包括几个闹事的带头者，他们真正的诉求是什么，表面的诉求是什么，背后的诉求又是什么。还有，那些不出面、不上访，甚至没有在这里居住，但是一直在出主意、躲在背后的人，他们的诉求又是什么，是不愿意平坟迁坟，还是真的'拔刀相助'。哪些人家里有机关干部的亲戚可以劝说，哪些人本身就是干部，相互之间有没有利益，有没有通风报信……"

梅晓歌的发言得到很多参会者的认同，连门口的林志为也禁不住频频点头。不过他突然想起一件事，转而问袁浩："主任通知我布置会议室的时候说'一会儿开个小会'，可这会上说的都不是小事啊，难不成大会说小事，小会说大事？"

袁浩赞同地点点头："人多的会议不重要，重要的会议人都不多。解决小问题要开大会，解决大问题要开小会。这都是规矩。"

"发言顺序呢？"林志为追问道，"到哪都是职务最低的先说，对吧？"

"书记肯定要最后表态。大小事，具体分管的领导都要先拿出一个详细的方案，然后一级一级表态，最后拍板的几条通常都是前面分管领导的建议。一般情况都会同意，但是要换几个词，重新阐述一下。"

"为什么要换词？"

"你说为什么，显得有水平呀。"

和袁浩预料的一样，梅晓歌讲完便是吕青山总结发言了。

"梅县长是学数学的，用数学的方法先分解，然后像解方程式一样挨个去解题，找到重点题型，挨家挨户去做工作，摸清楚这些人在想什么、盼什么，讲理讲情还是讲义。每个县领导都要下沉，现在进度还是慢了，要快。老百姓不会管什么意义重大，他们只知道自己的东西被拆了，房子被拆了，铺子被拆了，时间越久，矛盾就会越来越多。大多数人其实都是支持拆迁的，住在漏风漏雨的地方，能换一个新房子，绝大多数人都会去，漫天要价的只是极少数的人。一步慢就会步步慢，所以要快速解决。"

说到这里，吕青山抬头看了看墙上的时钟，已经八点多了。他继续说："天天加班，说明有两个问题。第一，工作效率有问题。第二，工作方法有问题。我也不想总加班，加得干部哇哇叫。每天都开调度会，除了要对进度心里有数，实际上是解决思想问题，不是解决细节问题。这个细节问题开会是解决不了的，要下去解决。真正认识到位了，目的就达到了。现在，说几句关起门来的话。"

此话一出，刚才一直在埋头记录的梅晓歌心领神会地放下了笔。其他人见状，也赶紧收笔合本，把目光都投向了吕青山。

吕青山调整了一下语调，接着说："县财政现阶段的问题很大，大到我晚上做梦，在梦里都不知道怎么解决。说句难听的，财政收入都不够还债。环保问题现在都是要命的，县里关停的厂子现在很多还没敢让它们开，老百姓要吃饭，咱们这些人也要吃饭，税收问题、数据问题……总之一句话，拆迁大事迫在眉睫。搞好了一盘棋全能活，搞不好就吊死在这了，县里需要这笔钱救命。棚户区改造成功就是把椅子，咱们好歹能坐上去歇会儿。没这把椅子，在座的都得累死。县长说的办法很好，艾书记也做了部署，我再补充一点，继续细分网格责任，四套班子一家一户领任务、立军令状，我带头。"

这些内部的话，吕青山讲得语气坚决，声音却很低。林志为和袁浩在外面都听不太清。不过，他俩也没心思听这些与己无关的内容，县委大院里的生存法则才是他们最关心的。

"潜规则，你听说过什么？说说看。"袁浩有点神秘地问道。

"县委办主任和县长不能走得太近，政府办主任和书记也得保持距离，对吗？"

林志为的回答让袁浩嗤之以鼻："你没当政府办主任之前，先不用操心这么高端的问题。先管好自己，找个机会，跟对领导。"

袁浩的话也同样没有得到林志为的认可："还是自己做好自己的事更要紧吧。自己不行，给谁当联络员也不行。"

"幼稚！"袁浩瞪了他一眼，"没伯乐，你再快能跑给谁看？跟对人很重要。领导选得好，跟着到市里到省里，他得道，你升天；选不好，纪委看守所、法院检察院，你还得配合调查。最怕的是混几年的日子，越混越差，你跟着白白兜一圈，浪费时间。"

林志为想了想，最终还是没吭声，不过脸上的表情，基本就表达了一句话："我觉得你说的不对。"

袁浩自然看透了林志为的心思，笑笑说："我知道你在想什么。一年以后你就知道我说的有多对。别急着下定义，县委大院里都是水，表面看着平静，底下都是漩涡。会游泳没用，你得会搭桥。摸着石头过河，连谁是石头你都不知道……"

话未说完，会议室里传来吕青山的最后一句话："那就这样。"

袁浩赶紧收声，待有人走出来之后，他与林志为逆着人流走进会议室，开始了真正的工作——收拾资料、整理会场。

摆椅子，扔空水瓶，林志为感觉自己又成了做值日的小学生。不过，在这座县委大院里，他的的确确就是一名"小学生"。不用袁浩说，他自己也有感觉。比如刚刚去水房的路上，他便听见两个参会的干部小声议论：

"一样的东西，换了个说法就显得不一样。数学解题，有意思。"

"你看看，怪不得人家能当领导，我就没这口才。"

这些话说得似乎没有贬义，可听上去又不像夸奖。刚才梅县长讲话的时候，他们可是在一个劲儿地点头。听见了林志为的脚步声后，两人迅速转换了话题，快步离开了。

此时，林志为看着逐渐消失的人群，真真切切地意识到，自己需要学的东西太多了。

县里给梅晓歌安排的住处是个大两居，一看便是仔细搞过卫生，里里外外一尘不染，生活用品也一应俱全，可依旧显得有点空旷。

梅晓歌转了一圈，打开了行李箱。除了一些随身衣物，箱子里还有一双旧运动鞋和一个相框。照片上，十几年前的梅晓歌和妻子乔麦紧紧依偎着。他把相框摆在茶几上，看看时间，已经是夜里十点多了。梅晓歌迟疑了一下，还是掏出手机，拨打了一个备注为"乔市长"的电话。不过，电话刚嘟嘟了两声就被挂断了——看来那头比他还忙。

梅晓歌转到微信，发了一条消息："我已到光明，一切顺利。"接着他便去洗漱整理，收拾了一圈回来，微信也没回音。"看来，领导是真忙啊！"梅晓歌想。于是，他又发了一条微信消息："困，先睡了，你也早点休息。"

直到梅晓歌睡着，微信也没收到任何回音——千里之外的妻子确实比他还忙。作为北岳省的援藏干部，乔麦现在担任一个市的副市长。虽已是深夜，她还扎在下面的一个县里开一场安全事故的紧急调度会。梅晓歌打来电话的时候，她正在会上发言：

"今天晚上，谁都不要睡了，全面排查安全隐患。这次的事故肯定有人要负责任。从现在起，思想必须要统一。上级单位的会议精神，不能只是层层开会传达。应急管理局要牵头，态度要鲜明，有问题的单位必须严查，不能老是含含糊糊的，不要怕得罪人。你今天不得罪他，明天他就得罪你。"

挂断了备注为"梅先生"的来电后，乔麦语速飞快地继续说道："要去现场，要有行动。很多安全问题都是有共性的，不要总是搞一些形式主义的东西。刷在墙上的那些标语有人看吗？拍照、发言、讲话，全都没用。干部都要下去，去乡镇去现场，都要去找问题，把问题找出来。刚才我去液化气公司车间，进去之前搞得倒是挺严，还要给每个进门的人的手机去静电。进去一看，桌子上放着一个烟灰缸，里面还有好几个烟头，这不是开玩笑吗？所以大家一定要做工作，做了工作，主动权就在自己手里，不做工作，主动权就在别人手里。万一出了问题，在座的都要进去的，各位！"

乔麦的话让会上的干部们个个面色凝重。

郑三起了个大早，穿着崭新的跑步鞋，在县体育场门口守了大半天，始终没能等来梅晓歌的身影，最终失望而返。

此时的他还不知道，梅晓歌昨夜只睡了半宿觉就被范太平的电话催起来了——油坊老板一家半夜偷偷在厢房上加盖，不想老房子撑不住直接塌下来了，一家老小被砸了个七七八八。

满地狼藉的小油坊被救援车的大灯照得亮如白昼。梅晓歌赶到现场的时候，人已经从废墟里拽出来了，县医院的医护人员正在给灰头土脸的油坊老板检查身体。

吕青山、纪东亮，还有乔胜利已经到达了现场。乔胜利指着塌了一大半的东厢房对吕青山说："本来就是危房，穿上钢丝，膨胀螺丝一打，一拽就倒了。"

此时，纪东亮凑过来汇报："人没什么事，皮外伤。也挺好，省得专门来拆了。"

两人的话，吕青山一个也没接。他小心地踏过瓦砾，绕向房子的另一边察看。

此时，邻居老邱闻讯赶来。他草草披了件外套，来到油坊老板跟前关切地问："伤哪儿了？"

油坊老板微微摇了下头，小声说了句："还好。"

老邱叹了口气："不听我的，看看，麻烦了吧。一定要和政府讲道理，搞这些有用吗？你这个自建房一没资质，二没有手续，违法的。怎么说、说什么都是违法的。不能说我跑到长安街，在天安门旁边搞个自建房，就说这是我的房子。这么一搞，有理也成没理了。"

油坊老板媳妇听了这话本想回两句的，可碍着老邻居的面子，又见周围这些人，想想还是咽了回去。其实老邱这话一半是说给油坊老板夫妇听的，一半是说给旁边的梅晓歌听的。他早注意到了旁边的这个穿白衬衣的人，扫一眼就知道肯定不是乡里的干部。见自己的话成功吸引了梅晓歌的注意，他看看梅晓歌，半开玩笑地说："新来的干部就得冲在最前面。半夜把你叫起来，官不小吧？"

旁边一个镇上的干部，听老邱这口气，生怕他说话没轻重，赶紧在旁边提醒："这是新来的梅县长。"

梅晓歌微微一笑，刚想开口，却被老邱抢了先："不对吧？按照程序，提名光明县人民政府县长的候选人，应该叫代县长，确切地说是叫梅副书记。职务任免还没有依照法律程序通过，镇里不好直接对外公布吧？"

对流程这么熟悉，看来不是一般人。梅晓歌暗暗想着，脸上露出了诚恳的笑容："实事求是，还是老同志一丝不苟。"

见老邱对上了梅晓歌，范太平也怕出岔子，走过去解围道："县长，你要不要去那边看看，怕是电路也有隐患。"

没想到老邱又抢着开口了："他一个榨油的，哪知道什么是隐患，是你们应急管理局的检查工作有隐患。"

对老邱的做派，范太平早已见怪不怪。他既不听也不理，好像眼前就没这个人存在，他现在的首要任务是把县长"救出来"。但梅晓歌却根本没有要走的意思，他深知尴尬和矛盾靠逃跑是化解不掉的，尤其面对这种老江湖，越怕越被动。于是，梅晓歌露出了不急不躁的笑脸，对老邱说："他们管几何，这里是代数，两码事。应急管理局那些人现在还在鹿泉乡的山上守着，等山体滑坡的麻烦解决了，等他们哪天路过，帮着入户看看倒也可以。"

果然，这个做法是对的，不然老邱也不会轻易服软。老邱听了梅晓歌的话点点头说："梅副书记的口才可以，比你的前任强。办事比他怎么样，还得看看。"

"啊呀！"油坊老板的一声惨叫打断了二人的对话。医生站起身对抱着脚叫唤的油坊老板说："大的问题没有。脚有点肿，歇两天吧。"

不等油坊老板应声，老板娘抢着说："骨头呢？你又没带拍片的机器，怎么知道断没断？"

医生见状，看看身边的这些人，无奈地回答："那就回去拍个片子吧。"

说着，老板娘便招呼儿子来换扶。老邱笑了笑，接着刚才的话茬对梅晓歌说："放心，只要你别像蒋新民一样被撤被免，以后咱俩打交道的机会有的是。回见。"

说完，老邱头也不回地朝家里走去。望着老邱的背影，梅晓歌若有所思。

一旁的乔胜利黑着一张脸，带油坊老板上医院的活儿肯定又是他的了。油坊老板和乔胜利是初中同学，半辈子都在一个镇上混，他那点小九九乔胜利早都看透了。可这会儿，他什么也不能说，最后忍不住没好气地甩了一句："你不怕吃射线，那走吧!"

忙活完现场的事情，天已经擦亮了，吕青山和梅晓歌朝穆记馄饨铺走去。这是当地有名的老店，离拆迁区域也不远。

吕青山搓了把脸，疲惫地说："不瞒你说，半夜听见电话响，我都头皮发麻，一响就是出大事了。咱们这是又捡了一条命，县委宣传部再也经不起任何一条负面新闻了。"

梅晓歌的眼睛也有点肿，他点点头说："哪里的拆迁都难，到现在顺顺利利，已经不容易了。"

路的一边是一排门面房，因为还没到开门的时间，远远看过去有点灰突突的。吕青山接着说："老百姓其实也没错，老要求他们往远处看，凭什么? 我要是他们，也得先看着眼前的东西。钉子户没法避免，还是要引导。"

这句话让梅晓歌想起了老邱："那个老邱，好像挺神的。"

"光明县资深上访户。"一提老邱，吕青山更是一脑门官司，"一天到晚带着录音笔，全县认识四套班子最全的一个人，历届的县领导也都认识他。"

"我听说，他号称'民间纪检委'。"

吕青山眉头一皱："很多年以前搞计划生育，有干部带他老婆上了环。他重男轻女，又一直没个儿子，心里的疙瘩解不开。这口气他一直憋到现在咽不下，有事没事就上访，光北京就跑了十几趟。前两天也不知道他从哪弄来的，居然搞到了省纪检组组长的手机号。"

"真的假的?"老邱的神奇还是有点超出梅晓歌的预料。

吕青山叹了口气："都不敢乱问，就找了个熟人了解了一下。省委一个副秘书长一看，真是纪检组组长的手机号。说出去都没人信，像开玩笑一样。"

梅晓歌回想了一下："他的房子也在圈圈里面，乔胜利和他谈肯定也不顺利。"

"顺利了，反而不正常了。"说话间，两人已经到了穆记馄饨铺，吕青山指了指油腻腻的牌匾，"带你尝尝光明县的老字号。这家店比咱俩的年龄都大。"

早晨是馄饨铺最忙的时候，人来人往，川流不息。可吕青山和梅晓歌坐的这张桌子却没什么人靠近，他俩的白衬衫在这里着实有些显眼。有的人甚至认出了天天出现在电视上的吕青山，悄悄地议论和指点着。

豆浆、油条、小馄饨，零零碎碎摆了一桌。吕青山拎起桌上的醋瓶子对梅晓歌说："这里的情况，你肯定也了解过。从富裕县调过来，肯定得受点委屈。要不要醋?"

梅晓歌赶紧把醋瓶子接过来，先给吕青山点了几滴，自己也跟着点了点。吕青山喝了口馄饨汤，咂摸了一下味道说："上星期卫健委搞了个总结，说这里心脑血管病人多，因为饭菜太咸了。你有没有发现一个规律，但凡口味重的地区，相对就穷。你看那些吃饭清淡的地方，日子就好过很多。来之前，听说过不少版本的光明县吧？"

梅晓歌点点头："省市各厅局处现在都喜欢去九原县。很少有人来找咱们，因为光明县没钱，招待不好，还老张嘴问人要。也有不靠谱的传言，说财政拖不动了。"

吕青山的眉头不由自主地又拧在了一起："就像踩着一辆独轮车，手里还抛着六七个小球。本来工业就不强，前些时候还被省里查了典型。停产整改，税收财政，哪个球都不能落地。"

吕青山的压力，梅晓歌感同身受："越早拆完，经济越早转起来。马拉松，跑得还得更快。"

可吕青山一点不敢放松："搞活一盘棋不容易。这才拆迁，还有平坟迁坟，看着吧，麻烦还在后面。"

梅晓歌刚咬了口油条，嚼了两下，太硬了，有点咽不下去。

天一大亮，头天晚上调度会上制定的工作方案已经迅速铺开执行了。

第一条是走妇女路线，执行人是妇联主席祁美萍。她带着几个妇女干部，把家里尚未拆迁的一众主妇聚到了她姨妈家。她姨妈家也在拆迁圈里，不过已经签了字，这会儿家当已经搬得差不多了。

既然是妇女路线，那开会的形式就不能跟那些拉着脸的老爷们一个样。祁美萍的办法是包饺子。各种家什都支在院子里，有的人和馅儿，有的人擀皮，到场的妇女很自然地便加入了进来。

祁美萍手巧嘴也巧，她一边捏着带花边的饺子，一边说："我姨妈起先也不想搬，年纪大了，懒得折腾，一说就摆手。真带她去看了安置房，还没到第二期，刚进第一期就不想走了。冬暖夏凉，干净，又不用堵车，起码老太太不用自己烧锅炉了。"

大家喊喊喳喳说着饺子的事，却没人接祁美萍的话茬。祁美萍不以为意，转而对身边一个妇女说："那天去县医院体检，我姨说也看见你了，二嫂。还是甲状腺结节？我不是给你找了省人民医院的看了吗？是不是又长大了？"

二嫂忙活着手里的擀面杖随口答道："专家叫复查，我就复查。上次一点五，这次一点六，还行。"

祁美萍撬动了一张嘴，赶紧接着说："两年才长了零点一，那就没事。大夫说出门随便找十几个女的，三四个都有结节，常见病。心平气和多好，你说都那么较劲干什么。小玲,你男人也不容易,上班得干活,夜里还要给你的面包店打免费工,你对他好点,累坏了,谁给你种二胎?"

人群里一阵哄笑,气氛慢慢缓和下来。祁美萍接着对小玲说:"呒呒喝水行,别忘了挖井的。下期妇联搞培训,你来教教大家怎么做面包。不来我就问你要当年的学费。就这个星期六。牛姐,你不想去吗?晚上七点别忘了。你妹夫是不是快出来了?"

"我管他什么时候。"牛姐粗声大气地说,"怎么没判个无期,这辈子别出来才好。"

"家暴这种事还够不上无期。七天也够他吃记心丸了。谁叫你妹妹不肯离。以后再犯,我再带她去找派出所。"说话间,祁美萍捏好了最后一个饺子,拍拍手上的面粉,接着说,"卸灶搬锅,下顿再想到我姨家吃饺子就得上楼了。搬迁这个事,政府肯定要干到底。七成的都走了,剩下的除了那几户漫天要价的,就是咱们这十几户了。什么情况、该赔多少,大家其实心里都有数,观望看热闹没关系,但是别把好时机给耽误了。安置楼和大白菜一样,谁挑得迟,谁吃菜帮子。你们千万别吃亏。帮我个忙,能早点都别拖。二嫂,这里头你最大,你说句话呗。"

众人的目光一下聚到了二嫂的身上,见此情景,二嫂也不扭捏,直接说道:"美萍,你在这儿,我啥都能说。按补偿标准,我家是不吃亏的,但就是不平衡。房后头那家姓徐的,草泥房和我家砖房一样,为什么面积补偿比我们多?多十平方米,这都够我家三口人睡了。"

焦点又转回到祁美萍这边,但她一点不怵:"公告里都写了,适当照顾贫弱群体。一会儿刷完锅,咱俩去看看那户人家。他家六口人挤在二十平方米的小平房里头,还带着一个患脑血栓的老人。二嫂,你要是拆迁办主任,你给不给?"

二嫂不说话了,其他人见状也都跟着安静下来。祁美萍自知时机成熟,干脆利落地说:"就这样,下饺子。"

另一边,艾鲜枝拿着一份税务资料,边看边朝油坊老板家走去。联络员小卢提着公文包在一边说:"五年来所有的明细都在这儿了,地税和国税都查过,不会有遗漏。"

艾鲜枝把资料大概看了看,随手一合,对小卢和一起来的两个镇干部说:"不用跟着,我自己进去就行。"

见今天来了个女干部,油坊的老板娘亲自出马接待。还是吕青山坐过的凳子,还是那一大堆账簿,老板娘抱着胳膊端坐在艾鲜枝对面,一副准备接招的架势。

那堆账簿,艾鲜枝连看都没看。她拿起放在茶几上的小笸箩,剥了几颗花生,边吃边说:"功在千秋,利国利民,和针对好人、坏人没关系。不知道从什么时候开始,大家对好人的定义不一样了。说一个人是好人,意思就是这个人很窝囊,可以欺负。

好人变成了一个贬义词。"

"我家男人确实窝囊。"老板娘依旧抱着胳膊，"艾书记，你看你们一来，他什么话都不敢说，把我个女人推到前面。"

"善良和窝囊是两码事。我希望大家都是好人，而好人的标准很简单——实事求是。反正你说什么，我是信的。你反映的补偿标准偏低、和事实严重不符的情况，县里很重视。今天一早开了调度会，专门解决你的问题。这件事情迫在眉睫，必须办好，还要快。"

艾鲜枝这么痛快，倒让老板娘警觉起来。她小心地观察着艾鲜枝的脸色，嘴上客气地说："平时我和工作组的人谈得嘴巴都哑了也没个结果，书记、县长一来，就是不一样。"

"特事特办，咱们今天就画个句号。"艾鲜枝拍拍茶几上的账簿说，"上面的利润是每年105万元到131万元不等，你们要求按此标准补偿。我们口算个平均数，120万元吧。"说着她又掏出刚刚在路上看的那份税务资料，往茶几上一放，说："这是税务部门截至今天的最新数据。这五年内你们纳税的记录都在这，有些数字对不上。实事求是地说，我不相信你们是恶意偷逃税，所以漏税补缴，按照每年120万元，好吧。滞纳金要贵一些。补缴税款有截止时间，超出的，依法追究偷税漏税行为。要不你先核实一下？"

老板娘的脸马上变了色，一副欲言又止的样子。

"有话说？"艾鲜枝问道。

老板娘吭哧了半天才说："艾书记，不是我要撒谎，都是我男人逼的。"

安顿好了油坊老板，乔胜利家也没回，又去了拆迁现场。他还没厘清头绪，就接到了一个坏消息——镇年度党委党建工作报告被打回来了，格式标准不对，要问责。

乔胜利急慌慌地穿过一片瓦砾堆，找了个相对安静的地方，对着电话那头说："当然不服了。你去翻翻镇里的党建报表，平均每天就要一张。镇年度党委党建工作报告前后总共修改了十几遍，就因为一个格式标准不对就要问责，主任你也是从基层干出来的，你说谁能服气呀！"

又是一阵机器轰鸣，乔胜利把手机换了个耳朵听，接着说："几个处分，我都无所谓，我是替镇里那些兄弟姐妹们叫唤。今年要搞省级示范镇，除了感冒、发烧，他们没睡过一天的整觉。举全镇之力，四面开花，99%的工作都做得没话说，就因为一项全县重点工作落了后，考核就排到了全县倒数第四，差一分就是倒数第三了。哥，反正我就一句话，这个处分决不能给分管副镇长，就给我，要不我就不干了。"

"又给你？乔胜利你可想清楚了，你身上背过多少处分了。"电话那头道。

"哎呀，我早习惯了。一把手肯定要挨打的，别打要害部位、别打死就行了。"

正说着，忽然一只手从后面推了一把，把乔胜利推了个趔趄。他匆忙挂断电话，刚想骂娘，转头一看竟是自己的妻子。乔胜利骤然想起，早上两人因为孩子在学校的事还戗了两句，没想到这会儿妻子竟然找到了这里。

周围几个同事都在默默地看着，乔胜利拉着脸，硬着头皮问道："是不是门钥匙又锁家里了？说好几次了，要是怕记不住，你就提前……"

妻子二话没说，把一个白色小药瓶扔到了乔胜利的身上。乔胜利慌忙接住一看，原来是自己每天必须服用的降压药。他的语气也跟着软了下来："忘带了。上你的班吧，你还大老远送过来。"

妻子瞪了他一眼，没好气地说："高血压不好好治，以后就是个脑血栓。你自己不怕，别害儿子和闺女以后伺候你。"

说完，她扭头就走，把乔胜利晾在了原地。

同事在侧，乔胜利也有点挂不住脸，冲着妻子的背影，嘴硬地喊了一句："光知道送药，水呢？"

吕青山紧锁的眉头在梅晓歌的脑子里挥之不去。所以，他一早便吩咐范太平整理县里的经济数据去办公室等他。

"这是从蒋县长来的那年一直到现在的数据。"范太平坐在梅晓歌对面小心地说。

梅晓歌边看边问："来之前的有吗？最好把历年所有的经济数据都拿过来，包括出问题的那些，我都看看。"

范太平点点头，正准备起身离开，一阵敲门声，联络员小周走进来汇报说："县长、主任，有几个上访的。"

"找信访局呀。要按程序走。怎么一来就找县长？"范太平有些不快地看着小周责问道。

"郝局长也在外面。"小周有点为难，"这些上访的有些不一样，都是县医院的大夫。"

梅晓歌意外地一愣，起身说："走吧，去看看。"

会客室里，八位退休专家不卑不亢地坐在梅晓歌对面。梅晓歌认真地看着一张手写的情况说明，上面清楚写明了几位专家被拖欠的退休工资的日期、数额等情况。

"这个月初，发的只是四个月前的退休工资。我看了看，从去年一过春节开始就是这样了啊。"梅晓歌边看边说，心情也愈发沉重。

一位领头的医生坐在梅晓歌身边，正色道："其间还曾有过多次间断的情况出现。医院的返聘门诊补贴也有拖欠。"

"院长怎么说？"梅晓歌问。

"院长和我们是一样的。我们收不到，他也收不到，都没办法。"

梅晓歌明白了，院长还在任上，有苦难言，退休专家扛不住了，只好自己出头。院长和专家的工资都发不出来，那下面的人呢？医生连基本工资都保证不了，怎么安心给病人看病呢？

一连串的问题涌入了梅晓歌的脑子，不过他没有像吕青山一样紧锁眉头，反而加倍亲切耐心地说："我小时候得过肺炎，就是史主任给治好的。当时连着发烧，老人不懂，给乱用药，用安乃近，到了县医院才知道有风险。这事您可能都忘了。全县三十多万人的身体健康都得拜托大家。放心，今天这个事情，必须有个说法。"

此时，范太平从门外走了进来，坐在最下首的一把椅子上，冲梅晓歌微微点了点头。梅晓歌知道，此刻他要找的人马上就要到了。

县财政局局长叶昌禾在县政府大楼的楼道里一路小跑，半路上遇到几个熟人，他连招呼都顾不上打。因为怕下面乡镇的干部拿着条子来要钱，叶昌禾把自己反锁在办公室里，连电话都不敢接，可他今天偏偏错过了一个最重要的电话。县财政局办公室的吴主任急匆匆地跑来告诉他，新来的县长要找他。

叶昌禾一边跑一边盘算着对策。不论谁找他，其实都是一件事——要钱。下面的人要钱，他可以躲一躲，县长找他要钱，他躲不了。可钱去哪儿找呢？

来回思量之间，叶昌禾已经到了会客室门外。他推门进去，里面已经坐满了人。除了梅县长和范太平，还有常务副县长明路、分管医疗的副县长兰茂林，甚至连县卫健委主任、县医院院长也都来了。叶昌禾本想找个不显眼的下首坐下，可是早已没有空位了。范太平冲前面指了指，叶昌禾只好硬着头皮坐到了梅晓歌旁边给他预留的位置上。

会客室里气氛颇为凝重，梅晓歌尽量轻松地开着玩笑："平时想聚这么多专家可不容易，你们谁想咨询什么医疗问题抓紧了，义诊啊。"可惜这个笑话显然不足以稀释空气中的紧张，好在此时叶昌禾进来了。

梅晓歌一见他，马上说："财神爷来了。具体情况，范主任电话里和你说过了吧？今天咱们这样，卫健委的人也在，一起商量个办法，拿个方案出来。工资缺了咱们自己，也不能缺了救命的人。"

叶昌禾刚想说话，县医院的院长抢先说了一句："医院的工资一直是七三开，今天回去我们就把三十补齐，返聘门诊补贴以后也准时发。"

医院抢先表态，下面就轮到政府这边了。卫健委主任看了看分管副县长兰茂林，兰茂林又看了看常务副县长明路。明路不能再看梅晓歌了，他只能转向叶昌禾，问道："剩下的七十，叶局长能补吧？"

叶昌禾手心都冒汗了，他深吸一口气说："这个事情之前就研究过，我也知道，可真不是故意拖着，实在是……"

"知道你也不容易。"梅晓歌轻轻打断了叶昌禾的话，"想想办法，从别的地方先挪一挪，要不哪天组织去医院体检，咱们过去量个血压也没人管啦。"

此时，不光是手心，叶昌禾连后背都开始冒汗了。他犹豫了两秒钟，艰难地开口说："县长，前面的雪球滚得实在太大。最多，我真的只能挪一半。"

会客室里静得只剩下众人的喘气声。几个专家眼巴巴看着梅晓歌，看他如何决断。梅晓歌看了看明路，思考片刻，对叶昌禾说："那就这样，和拆迁以后建的商品房一样，按揭。剩下的一半打个包票，分批发放，最多不超过……"

叶昌禾看了一眼梅晓歌，咬牙说出了时间期限："三个月。"

乔胜利终于可以下班了。

上午还算好的，帮着已经签字的住户拉拉东西搬搬家，身上虽然累，总归心里有点着落。想想自己，从半夜里忙到半晌午，没有媳妇送来的降压药，怕是真的要犯脑血栓了。乔胜利看看时间，还来得及，于是破天荒地去了趟菜市场，买了几样孩子爱吃的菜。

一片好心扑了个空，家里静悄悄的，一个人影都没有。乔胜利拿起手机刚想给妻子打电话，猛然又想起早上妻子的冷脸。他迟疑了一下，拨通了老丈人的号码。

"爸呀，小曼回去了吧？我知道孩子们老想去你们那儿，可没人管，他们玩手机呀。我刚到家，这两天有点忙，过阵子我去看你啊。到时我陪你喝一杯。好，好。"

老丈人年纪大了，接电话习惯性免提。乔胜利仔细听着，虽然妻子在那边没搭话，但情绪大概还不错，还惦记着送药，那就是没真生气。乔胜利一边默默安慰自己，一边轻轻舒了口气。

既然是一个人的午餐，那就不必费事了，冰箱里常年备着的速冻饺子，足够填饱肚子。可是热腾腾的饺子还没送进嘴里，咣当一声巨响，一块石头飞进来，把窗户玻璃砸了个窟窿，玻璃碴儿溅得到处都是。乔胜利气得一下子站起来——刚回来的时候，他就看见自己放在外面的电动车被人扎了车胎，现在发展到砸玻璃了！

他三两步冲到窗户旁，大骂道："别跑！上来单对单，你也来拆我的房！扎车胎、砸玻璃，我日你祖宗！"

可惜骂也没用，人早跑没影了。看着满地狼藉，乔胜利叹了口气想："我自己干的事真这么招恨吗？"不过没等他想明白，肚子已经咕咕叫着抗议了。乔胜利也顾不上收拾，捡了捡盘子里的玻璃碴儿，接着吃起来。

半盘饺子下肚，乔胜利稍稍稳住了神。这时，在一旁充电的手机响了起来。走过去只看了一眼，乔胜利便忙不迭地接了起来："嗯嗯，嗯嗯，好，好。下午就能签字是吧？我吃完马上就过去。"

这个电话比饺子还香。

林志为第二天的工作内容和第一天差不多，总结下来就八个字——跑腿传话，倒水打杂。不仅是昨天和今天，还有明天和后天，乃至今后的很多天，林志为的工作大概率都是这些内容。

对这些，林志为早有心理准备。哪个基层公务员不是这样起步的？林志为不甘于此，他觉得自己也不是个白痴，他现在主要缺的就是经验。

所以，在打杂的间隙，林志为特别注意学习和观察。比如一早，见赵乐恒趴在电脑前噼里啪啦地敲键盘写稿子，林志为就悄悄地凑过去，看看这县长的发言稿是怎么炼成的。

"紧盯目标抓落实。要发扬'跳起来摘桃子'的精神，自我加压，确保全年目标圆满实现。全年发展法兰出口贸易，力争销售额翻倍。打造乡村旅游示范村11个，新增养殖奶牛200头，种植中药材1万亩，确保所有产业扶持户都有'管当前、保长远'的产业。继续加大招商引资力度，创新节会招商、以商招商、叩门招商等形式，力争签约项目32个以上、总引资额进入全市前六名……"

一串串的句子在电脑上跃然而出，林志为看得入神，却不料赵乐恒突然一回头，两人都吓了一跳。

"你站这干什么？"赵乐恒问道。

林志为赶紧谦虚地回答："没事没事，看见你在写稿子就想学习学习。你写你的，我就看看。"

赵乐恒回头瞥了一眼："这有什么可学的？要是看一眼就能学会，倒简单了。"

林志为没有计较赵乐恒的傲慢，依旧谦虚地问："是啊。这个挺难的吧？"

"梅县长的发言稿，第一次全县三级干部会议，县政府未来要干的重点工作，你说难不难。"

"以后等你时间方便，我还得多向你请教。"

"小赵?"范太平的声音从楼道里传来，打断了二人的对话。

一听到主任的召唤，赵乐恒立马换了个人似的，起身迎着范太平走过去，嘴里还忙不迭地连声叫着"主任主任"。

"县长的发言稿怎么样了? 辛苦一下，今天必须赶出来啊。"

"好的，好的，不睡觉我也把它赶出来。"

范太平赞许地点点头，又对坐在一旁的江霞吩咐说："之前找的那些数据，县长还要看再往前的，越全越好。去整理整理，好吧?"

江霞点点头，看了一眼林志为，但什么也没说。

虽然没被点到，但林志为还是一直看着范太平。万一呢，主任也派给他点任务，那种看上去好像有点重要的任务。可惜范太平说完这两件事就从林志为身边走过去了，好像根本没看见他。

林志为失望吗? 也谈不上，当然肯定也不会太高兴。林志为回到自己的座位，漫无目的地整理着桌子上的几张纸，似乎想让自己看上去忙碌一点。座位上的江霞又悄悄看了他一眼，但还是什么都没说。

一直熬到中午十二点，《我的祖国》的歌声回荡在楼道里，这是下班的信号。林志为随着人流来到电梯门口，见等待的人多，便转身进了侧门的步行梯。刚走没两步，身后忽然有人喊他的名字，转头一看，正是江霞。

"你好。"一见到同事，林志为不自觉地抻了抻衣服。

江霞倒没那么端着，直接走到他身边说："历任县长的发言稿都在资料室，你要是想看，可以自己去查。"

几个女同事也走进了步行梯，江霞说完便很自然地加入了她们的行列。林志为愣了一会儿，才想起还未道谢，但此时江霞早已经走远了。

一辆满是泥点子的轿车，七拐八拐，停在了城乡接合部的一个农户家的门前。李来有从车上下来，轻车熟路地走了进去。这里是一处隐秘的农家乐，专门招待那些不方便在外面吃吃喝喝的干部们。

此时的东厢房里已经坐定了三个人。主位上的是物价局局长刘亚军，他左侧是原平乡党委书记李保平，他右侧的位置留给李来有，而最下首坐的是鹿泉乡供电站站长曹建林。

李来有进门的时候，热气腾腾的砂锅刚刚揭开盖子，饭局的组织者李保平正拿着勺子给大家分肉分汤。见李来有走进来，他揶揄道："回回都是你最迟，又不是叫你捐款助学，请你喝蛇汤还不积极，装什么领导。"

"他妈的真要忙死了。"李来有一屁股坐下，摸着自己的下巴说，"天天应付检查，我连胡子都没时间刮。省里的那些人脑袋里不知道都在想什么，老人住老房，非要找第三方评估。找没经验的大学生就算了，还找北方人来评估南方农村，墙上有个缝就说房屋开裂。毛娃娃什么都不懂，你还得跟着装孙子。"说到这，他接过李保平递过来的蛇汤，吸溜着喝了一口说："哪像保平书记潇洒，守着山林子不是吃蛇就是吃蛙，补得两眼放光。"

李保平嘿嘿地笑："到了我这个年纪，吃啥也没用了，好东西还是给刘局长吧。"

在机关单位待久了，刘亚军习惯性地板着脸。不过在场的毕竟都是老熟人，他一张嘴便都是些没轻重的玩笑话了："你给曹站长少盛点，他火力本来就旺，别补得鹿泉乡全是丈母娘。"

曹建林是四个人里最小的，说话更放得开："鹿泉乡的妇女被来有哥看得太紧，我连说句话都得打摩斯密码。有哥，你别那么辛苦，太累了，要注意身体啊。"

"屁。幸亏你不是县委书记，你要当了主官，我就完蛋了，一年下来跑断腿，到你这还不领情。"李来有说。

"来有书记这是大智若愚。"刘亚军接过话茬，"什么叫官场秘籍？什么叫政治投资？就四个字——投其所好。古往今来，哪个不是？和珅、纪晓岚也是一样的。什么叫投其所好？你能干，你熬夜，你不要命地加班，这也是投其所好。"

一番话说得几个人哈哈大笑，曹建林有点兴奋起来，提议说："我后备厢里有酒，红黄白都有，要不要多少喝一点？"

三个人一齐摆手，李保平瞪他一眼说："中午喝酒不是找死吗？好好喝汤。"

四个汤碗碰到了一起。

汤过三巡，作为饭局的中心人物，刘亚军开始侃侃而谈："我一直就有个观点，阿谀奉承的不一定是马屁精。真的，你想想看，人人长着一张嘴，见了领导总是要说话的。不奉承，难道还挖苦讽刺，指桑骂槐？事情一定要辩证地看，奉承话里也有门道，看你怎么听了。夸的内容肯定不一样，夸你的都是你做得好的，没做好的，一定没人夸，也能给你提个醒。只要耳朵竖得好，嘴巴还是有用的。总提意见的也不一定都是好人，得看他是什么目的。"

"有道理啊。"李来有接过话茬，"我下午回去就开个专题会，专门研究以后怎么奉承我，先从乡长开始，压实压紧主体责任，严格落实。"

"不信你们去夸夸吕书记，只要能夸到点上，对领导也有积累经验的积极意义。"刘亚军眼珠一转，略微压低了声音，把话题转到了拆迁的事上，"你看最近拆迁拆得多好，能治得住的都是老百姓，有麻烦的全部摘出去。"

众人的表情都有些微妙，停了两秒，李保平说："也是啊，绕着老同志的房子画圈，完美避开，要不真不知该赔多少。"

"哪个老同志？"曹建林有点冒失地问道。

没人接话，过了一会儿，李来有回了一句："周良顺。"

"噢……"曹建林不住地点着头说，"还是领导想得更细致啊，服了。"

"新来的梅县长这个人怎么样，你们谁了解？"李保平冲着几人问。

李来有头也没抬地说了一句："据说是个干事的人。"

刘亚军瞥了一眼李来有，说："不能干上面会派他到光明县这个鸟不拉屎的地方来？就看看有多少能耐了。咱这小地方扶人不容易，毁人可倒简单。"

李来有挠挠后脖颈："拆迁之后就是平坟迁坟。刚来就赶上这当头炮，新官上任三把火，看看县长怎么烧给书记看吧。"

李保平端起蛇汤又咂摸了一口，放下碗说："本来还说找个时间请县长来这尝尝味道呢，看来要上火呀，缓缓吧。"

机关食堂二楼是县四套班子领导吃饭的地方，除了两办主任和人武部的政委、部长，其余有十五六人，午餐都在一张大转桌上吃。大转桌开的是流水席，凉菜、热菜间隔着上，米饭和面条自助。午饭的用餐标准按照每个人的餐补标准调配，另外还供应自助早餐。晚饭就更简单了，留在这儿吃的最多五个人。

吕青山有固定的位置，他右侧是固定留给县长的座位。今天，梅晓歌第一次坐在这里。桌子上的转盘自动旋转，不过只要是书记和县长夹菜的时候，总有人伸手帮忙把着转盘。

其余的人来来往往，虽然位置不固定，但因着脾气秉性和身份关系，自然也有些远近亲疏。有的人一贯是默默无闻的听众，比如县政法委书记张新年和县政协主席廖君。比起他们，副县长于立群的话就比较多，他指着海带丝说："小杨，这海带能不能上啊？算成海鲜就超标了。保险点，你搞个蛋花汤。别让上面查下来，让常务背锅呀。"

听了这话，小杨笑而不语。作为二楼食堂的负责人，她知晓这里每个人的籍贯、忌口和喜好。吕青山喜欢吃面，艾鲜枝偏好吃米饭，所以每天中午都是打卤面和蛋炒饭两样齐全。领导们用餐的时候，她穿梭其间，添餐纸、送酸奶、上水果，既及时周到，又不过多打扰。

见小杨没吭声，明路把海带丝夹到盘子里，又夹了一片腰花说："你们真是不懂事，每天给书记吃这么多的补品。书记一个人住在县里，晚上睡也睡不着，补得精力充沛，怪不得天天叫我们半夜开会。"

众人一阵哄笑。于立群又说："最近的菜越来越淡了，一看就是光照顾艾书记，不管我们。"

"少吃点盐，对身体好。"艾鲜枝接着说，"咱们这个年龄上有老下有小，得对自己负点责。"

明路笑笑说："是得多运动。你们看那些资深上访户，天天来大院报到，风雨无阻，就像那个老邱，腿脚比我都灵活。哪天让县医院查查，他绝对没有'三高'。"

此时，吕青山和梅晓歌一起走了进来。虽然餐厅里一片热闹，但吕青山却没有融入其中的意思，一来先去了卫生间洗手。倒是梅晓歌，因为曾经在另一个县的共青团和明路有过短暂的合作，听见他的玩笑话，自然而然地接上说："过两天就要平坟迁坟，信访局的压力又大了。"

县委宣传部部长李唐接着说："九原县前年就搞过这个事情，可以给他们打电话，取取经。"

此时，吕青山从卫生间走出来，边擦手边问："除了老邱，基本都签字了吧？"

"就剩他一家了。也好办，把周围该拆的都拆掉，留着这根独苗，耗一耗。"纪东亮一边回答，一边等着吕青山示下。但吕青山的目光已经全被墙上的电视吸引过去了——正在直播的全省新闻，画面上一组暗访镜头显示，就在当初梅晓歌上任路过的道口，光明县的交警正拦着一辆卡车私自罚款。

所有人都不再说话，静静地看着电视上的画面。梅晓歌刚拿起来的筷子，也慢慢放了下去。

长岭村里，宝根正就着大蒜呼噜呼噜地吃着热汤面，忽然院子里有人喊了他一声"根哥"。

宝根抬头一看，原来是那天一起上访的一个工友。这个工友穿着工装，拎着头盔和手套走了进来，说："抓紧点吃，吃完进厂啦。"

宝根眼睛一亮："解封，开门了？"

"嘘！"工友压低声音，"偷偷干。"

宝根会意，马上冲着屋里喊："妈，给我晾碗汤，吃完要出门了！"

第三章 视频火了

县委宣传部的大办公室里，宣传部部长李唐和手下的所有干部科员全都忙得焦头烂额。

李唐的手机一直在桌子上嗡嗡振动，她听得见，却没工夫理会。此刻，还有什么比她手里这份新闻稿更重要的呢？交警队乱罚款的事，省里都知道了，县委宣传部现在就是堵枪眼的。她站在执笔的科员身后，逐字逐句地斟酌着，看到结尾处又交代说："把这句改成'已对交警队队长作出停职处理'。"

都修改完后，她才接起手机上的陌生来电，应对着说："不好意思，县长在市里开会，暂时没法回应。交警队队长已经停职，对。抱歉，我还在开会，回头再说。"

但这样的电话此起彼伏，李唐刚挂断电话手机又在桌上振动了起来。

县政府常务会议通常要套开县长办公会，所以除了各乡镇的干部，没出门的副县长一般都会参加。这次是梅晓歌到任后的第一次常务会议，常务副县长明路、县人武部部长郭永恒、县人大常委会副主任刘晓明、县政协副主席刘鹏悉数列席会议。

因为是政府这边的会议，会务由林志为和赵乐恒负责。林志为站在门口，给众乡镇干部和县直机关干部引路指座，而赵乐恒则拿着一个签到本，穿梭在会场之中，一边找人签字，一边殷勤地和各个参会者打着招呼。

交警队的事情早已经传开了，所有人都心知肚明，今天这个会怕是没那么好过。可开会前，大家还是默契地保持着轻松的气氛，互相揶揄着。

乔胜利走进来，坐在了已经提前坐定的李来有的身边。还没来得及打招呼，一旁的李保平先搭话问道："砸窗玻璃的人找着没有？镇派出所的力度也太小了，不行让东亮县长督办一下。"

乔胜利看都没看他，打了个哈欠说："乡镇还没被督完呢。听过层层督查的绕口令吗？督查组督查正在督查的督查组。"

这时夹在两人中间的李来有说："上面就知道督基层，没事也督督那些假记者。前两天乡卫生所又让人拍了，医疗垃圾乱堆乱放。其实就是地上掉了几根塑料管子。开口就要十万元，吃顿饭砍砍价，五千元。"

"假记者背后都有真记者。"李保平接过话茬，"你不理假的，真的就来了。"

乔胜利有点满不在乎地说："李唐部长不是说了嘛，有的文章都不用管它。现在谁还看新闻？"

"就怕领导还在看。全省就书记一个人还在看报纸，你怕不怕？"李保平眯缝着眼睛反问道。看似漫不经心的闲聊，其实几个人心里都明白得很，事情大小，且看一会儿县长怎么说吧。

此时，梅晓歌最后一个从门外进来。看看座位前的桌面上放着的提前泡好的茶，又看看身旁明路杯子里厚厚的一层枸杞，笑着打趣道："常务最近有点虚啊。喝这么多枸杞有用吗？"

明路摇摇头："不如县长啊。天天搞拆迁，觉也没得睡，身体快顶不住了。"

"你可以试试跑步，真的有效。这么多年我就靠着晨跑和午休顶着。"说着他看了看旁边的副县长于立群，"明天早晨我叫你，把明常务也捎上。"

于立群连连摆手，自嘲地说："我还是靠回笼觉撑撑吧。"

三个人都笑了起来，梅晓歌看看时间，拿起话筒开始主持会议。议题的顺序通常都是从大到小，越往后事情越具体，尤其是要在会上发言的干部，字斟句酌地讲完了，还要看领导的反应。新官上任三把火，对县里的各项工作肯定要有所指示。但工作究竟该怎么汇报，话该往哪头说，在座之人谁的心里都没底，都在等，等等看新县长的风格。

一个干部汇报完招商引资的工作之后，梅晓歌拿过了话筒："'放管服'的这些政策，不管你出台多少条，落实不了的都是白条。白条是把刀子，伤害的是政府的公信力，就像人一样，说了不算，撒谎，以后谁还信咱们？企业不会信你的。江浙地区几个人凑一下就可以开个企业，我们这里的限制太多了。好比说一头猪从长大到最后进到我们的嘴里，有多少部门要管？让你跑好几次，你也烦。认真梳理一下流程，换位思考，好吧？下一个。"

接下来要发言的是物价局局长刘亚军。梅晓歌见他手里拿着几页纸，没等他开口便抢先说："今天的会多，时间也紧，不要念稿子了，直接说重点吧，言简意赅，要不然乔书记要睡着了。"

连轴转地忙活拆迁，再加上长篇累牍的发言，乔胜利的眼皮确实已经开始打架了。可他没想到自己坐在一个不起眼的角落里，还是被县长发现，还被点了名。困意瞬间消失了，他尴尬地直了直身子。

刘亚军汇报说："报告县长，物价局申请八台电脑办公。"

听了这个需求，梅晓歌低头看看面前的办公用的平板电脑，回答说："太多了，现在很多事情手机上也能办，三台吧。"说着他又看了看身边的明路，说："常务也在这里，过日子，这都是没办法的事情。你当了婆婆也得这样讨价还价，以前我也不至于这么抠。财政有意见吗？各位领导？常务？"

这点小事，县长开口了，其他人又怎么会有意见呢？刘亚军虽说心有不甘，也只能站起身来。

下一个汇报的是公安局，负责汇报的副局长也仿照着刘亚军的模式，直接说："县公安局申请购买一辆12万元的二手车。"

梅晓歌看了看议题，问道："自筹资金是吧？"

"是。"

"财政同意吗？"梅晓歌看向叶昌禾问道。

"同意。"叶昌禾马上回答。

"反正不用你出钱。"梅晓歌一句打趣，众人都笑了起来。副局长见状刚想起身离席，梅晓歌又喊住了他："我得提醒你们一句，资金自筹，不能再去路上乱罚款。交警队上新闻的事，县里还不知道要挨多少板子，搞得省里也知道了，东亮县长给市里的检查还没写完吧？"

纪东亮自嘲地摇了摇头。

如此这般简明扼要，会议也开了大半天。来的时候是最后一个，走的时候还是最后一个，一出门，梅晓歌就看到了等在外面的李保平。

"县长，不好意思，这个得您签个字。"

梅晓歌接过李保平递上的文件，迅速看了一眼标题：《乡镇企业办厂征地方案》。

停了两秒钟，梅晓歌问："这是什么？法兰配套产业吗？"

"对。"李保平连连点头，"蒋县长已经同意了，结果……耽搁了三个月，不能再拖了。"说着，他把早已准备好的笔递到了梅晓歌手里。

梅晓歌接过了笔，却并没有签字，他又仔细看了看文件，问李保平："书记知道这个事吗？他的意思呢？"

"知道，我一早就汇报过。"李保平回答得相当笃定。

但梅晓歌还是没签字，而且眼睛始终没有离开文件，嘴里慢慢地说："征地的问题还是要慎重。这两天拆迁就快搞死人了——你这些数字怎么对不上？"

李保平被这突如其来的问题搞了个措手不及，急忙凑过去边看边说："对不上吗？"

但梅晓歌的问题却不止这一个："施工单位是谁？总承包是谁？中标单位是哪个？都不写吗？"

李保平赔着笑脸说："本来还有个详细的报告，上面都有，怕您太忙……"

"再忙也得看清楚。不光是我，你也是。要不然风险到底在哪，心里完全没有底。最后的结果就是施工单位绑架了设计单位，对吧？"

此时梅晓歌的目光已经从文件转向了李保平，和县长对视了一下，李保平赶紧点头哈腰地说："那不会，那不会。"

梅晓歌拍拍他的肩膀，把文件一卷，一边往前走一边说："不要觉得签个字很简单，咱俩的名字签下去都是要负责任的。我再了解一下，好吧？"说完，他加快脚步，把李保平和他嘴里的"特别着急"留在了楼道里。

一回到办公室，梅晓歌就把范太平叫了过来，用李保平递给他的笔指着那份文件说："县官不如现管，李保平连笔都准备好了，就差拉着我的手签字画押了。我说我需要先看一下，结果他告诉我这个事情特别着急。前面这么多领导都不肯签，肯定是有问题的。"

范太平附和道："不能以为新领导不了解情况，就搞这种事情。这就不是思想品德的问题了，政治品德也坏了。"

梅晓歌看着文件想了想接着问道："奶牛基地那次假数据也是原平乡吧？"

"当时李保平还是镇长。书记被免了，他是替补变主力。"范太平说着，轻轻地把一份讲话稿放到了桌上，盖住了那份文件。怎么能让领导在最短时间内转怒为喜，答案就是赶紧汇报一项已经圆满完成的工作。作为办公室主任，范太平深谙此道。

果然，梅晓歌接过这份昨天由赵乐恒起草的发言稿，脸色见好："速度够快的啊。"

"连夜起草的，还得县长多指正。"范太平语气谦虚，心里却不禁有些得意。他没有注意到的是，梅晓歌的目光扫过发言稿的时候，眉头微微皱了一下。

光明县界的国道旁，有个不起眼的小馆子，这是县交警队的一个小据点。此刻，谭副队长正带着三四个出外勤的交警在这里吃饭。

长年在国道上吃土，谭副队长的嗓子不大好。他干咳两下，清了清嗓子，学起了梅晓歌的口气："咱们都不能在办公室里想当然，要出去，将心比心，换位思考，要有烟火气。那些开大车的司机，辛辛苦苦一个月，几吨的法兰从山西拉到河北，刨去吃喝，一个来回能挣多少钱？咱们有几个人知道？"

几个交警闷头吃饭，没人吭声。几人的衣领、帽檐除了土灰就是汗渍，他们脸上写满了疲惫和无奈。谭副队长从面前的铁锅里夹了口菜，边嚼边说："看看县长说得多好，老百姓听了当场就得鼓掌。就交警不是人，一天下来灰头土脸，罚的款都进了自己口袋也算啊。可惜了队长，再干一年就能退休了，说撸就撸了。"

此时，一个交警抬起头说："少说两句吧，谭哥。下一步得提你，注意点影响。"

"走哪我也是这几句话。"谭副队长反倒提高了一个调门，"挨着老百姓的骂，背着全县的锅。要么县里别修路！修路还不是让我们出来找钱？这破队长谁想当谁当，别找我。服务员再来份米饭。"

众人见状再不吭声，重新把脸埋进了饭碗里。

小油坊签字以后，拆迁区域就只剩下老邱一家没拆了。他家的房子孤零零地立在一片废墟上，显得特别扎眼。但老邱的心情丝毫没有受到影响，他拎着一兜蔬菜，穿过砖头瓦砾，坦然地走进家门。

因为没有其他建筑的阻挡，周围大型机械的轰鸣声直接穿透了老邱家。卧室里，正在警校读书的女儿邱真烦躁地戴上了耳塞。马上要考试了，还有三四门课的书要看，但是家里嘈杂的学习环境已经快让她崩溃了。

客厅里，老邱把买回来的菜递给老伴，慢悠悠地沏上了茶。望着杯子里微微振动的水面，老伴一边择菜，一边试着和老邱说："反正家里你做主，我就是和你商量。二真要考试，这天天像地震一样，她没法复习。和我一起练柔力球的都搬了。李姐家安锅的时候叫我去过一次，上下楼有电梯，视野也好。你要不也去看看？"

一听这话，老邱下意识地啧了一声，刚想对老伴进行批评，转念一想，又换了个口气说："你觉得好可以在她家借住。我这两天血压又高了，是不是该加药了？"

老伴也早摸透了老邱的套路，无奈地白了他一眼说："你少和小乔嚷嚷比什么都强。"

老邱不屑地哼了一声，摆出一副领导指示工作的派头说："吵架耗元气，我也不想。不为小家为大家，这不都是为了县里的领导吗？"见老伴不搭理，他干脆端着小茶壶站起来，边踱步边长篇大论起来："光明县的群众中间有一种很奇怪的认知。他们认为，县委大院的干部队伍中间，和群众离心离德的占多数；认为凡是干部的重用与提拔，必然存在利益交易；还认为干部品质的堕落已经到了不可逆转的地步，如果有人对党忠诚，只是因为背叛的筹码太低，或者说，是因为没有腐败的机会。偏激，这些观点都太偏激。众所周知，吕书记出淤泥而不染，我坚信他在棚户区改造拆迁里没有拿过一分钱。但是干群关系好，到底是问号，句号，还是叹号，存疑。你也是老党员了，得担当呀。咱们家辛辛苦苦坚持到最后，得看看新的县领导对老百姓到底是什么态度。"

老伴对这样的场面早已见怪不怪，她头也不抬地把菜择完，最后抓起一把茴香说："看看这茴香，再不吃就老了。晚上吃饺子还是包子？"

"打卤面。"老邱答非所问。

老伴听了更来气，直接回绝："我不会做茴香卤。"

老邱把茶壶一放："这个就不要犟嘴了，做西红柿鸡蛋卤。茴香，我明天拿出去找卖菜的退掉。"

转眼到了傍晚，县政府大楼的楼道里响起了下班的音乐声，可江霞依旧埋头于一摞旧资料中，完全没有下班的意思。整理历年的经济数据，这既是个体力活，还需要特别仔细。江霞已经干了整整一天，午饭都没好好吃。中间有一次，风把资料吹散了一地。林志为想帮忙捡起来，江霞愣是没让他动。好不容易分拣好的资料，如果不明所以地乱堆在一起，还得重新分。林志为忙不迭地道歉，但想了想还是对江霞说："怎么弄，你告诉我，我来。"

就这样，两人忙活了一下午，干了一半。林志为又从档案室搬了几盒子的资料，正巧遇到边打电话边下班的赵乐恒："还打球，家里的饭都没得打。我哪有你们那么潇洒，一下班时间都是自己的。哎呀，常务晚上又有个接待，非要让我去陪。服务嘛，必须要搞好，累呀。"

林志为听得出抱怨中的炫耀，但他并不想理会。他想起之前袁浩给他讲过的那些所谓的潜规则，顾不上了，他只想赶紧把手里的工作完成。

江霞几乎是趴在桌子上，一手握着鼠标，一手捂着肚子。林志为放下资料，见她脸色苍白，桌子上还放着一大杯红糖水，便上前关切地说："你不舒服就先回去，我来。"

江霞确实有点顶不住了，可看看剩下的一堆资料，还是有点担心地问道："你自己行吗？"

"我先试试。"林志为见江霞还有些疑虑，又补了一句，"万一有不明白的，我再联系你。"

江霞点点头，起身下班了。偌大的办公室里，只剩下林志为一个人。他打起精神，开始整理这些繁杂的数据，一下就忙碌到了深夜。但数据整理得差不多之后，林志为却有点看不懂了。从2000年到2017年，光明县的生产总值曲线始终在平稳上涨，但到了2018年突然出现断崖式下跌，这一年发生了什么？林志为百思不得其解。

其实，只要知道前任县长蒋新民因数据造假被免职的事，就不难看懂这张离谱的数据曲线图。不过，此时的林志为还茫然不知。

跟林志为一样忙活到深夜的还有长岭村的村主任三宝。数据造假被抓了现行，县长给乡里布置下任务，村里的各项数据都得挨家挨户重新统计。傍晚，统计到宝根家的时候，他刚好接到村里第一书记肖俊学的电话。

不同于三宝，肖俊学并不是长岭村的人，而是县教育局派下来的驻村干部。也正因为如此，肖俊学对待村里的工作，没有丝毫的马虎和迁就。毕竟，他不必顾及村民的面子，换句话说，他也有些摸不清村里的门道，索性也不摸了，该说什么说什么。

三宝把他的电话接起来。果然，肖俊学带来个坏消息——村里早已被勒令停工的喜旺法兰厂好像又偷偷复工了。

"不能吧？你看见的还是听说的？"三宝有点狐疑地问道。

"我亲眼看见的，烟囱里往外冒烟，如果不是偷偷复工，那就是厂子里着火了。这两样都不是小事。"

肖俊学语气笃定，三宝心里大概有了数。他挂断电话，接着询问宝根母亲家里的基本情况："我看看还有什么。还有牲畜情况。你家的羊还剩几只？"

"还是那几只，都在院里。"宝根母亲耳背，大声回答。

"好的。宝根呢？是不是厂子又开了？"三宝仿佛不经意地问道。

"没，买化肥去了。"

三宝点点头，又寒暄了几句，便起身离开。到了外面，他掏出手机拨出去，刚一接通，便气呼呼地训斥道："谁让你们白天就开的？全县三十多万长眼睛的，你以为都像我一样看不见？净给我找事，停！"

好不容易复工，哪那么容易停下。喜旺法兰厂里，宝根正带着几个工友连夜开工。这几个人根本没把电话当回事，之前已经按照三宝的要求到县委大院演了一出上访，现在不让开工也没用。所以挂了电话，几人趁着夜色继续热火朝天地干起来。

郑三终于等来了和梅晓歌一起晨跑的机会。县体育场的跑道上，二人并肩而行，郑三主动提到了县医院专家上访的事。

梅晓歌步履稳健，边跑边说："你的消息够灵通的，政府办的联络员都不一定全知道这个事。"

郑三满头大汗，但依旧努力跟上梅晓歌的步伐："咱这个地方太小，抬头低头都是熟人。麻醉科退休的主任是我亲舅舅，要是早知道，我肯定就拦着他了。医生都要上访了，传出去不好。"

"正常诉求不用拦，也拦不住。换过来想想，等我退休了，工资拿不到，我也着急。"

"如果需要，县长一句话，东亚能源集团可以先垫着。你刚来，别这么被动。"

果然无利不起早，对郑三抛过来的诱饵，梅晓歌看得一清二楚。主动帮领导排忧解难，那后面呢？梅晓歌没再继续想，转而问道："我还不知道你也喜欢晨练。你一般跑几圈？"

此时的郑三已经快到极限了，他有些气喘地回答："以前主要是拉拉单杠。比不了县长啊，这圈下来我就够呛了。"

梅晓歌微微一笑："这个事情在于坚持。跑一天不行，一个月起吧，你就跟得上了。"

"等拆迁这个事情彻底结束，我天天都来。"

"刚才来的路上，我看又有人往大院去了。信访局最近像过年一样。"

"这还没到平坟迁坟呢。村口晒太阳的那一圈老头老太太，全是麻烦。"

一说到这个话题，梅晓歌的心情似乎又有些沉重。他把满腔的压力都化作动力，迈开大步，奋力向前跑去。郑三终于跟不上了，他停下脚步，弯腰扶着膝盖，大口大口地喘着粗气，但几秒钟后又不甘心地抬头冲着梅晓歌的背影喊道："我家是没人埋在那，要不我肯定带头！"

熬了一宿的林志为满眼都是血丝，他在食堂打了饭，找了个靠窗的位置坐下。透过窗户，远远看见门口又围了一群人，他有些不解地问坐在对面的袁浩："这么早就有上访的？"

"当然要掐着点来。"袁浩头也不抬地剥着鸡蛋壳说，"四套班子的领导，逮着哪个算哪个。难道等他们都下乡了再来？"

"不是要先找信访局局长吗？"林志为依旧不解。

"信访局只是个舞台，做主的还得是县领导。"

听了这话，林志为愣了几秒钟说："以前老有人说他们只是念念稿子，没想到事情这么多。"

袁浩眼睛一瞪："开玩笑。你以为县长、书记都是人干的？"

这话又勾起了林志为的好奇心："信访接待，是不是特别麻烦？那些人一起来的，他们想解决什么问题？我第一天报到的时候就看见过信访的。"

"人多有好有坏。"袁浩边吃边回答，"结队信访一般就三种。第一种是一两个带头的，剩下大部分都是叫来帮忙的。最多是村子里的街坊，真正的直系亲属也没几个，太阳晒两个小时自己就回去了。第二种是都吃了亏——纸巾给我一张。"

"都吃了亏？比如呢？"林志为递过纸巾接着问道。

"比如买了理财产品被骗了，或者集资买了房子开发商跑了。这些都不怕。依法反馈，真有喝醉了闹事的，扣一两个人，剩下的就都怕了。光明县的人大多数都是看客，人人出头是做不到的。只有第三种最麻烦。"

"拆迁的吗？"

袁浩摇摇头："拆迁都是个人，最难办的是厂子。政府、企业、工人，三角债，老板派了工人来要钱，这人来了就不会走。发工资的人要他干什么，他就得干什么。谁敢当逃兵，饭碗就没有了。这种情况就要政府和老板去谈。"

"政府还得和老板谈？"林志为第一次听说这事，感觉比熬夜整理资料麻烦多了。

"是啊。"袁浩也看了看窗外，"每个县都有，以后你也会碰到的。"

信访局局长郝东风连一口清静的早饭也没吃上，桌上的手机一直响个不停。郝东风看了一眼屏幕，满脸烦躁，匆匆吃了两口，把手机摁成静音放进公文包，然后开门往外走去。

谁料，刚一出门，一个人影忽地扑了过来。郝东风整天被上访群众围追堵截，见此情景也不禁吓了一跳。楼道里的声控灯亮了，他定睛一看，稍稍松了口气，说："哥，你这是干什么？我以为上访的堵家里来了！"

"我也得堵啊。"郝东风堂哥赖赖唧唧地站在郝东风面前说，"这么早就出门，用得着躲我吗？"

"书记开会，我真有事。"

郝东风说着，身子往旁边一闪，想侧身过去。可他堂哥早看出他的心思，跟着他也是一闪，堵住去路说："打电话假装开会，再打就静音不接，敲门你装不在家，找你说个事也太难了。"

"能办我早办了。"郝东风无奈地说，"醉驾，犯法了，你小舅子触犯了刑法，你明白吧？我就是最高法也没用呀！"

郝东风堂哥依旧不依不饶："谁说让你放人了？找找人减减刑，该花多少钱，你说呀。你爷爷去世的时候，谁给抬的棺？谁帮着修的坟？他亲爹，我老丈人。这事，你不给办，你爷爷也不会答应吧？"

一说到修坟，郝东风满脑子官司。一早就要开县委常委会（扩大）会议，再这么扯下去，非迟到不可。于是，他硬从堂哥身边闯过，一溜烟下了楼。他堂哥也没就此放弃，尾巴似的跟在他身后边走边喊："法院不行，就找个看守所的关系，好歹别让人欺负他啊！"

常规来说，郝东风不用参加周一的例会。不过这次会议的主题是平坟迁坟，想来后续上访的人一定少不了，郝东风作为重点工作负责人也就必须参加了。而且还有一条，郝东风家的祖坟也被划进了圈里。一边是职务在身，一边是家族压力，郝东风想想都睡不着觉。

会议一开始，吕青山就提到了信访的事。在强调了县领导要划片负责之后，他直接说道："信访局也要做好准备。大家不要害怕上访，不要一听信访工作就头疼，就下意识地拿起门锁。现在的门槛不是太低了，而是太高了，应该把大门敞得再宽一些，让所有人都能进得来。我举一个人武部郭部长讲过的例子。军营里的新兵怎么带？千里迢迢，孤独想家，每天还要挨打受骂，训练累得要死，他们最需要的是什么？是倾诉，是发泄。周末喝点酒，互相抱着一哭，心里面的石头落了地，什么问题都没有了。我们也得让群众心里的石头掉到地上。郝东风来了吗？"

"来了。"郝东风马上从列席的角落里起立应答。

吕青山点头示意他坐下，接着说道："换句话说，只有多接触信访，才能从里面找出规律，才能知道光明县生了什么病。信访就像发烧、头疼，它是在给身体报警，你不去管它，总是吃去痛片是没用的。"说完，他把本子一合，示意会议到此结束，并叮嘱大家，散会后直接出发，都下沉到负责的网格去，现场办公。

众人起身离开会议室，梅晓歌放慢脚步，慢慢向吕青山靠近。之前，范太平交给他的那篇发言稿，他研读了一晚上，总觉得那些目标和数字太扎眼，想修改，又拿不定主意。此刻，他想问问吕青山的意见。但话还没说完，吕青山就接到了马市长打来的电话。

梅晓歌自然会意，没再继续，转身离开了会议室，和郝东风、乔胜利一起去了自己负责的网格区。

城关镇外的一个小山坡上，梅晓歌远远望着棚户区和公路之间的几个坟包，忽然听见一阵手机的嗡嗡振动声。他略一转头，正好看见乔胜利把手机摁成了静音。四目相对，乔胜利有些尴尬，梅晓歌反倒笑笑说："周六保证不休息，周日休息不保证，家属有点意见也正常。你媳妇还在娘家吗？"

乔胜利也跟着一笑："再耗两天，自己就回来了。她妈和她一个脾气，见面就吵，待不住。"

"原来是要回来了，所以才愁眉苦脸?"

梅晓歌打趣的话音刚落，郝东风的电话也响了。跟乔胜利一样，他看了一眼直接拒接，然后赶忙向梅晓歌解释："家里的亲戚。这个醉驾让抓了，那个要钱被逮了，没完没了。我是县委书记也没用啊。"

梅晓歌也是笑了笑，边走边说："农村有一套自己的生存法则，什么政策、法律，老人是不听的。远亲不如近邻，对于老母亲来说，有一个远在县政府当官的儿子，还不如有个夜里发烧能开车送她去卫生所的邻居来得实在。"

"和家里的人还不能讲道理。难!"郝东风一脸愁容地说道。

梅晓歌猜透了他的心思，问道："我听说你家祖坟也在圈圈里，真的吗?"

"最远处那个就是。"

梅晓歌望过去，接着问道："哪个?"

"冒青烟那个。"

乔胜利一句打趣的话，三人都笑了起来，只是郝东风的笑里多少带着些苦涩。这时，乔胜利的电话又响了。他接起来听了两句，然后对梅晓歌汇报道："县长，平坟迁坟动员会已经安排好了，三任村支书都会到。咱们可以过去了。"

梅晓歌想了想，摇摇头说："不开这个会了。召集党支部会，这样通知吧。"

楼台村村委会里，包括现任村支书在内的三任村支书和众村干部都到齐了。他们和梅晓歌、乔胜利围坐在一起，但是谁也没说话。

郝东风并未落座，他站在人群外围，正在琢磨一条微信消息的措辞。晚上就要在老家集中讨论平坟迁坟的事，老老少少几代人，现在都看着他呢。他本想在"老郝家"的微信群里发一句"晚上谁需要我开车接"，但打字打了一半，又都删掉了。现在这个节骨眼，广撒网已经没用了，还是争取一个算一个。想到此，他单独给堂哥发了一条微信消息："下了班，我去接你。"

此时，梅晓歌见众人都不发言，便率先说了起来："我来光明县的第一天，青山书记在常委会上说了几句话，我印象特别深。他说如果没有脱贫攻坚，主官在一个县里最多能待五年，你想多待一天都不行。他说他就希望等自己走了以后，有人会用咱们这儿的土话说，这个王八蛋还做了一点事情。这是原话，话虽然粗，但是很有道理。退一步说，一个主官在县里待了好几年，哪怕没人知道他干了些什么事，起码也别让老百姓骂，说这个人净干些混蛋事情。说实话，从新中国成立起算，全国上千个县，有哪个书记、县长能让人记住? 不需要。老百姓能记得住你干过的一件事情就行，这就已经不容易了。说这个人还像个人，还凑合，这就是最高评价。

"房子拆完了，为什么还要平坟迁坟？因为县医院要往这边挪。那边太小太旧了，再不搬就卡死了，没法发展。一步挪，步步挪，我不说那些大规划，我就说和咱们息息相关的。真正的人才，本科以上的，如果要来光明县，他首选会到哪？两个地方，一个医院，一个学校。

"我是在咱们这长大的，小时候有一次我去看病，县医院有一个市二院下来挂职的大夫，药到病除。那天万一值班的不是他，也许就出大事了。医院里这都是救命的。咱们看病为什么要去市里看？家家都有孙子外孙，好老师就更不用说了。人才能不能来，真的就看咱们了。

"刚才说了青山书记，乡镇村委也一样。开会前，我和三任村支书聊天，真的是不容易，不同的历史时期，什么政策都要你们带头。计划生育，郭老支书要带头；交粮交钱，老李支书带头；盖大棚、种香瓜，修文支书也得带头。不让养猪，不让烧秸秆，不让垒土灶，老百姓不看别人，他要先看干部，看咱们这些人干不干。

"这个村子不是县委、县政府的，也不是现任村支书的，是大家的。靠村主任一个人不行，对不起，又得靠大家去发动党员、发动群众了。说句心里话，换位思考，平坟迁坟是多大的事情，如果是我，我从心里也不愿意。你们和我父亲的年龄是一样的，你们这代人，对共产党是最忠诚、最不计回报的。各位叔叔、伯伯、大爷，今天又要拜托你们带头了。我谢谢你们。"

梅晓歌一段话说得入情入理，说完之后，他又站起身，郑重地朝在场的人深深鞠了一躬。几个老支书也被这位新县长的真情打动，纷纷起身来到桌前，在平坟迁坟同意书上签了字。

虽然这段肺腑之言是梅晓歌事先准备好的，但他没想到几任村支书能这么痛快地签字。平坟迁坟对于祖祖辈辈生活在这片土地上的人，尤其上了岁数的人来说，的确不是小事。这个决心也许他们早就下定了，而刚刚的这些话只是一个引子。梅晓歌从心里感到一阵欣慰，更从心底里敬佩这些老党员。

也许是心潮澎湃，梅晓歌并未注意到，刚刚讲话的时候，已经有镇干部用手机拍下了视频。此刻，乔胜利已经安排人把这段视频发给了县融媒体中心，并要求镇里的干部都要转发。

熬夜整理的资料整整齐齐摆在桌子上，但林志为却忍不住打起了哈欠。赵乐恒打完热水从他身边经过，四下扫了一圈，然后一摆头对他说："去隔壁值班室躺会儿吧，别熬着了。"

林志为把下一个哈欠用手捂了回去，对赵乐恒的提议犹豫不决。

"手机开着就行，有事我叫你。"赵乐恒小声劝说着。

林志为着实困极了，他感激地对赵乐恒点点头，起身出门。待他走进隔壁房间，赵乐恒随手拿起桌上的资料看起来。资料整理的质量确头不错，除了历年数据都分门别类规规整整，林志为还在最后一页附了一份图表，全县的经济走势一目了然。

正在这时，范太平走进来问道："县长要的经济数据出来没有？"

赵乐恒听了这话，迅速反应过来，起身把资料递了过去。范太平接过来翻看了一下，颇为赞许地说："不错啊。你搞的？"

赵乐恒微微一愣，马上回道："我和小林，我们一起。"

范太平拿着资料边点头边走向自己的办公室："可以，中文系毕业生搞数字也是把好手啊。"

赵乐恒没接话，但脸上却不禁露出得意的神色。这一幕恰巧被刚刚进来的江霞看了个正着。

半夜开工，白天休息。喜旺法兰厂的工人们领了一部分欠薪，打着哈欠走出了厂子。能开工能发钱，哪怕熬夜，工人们也心甘情愿。之前和宝根一起上访的大鹏，一出门便骑上了摩托车，跟宝根告别："根哥，先走了啊！"

"急啥？到我家喝碗稀饭再走吧。"宝根见他行色匆匆，喊道。

"不了，回去有事。护坟！"

可惜，大鹏紧赶慢赶也没赶上老爹的步伐。作为老支书，大鹏的老爹早已在梅县长的感召下在平坟迁坟同意书上签了字。大鹏心中不服，但也不敢明着刚，他脑瓜一转，坐在父亲对面问道："县长让你签字你就签字，也不跟家里商量商量。那老郝家签了吗？"

老支书喝了口酒，捏起一颗兰花豆说："我还没死，这家我说了算，就这么办。"

大鹏给父亲添了一杯酒，梗着脖子说："郝东风同意，我就同意，我先等着他。"

"我一个村支书都挪了，郝东风是信访局局长，他能不挪？"

"我不管该不该、会不会，反正我看他。"大鹏说着又给父亲添满酒，"两家坟头都挨着，赶趟。"

"我就管我，不用你管别人！"老支书见儿子犯浑，不觉提高了嗓门。

大鹏的气势被父亲压下去一截，但嘴上却不认输："姓郝的他家要是不先迁，我看谁敢动我爷一锹土。"

啪！酒杯飞到了地上，摔了个粉碎。老支书抄起笤帚追着大鹏满院子打，一阵鸡飞狗跳之中，只听见大鹏嚷嚷着："你是党员，你是老支书，你发扬风格行。我是老百姓，我就看干部，干部迁，我就迁，怎么不行？"

梅晓歌在手机上看到自己的那段感人肺腑的发言时，这段视频已经如病毒一般传遍了光明县的上上下下。看着不断上升的播放量，梅晓歌的心情愈发沉重。没等视频播放完毕，他就退了出去，快速拨了几个号码，但想了想又挂断了。

这时候解释，未免显得刻意，得找个扎实可信的理由。梅晓歌想着，忽然看到桌上刚刚送来的历年经济数据。他重新拿起电话，打给了联络员小周："你查查吕书记今天的安排，看看他晚上有几个接待，尽快告诉我。"

挂断电话，恰好有个微信视频打进来，备注的名字是"乔市长"。梅晓歌接起电话，里面立刻传来乔麦利落的声音："这么快就接了？新官上任，没在开会啊？"

"还是少开点吧。"梅晓歌自嘲地回答。

"出什么事了？"

"大事没有，出了风头不自知，幼稚了。"

"哦，尾巴没夹好，掉出来了。"乔麦一边打趣着梅晓歌，一边单手操控着一个便携式血压计。窗外北风呼啸，她这间小小的居室到处堆满文件和资料，看上去跟办公室没什么两样。

也只有在妻子面前，梅晓歌才能畅所欲言。他把上午的事情一五一十地告诉了乔麦，末了反省道："今天早上开例会，书记刚说这是最重要的事情。满脑子净想着这个了，就想做点事情，顾此失彼。你看，我还是没你成熟。"

乔麦一边望着血压计上的数字，一边安慰地说："他最多心里不高兴，缓缓也就过去了。亏得现在是新时代，这要是放到过去，你俩还不得斗个乱七八糟。昨天我还和市政府办的人说，到县里山里跑几趟，我真的是不在乎，现在当官起码没有生命危险。八项规定出台以前，每天搞接待，中午晚上两顿饭，加起来最多得喝六顿酒，胃和肝能不能坚持到现在还两说。"

梅晓歌对此亦是感同身受："旧县长被免，新县长来。本来就瞅你不顺眼，一来就嘚瑟，这要放到过去，可不就成敌人了。"

乔麦一边解下血压计，一边给梅晓歌宽心："这样，这个事情你就当没有过。近期再找个机会，当众对书记表个态。心知肚明，两边就平衡了。具体的，我晚上会帮你想好，到时候我再教你怎么说。"

在妻子的劝解下，梅晓歌渐渐放松下来，终于注意到了乔麦手边的血压计："那是什么东西？血压计吗？你怎么了？"

"海拔高，监测一下血压。"乔麦答道，"这个年龄，你也得学会照顾自己。我给你也买了一个，最晚后天到。早午晚各量一次，记录七天，别漏了，结果记得发给我。"

"你懂这个吗?"

"我不需要自己懂，认识医生就可以了。你把头抬起来我看看，正面对着我。头发偏长了，抽空去理一下，告诉理发师不要太短，否则不稳重。光明县的饭菜太咸，你记得吃淡点，新州本来就心脑血管病多发。记住我说的话了吗?"

乔麦的安排事无巨细，也不管梅晓歌愿不愿意接受。不等梅晓歌反驳，她那边又有市政府办公室打来的电话。乔麦急匆匆丢下一句"夜里再说吧"，就把视频挂断了。梅晓歌本想告诉妻子，自己夜里还有事，未必有时间再通话，可手机屏幕上已经显示对方挂断，他无奈地把话咽了回去。

林志为又一次在下班的时候巧遇江霞，不过这次是在电梯里。因为都走得比较晚，所以里面只有他们两人。

"好点了吗?"林志为看着江霞的脸色问道。

"好多了，谢谢。"江霞笑笑说。

"是我该谢谢你，你老帮我，找个时间，我请你吃饭吧。"

"好啊，吃什么?"江霞落落大方地答应了。

"你想吃什么? 火锅?"

面对林志为的提议，江霞笑而不语。这让林志为一时摸不着头脑："怎么了? 你是不是对什么过敏?"

江霞停了一下，答非所问地说："以后范主任要是让你做什么事情，你可以自己去交给他。"

这句话让林志为更听不明白了："出什么事了吗?"

见他一脸蒙的样子，江霞反问道："你熬夜整理的经济数据呢?"

"我以为你拿走了，不是吗?"

江霞没有回答林志为的问题。此时恰好电梯门开了，她一边往外走，一边又把话题拉回了火锅："你来报到之前我就见过你。开莱商场三楼，你和县委办的袁浩是不是在那吃过饭?"

林志为恍然想起那天的情景："对呀，那天吃的就是火锅。"

江霞莞尔一笑："天天吃，不腻呀?"

郝东风的晚饭是在奶奶家吃的。除了过年，怕是没有哪一天比今晚聚得更全了。

可惜，此刻的气氛一点也不像过年——对郝东风来说，这是过关。

满桌的菜早都凉透了，除了郝东风奶奶早早吃完坐在炕头打盹，其他人都没动筷子。郝东风堂哥坐在人群中间说道："咱们这些小老百姓，哪能拗得过你们当官的。你们说什么就是什么，我只代表我自己，二姑、三姑、大伯和四叔怎么想，我也没办法。你也别怨他们，奶奶还活着呢，郝家祖宗的代表还在，他们这些小的，谁敢同意？你爸也不敢呀。"

郝东风是真饿了，他也顾不上众人的脸色，捞了一碗面条，坐在了饭桌跟前："中午也没吃饭，饿得顶不住了，我先吃了啊。"

郝东风堂哥见状继续在一旁不冷不热地说："你说，我平时给你打个电话，打得手机都没电了，你也不接。今天要商讨平坟迁坟了，你又开车来接我。我也想站你的队，关键我说话也没用。真的，咱没必要兜圈子，我给你添点面条还行，平坟迁坟这事，你办不成。"说到这，他朝四下里扫了一圈，继续说："谁也不说，总得有个说的。是我翻译的这个意思吧？"

虽说郝东风的父亲是这一辈里的老大，但是怕儿子作难，这半天他一直缩在角落里不敢吭声。此时被侄子明里暗里点了半天，他终于鼓起勇气说了句和稀泥的话："要不，让妈再想想？"

郝东风的二姑率先接过话茬："反正我儿子也不姓郝。大哥，坟堆里埋的都是姓郝的，你们考虑清楚就行。可是再配合，也得先为自己想想吧？东风总不至于一个信访局局长就干到头了。他想不想往上升了？平坟迁坟是小事吗？万一把风水搞坏了，我说句不该说的，里里外外出点事情，后悔都来不及。"

比起二姑，郝东风的叔叔似乎要温和一点，但他出的主意难度更大："看看能不能让县里重新画画圈，我就不信吕青山没个办法。真要是扯公平，他为什么不敢去拆周良顺家的房子？"

话说到这儿，所有人的目光再次聚集到了郝东风身上，屋里安静得只能听见他呼噜呼噜吃面条的声音。终于风卷残云般吃光了一碗面，郝东风擦擦嘴，头也不抬地说了三个字："卤咸了。"

吕青山的居所在县人武部。下了班刚一进门，他便收到了一条来自梅晓歌的微信消息："书记，现在若有空，我可否去坐坐？"

这个点了，汇报什么呢？联想到白天看过的那段视频，吕青山表情微妙。

第四章　假数据

入夜后，梅晓歌独自一人去找吕青山。

每次见重要的人、谈重要的事情，梅晓歌都有些尿急，这是高考那年因紧张而留下的毛病。一进入武部的院门，他就冲门卫问道："卫生间在哪？"

在卫生间洗手的时候，梅晓歌看着镜子里的自己，想起了白天妻子的叮嘱：该理发了，但不要剪太短。快二十年了，乔麦还和当初一样，一点没变。

从相识开始，乔麦就是个风风火火的很有主见的女子。她还只是梅晓歌的女朋友的时候，梅晓歌的穿衣戴帽、一举一动，就几乎都是她的主张。唯有毕业找工作这一件事，梅晓歌没听她的。

按照乔麦的计划，学理工科的梅晓歌当时最好的出路就是留在省城，进入蒸蒸日上的互联网行业。凭着他的能力，不出几年，做个中层领导是绝对没问题的。若抓住时机，成为大公司高管也不是不可能。

乔麦的思路符合当时绝大多数人的看法，但偏偏梅晓歌却不这么想。和从小生长在城市优渥家庭的乔麦不同，梅晓歌是从农村走出来的。虽然他从小就想走出这个小村庄，但当他真正从乡镇工作获得实实在在的成就感之后，他就不想走了。曾经的乡野生活塑造了他，现在他想重新塑造乡野。

梅晓歌卸下了乔麦给他安排的行头，放弃了去互联网公司应聘的机会，一头扎进了基层工作。乔麦更狠，为了证明梅晓歌的想法是错误的，她竟然选择和梅晓歌一起去了基层工作。

梅晓歌现在还记得乔麦说的话："没打过的游戏总是要打一把，老家待两年，你就会知道还是省城更好。明天我也会去招聘现场，看看有没有适合我的基层工作机会，有的话，我陪你一起回去。一边上班一边考研，回头再一起考回来。这条路你走一遍，以后就不会后悔了。我从来不喜欢强迫、控制别人，我是顺着你的意思。"

当年那场面，梅晓歌觉得乔麦是在和他吵架，可现在想来，这已是难得的甜蜜了。他们谁都没想到会在这条路上走这么远，现在天各一方，各司其职。梅晓歌的心里还是佩服乔麦的，不论大事小事，她从不打怵，不像他。

梅晓歌整了整衣服，朝吕青山的住处走去。

吕青山屋里的陈设简单朴素，墙边的一台划船机特别显眼。梅晓歌把自己修改过的发言稿交给吕青山后，就开始烧水沏茶，还饶有兴趣地说："这个比跑步机好，不伤膝盖。这是练背部肌肉的吧，书记？"

吕青山仔细看完发言稿后，看看划船机答道："我感觉主要是对腰和腹部的肌肉有作用。这台不好，款式太旧了。你要是想买，我可以推荐。"

梅晓歌笑着说："我这都没入门。您什么时候换新的，淘汰下来的给我吧。"

吕青山放下发言稿，起身走到划船机旁："开会太多，一天下来坐得腰疼，回来拉两把舒服一点。来，你试试，注意回桨，别拉伤了。"

梅晓歌跨上一步，摆好姿势，笨拙地拉了几下就摆手下来了："不行不行，术业有专攻，再把腰闪了，明天会开不了。"

吕青山自己坐上去，动作娴熟地边拉边说："熟能生巧，练肌肉和当官一样，刚刚上去的时候，什么都不会，坚持住，时间一长就好了。"

梅晓歌见吕青山已经把话题带到了工作上，便接着说道："光明县也是器械，我这刚来的，连哑铃还不知道在哪儿。"

吕青山问道："你的意思是要按照现在的这个发言稿念吗？"

梅晓歌沉思片刻答道："政府办也写过一稿，但整体看，基本还是以往的形式，或者说是套路。"

"是不是有什么问题？"

"主要是里面提到的一些数字、一些说法，咱也不管是虚的还是实的。书记，我就实话实说了，不光我这一任县政府做不到，按照县里现在的发展，下一任恐怕也很难做到。都不用把稿子内容再虚一些，就范太平那一版，我也完全可以照着念。但是实事求是地说，心里还是有点虚。"

吕青山一使劲把划船机的船桨拉回到怀里，停了下来。他起身坐回沙发上，又拿起了梅晓歌带来的发言稿。见吕青山没有表态，梅晓歌给他换了一杯热茶，接着说道："如果收着说，哪怕咱们知道是脚踏实地，影响会不会不好？我也是吃不准，想听听书记的意思。"

吕青山端起茶杯抿了一口，抬头问梅晓歌："你晚上喝岩茶没问题吧？"

"我对什么茶都迟钝，喝一斤也能睡着。"

见梅晓歌神情坚定，吕青山开口说道："原平乡的假奶牛，搞得市里尽人皆知，很狼狈。光明县就是个水池子，不能一下子全放开，也放不开。具体要怎么做，我来的第一天就在发愁。刚才我还在想，你这个发言会不会是一把钥匙。出发点是好的，结果就不会差。我相信县里没什么问题。市委把你派来，想必也会支持我们。"

这番话让梅晓歌眼睛一亮，书记不拦着，后面的事情，他就好办了。"你这么说，我就有底气了。说实话，吕书记，来之前我还有些犹豫，担心给县委惹什么麻烦。"

"勤勤恳恳，实实在在，能有什么麻烦？"

梅晓歌低头一笑，这才说出他今晚来这一趟的主要目的："就怕好心办错事。像今天平坟迁坟动员的视频，等我知道了，已经发得到处都是。本来是想抓紧时间一鼓作气，搞得像是我在演戏一样。老百姓也不会领情，肯定觉得这个新县长太能装了。"

听到梅晓歌谦虚的表态，吕青山一贯严肃的脸上难得地露出了笑容："我也看了。说句实话，我还挺感动的。你也是从基层干起来的，群众工作说难也难，说简单也简单，不管什么事情，老百姓就看干部和党员。都不容易。"

看得出来，吕青山在心里接受了梅晓歌的示弱。但梅晓歌也不敢太放松，依旧谦卑地说："我没注意手机。有人拿它一拍，别人就觉得是在作秀。"

这回轮到吕青山给梅晓歌添茶了："不用在意这个。拆迁平坟本来就劳心费神，再想别的不是要累死了？"说着，他看看发言稿，对双手捧着茶杯的梅晓歌说，"总体上我觉得没问题，有两处细节，咱们可以议一议。"

全县干部会议上，梅晓歌的发言让各级参会者都神情微妙。

不过有了之前吕青山的首肯，他自己倒是很有底气。念完稿子，他再次望向吕青山，见对方冲他点点头，便信心十足地脱稿说道："电视台的同志先休息吧。根据会议安排，我代表县政府就近期做的十项重点工作进行了发言。一会儿青山同志还要做重要的总结讲话，具体以青山同志说的为准。"

随后，他环视了一圈台下神色各异的干部们，接着说道："刚才的工作报告是修改过的，此前也和县委、人大、政协以及政府党组成员充分交流过意见。按照惯例，也许我应该读一篇豪言壮志的宣言，说些把光明县工业做大、农业做强、城镇做美、乡村做富，争取经济迈入全市前六、总体实力跻身全省十强之类的话。但是讲实话，如果按照这样的讲话稿去做，我觉得不但本届政府任期内做不到，下一届政府班子恐怕也很难做到。做不到的事情，我不敢说。"

这话说得相当实在,但也十分新鲜。坐在一旁的艾鲜枝和明路都忍不住向梅晓歌投去赞许的目光。

但梅晓歌后面的话,听上去更令人意外:"最近我看了光明县历年的经济数据,也看了两会期间人大代表和政协委员的议案和提案,问题主要集中在就业不充分、产业发展不够、基础设施不优等方面。说点关起门来讲的话,大家都知道,我县近些年来的生产总值一直在下降,不管是在全市占有的份额,还是在全省占有的份额都在下跌,缩减趋势都摆在桌面上。所以我把那些做不到的数字抹掉了,只提一项九字方针——化风险、挤水分、求发展。县委也明确了'主攻五大,强化五弱,提升五化'的目标。咱们就按照上面的要求,踏踏实实,把已经证明解错的题擦掉,按正确的解题步骤来。县里的困难,大家心知肚明,负债和支出已经超过了财政收入,连县医院专家的退休工资都不能按月发放了,这些问题必须解决。修正和发展同时多条腿走路,但第一步一定是实事求是。"

这回轮到范太平脸上挂不住了,数据一个样,发言稿一个样,县长这是对他们的工作思路不满意啊。

最后,梅晓歌总结道:"数据真的很重要。就像两个人相亲、谈恋爱,你做不到就不要忽悠。人生没有那么多的橡皮,有些东西是擦不掉的。"

这一套讲下来,整个会议室里,大概只有林志为想给梅晓歌鼓掌了。不过,他可不敢带这个头,因为他已经看出来了,县长讲完之后,会议室里可比平常安静多了。

吕青山拿过话筒,接着讲了起来:"数据的重要性,怎么强调都不为过。很多数据都是我们自己报上去的,一旦出了事,如果不是亲爹亲妈,谁会给你改?有的部门报数据只顾自己,不顾别人。还有人居然打电话问别的县,这不是水中捞月吗?如果别人来问你,你会说真实的情况吗?没有那么高尚吧?"

一串反问,让众人都低下了头,唯有梅晓歌投来了赞许的目光。吕青山接着举例子:"我问你们上半年注册了多少家企业,你们告诉我三十家,上次市里通报才四家,相差了好几倍。我再问,回答说补了一些。办公室要彻底查一下。这些数据是很要命的,不能错,不能乱。你今天报一个,明天报一个,后天再报一个,三次报的数据都不一样,上面会怎么想?这就有弄虚作假的嫌疑了。"

参会的人明白,书记和县长早已经统一了认识。县长刚才说,让大家以书记的发言为准,那是把最要紧的话留给书记说。

吕青山后面的论调和梅晓歌的发言一脉相承:"现在的光明县处在一个十分困难的时期,环境差,思想观念保守,官僚主义和形式主义特别突出,矛盾问题一大堆,完全不具备大展宏图的客观条件。我非常支持县长的发言。光吹牛是没有用的,数据倒挂就是个气球，一扎就破了。比如说种植、养殖的投入和收入有没有成正比。再说旅游业，政府投入很大，实际效果呢？留住了多少人？上午来看一眼，下午就跑掉了，游客再多，一分钱也留不下。怎么才能留得住人？至少有好吃的东西吧。实在不行就搞破他们的轮胎，补胎的时候他们就会留下来。对县里来说什么才是钉子？光喊口号没有用，还得脚踏实地。

"假数据的事情众所周知，我和县长也说了，这是一个很难找到切点的几何圆。但是不改不行，找不到最安全的位置，那就干脆不找了，直接剖开这个难题。光明县现在的困难已经到了无以复加的地步，我们都在一条船上，船底全是洞。你划得越快，它就沉得越快，只能跳到海里使劲游，再慢一步这条船就要沉了。同志们，咱们必须齐心协力，统一思想，才能破解等死的难题，找到第三条活路。先从县委、县政府开始，从在座的开始，从我自己开始……"

吕青山的话被手机振动打断了。他看了一眼，便宣布会议到此结束，可接起电话听了一小会，又马上把正要离席的众人拦住了："大家等一下！刚收到的消息，省环保督察组这两天会来，大概率会来我们县。内部提醒要注意，别再搞出典型来了。各位领导该去挂点乡镇和重点企业的都要去。过两天我去市里开会，别又通报我们。第一次被发现还可以厚着脸顶着，指出来问题还不改，那就太恶劣了。"

吕青山是真担心，刚才给他打电话的是新州市常务副市长马广群的联络员刘大同，虽然没有明说，但话里的意思他自然能领会。这次检查的重点是新州市，那新州市的重点在哪儿呢？省环保督察组一贯是"四不两直"——不发通知、不打招呼、不听汇报、不要接待，直奔基层、直插现场。虽说大会小会层层督促，但光明县禁不禁得住查，他心里没底。

乔胜利见吕青山脚步飞快地走出会议室，赶忙跟上去汇报平坟迁坟的事情。好不容易干出点起色，得抓紧时间让领导知道。吕青山现在忙得脚后跟打后脑勺，这会儿不说，下回还不知道什么时候呢。他紧走几步，跟上吕青山的脚步，语速飞快地说道："书记，平坟迁坟的推进速度比想象中要快。老党员一带头，大部分人都肯签字。第一批名单上目前只剩了两家。一家是原来的老支书，他儿子非要等着看县里的干部……"

吕青山的脸色渐渐有所缓和，整天按下葫芦起来瓢，这次总算有件事没闹幺蛾子。可刚刚与他俩擦肩而过的郝东风却心事重重，仿佛挑了千斤重担。虽然只听到了只言片语，但他心里明白，乔胜利口中的"县里的干部"说的就是自己。

突如其来的督察组让光明县的各位领导马不停蹄地忙了起来，艾鲜枝这一路检查的是鹿泉乡。她这一趟没白来，一进长岭村，一股浓烈的臭味就扑面而来，越靠近村里的小河，味道越浓。

其实，三宝和肖俊学早已经带着一些人在打捞河面上的污杂秽物，但这是日久年深的问题，靠着临时抱佛脚很难掩盖。

艾鲜枝静静地站在河边，一句话也不说。李来有尴尬地陪在旁边，被臭气熏得快要窒息了。半晌，艾鲜枝才说："河边多站站，多闻闻味道，下回就记住了。环保这个事情，不要觉得离我们很远。我就问你，你是要GDP还是要命！上次我去原平乡，河的旁边全是养猪的，那些污水全都排到河里，那些鱼真的是不能看，触目惊心啊。我跟你说那些鱼很可能都是我们这些人的家属吃掉了，我们也有可能吃掉了。你们乡政府的食堂去哪儿买鱼？会不会就是在这儿钓的？"说着，她又探头看看河面，接着说："下次再来，如果还是这样，现场把鱼捞上来，我陪你一起吃。只能红烧吧，也没法清蒸。嗯？"

李来有脸上尽是尴尬的笑容："已经在想办法处理了。"

艾鲜枝说："具体怎么处理？现在还在蒙我。环保是没商量的，今天如果不是我，换成是暗访组，你怎么向县里交代？环保现在都长着牙齿，这个事情是要担责的，你是不是还没搞清楚这个利害关系？"

见应付不过去，李来有凑近了一点，压低声音委屈地说："艾书记，方案早就有了，去年就给常务报上去了。真要是按省里的要求，一千万元也打不住，县里根本就没这个钱呀。"

一提到钱，艾鲜枝也气短了。现在的光明县哪哪都是窟窿，县里日子难过，乡镇也好不了。艾鲜枝没再继续训斥李来有，待河面打捞得差不多了，一行人又去视察了长岭村的喜旺法兰厂。

铁门上锁，炉子熄火，地上堆了不少半成品。艾鲜枝朝里面看了看，问李来有："一直都没开过？"

"没有！"李来有回答得斩钉截铁，说完还朝三宝看了看。三宝微微点头，默认了李来有的说法，不过他还有点不放心，朝身边的肖俊学瞥了一眼。肖俊学看到他的眼色，最终把话咽了回去。

艾鲜枝望着远处的烟囱说："这种小作坊就是一颗雷，出了问题就是要命的。省里多少个县都出了问题，撤了多少个人的职，历历在目。搞不好主官都要被换掉，到时候咱们谁都逃不掉。"

"敢开就封，我们乡向来决不姑息。"李来有的口气坚决得像在立军令状。不过，这次三宝却没有附和着点头。

吕青山也去了鹿泉乡，不过他视察的是东亚能源集团的法兰厂区。

作为光明县法兰及锻造相关产业的龙头企业，东亚能源集团的生产环境和喜旺法兰厂有着天壤之别。郑三把崭新的安全帽发给吕青山和一起前来的众位干部，然后边走边介绍情况："从今天起，我自己带队值班，每天晚上都会安排一个厂领导睡在这儿。哪怕暗访组半夜来，也会有人对接。"

吕青山看着干净、规范的厂房问道："你们现在是外包还是自己做橡胶法兰垫？"

"全部从河北订购。"郑三回答，"利润太薄，不成规模，挣不了几个钱，环保要求又高，环保达不到要求，抓住就是顶格处罚，很少有人沾这个。"

吕青山点点头："有一点儿污染也不怕。你们是有诚信的，我就怕别人不说实话，表面上好好好，实际上偷偷摸摸搞污染，不够意思。"

郑三在一旁赔着笑脸说："光明县小得就像一口米缸，哪粒粮食出了问题都知道。"

"东亚现在是一面大旗了，谁来了县里都要来看看它怎么飘，你这里是最不能出问题的。省里上次要求整改的都到位了吧？"

"大部分都完成了，剩下的平时边生产边整改，今天接到县里的电话以后，不符合标准的车间全部停产。等暗访组什么时候回到省里，什么时候再说。"

"也别一刀切，保险的前提下，能转的还是要转起来。别等你们一咳嗽，全县都感冒了。另外，整改完成的具体事项也要有证据，别到时候上面一问，回答全都做了，但证据拿不出来。要有清单。"

"入档入库，一样不少。"

有问有答，吕青山对眼前看到的一切颇为满意，他缓缓舒了口气，边往外走边说："环保常态化，以后就不是一朝一夕的事情了，越早整改越早得利。县里像你这么明事理的人，太少了。"

"我们也不懂，紧跟县委的指示就对了。"郑三紧走两步，跟上了吕青山的脚步。

郝东风在楼台村村委会签平坟迁坟同意书的时候，外面围了很多人，有干部也有村民。其实签的时候，他心里极为忐忑——偷摸回来签字，回头能不能搞定家里的那堆老老少少，他一点儿底都没有。不过，当他看见人群中闪过大鹏的影子，他一咬牙就签了，并不是怕这个愣小子，而是不想让老支书为难，更不想让人看扁了。全村就他一个是县里的干部，这点觉悟他必须得有。

本以为过了这一关就可以松口气，可没想到刚回到单位，郝东风就被一帮上访的给围住了。这些人都是从南方拉水果的大车司机，车过光明县时被交警队扣了。大热天，水果不等人，全烂了。司机们把郝东风围了个严实，要他赔钱，还要找县长。

郝东风好说歹说，想暂且安抚一下司机们的情绪，别什么事都闹到县长那边。殊不知，梅晓歌已经知道了。司机们上访的现场视频、车主录的实名举报视频已经传遍网络。把光明县打了个措手不及。

梅晓歌是真坐不住了，他把交警队的谭队长叫到办公室，指着手机里的视频直截了当地说："实名举报，这个车主还给省委办公室、省委书记写了信。前面那个交警队队长，我都不知道他叫什么名字，刚刚才撤了几天，你们怎么又上路了？还是你亲自带队，我都怀疑我是不是听错了。你们见外地车就罚，罚得没人再敢从光明县过。我一来就听说县里以前的两大支柱：一个奶牛，一个法兰。牛奶销路本来很好，就因为罚得太厉害，山西、内蒙古和河北的货车甚至不敢到光明县来跑运输，销路都没有了，哪有自己打断自己一条腿的？我和东亮县长都不知道怎么去和书记解释。你觉得该怎么说？"

谭队长臊眉耷眼地坐在梅晓歌对面，面对县长的质问，他下意识看了看一旁陪坐的副县长兼公安局局长纪东亮，见对方低着头默默喝茶，谭队长硬着头皮说出了憋在心里的冤屈："实在是没办法。队里加上辅警一共二十七个人，四个月没发工资了。不自己想办法，队伍真的没法带了。财政总共就一块饼，各单位财政预算经费都是死的，减人不减编不减钱，增人不增编不增钱，县里自己都不够吃，也不会多给我们。修路的钱也得让我们凑，县长，我说句话，你别生气，换谁当这个队长，都一样。"

谭队长既然开了头，纪东亮也适时地补了几句："咱们比不了九原县，交警队靠正规财政拨款，确实没法维持正常运转。人穷志短没办法，只能头痛医头，慢慢来。"

梅晓歌肯定不能被他们牵着走，他沉默了片刻，说："本来就没钱，罚得更多，更没人来，恶性循环，本地还怎么谈投资环境？党和政府的形象也跟着受损。野火烧不尽，这么下去就无解了。先把人撤回来，上路的事情先停掉吧。回头和常务再商量商量，拿个周转的办法出来。只要县里还死不了，交警队就是该断的手腕子，先忍着点疼吧。"

话已至此，纪东亮斟酌了一下，把想说的话又咽了回去。谭队长苦着一张脸，看看这边又看看那边，什么也说不出来了。

难得今天没人来要账，叶昌禾抽空去范太平的办公室坐了一阵。这两人在基层一起干过，又同一年升到县里，关系比旁人自然亲厚些。

一进屋，叶昌禾便很自然地坐到了范太平的椅子上，一边翻着桌上那本已经翻旧了的《红楼梦》一边打趣地说："我哪有你这闲情雅致，看书都是大学时候的事了。

自从上了班，连老婆的脸都没空看。"

范太平坐在旁边沏茶，听了这话略停顿，有些感同身受地说："你这么一说，我老婆现在是长头发还是短头发，我现在还真想不起来。"

"净关心薛宝钗了，当然没空关心别人。"叶昌禾翻着书页，揶揄道。

范太平也不恼，反倒饶有趣味地说："天底下写官场写得最好的小说就是《红楼梦》。你是王熙凤呀，光明县的大管家，不好好研究研究?"

叶昌禾一扶脑门："这辈子干的最后悔的一件事就是到了财政局。别的县的那些局长都是爷爷，就我是孙子。要钱的人天天在局里排长队，就差高利贷逼债那一套了。你看书看得这么好，当初也不提醒我。"

范太平递过一杯茶，劝解道："好坏利弊，祸福相依。全县的便宜谁能都占了？苦差事干得越多，越委屈，升得就越快。"

"就怕梅县长不领情啊。"叶昌禾神情微妙，似乎话里有话，见范太平投来一个询问的眼神，他微微凑近，小声说道，"连几句口号都不敢喊，胆子也太小了。不担责呀，不像是个干大事的人。给他卖命，能领情吗？第一次全体会议，新县长的报告哪有像他这么收着说的。"

"也许是想和蒋新民撇清关系，但是三把火也不是这么个烧法。"范太平一分神，手里的茶水洒出了一些，洇湿了桌上的《红楼梦》。他赶紧把书拿起来，用纸巾擦拭，若有所思地接着说道："县长是学理工科的，看来没怎么读过历史书。中华上下几千年，想搞改革，哪有那么容易。"

周良顺给自己的四合院取名"卧龙斋"。从地委专员的位置上退下来之后，他现在是县书法协会的名誉会长，所以这座小院无论是名号、牌匾，还是建筑风格，处处都透着风雅之气。

不过这些只是表面，来拜访周良顺的多半还是县乡各级的干部。今天造访的便是李保平。天气好，周良顺把大桌搬到了院子里，凝神提笔，"厚德载物"四个大字一气呵成。写完后他长舒一口气，完全没有受到外面拆迁作业的打扰。

按理说，退休后才开始习字的周良顺，最多算个业余爱好者。奈何身份在这儿摆着，站在一边的李保平见他提笔完成后，马上赞叹："会长这身份，肯定是不能去开什么书法班的。但是说实话，这么好的书法不传给年轻人，太可惜了，对光明县的下一代也不负责呀。"

这话在周良顺听来自然受用得很，但他还不至于禁不住这一两句奉承话。在提笔端详了片刻之后，他还是摇了摇头："不好，再换一张。"

李保平手脚利落地抚纸换墨，嘴里的好话也一刻没停："第十张了。对自己要求高是应该的，但也不能太累了吧。求字排队的人又那么多，反正我今天说什么也得把这幅带走。"

周良顺走到一旁，喝了口茶，说："写字不难，就是事情太多，总是静不下心来。过两天县文联要搞个培训班，非要叫我去授课。推又推不掉，你不去，他们就说你摆架子，能怎么办，再辛苦也得上。"

刚摆好桌子的李保平十分有眼力见儿地走过去给茶壶添水："这些人是吃准了您脸皮薄，但也不能这么压榨老领导吧？"

一提到"领导"二字，周良顺便自然地问道："怎么样，新领导开大会，给光明县提什么新规划了？"

李保平狡黠一笑："别人都是先亮大小王，他是反着来，没按常理出牌。怎么说呢，都没想到会这么谨慎。发言稿据说是他自己写的，把全年经济目标和各项综合排名指标都给降下来了。会不会是蒋县长出了事，吓着他了？"

周良顺又抿了口茶，思量片刻问道："青山书记什么态度？"

"嘴上肯定支持。念这样的稿子，政府事先也得经过县委点头。"

"哦。"周良顺微微一笑，"埋头苦干，脚踏实地，好事啊。先统一思想才能迈步前进，这不挺好吗？"

"好事，好事。"李保平赶紧附和着说，不过他的笑容里夹杂了一丝微妙的神情。

几路人马忙了一天，到了晚上又聚到县委大楼来开调度会。

艾鲜枝主持会议："根据书记交办的任务，今天临时开这个会。明天省环保督察组先到新州，后天一早就下到各县市区，很有可能会来光明县。河道排污问题比较严重，短时间内无法解决。农业农村局反映生猪价格下跌，农户又不愿意卖，只能各乡镇属地想办法。一些利益受损的养猪户据说准备要去市里闹，还搞了串联。各个涉及的乡镇先谈谈吧。鹿泉乡怎样了？"

已经料到会被第一个点名，李来有早早拿出了本子，边看边说："涉及十六户，目前情况稳定。大部分都沟通过了，组织者不是鹿泉乡的，说是别人拉他们进的微信群。聊过以后都挺好，没有一户要上访的。"

"这么好？"艾鲜枝充满怀疑的质问让在座的人不禁浮起一丝心照不宣的笑容。艾鲜枝接着说："我表示怀疑。每一户都见过面了吗？"

"见了绝大多数。"

"绝大多数是多少，是全部吗？"艾鲜枝一边看着会前各乡镇报来的情况说明，一边问，"你报来的这张纸上写的是十七户，怎么又说是十六户，到底是几户？数字都不对，都不了解，怎么做工作？"

李来有说不上话来，只好拿出手机现场确认。艾鲜枝瞥了他一眼，继续点将："城关镇。"

相比李来有，乔胜利的工作做得滴水不漏，直接张嘴脱稿进行汇报："靠近河道的养殖户一共二十四家。我和镇长每个人分一半，责任到片。下午给镇里的工作人员做了统一培训，怎么答复，怎么解决，涉及生猪损失的怎么赔偿，统一了标准。把干部全部铺了下去，一对一，专人专户，截至开会之前已全部见面。成功落实二十三家，有一家之前参加过上访，多年前就通过这种事情获过利，这次还是坚持要闹。上次省环保督察组来的时候，他就给信访局郝局长打过电话，说不赔钱就举报。"

艾鲜枝严肃地指示道："这种正常诉求之外的事情，一步不能退。别因为这些事情把干群关系搞坏，也不能让有些人钻了空子。"

乔胜利点点头："这种摊到桌面上的倒是不怕，我就是有点担心老邱。他现在不吵不闹，一片祥和，但我个人判断还是不容乐观。明天起，我什么都不干了，亲自陪着他。"

一提老邱，艾鲜枝也不禁皱了皱眉："一个萝卜一个坑，必须这样。各个乡镇都要负责起来，书记是第一责任人。来，下一个乡镇。"

一个接一个地汇报，逐条质询，一场临时的调度会就这样又开到了深夜。

林志为早早就到了单位。现在这个阶段，他宁愿在食堂听袁浩上小课，也不想听母亲从早到晚催婚。

袁浩也乐得教他，这样更显得自己已经在这大院里游刃有余。此刻，他一边咬着包子，一边给林志为讲解晋升路上的各种门槛："重用提拔三套标准：第一套德能勤绩廉就不说了；第二套是硬件，年龄和文凭都要命，但最重要的是资历，比如提拔到副县级位置，'两办'主任和农业经贸、发改财政、教育公安这些实力雄厚的单位的人才肯定优先。除了'女少非'，经济发达乡镇的党委书记也优先。"

"第三套呢？"林志为问道。

"关系呗。工作关系也是关系，这东西就是一张网，这根线不行，那根线也可以。线头就在你手里，慢慢织吧。"

本以为是长篇大论，没想到在袁浩一顿风卷残云中接近了尾声。林志为见他吃得比平时快得多，不解地问："干吗这么着急？还早着呢。"

袁浩端起碗，三口两口喝完粥说："最近去找书记的人多。老在领导后头到岗，印象不好。"

"为什么这么多人都去找书记？有什么事吗？"

袁浩本已端着餐盘站了起来，听到这话，俯下身小声告诉林志为："江湖传言，说过不了多久就要调走了，关键时刻，你说呢。"

袁浩的话一下勾起了林志为的好奇心，他也快速塞了一口，追上袁浩的脚步问道："什么叫关键时刻？"

袁浩一脸嫌弃地看了看林志为说："你怎么什么都不明白？提拔的紧要关头，就是关键时刻。人生短短几十年，刨去上学退休，头发从黑到白，中间这些年只有几次黄金机会。抓稳就会飞黄腾达，一旦错过，重新投胎都来不及。"

"你怎么还跟上学时候一样喜欢夸张？"林志为对袁浩的说辞有些不以为然。

袁浩也不甘心，非要说服林志为这个榆木疙瘩："你看看，什么叫关键时刻。那就是某个寻常的一天，能决定你命运的几个人坐在会议室里，喝着茶讨论。这时有人说林志为这个年轻人不错，可以压压担子，你就能上一个台阶。要是没人提议，或者有人反对，你就等着下一次吧。人生有几个下一次？三年五年一过，你孩子都要上学了。"

"要是这么说，哪怕天天兢兢业业，关键时刻没人替你说话，所有的工作不都白干了？这种价值观，我不信。"

"相对论呀。雪中送炭肯定是大前提，相对而言，锦上添花不是好上加好吗？"

"所有人都说，考公务员笔试面试双第一，谁也不用找。要是考不好，县长说话也没用。再说，台阶真有那么重要吗？"

袁浩还想继续反驳，忽然听见有人跟他打招呼，他马上转头过去，热情地回应道："桂主任，早啊。"

虽然只是擦肩而过，但袁浩脸上的笑容足足维持出去四五步。之后他才想起刚刚和林志为的对话，转而又回了林志为一句："只有你觉得平地好走。兄弟，到了这里，书记就是主考官，天天都考试，那么有自信，你就慢慢学吧。"

和袁浩预料的一模一样，还真有人早早等在吕青山的办公室门口。李保平看着面前的茶杯，水面上的茶叶逐渐散开下沉。他把刚刚打了无数遍的腹稿又快速过了一遍，然后开始尽量平静地说："环保整改肯定是大趋势，书记早就说过了。我是觉得不要上来就说不行，要想行的办法。也不能说秒办，但乡镇得真的能办好。不能把压力都让县里担着，我刚到原平乡的时候……"

这些话听上去毫无破绽，但吕青山却早已看透了一切，他直接打断李保平，问道："你当镇长之前在哪里？"

"一直在原平，前后快七年了。"李保平赶紧答道。

"你直接说吧，想去哪儿？"

吕青山的直截了当把李保平弯弯绕绕的腹稿砸了个稀碎，他愣了一下，然后磕磕巴巴地说："我……我是觉得主要是自己的年龄，如果以后都算第一学历的话……"

"你想去哪儿？"吕青山又问了一遍。

见吕青山语气坚决，李保平不敢再兜圈子："我是想，看能不能调到中心乡镇。我也是想离书记近一些，多学习，多进步。我还是希望能历练历练，中心乡镇虽然事多，问责也多，但我是不怕的。"

吕青山沉思片刻，把茶杯放下说："你省里那个亲戚前些天给我打过电话了。你的诉求刚才也说了，看看吧。你也知道，换届提拔有时候就是这头压下去，那头翘起来，得看实际情况，也得符合要求。好吧，那就这样？"

和散会时一样，吕青山这是在送客了。李保平听了这话马上站起来，从公文包里拿出一包东西放到桌上。

"这是什么？"吕青山问道。

"每次开会，我看您的杯子里都是普洱。我姐的大姑子家是云南的，家里是种茶树的，不值什么钱，但是味道好，半点农药都没有，您尝尝。"李保平殷勤地说。

"那就谢谢了。"吕青山听说是茶叶，没太在意。但茶叶包的口子在桌上自然地敞开了，茶饼的下面还挤着一摞美金。吕青山刚想说话，徐泳涛的声音从门外传来："书记？"

吕青山顺手拉开抽屉，连茶带钱一整包东西都放了进去。李保平悬着的心终于放下了，他走过去把门打开，只见徐泳涛快步进来，着急地汇报说："省环保督察组提前一天来了！"

县委大院被这突如其来的消息搅了个天翻地覆。

吕青山、梅晓歌，还有艾鲜枝等县级领导干部迅速坐车离开了县委大院。留下的工作人员也都是一副心急火燎的样子，只有林志为有些不明所以。他拦住江霞询问情况，得到的答案是："省环保督察组，'四不两直'，已经到乡镇了！"林志为明白了，这也许就是袁浩说的"关键时刻"吧。

长岭村里也一样在忙活。三宝骑着满是泥点子的摩托车一路赶往村子外围的厂区，同时他还冲着手里开着语音外放的电话喊道："所有的！给所有的厂子全部贴上封条！千千万别漏了！"

喜旺法兰厂里，大鹏手忙脚乱地在车间门上贴封条，宝根则站在一边听着厂长打来的电话："封了，全贴上了……哎，你信号不好啊。厂长，这次要封几天？啊？知道了。"

待宝根挂了电话，几个工友凑过来询问封厂时间。宝根无奈地跟大家解释，厂长也不知道要停多久。他让大家收拾完东西先回家，后续等电话。

大鹏搓着手上的糨糊骂骂咧咧地说："他妈的让不让活了？一天到晚查环保，一家老小吃饭的事情，管不管？冒股子烟就不环保了？我爷爷旱烟从七岁抽到九十二岁，现在活得比县长还精神。正经事不去管，天天就知道查查查，能查出个屎来！"

其他人都默默收拾着，谁也没吭声，但宝根心里清楚，大家都窝着火呢。可眼下这形势不是他们几个闹一闹就能解决的，暂避风头才是上策。于是，他一边麻利地收拾着，一边对大家说："抓点紧，卸料装车，早点关门。"

此时此刻，光明县最自在的人非老邱莫属了。今天天气不错，一大早又跑来个乔胜利，啥也不干就陪着他下棋。楚河汉界两边一摆，再看看乔胜利便装加拖鞋的打扮，老邱心下已经全明白了。

他一边看着棋盘上的形势，一边念叨着："不劝我拆迁，陪下棋了。亲自看着我，看来级别不会低。谁又来县里视察了？"

"你这么聪明，你猜猜。"乔胜利说着，眼睛却没离开棋盘，仿佛下棋才是他的工作。

老邱来了一步"象走田"："市委至少是书记，省里就得是常委了。拆迁平坟那么多事，要不你也不至于一大早就来。吃饭了吗？"

乔胜利则回了一步"马走日"："天天都顾不上吃，中午我婶做什么饭，打卤面还是包饺子？"

老邱嘿嘿一乐："来晚了。昨天你还能吃上茴香馅包子，今天中午喝稀饭，吃馒头和早上的剩菜。乔书记委屈着吃点吧。当头炮。"

面对老邱的攻势，乔胜利一点不慌，一招四两拨千斤，化解了危局："釜底抽薪，还是老招。我到镇里第一天上班，你就是这步棋，多少年了也不改改？"

没想到老邱还有后手，只听啪的一声，他吃掉了乔胜利的一个马："声东击西。每次都让你看出来，我白混了。"

"三十六计呀。"虽然被吃了子，但乔胜利一点不慌。他喝了口热茶，打起精神，不一会儿便扭转了劣势。眼看棋局陷入僵持，老邱拿着一枚棋子犹豫不决："拱卒吧，你的马跳过来，我就被动了。不拱吧，也没别的出路。两难。"

此时，轮到乔胜利云淡风轻了："前有追兵，后有堵截。刚才你要是想和棋，我还能接受。现在，我可没法答应了。"

"此 时，彼 时。现在我得看你的脸色了。"老邱的语气中似有些无奈。

乔胜利再次端起茶杯，颇有些得意地说："受着点吧，叔。一上班，我就开始做你的工作，你去省城，我得陪着，你去北京，我得去接，风里雨里比伺候我爹还费心。跟着你折腾了这么多年，下个棋，我就不让着了。"

老邱落下一子，抬头看看乔胜利说："你比他们聪明，有心眼，不好哄，不好骗，甩也甩不掉。一晃你的头发也白了，要不回头换个年轻的过来吧。"

"你是VIP，我怕年轻干部照顾不周。辛苦点，我就自己来吧。将军。"

老邱看着棋盘上大势已去，狡黠一笑："这盘还真有点输的意思啊。早饭也不吃就跑过来，你也不容易。以后该忙什么忙你的，不必这么看着我。真的，你看得住今天明天，看得住我昨天和前天吗？"

这话让疑惑陡然涌上乔胜利的心头："什么意思？"

老邱看了一眼乔胜利，指了指棋盘说："下棋。"

紧赶慢赶，吕青山他们一行人在东亚能源集团和省环保督察组碰上了面。

平日在县委大院侃然正色的吕青山，远远地就伸出手，笑容可掬地和省环保督察组的孙组长打招呼。进入厂区后，省环保督察组成员各自散开，视察不同的车间。吕青山和董事长郑三陪在孙组长身边，梅晓歌和艾鲜枝则跟着省环保督察组的其他成员进了不同的车间。

因为准备充分，在东亚能源集团的检查还算顺利。

其间，有人看见车间里三个消防钉子上什么都没挂，不等郑三上前解释，孙组长抢先问道："这算安全隐患吗？消防器材，车间里一样都不配备？这个归谁管？应急管理还是消防部门？我们要是捎带着一起查了，他们不会不领情吧？"

一位督察员没忍住，笑了出来。紧接着，在场的人都跟着笑了出来。车间里的气氛瞬间轻松了很多。然而，这样轻松的气氛并未持续太久——就在吕青山向省环保督察组阐述产业发展的长远目标时，梅晓歌的手机嗡嗡振动起来。他接起来，只听了两句，脸上便骤然变了色。

省环保督察组还有另外一队，他们循着手机定位直接摸到了喜旺法兰厂，把宝根他们一伙人堵在了厂里。

很快，吕青山和梅晓歌连带省环保督察组的大部队也赶到了喜旺法兰厂。面对这个没有任何环保设施的小作坊，以及还没来得及整理完毕的生产车间，所有人都沉默了。

"刚才还没说完，请吕书记接着介绍一下环保整改情况吧。"孙组长又恢复了严肃的神情。阳光的照射下，众人看见吕青山的头发和眉毛上都覆盖了一层厚厚的粉尘。

棋盘上，老邱对乔胜利形成了围剿之势，但乔胜利此时已经没心思下棋了。他瞪大眼睛望着老邱，难以置信地问道："是你举报的？"

老邱点点头："视频和照片都有。我的手机是旧款，照得不清楚，但当证据用是够了。不用看我，看棋。"

乔胜利既生气又无奈："邱叔你和我爸是一代人，我是个小辈，但今天也得说两句。我知道你不爱听，但是有些事情不是你想的那么简单的。谁挨处分都不说了，你一个电话，好几个厂子全得封掉。他们没整改吗？有的设备已经在路上了，明天去查他们就合规合法，今天来就是顶风作案。关一个厂子有多少人都跟着丢饭碗？光明县就像一棵树，你不能因为以前爬树摔下来过，就觉得所有果子都是烂的啊。"

乔胜利的情绪完全没有影响到老邱，听完这长长的一段话，他心平气和地说："说完了吗？说完了就下棋。将军。"见乔胜利还是气鼓鼓的样子，他抬头说道："我不和你扯什么大道理，县委书记也没让我来干。谁管着这个县、谁拿工资谁负责，谁拉的屎谁自己擦。那个厂子旁边住的如果是你家，这个电话你打不打？"

"哪个厂子的旁边会住人呀？"在乔胜利看来，老邱这完全是在狡辩。

老邱当然不这么认为。他果断落下一子："这下死透了。还来一局吗？"

从长岭村出来，众人坐在车上沉默不语。

吕青山恍然想起当初和前任县长蒋新民坐着这辆车一起下乡的日子。污染整改、棚户区改造，桩桩件件都是重点，一个书记、一个县长，每天都是焦头烂额。蒋新民甚至说："一天要能有四十八个小时就好了。"

现在，蒋新民的位置上换成了梅晓歌。前任刚被查出了假数据，他上任没两天，又被查出了环保不达标。难道这就是光明县主官的宿命吗？梅晓歌不是个轻易认输的人，但此刻他也感觉自己肩上的担子有千斤之重。

东亚能源集团里，郑三和两个副总回到办公室。虽然他们这边没出什么岔子，但他们这块遮羞布显然盖不住整个光明县了，都是一个地方一个行业的，大家难免兔死狐悲。一个副总感叹地说："这个没办法。检查这种事情就是拼运气，你把九百九十九件都搞好了，就差一件，被抓了。隔墙扔砖头，县里也只能认倒霉。"

郑三不以为然："倒不倒霉也看人，塞翁失马也是好事。"

"谁呀？"

郑三一笑："你说谁？什么叫运气？县长很快就是梅书记了。"

喜旺法兰厂的一众工人聚在村里的一家小饭馆里，沮丧地喝着闷酒。大鹏延续着一贯的愤怒："这是举报，枪口早就瞄准咱厂了。你早收拾完是个查，不收拾他们也查，锁了大门也得撬开。还不明白吗？"

"这不是替厂长委屈吗？三宝都快把他骂死了。"几杯酒下肚，宝根慢悠悠地说。

另一个工友不无担心地问："阵势这么大，会不会这次不让开了？"

"不至于彻底关门吧。停几天还不够？"大鹏心里也没底，转而问宝根，"上回最长是歇了多久？"

"三个半月。"

这答案让大鹏更加灰心，他给宝根添上酒，颓丧地说："三个星期我就得吃土了。县长不是你们村的吗？和他说说。他不给老乡开个后门吗？"

宝根借着酒劲自嘲地说："行，晚上我给他发个消息。"

大鹏自己也喝了一大口酒，叹息着说："以前去信访局，那个蒋新民接访还能和我们扯两句。你不管他是真的还是演的，道理一摆，和咱们说的也是一回事。就新来的这个货，瞅着还不如姓蒋的。"

宝根哼了一声："挑肥不拣瘦。估计他也叫苦，九原县多好，怎么非得来咱们这个穷地方？"

很快，酒桌上又陷入了沉默。

虽然今天光明县上下乱作一团，但郝东风倒是早早下班了。今天是他奶奶的寿宴，地点就在县城的陶然亭餐厅。因为岁数和辈分都大，所以前来给老太太祝寿的人相当多，除了本家成员，还有一些亲戚也都来了。

然而这么大规模的宴会，现场却一点也不热闹。小孩们一人一个手机，低头不语。大人们起来互相敬酒，但很快就开始小声地嘀咕起来。在一片尴尬的气氛之中，喝了点酒的郝东风站了起来："都别急，签字还能作废。要迁坟也得过了今天晚上。先斩后奏肯定是不对，走到哪儿都不对。我也想过别的办法，书记、县长也都找过了，不管这尺子怎么量，这笔怎么画，咱家坟都在圈圈里头。这么说吧，迁是肯定要迁的。要么我自己带头签字，要么等会儿吃完饭，咱们这些人拉着手，都到地里护坟去。"

　　郝东风的二姑拉着一张脸，显然侄子的这段话并没有说到她心里。郝东风见状转过去接着说："二姑，我没喝醉啊，我说的也不是气话。这也不是第一次了，我在镇里的时候也赶上过这事，要带头要表态，你们也配合过，我心里都有数。有些事情能想办法熬过去，有些事情只有进退两条路，没有别的能选的。今天来之前，我已经想好了，实在不行，我就辞职吧。不干这份差事，就不用担这个责。该不该签，要不要挪，上面还有我伯我叔，也轮不到我说话。堂哥，你也别老觉得我装当官的不办事，有些事情能办，打个电话我就办了，不用你催，有些事情它确实办不了，就算把我双开了拘进去，看守所里蹲几年，它也办不了。"

　　之前一直想站起来抢话的堂哥，被这么一点，臊眉耷眼地再也不往前窜了。郝东风端起酒杯，冲着满屋子的人说："这些年，家里人托过我不少事情，有的不是我在推托，我找别人，人家也要掂量好。就像我以前在乡镇，不光是咱家的亲戚，哪怕是县领导给我打电话，要我办个什么事，该接接该听听，但是该怎么做还是要怎么做。真的出了事，没有人会承认说当时打过这个电话，百分百没人说是他让你这么做的。光明县这么小，一个人出了事，是整个郝家的耻辱，这些孩子也抬不起头来。就这样吧。"说完，他一仰脖干了杯中酒，沉沉地坐在了椅子上。

　　偌大的包间竟能如此安静，让在场的人都有些不自在了。片刻后，二姑先开口打破了僵局："那哪能辞？这么多年才干到现在，多不容易。你现在辞了，以前的苦都白吃了。"

　　一旁的叔叔把手机往桌上一放："辞不辞的，反正都得迁坟，是这个意思吧？"他身旁的妻子迅速白了他一眼，边给孩子喂饭边嘀咕了一句："不在大院上班，迁得更快。"

　　此时，堂哥站了起来："那肯定不能辞啊，想什么呢。就你这个岁数，辞了职还能干什么？到哪儿打工能要你呀，上不去下不来的。跟我一样跑出租，起早贪黑，你顶得住吗？"

　　郝东风搓了把脸，凑到奶奶身边问道："奶奶，您说呢？"

　　一个小女孩看看身边的老太太，凑到她戴着助听器的耳朵边说："太奶奶，他们问你话呢。"

　　老太太的表情一直没变，笑眯眯地应承着："好好。"

　　郝东风端起一杯酒说："奶奶，您听见我说什么了吗？"

　　奶奶摆摆手，望着人到中年的孙子说："知道，知道。迁吧，没事，过两年我去和你爷爷说。"

　　郝东风的父亲眼睛里有什么东西闪了一下。郝东风端着酒杯愣了一下，然后猛然一口把杯里的酒全干了。

天已经擦黑了，明路还在打电话跟下面的乡镇干部布置工作："当个官把印丢了。李来有这些人都不负责任，书记都开会说了这个事情，还不重视。你们也不用管鹿泉乡，先把自己管的那些厂子排查好。今天晚上连夜过一遍，地毯式的。不要再层层汇报了，查到的，你就直接停掉、关掉。什么时候开，县里再研究。暗访组到现在还没走，还在新州市宾馆喝小米粥呢，你们的政治觉悟能不能提高啊？就这样。"

挂了电话，还是不解气，明路干脆站了起来，溜达了两圈，最终坐在沙发上说："芝麻大的事情都要剥洋葱，层层汇报，等收到反馈时，黄花菜都凉了。毫无担当，我们什么时候变成了这个样子？"

此时，一直在静静等待的叶昌禾唯唯诺诺地说："是啊，都是形式主义。"

明路长舒一口气，瞥了一眼叶昌禾的脸色问道："有事吗？"

"有个小事，想来想去，也只能和常务先说说了。"

明路以为又是钱的问题，便抢先说道："是这样，书记昨天开会还说，向上争取资金。艾书记在省里有个同学，已经在联系了。"

"不是要钱，是有个想法，也不知道对不对，憋心里好几天了。"叶昌禾顿了顿，终于说出了自己找明路的真实目的，"我想换个地方。去乡镇，哪怕远一点，都行。"

这话确实让明路有些意外，虽说现在光明县有些困难，但财政口的一把手也不是谁想当就能当上的，而叶昌禾竟然主动请辞。

但叶昌禾似乎心意已决，他苦着一张脸对明路说："不是懒不干活。常务，您也知道，东墙西墙都拆遍了，要补的窟窿实在太多，连股级干部都敢跑到我办公室拍桌子。县里这个算盘，我真是打不动了。"

第五章 斗 法

"沾衣欲湿杏花雨，吹面不寒杨柳风。"本来这时候是光明县最舒服的时节，可县委大院却仿佛被一团浓雾笼罩了，每个人都是愁眉不展，一脑门子的官司。

郝东风自不必说了，信访局就像海边的礁石，哪个浪头过来都最先拍在他郝东风身上。今天，宝根和大鹏又带着一群喜旺法兰厂的工人来上访了。前几天被省环保督察组逮了个正着之后，工厂老板连夜整改，该上的环保设备都上了，也通过了县环保局的综合环评，可是接二连三地出事，早已让光明县成了惊弓之鸟，散落在乡镇的小作坊多如牛毛，谁也不敢开口子。

"一年到头天天查，把全县的厂子都查塌了，你们就高兴？"大鹏指着郝东风的鼻子不住地嚷嚷。上次平坟迁坟的事，他就憋了一口气，现在全撒在这儿了。

财政局那边也不消停，一堆人堵着办公室寸步不让，还总有人执着地敲门，一刻不停，老远都能听见。最后还是财政局办公室的吴主任受不了了，拿着钥匙打开了叶昌禾办公室的门，指着空空如也的屋子说："真不在，不骗你们。门都要敲烂了，有人在早出来了。先回吧。"

吴主任说得没错，叶昌禾确实受不了这敲门声。他今天干脆没去单位，一个人躲进了县人武部的活动室，对着发球机里喷出来的乒乓球狠命地打。放在一旁的手机自始至终没停止过振动，待一轮发球结束，叶昌禾才走过去，看了眼屏幕，接起来故意压低声音说："我没在单位，市里开会呢。没钱，最近一分钱也拿不出来，谁骗你谁是乒乓球。"

但是这些和梅晓歌这边比起来，完全是小巫见大巫。他的办公室外面已经排起了长队，都是等着办事的乡镇和县直机关干部。联络员小周守在门口，忙碌地上传下达，时不时地提醒大家保持安静、少安毋躁。

此时的梅晓歌没时间见这些人，他头顶的乌云比谁都重。明路给他送来了一份全新的拆迁方案。

"省里的钱，没要到手里就不作数，几个亿也是空的。除了借款，现在唯一的办法就是扩大拆迁范围。商业规划一变，就能见到现钱。找刚和财政局、发改委和城建局碰过，再怎么画，圈圈都要套住这些地方。"明路边说边指了指方案上几个重点圈出来的地方。

梅晓歌知道，这些都是比老邱难啃一百倍的硬骨头，不然上次划范围的时候也不会刻意地绕道而行。他犯愁地抓抓头发说："睁眼闭眼都要钱。这么算，够不够？"

明路不敢打包票："骑车抛小球，只能保证球不落地，至于车什么时候倒，谁也不知道。"

梅晓歌又把那几个圈里的位置看了一遍，叹了口气说："毕业都多少年了，又要开始算数解题，统筹方法也转不过来了。"

"算数不麻烦，人最麻烦。县委大院的好几个干部都在圈圈里，县长也听说了吧？"这才是让明路最挠头的问题，在光明干了这几年，县里盘根错节的弯弯绕绕，他比梅晓歌更清楚。

梅晓歌听出了明路的弦外之音："现在上班的还好说，还能做工作，退休了的要麻烦些。"

明路皱着眉头重重地点了点头："周良顺第一排，我也看了，没办法，不管怎么划，怎么都绕不过去。"

梅晓歌闭上眼睛用拇指使劲地揉了揉太阳穴，他的脑子里正在编织一张大网，有人名，有数字，纵横交错，一时还不能成形。他在这张网里扒拉了几下，看见一个名字，睁开眼问明路："听说叶昌禾不想干了？他宁可到鹿泉乡去？"

明路听了这话一摆手："演戏呢，哭穷，像真的一样。你让他去和李来有换换试试。"

这话让梅晓歌禁不住一笑："看着倒是老实巴交的，还会来这个。"

明路也跟着笑了笑，但紧接着又叹了口气："东躲西藏，每天像是欠了高利贷，他也是被逼疯了。"

偏是这么忙的时候，林志为被母亲逼着请了半天假。他开始还以为又是安排相亲，死活不同意，可当母亲拿出两瓶家里珍藏多年的老酒，说带他去见从前的周良顺周书记时，林志为不吭声了。这些天袁浩说过的话在他脑子里盘旋起来，犹豫了一会儿，他在微信上跟范太平请了假。

其实，林志为的母亲也不想让儿子请假，无奈周书记平时总窝在自己的小院里不愿见人。好在这点事也难不倒她，周良顺的老伴是她的老姐妹，前几天传话来说今天上午周良顺在家。好不容易得来这个机会，她肯定得把儿子往前推一推。

自然，儿子是什么样的，当妈的最清楚。路上，林志为的母亲一直在反复叮嘱："别叫周书记，叫姨夫。以前在车间，我们都喊他老伴叫姐，你就这么跟着叫。老爷子这辈子就喜欢两样东西，就喜欢写完毛笔字再喝口酒。这酒一会儿你自己给他。"

虽然人来了，但林志为心里的劲儿还没拧过来。听见母亲教的这些刻意套近乎的话，他本能地拒绝着："你给吧，我不知道怎么说。"

见儿子一副上不了台面的样子，母亲着急地在林志为的胳膊上拍打了一下："介绍酒呀，1988年的汾酒，比你岁数都大。一直在咱家柜子里藏着，你姥爷都舍不得喝。有什么就聊什么，这还有啥会不会的。以后你在外面见的领导多，得多练。"

到了周良顺家的楼下，林志为越想越别扭，便对母亲说让她自己上去。真神就在眼前，母亲哪里甘心，她死死拽住林志为的胳膊，瞪了他一眼说："听见楼上的狗叫声了吗？我这么讨厌狗都来了，你还别扭什么？上楼。"

周良顺家养了一只吉娃娃，这狗个子虽小，性格却活泼得很，一见有生人来立刻兴奋地叫唤起来。林志为的母亲见小狗跑出来，蹲下身子，像端详着一个心爱的婴儿："哟哟哟，上回来你还是个小宝宝呢，看看现在都长成个大小伙子啦！呀呀呀，姐，你看它还记着我呢，这孩子多聪明，你看你看，真好看，得有三岁了吧？"

周良顺的妻子笑眯眯地抱起小狗，轻柔地抚摸了两下说："是你记性好。大前天刚给它过完生日，还偷吃蛋糕。行啦行啦，一来客人你就激动。别叫啦。"说着，她便朝书房走去。

林母见状赶紧跟了进去，边走边说："姐，我给你把咱们车间上次二十年聚会的照片洗出来了。合影就有好几版，你看看哪个好，我找人放大。"

周良顺的妻子并未回答，因为此刻他们几个人都已经进了书房。周良顺正坐在沙发上，聚精会神地看着电视上的书法频道。林母也很有眼色地收了声，一个劲地把林志为往前推。这让林志为更加不自在，看上去比平时在单位还要拘谨。

电视上的书法家写完了一个"大"字，周良顺目光未动，嘴上却问道："本科毕业吧？是省重点吗？"

"是。"林志为就回答了一个字。

"回来也挺好，离家近。县里就缺你们这样的人才。"

周良顺依旧看着电视，可林志为已经不知道该怎么说了。他干脆没吭声，只默默点了点头。周良顺感觉到了林志为的紧张，转头看了他一眼，把话题扯到了家里：

"你爸爸是单位又返聘回去了吗？在省里是吧？"

"他们都是跟着项目走，最近在西安。"

周良顺轻轻哦了一声，见林志为后面又没话了，便再次把目光投向了电视："现在政府办管事的是谁？范太平吗？"

"是，范主任。"

"他像你这么大的时候我带过他，人挺灵活的。我会给他打个电话。"

林志为木讷的表现把母亲急得够呛，一个劲地冲他使眼色。可林志为无论如何也叫不出"姨夫"二字，沉思了片刻，微微起身说了句："谢谢周书记。"

周良顺一摆手让他坐下，忽然话锋一转："新县长也来几天了，你觉得他怎么样。"

这个问题完全超纲了，林志为的母亲也没想到，可林志为似乎没那么紧张了，他停顿了一下反问道："您是说哪方面？"

看着林志为认真的表情，周良顺有点意外，他半开玩笑道："酒量好不好啊？"

林志为哪里参得透周良顺的意思，他甚至连这个玩笑都没接住，依旧一脸认真地回答："这个我不太清楚。八项规定以后，好像大家都不怎么喝酒了。"

聊天聊到这个地步，周良顺只能看电视了。可这会儿林志为仿佛发现了机会，话题终于扯到酒上了。他把两瓶酒往前推了推，背起了母亲教的"台词"："这酒是1988年的，从我记事起就在家里放着，您……"

但话没说完，周良顺便轻轻打断了他："戒啦，高血压，不喝了。"

新州市委大楼和光明县的县委大院相距几十公里，但在这一天，两级书记都主持了一场会议，会议上也都做出了一项秘而不宣的决定。

市委的决定是关于光明县的。市委组织部部长李国春提交了光明县领导班子的调整方案，在这次会上要进行举手表决。

包括市委书记谷文章在内，所有人都举手表示同意。但谷文章也很敏锐地注意到，从光明县升上来的常务副市长马广群举手之前似乎犹豫了一下。在大家都放下手之后，谷文章道："广群同志如果有不同意见可以讲讲。"

马广群沉吟片刻，有些惋惜地说："没有。只是这个时机，刚好和省里督察环保的事情碰在一起，容易给青山同志带来一些不必要的联想。我的建议是稍微往后延一延。大家都知道，光明县是先天营养不良，谁当大夫都想治好病，但是难啊。"

会议室里微微泛起了一阵议论声，但很快又平息了下来。谷文章思量了一会儿说："那就把延后调整的方案报上去，看看省委的意见吧。"说完，他抬头扫视了一圈，略微提高了些声调说："委屈肯定是有的，共产党的干部就是要能受委屈。天天坐在火山口上，我们不也是吗?"

县委大院里的会议听上去要更急迫一些，议题依旧是光明县空空如也的钱袋子。

会上，吕青山提出了对外和对内的两个办法。对外，去省里争取国家投资项目，这方面的工作主要由艾鲜枝负责。艾鲜枝有个大学同学在省农业厅，可以帮忙引荐厅里负责项目申请审批的负责人，已经初步约定了去省里见面的时间。

布置工作的时候，吕青山的语气实在又迫切："会哭的孩子有奶吃。我们是穷人家，就是要会哭、会叫。我不要求你们把分外的拿回来多少，起码分内的要拿够、拿足。挣钱很重要，要钱也很重要。最近国家投向基础设施建设，特别是'三农'方面的专项资金越来越多。我们的工作只要到位，这种国家投资的项目，只要立项，当年资金就能到位。"

对内则是明路和梅晓歌都有些犯愁的拆迁扩大方案，此刻这份方案已经发到参会的每个人手上了。吕青山刚把话题转到这件事上来，下面便传来一阵小声的议论。列席在角落的乔胜利和郝东风默默对视了一下，他们都是冲在一线的人，上一轮拆迁就脱了一层皮，这次恐怕要丢下半条命了。

吕青山感觉到了会议室里气氛的微妙变化，他略一停顿，接着说："我也听说了一些风言风语。有些人，不管是自己的还是亲戚家的房子，都在新划的拆迁范围里。我就跟各位讲，在基层工作了这么多年，从上到下，没学会也看会了，我完全可以找一些轻松的、容易出政绩的、糊弄人的事情来做。折腾来折腾去何苦呢? 都是为了这个地方好。人生很短的，每个人都是眨眨眼就退休了。多少年以后，你再到光明县街上走一圈，横竖就那么几条街，你走走看看，这个县城都是在我们手里搞好的或者搞坏的，要有责任心。所有人都要站在政府和人民群众的立场上，不能和为了一己私欲拦路抢劫的人穿一条裤子，已经穿上的要赶紧脱下来，穿几条就脱几条。坚决维护群众利益，照顾贫弱群体，坚持依法办事，程序严格到位，耐心做好思想工作。另外，细则出台之前，还是要先保密。"

世上没有不透风的墙，尤其是在拆东墙补西墙的光明县。这一天还没结束，拆迁的消息已经由李保平亲自送到了周良顺的小院里。

虽然外面喧嚣不断，但小院里似乎还是一片春色盎然。周良顺拿着一把剪刀，仔细地修剪着树枝。李保平蹲在一边，打量着几块石头，左搬右挪，想摆出个造型。不知是因为穿着上班的衣服施展不开手脚，还是因为心里装着事，他觉得手里的石头格外沉重："这两块石头是我刚到原平乡上班的时候搬来的吧? 我怎么记得那时候比现在轻呢?"

"那时候你才多大,现在都有白头发了。石头没变,是你的力气小了。"周良顺头也不回地说了句似有所指的话。

李保平直起腰,喘了口气说:"这个石头也是我自己去河滩里捞回来的,小十年了。那时候这院子就是世外桃源,没事我就喜欢往这儿跑,赏心悦目呀,现在到哪找这么个地方呀。好好一个院子,非要拆掉。圈圈原先不是画完了吗?"

周良顺似乎根本没听见李保平的话,他走到另一棵树下,端详了一阵,对李保平说:"把窗台底下那捆细铁丝递给我一下。"

李保平拿上铁丝走到周良顺身边,说:"这棵树可不好栽,挪起来也危险。"

周良顺明白李保平关心的根本不是这棵树,不过跟他用不着把话说明白。周良顺接过铁丝,关切地说:"回去多泡点胖大海喝。这几天是上火了吧,你这嗓子都哑了。"

"哑得厉害吗? 公事私事一大堆,睡不着啊。"李保平说话的时候,眼睛始终观察着周良顺的神情。

周良顺的脸上看不出丝毫波澜:"该吃吃,该睡睡。当了这么多年乡书记,怎么还这么毛躁?"

开完会,吕青山把乔胜利单独叫到了办公室,详细了解这次扩大拆迁中和县委大院有关系的人和房子。

经历了上一轮拆迁,乔胜利对城关镇家家户户的情况早已烂熟于心。不等吕青山细问,他直接开门见山:"直接的,间接的,也有些是自己胡说的。据我了解,和机关大院有关系的人和房子,最多不超过八户。其他人,我自己可以解决。政协的颜副主席,他老丈人家的房子也被划进去了,您也知道他怕媳妇。我是有个想法,以县委的名义,委任颜副主席作为总指挥,我可以给他打下手,于公于私,都有利于开展工作。"

"还有吗?"吕青山喝了口茶问道。

"当然有! 叫我进来不就是要问这个人吗?"乔胜利心想。他心里跟明镜似的,这是吕青山的心病,也是他不知道从哪儿下嘴的硬骨头。乔胜利在心里掂量了一下,只能实话实说:"老书记那边,确实在小院子里投入了不少心血,这和钱倒没什么关系了,主要是搞了那么多年,换了谁都舍不得。我去过一次,他用话堵着我,什么话都不让说,就他这儿有点头疼。"

吕青山端起茶杯,沉吟片刻又放下了:"总是要解决的。不行的话,让宣传部的李唐部长过去坐坐,他们好像处得还不错。"

"已经请李部长去过家里了,和周夫人聊了聊,不容乐观。"

吕青山皱了皱眉，还想再说点什么，忽然手机振动起来，屏幕显示出马广群的名字。吕青山拿起手机使了个眼色，乔胜利马上会意，迅速退了出去。待他轻轻关上门，吕青山才接通了电话："马市长，方便方便，您说。"

这个电话算不上是好消息，但吕青山却略略松了口气。

挂断电话后，他仿佛从马不停蹄的忙碌中跳了出来，拿出抽屉里的几个茶叶罐，挨个打开闻了闻。此时，办公桌上的座机响了起来，是梅晓歌打来的。他有些兴奋地告诉吕青山，国土局刚找到规划图和政策文件，这次新划入拆迁圈的房子有非法占地的证据，拆迁有法可依。

"好事啊。"吕青山对着电话说道，语气比往常平静了很多。

卧龙斋的院门大敞着，仿佛准备迎接八方来客，但院子里只有周良顺一人。他又把书案搬到了院子里，一笔一画地用心写字。

院子外面可没这么安静了，五六个附近的居民因为不愿搬迁，集体在道路中间静坐，任由拆迁工作组苦口婆心地劝解，说什么也不为所动。里三层外三层，不一会儿工夫，便把这里堵了个水泄不通。

僵持之际，乔胜利咋咋呼呼的声音由远及近地传来："都干什么呢？堵在路上，车也过不去了。别再把我三嫂给晒中暑！看看多辣的太阳啊，有事回家说啊！三哥，你怎么也来了？不上班吗？"

"厂子也让你们停了，到哪儿上去！"人群中不知是谁喊了一句。

乔胜利没搭理这话，指挥着工作组的人说："先把老太太架回去啊，那么大岁数还得跟着你们受罪，傻呀你？"然后他便径直走进了周良顺的卧龙斋。

敢这么理直气壮地走进去，乔胜利自然是带来了法宝——国土局刚找到的政策文件。之前让梅晓歌兴奋不已的那一份文件，如今躺在了周良顺会客厅的桌子上。

乔胜利接过周良顺泡的茶，脸上一副关切不已的神情："再好的路也怕年头长，有太阳的时候还行，一到下雨这边就坑坑洼洼了。我自己有时候过来，买双新皮鞋都不敢穿。这一片的电线也不行，供电局的说是老化，正好这次一勺烩了。"

周良顺的茶也斟满了，但他并没喝，而是站在一边清洗毛笔和砚台，静静地听乔胜利讲。

"这个事也是刚刚定下来的。常委会一开完，我就赶紧过来，先和您汇报一下。刚才去家里了，阿姨说您在这儿呢。"见周良顺不开口，乔胜利也一直瞄着他的脸色。

把洗好的毛笔挂在笔架上，周良顺突然问道："你是哪年的？七七吗？"

"七八，和您女儿小学同班嘛。"

"哦。"周良顺一顿，"参加工作的时间也不算长啊，怎么当官都当成油子了。"

打一进门，乔胜利就做好了挨骂的准备，一直忐忑地等着。这会儿终于一块石头落了地，他嘿嘿一笑，心里反倒踏实了。

周良顺瞥了一眼乔胜利，继续说："明知道我在这边，还要先去家里做样子。是想躲开我，看看那些年轻人能不能把我这院子推了，你再跑过来演戏吧？谁能把这小院踏平，就先假装骂他几句，当场停职，回去再给他偷偷升官。你们还是这个套路吗？"

"这不也是好久没见阿姨了嘛。您爱吃焖面，我爸种了点茄子、豆角，一点农药都没有打，大早晨摘的，我刚送过去，晚上您吃点新鲜的。"见周良顺又铺开一张纸，乔胜利赶紧过去帮忙研墨。

周良顺哼了一声，蘸了点墨，边写边问："你们书记和县长，都挺忙的吧？"

乔胜利本想把话题拉到叙旧上，没想到周良顺又转到了这里。他一时摸不准，便含糊地回答道："开不完的会，天天都焦头烂额。各忙各的，咱也不知道领导每天在哪儿。"

"不是市里就是省里，"乔胜利的"不知道"倒让周良顺给说了，"多接接天线是对的，真要是亲自跑来做我的工作，你说，当打对面的，我该怎么驳人家的话。"

这话把乔胜利给夹在了中间，一边是现在的顶头上司，一边是老领导、旧相识，这话该往哪头说？乔胜利觉得哪头都不能说，他有点犯愁地抬起头，看见墙上挂着的字画，仿佛抓住了救命稻草："上次来就忘了说，镇政府最近搞党建，还想请您写几幅字呢。到时候把字挂到支部会议室，不管谁来，第一眼就能看得见。"

周良顺根本不打算放过乔胜利，他接着自己刚才的话茬说道："我又没让你去请吕书记过来，你躲什么？不要动不动去打扰县领导，这些鸡毛蒜皮的小事，我和属地乡镇领导沟通就可以了。"

随后，他把手中的毛笔一放，走到一个抽屉跟前，取出了一份政策文件的复印件，递给了乔胜利。然后他终于稳稳坐在了自己的太师椅上，边喝茶边说："现任新州市常务副市长马广群同志，在担任光明县委书记期间盖章下发的合法手续。法治社会，合法建房。乔书记过目一下。"

两份文件短兵相接的桥段很快传遍了县委大院。午饭的时候，林志为好奇地问袁浩："政策还会打架？"

袁浩给他举了个例子："上学的时候，你们班最爱踢球，每天打比赛，主教练不也有战术失误的时候？以前的主官拉的屎，现在得让吕书记替他擦。"

"那怎么办？新的旧的不一样，该听哪个？"

"肯定要按对的来呀。还是踢球，以前中锋是姚明，你肯定得下底传中。现在换了梅西，不得小快灵吗？"

"姚明是打篮球的。"

"问题是以前的教练以为他是踢足球的。"

扯了半天球赛，林志为这才反应过来："新教练得纠错，重新布阵，还得赢球。"

袁浩点点头："很多县里都有这种事。听说这大院里还有不少人扯在里面。斗法呀，得看谁的本事大了。"

听见"斗法"二字，林志为不由得心里一紧。可转念一想，这件事的执行人不是他，而是领导，便又问袁浩："既然是书记定的，下面还有人敢不执行吗？"

"表面上当然要听话。"袁浩说着朝四下瞄了一圈，然后凑近一点小声说，"真到了涉及身家利益的时候，谁愿意？真要是惹急了，就是不鸟县长、书记的也有，无非就是忍几年，换届走人的还是他们。"

回想起之前和母亲去见周良顺时的情景，林志为渐渐咂摸出点意思来了："当面是锣，背面是鼓，这么复杂啊。"

袁浩扒拉完盘子里的菜，擦擦嘴说："不少人都是属糖葫芦的，里里外外裹着自己，嘴上说的都是糖的事，山楂一个字也不提。慢慢品吧。"

食堂二楼，一众领导围着大桌等菜。今天也是赶巧了，吃饭的人多，菜却上得很慢，不少人守着一碗白饭，等着一个菜转到眼前，还不敢夹太多。

这种时候是扯闲篇、讲段子的好时机。检察长陈建平真真假假地聊起了过往的事情："以前我在九原县的时候，有个分管农业的副县长很坏，每个星期五，到了大家要回家过周末的时候，他就要撺掇大家喝啤酒。那时候还没有八项规定，喝完一瓶又一瓶，有个统战部部长是外地的，每次都被搞大肚子。等喝完晚上回家，这个部长只能在沙发上看电视，不停地上厕所。他媳妇在卧室等来等去，就等生气了，说：'你除了尿尿还能干什么？'"

一片哄笑之中，于立群补充道："不要批评，要多鼓励啊。上周尿五次，这周尿三次。"

"好干部都是表扬出来的。"组织部部长肖春雨也用惯常的语调接了一句。

此时，小杨端着两道菜快步走了进来。于立群看了看，夹了一块凉拌黄瓜后问道："小杨，这菜也太少了，厨房净糊弄事。饭菜的口味怎么也变了，咸了很多，有没有？"

"是不是换人了？"一直没吭声的艾鲜枝也问道。

小杨一脸歉意地回答说："牛师傅这两天请假了，他表弟临时顶一下。"

"病了吗？"纪东亮问道。食堂做饭的牛师傅极少请假，大家都有些好奇。

"没有。"小杨解释说，"他家里也在拆迁改造的范围里，回去搬家了。"

一提拆迁，饭桌上的气氛顿时有些微妙。于立群连忙打趣地说："补偿款能不能多一些啊？如果不满足这个条件，饭菜里不会给我们下药吧？"

小杨笑着转身向厨房走去，正遇上刚刚进来的法院院长曾路。此时，除了吕青山和梅晓歌的固定座位空着，其余的地方都已经坐满了。小杨立刻走过去，指着这两个位置说："您就坐上面吧，书记去了市里，县长和常务去九原县了。"

小杨的声音不高，但足够让旁边的陈建平听见了。他顺嘴嘀咕了一句："大中午的，去九原干什么？"

身边的于立群轻轻碰了碰他的胳膊肘，然后凑过来小声说了两个字："借钱。"

和梅晓歌一起去九原县的只有明路和叶昌禾，范太平留下来看家。刚出大门口，便见到五六个人聚集在传达室外面，正在和门卫老徐以及几个保安指指点点地交涉。不用说，又是上访的。

车子快速经过这群人的时候，明路往外面看了一眼，问道："又是那些封停的小厂子吗？"

"不是，拆迁的。"叶昌禾回答。

梅晓歌往外看了一眼，没吭声，心中暗想："这才刚开始，后面且有得闹啊。"偏偏想什么来什么，车没开出多远，一个陌生号码打到了梅晓歌的手机上。他接起来没说话，听了几句便挂了。

"卖房的？"明路见状问道。

梅晓歌笑着摇头："骗子。说是能解决拆迁，什么都不用政府管，限定时间，明码标价。"

明路也笑了："这种电话都打到你这来了，东亮县长搞的反诈力度有点轻啊。"

叶昌禾对此事也感同身受，他转过头一本正经地说："我前天晚上还接了一个。说他是县长，有点急事，让我马上转点钱过去。我当时就识破了，他不是梅县长！咱浑身上下连根毛都没有，真领导怎么可能找我要钱?!"

车上的几个人都笑了起来。笑过之后，梅晓歌心里却不是滋味。段子里讲过，有人遇到小偷，庆幸地说："我的兜比脸还干净。"怎么一不留神就把工作干成了段子？

一阵疲惫涌了上来，梅晓歌闭上眼睛，把头靠在了靠背上。其间，叶昌禾念了两条范太平发来的微信消息，汇报下午几个会议的时间安排。梅晓歌只记得自己说了句

"让范太平看着安排吧",再听到明路喊他名字的时候,车子已经开进了九原县的县委大院。

梅晓歌瞬间清醒过来,迅速整理了一下头发和衣服,搓了把脸,就像战斗间歇后的士兵,重整旗鼓再出发。车门拉开的瞬间,熟悉的笑容又回到了梅晓歌的脸上。

九原县政府办公室的冯主任把梅晓歌一行人引进了政府大楼的会客室。和光明县一比,九原县政府大楼显得格外宽敞、气派。梅晓歌对这里并不陌生,毕竟九原是他的老家。

冯主任和县长曹立新的联络员小谢忙前忙后地端茶倒水。小谢听着称呼,先给梅晓歌倒了一杯,不想梅晓歌笑着指了指明路和叶昌禾说:"得先给客人倒茶。"

冯主任早已知晓梅晓歌此行的目的,他马上接住了梅晓歌的话:"对对对,梅县长是回家。咱们离得这么近,曹县长天天都盼着你回来。"

"盼我回来和他打掼蛋吧。你们还讲不讲政治,立新县长唯一的业余爱好,你们也不能陪好。"梅晓歌笑着说道。

冯主任笑了起来:"是是是,打牌还得旗鼓相当。主要是我们的水平太次,陪不好领导啊。"

明路在一旁帮腔夸道:"听说马市长每次打牌,唯一点名的搭档必须得是曹县长。"

"掐牌算牌,全市第一。"梅晓歌接着说,"别看他是学中文的,我这学数学的也算不过他。"

"梅县长,你还讲不讲政治?"一个中气十足的声音从外面传来,顷刻间,曹立新大步流星地走了进来,"我是全市第一?你把马市长摆哪边?不能这么高级黑啊!"

梅晓歌早已站起身来,一见到曹立新便握住他的手打趣道:"你看看,我们明常务来的路上还提议,回九原县借钱怎么都要给立新县长拍拍马屁,说点好听的,结果你还不领情。"

曹立新使劲握了握梅晓歌的手说:"你这是给我挖坑。你赶紧把我拉上来。"紧接着,他又转而握住了明路的手,虽然力度稍减,但语气还是轻松亲切:"瘦了。是不是瘦了?上次去省里开会,我看你比现在要胖多啦。"

明路摇摇头,自嘲地说:"现在比那时候又胖了五斤。"

此时,叶昌禾已经向曹立新伸出了双手:"财政局小叶。"

曹立新又打趣了两句才转而对叶昌禾说:"我必须得批评你几句。再困难你们也得给明常务吃饱饭,把领导搞瘦了还怎么干事情,是不是?你们得讲政治呀。"

"说得好。"梅晓歌笑着说,"你们今天好好学习一下九原县的工作餐,回去以后,咱们也要加个荤菜。"

曹立新刚坐下，听了梅晓歌这话马上问道："什么意思？你不在这里吃啊？"

"难得回来一趟，回去看看老娘。不能搞三过家门而不入那一套啊。"梅晓歌回答。

曹立新点点头："陪老母亲吃饭是应该的。问题是你什么时候也拨冗一下，和我们这些人，哪怕不喝酒，一起喝点小米粥呢？别老把自己搞得像个大领导一样，劳逸结合，该逸也得逸逸。"

"就因为不是大领导，这才忙得像驴子一样。我要是像你一样倒好了，兜里有钱，腰也粗啊。"

梅晓歌的一句话引出了今天的正题。曹立新看看梅晓歌和明路，笑笑说道："我要这么说，你们肯定又说我虚伪。要不是你们梅晓歌县长张嘴，我是绝对不干的。这年头，谁敢往外借钱？你们去隔壁那两个县试试？"

梅晓歌重重地点点头："你在哪儿，我去哪儿，我是讹上你了。"

"这样，别耽误你回去看老妈妈，先说正事。"曹立新指了指一位始终没吭声的女干部说，"这是赖局长，我们的财神爷，你说吧。"

有钱就是有底气，同样是财政局局长，同样面对一群领导，赖局长的气场完全压着对面的叶昌禾，甚至和梅晓歌对视都流露出不卑不亢的态度。"梅县长、明常务、叶局长，我和各位领导汇报一下具体方案。借款六千万元，一次性转账，利息按中国银行储蓄利率核算。按惯例，每个季度结算一次利息，考虑到光明县的实际情况，遵照曹县长的指示……"

"哎呀，利息就再说了。"曹立新接过话茬说，"年底有钱再给，没钱就先挂着，反正梅晓歌跑不了。但是本金总得有个可行的还款方式，他们拟了个想法，也不知道对不对，你也别说我们不讲政治啊。"

虽然气氛始终轻松和气，但此时才到了最关键的时候。天下没有免费的午餐，梅晓歌心里没底，不知道他们吃不吃得起九原"这顿饭"。他尽量保持着笑容，看着曹立新和赖局长。只见二人交换了下眼神，赖局长接着说道："是这样，我们设个驻光明办事处，光明县医院的现金池，按月按比例拿钱，分期按揭。"

不等梅晓歌回答，曹立新马上接着说："这个事，咱们互相理解。我这么说不算不讲政治吧？"

梅晓歌笑着点了点头，这一口吃下去有点噎得慌，但噎得慌总比饿死强。明路也没什么异议，光明县这就算答应下了这个方案。

九原县机关食堂的午餐是自助的形式，因为来了客人，曹立新让负责人给开了一个单独的房间，但用餐标准没变，只不过把做好的菜都装进小盘子端了进来。

一上桌，曹立新就直说明路吃得太少，荤菜一个不动，就守着一碗粥。

明路喝了口粥说："我都不敢看你们吃猪蹄子，馋啊。胃不行了，前阵子有一批招商引资，把胃给喝坏了。"

曹立新摆摆手："养胃光靠喝粥不行，也得补充蛋白质和吃些大米饭。你听我的，别盲目搞养生，越是神神道道的，越不一定准。"

在一旁作陪的冯主任一听这话，马上给明路夹了块酥鱼，附和着说："是是是，免疫力不能丢。"

曹立新接着说："你们梅县长的爱人，前两年听说吃红薯防癌，天天逼着他吃，蒸的煮的熬的换着来。当时还是梅副书记，吃得下乡都不愿意路过红薯地。以后你们安排饭局，地里拔出来的就别再点啦。"

虽然梅晓歌不在场，但明路还是替他挽回点面子说道："爱夫心切，我老婆就从来不管我吃什么，太羡慕了。"

曹立新却说："什么马配什么鞍。你要真娶个乔副市长这样的管着你，两天就得疯掉。"

叶昌禾不了解底细，有些冒失地问明路："梅县长的夫人这么厉害啊？"

见明路笑而不语，曹立新话里有话地回答了这个问题："里里外外一把手，我是很佩服的。光明县的县长如果是她，你们肯定不用到我这儿来化缘。"

说是回家，其实梅晓歌去的是姐姐梅晓诗的家。梅晓歌母亲刘巧珍虽然身体尚可，但岁数大了，身边也不能没人守着，就长住在他姐姐家里。知道梅晓歌回来，母亲一早包好了饺子。时间紧张，梅晓歌顾不得别人，一口一个，狼吞虎咽。

太长时间没见了，母亲坐在梅晓歌对面，眼珠不转地看着他，时不时还翻动一下饺子："吃底下的，热乎。今天的馅不淡吧？你姐和好馅儿以后，我又加了两勺盐。"

梅晓歌点点头，咽下饺子对母亲说："说了别剥了，下午还要开会，不吃蒜了。"

"你不吃就给你姐夫，这些也就够他吃一顿的。我和你说，这两天有几个人老来找他，嘀嘀咕咕的，肯定是要找你办事。你姐夫嘴笨不会说，反正你别答应。那些人最没意思了，也不管别人犯不犯错误，嘴巴一张就要办事。"

母亲的话让梅晓歌有些过意不去，这些年他忙于工作，姐夫老何代替了儿子的角色，对母亲照顾有加。作为一个家具店的售后师傅，姐夫每天干的都是实打实的力气活，着实辛苦。梅晓歌停了一下，对母亲说："看看是什么事。要是举手之劳，办就办了。"

"那也不行。"母亲立刻反驳，"有第一次就有第二次，你别觉得这么做了，他们就会对我怎么好，我都这个岁数了，我也不在乎。你四姨没给你打电话吧？她问我你今天是不是要回来，我说不知道。"

梅晓歌被母亲的套路逗乐了："你都不知道，谁信啊？"

"信不信是她的事，反正我不怕得罪人，只要他们不去……"

话还没出口，梅晓歌已经知道母亲下面要说什么了。每次都是长篇大论的教育，一旦开始就很难结束。所以不等母亲展开细说，梅晓歌便转移话题，抢先问道："我姐单位还那么忙啊？中午也回不来吗？"

"给私人打工就这样，厂子里进出货要随时记账，白天不能离人。你姐前两天回来说光明县让上面查住了。什么事情？要不要紧？"母亲叹息着说，女儿确实辛苦，但见不着面更想，老太太还是惦记儿子多一些。

"小事情，没什么。还有西葫芦鸡蛋馅的吗？"

母亲赶紧拿起筷子在盘子里翻找，可没翻几下突然停住手，目不转睛地看起了电视。屏幕上播的是本市新闻："'说到还要做到，看一看、闻一闻、想一想，不能视而不见。''早该整治了，看看各县各乡的天空，都脏成了什么样子。''这样的处理，反映了人民的心声，坚决支持市政府的正确决定。'记者近日在《新州在线》的官方微信公众号上看到，针对本市日前在全市环境污染防治攻坚推进会上问责十七名干部，并责成被省环保督察组点名的光明县、宝应县两地的县长做出深刻检讨一事，连日来在当地引发热议，不少网友纷纷留言、点赞……"

电视上的梅晓歌低头读检查的画面一闪而过，饭桌旁的梅晓歌埋头吃着饺子。二人沉默了一会儿，还是母亲先开口安慰起儿子来："没事，念个检查算什么。你这才去几天，都是前面的问题，你是替他们挨骂。"

"能在新闻里念检查的都没事，真有问题就不让上电视了。"梅晓歌也安慰着母亲。

"那个书记没有欺负你吧？最近我天天看新闻，一看他就不如咱。幸亏你去了，要不然光明县可怎么办？"

母亲一番护犊子的话让梅晓歌有点哭笑不得："别这么说，书记对我很好。"

母亲正要接着问，梅晓歌姐夫拎着一盒打包的菜进门了："晓歌回来啦。"

梅晓歌都没来得及跟姐夫打个招呼，便被母亲的话挡住了："他吃完就要走了。"

老何明白丈母娘的意思，他冲梅晓歌笑了笑，转身进了自己的房间。得亏丈母娘拦着，否则他还真不知道该怎么开口。他的午饭就是一个工友请的，工友的儿子想在光明县开一家洗车行，可办事机关"吃拿卡要"得厉害，工友便想让老何跟县长小舅子说说情。老何觉得这点事在梅晓歌这里就是一句话，可他依旧没敢答应。也幸亏没答应，否则家里家外，他肯定要两头落埋怨了。

吃完饺子，母亲在厨房里给梅晓歌装了几瓶自制的辣椒酱。梅晓歌一边打下手，一边问："上次您用辣椒炒的那个咸菜丝挺好吃的，还有吗？"

母亲停了停说："你也别老吃咸菜。这个事乔麦说得对，太咸对身体不好。"

"也不是天天吃。有时候晚上饿了喝点粥，加点味道。"梅晓歌装好了辣椒酱，一抬头发现母亲正满脸愁容地望着他。不用说，又是老生常谈的催生。

"你们商量得怎么样了？"

"她那么远，不现实。总得回来再说吧。"

梅晓歌搪塞的话让母亲很不满意，连带着也有点埋怨乔麦："一听就是她教你的话。远一点怕什么，西藏那地方本来就容易引发高原反应，怀孕了不正好能回来歇着？"

梅晓歌含混地答应了几声，可这样的反应让母亲更生猜忌，她挡在梅晓歌面前继续说："你肯定不怕媳妇，除非是你不想要。"

梅晓歌躲不过去，只好耐心地跟母亲解释："因为这个事，你们俩都快不能见面了。你得让她先想通想透，她也没说不要，总得把那边的工作先完成了。"

"岁数呢，还要不要管？再拖下去，她都快能当奶奶了。"

正在这时，范太平的一通电话打了进来，梅晓歌像抓住了一根救命稻草，赶紧接起来，边说边往外走："没事，你说。太钢集团杨总，我知道，郑三和我说过，和我还是校友。哦，他几点来？书记参加吗？好，我准时到。"

望着儿子略显消瘦的背影，刘巧珍知道这难得的谈话机会又要结束了。儿子的立场，她不是不明白，只是身为母亲，想不操心也难啊。梅晓歌挂断电话，看着母亲欲言又止的神情，心中亦感到一丝愧疚。他还想就刚才的话题再解释两句，反倒被刘巧珍的话拦住了："拿上辣椒酱，快走吧。不是说有人跟你一起来的吗？别让人家等着了。"

马不停蹄地回到县委大院，已经有一堆事在那里等着梅晓歌了。

他一边走进政府大楼，一边听着范太平的汇报。但直到进了办公室并关上门，范太平才说起今天最重要的两件事：其一，九原县的钱已经比梅晓歌早一步到了光明县；其二，电话里说的那个饭局，本来招商局要安排，但郑三主动请缨，说杨总想吃烧卖，他给安排个特别地道的馆子。

梅晓歌明白，这是郑三又找机会在他面前买好。这种县里的大户，近不得也远不得。想到此，他吩咐范太平："通知工业局的也一起去吧，多接触接触有好处。"

"嗯。另外，老周书记也会参加。"

这个消息倒让梅晓歌颇感意外，听说上午周良顺刚让乔胜利狠狠碰了个钉子，这个节骨眼上竟还请他。他思量片刻，问道："谁请的?"

"他和这个杨总很多年前也打过交道，是书记的提议。"范太平答道。

"用心良苦，不容易啊。"梅晓歌恍然，但他并不知道自己只看到事情的第一层。

县委办公室主任徐泳涛来到了周良顺的卧龙斋。他自己上门，约等于吕青山亲自来请了。

周良顺此时的心情还是不错的，在徐泳涛的注视下，他一气呵成，写就八个大字：老骥伏枥，志在千里。写完之后，他又反复端详，指着"千"字的一竖问道："是不是太长了?"

"一千里当然要长一些，那和十里地不一样。"徐泳涛在一旁奉承着说，"我看挺好的。"

周良顺不以为然，一边重新铺纸一边说："照这么说'亿'字是要拐到房顶上去，还是应该短点?"

徐泳涛赶紧上手帮忙，嘴里不停赞叹："'老书记就是精益求精。'这话不是我说的，是青山书记看了您给他写的字脱口而出的，还说这要不是千锤百炼，笔锋不会这么老辣。"

周良顺微微一笑："你又拿青山书记来点我。我一个退下来的人，掺和你们的事情干什么? 该让人说我不甘寂寞了。我要是能帮点忙也行啊。"

"这不就是请您帮忙嘛。"徐泳涛的语气愈发恳切，"当年太钢和新州市第一次联姻，杨总还是个小科长，要不是您，他们能和市里顺利合作吗? 他也不会有今天呀。晚上是吕书记提的议，杨总也想见见您，县长也在，您不去开不了席，我回去也没法说啊。"

周良顺没有马上答应，而是蘸墨提笔，一挥而就又写好了一幅字，只不过这次是四个字：鸿业光明。他直起身子，脸上露出一丝志得意满的神情，然后问徐泳涛："给客人带一幅字，你看这个怎么样?"

徐泳涛大功告成，嘴上更像是抹了蜜糖："谁来光明谁光明。以后再有外商来，这得算县礼的标配吧?"

林志为没想到，范太平第一次单独找他，竟然是带他参加饭局。"晚上有个招商活动，你跟我去一趟。"范太平说。

林志为点点头，一本正经地说："好的。需要提前准备什么吗?"

范太平看着一脸认真的林志为，忍住笑问了一句："你酒量怎么样?"

林志为低下头，思索片刻，依旧认真地回答："可能不是很好。"

范太平看了看他，说："你们年轻人得多锻炼呀。周良顺书记给我打过电话了，还专门提到你，晚上你也一起过去。"

林志为明白了。

傍晚时分，在通往光明县的国道上，来往的车辆比从前多了不少，但因为撤了罚款的卡子，通行的速度反倒更快了。车流中，几辆中巴车和一辆喷涂着"特警"字样的警车朝光明县的县城飞速驶去。

这样的车子在光明县并不多见，但今天却没什么人注意到。那些耳聪目明的"包打听"也要吃饭，况且众人的焦点都聚集在一家名叫"真味居"的饭店里。今晚，县长和书记在这儿请客，还有老领导作陪，这个饭局的规格可以说是光明县的顶配了。

身为县政府办公室主任，此时的范太平就是个忙前忙后的跑腿，完全没有平日在办公室里的颐指气使。不便上前的林志为远远看着顶头上司忙碌的身影，心中暗自感叹："这就是袁浩说的成熟吧。我将来也会变成这样的人吗？可能吗？可以吗？"

胡思乱想之际，有一只手拍了拍林志为的肩膀，不是别人，正是跳进他脑子上课的袁浩。

"你也来了。"林志为惊讶地说。

"开玩笑，书记、县长陪客，我能不到吗？"袁浩说着朝包间的方向瞟了一眼。

林志为心里稍稍松了口气，有袁浩在旁边指点，他应该不至于闹笑话。此刻，他看着远处正和熟人热聊的范太平，问道："咱们是在这儿等着，还是先进去？"

袁浩整了整衣服，一副时刻准备的架势，脸上挂着职业的微笑，小声告诉林志为："一切看领导，他在哪你在哪，别远也别近。"

"太近也不好？是有什么讲究吗？"林志为又问道。

"和朋友聊天，有些事情让你听见好，还是不听见好？你上班也有阵子了，怎么还不知道？进出电梯，上车下车，出门进门，谁在前谁在后，这些都弄懂了吗？"

林志为一脸茫然，本以为上班比上学简单，却不想上学还有课间，上班分分秒秒都在考试啊。

袁浩无奈地叹了口气："慢慢补吧。时间差不多了，咱们跟着大部队进去吧。"

包间内除了吕青山，其他人都到了。各个办公室的联络员已经提前在隔壁吃过了饭，这会儿便围着桌子传酒递茶。主桌上很快酒过三巡，进入了自由活动时间。来来往往，起起坐坐，或敬酒握手，或密聊干杯，表面上非常热闹，其实各自都小心拿捏着分寸。

林志为和袁浩站在包间门口，负责给上卫生间的宾客指引带路。看着包间内一派宾主尽欢的场面，袁浩又开始给林志为开小灶上课了："看见了吧，主角先提，全场三杯，之后就是自由搏击了。谁和谁好，关系远近，交情深浅，都在喝酒的动作里。"

林志为的眼睛一直盯着梅晓歌的酒杯："县长喝的是矿泉水吧？"

"你以为呢？最厉害的不是酒量大的，是假装有病的。以水代酒，别人也得当真，他抿一口，你喝满杯。"

顺着袁浩的解说，林志为也慢慢看出了一些门道。范太平酒干得挺痛快，可一转头就悄悄吐在了餐巾纸上，一抹一擦，手法娴熟而隐蔽。郑三则刚好相反，一点不偷奸耍滑，没过多久，半壶酒就下去了。梅晓歌的酒壶由联络员小董拿着，倒得差不多了就由他拿到包间外面悄悄添上矿泉水，不多不少，刚好七分满。

凡此种种操作，林志为觉得自己两只眼睛简直不够看的。他不禁感慨道："喝酒招商也得会这么多功夫，不累吗？"

袁浩呵呵一笑："等会儿书记来了，你去问问，一晚上陪四拨人，他累不累。"

林志为看看手表，开席快一个小时了："书记还没到啊？"

"官职最大的一般都最后到。这也不是故意摆架子，赶上招商季，书记、县长都得赶场子，半个月下来腿都得细一圈。"

正说着，徐泳涛快步从外面走进来，喧闹的人群自动让开一条通道——吕青山来了。包间里先是静了一下，继而又是一片热闹喧哗。

林志为远远望着和众人一一握手的吕青山，向袁浩问道："职务不一样，握手方式是不是也不一样？"

"那可不。"袁浩也望向了人群中的吕青山，"单手还是双手，伸还是抢，握还是抓，握住手要不要摇，要不要捏，捏几下，你好好看看细节。看见了吗？两个人握手，谁的力气要更大，谁的手不动，谁先伸手，谁先撒手，谁还要轻轻地鞠躬，不同级别的领导，要鞠多少度，握手前要不要紧跑几步……"

袁浩的话在林志为听来简直就像绕口令，他不解地问道："你是怎么记得住这么多的？"

袁浩比他更加不解："你是干什么的？不记住，行吗？"

林志为依旧有些迷惑："如果不这么做，会有什么问题吗？我的意思是，就像你刚才说的，上下电梯，领导得先进，其他人进去以后，得站在周围，领导面前必须要空阔，还不能有人，电梯门开了，联络员得先出去……就是说这些事情，如果不这么办，会有什么后果吗？"

从来没有人对这套流程提出过异议，袁浩一时被林志为问住了。他停顿片刻，想了想回答说："那倒也没有。无非是领导出了电梯不知道往哪边走，还得回头找人问。

他得有人带路，这是约定俗成的，大家都是这样的节奏，你把节奏一打乱，都会觉得别扭。游戏规则如此，红绿灯如此，你上了赛车道，不就是这样的吗？"

袁浩的语气还是一贯的理所当然，但林志为却没有再继续追问，因为他意识到，他的问题袁浩不仅回答不了，甚至连想都没想过。

此时，包间里的人都或多或少地带着酒气了。周良顺年纪最大，一直稳坐钓鱼台，有人来敬酒才抬眼说几句话。吕青山和梅晓歌分别坐在他的两侧，但二人都忙着和敬酒的人交流。尤其是吕青山，他和周良顺的互动仅仅是点到为止。

此时，服务员端上来一盘拔丝红薯。吕青山起身拿起公筷，趁热给大家分盘："杨总是客人，尝尝我们光明县本地的红薯。来周书记，这个就是要趁热，一放就粘住了。梅县长也来一块。"

坐在一旁的明路听到红薯立刻想起中午曹立新说的话，不禁望向了梅晓歌。只见他快速接过吕青山夹起的红薯，低头吃得津津有味。一县之长，一举一动背后都大有深意，哪怕是看见就想反胃的红薯，该吃的时候也必须吃得特别香。

太钢的杨总坐在吕青山的另一侧，此时郑三端着酒杯走过来，扶着杨总的胳膊说："杨总，咱俩得一起敬书记一杯酒。这杯酒没有别的意思，就是感谢，感恩。好不好？"

杨总听了这话立刻端酒起身，满脸笑意。吕青山也跟着站了起来，但他没有马上喝酒，而是对郑三说："你这话不对。不要感谢我，要感谢的是周书记，替我们开了好头，当年引进了杨总这么好的合作伙伴。我们一起敬周书记。"

周良顺的余光早就瞥到了几个人的动作，但他一直目不斜视地坐着没动，直到听见吕青山提到他，才慢慢起身说："范太平知道，酒我早就不喝了，高血压。既然青山书记提议，我就破个例。你们都叫他'杨总'，当年我还叫他'小杨'呢，现在了得了，大企业大总裁。时间太快了，那时候他连一瓶啤酒都喝不了。"

"现在他也还是一瓶啤酒！"郑三顺着话茬开了一句玩笑，众人在笑声中一饮而尽。随后，郑三给几个人都满上了酒，杨总则又向梅晓歌敬酒。

吕青山终于找到了机会，凑到了周良顺的近前。周良顺会意地侧了侧身，把耳朵靠了过去。吕青山轻声说道："早就想和您喝一杯啦。县里最近的事情太多了，一个接一个，难啊。有些都无法推进，还得麻烦老领导多指点啊。"

不知道是真没听清还是装没听清，周良顺给吕青山来了个答非所问："环保整改是好事，利国利民。你们这代人有魄力，大胆干，我完全支持。"

此时，屋外夜色渐浓。刚刚疾驰在国道上的特警车和几辆中巴车，已经开到了新划定的拆迁区域，而一起停在这里的还有几台大型机械车，现场被探照灯照得亮如白昼。在众人不明所以的注视下，一群荷枪实弹的特警把这里围成了一个圈。机器轰鸣，一台大型铲车开到了卧龙斋的门口，三下五除二，围墙便被推倒了半截。

铲车过去之后，紧接着又上来一批手持工具的工人，没儿分钟，卧龙斋已经看不出从前的模样，成了一片废墟。

真味居的酒局进入尾声，大家正在进行散席前最后的寒暄。虽然都带着酒劲，但因为身份地位的不同，各人的告别姿势也不尽相同。比如，下级面对上级，则双手放在身前，时刻呈鞠躬状，而平级之间，有的双手垂立，有的勾肩搭背，全看两人关系远近。

郑三好像喝多了，紧紧搂着明路，嘴里不停地念叨着什么，明路则笑呵呵地不停点头。两人看上去亲密无比，但其实大家心里都清楚，酒桌上的话最靠不住，想办就认，不想办就说自己醉了，不记得。

在这一片姿态各异的喧闹中，其实每个人都绷着一根弦，都在看吕青山什么时候动。只要他一起身，其他人就会立马跟上。但吕青山一直在和周良顺耳语着，没有要离席的意思。可不知道哪一句话说中了什么，周良顺噌的一声站了起来，不由分说地大步朝外走去。吕青山也紧跟着站了起来，亦步亦趋地跟在周良顺的身后，嘴里似乎还在说着什么。在场的人谁也没见过这样的场面，全都看呆了，最后还是徐泳涛反应过来，取了吕青山的外套快步追了出去，其他人这才回过神来，呼啦啦地跟着往外追。

纷乱中，明路凑到梅晓歌身边，小声问了一句："怎么了？出什么事了？"

梅晓歌亦是一头雾水。

周良顺回到卧龙斋的时候，那里已经变成了月光下的一片废墟。

不等他靠近看个清楚，市电视台的摄像机已经对准了他，两个话筒同时递到了他的面前。《新州新闻》的女主持人字正腔圆地开始采访："周书记您好，我们是市电视台的记者，光明县通报棚户区改造，您作为老党员带头征迁做给群众看、带着群众干，促进了和谐征迁，能不能谈谈具体的想法？"

闪烁的灯光让周良顺瞬间赶到一丝眩晕。众目睽睽之下，他沉默了片刻，缓缓说道："我的院子是很早以前盖好的，我在里面住了几十年，现在拆迁，心里很舍不得。但是，这次城区改造意义重大，对光明县，对人民有益无害，作为一名老党员，我理应积极带头。谢谢。"

说完，周良顺转头离开。他没有再上吕青山的车，而是一个人朝着黯淡的黑夜走去，任由徐泳涛在身后追喊让他上车，他也没有再回一下头。

深夜，光明县的街上终于安静了下来。吕青山和梅晓歌并肩走着，道出了这一幕的背后缘由。

马广群之前那个没有点破，但一语双关的电话，让吕青山意识到自己留在光明县的时间已经不多了，他闻遍了办公室所有的茶叶，最终做出了一个大胆的决定。当梅晓歌在九原老家吃饺子的时候，吕青山直接去了新州市区，一个人找到了市委书记谷文章，向他说出了自己这个先斩后奏的计划。特警、电视台，甚至众多大型机械设备，能在短时间内全部到位，其实都是谷文章在背后支持的结果。

讲完这个过程，吕青山长舒一口气，对梅晓歌说："你是学数学的。拆迁这个事情，这道题，只有解一次的机会，错不怕，就怕拖来拖去，下课铃都响了，人还在教室外头。谷书记是个好校长啊，没有他，谁也没法抢答。"

梅晓歌光是听了一遍就觉得惊心动魄，难以想象几个小时之内，吕青山承受了多大的压力。这份勇气和担当，让梅晓歌在临别之际对吕青山又有了新的认识，而且他也很清楚，吕青山刻意的隐瞒其实也是对他的一种保护。想到此，梅晓歌心中掠过一丝愧疚之情："这个事情，我们真的是谁都不知道。"

吕青山摆摆手："老周书记只是个明的，更麻烦的是那些暗的。你都不知道背地里牵扯了多少人。这边还在开常委会，会还没结束，那边有人已经收到了消息。索性跟谁也不说了，好事坏事，我都自己担着好了。"

"书记，这是个恶人啊，要你来当？"

吕青山没有马上说话，他望着远处的一个广场，想着平日里在这里遛弯跳舞的人们，感慨地说道："群众就是把尺子，你是个什么样的人，好人还是恶人，得老百姓去量。老说党，党太虚了，老百姓只看咱们这些活生生的人。看你干了些什么，哪些干好哪些干坏了，用了什么人，办了哪些事，功过评判，可不就是这么简单的事情吗？"

梅晓歌点点头："说难也难，说简单也简单。"

微风拂面，吕青山望着自己拼搏数载的光明县，一时思绪万千："你挑不一样的人，干不一样的事情，效果绝对不一样。上面老说要有担当，晓歌你说，咱们也转了这么多的县，真正能担当的有几个。不能总是迁转。让你去一个单位，人、事、钱你都不管，你还管什么？"

这几句话梅晓歌确实感同身受："拆迁就是一面镜子，照着谁都会显出形来。"

吕青山接着说："我最近也在反思。以前我总是太在意形式，其实让人骂骂娘，吐吐槽没什么。像乔胜利这样的，抱怨完了，骂完了，回去撅着屁股干，那都是实干啊！他家里的窗玻璃都让人砸了啊！那些满嘴口号，平时喊得响，喊完了就往后退的人，比一比，谁才是好干部?"

梅晓歌望向平日不苟言笑的吕青山，诚恳地说："书记说的绝对是大实话，我真的是受益匪浅。我这也是实话。"

吕青山拍拍梅晓歌的肩膀："以后你会比我更难，来光明县的主官都不容易。我们关起门来说话，除了电力和银行，咱们像样的企业有几个? 平时牛气冲天，说到具体的年底纳税金额，这数字都不好提。来这里这么久，今天才算是最轻松的时候。你看我这头发，刚来的时候还能说黑的里面挑白的，现在成了白的里头找黑的了。你这才来几天，怎么看着两边也发灰了?"

梅晓歌拢了拢头发，有些不好意思地说："劳心费神的是书记，我就是跑跑执行罢了。"

"以后得你多操心了。"吕青山亲手把担子交给了梅晓歌，"有可能我会调到市里去，也许会很快。前面有假数据、环保整改，后面还有招商引资、产业转型。这些硬骨头就都留给你了，小心可别崩了牙。"

这个消息让梅晓歌更加意外："我完全没听说啊。"

吕青山如释重负地说："能扫的路争取扫完，能搬的石头我尽量搬走，实在是没时间也解决不了的，没办法，就只能辛苦你们啦。"

说完话，他大步流星地朝前走去。望着他的背影，梅晓歌心里五味杂陈。

热闹散尽，真味居的大包间里只剩下郑三一人在和餐厅经理核对小票和菜单。此时，酒精在他身上的作用已经消失得差不多了。他一会儿看看手里的菜单，一会儿数数桌上的盘子，时不时想挑点刺："后来加的两个菜不是退了吗? 怎么单子上还有?"

"拔丝红薯、酸菜鱼都是书记来了以后上的，拍黄瓜和花生米都是送的。"经理赔着小心和耐心，逐一解释着。

郑三还不甘心，又指着最后的总价说："那也不对啊，你给我打了几折? 八五折吗? 你看看，折后应该是多少?"

"八折，零头也不要了，下回您再来照顾我。行不，三哥?"

实在找不出毛病来的郑三拿出随身的皮包，抽出一叠现金，一张张地往外数："七折也不为过，你们搞餐饮的利润我又不是不知道。我一年下来在这儿请多少顿? 把那几个菜都打包，那个红烧肉都没怎么动。对了，凉菜也要，没喝完的酒也都搬到我车里啊。"

作为拆迁任务的排头兵，乔胜利又忙前忙后地折腾了一个晚上。本来吕青山筹谋得当，用不着他出面，可偏偏老邱又在这时候站出来添乱了。

这次他倒也不算故意。作为唯一的钉子户，白天的时候老邱家门外围了不少拍短视频的网红。老邱的老伴嫌丢人，一整天都是大门不出二门不迈，天黑透了，才出门买东西，可她深一脚浅一脚地没走出去两步，便被瓦砾绊倒，躺在地上起不来了。老邱的老伴身子沉，他和女儿两个人都架不起来。无奈，老邱只好给乔胜利打了电话。

放射科外的等候区，小女儿邱真低着头说："所有人都搬了，就我们不可以，就咱家坚持正义，说什么也不行。我在外面上学无所谓，大不了以后周末也不回来，我在宿舍也能复习，但我妈她年纪大了，爸，她骨质疏松啊，摔不起了。"

老邱也惦记老伴，可面对女儿他还是忍不住嘴硬："那片都是浮土，不要紧。"

邱真的眼圈红了，她哽咽了半天，颤抖着说："谁也拗不过你！我们不求你了，等我上了班，我带我妈躲出去，我们租房子住。行吗？"

此时，老邱大女儿把电话打到了邱真的手机上。邱真看了看，接都没接就放在了老邱的腿上："我姐的电话，你自己说吧。"

大女儿是个暴脾气，老邱多少有些忌惮。他像扔手雷一样把手机扒拉到一边，埋怨道："片子还没出来，你告诉你姐干什么？"

"出来了，出来了！"楼道尽头传来乔胜利的声音，他拿着片子快步走到老邱面前，"骨头没事，韧带可能有点问题，具体情况得再观察。"

邱真见状，赶紧跑进X光室搀扶母亲。乔胜利顺势坐在了老邱的身边："保守治疗，肯定不能自己走路了。一会儿送回去，进屋上床得靠担架。你是回院子里，还是上楼，拿个主意吧？"

看着女儿和护工七手八脚地把老伴推出来，老邱终于不再坚持了。乔胜利拍拍他的大腿："何苦啊，看把老太太折腾的。"

早上的机关食堂，所有人都不约而同地穿了正装，只有检察长陈建平穿了件翻领T恤。他有些疑惑地看着众人，自顾自地嘀咕着："今天是不是要统一着装？好像没有收到这个通知啊。"

明路瞥了他一眼："一看你就不认真看会议通知。"

陈建平还是不明所以："我看东西一目十行，确实没看见。今天有什么安排？没听说有活动啊。"

此时，纪东亮走过来说："和书记合个影。"

梅晓歌这时也走了进来，他打完饭刚坐到自己固定的位置上，于立群便上前问道："省委组织部和市领导已经谈过话了吧？"

看着他八卦的表情，梅晓歌笑着说道："忘记和于常委汇报了。"

正说着，手机振动起来，梅晓歌接起电话听了一阵，脸上流露出一丝怅然的神情。挂断之后，他有些感慨地说："商量怎么欢送书记的事情，我觉得还是应该一起合个影。说实话，就咱们这些人，过了这一届，再想凑齐这么多人，不可能了。现在聚在一起也是缘分，否则这些人以后不可能再到一起了。"

"书记不同意？"纪东亮问道。

梅晓歌叹了口气："徐泳涛说他希望一切从简，也不许送。我还没听说过哪个县因为合影被违规处分的，组织上也不会这么不近人情，但青山书记很坚持，那就随他吧。"

于立群起身又打了碗粥，坐回桌子旁边开了句玩笑："以后还是等梅书记安排吧。"

这句玩笑开得不是时候，话音未落吕青山就走了进来。自然，他还是和平常一样，先进了卫生间洗手，但刚才的话必定是听见了。

大圆桌上一阵寂静的尴尬，梅晓歌用手指点了点于立群。于立群也觉得过意不去，吐吐舌头说："你看看，我这么一把年纪，还这么不成熟。"

收拾妥当之后，吕青山把联络员小董单独叫进了办公室。随后，他从抽屉里拿出三个信笺，又核对了一遍人名和金额之后，开始逐一交代："这个给鹿泉乡供电站的曹建林，你跟他说，那件事情已经办了，公对公，走正常程序就可以，不需要这些名堂；这个是给物价局刘亚军的，我已经退过一次了，他非要跑到我家里去，扔下就跑，搞得我还得专门带过来。"

最后一个信笺比较厚，吕青山打开看了一眼里面的美金，接着说："原平乡李保平，把这个还给他，你就说——什么也不用说了，直接给他吧。"

"明白。"小董郑重地接过书记布置的最后一项任务，目光中流露出依依惜别的神情。

吕青山笑了笑，说出了那句惯常的结束语："那就这样。"说完，他摘下衣帽架上的外套，最后看了一眼这间熟悉的办公室，转身离开。

一个多小时以后，吕青山赶在午饭的点回到了新州市区的家里，妻子和女儿对他的突然归来颇感意外。

"你是回来开会吗？你也不打个电话，没做你的饭啊。"妻子有点不知所措。

吕青山不置可否地凑到餐桌旁，看了一圈，自顾自地说："又是打卤面，又是茄丁卤。"

"你吃了吗?"女儿问道。

吕青山转身走到冰箱跟前:"你们吃,我去下点速冻饺子就行。"

"吃完着急走啊?不急的话,我给你再擀点面条?"妻子还沉浸在从前的生活节奏里,全然没看出吕青山神情的变化。

"最近都在家里了。天天手擀面,能换点花样吗?"吕青山的话听起来像抱怨,可背后又有一丝释然。

妻子不明所以,还是女儿反应快,忽然兴奋地说:"爸你又要升官啦?"

转眼到了秋天,金黄的玉米粒铺满了乡村的屋顶。大鹏和宝根二人一起搭帮收粮食,干得差不多了,大鹏冲着宝根问道:"前两天有人还在吆喝要上访,想见县长,让我叫上你。去了几遍都没用,咱还去吗?"

宝根头也不抬地答道:"他们不是都去九原县找活了吗?人都不齐,还怎么访?"

"过两天说不准就会回来。听说县里弄完拆迁就要搞开发,盖楼装修,哪都要人。"

"没活儿的时候人都跑了,外面刚稳下来,谁还会回来啊?"

"我反正不着急,干完这两天的农活再说。你呢?"

宝根捆好一袋子粮食,抬头说道:"听说原平那边要扩建奶牛场,不知道工钱高不高,回头去看看。"

大鹏咂巴着嘴,皱着眉头说:"咱那厂子不让开,别的地方倒是总招人,真是怪了。"

"就怕想招招不到了。"宝根随口说了一句,但很快便觉得自己这是咸吃萝卜淡操心。他催促着大鹏,赶紧把粮食都收了最要紧。

日子再焦头烂额,总也有让人喘口气的轻松时刻。帮老邱搬完家,乔胜利的老婆也从娘家回来了。不过,他也闲不住,听送水的小曾说,周良顺病倒了,一直卧床不起,他寻思着,等过了这个风头,要不要找机会去看看,毕竟两家上一辈就是老相识。

梅晓歌也闲不住,因为工作经常错过晨跑,他现在把跑步时间挪到了晚上,顺便也拉上了明路。跑步的队伍里当然也少不了郑三,好不容易抓住领导的爱好,他不会轻易放弃。

三人跑了一阵,停下来做拉伸。此时,梅晓歌挂在手臂上的手机振动了一下,他拿下来一看,是一条来自艾鲜枝的微信消息:"喜讯!农业厅同学刚发来信息,专项资金申请有望,下周可赴省城!"

第六章　翻　番

吕青山调任新州市政协的消息很快便正式公布了。梅晓歌顺理成章地接任了光明县委书记职务，艾鲜枝担任县长。因未到换届时间，县里的正副处级干部阵容未做调整，仅从市委派来了潘凤来担任县委副书记。

刚一上任，艾鲜枝就迎来了一项棘手的任务——去市里参加产业大招商工作专题会议。这个领任务的会议，其实是各个县的角力场，说白了就是向市里汇报县里下一步的招商工作计划，报数字、定目标。

作为上级领导，当然希望下辖区县勇往直前，目标越高越好。可县里也有自己的小九九，且不说底子薄厚不一这类历史遗留问题，万一报上的目标没完成，那还不如一上来就认怂。再加上各县之间对上级政策、资金的暗中较量，开会仿佛变得比考试还难。

市政府大楼会议室隔壁的休息室内，各位县长已经来得差不多了。此时，常务副市长马广群的联络员刘大同推门进来，客气地向大家通报情况："省里的视频会超时了，马市长还在会上，辛苦各位县长再等等。应该不会很久，不好意思啊。"

待刘大同退出去之后，一场看似漫无目的的闲聊在县长们之间慢慢展开。能言善道的曹立新率先开口，对身边的艾鲜枝揶揄道："艾县长你们把交警一撤，路也不堵了，今天来这么早，太不习惯了。"

艾鲜枝的嘴皮子也不饶人，笑呵呵地说："曹县长都亲自出席了，这么重要的会，咱们也得提前出发，是不是，刘县长？"

坐在对面的刘晋飞是覃县的县长，一众县长里数他岁数大，两鬓已经长出不少白头发。他坐在主位上，跷着二郎腿，一副不怒自威的神情。听到艾鲜枝的话，他自嘲地说："全省招商工作排名，本市倒数第三，而全市招商排名，本县倒数第一，要是再回回迟到，马市长还不把我打死？"

曹立新往门口方向瞟了一眼，接着说："市里两位主官连夜飞到广州去开推介会，马市长现在还在视频会上做检查。今天开这个招商会，给我们的指标肯定要翻番，有没有人和我赌？"

此话一出，立刻在屋里激起一阵议论，有的满面愁容，有的笑而不语，更多的是交头接耳。艾鲜枝冷笑一声："赶鸭子上架呀！翻一番怎么可能？反正我们是做不到。"

刘晋飞叹了口气说："上面也都是从基层一路搞起来的，排名这种事情，到了稳定阶段再想往前走一步那得有多费劲。要尊重科学呀，他妈的小数点是不以人的意志力为转移的，翻一番，不是要人命吗？"

"就是这个意思。"曹立新脑袋一点，"政治肯定是要讲的，最大的政治就是实事求是，压担子不怕，压死了这些人怎么办？"

艾鲜枝抱着茶杯思量了一会儿说："领导一定是开明的，马市长向来通情达理。不让人讲实话，不听道理，我不信。"

"我就跟你们讲，开这种会最不能搞腼腆和羞涩那一套。"刘晋飞说着往杯子里吐了一口茶叶碎，"指标就是这苦茶，你不好意思，你就得喝掉它。"

曹立新刚抿了一口茶，一听这话，摇着脑袋说："我肚子太小，我肯定是不喝。"

"那咱们就统一口径，开宗明义。"艾鲜枝说着望向曹立新。

只见曹立新冲她点点头，然后对着屋里其他人说："听艾县长的。"

小小的休息室里，县长们似乎达成了某种合情合理的默契，但这里充其量是开考前的模拟，真到了会议室里，却又是另一番光景了。

从省里的视频会下来，马广群无缝衔接地进入了市级的招商工作会。

和曹立新预料的一样，马广群一上来的发言就让在座的县长们感到了巨大的压力："企业来不来，主要是看一把手的态度，看诚意和效率。从现在起，一把手要有一半的时间去跑项目，重要问题必须亲自协调，重要企业、重要项目，你们要多跑啊，要是天天都在县里就完蛋了。我希望多看见你们的请假条。曹县长，如果让我天天在九原县看到你，那就完了。省市都在搞排名，我建议县里也要搞起来。指标我刚才讲了，翻一番肯定是不够的。党把大家安排到现在的位子上，不是当败家子坐吃山空的，是要打粮食的。这个数字也不是我睡了一觉做了个梦，醒了张嘴就说的，这是经过市委和市政府的仔细研究以后得出来的……"

此时，会议室内已经隐隐泛起了议论之声。马广群自然也听得到，他略略停顿了一下，接着说道："省里三天之内连开两个会，书记和市长连夜跑到大湾区站台，现在都不是在讲招商了，说实话现在已经到了提高政治站位的时候。当然也要听听大家的意见，如果哪个县确实有困难，可以提。"

困难？哪个县都觉得自己特别困难，可谁第一个站出来说出"困难"二字，这恐怕比困难还困难。每个人似乎都不动声色，其实都在暗暗观察周围微妙的动向。此时，曹立新抬了抬头，露出一副欲言又止的神情。马广群一眼看见了他，直接说："九原县李书记听说是早晨上的高铁，已经奔赴在招商的路上了。这是带了个好头啊，曹县长你说说吧。"

曹立新等的就是这个点名，他清清嗓子，摆出一副艰难又大无畏的神情说："马市长刚才公布的指标，对于我们肯定是有难度的。受环境和地理位置的限制，想完成这个数字，估计真要扒层皮。受李书记的委托，我仅仅代表九原县表个态，本县一定迎难而上，尽全力完成。如果三期工业园的招商一切顺利，市里还可以给我们再加副担子。"

这个基调显然和刚才在休息室里的表态南辕北辙。

可是既然已经有人起跑了，那就不能再犹豫不决，必须立马跟上。曹立新话音刚落，刘晋飞便接着说道："覃县是全市条件最差的，差生就该笨鸟先飞，马市长，本县一定不拖后腿，也希望市里能多给些政策和福利上的倾斜。有什么好的项目，肉就给别的县，汤留给我们一碗喝喝吧。"

号角响亮，后面的冲锋就是顺理成章的事了。县长们纷纷表态，再苦再难，也一定想办法把任务完成。很快，会议在一片鼓励和加油的氛围中圆满结束了。

走出市政府大楼，艾鲜枝什么都没说，只冲着身边的曹立新重重地指了两下。曹立新明白她的意思，故意苦着脸说："没办法呀艾姐，领导都点到我的名字了，话里话外都是手指头像你一样这么戳着我，我还要不要讲政治？"

艾鲜枝冷笑着瞥了他一眼："当然要讲，还要好好讲。你讲得够好啦！"

"面前就是口油锅我也得往里跳啊。没办法，里外不是人，回去都不知道怎么给底下的人派活了。"

听曹立新叫苦，艾鲜枝更来气了："翻一番还不够，还要加，这次真的是要挨打了。"

"要打也是先打我。牛皮吹出去了，万一吹破，还不得把我的脸打肿？"

曹立新说着紧走了几步，艾鲜枝在后面不解地问："走这么快，急着去哪啊？"

"回县里招商，刻不容缓呀。"

艾鲜枝没回话，自己也三步并做两步上了车。她的下一站是省城，好不容易约到了农业厅的老同学，无论想什么办法也得跟省里的领导见一面。

然而，让艾鲜枝意想不到的是，在驱车前往省城的路上，在高速服务区加油的时候，曹立新的车从旁一闪而过。回想刚刚曹立新脚步匆匆的样子，她自言自语地说："这个鬼东西，一句实话没有。"

从九原县回来之后，叶昌禾终于敢回自己的办公室了。当然，找他的人依旧不少，今天迎来的第一个就是李保平。一进门，李保平便反客为主地忙活起来，边在茶台边涮洗，边调侃着说："来了多少次都逮不住你，今天要是再没打通电话，我就报警了。"

叶昌禾踮着脚，从书柜的高处拿出一包茶叶："忙啊，命苦啊，哪像你们。尝尝这新茶，一般人来我还真是舍不得。"

李保平一摆手，从自己的公文包里取出一块茶饼："你喝我这个。我姐的大姑子在云南种茶树，绝对有机，有一点子农药赔你十万块钱。"

听了这话，叶昌禾一乐："哦哟，那你们原平乡还可以啊，不管兑不兑现，张嘴就敢十万元起。"

这话让李保平立刻警惕起来："是不是谁连假赌都不敢打？鹿泉乡？李来有哪天来哭的穷？"

"哪天来也没用。"叶昌禾往沙发靠背上一倚，"真的。你也不是不知道上下有多少窟窿，梅书记借回来就那么几个钱，够填谁家的？"

"所以我才来取经啊。"李保平说着递上了一杯茶，"咱们都是自己兄弟，你告诉我句实话，六千万元的雨洒到全县，原平乡能接几滴。一碗总是要有的吧？"

叶昌禾抿了口茶，摇了摇头："不好讲，这得看书记和县长呀。"

见叶昌禾跟自己打太极，李保平索性来了个大撒把："起码你心里大概有个数啊。你要说一分没有，我也不费那个劲，政府常务会我也不去演戏了。你要说多少还能搏一下，那我怎么都要登个台啊。"

见李保平要耍赖，叶昌禾反过来给他倒了一杯茶："你张嘴就要几百万元，你说得倒是省事。"

"你看看我新买的鞋，几百块钱都是泥巴牌子。我的路修不好，奶牛基地怎么弄？你儿子以后结婚生小孩，我总不能步行给你家去送牛奶吧？"

李保平说的确实是实情，奶牛基地现在是县里的重点项目。叶昌禾的心里打了好几个转，最终还是没松口："艾县长今天去了省里，看看能不能化点缘回来吧。"

下乡考察是梅晓歌早就安排好的行程。一早，徐泳涛过来请示行程。梅晓歌想了想说："就这一百六十二个村子，早晚都得走遍，先找个有活动的吧。原平乡的奶牛交易市场是今天吗？"

"对，我给李保平打电话。"

"光明县这么小，导游就不用找了。"

轻车简从，梅晓歌只带了徐泳涛和联络员小董，加上司机，四个人踏上了去原平乡的路。本以为不多时候便能到达，可一路上的颠簸停顿，让这趟行程的速度降低了不少。从国道下来，通往原平乡的是一条砂石路。这条路全长近十公里，本来计划按照二级水泥路的标准修建，可修了一半，没钱了，无奈只能停工。如今，好路和坏路之间还横着一道大深沟，沟上横七竖八地搭着几块厚木板，勉强应付通行。

车子在这条晴天一身灰、雨天两脚泥的路上颠簸前行，梅晓歌的脸色愈发难看："这要是市里哪个女领导怀孕了，都不能带到这来视察，责任太大了。"

徐泳涛苦着脸说："蒋县长的时候就开始修这条路，从国道一直能通到奶牛基地。乡里一直赊欠，给不了钱，债务层层叠叠，修得多赔得多，搞工程的老板修到一半干脆不干了，扔下断头路走了。"

剧烈的摇晃让梅晓歌不得不抓紧了车里的扶手，他忧心忡忡地看着窗外："集散交易市场连个路都不通，我要是牛贩子，得骑着牛来了。"

"李保平天天都在跑这个事情，县委大院里只要碰到他，一问就是要钱的。"

梅晓歌哼了一声，李保平开完会堵着他签字的情景又浮现在眼前。此时，车子突然一沉，几个人都被晃了一下。梅晓歌缓了一下神，探出头去问："是掉到李保平的沟里了吗？"

徐泳涛和小董差点笑出声，见梅晓歌脸色不好，又忍了回去。

一路颠簸，终于到了市场。梅晓歌不动声色地走在市场之中，仔细观察着。第一次来，市场的规模和交易量其实超出了他的预期，但一圈逛下来，他也在一片熙熙攘攘中听出不少隐忧。

路边有个卖羊汤的摊子，一个带着内蒙古口音的贩子一边喝汤，一边大声地打电话："来回四十里地，车轮子都快颠没啦，贩牛钱顶不上修车钱，还来个屁。"

梅晓歌在贩子对面坐下，待他打完电话，客气地搭讪："县里也有烧卖，不如包头和呼市做得好，也还凑合，下次可以去试试。"

"下次不来了，你去呼市尝尝吧。"贩子稀里呼噜地喝着汤，头也不抬地答道。

梅晓歌并未被这生硬的态度顶回去，依旧客客气气："路是大问题，很快就会修好，绝对不是敷衍拖赖。下个月再来要还是这样，我赔你一头牛。"

听出话里的异样，贩子抬头打量了一下面前的三个人，很显然他们不是来做生意的。他停了一下，却没接话茬，继续低头喝汤。

梅晓歌毫不气馁，接着问道："这里还有什么你觉得不方便的地方？"

贩子警惕地看了看小董手里的公文包，问道："电视台要拍吗？"

梅晓歌笑着摇头："私下聊天，不让他们拍。"

贩子抬手抹了抹嘴："交警罚款，罚得头都要掉了，不超载都挣不来给你们交警的买路钱。"

"从今天起，再也没有了。"梅晓歌回答得斩钉截铁。

"你是个什么官？"

"我是县委书记，叫梅晓歌。以后哪不方便，你可以随时给我打电话。"说着，梅晓歌抢在小董的前面，掏出了自己的手机，伸到贩子跟前，"咱们加个微信？"

贩子犹豫了一下，也掏出了手机。

离开市场，梅晓歌的公车直接开进了原平乡政府的大院。因为事先没打招呼，院里没一个人出来迎接。梅晓歌从车上下来，听见不远处食堂传来做饭的轰鸣声，便对徐泳涛说："先去食堂瞧瞧，早晨没怎么吃饭，刚才看见羊汤就有点饿了。"

可到了食堂后厨一看，煎炒烹炸的全都是苦瓜，梅晓歌的脸色也跟着苦了起来，这件事他早已听说了：乡里号召村民种蔬菜，可大面积种植单一品种，到了收获期，销路便成了大问题，种出的苦瓜卖不掉，只能乡政府包销，结果便是食堂上顿下顿全是苦瓜。

梅晓歌转了一圈，问厨子："吃多久了？"

厨子端着一锅苦瓜汤，不明所以地回答："这得问问乡长。"

李保平匆匆赶回乡里的时候，梅晓歌正在党建活动室翻看学习资料。李保平看了一眼站在旁边的高乡长和副书记，顾不上擦汗，便迎上去说："梅书记，我不知道您要来，刚才去了一趟财政局。"

梅晓歌没吭声，默默地翻看着各类党建学习资料。徐泳涛和其他人也都没吭声，屋里安静得让人紧张。李保平不敢乱问，只能站在一旁候着。梅晓歌把看完的一摞资料放下，走到另一侧的书柜前面，随手抽出一册党员联系农户行动记录本，翻了几页说："这是哪天补的？要补就补齐点，昨天的还漏了。"

李保平赶紧凑过去，装模作样地嘀咕着："会不会是他们下乡刚回来，还没来得及写？"

梅晓歌见状又拿出一册，翻开念道："形式主义整改方案三十六条……口号喊得倒是挺响，这些你都会自己过目吗？"

"肯定会的，定期都会看一下。"话虽如此，李保平的语气却有点虚。

早已摸清情况的梅晓歌正色道："看看你们隔壁的文化站和图书角吧，里面的书还有传教的。进山的书都不管，下一步连邪教的书也混进去了。李书记，你们原平乡在替哪个党搞党建啊？"

李保平尴尬得说不出话来，而梅晓歌也没打算给他说话的机会，径直朝院子走去。李保平见状赶紧追出去，紧跟在梅晓歌身边说："今天不知道您来，也没什么准备，我叫人买了两只土鸡，梅书记和徐主任稍等一下，马上就好。"

梅晓歌停住脚步，接着说："你之前找我签字的那个东西……你们乡有法兰基础吗？我今天绕着村子转，也没找到一家法兰企业。一个农业乡，非要搞工业。奶牛基地和交易市场的饭都做不熟，还要点别的菜，吃得完吗？"

"这个事情是这样的，上一次县里搞招商季，我们也想多条腿走路……"

梅晓歌不想再听李保平的狡辩之词，他直接走到自己的车前，一脚踏上车子，然后对李保平说："先走稳再想跑的事吧。"

"书记要不吃个便饭再走吧？"

"一桌子苦瓜，你们自己吃吧。"梅晓歌的这句话明显是气话。

梅晓歌的车子一路远去，李保平叹了口气，对身边的高乡长自嘲道："领导嫌苦呀，不吃，咱自己吃吧。"

北岳省农业厅的院子里，艾鲜枝已经等了不短的时间。农业厅人事处处长段迎九是她的大学同学，艾鲜枝此行的计划便是通过这位老同学引荐，和省农业厅二处的副处长侯国栋见上一面。

不料，段迎九一早便被叫去省政府开会，他情知老同学着急，便趁着开会的间隙出来打了个电话。

艾鲜枝接到电话后，忐忑的心稍稍放松了一些。她询问了段迎九的行程，再三表示一定等着他一起来吃饭。

"我尽量往回赶，你们千万别等我，先吃。"段迎九在楼道尽头的窗户前小声说，"他下午还有个会，不要浪费时间。对，另外你记着，侯处很介意别人写错他的姓。王侯的'侯'，带着下属往前走的人，不能写成等候的'候'，仆人才会候着。给老百姓候着，还给你们候着？他特别介意这种细节，你发短信什么的一定要注意。"

"哪能让处长大人候着？我候着。"艾鲜枝故作轻松地半开玩笑，挂断电话后，看了一眼手机上的时间，现在进去，简单聊一会儿正好是饭点。艾鲜枝长舒一口气，走进了省农业厅的办公大楼。

　　此时，跟着艾鲜枝一起来省城的联络员小周，正在附近的一家打印店里焦急地等待着。因为熟悉各种项目报告的格式，这家打印店几乎成了农业厅的编外部门。各个市县但凡要提交点材料，都会发电子材料给这家店打印装订。

　　小周的资料是准备一会儿吃饭的时候给侯处长看的，眼见时间流逝，她着急地催促说："送进来都好几天了，怎么还没搞出来？我说能不能快点？有急用啊。"

　　见多了市县干部的打印员连头都没抬，一边盯着屏幕一边说："都急呀，都得按规矩来呀。什么字体，用几号字，一样一样不得要对上啊？都得排队，等着吧。"

　　小周被撑得没脾气，只能坐在堆积如山的打印材料中等着。此时，一个打印员抱着一堆刚装订好的材料走过来，咣当一下放在小周面前的桌子上。小周打眼一看，封面上赫然写着"本年度第二批省现代农业发展专项资金申请报告"，落款是"九原县人民政府"。小周心中一动，趁人不注意，拿起一本报告，快速塞进了自己的包里。

　　省农业厅的各个办公室都没挂标识牌，艾鲜枝走出电梯，只能挨个敲门问。正在这时，一个三十多岁的男子从一间办公室里走出来，艾鲜枝见过段迎九发给她的照片，一眼便认出此人就是侯国栋。她赶紧迎上去，热情地伸出右手说："侯处长，我是段迎九的同学，新州市光明县的艾鲜枝，他给您打过电话了吧？"

　　被突然拦住的侯国栋颇有些意外，他愣了一下，问道："你怎么上来的？保安没问你要胸牌吗？"

　　艾鲜枝没接这句话，笑着说："段处在省政府开会，一会儿就赶过来。"

　　侯国栋看着艾鲜枝一直端着的右手，轻轻握了一下，转身打开了自己办公室的门："段处长和我讲过了。你先请进，我马上回来。"

　　过了一会儿，侯国栋从外面回来，说话的语气比刚才在楼道里稍微和缓了一些。他用一次性纸杯接了一杯温水，递到艾鲜枝手里说："一天到晚都不知道在忙些什么，连上厕所的时间都没有，不知道的还以为我约不出来是在摆架子——你看，茶叶也不知道搞哪去了，十有八九让你同学拿走了。"

　　让整个县委大院的科员都打怵的艾鲜枝，此刻也换上了一副殷勤的笑脸，顺着侯国栋的话茬打趣道："那他不应该，叫他赔。听他说您爱喝生普，怪不得侯处的身材保持得这么好。"

　　侯国栋表情轻松，但言语间时刻保持着警惕。对于艾鲜枝投其所好的夸奖，他马上摆摆手说："你们这个段处长净给我造谣。菊花茶我都喝不出个好坏，白开水灌大肚，我哪像他那么讲究。你们是大学同学吧？"

艾鲜枝自然能感觉到侯国栋刻意的回避，便又围绕着和段迎九的关系说了起来："一个班，前后桌，反正我是赖上他了。要不是这么近的关系，他也不会给您添麻烦。我再没见过比他怕麻烦的人了。"

侯国栋微微一笑："什么怕麻烦，他是怕欠人情。你们是一个牧业项目吧？"

眼见转到了正题，艾鲜枝马上打起了精神。不承想，侯国栋的电话响了。他拿起手机，对着屏幕看了一会儿，似乎在等待着什么，过了几秒钟才接起来。电话那头不知道说了些什么，侯国栋似乎惜字如金，只说了几句"好啊，好啊"，便挂断了。

艾鲜枝的注意力一刻也不敢放松，待侯国栋又转向她问说到哪儿了，她马上接住了刚才的话茬："牧业项目。您什么时候有时间？真的希望领导能去光明县莅临指导，视察一下奶牛基地。奶牛基地的规模现在已经有了，也盼着咱厅里能支持一下，让硬件的配套再上个台阶。"

"可以啊。"侯国栋往椅子背上一靠，"你们就按照正常流程走，该报的报，该递的材料抓紧递，该送什么就送什么。"

"是，是，程序都在走。"艾鲜枝赔着笑脸说，"主要是没经验，什么也不懂，就怕哪个环节有纰漏，还得请侯处多多指点。"

"不用担心，这种事情没有任何技术含量，就是给你们的那个电话，流程就那么几步，哪个县都一样，你们提交申请，回头等反馈就好了。好吧？"侯国栋熟练地打着官腔，顺便还抬手看了看腕表。

艾鲜枝对这个动作心领神会，她几乎和侯国栋同时起身，热情地邀请道："中午无论如何请您吃个便饭，都安排好了，老九一会儿也来。"

艾鲜枝故意这样称呼段迎九，希望用二人亲近的关系来拉近自己与侯国栋的距离，但这最后的一招也未见效，侯国栋极其诚恳地拒绝了她的邀请："我跟你们肯定是不客气，但领导临时安排了别的事情，推也推不掉，身不由己呀。咱们和段处长下次再聚，好吧？"

艾鲜枝失望地回到车上，收到了小周意外得知的消息，但她不知道的是，侯国栋推掉她的饭局，去见的正是曹立新。

招商的任务一来，不光领导们连轴转，办公室的科员们也忙得不可开交。已经连续加了几天班的林志为正对着电脑噼里啪啦地敲打，招商推介会的方案今天必须提交。这已经是第二稿了，他现在只盼着领导别修改太多，这样兴许还能早点下班。但这个愿望很快被赵乐恒打破了。他拿着一摞文件老远就开始招呼："小林，小林，你手头的事情急不急?"

"怎么了?"

赵乐恒把手里的东西往林志为的桌子上一堆:"大后天要搞百日攻坚的招商专项会,也不知道以前是谁瞎弄的,新注册的企业数据老是对不上,梅书记又特别较真,常务着急要,今天必须对出来,他让咱俩分分,你少点我多点。"

林志为指了指电脑屏幕说:"这个方案也得今天赶出来。"

"那没办法,就这么几个人,我那也是一堆的事,只能都辛苦一下了。"

不知道如何拒绝的林志为只好答应了下来:"那行,我写完这个就给你对。不管多晚发你邮箱吧。"

赵乐恒随手一掐,留下一半文件,拍拍林志为的肩膀,径直走了。

林志为看看文件又看看电脑屏幕的右下角,时间不等人,他没空多想了。就这样马不停蹄地忙到了天黑,终于把方案按要求提交了上去。他和同样在加班的袁浩一起去吃了碗馄饨,算是这一天里唯一的休整了。

连续高强度作业,袁浩都累出了黑眼圈。敲了一天的键盘,他现在拿勺子都觉得沉:"每年这几天都要搞招商,一搞起码半个月,天天加班。政府那边只能比县委的事情更多。"

在县委大院门口的小饭馆里,林志为狼吞虎咽,一来中午就没顾上吃饭,这会儿确实饿了,二来他一会儿还得回办公室,赵乐恒扔给他的一摞文件还没整理完呢。

袁浩听说他还要回去,一脸不可思议的表情:"不至于吧,都几点了还装大骡子?"

"活干不完,今天晚上就要交。"林志为说话好像一个没完成作业的学生。

袁浩思量片刻,问道:"谁安排你的?"

"常务。"

"那得回去。常务亲自给你派活了,你熬个通宵也值。"

这句话似乎点醒了林志为,他停了一下,抬起头说:"也不是,小赵说的。"

袁浩早就感觉到不对劲,他气呼呼地对林志为说:"赵乐恒的话能信吗?那肯定都是他自己的差事啊,你是不是忙傻了?"

"万一是真的呢?多干也能多学点,反正平时他什么也不教,干活倒是个机会。"林志为想了想,又埋头吃了起来。

袁浩见他一副呆子模样,又急又气:"明天常务要是知道这些事情是你干的,我不姓袁。别让那个油子觉得你好欺负,明白吗?"

林志为端起碗喝光了最后一口汤,袁浩的话他好像明白,又好像不明白,但这些差事他已经应下了，那无论如何都得完成。他没再继续和袁浩争辩，扯了张纸擦擦嘴，冲着柜台的方向喊道："老板，结账。"

第二天的常委会（扩大）会议开始之前，艾鲜枝特意绕到梅晓歌的小公室外，抓紧开会前的几分钟，向他反馈了昨天和曹立新几次过招的经历。"以前一点都不知道九原县也在申请这个资金。曹立新太贼了，跑得比我们要快，一点消息都不漏。"

梅晓歌回想着之前二人见面的情景说："上次我去他那聊起来，他还说没准备好，明年再说，当面还信誓旦旦。这个人有手段，特别善于搞这些事情，你这边还得盯紧点。"

艾鲜枝不服输的劲也被彻底激发了出来，她指着手机说："一天三个电话。过两天实在不行，我就住到省厅的招待所去。"

其实梅晓歌对曹立新的了解并非始于今时今日："在学校的时候，曹立新就有经营关系的本事，有时候明明是你的朋友，介绍给他认识，就吃一顿饭，过两天你再看，好得像一个人似的。"

艾鲜枝哼了一声说："当面挖墙脚还有得防，就怕背后给你下绊子。"

"他干什么事了？"

"在市政府开会，要不是他，各县的招商指标也不会这么高。等会儿散了会，我把那份资料拿给你看看。"

艾鲜枝传达完市委、市政府招商会议的精神，下面的干部没有一个人脸色好看，不过梅晓歌没理会这些，现在不是叫苦叫疼的时候，想办法解决问题才是关键所在。总结发言的时候，他着重提出了几点注意事项：首先，仔细研究市里的文件，尤其是新政策、新补充，务必搞懂吃透；其次，招商工作要两头兼顾，向上得学会争取对自身有利的政策，向下想办法留住企业，不能让企业吃完政策红利扭头就走。

最后，梅晓歌还具体点了名："光明县的招商成败，一个法兰一个奶牛。前两天鹿泉乡还接洽了一个西班牙的客商是吧？这个要盯住。出口的增长率要保得住。原平乡的奶牛基地和交易市场我也去过了，李保平，你那条路得想办法赶紧修好。"

"是。"一直低头做记录的李保平赶紧答应着，心里却暗自得意。书记点名要修路，那资金想必有着落了。

梅晓歌接着说："招商大事，既要着急也不能着急，要挑项目，必须实事求是。最近沿海的一些'两高'企业都在往内地转'两高'项目，不要轻易表态，做不到就不要忽悠……"

下面的干部埋头记录，梅晓歌却注意到刚刚出去接电话的艾鲜枝回到座位上脸色不好。联想到开会前两人聊的那些事儿，他没再多言，再次强调了一遍招商工作的重要性，便结束了会议。

果不其然，出了会议室艾鲜枝直接追到梅晓歌身边说："刚才接的是省厅的电话。也不知道找了什么人，还是用了什么手法，据说曹立新请到了郭厅长到九原县检查工作，也许会很快。"

梅晓歌也被曹立新的动作惊了一下："一支笔那个郭？"

艾鲜枝点点头，她的急切溢于言表："就是他。我马上得去省里，不死磕不行了。"

李保平仿佛得了尚方宝剑一般来到财政局，却怎么也没料到叶昌禾给他来了个盆干碗净。李保平都傻了，不可思议地质问叶昌禾："没了？一夜之间，六千万元啊，你不能这么蒙我吧？"

叶昌禾一边泡茶一边慢条斯理地说："你自己去打开我的电脑，一笔笔的记录全在上头。有一分钱对不上，你去纪委举报我。"

眼见叶昌禾不是打太极，李保平真的急了："不是我自己要这个钱啊，老叶，常委会扩大会议什么时候能扩大到我这儿？梅书记亲口说的必须把路修好，谁也不能拖。要不你给徐泳涛打个电话确认一下？"

叶昌禾把茶杯一放，掰着手指头开始数："县委要干的一百件事情，每个都要命，保险柜里要有钱我扣得住吗，平哥？借款到账当天，县医院的工资就还了一半，这还不算招商局的钱、农业农村局的钱、环保整改补贴、拆迁赔偿的钱……"

李保平一扬手打断了叶昌禾："别说了，别人都是亲儿子，就我是后的？县委书记和县长说的话是不是都不好使了？"

叶昌禾一点也不着急，他喝了口茶，看着李保平说："市委书记来也得有米才能下锅。我这只有九十万元，要不要？"

李保平被将住了，他本来的计划是打着修路的旗号从县里多分一杯羹，运作得宜的话想办法给自己偷偷"加个鸡腿"，现在倒好，扔过来一条蚊子腿，还必须专款专用，把领导特意安排的事情办漂亮。这一丝肉差点把李保平给噎死，可是他没有一点办法。

在回原平乡那条颠簸的路上，李保平打了一路电话："能修多少修多少，一寸也行。你不开这个头，后面的钱还怎么要？以前的欠账，大笔的暂时给不了，小钱这不是有了吗？怎么会没人来？你告诉他们，这次给钱！"

艾鲜枝也在车上打了一路的电话，把事情的紧迫性跟段迎九掰扯了半天，终于在傍晚时分把侯国栋约到了茶室里。趁着侯国栋还没到的空当，段迎九和艾鲜枝解释说："他确实不是客气。前阵子我们单位组织体检，查出来'三高'，晚上他就不敢吃饭了，你别看他那么瘦，还在减肥呢。"

艾鲜枝多少还在为没约上晚饭而感到遗憾："咱们这些人哪个不是'三高'？你也知道，要是不喝点酒，没那个气氛，有些话还真的是不好讲。"

段迎九送过来一个理解的眼神，笑着说："这次先喝茶。你点的是生普吧?"

"是，他不是减肥嘛。"

"先生后熟，慢慢来。"

艾鲜枝焦急地朝门口张望了一眼："我现在恨不得来一杯速溶咖啡。没时间了呀!"

此时，幽静的茶室外传来一阵脚步声，侯国栋快步走了进来。一看他身上的白衬衣，便知道这是下了班从单位直接过来的。一进门，他便玩笑着埋怨起段迎九："老段你们人事处都是这么不讲理啊，发微信时也不问加不加班，位置时间一扔，不来也不行。"

艾鲜枝赶紧起身迎接，接过侯国栋的公文包，寒暄让座。段迎九则一边笑着倒茶一边说："你这饭也不吃，酒也不喝，再不出来转转，太辛苦了。"

侯国栋落座后故意叹了口气："命苦呀，没有办法。什么时候等你高升了，把我调过去给兄弟你搞搞服务，好歹加班费会给一点吧。"

听了这话，段迎九顺势一指艾鲜枝："让他们给。县里付点加班费，不算违规吧?"

"侯处长这样的优秀人才，我们早就扫榻欢迎，就想把您聘回县里当个高级顾问啦。"艾鲜枝明白这是段迎九在给她递话，赶紧满脸堆笑跟着说道。

"我可不敢去，听说你们连退休医生的工资都发不了，到时候给一堆白条，我找谁去报销?"侯国栋的话说得不客气，不过能开这种玩笑，恰恰说明他已经初步放下了防备，稍稍拉近了距离。所以，一旁的艾鲜枝反倒有些放松了。

侯国栋接着说道："下午我们领导还在说，连开工资都得去邻县借钱，拨给你们钱，会不会全都挪用掉。真的，艾县长你不要笑，领导肯定要考虑这个问题。"

艾鲜枝掂量着侯国栋的弦外之音，故意叹了口气说："我们光明县就是因为谨小慎微，才能干出这种借钱的老实事情，还让人拿着到处嚷嚷。"

侯国栋双手一摊："现在就是这样啊，全部都是透明的，你们做什么都有人看。就这么一笔钱，全省好几十个县都盯着，像高考一样，我们敢不公平吗?"

"最不敢作弊的就是我们了。"说这话的时候，艾鲜枝连腰板都挺直了，但紧接着她的语气又软了下去，"顶多就是想提前划划范围，押押题。"

侯国栋看看一直笑而不语的段迎九说："这些话我和别人都不讲的，也就是你在这里，段处长发话，我必须得掏心掏肺，否则真的，瓜田李下，我出都不出来。"

段迎九依旧没说话，笑眯眯地递上了一杯茶。侯国栋接过茶先闻后品，然后终于向艾鲜枝透露了一个重要信息——曹立新邀请的调研组明天就去九原。这比艾鲜枝预料的时间来得更早。

"郭厅带队？"段迎九特意追问了一句。

"他正好明天有空，赶得也巧。"茶水下肚，侯国栋的语气温和了不少。

"听说郭厅爱人的外婆是九原县的，真的吗？"段迎九继续探问着。

侯国栋却绕起了弯子："各个县都是不同的茶嘛。铁观音喝过了，这次就不泡了。反正我知道的是东边那几个县肯定是不会去了。好久不喝的茉莉花，难免要再尝尝，是吧。"

艾鲜枝赶紧给侯国栋添上茶，顺着这话说道："领导也没去过光明县呀，咱们的茶也挺特别的。侯处，我们和九原县都在一条路上，能不能费心安排一下，顺道拐个弯，去坐坐？"

侯国栋慢慢端起茶杯，先摇摇头，然后抿一口茶说："不好说，现在还不知道要不要和市委的同志见面。我也顶多只能提提建议，试试看，好吧？"

既留了活口，也没完全答应，侯国栋给自己和艾鲜枝都留下了无限的可能。

此时光明县的县委大院，梅晓歌把徐泳涛和分管农业与医疗的副县长兰茂林都叫到了办公室，一起仔细研读分析了小周顺回来的九原县专项资金申请报告。

一番讨论之后，梅晓歌拿起手边已经装订好的光明县专项资金申请报告初稿说："我的意见还是不变，实事求是，不要学九原县。今天吹过的牛，明天肯定是要买单的。茂林县长觉得呢？"

兰茂林也赞同这个意见："九原县的报告对有利条件和资金需求都夸得太大，有些脱离实际，额度也是顶格申请。我理解他们这么做是担心影响资金规模，但是收益的分析总要经得起检验，省厅领导会看不出来吗？"

徐泳涛点点头，也表达了同样的观点。梅晓歌指着光明县的报告说："我们的报告里，有利条件已经充分阐述了，不夸张是对的，毕竟原平乡的假数据很难堪，光明县已经成了靶子，你也不知道哪个枪口还在瞄着。但是，这个装订太差了，材料设计不要怕花钱。你们和范太平说一下，不能什么都是县政府办自己做，找个专业的设计公司，有时候装帧和内容一样重要。"

"明白。"兰茂林一边答应一边拿起电话着手安排。

梅晓歌又吩咐徐泳涛："老徐你给李保平打个电话，路的事情一定要盯住。艾县长如果能把领导请回来，好坏就这一锤子了，敲不响，也不能砸了锅。"

一条路串着两个县，都为了调研组紧锣密鼓地忙碌着。

九原县这边虽然早有准备，但临到最后，曹立新依旧事无巨细地亲自检查。调研组视察的必经路段，他连路边的一块指示牌都不放过。用他的话说："这段路就不是来走的，是看的。"光干净整洁还不够，他还安排了县里的三个房产开发商包干到户，连夜布置了路边的绿化带。

这还不够，县政府招待所为调研组预备的午休房间，曹立新亲自去当试睡员。床铺的软硬、毛巾的质量、洗发水的品牌，他都一一检查了，连电视机开机后的频道都大有讲究："省厅领导爱看球赛，打开就要是高清体育频道，遥控器的电池换一下，现在按下去还是不太灵。"

最后，他坐在正对电视的沙发上，问政府办公室的冯主任："明天是怎么安排的？中午在这休息多久？"

"一个半小时。"冯主任答道。

"九十分钟啊，看来不能打加时了。"曹立新停了一下，指挥着正在调试电视的工人说，"调到新闻频道，看看明天的天气预报。"

另一边，通往原平乡的烂路上亦是灯火通明、机械林立，一众工人正往那道大沟里一车车地填土。此时，高乡长赶到了现场，把一袋子现金交给了工头。拿着了现钱，工头的态度自然客气了很多。

高乡长下车看了看工程进度，打着包票对工头说："以后都是现结账。兄弟们多辛苦，今天晚上必须填完。"

第二天，一场蒙蒙细雨不期而至。

这天，曹立新带着县里的一众干部直接在高速路口迎接，确保调研组的行程不出现一丁点变化。细雨中，他连伞也没打，远远看见省城牌照的公车，便赶紧迎了过去。

公车缓缓停下，侯国栋先下车，然后向后面的郭厅长介绍道："郭厅长，九原县的曹立新县长。"

曹立新捧着郭厅长的手热情地摇了摇，然后马上从冯主任手里接过雨伞，举到郭厅长头顶上方："欢迎郭厅长莅临指导。我们李书记去了广州招商，正在往回赶的路上，一再嘱咐我要把您留住，等他回来敬您一杯。"

郭厅长微微一笑："太客气啦。告诉他不要赶路，转一转，我们就走啦。"

曹立新故意一摆手："李书记把他父母结婚时存的老酒都从地窖里起出来了，您要是不喝，我们连味儿也闻不着！"

一行人都跟着笑了起来，曹立新马上接着说："天气不好，郭厅长先上车，咱们现在去现场看一看。"

几辆公车鱼贯而行，很快到达了九原县那安坡村。按照曹立新的部署，一路上指示牌、绿化带都焕然一新，精致美丽的村庄笼罩在微雨薄雾之间，显得别有风味。

不仅如此，曹立新还专门把郭厅长爱人的外婆一家接到了那安坡村。老太太年岁已高，因为耳背，说话声音特别大。她拉着郭厅长的手，絮絮叨叨回忆了一会儿郭厅长爱人的童年往事，又指着身边一个憨憨的汉子说："花花她表哥也来了！他在县委大院干活，给县长们做饭。她表嫂也在城里做饭，今天没来，她是在……"

"武装部。"曹立新赶紧在一旁接话说，"两口子都是一把好手，打卤面是一绝。我现在要是敢说不用他们，书记和政委立刻就能和我翻脸。"

如此细心周到的安排，换作谁能不满意呢？郭厅长愈发高兴起来，笑过之后对曹立新说："你不知道，这表哥表嫂结婚早，我爱人从小在九原县，一直在吃他俩做的饭。立新县长，中午就不吃工作餐了，我也尝尝打卤面。"

曹立新马上转向冯主任道："给领导多搞几种卤，加海带，加木耳，这不算海鲜超标吧？"

轻松融洽的笑声在村委会的房间内久久不散。

相比九原县的从容，光明县已经等得心急如焚。艾鲜枝算着时间给侯国栋发了微信消息："侯处长，您已到九原县了吗？一路平安，祝顺利！"发送前，她反复查看了对方最在乎的"侯"字，确认无误才发了出去。可微信消息石沉大海，没有任何回音。

在原乡通往奶牛基地的路边，李保平和高乡长正在对昨夜施工完毕的路段做最后的检查。此时，雨还没有下到这里，天气显得格外闷热。李保平看看阴沉的天空，指着刚刚填好的沟壑，问高乡长："水泥路和砂石路中间的接缝弄得有点潦草啊，后面的路面处理得也太简单，那些人也不知道几点才来，万一下起雨，路面不会塌陷吧？"

"已经提前洇过水了，我问过，没问题。"高乡长诚实地回答道。

李保平的心没完全放下来，高乡长将将三十岁，从小在城里长大，农村的路他能走过多少？可如今已然到了火烧眉毛的时刻，没有退路了。他叹了口气，对高乡长说："走吧，到奶牛基地再看看。"

几个人迅速上车，匆忙朝奶牛基地奔去。谁也没想到的是，就在他们刚刚离开之后，一辆装着法兰铁屑的小卡车经过了这里。车子轧上了土层下的石头，轻轻一颠，几块带着尖角的铁屑从车斗的蒙布里掉了出来，就那么散落在路面的尘土里。

第七章　调研组

雨终究是下起来了，看上去淅淅沥沥的不算大，可是足够摧毁一条刚刚轧好的土路。

李保平的嘴角不知道什么时候已经冒出了上火的水疱，稍一动嘴就扎心的疼。但这些他都顾不上了，面对亲自来奶牛基地踩点的梅晓歌，他已是百口莫辩："晚上刚刚熬夜重新铺好的路，早晨还好好的，昨天我给气象局打了电话，他们说今天不会下雨，我还专门问了……"

梅晓歌站在一片泥泞中，看着基地大门上的牌子。和这段路面一样，仓促之间粗制滥造的牌子也被雨水打回了原形，还没干透的涂料已经开始滴滴答答地往下流了。梅晓歌制止了李保平毫无意义的解释，指着牌子说："旧牌子呢？拿出来换上。"

跟在身后的人赶紧行动，李保平有些胆怯地说："旧的怕是拿不出手，都快朽了。"

"那也比廉价的形式主义强吧？"梅晓歌用提高声音表明了自己坚决的态度。他快步朝基地里面走去，李保平等人自然不敢怠慢，紧紧跟了过去。

此时的县政府大楼里，艾鲜枝同样焦急万分。一方面，她给侯国栋发了几条微信消息，询问他们的行程进度，并再三表示光明县这边已经全部准备就绪，但侯国栋只回了句"知道了"便再无其他回音；另一方面，原计划和梅晓歌一起去高速路口拦住调研组，可梅晓歌一头扎进奶牛基地，左右不见回来。

终于，范太平打通了电话，带回了消息："原平乡好像有些麻烦，还在处理，我让泳涛主任抓紧催了。"艾鲜枝看看手表，当机立断决定不等了。她让人给梅晓歌留了话，带着范太平一起出发了。

两县交界的地方，巨大的路牌上写着"九原欢迎您"。可是，这么热情的标语却让艾鲜枝的表情更加凝重了。曹立新的手段她已经领教过几次了，想从他碗里抢肉吃，难度可想而知。她一个人过去，能行吗？

恰在这时，一直在打电话的范太平忽然指着车窗外说："县长，梅书记来了！"

从村委会到田间示范基地的路上，曹立新一边走一边向郭厅长详细介绍基地的各项情况以及未来的发展规划。作为一段专门用来看的路，这里已经做到了无懈可击，郭厅长对眼前的一切也极为满意，当着众人夸赞道："窥一斑而知全豹，你就看一个村子、一块农田、一段路，就知道这里主官的风格。我们厅长有个血型论，是吧，小侯？曹县长肯定是个细致人，是不是A型血？"

站在旁边的侯国栋听了这话，笑着说："万一猜错了，曹县长也不好讲了。"

但曹立新却一脸认真地回答："十二天以前，市委号召领导干部积极献血，第一个就是我。我要不是A型血，市医院的检验科就要出大问题了！"

伴着一阵轻松的笑声，郭厅长回头望了望道旁的绿树和远方的青山，很有指向性地说："绿水青山才是金山银山，其他农业项目的扶持资金，也应该考虑投到这样的县里面。"

虽然尽量保持克制，但曹立新的脸上还是显露出一丝得意之色。到这一步，调研组的行程完美契合了他预先的安排，没有出一点纰漏。趁着郭厅长上卫生间的空当，曹立新又和侯国栋聊了几句。从他的语气中曹立新能感觉到，九原县基本稳了。

如果非要说有什么遗憾的话，那就是郭厅长简单吃完午饭后便立刻启程回去了，没有用到曹立新亲自试睡的宾馆房间。上车前，曹立新握着郭厅长的手，殷切地挽留道："粗茶淡饭，本来就没有招待好，怎么都要进城喝杯水再走吧？"

"已经很好了。"郭厅长也紧紧握着曹立新的手，"这已经是最近出差中最对胃口的饭菜了。"

"再有十八分钟，亚洲杯男足预选赛直播，起码看个上半场啊。"曹立新看了一眼手表说。

"还得去趟市里，厅长临时给安排的任务……"郭厅长说着往旁边走了两步，曹立新马上会意地跟上去，其他人也很自然地各自寒暄告别着，给他们二人留出了一个小小的私语空间。只见郭厅长微微低下头，曹立新赶紧把耳朵贴过去，郭厅长小声地说："我爱人的舅舅去世，听说县里专门成立了治丧委员会，您还亲自到场吊唁，太费心了。我爱人让我务必转达一下她的谢意。"

曹立新未回一语，使劲摆了摆手，一切尽在不言中了。

此时，侯国栋已经等在了车门口。市里通知的事确实是临时安排的，这个他没想到，光明县那边自然也不会知道。他拿出手机看了一眼艾鲜枝之前发来的微信消息，迟疑了一下，什么都没回，便又把手机装了起来。

回程的车上，侯国栋和郭厅长都在低头看手机，不同的是，郭厅长看的是视频直播的足球比赛，而侯国栋则在不停地翻看微信。光明县的微信消息回还是个回，该怎么回，他在心里来回掂量。

忽然车子一晃，刹住了。侯国栋忙问司机怎么回事，司机显然也吓了一跳，没说话只往外面指了指。侯国栋透过车窗向外看去，只见梅晓歌和艾鲜枝像路边等车的乘客，半个身子探到了路上，使劲挥舞着双手。看见车子停稳，艾鲜枝立刻来到车门口，隔着车窗便殷勤地打起了招呼："侯处，侯处！"

见此情景，侯国栋转过身对后排的郭厅长介绍道："光明县的主官，人事处小段的同学，我和您提过。"

郭厅长轻轻应了一声，示意司机打开车门。这回守在另一边的梅晓歌一马当先地上了车，也是上了车他才发现自己满身泥泞，狼狈得像只落汤鸡。他下意识地把满是泥污的双脚往后缩了缩，赔着略显夸张的笑脸说："本来是不敢打扰郭厅长的，正好真的是顺路，就想请各位领导看看能不能抽空拐个弯，去我们的奶牛基地看一眼，二十分钟足够了。"

"就在前面那个路口，不到五公里了。"站在车门口的艾鲜枝紧着接了一句，说完还不忘看了侯国栋一眼。

侯国栋看了看手表，适时地跟着说："时间倒是刚刚够。"

"既然够，要不就去转转？"郭厅长的眼神中流露出一丝好奇，顺畅的九原之行显然让他心情大好，对这个相邻的县也产生了不小的兴趣和期待。

然而现实情况只能用四个字来形容——天壤之别。别的都不说，车子还没开到奶牛基地，突然爆胎了，包括郭厅长在内的一众调研组成员，只能在雨后的泥水路上深一脚浅一脚地步行。

李保平找了辆农用三轮车来，艾鲜枝跟在侯国栋身后小声劝道："领导还是上小车吧，我们走路就行了。"

侯国栋微微皱着眉，郭厅长坚持在前面走，他们后面跟着的怎么能上车呢？别说他了，调研组有两个女同志，裤腿都快挽到膝盖了，也没好意思上车。侯国栋虽是农业口上出来的干部，可这么难走的村道他也很多年没遇到了，此刻忍不住对艾鲜枝抱怨："路上这么多的铁屑，你们也不清理？车胎都能搞破？"

"可能是颠出来的，真的是不好意思。现在的天气预报也不准，早知道半夜有雨，这条路昨天还不如不修，搞得全都是泥巴。您小心看脚底下。"

梅晓歌跟在郭厅长的身边，也在聊这条难走的路："限制我们的问题其实只有两个，除了路，还有牛多棚小的瓶颈，想发展就得搬家。那边是养殖基地二期的规划用地，只要有资金，规模和效益马上就能翻番。"

梅晓歌说着朝远处的一片空地指了一下，但郭厅长只匆匆扫了一眼，便继续径直前行了。尽管梅晓歌把干爽一些的路面都让了出来，但郭厅长脚上的皮鞋也已经惨不忍睹。

好不容易到达了位于原平乡的奶牛基地，因为有村民放羊从基地门口经过，众人不得不停下来给羊让路，然后避让着泥泞中的羊粪蛋，终于到达了目的地。

奶牛基地是一座半露天式的大棚，里面各种设备一应俱全，打扫得也还算整洁，只不过因为下雨的缘故，奶牛们看上去都不大精神。李保平站在最前面向调研组详细介绍了基地的情况："这个基地的前身是奶牛养殖专业合作社，先后获得'市级畜禽标准化示范场''市级标准化奶牛养殖示范场'和'省级标准化奶牛养殖示范场'称号，由托管散户的粗放管理模式，逐步发展成现在的高标准规模化牧场……"

"你这个信息化和智能化的转型，怎么个转法?"郭厅长打断了李保平的发言忽然发问。

李保平稳了稳神回答道："牧场转型是全面的，实现了奶牛发情自动监测和精准饲喂，还有奶量自动上传这些。"

"自动清粪系统呢?我看你们的报告里写着，怎么没看见?"郭厅长继续追问。

李保平有点儿慌了，没想到领导会看得这么细，他回了一句"我找找"，然后便转过身去，明着是找设备，其实是在人群里寻找基地的技术员。密密匝匝的人群里，身穿白大褂的技术员被挤在了最外面。李保平想叫他过来，又怕领导发现自己对基地情况不熟悉，正急得不知如何是好之际，梅晓歌已经把话接了过去："牛舍都是自动清理的，干湿分离，谁给领导演示一下?"

技术员立刻就位启动机器，伴随着一阵铁链拉动的声音，梅晓歌在郭厅长身边继续讲解："智能化的指标主要是看牛奶单日产量的提升，现在可以实现每天每头30公斤，比以前产得多。以前不行，最早的时候只有13公斤。"

"采集和运输呢?"郭厅长的提问还在继续。

"189头牛，两个小时就可以自动完成。另外刚才有个信息要和领导汇报一下，做个补充，总体占地39亩是目前的数据，如果能够得到相应支持，我们打算引进400头怀孕的进口奶牛，到时候牛舍也会做相应比例的扩建。"

数据翔实，信息完整，梅晓歌的陈述让郭厅长从刚刚的坏情绪里渐渐走了出来："梅书记对数字很敏感啊。"

梅晓歌微微一笑："学的数学专业，上学的时候一错就扣分，主要是罚站罚怕了。"

郭厅长也跟着笑了起来，但很快又跟了一句敲打的话："吃一堑长一智，假数据的错肯定不能再犯了嘛。修订以后的、既往的历史数据有吗？"

话音未落，一直候在一旁的高乡长马上和另外两名乡干部把早已准备好的材料挨个分发给调研组成员。徐泳涛接过一个档案袋打开，把里面的材料递到郭厅长手里。

一直没插话的艾鲜枝此时心里惦记着一件事，她绕到侯国栋身边想看看档案袋上标注的名字，可等她过去的时候已经来不及了，材料已经递到了侯国栋手上，档案袋上明晃晃地写着"侯国栋处长"——枪口撞得准准的。没办法，艾鲜枝赶紧岔开话题小声对侯国栋说："中午简单准备了这里的特色牛肉夹饼，侯处一定要尝尝。"果不其然，这个邀请没有收到任何回应。

反倒是郭厅长看了材料后，对奶牛基地颇有些刮目相看："发展的势头还可以啊，比我想象的要好很多。你们这些数据都确认过吗？"

"挨过的打总要记着点疼，我和艾县长肯定是胆小的。这上面所有的数据都核实过，包括牛只的死转淘离售和新生购入，减少、增加这两项，我都是自己掰着指头数过的。"梅晓歌回答得极为诚恳而坚定。

见郭厅长的评价不错，艾鲜枝再次跟情绪不悦的侯国栋套近乎："省领导的格局真的是不一样。车坏了其实可以换小车的，领导就是坚持和大家一起走路，雨靴拿来了，侯处你看，要不要让郭厅长换一下？"

侯国栋看了一眼拿着雨靴的乡干部，未置可否，只说了句没头没尾的话："发展还是得靠路啊，这一点九原县确实比你们要好。"

艾鲜枝被噎得说不出话，一肚子火压下去又起来，却又不能流露出分毫。所幸，趁着众人往外走的空当，她也见缝插针地让调研组的领导都换上了雨靴。

按计划，奶牛基地只是开场，奶牛交易市场才是重头戏。此时，侯国栋匆匆接了个电话，走上前对郭厅长说："中午要和林岳市长一起吃个工作餐，柳秘书长的意思是想早点开始，咱们现在就得动身了。"

这个变动打了梅晓歌一个措手不及，他有些急切地说："交易市场就在那边，五分钟都用不了，要不顺路看一眼，反正车胎补好了，也在前面。"

"这是让你们林市长等我了？"郭厅长笑着婉拒。

梅晓歌也跟着笑起来，但言语间还在努力争取："要不是乡里倾力打造的东西，也不敢厚着脸皮壮着胆让您过目。"

"申请资金就靠它，好不容易把您留下来，亮点不介绍，说不过去呀！"艾鲜枝也赶忙跟着玩笑了一句，郭厅长朝他们指的方向望了一眼，似乎有些犹豫。

可惜人不要强天公也不作美，突然一阵闷雷，雨势骤然增大。乡里准备的雨伞不够一人一把，于是又是一阵狼狈推让。伞还没撑利落，忽然轰的一声巨响，把一位女干部吓得惊叫一声。众人定睛一看，原来是旁边农户的猪圈禁不住雨水冲刷，倒了半边墙。猪大概也受了惊，在里面直哼哼。

原生态的农村景象突破了调研组众人的心理防线，郭厅长看了眼时间，高声问道："车在哪里，谁带一下？"

调研组的车缓缓启动，逐渐远去，众人面前留下一堆光明县的土特产，这些本想给调研组带上，因为走得急，没有都装上，几个硬纸盒被雨水一浇，软塌塌地陷在地里。梅晓歌的状态跟这些盒子差不多，他什么都没说便一头扎进了自己的车里。

艾鲜枝的怒火再也压不住了，她冲着李保平毫不客气地数落着："路不行，车不行，天气不行，人也不行，连雨伞都带不够，什么都不争气！我要是省厅的，这笔钱也不会给你！"

李保平觉得脸有点儿疼，也不知道是雨点打的，还是被艾鲜枝骂的。

接下来的半天时间，梅晓歌和艾鲜枝并没有马上打道回府。艾鲜枝又联系段迎九，死乞白赖地让他给侯国栋说说情，想争取一个补救的机会——希望郭厅长和林市长吃完饭回省城之前，在市委听他们把交易市场的情况口头汇报一下。

这个提议连段迎九都犹豫着不敢答应，可禁不住艾鲜枝的软磨硬泡还是同意给侯国栋打个电话。梅晓歌和艾鲜枝一路追到市委大院，钉桩子似的等了不知道多久，但直到亲眼看到省城牌照的公车开出市委大院，他们也没能再见着调研组的影子。

回程的车上谁都没有说话，梅晓歌第一次觉得这段路竟然如此漫长。

书记和县长在省农业厅调研组面前丢脸的消息很快在县委大院传开了，不必看领导的脸色，一股紧张的气氛自然而然地扩散开来。这个时候的工作重点就一个字——忙。一定要让自己忙得停不下来，这样才能最大限度地避开领导们的坏情绪。

赵乐恒深谙这个道理，从昨天到现在，他穿梭在办公室和档案室之间，整理各种资料，而这项工作只要想做就永远也干不完。不过，赵乐恒的忙也不全是装出来的——他抱着一大摞档案盒刚走出办公室，手机就响了，手忙脚乱地掏出来一看，来电的是明路，可还没腾出手来接，那边范太平又在喊他。

电话再急也没有眼前的人急，赵乐恒放下手里的东西，一边应声一边快步来到范太平跟前。

"下午三点，县长要加一个招商调度会，招商办要发言，在常务会议室，你去发个通知。另外，晚上有个招商的接待，请马常委参加一下。"范太平的语速比平时要快，赵乐恒因为惦记着振动的手机，脑子转得却比平时慢了。他下意识地说了句"好的"，心里便只惦记着电话了。好在范太平也忙得很，交代完事情便匆匆离开了。赵乐恒赶紧接起电话，不住地道歉说："常务，不好意思，刚才有点事，您说，嗯，嗯嗯，嗯……"

赵乐恒一边听着明路的安排，一边在心里掂量着眼前几项任务的轻重。在挂断明路的电话后，他转头对林志为说："小林，赶紧发个会议通知，下午三点半在常务会议室，艾县长要开一个招商的调度会。"

林志为认真地答应了一声。他是个不会一心二用的人，点名交代他的事情可以做到分毫不差，其他人之间的事能不能听到那就全凭造化了，所以他完全没有觉察赵乐恒转述任务的时候，把三点的会说成了三点半。

今日事今日毕，当天发错的会议通知，艾鲜枝当场就发火了。

"这就是内部开个小会，这要是省里再来检查，你晚半小时跑过去，人家早就走啦！处分都摆到桌上我都不会知道！一个会议通知都能错，糟糕透了！"

撞到艾鲜枝的枪口上是个什么结果，县委大院的科员们没一个不知道的，连艾鲜枝的联络员小周都吓得肝战，端着艾鲜枝的水杯站在会议室门口，张望着领导的脸色，却愣是不敢进去。

赵乐恒就更不必说了，可一贯抓尖儿奉承的他哪会平白担这个责任。挨完批评他立刻冲回办公室，径直走到林志为面前，当着众人的面故意高声说道："我让你通知的是三点，三点，三点！你怎么搞的，那半个小时给谁吃了?!"

林志为不自觉地站了起来，赵乐恒的气势让他一下不知如何辩白。他回想了一下之前的情景，刚想开口，却又被赵乐恒咋咋呼呼的质问拦住了："不确定你就问呀，这种事情怎么能记错？我一天多少事，我都不怕你问，到底几点你不能确认一下吗？这是临时开个会，要是别的大事呢？出了问题谁负责？你还是我？"

办公室里鸦雀无声，所有人都看了过来。林志为想说点什么，但终究还是没开口。这里是办公室，不是菜市场，赵乐恒可以撒泼甩锅，他林志为绝不可以。当众说出来的话，屋里一定有人听到，无须辩解，清者自清。想到这些，林志为抬起头，虽一言不发，但双眼却深深地望着赵乐恒。

赵乐恒没想到新来的生瓜蛋子竟然这么刚，对视了几秒，他倒先败下阵来。"捅完娄子你倒是不用管，所有的骂都让我挨着，教也教不会！"甩下一句骂骂咧咧的话，赵乐恒转身离开了办公室。林志为缓缓坐下，想起了袁浩之前的忠告。

本来就是个着急上火的会，还莫名其妙晚了半小时，艾鲜枝的脸一黑到底。听完各乡镇、各部门的汇报后，她直截了当地总结道："今天也没有什么圈子要兜，县里就是要'见钱眼开'，各个单位一定要多往省里跑，沟通很重要，我和书记去了省里一样点头哈腰，见了'90后'的小年轻一样要赔着笑。这是岗位的需要。回来不还是当你的领导？求人不丢人，求不到才丢人。你们要勇于敲门啊。发改部门要仔细梳理，哪些钱是要还的，哪些是不用还的，不用还的赶紧去排队挂号，都病得要死了，有免费的药你还不拿吗？还有就是招商引资，这件事情一万个重要。我就跟大家讲，我们现在的工作作风触目惊心。把自己分内的事情干过及格线都做不到吗？以前我当副县长的时候总在骂人，当了宣传部部长不骂了，后来当常务又要骂，当了副书记又会好一些，现在当了县长，你们不要逼我天天开骂。一句话，招商的步子要加快，市里要排名，县里也要排名，掉到市里后三名，我去市电视台做检讨，县里也一样，排名倒数的乡长、镇长就到县电视台做检查——现场直播。"

李保平伏在桌上忙着记录不敢抬头，但即便如此，他也能感受到艾鲜枝严厉的目光。

叶昌禾开完会匆匆赶到了县医院对面的一家快捷酒店，他在这里预订了一间客房，准备迎接两位必须服务好的"客人"——九原县财政局驻光明县办事处的工作人员。

透过房间的窗户，正好能看到光明县人民医院的大牌子。来的两个人都是九原县财政局的干部，叶昌禾给对方留下了自己的名片，热情地说："有什么需要，随时和我说。九原县帮了这么大的忙，再照顾不周，曹县长该批评我不讲政治了。这个住宿费，因为之前也不知道你们是怎么个住法，是一个月来几天还是怎么样，所以暂时交了五天押金，后续有变化再说。"

来的两个人都有一定的工作经验，他们寒暄了几句后说："不用那么久。我们就每个周的中间过来，借款分期的现金提上就回去。"

"那行。安顿好了咱们过去，我带你们和县医院的会计出纳对接一下。"

二人又客气地对叶昌禾道了辛苦，言语之间客气又周全，只是叶昌禾不知道，二人此行还肩负着一项"秘密任务"。

一进政府大楼，郑三就感觉到了气氛的紧张。他走到艾鲜枝办公室门口，见大门紧闭，便找到联络员小周："发脾气啦？因为啥呀？"

小周在县政府工作已有些年头，和郑三极为熟悉，见他这样问，便小声提醒说："现在恐怕不太想见客人。"

"常务也在里面吗？"

"应该在他自己办公室，您去看看。"

郑三点点头，拍了拍小周的胳膊朝明路办公室走去，可刚走了两步他又折回来，对小周说："外省一家酸奶企业的大老板亲自来了，这个消息估计能让县长的心情好一点吧？"

小周眼睛一亮，朝着郑三会意地点了点头。

这个消息就像一场及时雨，暂时缓解了弥漫在县委大院里的焦灼和不安。明路听郑三简单汇报了几句后，当机立断，亲自陪着酸奶企业的廖总去了原平乡的奶牛基地。当然，能立刻成行也确实少不了郑三的安排，而第一要务就是回去准备鞋套。

这趟行程和调研组来的那次截然不同，车子一路开到厂区，完全避开了让人无从下脚的路段。厂区内环境整洁，智能化挤奶车间运转正常，这让作为当地官员的明路在企业老板面前相当有面子。高乡长在最前面带路，有了上回的经验，他今天也表现得更为从容，现有数据、未来规划和实际演示，各个方面都展示得很到位。

李保平和郑三并肩走在明路的身后，李保平小声问道："听说是，好像和九原县也在接触。"

郑三同样也压低了声音："企业都是长着腿的，他要到哪去考察谁也拦不住。这些人都是左右逢源的，不管是咱们还是九原，他们肯定都在两边比较条件。我估计今天不会吐口和你签约的。"

李保平轻轻叹口气："在商言商，我能理解，问题是我们不敢吹牛呀，假数据的帽子还摘不下来，只能是有什么说什么，条件全透明，成不成的，只能随缘了。"

真要随缘，就不会着急忙慌地亲自跑去买鞋套了，郑三心中暗想。他太了解这些基层干部了，他们对成绩的渴望一点不亚于商人对金钱的欲求。看着李保平忙出了一头汗，他不禁揶揄道："走两步就出这么多汗，现在怎么虚成这样？"

李保平抹了一把额头："昨天搞那条烂路，折腾了一宿，可能有点感冒。放心，原平乡的人感冒向来不传染别人。"

此时，因为廖总的一个问题，明路回头喊了一句"保平书记"，李保平马上一哈腰，屁颠屁颠地跑了过去："来了，常务。"

考察圆满结束后，李保平有些疲惫地回到办公室，重重地坐在自己的椅子上。连轴转了好几天，他也确实有点虚了。此时，高乡长拿着一盒刚印好的名片走进来往桌上一放："六点，二号包间，我坐你的车去吧。"

李保平看了看表，还有不到一个小时，他强打起精神坐起来，从抽屉里翻出一瓶护肝解酒的保健品，一仰脖吞了两片。

可能是心疼这位有点岁数的书记吧，高乡长给李保平递过一瓶矿泉水，然后接着传达道："晚上县长也会去。这两天招商接待太多，她说先不用等她，让我们先开始。"

李保平点点头，随手拿起那盒名片端详起来，名片上他的抬头被私自改成了"光明县招商引资小组副组长、县长助理"。这种"特供"名片县里是默许的，只允许在招商引资的酒局上发给企业代表。李保平看着这串莫须有的抬头，自嘲地说："每年一次，又到升官的时候了。什么时候变成真的呀？"

高乡长无奈地笑着说："招商引资这半个月，咱们都是真的。"

其实连轴转的何止李保平，何止光明县，曹立新也是忙到脚打后脑勺。九原县招商工作开局不错，但有没有后劲，能不能把企业真正留下，需要考虑和安排的事情还有很多。曹立新给九原县的招商工作起了个名字——春雷行动，头一天送走调研组，第二天马上安排了全县干部的动员会。

会议室里，曹立新的脸色虽然不像艾鲜枝那么黑，但语气中流露出的严峻却一点不差："能办到的、办不到的，你的胸脯先拍下来，做不到的再想办法，用条件换时间还不会吗？我经常和招商办和工业园的人说：'什么叫好的招商理念？让别人先赚钱，我们后赚钱，别人赚大钱，我们赚小钱，让企业挣有形的钱，我们挣那些无形的钱。'

"从今天起九原县要推出招商零政策。凡是固定资产投资300万元以上的，无偿提供土地15亩，在此基础上，每增加100万元，额外再提供5亩土地。什么叫优惠政策？真金白银，立竿见影，这才叫优惠。李书记一再讲过目光要长远，非要守着金碗要饭，我们还讲不讲政治？"

干部们都在奋笔疾书，曹立新则边说边看时间，他晚上还有几场招商的应酬，他的时间管理务必要高效。

艾鲜枝到达陶然亭餐厅的时候，李保平、高乡长还有范太平已经陪着廖总酒过三巡。接到电话，李保平和范太平一路迎了出去，在众人簇拥下，艾鲜枝走进二号包间。她一扫白天的阴郁，直接走到廖总面前，边握手边对众人介绍说："你们谁都不知道我和廖总是老相识。四年前，确切说应该是四年前的'五一'假期，我当时还在覃县，他当时还在内蒙古当高管，自己要创业，借着假期才能跑过来谈合作，对不对？"

"艾县长的记忆力真的太好了。"能把几年前的细节说得这么准确，廖总不禁啧啧称奇。

艾鲜枝笑着打量了一下廖总，接着说道："你比那时候瘦多了，瘦了十斤肯定有的吧？"

"创业嘛，不死也得扒层皮。"艾鲜枝的几句话都说到了廖总的心里，这让他既开心又感慨。

此时，李保平拎着一瓶果汁走过来，诚恳地向廖总解释说："县长这两天胃不太舒服，昨天还在喝中药……"

"这不行。"艾鲜枝一挥手打断了李保平，"难得老朋友来。白酒呢？"

早就预备好白酒的范太平赶紧过去，他端着剩了一半白酒的分酒器正要往小酒盅里倒，不承想艾鲜枝直接把分酒器接了过去。她往廖总的分酒器里象征性地添了一点，然后举起分酒器说道："第一杯酒，我先代表县委的梅书记欢迎我的好朋友和好兄弟，期待你到光明县安心发展，事业更上一层楼，早日上市！"

言毕，艾鲜枝一仰脖把分酒器里的白酒一口干了。随后，她指着表情夸张的廖总对李保平说："廖总又在迷惑人了。他的酒量我是知道的，你和高乡长两个人摆起来，也就和他打个平手。"

酒局特供"县长助理"李保平立刻会意，他和高乡长一左一右，端着酒杯围住了廖总，任凭对方怎么推脱，酒杯还是都满上了。如此又进行了几轮，李保平和廖总都喝得有些上头了，两人并肩而坐，还紧紧拉着手，已经分不清谁在给谁劝酒了。见李保平端起一杯红酒，廖总一个劲儿摇头："您不能这么糊弄我吧？红酒是女同志才要喝的。谁把白酒给藏起来了？"

此时，艾鲜枝刚刚干完一杯，忽然听到手机的振动声。她拿出来看了一眼屏幕，马上起身往外走去，接起电话后，低声问道："怎么样，侯处有没有说什么？你们都是在一个食堂吃饭的，探探口风嘛。"

电话那头的回答显然没能让艾鲜枝满意，眼看着她站在门外脸色越来越凝重，范太平走过去轻轻关上了包间的房门，将屋内的喧闹和外面隔绝开来。

李保平也看见艾鲜枝出去接电话了，越到这个时候他越要卖力表现，先不说能不能替领导分忧，主要是别因为办事不力撞在领导的枪口上。

也不知是因为分心走神，还是真喝多了，拉扯之间李保平手里的那杯红酒一下洒了出来，廖总的衬衣裤子都洇湿了一大片。一旁的高乡长眼疾手快，立马递过来一大摞餐巾纸，李保平接过来一通乱擦，嘴里慌张地叨咕着："完蛋了，完蛋了，廖总这都是名牌衣服，我卖掉房子也赔不起，服务员再拿点纸过来！"

好在廖总兴致正浓，他一点没生气，反而大方地说："发财，发财，洒酒就一定发财。"说着他站起身来，又说："不用擦。我回去换个衣服再回来。保平书记，你们都不许走。"

李保平抓着一摞纸巾跟着廖总往外走："高乡长没喝酒，让他去开车。谁也不走，县长打完电话还回来呢。"

李保平和高乡长寸步不离地把廖总送到了光明宾馆，一进玻璃转门，廖总冲他们摆摆手说："没有喝醉，你们这么扶着我，前台小妹还以为我被光明县搞吐了。你们就在这里等我就好，很快的。"

二人不好再坚持，便让廖总一个人上楼去了。待电梯关门，高乡长急匆匆往门口跑去，刚才忙着搀扶，他车子停得不大合规矩。出来公干，自己再被贴条，那太冤枉了。

折腾了两天两夜的李保平多一步也不想走了，他一屁股坐在宾馆大堂的沙发上，倚着靠背，不知不觉闭上了眼睛。

廖总晃晃悠悠找到自己的房间，却不想门口候着两个人。见他走过来，其中一人快步上前，热情地自我介绍道："廖总您好，九原县财政局小毛。我们曹县长刚给您打过电话，您接到了吗？"

廖总掏出手机一看："没电，关机了。"

没等车子停稳，艾鲜枝就钻了出来，大步走进光明宾馆，冲着人劈头便问："人呢？"见高乡长还在执着地拨打廖总的电话，她气冲冲地甩了一句："行了！我都打不通，你能打通吗？人去哪了？"

高乡长磕磕巴巴地回答："李书记还在调监控，刚才我们把他送回来换衣服，没看见他出来啊。再上去就找不着了……"

没等他说完，艾鲜枝的手机就响了，她接起来听了几句，转身就走。高乡长彻底蒙了，不知该走还是该留。这时，李保平从里面小跑着冲出来，可等他走到门外，艾鲜枝的车已经开走了。

高乡长追出来问道："人呢？"

李保平满头大汗地望着艾鲜枝的车消失在夜色中，骂了一句："他妈的，九原县的人从后门把人给架走了。"

月光下，李保平的脸沧桑而疲倦，他知道自己绝对没喝醉，但就是忍不住两脚拌蒜，仿佛这样可以让自己稍微自在一些。凭着直觉摸到自己的车子旁边，刚坐进去，高乡长突然从外面拽住了车门："书记，喝酒了真不能开车！"

李保平从工具箱里掏出一串钥匙晃了晃："傻子才会开。取家里钥匙，放心。"

"我送你回去。"高乡长说道。

李保平摆摆手："你走你的，我叫个代驾，要不明天还得来取车，走吧。连夜回去慢点开，到家给我来个信息。"

高乡长的车渐渐远去，李保平坐在驾驶座上长舒了一口气。他掏出手机找代驾，却不知不觉又拨打了廖总的号码。电话里传来提示音："对不起，您拨打的电话已关机……"

39，40，41……拨出记录的次数不断增多，但收到的结果都是一样的。也不知道过了多久，李保平终于放弃了。他长舒一口气，忙碌了这么久，只有此刻是完全属于自己的。

在这辆破旧的轿车里，散放着各种乱七八糟的东西：空的矿泉水瓶、沾着泥巴的雨靴、崩边的草帽、沾满指印的墨镜、皱巴巴的毛巾、长短不一有各种接口的充电线，以及袜子、短裤、方便面、档案袋、森林防火宣传资料。旁人很难通过这些东西判断出主人的身份和工作性质。有的时候，李保平自己也会恍惚：自己每时每刻究竟是在忙些什么？

到家已是半夜了。李保平没开灯，也没换鞋，摸黑走到卫生间门口，刚打开小灯，就听见身后有声音——一起生活的老母亲听见动静起来了。她凑过来看看李保平，轻轻问了一句："又喝酒了？"

"没事，你睡你的。"李保平擦了把脸说。

母亲没吭声，转身朝厨房走去。不一会儿，灶上烧开了水，母亲一边往锅里下着挂面，一边唠叨着："和你爸一样，就知道喝，不醉也不回来。他活着的时候我给他做醒酒汤，现在还得给你做。喝吧，反正你媳妇现在也不和你闹了。闹也没用，就这出息。"

撒上葱花，点上醋，一碗热乎的酸汤面出锅了。当母亲端着碗走到餐桌旁时，两鬓斑白的儿子已经趴着打呼噜了。

李来有还在点灯熬油地守在鹿泉乡政府的办公室，他一会儿看看手机，一会儿看看旁边桌上的旧传真机。桌上有泡好的茶，他嗓子冒烟，却想不起来喝一口。终于，在看了十几次时间后，他忍不住问一起熬着的肖俊学："怎么还没来？会不会是机器坏了？"

"没坏。"肖俊学坚定地回答，"他们说的是十一点，还没到呢。"

"十一点，西班牙……"李来有念叨了一会儿又问，"老外那边是几点？"

肖俊学刚要说话，忽然传真机发出一阵哒哒哒的声音，苦等了几个小时的传真终于到了。李来有把机器里吐出来的纸拿起来看了半天，有些茫然地说："这是什么字？单词和字母怎么还长着头发？"

肖俊学也看不懂，但通过那些数字和表格可以断定，这是来自西班牙的法兰订单。

第八章　双　打

"不到一页纸的东西，翻译费要这么高，报价的是什么人？"朱小明拿着一份翻译报价单边走边抱怨。作为县招商局局长在这个当口收到来自西班牙的订单本应该是件高兴的事，谁承想迈步的腿刚抬起来就碰上了坎儿。

和朱小明并肩走在一起的李来有答道："省师范大学的一个外语老师。估计他是看准县里找不到小语种的人才，才有底气这么报。我们也觉得离谱。"

朱小明吐槽："这才是个开始，后面呢？来来回回，每次都要这么高，招商局也没那么多钱啊。"

眼看着翻译费的报销要黄，李来有来了个以退为进："其实照我看，这个订单利润也不高，对方也不是什么大企业，但是梅书记很关注，过问了好几次，所以……"

朱小明一抬手打断了李来有的话："零的突破，这些意义大于利润的事情当然得做，但是翻译费也太贵了。能找个企业垫付吗？"

说话间，两人已经到了常务会议室，政府常务会就快开始了。朱小明一眼看见已经就位的艾鲜枝和明路，赶紧走了过去。

听完了朱小明的汇报，艾鲜枝看着那份翻译报价单问："县里需要准备材料翻译成不同语种发给国外的潜在客户，两天之内要完成，但是太贵，是这个意思吧。"

"要多少啊？"坐在艾鲜枝身旁的明路问道。当着这么多人，朱小明没明说，只是举起一个手掌比画了一下。

"那是太贵了。"明路看看艾鲜枝，"会不会是不愿意接这个活，故意报这么高？"

"这是什么语种？"站在艾鲜枝身后的范太平探头问了一句。

此时，李保平也在旁边，他本想趁着会前这点工夫跟领导聊几句，没想到被更重要的事截住了。翻译资料的事情和他没什么利害冲突，不过听到范太平插话，他心里就有点不舒服。李保平心想："上次在梅晓歌跟前给我上眼药的事情，以为我不知道？"

范太平话音刚落，李保平就插了一句："政府办人才济济，你们是不是可以试试？"

范太平知道李保平这是在挤对他，不过他根本没接这个话茬。当了这么多年办公室主任，领导面前他从来不说没准备的话。范太平看着艾鲜枝说："我们有个新考过来的毕业生，我看他用手机学过外语，我问问。"

林志为料定范太平会找他单独谈话，不管个中原委究竟是什么，毕竟写错时间的会议通知是他发到微信群里的，他是第一责任人。不过，林志为已经想好了如何应对，哪怕领导当面批评，他也要说明是非曲直。虽然他变不成袁浩，但他也决不做赵乐恒之流。

不过，办公室内的情景和林志为想象的不太一样，范太平并没有疾言厉色地批评他，反而气定神闲，仿佛在和他闲聊。

"我刚进县委大院上班那年，和你一样年轻，一样能吃苦，但不如你成熟。再待几年你会明白，在办公室干活，无非三件事：谁，什么时间，要求干什么。流水的县领导，铁打的办公室，干好自己的事情，谁都会欣赏你。"

范太平的话像是教导，也像是提携。是因为周书记的缘故吗？林志为拿不准，默默听着，没有急于说话表态。

范太平抿了口热茶，接着说道："那天县长的会议通知出了错，大家也知道是谁的问题。老周书记给我打电话的时候，我就和他汇报过，你的性格特别适合当一个好的联络员，性格稳，遇到事情也沉得住气。共产党员都是要吃亏的。"

吃亏，袁浩也多次跟林志为说过，不过那是提醒他不要吃亏。林志为思量片刻，抬头问了一句："吃亏包括被冤枉吗？"

范太平自然明白这一问的意思，但他没有正面回答，反而指着桌上的那本旧书说："我推荐你多看看《红楼梦》。人情世故，它是中国写得最好的政治小说。能从《红楼梦》里看出道道的人，基本上就可以在县委大院畅通无阻了。你觉得刘姥姥和王熙凤，哪个更聪明？"

林志为看了一眼范太平的书桌，诚实地答道："人物太多了，记不住，好几次都没读完。"

范太平微微一笑："谁吃亏谁好报，这本旧书还是当年的办公室老主任留给我的。你没有依附领导、媚上欺下的小毛病，慢慢来，你的前途是可以的。以后有什么事情，可以随时找我。"

"谢谢主任。"林志为以为范太平这是总结陈词,点点头起身准备离开。

范太平见状赶忙拦住,他的正事还没说呢。他说:"还有个事情,招商办那边有些法兰的资料需要翻译。西班牙语你懂不懂?"

林志为先是摇了摇头,但略略想了想,接着回答:"我自己没接触过,但是可以问问同学,试试看。"

袁浩看事情总能看到一些林志为想都想不到的点,比如下班的时候,林志为和江霞一起走出来,于是开车回家的路上,袁浩便林志为知不知道市税务局副局长是江霞的亲表舅。

"又不是咱俩的表舅,我怎么会知道?"林志为对袁浩的发问感到莫名其妙。

袁浩坏笑了一下,又问:"江霞对你是不是有意思?至少不讨厌吧?你不用这副表情。在我这你还装什么纯洁?我告诉你林志为,人这辈子有三次改变命运的机会,第一是投胎,第二是高考,第三就是婚姻。"

这次林志为听明白了,他反问袁浩:"你就是因为这个才去追人大费主任的女儿?"

"性格好,学历高,工作单位也不错,还天生有个好爹,我为什么不追?放着甘蔗不吃,你想去吃苦瓜?"

看着袁浩理直气壮的神情,林志为笑了起来,但又很快正色道:"我有女朋友啊,和江霞扯什么事情。"

"你们还没断?"

"好好的干吗要断?"

"大学谈恋爱这种现存现取的事情不是活期吗?真要改成定存了?"

林志为没理会袁浩的话,打了他一拳。不过,他心里明白,抱着这种想法的人肯定不止袁浩一个,要不然母亲那擅长保媒拉纤的朋友汤阿姨也不会三天两头跑到他家跟母亲不住地嘀嘀咕咕。

对汤阿姨林志为一向敬而远之,尤其是见到她给母亲翻看手机里的照片,他就赶紧一头钻进自己的房间。不过,母亲今天的热情空前高涨,她拿着汤阿姨的手机,直接过来敲门,想问问儿子照片上的那个清秀姑娘是不是和他在一个办公室。

"开视频会呢!妈,你小点声!"林志为当然想不到,江霞的照片会出现在母亲面前,他回头喊了一句,门外便没了动静。不过,这并不是他的托词,电脑屏幕上显示着两个头像,他确实在组织一场视频会议,议题便是范太平交给他的那份西班牙文订单。

参加视频会议的一共有三方的人,除了林志为这个组织者,还有鹿泉乡宣传委员黄立清和林志为的高中同学何冬鸣。何冬鸣是林志为高中时期关系最好的同学，去年考上了北京外国语大学的研究生。收到林志为的微信消息，何冬鸣立马一口答应，而且他担心自己对专业不熟悉，还找两个同学在一旁辅助，约等于临时成立了一个资料翻译小组。

几个人年纪相仿，沟通起来没有障碍，但翻译的过程还是磕磕绊绊。不论是订单还是后续的宣传资料，都涉及法兰生产的专业术语。这些术语用汉语表达，一般人都听得似懂非懂，再转换成另一种语言，还要保证翻译得准确无误，难度可想而知。

林志为的作用就是从中协调沟通，比如黄立清念了一段"公称通径"的标准定义，视频画面直接静止了。林志为赶紧问何冬鸣："是不是网络卡了?"

何冬鸣摇摇头："没有，我脑子卡了。刚才最后一句话不会是绕口令吧?"

林志为想了想转而对黄立清说："或者这样，您能不能用大白话解释一下? 别那么官方试试?"

黄立清皱了皱眉："这个要是中国人就简单了，一句话就能说明白。法兰的公称通径其实不代表任何法兰公称通径，只是说明法兰的规格，具体的尺寸要参照法兰标准，你能明白我的意思吗?"

"举个例子呢?"何冬鸣追问道。

"比如DN100，并不是说法兰内径就是100，具体要看法兰的压力，具体的尺寸看标准……"看着何冬鸣依旧茫然的表情，黄立清想了想说，"我是不是还没说清楚? 稍等啊，我找了个法兰厂的技术员，很快就到。"

林志为也在积极想办法："要不咱们再拉个工业局的人进来一起说?"

这个建议得到了其他几人的赞同，会议扩充到了四方，参与的人也逐渐增多。一众人马忙活了一宿，待林志为把翻译好的资料完整打印出来的时候，窗外的天已经亮了。

林志为并不觉得辛苦，他早早来到单位，把资料又检查了一遍并装订整齐，然后一分钟都没耽搁，亲手交到了范太平的手里。

二十九页纸，拿在手里很是显眼。赵乐恒在林志为从他身边经过的时候假装熟视无睹，但当林志为走进范太平办公室的时候，他还是忍不住探头看了一眼。

一早来梅晓歌办公室汇报，明路和艾鲜枝都攒了一肚子火。

"现在就不是招商，已经快成打仗了。"明路连说话的声音都比平时高了一个调，"一家奶酪企业，招商办前后联系了好几个月，前前后后到原平乡考察了好几次，一直谈得都特别好，投资建厂的合同都已经过了，让九原县给抢走了。"

艾鲜枝在一旁补充道："不是硬件的问题。新州市十几个市县，只有我们具备完整的产业链。"

明路叹了口气："九原那边也不知道从哪听到的消息，硬要插一杠子，曹立新自己见了那个老板，我们承诺的条件，九原方面全部照给，还当场加码，当场签约。"

"加了多少?"梅晓歌问道。

"十五个百分点。"

"他妈的，这个曹立新完全不讲武德。"梅晓歌也给气着了，直接骂了一句，"得想个法子治治他。"

此时，一阵敲门声传来，联络员小董探头进来说："书记，市里十点半开会，您和县长得出发了。"

市政府大楼的大会议室旁边就是卫生间，大概设计大楼的人也知道，开会前每个人都得来厕所转一圈。

曹立新站在小便池前，使劲往后仰了仰头："天天都趴在桌上，不是开会就是签字，抬个头都咔咔响，颈椎真的是要废了。"

覃县县长刘晋飞就站在隔壁的位置，听曹立新这么说，不免揶揄道："站着说话不腰疼，招商招了多少企业，让你签字签得脖子都能废了? 吃饱就行了，吃撑了小心消化不良。"

曹立新心中得意，也不在乎刘晋飞话里的醋味，接着说道："站在厕所里说吃饭的事，我这种大老粗不要紧，这要让梅书记听见，又该批评我们不分场合了。"

话一出口，梅晓歌的声音便从后面传来："还没进来就能听见你在嚷嚷。看看曹县长，尿个尿的姿势都这么意气风发。刘县长不要听他挑拨，贼喊捉贼，全市处级干部里只有他一个洁癖。"

曹立新知道梅晓歌是冲着他来的，更知道其中的缘由。背地的文章怎么做都可以，人前还是得留足面子，所以他的话立刻软了下来："说谁谁到。还得是校友之间心意相通。听说梅书记在背后对我意见很大啊，我先进行自我批评还不行吗?"

"自我整改的积极性令人费解呀。你这是心里有多少鬼，才会虚成这样?"梅晓歌并不打算就此饶过他。

曹立新见状，干脆苦着脸说："每次来市里都是我念检查，挨打成了习惯，没办法啊。"

刘晋飞看出梅晓歌来者不善，便从中和起了稀泥："尿完了赶紧走吧，让马市长先到了，咱们就真要念检查了！"

会议开始不久，曹立新果然走上了讲台，不过不是念检查，而是作为招商引资行动的先进代表，被领导点名上台发言。

在一片掌声中，曹立新先给市长林岳和常务副市长马广群鞠了一躬，然后又转身朝台下的各市县一二把手鞠了一躬，这才走到发言席前。他打开话筒，直接脱稿发言，侃侃而谈，先感谢领导，更不忘把成绩洋洋洒洒展现出来："近期以来，九原县奋勇争先，引进了多个投资超5000万元的项目。其中，开辟高科技园区，引入以溢彩流光技术有限公司为龙头的照明产业项目企业群，获得行业瞩目。此项目不仅是九原县经济发展的一个重要里程碑，而且有可能让九原县成为我国未来照明工业研发生产的中心和基地。科技园一期工程投资3亿元，建设期16个月，投产后年产值可达22亿元，实现税收3.1亿元，可新增760个就业岗位，二期工程总投资27亿元……"

一番精彩的陈述引得林岳和马广群不住地点头赞许，待曹立新返回座位，梅晓歌觉得他比上台前更加神采飞扬了。

表扬了先进，后进的也免不了要点一点。梅晓歌面前的会议通知上，第一页印的就是新州市各县市区招商工作排名表。表上位列前三的是新府区、九原县、高平市，而光明县排在覃县的后面，是全市倒数第二。

好在后面两位市长总结发言的时候，没有点名，算是给倒数的几个县留了点面子。可梅晓歌和艾鲜枝的脸色比被点名还难看，刚刚两人同时收到了明路发来的微信消息，又有两家企业的老板在去光明县的路上被九原县的人硬拉走了。

梅晓歌看了一眼奋笔记录的曹立新，心中坚定了下一步的行动计划。

一散会，曹立新便从后门出来，急匆匆地往外走。刚在会上出了风头，下来就得低调点。梅晓歌早看准了他，几步从后面追上来，一把搂住了曹立新的肩膀。

曹立新脚步没停，金蝉脱壳的瞎话张嘴就来："想躲都躲不开，又让马市长逮住了，谁知道又要叫我过去派什么活。"

"奖金、奖杯、表扬信，还能有什么活？"梅晓歌可不会被他轻易蒙骗，今天他打定主意做一根藤条，先死死缠住曹立新再说。

此时，艾鲜枝也配合着从前门走出来，迎面堵住了曹立新的路。曹立新见状，情知今天这一局是无论如何躲不开了。他停住脚步，看看这两人说："等我十分钟。我见完马市长咱们一起走，中午不许回去啊，我请客。"

急脾气的艾鲜枝刚要说话，梅晓歌抢先一步答应了下来："让他请，只吃贵的。

吃西餐，哪怕是烤不熟的牛排，我囫囵也要咽下去。"

　　王二骨头店距离新州市区有点儿远，从外面看是一座不起眼的院子，进去之后才发现内有乾坤。曹立新显然是这里的熟客，等不到服务员便自己去取了餐巾纸和一次性手套。待他穿过院子回到包间，一大盆热气腾腾的炖骨头已经上桌了。

　　曹立新一边撕开纸巾递给梅晓歌和艾鲜枝，一边无奈地说："这破地方就这么火，包间预约，打包还得排队，服务员比领导架子还大，你要干等他们，晚上也吃不着热乎的。自己来啊。"

　　梅晓歌一点儿也不领情，打量着大盆说："叫你请个西餐，你拉到这么一个地方，你以为我们分不出牛排和炖骨头吗？"

　　艾鲜枝在一旁跟着揶揄道："九原县也不容易，有肉吃就不错啦。"

　　曹立新知道二人还端着架子不肯放下，连忙接过艾鲜枝手里的暖壶，涮了杯子、倒上开水说："你们先尝一口，不好吃，咱们放下筷子立刻就换地方。覃县的老刘、市教育局老许，还有新来市委挂职的那个副秘书长，我来十次，至少五次都能碰见他们。你说有多好吃。"

　　不得不承认，曹立新说话自带着一股感染力。艾鲜枝瞟了一眼大盆，拿起筷子夹了一块肉送进嘴里一咂摸，味道确实不错："犄角旮旯儿，你们都是怎么找过来的？"

　　曹立新见她上了道，连忙把手套递过来："不能矜持呀艾县长，一定要上手。上回陪着省政府一个领导来了一次，完蛋了，只要到新州都要来这，拉都拉不住。这玩意上瘾啊。不会是里面加了什么东西吧？要不要让食监的来检验一下？"

　　梅晓歌倒不用招呼，自己早已下手拎了块骨头啃上了。稀烂的肉稍一撕扯就进了嘴，三两口便把一块骨头啃了个干净。他喝了口水，接着说："带兴奋剂的都上瘾。你的科技园展望税收都3.1个亿了，光一期就这么厉害，谁不想上瘾啊？"

　　"我没本事没能力，"曹立新拿吸管吸了口骨髓，"不像你们精挑细选，请客只能靠多点菜了，饿怕了总想多吃点，没办法呀。"

　　"你不怕步子迈得太大吗？经济风险也是风险，论证不严，一个个的窟窿填不上，违规办事，万一再有什么事件，按照现在这种尺度，不被问责才怪。"梅晓歌说着又拎了块骨头。

　　曹立新也没停手，提前知道要在大会上发言，又想脱稿，他早饭也没来得及吃。想在领导面前露脸，肯定要下一番功夫的。面对梅晓歌步步紧逼的质问，他应对得也很坦然："说句难听的，怕出事就不要当官，还不如去大学里教书。只要不把钱揣到自己的口袋里，就算是违法用地，说到头最严格的处分不也就是撤职吗？顶到天，我认了。你看看整个北岳省，引资失误挨的板子多，还是招商不力挨的板子多？"

曹立新长篇大论的工夫，梅晓歌已经吃了不少。他打了个饱嗝，话里有话地接了一句："吃饭就不能太快，一快就撑了。我先歇会。"

曹立新却没停手："吃饭要趁热呀，梅书记。反正我只有一个屁股，要不打这边，要不打那边，一个早打，一个晚打，我肯定是要晚挨打的，躲过一时是一时啊。马市长的板子已经抢起来了，都看见他要打你，你还不躲开？"

这话听着也没错，官场有时候就像战场，现在的命令是往前冲，谁敢停下来？一个书记，两个县长，三个疲惫的基层官员，在这个狭小的包间里，甩开膀子，吃下了一大盆肉骨头。

桌面上的骨头渐渐堆起了小山，曹立新又跟个服务员似的，给梅晓歌和艾鲜枝都添上了热水，主动聊起了上午截人的事："我和梅书记这都是校友，艾县长我们也算是多年的闺蜜了，自己兄弟之间，咱也不说那些虚的，有些事情我是真的不知道，你像今天我还在做报告，我手机都没开，他们就把那两个去光明县的老板接走了。"

听了这一番表白，梅晓歌对艾鲜枝说："你知道我们曹学长最大的本事是什么吗？就是你明知道他在撒谎，但是你看着他诚恳的表情，发自肺腑的眼神，你就觉得他好像，欸，是不是说的有可能都是真的？"

这话让三个人都哈哈大笑起来，曹立新边笑还边说："禁止吹捧啊。"

玩笑归玩笑，既然把事情摆到台面上了，那该说还得说。曹立新当场表了态："企业投资嘛，就像吃饭点菜，咱们不也得都吃一遍，才知道哪个馆子又好吃又便宜？他们要来，我们也不能推着门不让去，但是撬人、抢人的事情以后肯定是不搞了，排队，按规矩来，我可以写保证书。"

看着曹立新故作坚定的样子，梅晓歌忍住笑说道："今天找你肯定是要算账的。老账就不算了，咱们算算新的。与其竞争，不如合作。保证书就不用写了，咱们来点儿实际的。都是邻居，何必要打得头破血流？为什么不能双赢？"

说着，他从桌上扒拉出两块带弧度的骨头摆成个背靠背的形状："竞争最凶的往往都是邻近市县的工业园区，位置接近，条件也相似，都有相似的产业配套和物流运输条件，最容易引发恶性竞争。你看看覃县和澎县，两个接壤的兄弟，今天开会见面都不说话，再下去就要翻脸了。"

话说到此处，梅晓歌略一停顿，把两块骨头调了个头，面对面摆成了一个括号："如果两个县的工业园区结成对子，竞争变合作，从互补角度进行合作，行不行？"

曹立新是个机灵人，梅晓歌话音刚落，他马上接了一句："避免同质化竞争。"

梅晓歌也紧跟着说："把两个县的园区组成一个大的区域，相互配合，共同招商。"

艾鲜枝也加入进来："市委现在要开运动会，咱们都有乒乓球项目，既有单打，也有双打。"

梅晓歌的这个思路给曹立新推开了一扇全新的窗户："咱们都有法兰和锻造，也都有奶牛和牛奶，扬长避短，　起招商。"

梅晓歌点点头："不光是园区，旅游方面也可以打包合作。能不能把两个县所有旅游景点的门票联合售卖，一票通用，七折优惠？"

曹立新愈发兴奋了："一天逛不完，还能在县里多住一晚，吃住的收入也能翻一倍。艾县长你看看，像梅书记这样搞数学的就是鸡贼。今天我们是不是应该喝一杯呀？"

"你不请西餐，香槟也没有，总不能骨头汤干杯吧？"艾鲜枝的话又让三个人开怀大笑起来。

一顿饭吃得美味又舒心，可能不能好好消化掉呢？回程的车上，艾鲜枝有些担心地问："看着倒是挺兴奋。书记，他会真心实意合作吗？"

对这件事，梅晓歌心里早有预期："他肯定会先考虑自己任期内的收益和损失。这个是一定的。"

"本质上还是为自己的县考虑。这个人太滑头，他的话也不能全信。"

梅晓歌长舒一口气："合作还是脆弱的，但至少能在一定程度上减缓恶性竞争。防小人不防君子，和他当邻居，能省点心就很难得啦。"

艾鲜枝默默思量了一会儿，又说："九原县招商上项目的温度越来越高，有些政策明显出格了，但我看马市长好像还很欣赏，这算不算个信号啊？"

"说实话，我还是有些担忧的。别看现在没人反对，真到了环保要命的时候，谁会兜底啊？"说到环保，梅晓歌刚刚展开的眉头又收紧了。

翻译的材料很快收到了反馈，李来有趁着开会的机会，亲自向范太平表示了感谢。用他的原话就是："一个字都不用改。"他还悄悄告诉范太平，他和法兰协会说好了，给干活的几个人发点补助，就算是奖金，不违规的。

范太平很是高兴，虽然不是分内的活，但这事领导早晚会知道。手下的人让他长了面子，他自然也不会亏待他们。散会之后，他便把林志为叫到办公室，给他分配了一项全新的任务。

"市政府针对各市县招商的检查评比，要搞一个汇报，县长也会发言。这是以前的，你做个参考，出个初稿吧。"

林志为完全不懂得关联起来看事情的道理，对于范太平突然的安排，他有些意外地问道："这都是写作小组的工作，您的意思是？"

"以后你也要参与材料的部分写作，具体内容江霞会和你对接。"范太平拉开抽屉拿出个信封说，"你那个翻译搞得很好，乡里很高兴，这是法兰协会给你的补助。"

得到赞赏的林志为脸上露出了腼腆的笑容，他走到范太平办公桌跟前，却根本没碰那个信封，只拿起写作需要的那摞旧文件说："真的不用。谢谢主任给我这个机会。我是说，进入写作小组的机会。"说完，他便转身离开了。

看看林志为的背影，又看看桌上的信封，范太平心想："还真是小看这个愣头青了。"

主官在市里挨了批，转天就轮到乡镇干部挨打了。但让人意想不到的是，梅晓歌在会上并未主张大干快上，相反他句句话都在叮嘱大家，要谨慎，要小心，千万不要越线。

"全市倒数第二。虽然我和县长在市政府大会议室无地自容，但有些话我还是得说清楚。越到火烧屁股的时候，越不能盲目招商，必须守住环保和安全生产这两条底线。九原县的作业谁想抄谁抄，我们只解自己的题。招商是必须的，但是要巧。老是盯着世界500强是没用的，招商引资的客户群有针对性，不是说全球七大洲的投资者都会到光明县来。"

台上的梅晓歌手把手地教给乡镇干部如何解招商引资这道题，台下的李保平在位置上却有些不安分。他跟左边的叶昌禾嘀咕了几句，顺嘴传了个小道消息——省里的专项资金泡汤了。

此时，李来有凑过来小声问了一句："今天到底是招商会还是环保会？我怎么没听懂呀。"

李保平拿起笔，佯装在本子上记录，不动声色地说："这叫讲话艺术。都让你听懂，还叫领导吗？"

此时，梅晓歌的发言已进入尾声："扪心自问，大家的孩子毕业以后，谁会回到光明县里来？如果环境不好，你们会让孩子回来吗？县里如果有好的企业、好的未来，有发展能挣钱，还能孝顺你们，何乐不回？我不要求你们喊口号，我就要求你们自私一点，四个字，将心比心。"说完，他似乎不经意地往李保平这边扫了一眼，接着说："招商肯定是有压力的，但是要把项目甄选好，像前两天报上来一个'两高'项目，这样的就要慎重。"

李保平在本子上写下了"慎重"两个字，领导的话句句都有深意，他得记下来回去慢慢琢磨。

散会之后，李来有揣着刚才的问题跟李保平吐槽："既要招商，又要环保；既要马儿跑，又要不吃草。"

李保平冷笑一声，反问道："领导最喜欢这种'既……又……'句式，混了这么多年，还没习惯？"

"只要不打板子，他随便去讲啊。这种自相矛盾的事情也太难了。干不好，挨骂的还不是我？"环保是李来有的命门，在这件事上挨了几次打，他是真怕了。

李保平想着刚才会上的情景不禁感叹一声："那也比我强。一件事没办好，书记处处针对我，翻身的机会也没了。"说完，他走过电梯口，继续朝前走去。

"不下楼，去哪啊？"李来有在身后问。

"要饭、挨骂，要不要一起来？"

一天班没上完，林志为已经去了范太平办公室三四趟，赵乐恒觉得这不寻常。他得搞明白这里面是个什么缘故，更得让林志为明白，到什么时候他也是先进这间办公室的前辈。于是，当明路又扔给他一堆招商报表的时候，赵乐恒如从前一样直接走到林志为面前，不容分说地开始下任务："有个急事。常务要去年第三季度到现在的招商报表，五点前就要上传。咱俩分一下吧。"

"我没时间。"林志为回绝得干净利落。

赵乐恒微微愣了一下，很快又拿出往常那套说辞："常务这个事情很急呀。要不，你去问问他？"

林志为停下手里的活，把目光从电脑屏幕转到了赵乐恒的脸上，一字一句地套用着赵乐恒的话术回答道："主任让我写一个稿子，也很着急。要不，你去问问他？"

赵乐恒足足愣了好几秒，然后抱起文件径直回到自己的座位。一旁的江霞忍不住抬头看了一眼林志为。

李保平垂头丧气地坐在车上，刚刚在艾鲜枝的办公室，他明知道会挨骂可还是开了口，毕竟翻开的路面总得填平啊。

艾鲜枝一看见李保平自然是一点儿好脸色也没有，听说他来要钱，更没好气地质问："不是已经给你批了吗？"

李保平厚着脸皮说"不够"，提醒艾鲜枝当时是和省里专项资金打包一起报的。提到省里的专项资金，艾鲜枝就更来气了，用她的话说就是："包袱漏了，钱也飞了。柏油路里的油少点行不行？家里就一斤米，还非要做满汉全席吗？"

李保平被噎得一句话也接不上了，只能臊眉耷眼地退了出来。

回原平的路，李保平再熟悉不过了，可今天他看哪都觉得陌生，觉得别扭，可偏偏就在这时，手机又嗡嗡振动起来。李保平看了一眼屏幕，是徐泳涛，便懒洋洋地接了起来："主任有什么吩咐？"

电话那头仅说了一句话，李保平便如同打了鸡血一般支棱起来："我现在在回乡里的路上。我这就回去！"

挂了电话，他果断地对开车的高乡长说："调头，送我回县委，省厅的钱批了！"

"啊？"高乡长简直不敢相信自己的耳朵，"这怎么能搞成？县长找了多硬的关系？"

李保平眼睛一眯："和县长有什么关系？书记才是个老狐狸，还真是小看他了。"

"我怎么听不懂啊。"

李保平狡黠一笑，对高乡长说："九原县和咱们有什么区别？一个应该牛逼果然牛逼的县和一个不可能牛逼结果会很牛逼的县，你要是省厅领导，哪个更会出政绩？"

"书记在故意卖惨？"高乡长似乎听出了些门道。

李保平眼睛一闭，点了点头："泥巴破路烂轮胎，还有养殖基地门口那块羊都不去啃的旧牌子，一步步都是棋呀。原封不动，故意摆出来让你看，成绩和未来都是好的，就差修路的钱了，这还不算上规划好的二期，他妈的怪不得我当不了县委书记，智慧还是不够啊。"

接下第一个写作任务对林志为来说意义非凡，不单单是给赵乐恒带来了不快，更让他觉得哪怕不像袁浩那么八面玲珑，他也一样能得到认可。于是，他毫不犹豫地选择了加班。他就是要做自己，做更好的自己。

傍晚的食堂人不多，林志为快步走进来，想快速解决战斗。这时，他看见江霞远远地在朝他招手。林志为简单盛了点儿饭，坐到江霞的对面问道："你怎么也没回家？"

"小褚跟着县长去省里了，他的活得有人替，我加会儿班。"

跟领导出门，代表岗位可能有变动。林志为好奇地问道："小褚不写材料了？小马呢？"

江霞犹豫了一下，只回答了半句话："县长的要求有些高。"

"他也被换了？前两天小周不是刚回去吗？"

"是啊。听说可能还会再换人，说主任这两天还在找。"

林志为想起袁浩早先跟他抱怨过艾鲜枝脾气不好，忍不住问了一句："艾县长来了以后，换了几个联络员了？"

这么直接的问题，江霞一时不知该如何回答。恰好此时有人从旁经过，江霞便没再继续。略一停顿后，她忽然一笑，抬头问林志为："有人去我家说媒，介绍对象，我一看是你，我说这是我同事啊。有人和你说过吗？"

这件事比县长换几个联络员还让林志为惊讶，他张着嘴愣了一下才回过神来问："什么时候的事？"

"你看，连你都没有收到消息，那就和我判断的差不多，广撒网，媒婆现在和中介一样了。"看着林志为又惊讶又尴尬的表情，江霞忽然想逗逗他，故意说道，"咱们现在是不是就算相亲见面了？"

林志为知道这是玩笑，想接一句，又一时想不好，只能笑一笑，把这件事岔过去了。整顿饭，他没敢再和江霞对视，所以也没注意到江霞看他的眼神似乎已经有了一些变化。

夜色降临，省城进入了晚高峰的喧闹。不过，段迎九今天提前下班，早早来到了一家僻静的私家菜餐厅。这是他的保留地盘，一般只有重要的饭局他才会安排在这里——艾鲜枝千般托付，到了庆功的时候，他必须办漂亮。

除了侯国栋，其余的人都已经坐定。段迎九是主陪，徐泳涛和李保平坐在下首，梅晓歌和艾鲜枝对面分坐两端。静谧的环境让他们自觉地压低了声音，但资金申请成功的兴奋却是挂在脸上无论如何也藏不住了。

六个分酒器并列一排，段迎九望着李保平手里正在分杯的酒瓶说："这个酒你们一定要尝尝，老窖限量，地球上就这么多，喝一瓶少一瓶了。"

听了老同学的话，艾鲜枝立刻跟上说："吃着你的饭还要喝着你的酒，白帮忙不说还要倒贴，我这也太不讲究了吧？"

梅晓歌在一旁开玩笑道："说真的，这要是传出去，流言马上就有了，别人肯定怀疑你俩上学时候谈过恋爱，要不关系怎么能硬到这个程度。"

"我肯定是不怕的。"艾鲜枝笑着看看段迎九，"就怕段处长男人四十一枝花，吃个哑巴亏，还得到我们班的群里向别的女同学解释，搞得别人都没机会了。"

段迎九摆摆手笑道："全世界的女人，我老婆最放心的只有艾鲜枝。她是我俩的介绍人啊。你们不知道？"

"啊呀呀，大媒人啊，那一会儿你得和我们县长好好喝一杯……"

梅晓歌话音未落，包间的门开了，侯国栋走进来直奔段迎九，咋咋呼呼地说："什么介绍人？整个农业厅上下，我们段处长最帅，也最不老实。你又在偷偷和哪个女的相亲？"

众人赶忙都站起身来，热情地把侯国栋往里面的主位上让。侯国栋见状故意板起脸来，对段迎九说："一万个不可能。得你坐这里呀，怎么能我坐？又想让我买单？"

笑声中，段迎九不由分说地把侯国栋架上了主位。艾鲜枝早拿起了茶壶，只待侯国栋坐定，便立刻斟上了热茶。另一侧的梅晓歌见茶水不慎洒出了几滴，马上抽出纸巾放在侯国栋的手边，笑着说道："最辛苦的就是侯处，我和我们艾县长今天必须把侯处的皮鞋带走，起码要把泥巴都擦干净打上蜡再送回来。"

"吓我一跳，幸亏不是把我的裤子带走。"又是一阵笑声过后，侯国栋说起了那天厅里开会投票的情景，"开会那天，我在台上轮番播放各县报上来的PPT，不是我说，你们也太实在了，PPT里都是干货，好歹描点花做得漂亮点嘛。九原县的就不一样，文字、构图、版式都搞得很吸引人，外加项目也不错。不过你们运气好啊，一票之差，我都不知道怎么和曹县长交代了。"

梅晓歌双手合十，笑容满面地说："都是领导的格局大，感激，感激。"

此时，李保平已经把酒都分好了。侯国栋还记得李保平，见他端上酒来，故意推托道："我已经戒酒了。你们几个，今天是怎么个喝法？"

梅晓歌知道侯国栋这是在端架子，二话不说第一个举起了酒杯。段迎九也没闲着，一边陪一边劝。推杯换盏间，一众人都渐渐带了些酒意。此时的梅晓歌已经进入掏心窝子的阶段，他一边拉着侯国栋的手一边举着酒杯说道："你比我小，我叫你一声侯哥。我是学数学的，他们都笑话兄弟抠，天天算账。穷县就得奔着钱去，不算计，日子过不下去呀。你说我天天和我们县长往省里跑，到处拜访、四处化缘，这要不是自己人，要不是段哥和你，谁会搭理我们。"

这一通肺腑之言端出来，众人的情绪都上来了。梅晓歌不仅脸色通红，连眼圈都有些微微泛红了。侯国栋见状，紧紧握着梅晓歌的手说："不说了，先把你这杯酒喝完，咱俩再喝一个。老段陪着，好不好？"

此时艾鲜枝站出来说："侯处，梅书记今天已经到顶了。我了解他，再喝就要唱歌啦。"

"唱呀，为什么不唱？"侯国栋一听这话更兴奋了，"我和他合唱，一曲新歌——《相思风雨中》，献给我们段处长。"

话推到这里，酒是躲不过了。梅晓歌一仰脖又干了一杯，笑着说："县长是见过我抱着马桶唱歌的。没关系，今天必须和侯处喝尽兴。酒呢，徐泳涛？"

此时，段迎九趁着倒酒的乱轰劲起身往外走去，经过艾鲜枝身边，轻轻拍了拍她的胳膊。艾鲜枝会意，知道这是有话要交代，于是便跟段迎九一起走了出去。

这边徐泳涛得了指令，端过一壶酒放在梅晓歌面前，然后把空壶拿开。梅晓歌刚要往小杯里倒，却没承想侯国栋一把将这一壶端了起来："你喝多了，这杯我喝。"

来不及阻拦，侯国栋直接干了半壶。随后，他把酒壶往桌上一放，面带冷笑地说："酒，乙醇，分子式C_2H_6O；水，氧化氢、一氧化二氢，H_2O。自我介绍一下，侯国栋，毕业于本省农业大学，化学硕士。在下不才，也分得清楚酒和水。光明县的同志不够意思啊！"

尴尬是不可避免的，幸亏这时来了个电话，梅晓歌赶紧接起来转身朝外面走去。徐泳涛见梅晓歌离席，也借故躲进了卫生间，桌上只剩下李保平一个人支撑了。

"我把你们当兄弟啊。这是在糊弄谁呢？"眼见着侯国栋的脸色撂下来，李保平拎起一瓶还没开封的酒现拧现倒："侯处，侯大哥，咱俩喝。刚才领导在我也插不上话，你先吃两口菜，这一壶我干掉。"

侯国栋也不接话，拿起手机兀自翻起了微信。李保平也不含糊，二话不说便把一壶酒全干了。然后，他又倒了一小杯，双手捧到侯国栋面前："侯大哥，刚才是自罚，这一杯我敬你。"

侯国栋慢悠悠放下手机，看了看空空如也的分酒器，开口说道："我出门之前，领导还在夸你们朴实，虽然穷，但是实事求是。李书记，光明县做人不能这么鸡贼吧。"

"谁要鸡贼，我是第一个不答应。领导你说怎么喝。"毫无退路的李保平端着酒杯听候发落。

只见侯国栋从他手里接过酒杯，倒进李保平的分酒器里，又拿起自己的分酒器，再给他分了一大半。两个分酒器叮当一碰，侯国栋抬了抬下巴说："喝掉。"

李保平连一秒钟都没耽搁，端起来便一饮而尽。此时，他在心里对自己说："地球上喝一瓶少一瓶的酒，多喝点不亏。"

月光如水，清风徐来。告别了段迎九和侯国栋，艾鲜枝连夜赶回了光明县。而梅晓歌、李保平喝得实在难受，只能留宿一晚。徐泳涛叫了车，他本想把烂醉的李保平安排在前面，可李保平根本不听指挥，一头扎进后座怎么也拉不出来。无奈，只能让他和梅晓歌坐在了一起。

一路上，李保平似乎还没从酒桌上下来，身体始终保持着双手合十、点头哈腰的动作，嘴里则不停地絮叨着："刚才我和侯处长也汇报过，原平乡真的是不容易。书记我不是因为今天喝了酒向领导诉苦啊，说实话我也想过换个地方，我是真的想干点事情。您也批评过，我们一个农业乡为什么非要搞法兰配套企业。这次要不是专项资金下来……奶牛场的二期空在那已经几年了，实在是转不动，没钱呀，我也只能想点别的办法。"

梅晓歌的胃里翻江倒海，他刚才吐了两口，虽然不至于断片，但也确实不大舒服，而李保平的喋喋不休加剧了他的难受，但梅晓歌并未阻止他。

李保平也确实没停："别人招商都有讲究，别看平时到处找项目，但有的人又积极又谨慎，只要是他同学或者是同学介绍的项目，他自己是不谈的，否则现在的优惠条件，日后就可能会变成国有资产流失的帽子。我是不怕的，反正我身上背着处分，扎侯处长那辆车的轮胎也是我的主意。书记和县长好不容易请过来，不能让他们跑掉呀。"

听到李保平提到扎轮胎这件事，梅晓歌苦笑了一下。主意是李保平出的，可拍板的是他梅晓歌。这么看来，李保平也的确是想领导之所想，急领导之所急了。

遇到一个红灯，车子缓缓停了下来，但李保平还没打算停："为什么只有我背着处分，也就是因为我傻，别人都是上面让干什么就干什么，没让干的坚决不干。现在谁还敢做事情？做的事越多，犯错的概率就越大，越容易被问责。上面只管监督检查，基层只能不折不扣地执行。"

眼看着李保平越说越没边，前排的徐泳涛有些坐不住了，他看看后视镜，故意清了清嗓子。可是，李保平根本不理会徐泳涛的暗示，接着说道："以前蒋新民县长在的时候，号召农民种苦瓜，必须执行啊。丰收了卖不出去，老百姓天天骂政府，说政府让干什么什么就快臭了。徐主任你把窗户缝开大点。海南和东北不一样，九原县和光明县也不一样，乡和乡更不一样，政策不能一刀切。"

说了这么久，连素不相识的司机都忍不住从后视镜里偷看了一眼李保平。李保平哪里还在意这些，话说到这里，他几乎是掰着手指头在数落了："大小事情都要开会，也不分析，只管上传下达，反正传达了之后再出了事就是你的责任。有些事情根本没必要开会，尤其是距离远的乡镇，一趟一趟往县里跑，你还得学习。以前还能自己调配时间，现在不行了，信息化技术运用一把卡死，上网学习刷时间，连次数都有严格限制。书记我问句不该问的，到底行动和效果重要，还是形式重要？"

"还有吗？"一直靠着椅背的梅晓歌忽然追问了一句，李保平的这些醉话他一句不落地都装进了耳朵里。

李保平唠叨了半天终于得到了反馈，一下子更来劲了："照我看基层工作就两种，一种给上面看，一种是真的搞。我和高乡长算过，用一个人的极限去计算，每天要搞报表，压根没剩多少精力来解决基层的本职工作。迎评迎检，开不完的会，下班以后的时间才能办公。市政府要求每个村都要搞文化站，借书还书还要登记。问题是农村现在谁还看书？要看也是看手机。没人借不行，只能到处找人来借书，借了不还就得去要，还不能弄破书皮，有人就拿着乱七八糟的传单去包了书皮。书记你上次也见过的，里面一页都没翻过……"

话说到这里，连李保平自己都有点收不住了，他用余光瞥了一眼梅晓歌，小声嘟囔出了总结陈词："反形式主义的会议精神，用形式主义的方式下发文件，现在不就是这个样子嘛。"

车里终于安静了。不知什么时候，梅晓歌闭上了眼睛，谁也不知道他是睡了还是醒着。不过，李保平这一通长篇演讲把徐泳涛的酒彻底叫醒了，到了宾馆，他一路搀着李保平进了房间。李保平一个劲挣扎，坐到床上还说："主任你怎么像我一样不懂事呢？不要管我，你去照料梅书记呀。书记呢？"

徐泳涛看着他快要粘在一起的上下眼皮，拉着脸说："晓歌书记没事，保平书记今天喝多了。好好休息吧。"

李保平扑通一下倒在床上，听到徐泳涛关门离开的声音，他的眼睛又睁开了。这点酒还不至于让他醉，他不过是扯着酒幌子跟领导叫叫屈罢了。领导能不能听进去无所谓，反正一切都在酒里了。

北岳省城的饭局彻底落下了帷幕，光明县的还在把酒言欢。在县城的沸腾火锅店里，郑三是这一局的主人，而他请的贵客则是前几天被九原县半路截走的廖总。

或许是觉得上次的做法有欠妥当，廖总一见面就跟郑三道歉。而且，他也没想到九原县为了招商竟然这么拼，回想起那天的经历，廖总颇有感慨地说："曹立新当然是个好县长，敢想敢干。现在还有这样的官吗？只要你敢提条件，他全都答应，办不到的他去想办法。"

"但是你就不和他签约，就是要回来和光明县签。"郑三接过话茬，同时也举起了酒杯。

廖总跟着喝了一大口，笑着解释道："那些条件我自己提得都心虚呀，可他全部答应了。今天为了让你去不惜一切代价，去了以后呢？难保不会翻脸。县政府要是想赖账，企业是扛不住的。你看梅晓歌和艾鲜枝，大话从来不说，是不是？"

"别看小气抠门，确实踏实。"郑三再接一句，廖总重重点了点头。都是干企业的，彼此的心思大概都能摸透。

这时，包间的门开了，沸腾火锅店的老板、郑三的老熟人老崔端着一杯红酒走了进来："郑总的朋友远道而来，我来敬杯酒，不打扰吧？"

"来，来，来！"郑三起身为大家介绍，"老崔，这家火锅店的老板，我的好大哥。你们都是外地人，来了都是好兄弟，等会加个微信、拉个群。"

老崔爽快地干了杯中酒，然后挨着郑三坐下，小声问道："物价局局长刘亚军，熟不熟？"

"什么事？"

老崔迟疑了一下，贴着郑三的耳朵嘀咕了几句。郑三皱了皱眉："罚你多少钱？"

老崔苦着脸说："什么收费管理条例第二十八条，我都没听懂是哪错了。他母亲过寿一家人来吃饭，又不说自己是谁，前台哪会知道？没给打折就要顶格处罚，十二万元。"

郑三拍拍他的胳膊："就这两天，我给你安排。"

林志为的第一版稿件被范太平给打了回来，理由很简单，方向跑偏了。

"做到的工作一定要说足说够，再多都不嫌多，现在取得的成绩展示得太不充分了。遇到的困难和问题不要说得这么直接，要体现攻坚克难的信心和成果。你明白我说的意思吗？"

看着范太平询问的目光，林志为赶紧点了点头，但他的意思并不是真明白了，而是已经将这些要求都记录在本子上了。

范太平的手机响了，他赶在接电话前又追加了两句："数据的事情不用你管，做法和体会要编一些新颖的词，大胆一点儿。多看看以往的文件，规律也要总结一下，好吧？"

带着这些粗略的要求，林志为下班后便去请教他的"专职老师"。袁浩的指导可以说是事无巨细、面面俱到。林志为左边铺着第一版文稿，右边压着笔记本，边请教边记录："县长好像还要发言，不要区分口头语和书面语吗？"

"什么语不重要。你不用管是谁发言，怎么发，嘴上发还是纸上发，都是一个意思。"

林志为一时还想不明白，他只管快速记录。记下这些，到实际写稿的时候总归有迹可循。

袁浩见林志为这么认真，讲得也更来劲了："艾鲜枝心细，你要注意她平时的讲话风格。多加点口头禅也是好的，不同的领导有不同的气质。你有没有注意大部分人讲话都有自己的特点，比如李唐部长的'信访工作绝不能割韭菜，割完了又长，必须得是拔大葱，拔一棵少一棵'，再比如梅书记的'要做到心不散，腿不懒，眼不花，手不伸'。"

林志为被袁浩活灵活现的模仿逗乐了："那都是县委的，政府这边的再模仿一个。县长是什么风格？"

袁浩脸色一沉，马上端出了艾鲜枝的架势，用手掌砰砰地敲着桌子说："九原县咄咄逼人，招商引资这么多的事情，我哪有时间给你模仿这个？不思进取呀，同志们！你还笑！林志为你给我翻译一下什么叫分秒必争。成绩不大年年有，步子不大年年走，一点主动性都没有。"

要真是在艾鲜枝面前，林志为恐怕已经吓得腿都软了。此时，他的腿也有点软，不过不是吓的，而是被袁浩惟妙惟肖的模仿给逗的。袁浩却一点没笑场，他上前一步，依旧用艾鲜枝的口气对林志为说："我问你，你和江霞走到哪一步了？"

林志为白了袁浩一眼，不过也不得不佩服袁浩，他把稿子按照袁浩的思路整改后再交上去，马上获得了范太平的首肯。

"年轻人就是聪明，一点就透。大部分我看都可以了，结尾这块你再改改。'成绩不大年年有，步子不大年年走'这句话县长上次发言刚念过，这次就不要了，换句其他的。"

"我这就改。"获得肯定的林志为颇为兴奋，拿起稿子便想出去。

没想到范太平叫住了他："还有个事情。你虽然来的时间不长，但是很勤奋，眼里有活，人也踏实，分管副主任好几次都在表扬你。上次老周书记给我打电话，我也和他讲过，除了写作小组，我本来还想让你去信息科转转，但是最近事情太多，回头再找机会历练吧。"几句话把林志为说得云里雾里，还没等他明白过来，范太平突然话锋一转："最近有结婚的打算吗？"

林志为没想到他会问这个，不假思索地答道："还没有。"

范太平笑了笑："少了很多牵绊，挺好。是这样，最近可能要选一个县领导的联系人。按道理讲，这个要求是很高的，要熟悉上情县情，会写东西，也要善于综合协调，还要沉得住气。当然，反应也要快，遇到急事难事不能散了架子、倒了桩子。总不能让领导给你收拾烂摊子吧？个人生活空间也会压缩，领导忙到哪你也得跟到哪，累是肯定的，但是可以锻炼人，机会也多。你明白我的意思吗？"

先是说苦和累，最后却落在机会多上，这个意思林志为不是很明白，但他思量了片刻，还是回了句"明白"。

范太平会心一笑："行，你先去忙吧，有什么事情我再找你。"

第九章　上热搜

范太平没想到自己觉得尚可的稿子一上来就被艾鲜枝给否了。

"具体是哪个部分有问题，我们再改改？"艾鲜枝的脾气在县委大院是出了名的，范太平问得小心翼翼。

艾鲜枝拿起笔，随手画了两句说："书记刚才也讲了，以后内部开会，虚话、空话，这些华而不实的东西就不要了，直接说问题。这篇稿子穿的衣服太多，项链、耳环一大堆，现在不是需要珠光宝气的时候。"

范太平一边听一边不住地点头，心中暗想："难不成真把林志为那种直来直去的大白话稿交上来？吃惯了肉，青菜能咽得下吗？"

正想着，艾鲜枝又提到了另一件事："我现在这个联络员还是不大行，恐怕还得换一个机灵点的。"

这个问题比改稿子还让人挠头，大院里的小年轻都快换了一轮了，可就没有一个艾鲜枝用着顺手的。不过，此时的范太平心中已经有了人选。如果说前几天他还有些掂量不准，那现在这篇稿子让他彻底有了信心。既然领导想吃青菜，那就把种菜的放到她身边。

"县长的联络员又换人了。"这样的消息在办公室中流传得最快，但林志为确实是最后才知道的。他抱着一摞档案袋回到办公室的时候，完全没有注意到旁人看他的眼神已经有了变化，比如赵乐恒满脸的意外与嫉妒。江霞见他进来，说道："主任找你呢。"

"有事？"林志为随口一问。

只见江霞莞尔一笑，小声说："好事。"

正式开始县长联络员工作之前，林志为先被安排了两件事，而第一件便是在下班的路上听袁浩"上课"。

"当联络员就怕忘本。每天早晨必须默念三遍'我在哪''我是谁''我在干啥'。别太把自己当回事，关系再好县长也是领导，不是你的朋友。要清楚自己的位置，把握好分寸。你明白我的意思吗？"袁浩的口气既兴奋又紧张，仿佛升职的不是好友林志为，而是他自己。

林志为知道袁浩是真心为他高兴，但经历了这段时日，他已经不再把袁浩的话奉为金科玉律了："本来就是一份工作，没必要狐假虎威，也没必要低三下四。我从来没觉得给谁当联络员就高人一等，人格独立点挺好。"

"虚伪。给县长当联络员，你不高兴吗？"看着林志为一本正经的表情，袁浩忍不住逗他。

"高兴是肯定的。"林志为说，"我想学习肯定想找个特级教师，但我现在确实有点虚。我什么都不了解。当联络员有什么要注意的？"

袁浩打开了话匣子："怎么说呢？领导无小事。脑子得灵活，知道他们心里在想什么。"

"具体点，举个例子。"

"办公室来人了，什么情况需要你泡完茶马上就走，什么情况需要你留下来拿个笔记本同时在场，这些领导是不会明说的，全靠平时的分析。关系好的，有事情要谈的，你就别当电灯泡了；关系不好的，本来就不想见，不见又不行，需要意思一下的，你就主动坐下来，让客人的某些话没法说出口……"

虽然已经有了心理准备，可袁浩的一通讲解还是超出了林志为的预料，尤其这些察言观色的弯弯绕，是他最不擅长的。于是，他让袁浩重点讲讲这些隐形的规矩。

"办公室的门。"袁浩说这句话的时候，脸上甚至显现出一丝神秘的色彩，"县长是高级保护动物，她的门不能老是开着。如果有人来找，会在联络员的办公室里先等，前面的人出来了，再按先来后到的顺序进去请示汇报。当然，要是关系非同一般的，人家直接就去敲门了。等着被县长接见的，先见后见，也分三六九等。但是先来后到的排序也不绝对，得分级别，同级别排队，位置重要的优先……"

"这么复杂？"林志为努力跟上袁浩讲解的节奏，可没一会儿脑子就乱了。

但袁浩讲得正起劲，对他来说这都是入门级别的要求："县委副书记来找，原先等着的副县长就得继续排队，让县委副书记先进去；乡镇书记和乡长镇长等了半天，常务突然来了，就得让常务加塞。这些都是不成规矩的规矩。开门、关门尤其重要，记住了吗？"

林志为稀里糊涂地点了点头，好像身边问话的人不是袁浩，而是他的高中数学老师，幸亏这时候林志为到家了。

一进家门，第二件事就扑面而来。相亲！母亲和汤阿姨略过了征求林志为本人意见的阶段，直接商量起双方家长见面的事宜。

儿子高升，林母在汤阿姨面前立马趾高气扬起来，之前女方的条件摆出来还让她有些喜出望外，现在在媒人面前她多少要拿拿糖了。

"汤姐，咱俩是自己人，说的都是大实话。这个亲家我肯定是愿意认的，但你看我们家的马上就是县长秘书了，是不是应该拖两天？太着急还显得我们高攀了。"

林母的反应早在汤阿姨预料之中，但她不愧是光明县婚恋市场一等一的媒人，三言两语便给林母沸腾的心降了温："小林优秀，拖两年也应该。咱家是好饭不怕晚，可人家也不是剩菜。就像买房子，中介可不止我一家，让别人捡了漏你可别赖我。"

林母哪里禁得住吓唬，脸上的神情马上从得意变成了焦急，她当即拍板，让林志为的父亲连夜买高铁票第一时间赶回来和未来亲家见面。

客厅里的剧情一波三折，但独自待在自己房间里的林志为却很平静。虽然工作上的事他心里没底，但找对象这个事，他早已拿定了主意。

"不用关门。以后我这屋的门除了下班，都开着。"和艾鲜枝的第一次正式谈话就让林志为有些吃惊，这跟袁浩告诉他的完全不一样。

艾鲜枝没理会新任联络员的茫然，她知道自己的脾气"声名在外"，让这些新来的小年轻见到她不紧张恐怕也难。她叫林志为坐下，开始了解他的基本情况。

"老家哪里？"

"北庄村。"

"范太平说你实习的时候在市委待过。什么部门？"

"市委宣传部宣传教育和文明创建科。"

"其他单位熟悉吗？"

"不太熟悉。我只实习了四个月。"

艾鲜枝点点头，接着说道："我这边的要求很简单，就是责任心。拎包、倒水、开车门我都习惯自己来，你把工作搞好就行了。就这些，你有什么问题吗？"

"我没有。"林志为的回答也是简单直接。

听了林志为的回答，艾鲜枝立刻进入工作状态。她打开刚刚送来的一摞文件，一边批示一边问道："今天有几个会议？"

早已提前做好功课的林志为立刻答道："上午十点，全县招商引资推进会议；十点半是省政府集中督查动员部署电视电话会，因为时间冲突，已经请于副县长替您参加；下午三点是县政府办支部党史学习教育会议，您需要交流分享党史学习教育体会……"

此时，艾鲜枝打断他的汇报，插入了一条行程："和范太平对一下时间，今天去一趟鹿泉乡。"

"好。"林志为回答完毕便转身往外走去，不想却被艾鲜枝叫住了。

"你应该问我白天还是晚上，大概的内容，约车的时间。"

林志为愣了一下，问道："不好意思。您看需要安排几点出发？是去鹿泉乡政府还是？"

没有谄媚的抖机灵，没有多余的眼力见儿，艾鲜枝对这个新联络员反倒有些欣赏。她少见地笑了笑，安慰林志为说："不用紧张，我刚上班也一样，习惯就好了。"

林志为点点头，走出了县长办公室，心里稍微松了口气——艾县长也没有传说中的那么凶嘛。不过，当他把自己的感受告诉袁浩的时候，对方却感觉大事不妙。

"完了。下马威还没上，上的时候劲更足。小心点吧。她从县委到政府，都换几任联络员了?!"站在会议室门口的袁浩说完便不自觉地朝台上的艾鲜枝看了一眼。

林志为也朝艾鲜枝看了一眼，不以为然地说："该做什么做什么。写稿子，发会议通知，做好自己该做的事情，很难吗？"

袁浩这回看了看他，哼哼冷笑了一声："这就是没受过社会的毒打。"

林志为本来已经放下的心被袁浩说得又揪了起来，小声嘟囔了一句："让你这么一说，我怎么觉得不挨顿打还不踏实了。"

会议室里正在召开全县招商引资推进会议，梅晓歌再次传达了既定的招商政策："择优，择优，择优。重要的事情说三遍啊。越到这个时候越要沉住气，招商一定要优先考虑企业的长久性和可发展性。排名就像身高，中不溜儿就行了，不要太矮但是也不用太高，别让我和县长去市里做检查就可以了，没必要一味追求排名。把有问题的旧政策、旧条件梳理好，以后再签约要尽快修正。叶昌禾来了吗？你们要算算账啊，打打算盘，算算一年之内这个企业到底投了多少钱，收入多少，税务情况怎么样。一定要擦亮眼睛，戴眼镜的要擦亮眼镜，看看我们搭着地搭着钱搭着人，还得揣着药片陪喝酒，最后究竟落了多少数字。简单的算术题会做吧。结合法兰企业环保整改的契机，有关部门要尽快推动整改一批、扶持一批、淘汰一批。这个进度不能拖。按照我们制订好的计划，统一思想前进，用不了多久，光明县财政收入这根粗腿，既能保障发展，又能环保过关。这样的好日子是指日可待的。"

李保平在下面写写画画，不过本子上没记什么正经内容。领导的调调他早已烂熟于心，但政策是政策，实际情况是实际情况。到底是要招商还是要环保，只能事到跟前再拍板。不过，让李保平没想到的是，梅晓歌说完了招商政策，又说了另外一件事。

"还有个事情，今天就一起说了，不再另行通知。以后能合并的会议都要合并，能用视频通知的事情就不要专门单独开会了，不要让科学家白发明电话，让乡镇的同志少往县里面跑。'两办'仔细梳理一下，取消针对各乡镇的一切可以取消的检查，能消化和该消化的县里都要替乡镇消化掉。从今天起，各级主要领导的核心发言的提纲都要自己理，口述也可以，虚话空话都不要了，直接说问题，把各个会议的时间至少压缩一半。除了研究人事和党史学习教育，开会超过半个小时的就是浪费生命。"

这段话让李保平的眼睛亮了，别人也许觉得这是书记没来由兴起的新调调，但他心里清楚得很，自己的酒后真言发挥作用了，省城这顿酒没白喝。

此时，不远处物价局局长刘亚军的手机振动了一下，他掏出来看了一眼，嘴角露出一丝不易被觉察的微笑。李保平不用看便知道，肯定又是有酒局。他开会前在楼道里碰上刘亚军，刘亚军还提议晚上去小院吃柴火炖鸡，被他以喝伤了胃这一理由拒绝了。不过，管着物价局想喝酒还不是手到擒来？整个县城，上到大饭店下到早点铺，哪个不受物价局管辖？只怕有些人想请还请不动这位刘局长。

李保平的猜测一点不错，刘亚军收到的微信消息来自郑三，内容只有一行字："晚上六点，沸腾火锅6666包厢，恭候刘局。"

火锅里的汤底已经沸腾良久，可刘亚军的脸色却一直冷着。他的面前早已摆好了碗筷和火锅调料，但他碰都没碰，只攥着一瓶矿泉水，偶尔喝上一口。

郑三非常了解刘亚军的脾性，刘亚军平时都爱绷着脸，这个当口更不会轻易松口了。他先让老崔把店里的硬菜都摆上来，然后一样样地介绍。其间，他冲着作陪的曹建林使了几次眼色，希望对方能帮忙说句话，稍微打开点局面，可曹建林根本不搭理这茬，只顾埋头苦吃。

郑三无奈，端着酒杯凑到刘亚军跟前说道："老崔这个人还是死老实，又是外地人，你别看他开饭馆，他谁都不认识。早知道是老夫人过寿，还打折？你问问他，打死他也不敢收一分钱。"

"是，是，是。"听见这话，老崔赶紧双手端起酒杯说，"千错万错，实在是我怠慢。下次再来，我店也不开了，一定全程专人服务好，抱歉刘局，我今天正式赔个罪。"

刘亚军可不是三两句好话就能应付过去的，他眼皮都没抬，喝了口矿泉水，不阴不阳地说道："别这么说。这叫什么话？我反复和郑三说过，开门做生意，正大光明。哪来的错？赔什么罪？"

老崔被噎得上不来气，尴尬地站也不是坐也不是。郑三见状，冲老崔轻轻摇摇头，转而又张罗着说："刘局和曹站长辛苦了一天，先把肚子喂饱。刘局要不要换个小料？再拿个海鲜还是芝麻酱？"

说着他又冲老崔使了个眼色，老崔会意，立刻跑出去拿了。随后，郑三又拆了一套餐具："我建林哥喜欢喝白的，但照我说吃辣火锅还是凉啤酒过瘾，这里有原浆和鲜酿，军哥想喝哪个？"

老崔一走，屋里便只剩下熟人了，刘亚军稍稍松了松架子，瞥了郑三一眼说道："喝个屁。晚上减肥，我老婆都不让我出来，你们非要折腾我这一趟。"

郑三知道刘亚军要松口了，马上赔着笑脸说："不是好兄弟，我也不敢骚扰领导。他一个外地蛮子也不容易，最主要也是想找个机会，拜拜码头，认认人。"

"拜你的码头就行了，找我能有什么用？"刘亚军的气显然还没完全顺过来。

郑三则接着吹捧道："军哥我可没得罪你，不能这么说我呀。我老是记不住，是古代的谁说过一句话，把人分成三等，像我这样的胡说八道、直来直去、没脑子的下等人，必须得紧跟刘局长、曹站长你们这些上等人呀。"

此时，已经吃了一轮的曹建林抬头揶揄道："刘局长都不认识也敢开饭店？现在的人都是什么脑子？"

郑三附和着干笑了两声，不等他再说，老崔端着一个盘子四个小碗回来了。他小心翼翼地把小料摆在刘亚军和曹建林面前，哈着腰说："刘局长、曹站长，两个都尝尝，绝对没有添加剂，绝对健康。"

刘亚军依旧不动也不说话，此时曹建林笑笑说："有没有添加剂，健不健康，卫生监督部门检测过了吗？你说了恐怕不算吧。"

"这不先让领导来品鉴品鉴嘛！"郑三说着拿起筷子递到了刘亚军手边。架子摆得差不多了，刘亚军装出一副勉为其难的表情接过了筷子，饭局终于正式开始了。

一番觥筹交错之后，刘亚军满意地离开了火锅店。临走时，老崔又往刘亚军的口袋里塞了一张充值的VIP卡。他还想再套两句近乎，可刘亚军根本没搭理他，只对郑三说："我们去体育场走两圈，消个食，你去不去？"

"我的体力只能吃饭，你们去吧，下回有机会再坐坐。"郑三摆摆手说。

夜色中，刘亚军和曹建林的背影渐渐远去，老崔终于如释重负地松了口气。

58，59，60……林志为望着手机上的秒表，脸上已经大汗淋漓。上学的时候，他做平板支撑能轻松超过三分钟，现在刚一分钟就开始浑身哆嗦了。他的视线前方摆着一个平板电脑，视频连线的另一端是他的女朋友何亚萍。

"这么早就回家了？我还以为给县长当了联络员，天天都得加班。"

林志为憋红了脸，此时他已经没有力气说话了，又咬牙坚持了几秒钟，终于还是体力不支趴在地上。他喘着粗气摇了摇头，缓了一会儿才说："这谁知道，听说忙的时候过年都回不了家。不过我估计熬不到那时候，我表哥说我扛不过这个月就得被换掉。"

"嘴上不在乎，事事都要强，打个球输了都不高兴，任何事情都要干得比别人好。你是个什么人，我还不知道？"何亚萍三言两语揭穿了林志为的掩饰。

在女朋友面前，林志为放下了面子和戒备，他叹了口气说："就是工作有时候太费解，也不知道该听谁的。按照范主任的意思写的稿子，县长那边又毙掉了。今天说好的事情明天又要变，老是跟不上节奏。何冬鸣说得对，我的性格可能就不适合这个单位。"

"他还在鼓动你创业啊？"

一提这事林志为立马来劲了，他一骨碌从地上爬起来，对着视频里的何亚萍兴奋地说："昨天县里开视频会。乡村振兴你知道吗？找准方向是创业最重要的事。要不是我妈逼我考公务员，让我在外头多折腾半年，没准我们那个方案已经找到风投了。"

何亚萍似乎对此不以为然，她靠在写字台前，转了转手里的笔，接了一句："我觉得你妈说得没错，稳点也挺好。"

没想到女朋友竟然跟母亲站到了一条战线上，林志为瞬间成了霜打的茄子。不过，他转念一想又高兴起来："你俩倒是能聊到一起去。共同话题多点好，以后见面倒省事了。"

何亚萍白了他一眼，脸上却忍不住浮现笑意。突然门把手转动，紧接着外面传来母亲的声音："怎么又把门锁上了？"

林志为赶紧挂了视频，打开门说："锻炼了一会儿。有事吗？"

"吃饭啊，热了三遍也等不来你。"林母说着朝林志为的房间张望了一番，"我听见你在说话，打个电话不用锁门吧？"

林志为没接茬，他拽了件衣服，说要先冲个澡，便又拿着手机钻进了卫生间。

见儿子这般情形，林母心里有数，她板起脸对着林志为的背影说："我很认真地跟你说，异地恋这件事情，想都不要想。我和你爸都不同意！马上过年了，你该干什么干什么，别弄出什么事情来！"

林志为在卫生间里默默撇了撇嘴，工作、爱情，生活的一切对他来说都是来日方长。万事急不来，先过好这个年吧。

这一年的农历新年来得比较晚，刚出正月就有了春天的气息。一大早，穆记馄饨铺正是忙碌的时候。此时，老掌柜老拐拎着两块肉骨头，朝着街边的两条流浪狗招呼着："来，来。城管这么早就来了？嗯？"

流浪狗欢快地跑了过来，朝着老拐摇头摆尾一通谄媚。老拐逗弄了它们一小会儿，把骨头一抛，又招呼道："快吃去吧，刚剔出来的，还热乎呢！"

看着狗子们飞奔的背影，老拐心满意足地往店里走，不想一转头正撞上两个巡逻的城管。两人老远就听见老拐的招呼声，脸上早都挂不住了。不过，此时他们也不敢发作得太厉害，因为人群里正有人拿着手机在拍摄。

"话说清楚，骂谁是狗？"一个年轻的城管拦住老拐，尽量压着脾气问道。

老拐根本不怕他们，况且他也看见有人在拍，被拦之后他马上抬手一指，提高声调说："别推我啊，不要碰我。讲道理可以，要动手就一对一，老汉谁都不怵。"

领头的城管又扫了一眼手机的方向，他本想制止拍摄，可这一扫倒看清了，拍视频的是县里有名的钉子户老邱，县里的领导都不愿招惹他。掂量了一下，领头的城管又转向了老拐："你要讲道理，我和你讲，你对着狗叫城管，这是侮辱人格。是不是这么个道理？"

这句话本来说得没啥毛病，可身后一个跟班的年轻城管嘴上没有把门的，跟着来了一句："要不是看你岁数大，我他妈……"

老拐立刻转头喝问："谁他妈？哪个妈？你回家和岁数大的也是这么说话？"

眼见事态升级，老邱拍得更起劲了。他举着手机，不停变换方位，力求把每个人的细微动作都拍清楚。

领头的城管此时也火了，没好气地冲老邱一挥手："别拍了！"老邱哪会听他指挥，连带这句话都给录了进去。

另一边，老拐也更来劲了，指着领头的城管嚷嚷道："刚才你说放在过去直接把我拘留，我想问，哪个法律规定给狗起名字还得申请？名字怪的多了，人也能叫狗子，狗为什么不能叫人名？你们放着流浪狗不管，天天管人。我犯什么罪了？你抓我吧。"

"你以为这叫什么？寻衅滋事！"领头的城管被老拐激怒，声调也跟着提了上来。

一提法律依据，一旁拍视频的老邱来精神了，举着手机插话说："理论上，狗的名字有可能是程序的程，饭馆的馆。你非要往上贴，这是谁寻衅？"

领头的城管自知说不过老邱，瞪了他一眼，指着老邱打包的馄饨气哼哼地说：

"你的馄饨都坨啦，还拍呀！"

"回去热热，当疙瘩汤喝。谢谢啊。"老邱根本没把几个城管放在眼里，气定神闲，不急不躁，手机端得更稳了。

见老邱在一旁打配合，老拐愈发张扬，他举起双手，迎着城管们叫嚷着："不是拘留我吗？铐哪只手？县里给你们配手铐了吗？"

此时，围观的人已经快要合围成圈了。领头的城管拉起还在跟老拐较劲的年轻城管，扭头走了。

老邱收起手机走到老拐面前，指着凉透的馄饨说："真的坨了。都是为了给你当摄影师，路见不平，不给补一碗吗？"

"自己补去。"老拐根本没正眼看他，转身进了店。

几十年的老熟人，老邱倒也不十分在意，只白了一眼，嘟囔道："这个老东西。"

个把钟头之后，早餐的忙碌已经过去。老拐的儿子、穆记馄饨铺的现任掌柜穆宏扛着一袋面粉从外面走进来。他把面粉往厨房的地上一丢，朝自己的老爹问道："又和城管吵架了？"

老拐眼皮都不抬一下，好像根本没听见儿子说话，自顾自地坐在案板前面和馅儿。穆宏叹了口气，亲爹啥脾气，当儿子的最清楚不过，可他能怎么样呢？穆宏一边往大盆里倒面粉，一边嘟嘟囔囔地吐槽："又不是只罚咱一家。你去看看门口这一排的门面房，谁没交过罚款？这就是给的份子钱，你是老字号，交的还算是少的。你和他们抬什么杠？看着吧，这事没个完了。得罪这些人没好处。头发都白了你还不明白吗？"

穆宏心里烦闷，说着说着声调也渐渐升高，可他声音再大也大不过老拐猛然把筷子摔进盆里的声音——啪！

所有人手里的活都不禁停顿了一下，只听老拐愤愤地吼道："像狗一样巴着他们，天天摇尾巴，就有好处吗？！"

穆宏没再吭声，倒不是多惧怕父亲，只不过饭店是勤行，开工便没有歇着的时间，他再和这个偏老头吵下去，怕是午饭点的馄饨皮都弄不出来了。今天是原平奶牛交易市场的大集，来城里的人也多，中午肯定要忙了。

通往原平乡的半截子烂路如今已经修葺一新、畅通无阻。和去年梅晓歌第一次来考察的时候相比，这里仿佛比过年还热闹。市场里，许多家奶牛企业都挂起了牌子，哞哞牧业、草原牛舍、饲犊农业、青年奶牛……企业规模大小不一，但扩音器里吆喝的劲头都不小。

来买牛的既有谙熟门道的牛贩子，也有响应号召养牛的附近村民。左转转右看看，一般人看不出这两类人的分别，可经常泡在市场里卖牛的业务员基本一看一个准。

此时，哞哞牧业的一个销售员就看穿了正在相看牛只的客户。别看这人学着牛贩子的样子掰着牛嘴看牙口，可一下手那两下子就知道根本不是行家。销售员感觉来了机会，吐干净嘴里的瓜子皮，冲着买家忽悠起来："这还用看牙？小牛犊子个头就那么大。没买过奶牛吗？"

买家确实是附近的村民，但他也怕上当，便嘴硬地回道："我就这个村的，家里也有牛，再添一口。"

销售员狡黠一笑，换了腔口问道："你这是大户呀。倒腾牛还是卖奶？"

"乡里号召家家养牛，县里给找了奶企，定点收奶。这个牛什么价？"

销售员见村民盯上了一头小牛犊，立马把手里的瓜子往袋子里一扔，三两步走过去，把手往袖子里一缩，递到村民跟前笑着说："你是哥，你说个数。"

三推两让，价格便说定了。望着村民远去的背影，销售员脸上露出得意的笑容。此时，另一个销售员凑过来小声说："行吗？别回头看出来了。"

"看出来个屎，扒牙口都不知道从哪儿下手，等他看出来，十车牛咱也卖完了。"

此时，隔壁的"青年奶牛"已经准备收摊了。他家拉来的牛不多，价格也比别人家便宜点，几拨牛贩子都来相看过，成交得也很痛快。熙熙攘攘的市场里，一辆空卡车悄无声息地开走了，谁都没有注意。

直到临近中午，这个空空荡荡的摊位上又再次热闹起来。牛贩子拽着之前刚买的牛气急败坏地嚷嚷着走来："人呢？刚才那个骗子呢？谁看见了？"

喊叫声引来了围观的人，但谁也不知道卖家的去向，便向牛贩子打听原委。牛贩子一看摊位上人去楼空，更上火了，他掰开牛嘴冲着众人喊起来："牙都是用锉刀磨的！老牛当成犊子卖，这地方的人全是骗子！"

骂还不够，他掏出手机、掰开牛嘴拍了张牙口的照片，然后快速发给了列表中的一个联系人。

天空愈发阴沉了，说话间还下起了小雨。人喊牛叫，奶牛交易市场看上去有点乱套。哞哞牧业趁乱收起了摊子，还有几头牛没出，但销售员已经等不及了——他家的牛怕水，淋不得雨。

乡间小路上，刚买完牛的村民淋着小雨往家里牵牛。此时，两个同村的年轻人骑着摩托车从后面跟上来说："三叔，你这牛屁股后面长了团啥东西？"

村民不解地停下脚步，顺着年轻人手指的地方看过去，只见牛身上黑白花的毛发已经有些斑驳。他伸手在牛身上擦了几下，赫然露出一块黄色的皮毛。

"这是黄牛？"买牛的村民一时反应不过来，愣在了原地。两个年轻人已经看明白了，拿出手机边拍视频边说："染毛焗油，他们把黄牛当奶牛卖给你啊，三叔！都拍下来，发网上去！"

办公室里，梅晓歌正在看徐泳涛刚交上来的光明县原平牧业产品交易市场有限公司周报表。满篇数字，梅晓歌边看边想边读："496个农户，占农户总数的36%，这个和上周的差不多。人均纯收入提高了，怎么占比还是52%？牛奶总产量也不对吧？这些数字和百分比是对不上的。"

徐泳涛对数字的敏感度没这么高，听到梅晓歌发问，他探头看了看，犹疑地说："是不是小数点搞错了？"

"要么是李保平错了，要么是县委办错了。"梅晓歌把报表交还给徐泳涛说，"这些数据以后县委办都要核实。"

此时，梅晓歌的手机叮叮响了两声，他点开一看，发来微信消息的竟是上次偶然结识的牛贩子。这让梅晓歌有点意外，他好奇地点开对话框，扑面而来的就是一张奶牛龇牙咧嘴的照片。下面的语音则是一片喧闹声中气急败坏的质问："这是我今天买的奶牛，牙都磨了，以次充好，县委书记管吗？"

梅晓歌直接把电话打了过去，接通之后问道："兄弟你在哪？能不能见个面？"

牛贩子毫不客气地把见面地点约在了县委大院。挂断电话，徐泳涛小心翼翼地问道："书记，把牛拉到县委大院里是不是……要不我安排换个地方？"

"怕什么，牛又不是老虎，吃不了人。"梅晓歌的脸色渐渐阴沉下来。

因为提前和门卫打了招呼，牛贩子牵着牛畅行无阻地进了县委大院。门卫老徐和保安也没闲着，拿着扫帚和簸箕跟在牛的身后清理着粪便。梅晓歌带着徐泳涛和联络员小董，又叫上了宣传部部长李唐，一起下了楼。牛贩子开门见山，掰开牛嘴有理有据地讲述自己在奶牛交易市场上当受骗的过程。

"说得头头是道啊。你干倒腾奶牛的营生有多少年了？"徐泳涛在一旁问道。

牛贩子也是个人精，听出了徐泳涛的弦外之音，立马回道："我刚说的你们可以不相信，现在懂行的能人有的是，我已经把视频发网上了，你们自己去看看评论吧。"

李唐听见这话心头一紧，立马掏出手机查看，可惜为时已晚，不仅牛贩子发的视频，还有黄牛焗油变奶牛的视频，都已经在各个网络平台上转疯了。此时的李唐恨不得拔腿跑回办公室，网络舆情如同医院急诊，起死回生的关键就是和时间赛跑。她转头看了看梅晓歌，四目相对的瞬间，梅晓歌没有做出任何指示。李唐站在原地没敢动。

梅晓歌当然能读懂李唐的眼神，他着急的程度一点不亚于李唐。留给他们的时间不多了，每走一步都要谨慎。梅晓歌略一思忖，对牛贩子说："这个事情我现在就回去处理，稍微给我点时间。徐主任你安排他在县招待所住下，明天，最晚不超过后天，我保证把这个事情给你解决掉。怎么样？"

牛贩子见梅晓歌说得恳切，又有徐泳涛从旁热情地招呼，便牵着牛离开了县委大院。他们刚一转身，李唐几乎一路小跑地冲回了办公室。不一会儿工夫，县委宣传部的大办公室就乱成了蛤蟆吵坑。电话铃声此起彼伏，所有接电话的工作人员现阶段都秉持一个态度——拖。舆情就像洪水，领导还没修好大坝的时候，他们就要当好沙袋。

忽然一个声音从纷乱中传来："又上热搜了！"

所有人心头一凛，办公室骤然安静了两秒钟，但很快又陷入了纷乱和嘈杂。

穆记馄饨铺里，物价局的孟科长和李科员一前一后地走进店来。李科员跟在后面，进门之后却先开口叫道："哪个是老板？"

穆宏的妻子站在柜台里，见着穿制服的公职人员，马上端着笑脸迎上去，一边倒茶一边招呼："先喝点茶。穆宏，穆宏……"

穆宏在后厨已经听见了动静，他放下手里的大葱，顺手拎了两瓶饮料，快步走到桌前，殷切地说："哥，有什么吩咐？"

李科员打开公文包，不慌不忙地掏出一份名为《价格信息》的内部刊物："县物价局出的刊物，自愿订购，你先看看。"

穆宏拿起这本粗制滥造的小册子，翻看了两页，笑着问道："多少钱啊？"

李科员没回答，倒是一直站在柜台前面的孟科长指着价格表和营业记账单反问道："九块？旁边的拉面一直都是八块钱，你家这馄饨最近是涨价了吗？"

"没有，没有。"穆宏妻子赶忙上前解释，"咱们本来一直是大小碗，有的学生说小的不够吃，大的又吃不完，最近就加了个中碗……"

此时，李科员已经不由分说地拿出了征订册，边写边说："这条街的商户都是统一的征订价，每份每年两百八。你要是同意，我就先记上。"

"必须订，得好好学习呀。"穆宏一刻也没犹豫，掏出三百块钱放在了桌子上，然后朝妻子使了个眼色。一转身的工夫，妻子从柜台下面掏出两个熏鸡礼盒。

"这是我老家亲戚带过来的特产，不值钱，两位领导尝尝鲜。"穆宏殷勤地拿着东西跟在孟科长的身后。两人既不接手，也不回答，一出店门，打开了车子的后备厢。

穆宏识相地绕到后面，打开一看，里面已经被各种礼品、特产塞得满满当当。他把礼盒放在正面显眼的地方，迅速关上了后备厢。

车子扬长而去，穆宏稍微松了口气，可当他回到后厨却发现，刚刚买来的小册子正被老拐一页一页地撕下来塞进炉膛。

"两百八十块钱，买烧火的柴，我能把这屋子堆满。"老拐气哼哼地嘟囔着。

穆宏已经见怪不怪了，他捡起刚才剥了半截的大葱说："不花两百八，他们罚你两千八，咱得会算账。"

老拐更来气了，他索性把剩下的册子一股脑儿塞了进去，拿起烧火棍子，一边捅一边骂道："败家子，两毛八也不该给。"

孟科长和李科员的下一站是沸腾火锅店，可是这边显然没有之前的那些家进展得顺利。大饭店不像小吃铺，干活的都是员工，做不了主。打了十几分钟电话，硬是没找到主事的。服务员还在请两人稍等，李科员把杂志往公文包里一塞，不耐烦地甩了一句："一天到晚多少事情，谁有空跟你稍等一下？回来告诉你们老板，物价局见吧。"

就在这个节骨眼上，老崔的电话接通了。头一天熬到半夜，他又喝多了，最主要的是他没想到刚跟刘亚军喝完酒，又被物价局找上门了。他告诉店里马上给这两人开个包间，支上锅子，自己则急急忙忙地往店里赶。

直到老崔给他们倒上酒，孟科长的脸也没落下来。李科员见状也摆出一副面无表情的冷脸，一言不发地开着罚款通知单。打一进门，老崔就举着手机，开着外放给刘亚军打电话。电话一直没接，老崔的话也一直没停："刘局这也是太忙了，前两天我们还在这一起喝酒，他就说天天开会，吃完饭还得回去加班。兄弟们都太忙了，等会儿他回过电话来，我和他求个情，今天怎么都要让两位兄弟慢慢吃完。"

李科员对老崔的话充耳不闻，他唰地一下撕下罚款单，放在老崔面前，一本正经地说："七个工作日内，上门或者银行转账支付，逾期不交者收取等额滞纳金。"

"啊呀，兄弟真的是要哥哥半条命，先喝酒，咱先喝酒哈。"老崔扫了一眼单子，心里在滴血，脸上却坚持赔着笑。

"没有人喝。"李科员一摆手，"八项规定。你不要害我们，也不要害刘局。"

老崔见李科员这边没有突破口，便转向孟科长说："这哪里是酒，这不是白色可乐嘛。孟科您尝尝，真的有点发甜。"

大概是估摸着火候差不多了，半晌不语的孟科长终于开了金口："算啦。既然是刘局的朋友，罚款那就打个八折，滞纳金我就没有这个权力啦。"

老崔的脸已然挂着笑，只是这笑容越来越尴尬，越来越僵硬。

雨停了，云却没散，把本来明亮的月光遮蔽了大半。县委大院灯火通明，县里的主要领导都坐在会议室，听李唐汇报一天的舆情总结。李保平和高乡长也参加了会议。因为对交易市场比较了解，李保平一看视频就知道是哪几家公司。他一不做，二不休，带着人直接把坑人的两家公司业务员给堵在了火车站附近的酒店里。

此时，投影仪打出了李唐的总结PPT，一组组数据看得众人心惊不已。

"自今天上午11点12分到半个小时之前，粗略统计，全网共有事件相关信息1456条。在传播媒体中，微博相关信息最多，占比74.6%。除此之外，头条号、微信、新闻客户端、问答等站点也较为集中，但舆情信息热度均小于微博。整体来看，负面信息最多，占比99.7%；正面信息仅占0.06%，不到1%。

"下午六点半，有外省媒体发了标题为《棕毛染黑白，黄牛变奶牛——光明县不光明》的报道，其中的小标题'光明县不光明'还上了微博热搜。现在我们正在想办法联络作者，看看能不能撤稿。晚上七点整，我们安排染毛事件的买牛村民开了微博，以口述形式，客观讲述了这次事件的始末，开会前又更新了一篇是吧，保平书记？"

"是。"李保平赶紧点点头，这件事是抓完人之后他和高乡长亲自去农民家里落实的。李保平给受骗的村民看了骗子被抓的照片后，拍着胸脯说这件事肯定会有说法。也亏得村民老实巴交通情达理，在高乡长手把手的指导下发了微博。

李唐稍微停顿了一下，接着说："县里暂拟的处理意见会前已经分发给大家，一会儿以梅书记说的为准。现在比较麻烦的是几个自媒体，说的都比较难听，说我们让当事人开微博，是把这一串柿子里最软的一个先捏出来。还有人在打赌删帖时间，说社会热点过去以后，假奶牛还会出现，还说人民的记忆只有七秒。是不是先重点联系这些自媒体？别的暂时没有了。"

按说，县委宣传部和原平乡也算尽职尽责，以最快的速度把能做的都做了，但效果显然并不理想。梅晓歌环顾四周，先向在座的人询问意见，见众人都不言语，他直截了当地说出了自己的意见："时间很紧我就长话短说。我不太建议挨个儿去做自媒体的沟通工作。说白了，你要怎么沟通？现在的情况是你说什么，对方都不会相信，要经验不要经验主义。人是最复杂的，每一秒钟都会变化。你和他说了什么话，明天马上给你在网上发出来，还不如堂堂正正，错了就是错了。不是政府的错现在也要认，不要辩解，不要浪费时间。很多事情就像解数学题，我们可能学不会别人的解题方式，但是可以避免别人犯的错。你们看网上那些事件，有的地方一是一二是二，福尔摩斯破案一样把证据摆出来，网民一看就明白了，大家都是长着眼睛的。就怕有些地方遮遮掩掩，顾头不顾腚，出了事还要瞒。瞒什么？纸是包不住火的。"

　　见其他人没有反对这个论调，梅晓歌接着说道："再主动一些，所有的人都要找到，所有的细节都要公开。再一个就是针对那些当事人，不要轮番轰炸，县里的去了，乡镇的去了，村干部和派出所也去了，把人家烦得够呛。有的事情就像高考，错了再没有机会去改。李保平是知道的，县里面为了你这个乡镇，腿都快跑断了。老百姓脱贫致富的希望就在这个市场上，保护市场就是保护这些人的命根子。除了磨牙焗油，我听说还有人给牛灌什么水，把肚子搞大，假怀孕。愚蠢是最大的恶。一句话，网上舆论是拦不住的。大家上来就骂，很多人连党、政府和国家都分不清楚，谁会管你哪个是企业，哪个是乡镇，这到底是谁的问题。真的是生死攸关，搞不好之前的专项资金和招商引资全会废掉。"

　　梅晓歌的话让在场的人都禁不住心里打战，可他们也明白，这绝不是危言耸听。尤其是李保平，有关奶牛交易市场的一幕幕前尘往事一下子又浮现出来。好不容易抢到手的香饽饽，还没吃出滋味，难道就一个趔趄摔进泥坑里了？

　　想到这里，李保平抬头望向梅晓歌，眼神仿佛在诉说着不甘和委屈，又仿佛在向领导求救。梅晓歌看透了李保平的心思，和李保平一样，他决不能让刚刚结出的胜利果实就这么被糟蹋了。看看时间，已经是深夜了，可梅晓歌依旧坚定地说出了自己的计划："这次必须跑赢时间。下次集会就是一周后，太久了。这个事情今天必须连夜解决……"

　　整整一夜，县委大楼的灯都没有熄灭。

　　清晨的原平乡异常宁静，完全感觉不到身处舆论旋涡的躁动。此时，高乡长已经进村了，他正带着乡政府的几个工作人员挨家挨户地发通知："全体村民注意，现在都去奶牛交易市场，现在都去奶牛交易市场！"

　　县委大院里，李唐刚刚联系完省市的各级媒体，邀请大家去原平乡奶牛交易市场参加情况说明会。一个相熟的记者发来微信消息，跟她要通稿，李唐一边往外走一边发语音回答："没有新闻稿，想问什么都可以。不用删帖，也不是什么正式的新闻发布会，就是大伙聚一聚，做个说明。"

　　徐泳涛没跟在梅晓歌身边，他的任务是去招待所接牛贩子。听说马上去原平乡，牛贩子多少有点惊讶。徐泳涛拉开窗帘，笑容可掬地解释道："本来要请你去吃早饭的，时间有点紧，办完事再吃吧。"

　　两辆公车坐得满满当当，光明县四套班子的全体成员，"两办"的工作人员，加上书记、县长的联络员，统一着装，一齐开向了原平乡奶牛交易市场。

奶牛交易市场的中心搭了个简易的木头台子，到场的群众和媒体围在台子四周，不明就里地窃窃私语。郑二和廖总站在人群的前排，小声地聊着。

"叫你来当证婚人，怎么连个胸花都不戴？"廖总开玩笑地对郑三说。

"见证人，什么证婚人。"郑三一边向不远处的县领导们微笑挥手打招呼，一边答道，"乳业协会廖副会长大驾光临，一会儿你得讲两句吧？"

"我可以讲讲郑总昨天打牌弄虚作假的光荣事迹。怎么样，最近还陪梅书记跑步吗？"

"你还别说，我现在算是跑开了，两天不去还不舒服。"

"要不我也买双鞋，你们也带带我？"

廖总的话听着像玩笑，但郑三明白，他和自己的心思是一样的。梅晓歌讲原则，脑子也灵活，想在光明县大干一场，肯定要摸准他的思路啊。郑三掂量着这句话该怎么回，忽然人群中一阵躁动，包括台上的领导在内，所有人的目光都朝外围望去。

只见李保平拽着那个骗人的销售员，一路走到台上，没好气地说："说吧，大点声！"

销售员臊眉耷眼地站在台子中间，在李保平的呵斥下，稍稍提高声调说："磨牙是我自己干的。缺德，犯法，不要脸。因为这个地方人多，奶牛的需求量大，牛价高，我偷奸耍滑，就想坑骗那些没养殖经验的人。李书记叫我在这儿把里头的弯弯绕说清楚。以次充好的点子，有的锯角，有的是焗油，给有杂毛的杂种牛染了色，冒充黑白花奶牛。其实拔毛就能看出来，白毛白根，黑毛黑根。还有的是镶牙和磨牙，假装它们还是低产奶牛。镶的牙都没有齿缝，颜色也一样均匀。磨了牙的牛，牙齿都是粗糙的，两颗牙之间有距离，一看就知道了。"

"还有吗？"李保平厉声问道。

"没了，我知道的就这些，都说完了。"销售员看了看李保平唯唯诺诺地答道。

李保平把销售员扒拉到一边，指了指头天被骗的两个人，大声对在场的众人说道："咱们被骗的老乡也在，一个本村的，一个外地的。没什么说的，无条件退款。我代表原平乡和县乳业协会表个态，以后再出现类似问题，终身黑名单，不管你买牛卖牛的企业大小，以前给光明县做过多少贡献，横竖好赖一刀切，这辈子你再也别到这个市场上来！"

李保平瞄了眼梅晓歌，见他脸色依旧严峻，连忙接着说："犯错要改，挨打立正，这是我们应该做的。另外，大家都知道，咱们原平也有自己的奶牛场。大家都有短视频APP，关注一下我们奶牛场的号，我们在智能化牛棚里开了24小时直播，牛吃饭、睡觉和我们挤牛奶，16个摄像头，所有的动态都能看得清清楚楚。每头牛脖子上都挂了二维码牌子，这就是牛的身份证，手机一扫，所有信息一目了然，每一滴奶都能溯源。"

台下的人尤其是记者，听了李保平的介绍，纷纷打开了手机。李保平提高声调对台下说道："下面有请梅晓歌书记讲话！"

此时，天空又下起了蒙蒙细雨。梅晓歌上前两步，站在台子中间说道："辛苦大家淋着雨听我在这说话，乡镇的同志照顾一下没带伞的朋友。套话我就不多说了，乡党委李保平书记刚才说的话，绝无虚言。我再加一条，无论是谁，不管什么时候，任何人在这里上过的当、受过的骗，政府兜底，一赔一，全部负责。公检法的同志今天也在，任何有过劣迹的、骗过老百姓的企业，穷尽一切法律手段，每天盯着他。不能让骗了人的企业过得轻松，没有任何负担。失信者上黑名单，追偿，就算是花一百块钱把十块钱追回来那都值。县委、县政府就是保证书，我和县长当保人，今天到场的媒体朋友和企业界朋友都是见证人和监督者。欢迎大家把我说的话录下来，有做不到的，尽管发到网上打我的脸。"

林志为站在台下，钦佩地注视着梅晓歌，虽然和这位书记没有太多正面接触，但开了这么多会，听了他这么多次讲话，林志为觉得梅晓歌对待工作，原则和谋略兼顾，特别值得尊敬和学习。就在这个当口，郑三凑到林志为的身边，轻轻拍了一下他的胳膊，小声说："前两天还听太平主任说起你，青年才俊，县长点名要的人才。我得向您多学习。方便加个微信吗？"

听到范太平的名字，林志为赶紧掏出手机，客气地答道："您扫我。您怎么称呼？"

"郑板桥的郑，一二三的三，郑三。林秘书有空一定和县长去我公司莅临指导。"

因为梅晓歌的发言还没结束，二人没有多说，加好微信，又把目光投向台上。只见梅晓歌接着讲道："眼前这个交易市场从小到大，到现在这个规模真的是不容易。我是学数学的，咱们真的要学会算账，最起码的加减乘除心里要有数，不能因为市场好，养殖之风刮得厉害，奶牛需求越来越紧，牛价也跟着水涨船高，就给造假提供商机。我听说有的农户因为买假奶牛倾家荡产，甚至喝了农药，这些人都是上有老下有小啊。造假对那些老老实实做企业的同行也不公平。现在做企业真的是不容易，很多企业家年龄四五十岁，背井离乡，身家性命都压在这了，成功了还好，一旦失败会特别惨，对这些人也不公平。就像高考作弊，破坏规矩的人是最可恨的……"

此时，李保平已经到了台下，他挪到徐泳涛身边，小声说道："听说过光明县的外号吗？公鸡县。以前的公鸡县长现在成了书记，铁铸的公鸡一毛不拔，不该花的钱，半分半厘也别想抠出来。"

徐泳涛笑了笑，在机关工作多年，他早已养成了谨言慎行的习惯，这种没边的闲话，他向来不接茬、不评价。

多年相熟的关系让李保平在徐泳涛跟前少了许多顾忌，见徐泳涛不吭声，他接着说道："牛毛出在牛身上。这么大的事情，零成本，台上三句话讲完，负面消息烟消云散。你知道我们招待假记者吃顿饭得花多少钱吗？涛哥，你说我怎么就没有这种领导智慧？"

"你是大智若愚。"徐泳涛笑着揶揄了一句。

李保平也不恼，脸上堆着笑，望着台上说："还是那句话，怪不得我当不了县委书记——差距太大了。"

雨虽然不大，但淅淅沥沥下个不停，这会儿工夫也足够把人淋湿了。梅晓歌抹了把脸上的雨水，叹了口气又说："这个事情极其丢脸，说实话我站在这里脸都是烫的。昨天到现在，我一直在看网上那些评论，长这么大我还是第一次挨这么多的骂，骂得我好几次真的都得硬着头皮才能看下去。做事情其实就像考试解题，错了就是错了，谁也瞒不住，也不该瞒着。不管怎么说，今天真的要感谢大家给了我们一次宝贵的补考机会。我代表我自己，对那些受了委屈和担着冤枉的农户和企业的朋友，说一句'对不起大家了'。"

话音未落，梅晓歌便朝着台下深深鞠了一躬。一时间，相机、手机举起一片，各个角度的照片和视频真实地记录下了这一刻。他弯着腰，听着台下传来一阵阵拍照的快门声。他的讲话视频很快就会传遍网络，他也不必再担心自己抢了谁的风头了。为了工作，为了光明县，这样的风头，这是第二次出了。

现场会结束了，梅晓歌找到台下的牛贩子，一把搭上他的肩膀，说："事也了了，走，请你踏踏实实吃个早午饭。"

事解决了，还遇上了办实事的县委书记，牛贩子也很得意，高兴地应和着："上次你说这里也有烧卖，找半天也没有呀。"

"这次吃点光明特色，老字号，馄饨皮比纸都薄。上车。"

一行人到了穆记馄饨铺，已经是午饭的点了。店里人来人往，甚是忙碌。梅晓歌的联络员小董走在最前面，给身后的几个人掀着帘子。他们的白衬衫黑皮鞋在众多食客中显得有些鹤立鸡群。穆宏媳妇一见这种打扮就心头发紧，她赶紧端着一壶茶走出柜台，同时下意识地招呼了穆宏两声。

穆宏快步从后厨走出来，见了几个陌生的面孔，上前客气地问道："你们是税务局的吗？费用昨天下午已经交过了，票也有。"

　　几个人被问得有点蒙，徐泳涛率先反应过来，和气地回答："我们吃饭。"

　　小董刚占好一张桌子，穆宏眼疾手快，立马拿起抹布收拾上一桌的残羹冷炙。梅晓歌看着墙上的菜单，一边向牛贩子介绍，一边点菜。点得差不多了，徐泳涛合计了一下钱数，便拿着手机去前台扫码付钱——店小人多，一般都是点完先付账。可还没扫上码，穆宏就一把拦住了徐泳涛："不着急，您坐，您坐。几位稍等，我去安排。馄饨砂锅，还有没有别的要的？"

　　没等几人回答，馄饨铺门口出现两个城管，大声吆喝道："老板出来！"

　　穆宏见这架势不敢耽搁，冲着梅晓歌他们点点头，赶紧跑了出去。只见城管指着不知何时贴在玻璃窗上的一纸通知喝道："贴了通知没看见吗？摊位不许摆到门外……"

　　隔着众人和门帘，梅晓歌对外面的对话听不真切，不过，后厨叮叮当当的声音却越来越大。不一会儿，老拐从后厨走出来，啪地一下把手里一个面团摔在一个盆里："饭一熟，就知道来了！"

第十章　围炉夜话

盖着红色印章的半张通知单在风雨中飘摇。领头的城管气急败坏地指着窗户问："谁撕的？这通知是谁撕的？是不是你爸？"

穆宏一边往几个城管兜里挨个塞着烟，一边哈着腰说："风刮的。我们哪敢撕呀，借三个胆子也不敢。马上就贴好。"

城管没好气地一拍，把烟打落地上："把手拿开！我在和你说通知的事情。找尺子去，量量你们这些东西超出门口几百米。"

可能是平常得了老拐的接济把馄饨铺当成了家，两条流浪狗站在一边不停地朝城管叫唤。一个城管被吵得心烦，从地上抄起一块石头朝狗子扔了过去。狗子见情势不妙，一溜烟跑远了。穆宏没处跑，他一边捡起掉在地上的烟，一边手忙脚乱地收拾着门口的杂物，嘴里还赔着好话："一寸半寸的真没注意，下不为例啊，哥。"

馄饨铺里，老拐拿着个面团狠狠地朝案板上摔打，仿佛要把心中的恶气都撒在这团面上。此时，一直在等餐的梅晓歌走过来，倚在后厨门框上跟他搭话："这是现包现煮呀？"

"想吃速冻的去超市，出门右拐。"老拐头也不抬地回答，语气冲得很。

梅晓歌笑了笑又说："厨师生气，我们也吃不好。上回来还笑眯眯的，这次怎么我一进门就不高兴了？"

这回老拐抬起了头，他看了一眼梅晓歌问道："你哪个单位的？"

"就普通上班的。"梅晓歌想进去聊，边说边往里走。

可他刚迈了一步，就被老拐制止了："往外站。前门口不让我出去，你们也别站进来。该交的钱我全交了，我管你是哪个单位的。"

"哪个单位来收你钱？"梅晓歌接着问道。

老拐紧跟着便反问一句:"哪个单位不收?"

"这么说还不少,听着还都是不该交的。最近多吗?"

老拐见梅晓歌问起来没完,渐渐警觉起来,他又看了看梅晓歌,问道:"你到底是干什么吃的?"

"这我得悄悄跟您说。"梅晓歌凑近对老拐耳语了几句。

老拐略一思量,压低声音说:"你跟我进来吧。"

后厨里间的一个破柜子,看上去比这屋里的人岁数都大。老拐哗啦一下拉开其中一个抽屉,只见里面塞满了各种票据、凭证,甚至白条。

"一年我腾一次抽屉,这还不到十二个月就快满了。这个,社会治安管理费,派出所的,这个市容市貌管理费,城建局的,还有从业人员体检费、卫生管理费、环保和污水油烟治理费、劳动用工管理费、精神文明建设管理费……我看这是什么。哦,日常生活垃圾管理费。你看看,管人管狗也就算了,泔水桶也要管,还要收费。"

梅晓歌拿起一摞票子,打开手机里的计算器一项一项地把票面的数据相加,没算几张便被老拐打断了:"不用算,我告诉你,该交的钱全加起来再乘以二也不够这些钱。卫生局、环保局、劳动局、物价局、税务局和街道办事处,家家都要来,你不听话就是个罚。城建局的人现在还在门口为难我那个败家子,你们进来的时候没看见吗?"

梅晓歌看看手上的票据,又看看抽屉里的,说道:"确实是太多了。你留着它们是要?"

"你哪知道这些人会不会再来,张三调走了李四敲门,我不留着,怎么和他们一张一张地对?"

面对老拐的反问,梅晓歌一时无言以对。老拐扶着柜子坐在旁边一张破板凳上,拍拍自己酸胀的大腿,接着说道:"风湿,痛风,关节炎。最多干到明年我就不干了,干不动。我什么话都敢说。我儿子想折腾是他自己的事情,我和他说了,该交的钱我都交,再来欺负人,我就关门不干了。"

梅晓歌想了想,把票据全都收回到抽屉里,然后对老拐说:"这样,老师傅,你能不能帮我个忙?"

"什么意思?"

"先踏踏实实煮你的馄饨,我一早没吃饭就出来了,确实饿了,等吃完饭,我求你个事情。"

馄饨确实不错,几个人稀里呼噜都吃得挺香。徐泳涛趁柜台没人招呼,自己走过去扫码付了账。不承想,当他们打开车门陆续上车的时候,穆宏着急忙慌地追了过来，把刚才没送出去的几盒玉溪烟从车窗塞了进来，气喘吁吁地说："刚才太忙了没顾上招呼，怎么能让领导结账，不好意思啊！"随后，不等众人反应，他又匆匆地跑开了。

梅晓歌捡起烟，拍了拍上面的土，向徐泳涛问道："城建局的人刚才在门口是做什么？"

"好像是商家违反了什么，按规定在处理。"

梅晓歌没说话，把烟装进口袋上车离开了。街上又回归了平静，两条刚被吓跑的流浪狗又回到了馄饨铺的门口，懒洋洋地趴在地上，看着梅晓歌的车子一路走远。

午餐时间，沸腾火锅店的客人不算太多，老崔却忙个不停。店内最豪华的包间里坐着两位他特意请来的客人——物价局的孟科长和李科员。此时，屋里的空啤酒瓶已经立了一片，显然二人的酒已经喝到位了。孟科长吃得脑袋上直冒汗，他解开几颗衬衣扣子，举着一双长筷子一边在锅里打捞一边招呼："人呢？老崔？"

"来了，孟哥……"老崔应声推门进来，手里又拎了几瓶啤酒，他逐一打开，对孟科长介绍道，"尝尝这个，青岛鲜酿，一分钟前刚到。"

孟科长拿筷子朝锅里点了点："你那和牛呢？穿你肋骨上卖串啊，怎么一片都找不到？"

老崔拿起小漏勺，在锅里左右捞了两圈，给两人碗里都捞上了肉片："我的哥呀，你兄弟做生意这么多年，从没那么抠过，后厨把冰箱都腾空了，咱切了就上。"

李科员负责开车不能喝酒，这会儿就是个埋头苦吃，孟科长则眼睛一斜，冷着脸说："你还别以为我谁的饭都吃。不是我们局长发话，你看你今天怎么死。"

"怎么也要喝完这杯再死。哥，我敬你。"老崔说着举起了酒杯。

孟科长见状愈发张狂起来："我管你什么大老板，什么大企业，在光明县要横，我叫你今天死，你就活不了。老崔你信不信？"

"我不信。惹恼了孟科长，怎么可能等得到今天？昨天就活不过去了。喝酒，喝酒。"老崔说着把啤酒端到孟科长跟前，"哥，鲜啤就得鲜着尝，放陈了味就不正了。"

见老崔如此恭敬，孟科长心满意足地接过酒杯，仰脖喝了下去。他怎么也不会想到，此刻老崔口袋里的录音笔已经把刚才两人的对话都一字不落地录了下来。这录音加上那几本强行征订的《价格信息》杂志，第二天都出现在梅晓歌的办公室里。老崔决定在离开光明县之前，做出最后的反击。

如他自己所言，跑了这些日子，郑三的水平大有长进。之前，他勉强能和梅晓歌跑两圈，现在两人的耐力和节奏已经不相上下了。开完奶牛交易市场情况说明会的第二天早上，郑三早早来到体育场，等着和梅晓歌一起跑步。几圈下来，梅晓歌慢慢放缓步伐改为慢走。郑三自然也跟着慢下来，他觉得书记恐怕有话要说。

果不其然，平时不大聊工作的梅晓歌今天先开口了："昨天在原平太忙了，和廖总也没说几句话。他最近怎么样？听说就爱吃本地的辣酱，招商局的老给他送，都供不上。"

郑三笑着应和道："他土话现在也说得溜，入乡随俗，就差娶个光明县的媳妇了。"

"待得住是好事，人才和企业家都要留下来。他们平时有没有抱怨什么？"

郑三没有马上回答，书记不会无缘无故地提问，他得先弄明白这个问题背后的意思。停顿片刻，郑三小心地反问道："您是说？"

"不满意的都算。对政府、对市场、对人或对事。"梅晓歌的回答也很谨慎，听不出意有所指。

郑三笑了笑："总体上还算满意，偶尔吐个槽，觉得饭菜有点不大合胃口。"

"这种虚辞套话就没必要穿着运动鞋说啦。"梅晓歌也跟着笑了笑，但紧接着眉头就微微皱了起来，"我是觉得市场上最近有些问题，乱收费、乱罚款。你这么大一个老板肯定不会被骚扰，其他人呢？"

郑三明白了，书记这是在暗中调查啊，而且听这话茬恐怕已经掌握了一些信息。他机敏地转换话锋，顺着梅晓歌的话答道："书记太抬举我了，要不是每天跟着你一起跑步，我一个小老百姓，早就被收拾哭了。"

这天早上，两人在体育场里多走了两三圈。

林志为终于明白袁浩为什么怕给艾鲜枝当联络员了。她性子急，节奏快，跟在她身边几乎没有任何喘息之机。当然，这不是针对联络员，艾鲜枝本人更忙。早上流程对了一半，她就被电话叫去了信访中心，剩下的只能在楼道里边走边说。

"十点半的会定了没有？"

"九点半的会议往后延了半个小时，十点半的会也要顺延，具体时间我会提前和你说。"艾鲜枝走路快，语速也快，林志为也不由得跟着快起来。

艾鲜枝又吩咐下一件事："下午去现场调度大项目建设，利民街那边的三个项目一起都看了。让乔胜利和叶昌禾也一起去，通知工业局在项目上等着。统筹好路线，顺序不要像上次一样搞反了。"

林志为连应一声都来不及，只顾在本子上记录。艾鲜枝接着说道："明天去市里开会的发言材料你要把数字核实好，不确定的打电话问科局熟悉情况的人。刚才在办公室我说什么来着？说了一半被电话打断了，不记得了。"

林志为愣了一秒钟，马上回答："全县液化气罐安全监管报告。"

"打回去叫他们重做，那些数据一看就不真实。卖早餐的下班你上班，他早晨四点半出来，七点半收摊，你八点才去查，怎么能查得到？市场监管局和住建局都不负责任，全县无照经营的流动早餐只有那么几家吗？以为我什么都不懂。搞点真实数据很难吗？"

眼看领导脾气要上来，林志为赶紧汇报下一件事："您上星期开会提到的鹿泉乡的河道污染报告，他们电话汇报说要和与覃县接壤的乡镇先碰碰理念……"

不说这事还好，一说艾鲜枝更来气了，她直接打断了林志为的话："不要和我讲理念，拿出方案来，而且要多个方案。你就只拿一个方案，让我怎么说？我说你这个对还是错？要担当，不要光知道问领导这个能不能这么搞，怎么搞。我哪知道怎么搞？"

林志为记录的速度更快了，连着两件事被驳回来，他情绪不免有些紧张。此时，信访中心的大门已经近在眼前，而他的本子上还有四五件事没安排完，得加快速度了。

老崔的录音笔摆在桌子上，播放着孟科长在酒桌上嚣张的话和酒杯碰撞的声音。梅晓歌拉着脸揶揄道："第几瓶了？物价局出来的都是好酒量呀。"

艾鲜枝的脸色也好不到哪儿去，紧跟着说道："刘亚军这都带的什么队伍？！"

"送来的人呢？"

郝东风关了录音笔告诉梅晓歌："火锅店刚刚转让出去，他回去做交接了。"

梅晓歌冷笑着摇摇头："这就是要走了才敢来投诉。有时候就是这样。为什么企业平时不敢说话？一说话就要挨收拾。这换了咱们三个也得掂量掂量。这个事情必须要彻底解决，真的不能拿豆包不当干粮。很多时候一个股级干部就能搞垮一个企业。县长的意见呢？"

艾鲜枝皱着眉头答道："一个岗位上干了十几年的老资格最容易出问题。我马上安排政府办做一次全面摸排。"

梅晓歌丝毫不怀疑艾鲜枝整改的决心，但政府办的人下去摸排能有多大成效？他不禁在心里打了个问号。他已经提前做了安排，白天让联络员们去跑跑看吧，晚上他要亲自出马。

梅晓歌的担心不是没有道理的，负责收集调研结果的林志为很快发现了端倪。各行各业发回来的调研报告中，竟没人说一个"不"字，一律全是好评。林志为攥着一摞收上来的调查表格，给赵乐恒打了个电话："发回来的全都是好评，没有一家有意见的，是不是弄错了？"

"这不挺好吗？都夸还不行啊？不比都骂政府强吗？"赵乐恒阴阳怪气地回答。出门跑调研本来就是个受累不讨好的差事，现在还得面对林志为的责问，赵乐恒早已装了一肚子的不痛快，况且以他的理解，这世上不会有人没事找骂，尤其是领导，嘴上说着实事求是，真听到点不中听的事，分分钟挂脸。领导不高兴，他们下面的人能好受吗？所以，赵乐恒每到一家企业都跟负责人客客气气地说："这是县长安排的，要求我们必须上门。"这话一点，调查问卷自然有了标准答案。

"这也不是营商环境测评，咋都是点赞的？我的意思是如果就这么报上去，上面也不会信吧？"跟了县长几天，尤其听了梅晓歌在奶牛交易市场的发言，林志为自认摸出了一点领导的思路。

"那你这是要专门找骂？我这边是找不着。上面信不信，你去问问范主任吧。"

没等林志为回答，赵乐恒直接挂断了电话。显然在赵乐恒这边是问不出什么有价值的信息了，林志为想了想拨通了江霞的电话。

"其实说好说差都一样，都懒得说，大小企业找谁都不愿意坐下来说实话。这是个问题。"

江霞的反馈也不乐观，却也是实情。只是这种连自己都看不过去的结果，即便交上去也会被打回来，还是完不成任务。林志为看了看时间，对江霞说："下了班我去找你。"

然而一加一并没有等于二，林志为和江霞一起跑了几家企业，都被对方客客气气地打发了，手里不过多了几份结果全满意的调查表。

"这样跑到明年也问不出个所以然来。"林志为说着想了想，打开手机开始翻找。

江霞以为他是要找熟人私下问问情况，不承想林志为摇摇头："在网上看看谁在转让门店。都不想干了估计就有话说了。"

林志为的想法让江霞眼前一亮，掏出手机找了起来。没一会儿两人就都看到了沸腾火锅店。这家生意火爆的饭店怎么会突然转让呢？二人带着好奇与期待联系上了老崔，而老崔一听他们的来意，便毫无顾忌地把这几年在光明县的亲身经历一股脑儿都讲了出来。

看着江霞埋头记录，林志为暗自高兴。在县政府工作的这些时日，江霞总是尽力帮助他，现在终于有机会回报一下了。只是他不知道，这些他自以为得来不易的真实情况，艾鲜枝早已经从举报材料上看过了。

另一边，陶然亭餐厅的刘经理一脸无奈地来到了穆记馄饨铺。他白天刚刚接待完赵乐恒，这会儿又接到县餐饮协会的电话，让过来开会。刘经理本想推脱，可会长老拐说梅书记会来，要他务必参加。

穆记馄饨铺的门口停满了车子，刘经理一下车就听见熟人老李嘀咕："每次临时开会都是要钱凑份子，今天又要给哪儿捐？"

"没听说县里要搞什么活动啊，这是要折腾什么？"刘经理随口附和了一句，心情忐忑地走了进去。

馄饨铺后身的一间空屋里，梅晓歌带着联络员小董早早等候于此。县城里大大小小的餐馆老板陆续进来，寒暄着围坐下来，穆宏端着个茶壶穿梭其间，添水倒茶。小董几次想接过这个活，都被他推让到了一边。

见人来得差不多了，老拐对身边的梅晓歌点了点头。梅晓歌会意，清清嗓子，开门见山地对大家说："本来是想请大家一起吃个饭的，边吃边聊，下午又临时加了一个实在推不掉的会。刚才开会我还在说，现在的教育问题很严重。咱们的高中老师都在流失，有职称的去南方，年薪轻轻松松四五十万元，在我们这儿的只有十几万元。老师们在光明县拿了职称后，都跑到南方去了。所以现在有两个问题：一个是怎么把人才留住，再一个是怎么把新的人才引进来。大家的孙子、外孙子都是这些人在教啊。留不住肯定是政策不够好，他们在这里待得不舒服。我们必须要想办法。"

梅晓歌言辞恳切，但围坐的人或喝茶，或抽烟，基本都在冷眼旁观。说白了，这里面很多人都在光明县干了大半辈子餐饮，打过交道的县领导没有十个也有半打，哪一个说起来都是要为人民服务、要办好事，可到头来真能落实的有多少呢？

梅晓歌意识到自己几句掏心窝子的话一时还敲不开众人的心，于是便把老拐抬了出来："你们也是人才。老字号、新字号，都是给县里纳税、创造价值的人。今天托穆师傅把大家请过来，就是想听听你们有什么意见。吐槽、抱怨、批评都可以，越尖锐越难听越好。在这见面也是不想搞得太正式，聊闲天，夸奖的话咱们就不说了。"

此时，老拐也附和道："有什么就说什么，难得有个好机会啊。老李？"

"我没什么意见，真的没意见。"老李收起进门前的抱怨，笑眯眯地回答。听他这样一说，旁人自然也都不开口了。

"在家跟爹妈、媳妇、孩子还有矛盾呢。真的，聊聊看看，万一是点什么难事，一说还解决了，不好吗？"看出众人的顾虑，梅晓歌想："万事开头难，还是得从大户开始。"他环顾四周，在人群里看到了陶然亭的刘经理，马上笑着说："我还和穆师傅说刘经理必须得来，搞餐饮你们算是县里比较大的，你说说。"

陶然亭常安排县里的招待宴请，跟领导打交道的话术刘经理也掌握得十分纯熟。听到书记点名，他马上报以笑脸，然后滔滔不绝地说起来："报告书记，我其实是前年才回咱县里的。我以前在南方和北方都干过，说实话政府机关里有偷懒的，有耍无赖的，也有认真做事的。每个地方都是这样，有好的也有不好的。反过来说，很多人去办事，事先完全不做准备工作，不打电话咨询，不看网上通知，到了大厅不看办事海报，往椅子上一坐，也不管自己准备的材料怎么样，就是一句'快给我办，我还有事'。这哪是来办事的？这是来找事的是不是？"

听起来头头是道，可仔细琢磨却什么都没说。刘经理打太极的功夫放在县委大院也不逊色于任何人。可是老拐却不愿听，如果这一晚上光说这些，那费时费力地把大家叫来就没有任何意义了。只见他冷着脸对刘经理说："让你提意见，你非搞表扬大会，是不是还要做面锦旗啊？"

"拐叔，我就是实话实说呀。县里还有365天办事处，大年三十还能给解决问题，我一回来就去换过身份证，态度很好，民警还和我开玩笑，这些我也不能编呀。"

刘经理圆滑得像条抓不住的泥鳅，梅晓歌决定自己先开刀。他对众人说："是这样，今天信访局接到了实名举报。沸腾火锅店，就是酒精厂对面那家重庆九宫格，现在转让，不干了，原因是利润太少太薄，管的人又太多，你也去吃他也去吃，顶不住了。我就不说是哪个单位了。一个人一句话，就会把企业、把人才拒之门外。光明县要进步，一定要从自己身上找原因，总是找客观原因是不行的。这都是要走了才敢说，很简单，怕报复啊。说心里话，我不想再看见这样的事情，也不希望哪天看见在座的各位跑到信访局去，而我在接访日见到大家。不想有那一天，那就得是今天了。"

梅晓歌突然将了自己一军，让在座之人都有所触动。此时，角落里有个人直了直身子，和梅晓歌对视一下又犹犹豫豫地缩回去了。好不容易有人要露头，梅晓歌赶紧抓住，指着那人说道："这位老哥往前坐。"

众人立刻闪出一条通道，老拐看了一眼向梅晓歌介绍道："赵连国，我们这个小协会的副会长，棉花巷门口那家骨头店就是他开的，三十年了。"

赵连国坐到了最前面，思忖片刻对梅晓歌说："其实吃点喝点我是没关系的，要点钱只要能办事，我很赞成。给了他好处，求他的事情能办得很漂亮，好啊。明码标价，省心省事。就怕那种给了好处还不办事的，你去找他，他还和你翻脸。"

几句话一下戳到了大家的痛点，人群中泛起一阵窸窸窣窣的议论声。

赵连国接着说道："我儿子去办个事情、办个证，卡你这卡你那，找人一上午，不找人一个月。今天少东西，明天材料有问题，后天机器坏了，大后天你来晚了下回早点来。窗口办事现在是好多了，但没窗口的地方还很多。最简单的，政府公开的那些什么服务电话，你们随便打，但哪个能找到人？通通不好使。"

赵连国的话像火星子掉在了干草堆上，一下把大家的怨气全点着了。之前一直

"没什么意见"的老李此刻比谁说得都热闹："后厨的地上看见一片菜叶子就罚一万元，你给私人塞五百块，还得罚，罚少点。你能让几个刚来的服务员完全遵守卫生文明十二条？你能安排人天天把地板擦得比我脑门儿都亮？你能让倒泔水的一滴不漏？你能安十个摄影头全程监管抽烟？有哪个你能保证？我就是个小饭店，一碗肉臊子手擀面不超过十块钱，用五星级大酒店的标准要求我，我谢谢你们啊。"

另一个小老板讲述的遭遇简直比电视剧还离奇："我小舅子，县医院的骨科大夫，夜班下了手术路过我店里吃碗饺子，蒜还没剥完就让派出所的带走了。他、我、饺子还有另一个吃饭的，一起带到城关派出所。那所长姓高，后来还好意思跑到我那吃饭。他直接把我们关到一个小屋里，手机没收，关了半天叫我们出去做笔录，一问是因为我店里有人抽烟，违反了什么什么条例，罚店里的款。罚款你就罚款，把人全带走算什么？说是法人、证人、当事人。我和小舅子大晚上被公安给抓了，我要老婆还以为是嫖娼，问我们为什么进了派出所以及都干什么了。我说就是吃了碗饺子。我要是我老婆，我也不信啊！"

眼看众人言辞越来越激烈，徐泳涛偷偷瞄了一眼梅晓歌的脸色。虽然还在强颜欢笑，但梅晓歌的笑容里显然夹杂了不少尴尬。徐泳涛朝四下看了看，见真味居的经理刚刚进来不久。这位经理是个女的，平时说话温和婉转，徐泳涛暗想："要不让她出来说两句缓和一下气氛？"

没想到，正琢磨着，这位女经理主动站出来发言了，语气倒是一贯的温和，可说的事却是直愣愣地打脸："刚才我为什么会迟到？我也是在应付检查。我们这些平头老百姓，哪个部门都能去查。该查的不该查的，只要想收拾你，谁都跑不了。翻开那个本本一划拉都是罪状，一抓就是一把。梅书记你问我是谁，我也不能告诉你。说句实在话，过两年你走了，我们还在这里讨生活，那些检查的还没到退休的年龄，到时候谁挨整？你只能笑着把门打开，还得准备好饮料，夏天你心想备点冰镇的吧，还说要常温的。要不是去超市找常温饮料，我早就到啦。"

"上管天，下管地，中间管空气。我现在是只要有办法，就不去和你们政府的人打交道。梅书记你我也不愿意多接触，因为只要和政府打交道，我就有麻烦。这就是我多年来的经验。我儿子呢？你和梅书记说说你的事情。"见众人都开了口子，老拐也跟着说起来。

可是被点到名的穆宏似乎还有些顾虑，他依旧穿梭在人群里端茶倒水，头也不抬地回了句："我哪有事情？我没事。"

梅晓歌笑了笑，使出了激将法："你不说我也当你说了，说吧。"

"无非就是办事请吃饭，酒喝完了也答应了，第二天再打电话，那边问'你找我什么事'。完了，喝多全忘了，晚上还得接着喝。"穆宏低着头，似乎还有些不情愿。

老拐见儿子这么窝囊，心里来气，一拍大腿说道："喝酒吃饭算什么事情?! 你怎么创的业? 县委书记在你还怕什么?"

被老爹吼了两句，穆宏也没处躲了。他放下水壶，拉了张凳子坐下说："我爸以前送我去省里学计算机，毕业了也找不到工作，我和几个同学就做了个网站。网页一打开不是有个介绍页嘛，我们就写自己是'国内最大的付费剪辑软件下载站之一'。这个网页已经很多年了，在做这个网页的时候，确实也是国内最大的付费剪辑软件下载站之一，因为本来也没几个，但是后来肯定不算了，结果工商局有天找到我家，说这句话涉嫌虚假宣传，罚款十万元。最关键的是，这是个旧页面，只不过是放在服务器上还没删除，现在根本找不到这个页面的入口。我特别佩服咱们工商局，我就想知道他们是怎么找到的。"

"你没和他们解释解释吗?"刘经理不解地问道。

"不解释十万元，解释十二万元，找人托关系八千元。"老拐两手一摊揭晓了答案，人群里传来了无奈的哄笑声。

梅晓歌的笑容越来越僵。如果他只是个毫不相干的听众，大概也会被这黑色幽默的段子逗笑，可惜这不是段子，他也不只是听众。

就在这时，穆宏的媳妇走进来，一脸焦急又不敢张口。老拐看见儿媳妇，问她怎么了。媳妇掩饰着笑了笑说："没啥事，让穆宏出来一下。"

穆宏一看媳妇的脸色便知道肯定没好事，他朝梅晓歌点点头，随后快步走了出去。

"赶紧，城管把门口那个土炉子拉走了。"一出屋，媳妇便着急地说。穆宏赶紧冲到店门口，这时几个城管已经把土炉子抬了起来，正往旁边的一辆小卡车上搬。他慌慌张张地上前拦住，恳求道："哥，不能搬呀，刚县领导来了光顾着招呼，就在门口临时放了一下。我……"

"松手，叫你松手!"站在一旁领头的城管瞪着眼睛呵斥道，"照章办事，谁违反规定罚谁，领导的炉子我也一样搬。"

穆宏也不敢硬拦，只能用身子半挡着路，一边往后挪动一边哀求："哥，真的不行，这拿走了咱还怎么熬老汤呀。你先听我说……"

"再说就是妨碍公务了。知道什么后果吗? 让开!"另一个正在抬炉子的年轻城管冲穆宏吼道。炉子挺沉，几个人抬着都费劲，纠缠更增加了重量，不是实在腾不出手，他都想把穆宏一把推倒。

利益相关，双方都不撒手，吵闹声也是越来越大。忽然背后传来声音："怎么了?"

领头的城管回头一看，说话的原来是徐泳涛，再往后一看，梅晓歌也出来了。炉子终于放下了。

梅晓歌还记得这个城管，他走过去笑着说道："又见面了。这么晚也不下班，单位给你们发加班费吗？先把炉子搬回去，有什么问题叫你们局长来找我说。"

几个城管七手八脚地把炉子搬了回去，胡乱打了个招呼便飞速离开了。穆宏夫妻第一次在城管面前挺直了腰杆，自然也对梅晓歌感激万分。梅晓歌拍拍老拐的胳膊："老哥你也得换位思考，你要是给狗起个名字叫'县委书记'，我心里也得骂你。"

人群里爆发出一阵笑声。梅晓歌举起双手冲大家挥了挥，大声说道："辛苦大家了。有事咱们随时沟通……"

"好——"人群中有人喝彩，有人鼓掌，喧闹中梅晓歌的车子渐渐远去。

"刚才是不是说多了？"真味居的女经理忐忑地嘟囔了一句。

"反正老子是不怕。胡子都白了，还能把我抓起来？"老李紧跟着说了一句，这一晚上他是真说痛快了。

赵连国在一旁叹了口气说："当官的话哪能信？他也就是搞个座谈装装样子。会当真吗？"

"过两天看看吧，政策最能说明问题。"刘经理接了一句。人群渐渐散去，如同刘经理说的那样，所有人都怀着一个不安的期待。

回程的车上，梅晓歌却异常安静。夜色中徐泳涛看不清梅晓歌的脸色，只能试探着说："七嘴八舌，说得我现在出来脑子还嗡嗡的。书记也不抽烟，刚才也被熏坏了吧？"

梅晓歌沉默良久，半晌才感慨地说："中国的老百姓啊，真的是全世界最好的老百姓了。"

从沸腾火锅店出来已经到了饭点，江霞问林志为还用不用回单位，林志为摇摇头说："不回了。县长有个公务接待，不用我跟着。"

"那一起吃饭吧。武装部门口新开了一家纸包鱼，买一送一，味道还不错，要不要去试试？"

还没来得及回答，林志为的电话便响了起来，有人打微信视频。林志为一看屏幕，立刻浮现出笑容，快速接了起来。虽然没看见人，但江霞也清楚地听到是个女的，而她和林志为的关系自然不言自明。

江霞没吭声，她趁林志为视频聊天的工夫去旁边取了车。待她开车过来，林志为刚好挂了微信视频。江霞按了按喇叭说："上车吧，我捎你回去。"

林志为不大懂车，但看着江霞车上精良的内饰，比县长的公车都要上一个档次，想必是价格不菲。这大概也是母亲最近急切地要他相亲的原因吧。

完成了工作，江霞的心情放松了不少，她故意没问刚刚那个微信视频，而是围绕着林志为的新岗位聊了起来："都说跟着县长是个苦差事，是不是？"

"她的脾气有些急，一个问题问完了，你还没回答，第二个问题就来了，有时候没机会解释。别的倒是还好。"林志为诚实回答。

"说实话，老范也不让我跟县长，就是让我跟我也得想办法推掉。我肯定是顶不住的。"

"至于吗？"林志为被江霞略显夸张的说法逗笑了。

"累呀，熬煎。县长在邻县当宣传部部长的时候，我一个同学就跟过她。早衰三年起，现在看着起码比我大五岁。他还没结婚呢，看着却像是已经当爸爸了。"

"你别吓我啊，这么说用不了多久我也到更年期了。"

江霞笑着瞟了林志为一眼："所以找你这种娃娃脸去最好，就算更年期了，脸上也看不出来。不像我，家里就怕我老了还嫁不出去，天天催着相亲。"

"相中了吗？"

"没有啊。不是一直等着和你相亲吗？"

林志为跟着笑了笑，这样的玩笑他有点接不住。江霞看出林志为的木讷和尴尬，没再继续这个话题，不过临别前，她大方地邀请林志为参加周末的集体爬山活动。

"行，只要不加班。"听到一起去的还有"两办"其他几个年轻人，林志为也没多想便答应了。当他目送着江霞的车子远去正想进家的时候，跳完广场舞的母亲突然从身后追了上来。

"开车的是不是江霞？"

"是。"林志为边说边往里走。

"你俩去吃饭了？"母亲紧跟着追问道。

"没有。刚下班，她捎了我一段。"

"哎呀！"林母一听这话急得声音都变了，"那你怎么不请人家吃饭？早点说，我在家里给你们做呀！"

林志为没接话，自顾自地进了家。林母不甘心地又朝江霞远去的方向看了看，跟在儿子身后憋了一口气。饶是这样，她也不敢说得太厉害。当妈的最了解儿子的脾气，林志为看着老实，其实心里藏着一股倔强，太拧着他反而办不成事。

找对象的窗口期就是短短一两年，错过了就没什么好机会了。林母思来想去，给儿子做了碗他最爱吃的打卤面，守着饭桌又苦口婆心地劝了起来："咱们这个小地方，出来进去，有头有脸的就那么几个人。咱现在也是县长的联络员，妈妈不是说让你去高攀谁，但人总是要往上看的，江霞的爸爸你也见过，是光明中学最好的老师，她妈妈在县人大，你在这儿是要过一辈子的，以后互相有个照应不好吗？你现在是最舒服的岁数，饿了回来吃饱就走，家里什么都不用你管。以后呢？很多事情没有你想的那么简单。生个孩子，谁帮你带？你别觉得带孩子有多简单，一秒钟都不能离开人，有个住得近的岳家，有我还能一起搭把手，解放的是你们自己啊。"

打卤面本来很香，可就着母亲的唠叨也吃不出滋味了。林志为狼吞虎咽地扒拉了几下，筷子一放，说了句"饱了"，便想起身回屋。可母亲哪里甘心，追着他屁股后面接着说："你平时太忙了，我也不敢打扰你，今天刚好有点空，妈妈和你商量一下。下个星期，我让你爸回来，咱们和江霞一家吃个饭，也别老让汤阿姨在中间传话了，你主动点，自己去和江霞说一声。"

已经走到房门口的林志为停下脚步，转过头，平静而坚定地拒绝了母亲的提议："我有女朋友啊。"

"我和你说了不可能！"林母耗尽了最后一点耐心，拉下脸说，"这种话以后就不要再说了，这个事情我决不会同意。"

林志为还想继续反驳，恰在这时，电话响了——又有微信视频打了进来。林母上前一把拉住儿子的胳膊，生气地问道："谁的电话？"

"我的电话。"

"谁给你打的电话？"

面对母亲的咄咄逼人，林志为也来气了。他把手机往桌子上一扔，指着屏幕说："看吧，自己看。"

林母凑过去一瞧，已经接通的微信视频里闪出何冬鸣的身影。

"阿姨好！小林没在啊？"

"在呢在呢，他刚吃完饭。你们聊吧。"林母急忙掩饰自己的情绪，把手机塞进了儿子的手里。

林志为接过手机，转身进屋，锁上了房门。何冬鸣似乎也看出些异样，问道："怎么了？有事啊？"

"没事，你说吧。方案通过了吗？"

一说到正事，何冬鸣便来劲了："'总体来说方案是可行的、有价值的。PPT一看就花了心思，实用大于美观。缺点和优点一样突出，创业团队核心人员缺乏实操经历，但是不怕，因为这个能弥补。'风投的原话就是这样。我和你说话，你听见没有？"

电脑前，林志为正在把那些真真假假的调研资料逐一汇总进一张Excel里。何冬鸣的话也没有把林志为的目光从表格上拉回来，东西太多，一不小心就会弄错。不过何冬鸣的话，林志为是一句不漏地都听见了，只见他一边敲打键盘一边点头答道："你说你的，听得见。"

"约了下周一再去见面，我一会儿就开始改PPT。你有什么建议，后半部分都得细化。"

"细化？"林志为停顿了一下，接着说，"我得先把我这边的后半部分细化出来。你先辛苦一下，明天晚上我再接你的班。"

挂了微信视频，林志为看看手边带回来的一大摞市场调研报告，又打开电脑看了看何冬鸣说的PPT。想来，今晚他又睡不了几个小时的觉了。

第二天一早，林志为拿着汇总好的调研情况表格，颇为自信地向艾鲜枝汇报："一半以上的商户采取的都是形式主义，问题还没有看清楚就直接打了钩。靠后那些企业反馈的大多是真实的，尤其是沸腾火锅店的老板，说了很多意见。"

"后面这几个是你自己去搞的调研？"

"和政府办的同事一起去的。每份报表都有调查报告，如果需要可以随时……"

林志为还在斗志昂扬地表态，艾鲜枝却放下表格打断了他的话："今天去市里开会的发言材料呢？"

林志为倒也不含糊，马上在一堆材料里准确地把发言材料找出来，放到了艾鲜枝面前。

"这些数字是重新核实过的吗？"

"是，统计局和市场局都确认过。"

"鹿泉乡的治污方案出来没有？"

这回林志为愣了一下，略有犹豫地回答："可能没有那么快，他们说……"

"可能？这是李来有估的还是你估的？"艾鲜枝像被点燃的炮仗，一下急了，"上下就一条河，污染的到底是我们还是覃县，说白了市里现在根本不关心。我要的是方案，怎么治，多久，多少人，多少钱。哪怕是个草稿，李来有如果不懂，你去翻译给他听。明白我的意思吗？"

林志为慌忙点点头，拿起手机找到李来有的号码立刻拨了出去，可惜那头传来一阵忙音。

艾鲜枝看看表，马上就到开会时间了。她拉着脸拿起笔记本和水杯大步朝外面走去，出门前她又看了看慌张的林志为，没好气地说："盯住你该盯的事情。县委大院的每个人都要有分工。那么想做调研，可以回政府办去！火锅店把录音笔都放到信访局的桌上了，还有必要去重复吗？"

林志为一脸尴尬地点点头，县长的火也不是没来由的，这次他还真是聪明反被聪明误了。

见手机上有个标注着"县长秘书小林"的未接来电，李来有心里有点打鼓，但马上要开会，他也没时间回了。"小林来电约等于县长来电，县长的电话能有什么事？总不会是要点名表扬我吧？"李来有心里嘀咕着走了几步，刘亚军正捂着腮帮子跟了上来。此刻，刘亚军的心就像沸腾的火锅，上下翻滚，不得安生。现在，整个县委大院都知道物价局的人"吃拿卡要"被录了音，一会儿开会，他这个局长如坐针毡。

见旁边是关系相熟的李来有，刘亚军嘀嘀咕咕地抱怨："那两个就是脑袋里有屎，火锅店都要转让了还要过去瞎搞，本来就愁找不到个点炮的……那个老崔他妈的也是个小人，搞录音这套。"

李来有拍拍他的胳膊，安慰道："无非说了几句脏话，有规定摆在那里，该罚就罚，怕什么？"

"工作时间违规喝酒呀，还是中午。这一条小辫子就把你捏死了。看着吧，等会书记就要拿我开刀。"

"谁犯的忌谁挨打，板子抽不到你身上，顶多骂两句。你嘴怎么了？"

不问还好，一问把刘亚军的注意力又牵了过去，他忍痛皱皱眉说："最近真的要去庙里拜拜，干啥啥不顺，昨天夜里啃个排骨，差点儿把牙都崩了。"

"崩了正好安一颗烤瓷牙，等于换牙了。"李来有笑着揶揄道。

刘亚军没好气地说："你以为我是李保平乡里的假奶牛吗？自己倒霉便总想拉个同病相怜的垫背，可李保平的问题已经解决了，物价局的这一锅却甩不出去了。"揣着一颗七上八下的心，刘亚军走进了会议室。

果不其然，开会的第一项就是说物价局。老崔的录音又在会上放了一遍，刘亚军低着头恨不得找个地缝钻进去。不用想，领导的炮火马上就会朝他飞过来。

录音放完之后，艾鲜枝率先发言："根据会议安排，我先做一个简短的发言，具体以一会儿晓歌书记的发言为准。先通报一个消息，录音举报的这个火锅店老板，他在九原县准备新开业的饭馆已经开始装修了，相信很快就会鞭炮连天，乔迁新禧。今天来的大多是执法机构负责人，各乡镇的同志也在，光明县的市场环境已经到了最危险的时候。"艾鲜枝说完忍不住用手敲了敲桌面，然后继续说："政府办同志昨天的调研我已经看了，很详细。我们也会请政协委托各委员和法兰协会、餐饮协会、乳业协会等组织对县非公有制经济发展情况进行全面考察。梅书记昨天还亲自搞了座谈。为什么今天要开这个会？开这个会的意思就是必须要重视起来。说实在的，幸亏这是我们自己内部先警惕起来，刚才这个录音如果让市里、让省里听见呢？如果是摆在媒体的电脑上呢？

"市场整顿刻不容缓。法兰企业的无序竞争、降价竞争也不是一天两天了，短视要不得呀。执法机关和乡镇也一样，就像梅书记经常说的，加减乘除算算账。这总会吧？养鸡和取蛋的关系还搞不明白吗？中央也在三令五申。优惠政策不落实，税费负担过重，经济环境太差，以后谁还敢来？下个月就开始进行营商环境测评了，想过怎么过关吗？"

艾鲜枝一竿子把全县的问题都扫了一遍，台下比邻而坐的李来有和李保平对视一下，苦笑着小声自嘲起来。

"又要马儿跑，又要老马不吃草。"

"那也比我们强。老牛没草吃，还得挤奶，还得挤得又快又多。"

"一会儿你举个手，替各乡镇诉诉苦。实事求是，县长不会怪你的。"

"这种受表扬的事情还是你来。都是兄弟，好事我就不跟你抢了。"

几步开外的会议室门口，袁浩和林志为也在小声嘀咕。听林志为讲完自己挨批的经过，袁浩语重心长地给他复盘："各扫自家门前雪，咸吃萝卜淡操心。闲事管出毛病来了吧？上传下达，让你通知谁就通知谁，你管他们调研的是真的假的，反正挨骂的又不是你。"

这几句话说中了林志为的痛点。工作没做好，领导骂几句也没什么，可调研的事他多少有点委屈。领导跟前他不能反驳，可面对袁浩的教导，他可不服气了："你明知道都是假的错的，怎么还往上交呀？看见不说，我做不到。"

"那你就说说清楚。明明是赵乐恒的问题，锅现在都在你身上，你不觉得自己有问题吗？"

"我没觉得出发点有什么问题。统筹方法，是我把工作方法搞错了。"

"从小就死倔，不嫌沉你就接着背，最好把大院的锅全都背起来，就当锻炼肌肉了。"

早先亦师亦友的和谐变成了现在观点的南辕北辙，两人谁都没再说话，都在等着时间来验证自己的正确。

此时，台上已经换成梅晓歌发言。只见他掏出厚厚一摞罚款收费票证递给艾鲜枝，小声说了句"大家传着看看"。

眼见着这一摞从穆记馄饨铺搜集来的票子在会议室里越传越远，梅晓歌严肃地说道："我刚来咱们县的时候，国道上的摄像头比现在多一倍。限速80直接降到40，踩不住刹车就得挨罚，雁过拔毛。隔壁的九原县在修路，咱们在罚款。旅游的、投资的以及大小车的货车司机都绕道走，当时我就说绕行光明县的高速什么时候修好，光明县的经济就什么时候覆火。现在好一点儿，人来了，义关门打狗。营商环境的打分调查看着漂亮，但是企业在用脚投票，打分最高的反倒第一个走了。发展是最大的事情，发展才能挣到钱，挣到钱才能解决环保和收入的平衡问题，社会才能稳定，教育和医疗才会好，光明县才有好的未来。咱们才过了几天好日子啊？"

说到这，梅晓歌掏出一盒烟扔在桌子上，那正是前几天穆宏隔着车窗塞给他的："我去吃碗馄饨，老板不敢要钱，还得给我塞香烟。城建局的人来了吗？你们的烟瘾大，一会儿拿走抽抽看是不是真的。嗯？咱们一个连科级都不到的物价局干部，卡住一家民营企业，导致后者离开光明县，你们回去算算账，这个股级干部每个月多少钱工资，搞黄一个纳税的企业，县里到底是赚了还是赔了。"

城建局的局长此刻连头都不敢抬一下，梅晓歌又看看同样不敢抬头的刘亚军接着说："关于餐饮企业被物价局干部百般刁难一事，经纪检核实确认之后，县委批准、组织部协办，将当事人立刻调离单位。不是调整岗位，是调离单位！我再重申一遍，以后再有类似情况，股级干部直接调离，科级干部由县委建议调离。不是岗位是单位！我相信我们在座的都是拥护党的，这事不是给党抹黑吗？各个级别的干部在人性方面都是一样的，有人举报你，你就会不高兴。这根刺扎在肉里就会发炎，必须拔出来，不能埋着。不作为、乱作为都是报复。直接调离，这是避免打击报复企业的最好办法，也是唯一解决的办法。"

整个会议室异常肃静，平时总是笑呵呵的梅书记这次是真动怒了。老拐的一摞票证绕着会议室转了一圈，此刻又回到了主席台上。梅晓歌指着票证说："票证你们刚才都看了，各单位逐一认领，逐一退还额外的罚款。信访局要设立一个信箱，只要是政府部门不正当罚款的，都可以来公开上访、公开要账。已经证明解错的题都要擦掉，按正确的解题步骤来。引进一个好的企业不容易，真金白银都投在这里啊。你们去问问那个走了的火锅店老板就知道，人家不会管你物价局来的人叫什么，人家不会说哪个人不行，人家是说光明县不行、政府不行。我听说有人想在县城开一家洗衣店，租房用地、环境保护、劳动用工、卫生防疫、公安消防、劳动城建……所有的部门都可以找到一百个理由来管来罚。本地人都不敢投资创业，外地人怎么可能敢来？还有就是审批。以后都是APP，除了老年人，大部分人都不去窗口了，看看沿海城市，一秒钟就可以全部解决，行政审批局你们要好好考虑一下改革。这些事情搞不好，官僚主义、形式主义等一系列的问题全都出来了。"

许是感受到了会议室里肃杀的气氛，梅晓歌稍微平复了一下情绪。归根到底，还是要把道理说透，这样工作才能上下齐心，进入良性循环。

略微调整后，梅晓歌放缓语气接着说："市场整顿和我们每个人都有关系，干群关系、党群关系。你们可以去馄饨店，听听后厨那个老党员对我们有多少意见，干群关系是工作到不到位最直接的体现。重点表扬一下鹿泉乡，营商环境测评连续三年第一，这个是不容易的。李来有要多总结经验。"

刚刚还在埋头嘀咕的李来有，一听到表扬立马坐直了身子。他看了看梅晓歌，但很快收住喜色，摆出了一副谦虚的模样。

梅晓歌亦对他点点头，总结道："会后，所有执法机关的一把手亲自去给各商户、各企业发协议书。凡是协议书以外的费用，都可以拒绝。把我的电话号码也加上去，任何人都可以投诉……"

会议结束了，李来有的脚步比平时轻快了不少，可没走出几步，他就被林志为叫住了："李书记，河道污染治理方案什么时候能出来？"

放在平时，李来有不是叫苦就是逃跑，不过今天刚受了表扬，他心情大好，便上前亲热地搂住林志为的肩膀，客气地说道："回去我就催办这个事情。一定抓紧，这两天事情实在太多。"

"有多忙啊？林志为也催不动你？"艾鲜枝的声音从身后传来，"你的干群关系搞得不错啊，书记都表扬了。你那个叫什么来着，在村里搞的那个？"

"'围炉夜话'，请县长有空去指导一下啊。"李来有揣着小心回答道。到什么时候，艾鲜枝的问话他也不敢怠慢。

"你先说说河道污染治理方案的事吧。"

"行。"李来有哈着腰跟着艾鲜枝的脚步往办公室走去，刚刚的得意此刻又变成了焦虑和谨慎。

政策立竿见影，城建局局长亲自带队上街，挨个给商户发协议书，同时组织人清理贴在商户门窗上的各种收费通知单。县电视台也出动了记者，现场记录下了这一幕。

老邱打包了一饭盒馄饨，走到门口对老拐说起了风凉话："不是上级领导提的要求就是要考核营商环境了，最多热闹一个月就得歇火，该罚的还要来罚你。赌一顿涮羊肉，敢不敢？"

老拐看了看手里的协议书，答道："以前赌就赌了，但这个县委书记好像和别人不大一样。"

"哎哟!"老邱嗤笑一声,"就你这样的老百姓最好哄。当官的天天骑在你头上拉屎,赶上哪天不拉稀,你就满意了。"

街头巷尾,买的卖的,大家都七嘴八舌地议论着。老拐看看协议书,又看看老邱渐渐走远的背影,带着一丝疑虑走回了店里。

回到乡里,李来有立马召集乡干部开会,虽然被艾鲜枝逮住训了一顿,不过会上被书记点名表扬的事情还是要好好宣扬一下。

"各个乡镇都坐在那里,面子很重要。能让县委书记点名表扬,太不容易了。说是夸我和乡长,其实都是你们的功劳。干群关系,党群关系,鹿泉乡每个村的狗都认识咱们的乡干部,这一点我很自信。梅书记让我总结,其实很简单,很多地方的乡干部根本就不和村民打交道,我们不一样。"

此时,长岭村的书记肖俊学骑着自行车远远赶来,见屋里正在开会,他便站在院子里的大树下静静等着。阳光透过枝叶照射进来,肖俊学不禁打了个哈欠。作为县教育局派下来的驻村书记,他其实早已习惯了村里早起的生活,可是能早起未必能早睡,昨天深夜,他就又被贫困户刘喜折腾了一番。

刘喜给他打电话,说自己肚子疼,家里没药,打村里大夫电话也不接。帮扶贫困户是驻村书记的一项重要工作,肖俊学不敢怠慢,但其实他也知道,刘喜没什么大事。刘喜是村里出了名的懒汉,之所以穷就是因为懒,现在又有一叫就来的书记,他自然乐得使唤。不过,肖俊学已经无心跟他计较了——再有不到一个月,他的驻村任务就结束了,何必临走的时候招惹这种烂泥扶不上墙的人呢?

此时会议室里,李来有喝了口茶,接着说道:"你和大多数村民都不熟悉,工作上的麻烦事只能甩到村干部那里。最简单的,有人上访怎么办?你不认识村民,只能让村干部牵着鼻子走。对了,长岭村那个刘喜后来没有再闹吧?"

听到里面提到刘喜,肖俊学支棱起了耳朵,只听到妇女主任王晚菊答道:"他就是咋呼,那么懒,让他去上访他也不会去。"

李来有稍稍松了口气,接着布置下一步的工作:"脸都认不全,还扯什么动员能力?和村民打好交情这一点非常重要,这是政府没法赋予你的权威。不能小看这些东西。一旦有什么群体事件,那些闹得凶的村民,只要你喊得出他的名字,马上就老实了。平时要多交几个村里的朋友,有什么事情他会第一个告诉你。乡村就是个熟人社会,有感情、有面子,人都是讲感情的。长岭村的'围炉夜话'要抓紧抓好抓牢。想拉高平均分,倒数第一的班级很重要。今天晚上我也会去。"此时,他指了指宣传委员黄立清接着说："立清你和肖俊学、三宝他们对接好，各个村组农户都要到，除了生孩子的，全得到。"

待李来有端着杯子走出会议室，肖俊学马上迎了过去："李书记，还是那个给村里捐书的事情。局里支持的力度很大，把光明中学图书馆的《资治通鉴》都要来了。这些书一直在宣传科的办公室里堆着，人都快进不去了，宣传科催咱们赶紧把捐书仪式的日期定下来。"

李来有一边往办公室走，一边不慌不忙地问道："大概多少？两千本肯定是有的吧？"

"上周末回去我整理过，目录也拉出来了，一共一千九百三十四本。"

李来有摆出官派十足的样子，对肖俊学吩咐道："你看看，这么多的书，运过来也没个地方放。教育系统对长岭村的一片爱心，总不能都堆在地上让老鼠给啃了吧？是不是得先把村里的文化角收拾一下？不行再把文化角扩一扩。"

肖俊学犹豫了一下，答道："主要是月底我就回局里上班了，我是怕这个事情……"

"三宝到哪里去了，怎么老不见他？"李来有一抬手轻巧地打断了肖俊学，"你回去跟他说，滹沱河的上游最近可全是猪屎，钓起鱼来他自己吃，别给我往乡里送。"

一面崭新的表彰年度营商环境优秀乡镇的牌匾已经钉在了李来有办公室的墙上。他得意地看看牌匾，喝了口茶，和跟进来汇报工作的肖俊学聊起了家常："那天还和你三舅在一起吃饭，他说家里给你相了一个教书的，女方父母也是教育系统的，是吧？什么时候订婚摆酒？我和乡长都得去。"

"还没那么快。"肖俊学有些腼腆。

"年轻人不要沾上拖拖拉拉的毛病。"李来有指了指面前的椅子，让肖俊学坐下，"我跟你说，搞对象就像收秋，你看见哪根玉米熟了赶紧下手，晚了全是瘪的。好的都让别人抢走啦。狗熊掰棒子，不就是这个意思吗？"

肖俊学扶了扶眼镜，有些犹豫地说："李书记，有句话我也不知道该不该问。"

"不开会你就叫我来叔。你爸、三舅、姑父，我和你家里那都不能再熟了。你说。"

但肖俊学的心思不在闲聊上，他又把话题扯回到捐书："捐书这个事情是不是有什么问题？我看乡里和村里都不太热情，是不是我哪个环节没有弄好？"

李来有意识到这个熟人家的小年轻还没搞清楚办事的套路，既然是熟人那就不妨教教他。李来有拿出个纸杯，倒了点儿茶递给肖俊学，让他喘口气、落落汗，然后语重心长地说起来："你的想法肯定是好的，也是想给村里找点实惠。怎么说呢，捐书这个事情说大不大，但也不是个小事情。就像你说的，县教育局奉献爱心，几千本书啊，局长肯定是要来的，那分管教育的副县长要不要邀请？四套班子其他领导呢？你明白我的意思吗？"

肖俊学微皱着眉头看着李来有，满脸写的都是不明白。

李来有无奈地摇摇头，只能把话说得更明白一点了："县委宣传部、融媒体中心，加上光明中学的老师和校长，贵客盈门，你总不能拉个横幅就算了吧？仪式在哪里搞？中午怎么吃饭？会台咱们自己肯定不会搭，得找婚庆公司，那锣鼓队要不要请？纪念品要准备多少？准备些什么？你去问三宝，他没问你这个钱谁来出？"

联想到之前跟三宝沟通的情景，再琢磨一下李来有的话，肖俊学这才意识到问题所在。

李来有拍拍他的肩膀接着说："做肯定是要做的，放心。先搞个预算出来看看。扶贫那边怎么样？听说半夜买药、修水管也要给你打电话，屁大点困难都习惯了找干部，是不是？"

肖俊学笑了笑："干群关系肯定是比我刚去的时候好太多了。"

"你们村那个刘喜呢？还是不给喝酒就不给你打钩签字？"

提到刘喜，肖俊学不禁叹了口气："他是有点问题。我今天还去他家买农副产品，消费扶贫。可他花了三十块钱提前买了只鸡，说是自己养的，要卖一百五。我干脆也不买了，用批下来的钱给他买了鸭苗和小鸡。"

"这种人多不多？"李来有关切地问。

"不多，就这一个。"

"饿死活该。"李来有没好气地说道，"有的人他妈的就是懒，烂泥扶不上墙。你不能总去扶，得叫他自己倒下来，要是摔不死还能感觉到疼，自己就会站起来再爬过去。干群关系的打分表不用担心，把村里的'围炉夜话'搞好，一俊遮百丑，谁还能说什么？"

李来有的点拨让肖俊学厘清了思路。下午回到长岭村里，他先停在街边乘凉的几个老头跟前，把从乡里代买的药一一发到了他们手里，嘱咐他们回家让孩子看了说明书再吃。当然，临了他也没忘了最重要的一件事："晚上七点半记得都到村西头小广场集合啊。"

随后，肖俊学又去了刘喜家。刘喜躺在床上玩手机，见肖俊学进来，连个招呼都不打。肖俊学也不在意，他轻车熟路地走到一个破柜子跟前，拉开抽屉，看了看里面的药，又把新带回来的药写好用法用量放了进去。随后，他又问了问刘喜的病情，还有午饭吃了什么。

刘喜一脸赖皮相，挠挠毛糙的头发反问肖俊学："晚上去小广场，你们管饭吗？"

"想吃什么？"

"方便面。"

"走吧，到村委会泡去，再给你加根火腿肠。"

刘喜伸伸懒腰，一点儿都没有起身的意思："怎么不说还给加个卤蛋呢？我表舅家一样是扶贫，人家是县税务局包户，见面就给钱，一次五百，你们给的那些米面都不值钱。"

"你不走，等会儿方便面也没了。"

"腿疼啊，地都下不去。"刘喜翻了个身，端起手机说，"你帮我把发的那袋米搬回来吧，还在村委会呢，方便面也顺便捎上，要桶装的。"

放在从前，肖俊学真就乖乖把东西送上门了，可现在他不会了，村里的"围炉夜话"就快开始了，好多事等着他张罗，这种懒汉，饿了自然会出门找吃的去。

喜旺法兰厂里，宝根和大鹏正干得热火朝天。此时，厂会计树哥走进来冲他们大声招呼道："宝根，今天下班早点回去，村里要'围炉夜话'。"

"我们现在就在围炉，夜什么话？"宝根头也不回地答道。

"别废话，你嫂子说今天乡里的领导都来，你赶紧，一会儿我骑摩托车带你一块儿过去。"

树哥话里提到的"嫂子"，正是乡妇女主任王晚菊。外人面前，树哥多少会给媳妇留点面子，不过回到家里他当仁不让地做着一家之主。树哥和宝根到会场时，王晚菊正在给村民们发写着反诈和乡政府惠民信息的传单。树哥走过去，拉着脸问道："我妈呢？"

王晚菊知道她男人的臭脾气，生怕他在外面闹起来，赔着小心低声回答："在巧婶家帮忙，一会儿就来。"

"你也不在，她也不在，我回家不用吃饭了，饿死吧！"

树哥的恶语相向，王晚菊早习惯了，她一边和周围人打着招呼，一边哄着丈夫说："我从乡食堂给你带了包子，你在这等一下，我去拿，还有鸡蛋汤，我怕凉了，先放村委会了。你想在哪吃？"

"树哥，跟嫂子说啥悄悄话呢？"有邻居从旁经过，打趣地问道。树哥是个窝里横，一见熟人什么脾气都没了，堆着笑跟着那人一起走到旁边去了，仿佛完全没听到妻子刚说的话。

另一边，三宝刚接完李来有的电话，正准备去村口迎接，肖俊学追过来说："主任，刘喜说他腿疼来不了。他这是想把下个月的钱先支了。"

"有个屎，告诉他赶紧滚过来，别把我惹恼了，我上他家把那扇烂门给拆了。"三宝说着快步朝村口走去。

此时众人还不知道，梅晓歌的车子也刚好路过鹿泉乡。本来晚上要接待市里的环保督察组，结果徐泳涛告诉他带队的副市长有事不参加，剩下市环保局的那些人，明路接待就可以了。梅晓歌露出了会心的笑容："哎呀，不容易呀，我的胃和肝也能松口气了。"

车窗外一闪而过的路牌写着"鹿泉乡"三个字，一身轻松的梅晓歌向徐泳涛说道："问问李来有在干什么，我们顺路过去转转。他搞的那个大棚基地是不是又没影了？"

徐泳涛会意，立刻拿出手机按下了李来有的电话号码。

第十一章　环保官司

梅晓歌的突然到来，让李来有既兴奋又有些措手不及，但好在村里的工作还算到位，连刘喜这样的"老大难"也按时赶到了。正式开始前，李来有询问徐泳涛梅书记的发言安排在开头还是结尾。不承想，梅晓歌直接说："今天，我就是来旁听的，不发言，你们就按正常流程进行。"

李来有又推让了一番，见徐泳涛朝他使眼色，便没再坚持。他走到人群中间，拿起话筒说道："梅书记是重视才会亲自过来参加今天的'围炉夜话'，按理说怎么都要做几句指示的。领导不肯讲话是体谅大家，怕耽误你们回家干活做饭的时间，真的是无微不至，我都感动了。"说着，他转向梅晓歌看了看，继续说："向领导汇报一下，我们乡是这样的，星期一到星期五深入农户，周末在村头搞座谈，消化村里的大小矛盾纠纷。现场办公、解决困难，也包括给农民提供致富信息，说白了，就是要干群面对面，起码要做到各个村的每条狗都认识乡干部。"

现场人头攒动，氛围比较轻松，梅晓歌也笑了笑。李来有接着对大家说："说说吧，谁家有什么问题，都在这里说清楚、办清楚。昨天，我还去县信访局接了个邻村的人回来，黄豆点儿小事情，为了置口气非要上访，摩托车还忘了加油，半路推到县城，腿都肿了。这都是不会算账。谁有问题？"

在李来有动员的间隙，乡宣传委员黄立清把宣传单陆续分发到村民手里。徐泳涛拿了一份，递给梅晓歌。宣传单印刷得算不上精美，但政府的惠民政策以及科普文章、农林业致富经验等内容，一应俱全。徐泳涛自己也拿了一份，但他主要看的不是宣传单上的内容，而是梅晓歌看完后的反应。此刻，县委书记的脸上写着"满意"两个字。

宝根的母亲在人群里问道："我家有两只鸡昨天开始就打蔫儿，怕是不行了。是不是禽流感？"

负责记录的乡干部马上记下了这一条，还登记了宝根家的门牌号。李来有对这一项也很重视："这个不是小事情。三宝，你现在给兽医站打个电话，连夜排查一下。前些时候乡政府办公室还飞进去一只蝙蝠，今天窗户关了吧？"

二宝　边点头答应，　边去旁边给兽医站打电话。见二宝走远了，刘喜扯着嗓了喊了一句："听说中央给了政策，乡村振兴，农户都能分到钱，像我这样的分多少？"

"什么政策？谁说的？"这话一听就是刺头找碴，李来有马上反问，循着声音找目标。

肖俊学就站在刘喜的身边，听到这不着调的问话，赶紧瞪了他一眼，可刘喜根本不在乎，继续跟李来有说："互联网呀，村委会的电脑上什么都有。广东都开始发了。"

"那是广东。你现在人在哪？"李来有压着气说道，"各个省的政策都不一样，别听见风就是雨点子。政策来了，我肯定比你先知道。你还没脱贫呢，振什么兴？"

人群里响起一阵哄笑声，李来有怕话题跑偏，干脆站起来问道："谁还有别的事？"

"欺负人、打人，管不管？"不远处一个年轻女村民喊了一嗓子。

刚打完电话回来的三宝一听这话，赶紧接上："下午不是给你们调解了吗？"

可女村民摆出一副不依不饶的样子，提高嗓门说："调解管用吗？你们一走还不是老样子？"

"你报警呗，有理为什么不报警？"村民赵三跟着来了一句。

三宝还想从中调和，却被李来有打断了："自己说。一个一个来，不要抢话。女的先说。"

女村民翻了个白眼，说："有人就是见不得别人好，见不得别人房子大。你家建房，他们就处处使绊子，给你搅黄了，他们才高兴。"

李来有皱了皱眉，制止了女村民阴阳怪气的发言："有事说事。"

女村民指着赵三说："他家房子是那种土房子，你们都知道。地基本来就不行了，下边都是石头沙子，几十年的老房子了。我们家重建的时候扒房子，钩机挖得深了点，弄塌了他家半间房子。本来是协商解决，三宝叔，你也去了，协商结果是给他家新盖两间平房，一边出一间的钱。"

赵三不干了，冲着女村民叫道："我家人多，全都住在一个院里，你说盖，可这多久了都盖不起来，叫我们往哪住？"

"说好的一家一半，过了一夜他们就反悔了，让我们七他们三。这边要打的地基也不让打，本来是我家的地方，非给他们让二十公分。得寸进尺，还是不行，吵起来就要动手。李书记，你看看我这胳膊上脸上，让他家老婆抓成什么样了。"

"先动手的是谁？喝了酒，拿着菜刀要去砍我的不是你爸吗？你不让我吃饭，我就不让你拉屎，就这么简单！"

眼看着双方剑拔弩张，肖俊学紧张起来。他离开刘喜，往吵架的两个人那边走过去。反倒是三宝表现得十分淡定，一副见惯不怪的样子。

"一个一个说！"李来有大喝一声，镇住了争吵的二人。他扫了一眼梅晓歌，缓了两秒钟才开始给二人调解："这个事情是这样的，断官司还是要交给法律，觉得村委会调解不起作用就报警，要是构不成犯罪，公安不管，那就乡镇管，但是有一条，不要打架。动手之前先算算打架的成本，赔钱还是小事情，真闹大了，住院、坐牢，到时候谁也救不了你们。去年也是你们村，谁家冬天在房顶扫雪，不小心扫到别人院子里，这就闹了纠纷。我听说平时双方关系还不错，结果一架打到乡卫生院，到县医院都治不了，最后跑到省人民医院才把筋接起来，到现在一个赔钱，一个残疾。我看今天都没来吧。你们去问问他们后不后悔？"

一顿吓唬，两边都不说话了。李来有见这一棍子打下去有了成效，便缓和了语气接着说道："你们两家也都有小孩子，老的不管，小的总要管吧？这种事情让小孩怎么看？从小就目睹这些丑恶。一会儿散会了坐下来商量吧，我也参加。下一个。"

这一出演完，后面自然没人再敢为了鸡毛蒜皮的小事闹腾了，李来有赶紧进行下一话题："没矛盾就说挣钱的事了。会前我看很多人都在问今年要买什么种子，这个还是要看市场。市场需要什么就种什么，市场上什么值钱，你们就卖什么。"

一提钱，接着能手刘喜又来劲了："能不能具体点？那个什么到底是什么？"村民们一阵哄笑，刘喜更得意了，接着说道："去年乡镇号召大家种西瓜，还就种植面积下命令，家家户户都得种，秋收的时候卖不掉，西瓜摞得像一座山，最后全烂掉了。天天吃瓜，顿顿吃瓜，我老婆越吃越瘦，到县医院一查，都糖尿病了！"

这话听着是玩笑，可比刚才两家子打架更厉害。扶贫是政府的重头工作，当着县领导的面爆这种料，跟原平乡吃苦瓜不是一样的结果？三宝立刻呵斥刘喜道："你一个懒汉，哪来的老婆？"

哄笑声更大了。刘喜也不以为意，跟着嘿嘿笑了一阵，死皮赖脸地说："以前有啊，这不是跑了吗？现在没了还等着政府给我找老婆呢。西瓜肯定是卖不出去，反正我要反着听，你们让种什么，千万就不要种。"

这话听着刺耳，可李来有却并不担心。哪个村没几个奸懒馋滑的刺头？况且梅晓歌都被他逗笑了。

一片热热闹闹之后，长岭村的"围炉夜话"结束了。把梅晓歌送到车子跟前的，除了李来有和村里的干部，还有宝根母子——直到这一刻众人才得知，梅晓歌和宝根是发小。

宝根母亲紧紧攥着梅晓歌的手，又高兴又不舍："灶里塞把火，喝口茶的工夫，饭就好了。你不吃饺子，我给你做手擀面，吃完再回去。"

多年未见，梅晓歌也颇为高兴，可惜时间不允许，他笑着对宝根母亲说："下午饿得早，我在乡里食堂喝完粥才来的，到现在肚子还鼓着。改天，下次吧。"

"你怎么可能老来？回家喝口水也行呀。"说着，宝根母亲转头对徐泳涛和李来有说，"晓歌他爸爸以前来我们村发农药、看种子，也会吃口饭再走。"

一旁的宝根见状，赶紧劝慰母亲："书记还有事，改天再请他来。"

梅晓歌望向宝根："你妈妈包的槐花馅儿饺子真的是好多年没吃过了。下次提前给你打电话啊，预约。"

"好好好。"宝根顺势和梅晓歌握了握手，似乎一切尽在不言中了。

看着梅晓歌的车子渐渐远去，三宝殷切地问李来有："书记到村委会坐坐再走吧？"

可此时李来有的关注点都转到了宝根身上："你和晓歌书记是发小啊，我还是头回知道。来，咱俩加个微信。"

另一边，散会的村民三三两两地各自散去。树哥打着了摩托车不耐烦地冲王晚菊一歪头，让她赶紧上车，可偏偏这个时候，王晚菊的手机响了。

"乡里的电话，稍等一下啊，我看是不是有什么事。"王晚菊赔着小心接起电话，"怎么了，刘姐？什么报表？我到家给你发，行吗？"

话还没说完，摩托车一阵突突，树哥看都没看王晚菊一眼，自己骑着车走了。王晚菊招呼着追了两步，不想手机又响了。她深一脚浅一脚地走在村里的土路上，应答着急三火四的电话："我在村里呢，你说。哪些资料？督察组不是下星期才来吗？现在就要？"

此时，树哥的摩托已经连尾灯都看不见了。

"光明县、覃县两县相接、唇齿相依，一直以来有着深厚的情谊。建议两地各级各部门要进一步提高思想认识，加强河流联防治理，坚决扛起生态环境保护的政治责任，认真履职尽责，明确工作目标，切实解决跨界河流水污染防治的突出问题，及时消除污染隐患，确保水质全面达标，各地既自扫门前雪，也管他人瓦上霜……"

仔细看完内容，艾鲜枝把林志为提交的《在市政府跨界河流水污染联防联控联席会议上的发言》打了回去："这是内部发言，用不着这么温情脉脉。这看着倒像是覃县的发言稿。直接一些，把困难写足，我们现在是受害者啊。改完以后，我再看看。"

随后，她向等在一旁的李来有问道："责任主体确定了吗？"

李来有上前答道："污染源早就找到了，证据也有。公对公、私对私都接触过，覃县那边一直在故意磨叽。他们上游不配合，咱们下游只能吃瘪。您看是不是要和市里反映一下？"

艾鲜枝想了想说："这两天先去一趟覃县，先把礼数尽到，市里发言的时候，我就直接戳肺管子了。"

书记夜访长岭村旁听"围炉夜话"的消息已经在县委大院传开了。午饭时，李唐趁着和梅晓歌一起排队盛饭的工夫，汇报着针对这件事的宣传计划："给鹿泉乡的'围炉夜话'主要提炼了'四个围'，即围出了感情、围出了稳定、围出了发展、围出了希望。计划下个月起，在全县各个乡镇推广。"

"现在就可以。好事情不用专门去挑良辰吉日吧？"梅晓歌笑着说，对长岭村的"围炉夜话"，他确实比较满意。

"下午就签发。"这事做到领导心里了。

此时，在大饭桌旁落座的艾鲜枝向纪东亮问道："河洞乡是怎么回事，溺水又没了一个？"

纪东亮点点头："唉，十几岁的孩子，他奶奶当时倒在地上都要不行了。"

听到这揪心的话，艾鲜枝也不免叹口气："防溺水是年年搞年年出事。其实每年出事就是汛期前的这几天，中考结束以后。留守儿童最容易出问题，多吆喝吆喝就能挽救一个家庭，积德行善啊。"

梅晓歌端着饭坐到位置上，接着艾鲜枝的话说道："其实班里的学生不是所有人都会去游泳的。会水的、调皮捣蛋的，全班就那么几个。把他们找出来，把那些老人痛哭流涕的小视频给他们看，比你去农村墙上刷多少标语都管用。"

纪东亮显然更信服暴力教育："现在学校都不敢动孩子。不行就扇他两巴掌，记着疼就不敢了。"

一旁的明路瞥了一眼纪东亮，马上顺着梅晓歌的话茬说了下去："书记说得对，下河游泳的都是几个会水的。就像村里的上访户，一个村子里一百户，真正的问题户就那么三四家。"

一说上访，梅晓歌又禁不住感慨自己在长岭村的所见所闻："脚还是得踩在泥里，天天坐在办公室里真的是不行。昨天我去鹿泉乡看了他们搞的'围炉夜话'，效果确实好，大小矛盾连村子都不用出就能解决掉。全县如果都这样，信访局就可以休假了。"

"郝东风得请李来有吃饭呀。"李唐在一旁打趣道。

梅晓歌心情大好，继续说道："他就是把墙给拆了。村民和乡干部之间心墙没有了，还会有什么隔阂？其实县委大院的围墙也可以拆掉，现在大多都是铁栅栏，架在那也是个形式，说实话，谁要是想进来，你拦得住他吗？"

这话一出，饭桌上本来愉悦的气氛忽然转了个弯，变得有些微妙起来。纪东亮率先接了一句："那我的压力可大了。牵马的、放羊的都来了，就像上次那头牛，用角顶一下哪个领导，我能担得起责任？"

李唐想起那天保安满院子扫牛粪的情景，憋着笑说："郝东风估计第一个疯掉了。"

艾鲜枝也跟着开玩笑说："小杨，你去外面看看，政法委张书记是不是已经在门口了，听见晓歌书记要拆墙，吓得都不敢进来？"

县里午饭的一阵风，晚饭就吹到了乡里。久未相聚的刘亚军、李保平和曹建林在砂锅居一见面，就着梅晓歌的提议聊了起来。

"一天一个新想法，你想搞点事情，闹点动静没关系，那也不能胡来。拆墙这不是开玩笑吗？"刘亚军指着包间房门说，"衙门衙门，门都没了。李保平你不要笑，什么叫县委大院，院子都拆掉了，以后叫什么，县委广场吗？"

李保平笑而不语，忙着往几个砂锅里加汤。一旁的曹建林笑着对刘亚军说："咱们都得向保平书记学习，安心吃饭，闲话一句都不说。书记说拆那就马上拆，那还说什么，得时刻保持政治站位呀。"

刘亚军听了曹建林弦外之音的提醒，马上正色道："我对梅书记当然是尊重的，但是拆墙这个事情，咱们都是自己人，我就把这四个字放在这——异想天开。搞不成，你们信不信？"

都是老熟人，李保平不好表现得过于圆滑，但他没有直接回答刘亚军的问题，而是喝了口汤慢悠悠地答道："怎么说呢，书记有时候是有点天真，像个小孩子。"

"你这是夸还是骂呢？"曹建林狡黠地问道。

李保平一本正经地回答："理想主义者呀，我就做不到，我就一个庸俗的中年人。童真多可贵，我是没有，你有吗？"

刘亚军被李保平的姿态逗笑了："他妈的，我要是当了市委书记，宣传部部长必须得是你。这马屁拍的，润物细无声。"

"实事求是。你就知道拍马屁。"李保平严肃地拖着长音。

曹建林端起酒杯："你要是和郝东风换一换，还这么支持拆墙，从此以后你叫我干什么，我就干什么，赌不赌？"

砂锅居的包间里传出一阵哈哈大笑声。

为了摸清污染源头企业，艾鲜枝一行人去覃县没上高速，特意走了县道。

路途颠簸漫长，车上的艾鲜枝垫了个海绵脖套，脚底下也换了双拖鞋。同行的李来有在一旁汇报说："就是上游那家有机合成化工厂，我们去实地看过，罪魁祸首就是它。排污水管放在邻居的家门口，覃县就是故意监管不力。"

艾鲜枝对其中的缘由早已了如指掌，她靠着座椅，闭着眼睛说道："县长的挂牌联系企业，还是覃县的纳税大户，市领导有时候也是揣着明白装糊涂。这么一个有背景的被告，在当地要严肃处理，可能吗？"

坐在副驾驶位的林志为通过车内后视镜望了一眼艾鲜枝，心中暗想：怪不得自己那篇发言稿被打回来，跟覃县的这件事根本就不是好说好商量能解决的。

李来有的话佐证了林志为的想法："他们乡镇那些人都是拖字诀。胃肠道的问题就是不治，开了药他们也不吃。覃县天天放屁，咱们除了开窗通风，就只能忍着。"

艾鲜枝想得更多更全："监测数据是不是准确、赔偿责任怎么界定、谁有资格认定污染源、谁的检测结果更权威、法院相信谁的调查结果，这些都是问题。一笔笔的糊涂账。"

李来有一脸无奈："万一中央环保督察组来查，挨板子的也先是我们。覃县肯定是不着急，估计今天去了也要跟我们打太极。"

"会哭的孩子有奶吃。有没有吃的，先哭出来再说吧。"确定了行事计划，艾鲜枝话锋一转，对李来有说，"你那里养猪户河道排污的事情也要拿个方案出来，这可是自己的事情。"

林志为听了这话，掏出随身的记事本，快速写下了一行字：养猪户排污方案。跟了艾鲜枝这些日子，他也渐渐领会了领导的工作方式——随时想到随时安排。作为联络员，他必须随时关注领导的一言一行，后续的工作安排都包含在这里面。

覃县的清河乡位于滹沱河上游，听说艾鲜枝到了这里，覃县县长刘晋飞带着联络员和清河乡的一众干部立刻赶了过去。两拨人相遇的地方正是一处河道旁边，浑浊的河水泛着刺鼻的气味，让在场的人脸色都甚是难看。

当着艾鲜枝的面，刘晋飞双手插在兜里，往河道里踢了几块土坷垃，厉声斥责着清河乡的干部："你们自己看，石头掉进去都冒不了一个泡，这河里是胡辣汤还是酸辣粉？乡镇不能是属蛤蟆的啊，我戳一次，你们动一次。关键你这污染源到底是什么得先搞清楚，是养鸡养鸭还是别的，知道哪根水管子滴漏才能去补窟窿吧，要不你全是白费劲。"

清河乡的几个干部一边唯唯诺诺地答应着，一边偷瞄着刘晋飞的脸色。艾鲜枝早知道这是应付他们的戏码，她看都不看刘晋飞一眼，走到河道边，探头朝上游望去。李来有和林志为见状，也跟着一起望过去。

刘晋飞见状，走到艾鲜枝身边说："就这条河。我来覃县之前比现在要脏多了，咱俩往后倒退十米都站不住。环保就是个无底洞，这两年县里挣点钱全填到这条河里了，一点水花都不见。"

艾鲜枝没接刘晋飞的话，她指着刚刚眺望的地方问道："那边能不能过去看看？再往上走走，污染源不会很远吧。"

再往上游走马上就能到污染源头企业，如果被抓了现行，那后面就很被动了。刘晋飞心里清楚，嘴上却不能明说，只能看看身边清河乡的干部。和县长的这出双簧早已排练好了，清河乡干部心领神会地回答道："路断了呀，艾县长，前两天有个大车把桥给压塌了。"

"老桥了，比我爷爷岁数都大。"刘晋飞赶紧跟着补了一句。艾鲜枝早看透了他们一唱一和的表演，她知道现在还不是撕破脸的时候，所以没再坚持。刘晋飞也在等待这个转圜的机会，所以立刻对身边的人使眼色。于是在乡干部的簇拥下，艾鲜枝一行人离开现场回到了清河乡政府。

会议室里，茶水上桌，到了双方拉扯较量的环节。刘晋飞抱着茶杯，一边习惯性地往杯里吐着茶叶碎，一边率先开口："说实话，这种联防联控的事情就怕扯皮。艾县长说得特别对，责任主体很重要。比如说$PM_{2.5}$，别的地方飘过来，咱们也得跟着打官司。前两天我还去彧县骂娘，滹沱河是他们那边流过来的呀，那个县长是新调来的，谨小慎微，说句不中听的，那就是毫无担当。"

嘴上说着，刘晋飞的眼睛一直望向艾鲜枝，希图从她的眼神中读出些她的心思。但艾鲜枝没给他这个机会，覃县政府办的工作人员刚刚递给她一份《滹沱河覃县清河乡段生态修复方案》，此刻，她正头也不抬地仔细研读。

刘晋飞得不到艾鲜枝的回应，便转向李来有接着说："还和我说什么不可抗力，过境水污染。上游污染，下游治理，哪有这种道理？我们也是受害者呀。各证清白，都说和自己没关系，没一个人出来担责。彧县那边还在骂我们，说地方政府怎么跟街头碰瓷的一个套路。他们那个镇党委书记是怎么说的？"

"说上一套环保设备要几千万元。"清河乡党委书记适时地插了一句。

刘晋飞的语气更夸张了，又对频频点头的李来有说："你听听，几千万元，就他们那些破乡镇企业，一百年都赚不回来。癞皮狗一只。艾县长，拿他有什么办法呀？"

艾鲜枝虽然没抬头，但耳朵可没闲着。刘晋飞一套套的说辞，她都听得真真切切，这会儿方案也看得差不多了，听到刘晋飞又点到她，便放下方案笑着说道："我拿覃县也没办法呀，刘县。你进步快，这个方案等你都高升到省里了，它也修复不完啊。"

刘晋飞素来知道艾鲜枝雷厉风行的做派，知道自己的三言两语也推不过去，便又转而开始哭穷卖惨："新州市搞排名，我们历来倒数前三，艾县长也要体谅一下穷县。说实话，我但凡有点余粮，咱们也不至于到现在还饿着肚子。你听我说……"

这一段还没正式展开就让艾鲜枝打断了："你先听我说。我们今天来不是要钱的，也不是逼着你们马上搞修复。就像你说的，咱们先把窟窿补上，把那根跑冒滴漏的水管子给它拧紧。就算不补牙，起码也别再吃糖了吧。"李来有立刻从包里拿出一摞彩印资料和林志为一起分发给在座的覃县干部。

资料递过来，刘晋飞没伸手接，待李来有放在桌子上之后，他才微微探头看了一眼。资料上全部都是环境污染的证据照片，其中一张照片拍到的牌子上写得清清楚楚——覃县有机合成化工厂。

艾鲜枝慢悠悠地抿了口茶说："这可不是偷拍啊。光明县两个驴友，前两天到鹿泉乡爬野山，迷路下不来，不知道怎么就跑到你们这边了。他们沿着水库往公路上走就看见这污染源，随手拍了。"

怪不得他们不急着去现场，原来早把证据攥在手里了。刘晋飞的脸色有点难看，他转头问清河乡党委书记："这是你们乡吗？"

乡干部没法否认，又不敢直接承认，一个个低下头默不作声。艾鲜枝此时更加气定神闲，半开玩笑地说道："两个驴友回去就把照片发到了网上，还好是我们县的光明论坛，网警已经屏蔽了。下次你去了得请我们东亮县长吃个饭吧？"

刘晋飞笑着对艾鲜枝说："纪东亮不管他。今天先把艾县长给服务好。饭菜怎么样了？"

"领导们随时可以过去。"

听到后面人的回话，刘晋飞率先起身说道："先吃饭，尝尝我们覃县的特色驴肉。你们清河乡现在就给环保局打个电话，吃完饭带艾县长去那个化工厂看看，如果情况属实就马上查封。绿水青山啊，再不管，这些人都要上天了。"

说是尝尝特色，午饭却已经安排到了不超标的顶格。刘晋飞亲手盛了一碗鱼汤端到艾鲜枝面前："艾县长日理万机，比我上次见你又瘦了，你多吃点。放心，这个鱼不是本地的，我去厨房亲自把关闻过。"

在众人殷勤的笑声中，艾鲜枝喝了一口，也笑着对刘晋飞说："你就不要去厨房了，搞得厨师一紧张，盐都撒多了。"

刘晋飞给自己盛了一碗汤，看着身边的下属说："我就跟你们讲，和艾县长的雷霆手段比呀，我还是太仁慈了。你们知道光明县是怎么治污的吗？水资源管理局搞汇报，直接就问你水库清理到位了没有。你如果说到位了，主管部门和乡镇的人跟着艾县长马上一起坐车去水库，现场捞了鱼煮了给你吃，你不吃都不行。来来，我们以鱼汤代酒，敬远道而来的贵宾们。"

艾鲜枝端起鱼汤冲刘晋飞举了举，喝了一口，又诚恳又无奈地说："没有办法呀，责任倒逼，环保现在都是长牙齿的，到时候咬着咱们两家谁都会疼。老哥，你不要嫌我老给你打电话啊，说真的，换了曹立新，你看我会不会和他沟通。招商引资的时候，我们去市里开会，你也看见了，说的话都抓不住，我一个电话都不会打，我把这些照片直接发给马市长，让他断官司就算了。"

艾鲜枝的话听上去软，可句句都包着硬核。刘晋飞马上又把汤碗举了起来："我必须单独敬一下我妹妹。这真的是只有自己人才会好心预警。别的不多讲了，这个事情一定要抓好。招商引资的板子打得我到现在还一瘸一拐的，不能再挨打了。"

艾鲜枝笑了笑，顺着刚才的话接着说道："你就是太善良，爱民如子，体恤企业家，但关键是这个事情和我们的生活生命息息相关。咱们这几家的污水处理是什么水平？真的，刘县，一旦抽查到就完蛋了。前两天我还在说，样本调查都不入户怎么能行。是吧，李来有？以前随便搞个数据，现在不行了，数据一有点异常就来查。你仁慈，板子打下来也一样得喊疼。该罚你也得罚呀。"

在其位谋其政，艾鲜枝说的也是实情。刘晋飞叹了口气："艾县长说到我心坎里了。你们晓歌书记总爱说将心比心，河里的那个水不要说喝一口了，你们清河乡这些人敢洗手吗？你们和农业农村局是怎么分工的，岸上的水谁来管，河里的水谁管？上次来，我还看见有人钓鱼，我问村民'这个鱼你吃吗？'，他说'我才不吃呢'。他不吃，谁吃了？你们赶紧问问食堂是在哪买的鱼。"

饭桌旁有人忍不住笑了出来，可一看桌上的气氛又赶紧憋了回去。刘晋飞又回头对艾鲜枝说："艾县长说得对，排污这个事情就像酒驾，你罚几个人就不敢了。就像违法停车，你罚两百块钱没人在意，扣三分，他就不敢了。执法一定要强力。"

艾鲜枝点点头："现在上面是只管结果不管过程。老说在查，结果呢，就好像三年高中很努力，就是高考没有考好。我是替你考虑啊，老哥。覃县距离市里的高铁站最近，你们搞的那个度假村住得也不错，山里空气又好，我要是省市领导，也愿意来这边。环保督察组来你这里检查是大概率的。"

一番设身处地的话说得入情入理，刘晋飞仿佛也被感动了。他拍着胸脯对艾鲜枝保证："我住长江头，君住长江尾。下午就抓紧排查，不能让光明县的邻居畅饮洗脚水呀。"

餐桌上的气氛一下又变得和谐轻松起来，趁着这个时机，一个清河乡的干部走进来，小声汇报道："刘县长，环保局去查过了，那个化工厂正在闭门整改，今天没法去看了。"

这话虽是说给刘晋飞的，但一旁的艾鲜枝也听得清清楚楚。她扫了一眼刘晋飞的神情，知道今天只能进行到这一步了，顺水推舟，吃完饭客客气气地离开了覃县。

车子开出清河乡政府，艾鲜枝便收起了笑脸。她对李来有吩咐道："让鹿泉乡那个养鱼户直接起诉。死了一半的鱼，是吧？证据都是现成的，污染赔偿让法院先判个异地执行。林志为你让叶昌禾找郑三碰一下，看看是不以法兰协会的名义，县财政出钱，给市环保局捐一台水质监测仪器。"

林志为马上掏出手机，在微信里找到了郑三的名字。李来有则忙不迭地拍手称快："这个好。以后这个就是法官，覃县也别想赖账了。"

艾鲜枝一边换拖鞋一边接着部署："我还是高看他们了。现在都不是要怎么联合整治，是怎么赔偿我们，是生态补偿的问题。覃县连这个话都不愿意接。李来有，你把那些照片发给媒体。记者找好了吗？我们也没有撒谎，让媒体自己去暗访看看。触目惊心啊，再不管，我就去市人大联合代表会递议案了。"

"我说句良心话，新州市十几个主官，除了艾县长，谁都不能解决掉这个麻烦。这都是鹿泉乡老百姓的运气。"

李来有的马屁拍得响亮，可艾鲜枝却满心疲惫。她套上脖套，倚上靠背，闭上眼睛说："我也不想管。没办法，人命关天呀。"

跟着县长东奔西跑地解决污染问题，并不是李来有这段时间的工作重心。作为一名乡镇干部，一方面要帮领导解决心头之患，另一方面更要将领导心中喜好牢记心中。梅晓歌书记参加完长岭村的"围炉夜话"没几天，鹿泉乡就作为先进典型上了县电视台的新闻。既然领导觉得这是好事，那就必须把好事做全做透。

李来有连夜安排布置，除了"围炉夜话"，又进一步开创了"三进农家"——全乡干部都要进村下访，结对帮扶，日夜访谈，诸如给孩子辅导作业、专题普法等等，这些都包干到人。每天拍照打卡汇报工作进度，务必要在全县再树立一个先进模式。

乡宣传委员黄立清对口的农户是宝根家。宝根出去干活，黄立清就逐条给宝根母亲念新颁布的国家安全法。宝根母亲里里外外地做家务，她走到哪儿，黄立清就跟到哪儿、念到哪儿。

"孩子，你别念了，咱也听不懂。那个你让一下，挡着我干活了。"

黄立清不好意思地往旁边让了让，可嘴上念的法条一刻没停。宝根母亲一边择菜一边念叨："村里连年轻人都快没了，哪有间谍？宝根一会儿就回来了，有事你和他说吧。"

黄立清停了停，无奈地对宝根母亲说："农家普法，今天带来的这些都得念。我得赶紧念完，一会儿还有两家呢。"

宝根母亲无奈地又听了十几分钟，黄立清总算念完了。可这还不算全完，农户还必须在入户普法单上签字才行。宝根母亲不会写字，不得已在单子上按了个手印。随后，她又拿着普法单和黄立清带来的法制资料拍了张照片，这才算彻底完成任务。黄立清念资料念得口干舌燥，宝根母亲本想留他喝口水，可黄立清却一刻也不敢停留，每天入户都记点，到时间完不成要挨罚的。他手忙脚乱地上传了宝根家的照片，便急匆匆地往下一家去了。

不过，相比其他人，黄立清已经算好的了。宝根的母亲再烦也还张罗他喝水，王晚菊在二嫂家给孩子辅导作业，差点就被轰出来。孩子不爱学，大人嫌耽误事。王晚菊也不敢早退，进门出门都得打卡，最少在农户家待够四十分钟。王晚菊一边央告着二嫂，一边不停地看表："快了快了，马上到点。"

其实，王晚菊的心里比谁都急。下农户的时候正是饭点，等忙完天都黑了，想着树哥到家吃不上现成饭又要闹腾，王晚菊心里就直敲鼓。

果不其然，王晚菊到家的时候，树哥已经喝得酩酊大醉倒在了院子里。王晚菊一边叫醒他，一边收拾他吐在身上、地上的污渍。三摇两晃，树哥慢慢睁开了眼睛，看清眼前人是王晚菊，他翻身起来一脚把王晚菊踹倒在地上。王晚菊的腰和胳膊被地上的石子硌得生疼，可为了息事宁人，她还是强忍着站起来去搀扶晃晃悠悠的丈夫。

树哥没罢手，他的巴掌噼里啪啦地落在王晚菊的脸上、头上、身上，边打还边骂骂咧咧，仿佛自己才是那个受委屈的人："哪天回来都看不见你，热乎饭也吃不上。什么时候等我再找个做饭的，你就高兴了。你能当个书记还是乡长？屁用没有，你妈的还像个傻子一样给他们卖命，你是不是脑袋有问题？是不是我把你打傻了？"

王晚菊尽量躲避着树哥的巴掌，嘴里小声地念叨着"行了，行了"。直到树哥因为醉酒渐渐没了力气，她才扶着比自己高一头的男人趔趔趄趄地进了屋。

如果说王晚菊的工作阻力来自家庭，那肖俊学却直接被卡在农户家。刘喜是长岭村的一块烫手山芋，乡里没人接，只能肖俊学亲自盯着。收拾屋子、买菜做饭这些肖俊学还能咬牙坚持，可刘喜大白天锁着门睡觉，实在难坏了他。到点不打卡，乡里肯定要处罚，马上要结束外派回局里了，这怎么办？

肖俊学站在刘喜家门口，做出了翻墙的决定。

快下班的时候，林志为从电脑里调出每日工作表，细心查看起来。每天跟着县长，事情千头万绪，指望脑子都记住，几乎是不可能的。所以，他做了这个表格，每次回到办公室就先把记在本子上的任务都填进表里，而下班前的最后一件事，则是核对表格，看看还有哪些任务没完成。

挨个看下去，一项新任务——鹿泉乡河道（养猪户）排污方案，还显示未完成的状态。林志为翻开通讯录，给鹿泉乡政府打了个电话。接电话的是正急急忙忙准备出门的黄立清——这天是周五，晚上村里又要"围炉夜话"了，他得去现场看着。

林志为说的整改方案，黄立清完全没听说过，但林志为明确表示这是县长当面向李来有布置的，黄立清也不敢怠慢，明白地记在本子上，答应一会儿看到李来有就询问进度。黄立清不知道的是，此时的李来有正站在长岭村跟三宝发火。

还是那个时间点，还是那个小广场，可"围炉夜话"的光景却是今时不同往日——稀稀拉拉地来了几个人，老的老、小的小。

"村民还不如乡干部多。'围炉夜话'，谁围谁呀？宝根怎么也不来？"

见李来有脸色难看，三宝忙不迭地解释说："电话都打得烫手了，年轻的都在厂子里，请一天的假就是好几百块钱，村里也不给补，实在是叫不回来呀。"

"年轻的不在，老头老太太呢？"

"他们都睡得早，前头都新鲜，后来几次还得学唱歌、背歌词，就……"

"又不是天天唱红歌。"李来有生气地打断了三宝的话，"不行就放场电影，发点香皂、洗衣粉之类的，马上发。"

三宝一边点头一边跑去布置，他叫人从扶贫物资里拉了一车洗衣液，又在村里的大喇叭里招呼了半天，总算凑了些人。大家领了洗衣液，笑嘻嘻地把三宝和李来有围在中间，黄立清赶紧用相机拍下了照片。随后，他小心地观察着李来有的脸色，县长布置的那件事他多半还没落实，林志为的督办电话得找个合适的时间告诉他。

林志为一点不比李来有清闲。艾鲜枝那篇关于污染治理的发言稿，他写了几遍都没通过，还被批评方向越来越偏，条理也不清晰。领导的不满意分明就写在脸上，而且规定时间也快到了，他决定周末去单位加班写稿。

一早还没出门，林母就捧着一块金砖似的冲过来说："快快，接电话，江霞找你！"

林志为头发洗了一半，接起电话听了一会儿骤然想起上次江霞约他周末一起爬山，此时人已经等在楼下了。林志为火速收拾了一番冲下楼，伏在江霞的车窗前，不无歉意地说："忘了忘了，天天得有一百件事情，脑子都转不动了。今天还得加班，只能下次再和你们去了。"

江霞望着林志为笑了笑："车上又没县长，你上来说呀。"

林志为拉门上车，坐在副驾驶座上问道："早饭吃了吗？我请你吃馄饨去。"

"爽约，赔礼道歉啊？不是龙虾馅儿的，我不去。"

林志为被江霞的玩笑逗乐了，跟着说道："你先把我送到滹沱河，我给你现捞。"

江霞又笑了笑，从后座上拿过来一个饭盒递给了林志为："多带了一份，给你当午饭吧。"

林志为打开一看，是两个精致的三明治，笑着问道："不会是龙虾馅儿的吧？"

"你尝尝。"

江霞顺路把林志为带到了县委大院，自己便开车走了。

周末的大院比平时安静了不少，而且今天加班的人也比以往的周末要少。林志为打开电脑，马上投入工作之中。可是，虽然他心无旁骛、苦思冥想，但对于眼前这篇稿子到底该怎么写依旧不得要领。

艾鲜枝在上一稿上写了不少修改意见和批示，可是字迹潦草，让林志为一时无法辨认。他使劲挠挠头，闭上眼睛回想着那天交稿的时候，艾鲜枝都说了些什么，然而那些不算遥远的记忆夹在一堆杂七杂八的事之中，怎么也连不起来。林志为感觉自己被困在了牢笼之中，怎么找也找不到开门的钥匙。

时间一晃到了中午，另一个也在加班的女同事吃完饭走了进来。看见林志为桌子上的饭盒，她打趣着问道："女朋友很贴心啊。给你带的什么饭？"

快被稿子逼疯的林志为没多想，随口答道："本来说好和江霞他们去鹿泉乡爬山，加班去不了，这是蹭他们的饭。"

女同事说："除了咱俩，政府办那几个都去了，江霞今天过生日。"

林志为心神一晃，拿起手机给江霞发了一句"生日快乐"。然后，他拿起三明治边吃边写稿子。既然之前的思路已经被否定，语句也被改得七零八落，那干脆推倒重来，不破不立。林志为把之前的稿子全都删了个干净，然后在空白文档上列了一排数字序号。他静下心，回想着最近几天和县长一起去覃县的经历，以及就这个问题，县长在各个场合对相关人员所说的话，片刻之后，他开始顺着序号一个一个地列出问题：1.几年前两县村民因为河道污染引发的纠纷，甚至械斗要不要提？2.与覃县联合治污整改时限的时间范围要不要明确？……

正在这时，江霞回过来一条微信视频。林志为把音量调小，打开看了看。视频里，一堆同事已经登上了北风呼啸的山顶，江霞顾不上整理头发，冲着镜头喊道："就差你了，林志为！"随后，江霞身后又挤过来一个女同事跟着喊道："你不来，江霞都没心思过生日！"江霞跟着同事的话笑了起来，却没有否认。

林志为点中对话框，想说点什么，思量了片刻，他还是按灭了屏幕，重新投入工作中。

鹿泉乡的"三进农家"工作没有因为"围炉夜话"的遇冷而陷入停滞，相反，乡里对干部们的打卡落实督查得愈发严格。因为担心干部们落实不力，乡里专门成立了一个部门，别的不干，专门给农户打电话，回访干部们"三进农家"的具体落实情况。

黄立清现在不光要给宝根母亲读资料，还要手把手地教她如何回答乡里的回访电话。怕老太太记性差说错了，他还进行了一对一的模拟演练。

"黄立清来过你家吗？"

"来过。"

"来干啥？"

"普法。"

"普法宣传。普了什么法？"

"土地登记，还有禁毒是不是？"宝根母亲记不清楚，渐渐支支吾吾起来。

黄立清赶紧嘱咐："国家安全法也算，能说出三样来就行。这个小册子平时多翻翻，要不别人问你你说不上来，还以为我没来。"

宝根母亲被缠得没办法，搓着手里的擀面杖央告："谁问我都说你来过。要是没别的事情，那我做饭了？"

王晚菊那边寻到地头才拦住二嫂："刚才我去你家里，你婆婆说你在这儿，手机也没接，是不是没电了？"

"都是你们给打没电的。"二嫂一边把刚收的毛豆打捆一边没好气地回答，"问你来没来，几点来的，几点走的，一天充好几次也不够接电话的。"

"乡里最近抓得紧，我回去反映一下。"王晚菊不好意思地说。

二嫂头也不抬地接着抱怨："家家户户就那么几件事，以前解决不掉的现在也解决不了，有事没事天天得陪着干部坐着装样子，还不能走，地里还这么多活呢。孩子现在在学校写完作业才敢回家。我不是说你啊，晚菊。你们乡里有意思吗？"

面对这个问题，王晚菊不知如何回答。二嫂说的是实情，可乡里这么安排起初也是好心，而且是卓有成效的，否则"围炉夜话"也不会得到县委书记的表扬。如今干部们疲于应付，老百姓怨声载道，具体到王晚菊，搞不好到家还要挨打，好好的一件事最后竟成了四下里不讨好，王晚菊站在地头无奈地叹了口气。

李来有按照艾鲜枝的部署，该告的告，该追的追，覃县那边果然坐不住了。艾鲜枝下乡考察返程途中，意料之中地接到了刘晋飞的电话。刘晋飞不是曹立新，他一遇到事无论真假先把姿态放得特别低。

艾鲜枝早就摸清了他的套路，她听了一会儿，佯装不知情地对电话里说："老哥，你这么说，我都没法接啦。什么叫你求我，明明是我在求你。我确实不知道这个事情。不是在谈赔偿吗？养鱼户怎么会直接起诉，搞得还让媒体给知道了？记者会不会是另一伙人？这个李来有怎么连个村民都管不住？我马上问问他。"

挂断电话，艾鲜枝心情大好，主动跟林志为打趣道："看见羊就像狼，看见狼就像羊，这个老刘，好好说话就是不行，咬他一口就着急了。"

见领导情绪不错，林志为赶紧见缝插针请示自己的工作。那篇发言稿虽然还没成文，但他已经列好了几个关键问题，况且现在领导和覃县那边的角力又往前推进了一步，凡事还是提前问明白的好。

于是，顺着艾鲜枝的话林志为问道："如果他们有整改动作，市里的发言稿还是之前的口径吗？"

这个问题艾鲜枝自己也有点犹豫，她思量片刻仿佛自言自语地答道："措辞适当收收也可以，但是不讲透也没有意义。诉求和现状还是要摆出来，是吧。"

"明白。"林志为点头答应，然后提出了自己的想法，"县长，我准备了几个问题，您告诉我是和否就可以，措辞我来琢磨。"

艾鲜枝闭上眼睛，示意林志为说来听听。周末加班列的一二三四被逐条念出来，艾鲜枝默默地听着，不时地微微点头。仅这一点小小的肯定，让林志为获得了不小的自信。第二天一到单位，林志为马上打开电脑开始写稿，提纲获得了首肯，他昨晚又琢磨了一宿成文的措辞，现在可以说已是成竹在胸。

谁知没写两行，之前一起加班的女同事走进来，一见到他便说："主任刚刚还找你呢，说县长的发言稿先不用写了。"

"市里不开会了?"林志为不解地问。

"时间太急,他让材料科的先写了,说咱们这边事多,分分工。"

林志为点点头,转回头来,脸上浮现出一丝失望的神情。他移动鼠标想关闭文档,可想了想又把手放回到键盘上,好不容易被领导认可的思路,如果不完整地写出来,之前的努力就全浪费了,而且下次再遇到这种情况,肯定还是不得要领。长此以往,难道要县长身边跟个不会写稿的联络员?况且,材料科的稿子也还没出来,说不定到时候还有一较高下的机会。

林志为噼里啪啦地敲打着键盘,写稿不仅是为领导,更是为自己。

在食堂吃完晚饭,艾鲜枝碰上了梅晓歌。两人各忙一摊,有两天没单独聊聊了。艾鲜枝把这阵子和覃县打环保官司的事讲给了梅晓歌,最后颇有些无奈地说道:"覃县还在拖着。你去看,他们就把厂子关掉,一走就开。县里要是这么个默许的态度,上面也没法查。"

"不关天天打官司,关了就没有税收,老百姓一样骂娘。"同是一县主官,梅晓歌深知环保工作的难处。

艾鲜枝坚定地说道:"反正我肯定要去市里告状,就算将来板子打下来,我们也挨得轻些。"

梅晓歌自然支持艾鲜枝的做法,不过反过头来也不禁感慨:"老刘他们还是不会算账。污水处理厂还是要早做,越早越便宜,越到后面就越贵。我在上一个县里的时候早就做了,那时候才多少钱,如果现在再做是多少钱?翻倍的。很多事情你现在不搞,后面的人就要花十倍的精力、十倍的钱去搞。"

"有的钱是不能省的。"艾鲜枝点头附和。

"我也是来了光明县才知道,这里的大部分乡镇都没有污水处理厂,农村的污水直接排入河流。咱们喝的就是这个水啊!"

回想着那天去覃县的场面,艾鲜枝直言:"咱们也经历过,我也能明白他们的难。那怎么办呢?谁家还没有几本难念的经?"

"经济结构的转型升级势在必行。马市长是怎么说来着?'憋着尿跑马拉松,不撞线不能停呀'。"

艾鲜枝和梅晓歌就这样边聊边朝各自的住处走去,疲惫、无奈、坚持都化作脚步深深浅浅地踩在了脚下。

完成了那篇已经不再需要的发言稿,林志为才算结束一天的工作。他一边打印稿件，一边检查工作表格，发现"鹿泉乡河道（养猪户）排污方案"这一项依旧是未完成的状态。他想了想没有再给鹿泉乡打电话，而是在微信上给李来有留了言："李书记，方便接电话吗？"

发完信息，林志为便收拾东西直接下班了，因为李来有肯定知道找他有什么事，也肯定不会回电话。工作如果完成了，不用别人催，他一准主动汇报，没完成，那打这样的电话纯属给自己找别扭。乡里的干部不能说对工作不负责，但一个个都是滑头，跟着县长这些时日，林志为多少也领教了一些。

行至电梯间，林志为刚巧遇到了江霞。他一边掏出包里的饭盒一边说道："你怎么也这么晚？我还以为你早下班了。"

"现在也不迟啊。想请我去吃龙虾馅儿的馄饨吗？"江霞还在开着之前的玩笑。

林志为诚恳地答道："请你吃馄饨太简单了，有家羊蝎子不错，要不要去试试？我把袁浩也叫上。"

江霞看着林志为不解风情的样子，故意点了点他："袁浩开的吗？还是叫上他能打折？"

"他吃得多，咱们点个大锅也不会浪费。"

林志为脱口而出的话让江霞意识到，眼前这个人怕是玩不懂弯弯绕了，于是她索性直接挑明："你妈妈去我家了，你知道吗？"

林志为不知道，但是他预料到了，可这话该怎么跟江霞说，他一时组织不好语言。幸亏电梯到了，他低下头率先走了出去，刻意和江霞保持了一段距离。

见林志为默不作声，江霞不死心地追问道："她回家没和你说吗？"

林志为愈发慌张，干脆停下脚步郑重地告诉江霞："那个，我有女朋友了。"

"哈哈……"江霞一阵大笑，半晌才勉强停住说，"你妈妈说得真准，还是她了解你。"

"说我什么？老实吗？"林志为茫然地问道。

"幽默。"

林志为对自己的这一版发言稿很有信心，但当他第二天一早来到艾鲜枝办公室的时候，范太平已经把材料科的稿子先一步提交上去了。艾鲜枝仔细地看了一遍，给出了肯定的结论："这个稿子可以。结尾那段再加上一句话——功成不必在我，现在是考验各个县担当的关键时刻。"

"我马上微调。"范太平说完拿着稿子快步离开。艾鲜枝望向林志为，用眼神询问他有什么事。林志为犹豫了一下，没有拿出自己的稿子，只轻轻说了一句："县长，十分钟后开会。”

开会前的这段时间，林志为相当忙碌，但他今天有些心不在焉，刚刚没拿出手的稿子成了他的心病。他一边检查主席台上的话筒，一边琢磨自己刚才是不是太㞞了，同时想：“现在这么忙，递一篇不需要的稿子，这不是添乱吗？”

正在犹豫不定的时候，李来有从身后凑过来，小声对林志为说：“志为，借一步说两句。”

林志为一晃神，放下手里的话筒跟着李来有走了出去，没注意到刚放下的话筒灯没有正常亮起来。

楼道里，李来有赔着笑脸解释着那件一直未完成的工作：“这个事情说到底就是缺资金。真要是上一套环保设备，一千万元也打不住。有钱，今天就可以开始，是不是？县长也知道。”

“那也得有个进展，总不能一直这么污染下去。”林志为一脸严肃地说。

李来有根本不把林志为的严肃当回事，依旧满脸堆笑地应付：“不是还在和覃县扯官司吗？那么多农户怎么弄？真的把猪全都宰了？有些事情说归说，真要做也得等个好时机。”

林志为还想再和他辩驳，恰好前来开会的乔胜利从旁经过，拍着李来有的肩膀说：“老李，中午有安排吗？没打扰你们吧？”

李来有正愁没坡下，指指手表跟着乔胜利往会议室走去了。进门前，他又回头应承了一句：“等等猪肉价格，过两天一涨，村民就卖掉了。我盯着啊。”

说话间，会议开始了。艾鲜枝打开话筒准备发言，刚说了两句发现话筒是坏的。她拍了拍，又摁了摁开关，都没反应，会场瞬间静了下来。林志为回过神来，意识到刚刚的话筒其实没有检查完，偏偏这个坏的就让县长赶上了。他从后面疾步向台上走去，可刚走了一半便看见李唐已经把自己跟前的话筒递了过去。

林志为默默地退了出去，心中马上被懊恼填满了。

台上，艾鲜枝正在就近期“围炉夜话”工作做总结发言，李来有不免更加得意。这时手机在口袋里嗡嗡振动了两下，他掏出来藏在桌子下面扫了一眼，这是黄立清发来的一行文字：书记，肖俊学被刘喜打了！

第十二章 撤 离

一散会，李来有便急匆匆地往外走，见电梯间等电梯的人多，他索性转身朝步行梯方向走去。偏在这时，身后有个声音问道："你们长岭村那两个打架的和解了没有？"

是梅晓歌。李来有马上停下了脚步，再着急也不能把书记晾一边。他调整呼吸，藏起心中的焦急，换上副笑脸走到梅晓歌跟前，耐心地汇报起来："当天晚上就解决了。房子照盖，四六分，医药费平摊，以后谁再动手，让他在全村做检查。"

梅晓歌还沉浸在当初"围炉夜话"的氛围中，边走边吩咐李来有："围在一起还能搞搞宣传教育。覃县最近发生了好几起未成年人溺水事故，你们可以叠加到'围炉夜话'里。把那些新闻带上，给那些带小孩的爷爷奶奶看。光喊口号没有用，一看视频全都重视了。"

"还是书记想得周到，这个宣传效果是最好的。"李来有跟在梅晓歌身旁说，"将心比心，谁摊上这种事，后半辈子都活不好。"

"矛盾不过夜，有什么问题当面解决，这个干群模式，市里也觉得不错，可能过两天也会推广。你们那里最近怎么样？"

这话问得李来有有点心虚，"三进农家"已经惹起了怨言，"围炉夜话"的日渐萧条更是亲眼所见。顿了一下之后，李来有答道："怎么说呢，干部和群众从来没这么亲近过。"

梅晓歌笑了笑。李来有得了放行令，立刻调转方向朝楼下跑去。钻进自己那辆破车里，他先是在一片狼藉之中刨出了充电线插到手机上，然后快速启动车子，朝长岭村一路奔去。

半道上，黄立清的电话又打了过来。此刻，他已经先一步到达现场："书记，我看过了，也没啥大事，推了一把摔到地上，把胳膊给磕青了。肖俊学太瘦了。"

"瘦就能随便欺负，这是什么狗屁逻辑？"李来有打断了他的话，"乡派出所的人到没到？先把刘喜带回去再说。反了他了！"

隔着电话，黄立清都被李来有的嗓门震了一下。他走到村委会的院子里，对着电话解释道："三宝一去就扇了嘴巴，是肖俊学拦着说算了。他怕自己快走了，再和贫困户闹点矛盾，传出去不好。"

见三宝已经处置了，李来有的气稍稍消了一点，他接着问黄立清："到底因为什么破事？"

黄立清犹豫了一下，压低声音说："刘喜每天都要睡午觉，他不愿意咱们'三进农家'，嫌烦。肖俊学到点打卡，老翻墙进去，今天惊了他的觉，把他惹急了。"

"他妈的，每天给他送药送饭搞服务还不耐烦，纯属驴肝肺。叫他赔礼道歉！"话一出口，李来有又后悔了。殴打村干部肯定是不对的，可这事的起因毕竟是"三进农家"，真要闹大了，影响更不好。想到这里，李来有又跟黄立清补了一句："那就看小肖自己的意思吧。"

刚开完会，艾鲜枝就接到消息，县里一家地产开发商资金出了问题，楼盘烂尾，一帮业主见交房无期，便商量着要去市里上访。下面的干部不知道从哪儿得来了消息，怕承担不了责任，只好给县政府办打来电话。

艾鲜枝是个急脾气，听见这个消息，边往外走边部署道："刚才开会不是说得很清楚了吗？这种事情就是要抓重点。上访者的四个诉求，住建局到底能不能实现？一个都不能，那怎么解决？盖好房子不装修，开发商的资金缺口到底有多大？这就是重点。住建局要担起事情来，既要考虑业主利益，也要考虑公司利益，也要照顾乡镇干部的维稳压力。希望我是杞人忧天。各乡镇也要盯紧，这些人出没出门？铺子开没开？车子有没有开？人到了哪里？会不会绕过县信访局，直接去市里面？关注好这些人的轨迹，有什么问题马上报告派出所……"

见艾鲜枝接电话的时候脸色不对，林志为便料定又出事了。他赶紧收拾好东西，随时准备出发。艾鲜枝这边一起身，他便守在了县长办公室门口。艾鲜枝往电梯间走，他便抢先一步去摁电梯。本来一路跟着都很顺畅，可偏偏艾鲜枝刚进电梯，另一边的电梯里走出一个女同事，摇摇晃晃地抱着高高一摞资料，出门一转弯，惯性作用把手里的一摞东西都甩了出去。林志为看她将倒未倒下意识地想去扶一把，可人没扶住，艾鲜枝在的电梯已关门下去了。

林志为忙不迭地帮女同事整理了几下东西，再摁电梯已经来不及了。他赶紧转头冲向楼梯间，急匆匆地冲了下去。

一个小小的失误，引发的后果是一连串的。因为林志为没有提前下来通知司机，艾鲜枝的公车也没有及时出现在大楼门外，本来就着急上火的艾鲜枝看着空荡荡的大院，一秒都没耽误就拨通司机的电话发起火来："车子在哪里？我怎么看不到？"

待林志为气喘吁吁地坐到副驾驶座上，他只看见司机小谢一张拉长的脸。车门一关，艾鲜枝的声音从后排传来："闹事的人已经到现场了。以后不要让我等你！"

接二连三犯错让林志为心里十分忐忑，回程的路上，他连汇报工作的声音都比平时小了一些："住建局说房地产公司明天安排二十个人开始复工，预估工期比较紧，但是应该可以完成。他们每天对接汇报，把数据报到县里。"

劝慰上访群众是个相当耗费精神的工作，艾鲜枝疲惫地靠在椅背上，闭着眼睛回答道："叫他们把数字核实清楚再报。马马虎虎的，粗心也不是第一次了。"

"明白。"林志为通过车内后视镜看了看艾鲜枝，鼓足勇气说，"话筒没检查好是我的责任。不好意思，县长。"

车里又陷入了尴尬的安静，林志为已经做好了挨批的准备，不想片刻过后，艾鲜枝睁开眼睛，缓缓说道："好几个都刺刺啦啦的，太旧了，让范太平换批新的吧。"

林志为心头一颤，仿佛又回到艾鲜枝第一次给他布置任务的时候。"不用紧张……习惯就好。"他清楚记得这句话。想到此，林志为不自觉地微微点头，既是回应了艾鲜枝的话，又像是给自己加油打气。片刻之后，他从公文包里掏出自己写好的《在市政府跨界河流水污染联防联控联席会议上的发言》，递向了后座的艾鲜枝："县长，之前那几次写的方向都不对，我又写了一份新的，不知道对材料科那份有没有补充的意义。"

艾鲜枝似乎对林志为积极主动的工作态度也很满意，她接过稿子扫了几眼，放在手边的座位上说："好，我回头看看。"

梅晓歌这天结束工作稍早，提前约了晚上和乔麦微信视频连线。乔麦援藏所在的市里要接待一批外国专家，虽说全程配有翻译，但当地政府还是觉得本地的领导干部要在现场做一个英语演讲，全面介绍当地情况。这个任务自然就落到了乔麦的身上。

乔麦的英文没问题，不过稿件的校正和提前的彩排身边无人能胜任，只能约了千里之外的梅晓歌。说起来两人又有近一个月没微信视频连线了，时间总约不到一起。

今天开始得还算早，镜头里，梅晓歌似乎有些心不在焉。忽然一声炸雷，连乔麦这边都听得真真切切，她停了一下问道："你那边是打雷的声音吗？下雨了？"

"嗯。"梅晓歌答应着朝窗外望了望。这么大的雨，山区很容易发生滑坡之类的地质灾害。恰在这时，姐姐梅晓诗又打来了电话："你看看能不能找个市医院的大夫问问，今天妈说她手有点麻，县医院检查完也没发现什么问题，到了晚上还是说发麻，木木的……"

话未说完，天空又劈出一道明亮的闪电，电话的信号断了，雨也下得更大了。

一早的县委大楼也显得湿漉漉的，虽然准备了收雨伞的袋子，但楼道里依旧脚印连连。李唐和肖春雨早早来到了常委会议室，看着雨滴打在玻璃上，两人都有些不踏实。

"夜里的雷声也太大了，后半夜给我打醒再没睡着。雨是不是下了一夜都没停？"李唐问道。

肖春雨点点头："小时候觉得下雨有意思，现在一下雨心里就发虚，就怕哪儿的房子塌了。昨天的降雨量是近年最大的一次了吧？"

"差不多。"李唐答道，"听说财政局大楼外面那块牌子被风刮下来了。"

"'光明财政'都掉了，这还了得？叶昌禾得抓紧挂上去啊。"

刚刚走进来的明路接了肖春雨的话："老百姓又得搞迷信，谣言已经传开了。"

后面没人再接了，因为梅晓歌走进了会议室。他放下雨伞，直接布置道："开完会，大家都去自己挂点的乡镇看看，防范地质灾害的工作一定要细致。我看有些地方半山腰的水塘蓄水都快满了，底下的村子要提高警惕啊，一旦出了问题，后果不堪设想，搞不好会出大事。不行就强制放水，好吧？"

吸取了上次的教训，林志为早早通知司机把车子停在了县政府大楼门口，他自己也先一步下楼，把艾鲜枝出门必带的水杯等杂物提前拿到车上。车门打开，里面似乎比平时乱一些，纸张文稿散落得到处都是，有的还被踩上了脚印。

林志为捡起一张，发现那正是自己之前交给艾鲜枝的发言稿。此时，艾鲜枝的身影已经从远处走来，林志为没作声，迅速收拾停当，把文稿又装进了自己的公文包。

艾鲜枝一行人去的是鹿泉乡的后营村，最新消息说那里已经发生了山体滑坡，具体受灾情况不明。车子抵达时，李来有早已带着王晚菊和村主任迎在村口。艾鲜枝提前换好雨鞋，一下车便直接问道："人没事吧？"

"人没事。"李来有边带路边汇报，"主要是房子建得离山太近了。以前也没出过事，这次是局部的山体滑坡……"

几个人踩着泥路艰难地往村里走去，但灾情显然不止一处。其间，王晚菊的手机响了好几次，她一边对接安排，一边叮嘱其他村委会，把灾害应急预案再用手机群发一遍，贴在村委会墙上的宣传单恐怕早被暴雨淋烂了。

距离滑坡山体最近的一处小院里，到处都是泥巴。李来有指着山上已经先期抵达的一群人告诉艾鲜枝："国土局和林业局正在想办法，看看怎么把雨水临时引流一下。"

艾鲜枝朝上面望了望，又环顾眼前的小院，一边往屋里走一边问道："今天夜里的雨大不大？天气预报怎么说的？"

"现在的天气预报一时一变，都说不准。每年这时候都会有连阴雨，看样子小不了，这样的屋子肯定不能住人了。"

事关人命，任谁也不敢掉以轻心，可偏偏就有人固执己见，这是让李来有他们最头疼的。滑坡现场附近的另一户人家，一个独居的老太太直到这会儿还没撤离。王晚菊和村主任手忙脚乱地帮她搬运杂物，可老太太依旧不紧不慢地整理着助听器，别人的催促根本进不了她的耳朵。

李来有拉着脸把老太太的儿子叫到一边，毫不客气地教训道："以前就告诉你，不要把房子建得那么靠后，说了多少遍，后院越大越安全。前院小点，你怕什么？不听啊，看都看不住，你搞得过大自然吗？尊重科学都不懂！"

老太太的儿子是个老实巴交的中年人，身上也是一片泥一片水。听了李来有的话，他抹了把脸，又看看自己的老母亲，似乎只能尴尬赔笑。

"这几天坚决不能再住人了。"此时，艾鲜枝从另一间屋里走出来说，但她马上注意到老太太正在摆弄助听器，便转而问李来有，"她能听见我的话吗？"

"够呛，可能得大点声。"李来有说着朝耳朵比画了两下。

艾鲜枝没时间和老太太纠缠，直接给老太太的儿子下了命令："晚上必须把你妈带到你家去住，别让她晚上偷偷搬回来，山体滑坡可不是开玩笑，会要人命的，知道吗？"

老太太的儿子唯唯诺诺地点着头，脸上依旧是尴尬的笑容。艾鲜枝意识到撤离工作不能完全指望村民自觉，肯定还得派人盯着。不过，她没时间和村民扯皮，现在的重中之重是要安全引流，避免发生更严重的灾害。所以，出了村民的屋子，艾鲜枝便向李来有询问山上引流的最新进展。

"刚才说还是不行，我上去看一眼。"李来有边说边和村主任朝外面走去，院子里只剩下在不停接电话的王晚菊。艾鲜枝心里急得像着了火，站在院子里等了一会儿，回头看看屋里，还不见老太太出来，便随口问道："人呢？半天都出不来？"

王晚菊的电话还没打完，似乎在谈论稳不稳的问题，她在一项项指挥安排，完全没听见艾鲜枝的询问。林志为看出了县长心中的焦虑，马上接了一句："我去看看。"说着，他快步返回屋里。

一声闷雷响起，雨又下大了。王晚菊终于挂断了电话，艾鲜枝见状又问道："这个村的老人都是自己一个人住吗？儿女们平时都在干什么？"

因为没留心老人和老人儿子刚刚的反应，王晚菊被艾鲜枝突如其来的问题问住了。她犹豫了一下，回答道："可能是老人自己不愿意搬。"

"可能？"这是艾鲜枝最不愿意听到的一种答案。王晚菊也意识到自己的回答欠妥当，正要解释，手机又丁零零地响起来了。艾鲜枝压在心头的火一下蹿了上来，毫不留情地教训道："手机是有振动功能的，你们乡镇的人都不会学习吗？房子都快塌了，老人还住在里面出不来，子女不管，你们也不管？"

正说着，林志为搀着老太太从屋里走了出来。王晚菊挂断了电话，赶紧上前跟着一起搀扶。艾鲜枝不好再发作，便再次下了死命令："今天夜里都不要睡了。轮班，把人看好！"

梅晓歌则带着县应急管理局局长祝英杰和水利局局长朱韬去了河洞乡。如果说鹿泉乡让人忧心的是随时滑坡的山体，那河洞乡的险情则主要集中在境内的水库和水塘上。

虽然雨一直断断续续地下，但水库的水位目前还未达到历史最高，这也让众人悬着的心稍稍放松了一下。梅晓歌自小在这一片长大，对这里的情况非常熟悉，他站在水库边指着远处说道："现在的水位其实还是低了，小时候我从九原县跑到这边来游泳，那时候水位起码到那几棵矮树的位置。"

"现在还有人跑过来游。"河洞乡党委的何书记说道，"鹿泉乡那边的河道浅，都跑这来了。乡派出所天天巡查，就怕有学生过来。"

说到未成年人溺水，祝英杰感慨颇多。光明县有山有水，他这个应急管理局局长每年也要接几起溺水事故的案件。为了减少事故尤其是未成年人溺水事故，他这些年做了不少工作，头发都白了一大半。他看看身边的梅晓歌半开玩笑地说："小孩子就是这样，你不让他们干什么就非要干，梅书记小时候肯定是劝着同伴别下水的。"

梅晓歌说："年龄越小，胆子越大，那时候真的是什么都不害怕，现在想起来都后怕。那边的堤坝也有年头了，不会出问题吧？"

何书记赶紧答道："年年整修，有问题不过夜，每次我都自己盯着，这个肯定敢打包票。"

梅晓歌点点头："光明县就你们和鹿泉乡两个地方是山区，你这边的海拔要更高一些吧? 走，到山上蓄水的池塘看看去。"

好不容易到了半山腰的蓄水池，雨下得更大了。梅晓歌走到岸边地势较高之处，举目远眺，水汽迷蒙，看不太真切。他转而问何书记："昨天的水位和今天比有变化吗?"

这次何书记没有了刚才的坚定，支支吾吾地回答："应该差不多。"

"这个时候不能再说应该了吧?"何书记的神情让梅晓歌的心又悬了起来，他望向远处的村庄接着说道，"万一决开口子都是底下的麻烦。我看上面还有好几个水塘，这都是定时炸弹啊。我的意思是不行就主动放水。尽快放、马上放，一分钟也别耽误。"

"我这就叫人。"何书记说着就掏出手机拨打电话，可拨了几遍都没信号。一行人只好先坐车下山，找到信号再做安排。

然而更紧迫的情况出现了——下山路上的一座旧桥因为禁不住大水的冲刷垮塌了，车子被湍急的河水生生拦了下来。何书记又拿出手机打了半天，依旧没有信号。梅晓歌打着伞朝四下张望了一番，这里虽然还是河洞乡的地界，可是离鹿泉乡长岭村已经不远了。他向何书记问道："如果走着去长岭村，得多久?"

"平时不下雨倒是快，就是不知道今天路怎么样。"何书记回答得没什么把握。

梅晓歌思量了一会儿，卷起裤腿说："横竖只有这一条路了，走吧。"

长岭村这边的雨忽大忽小。三宝把应对紧急灾情的注意事项在大喇叭里喊了好几遍，又组织村干部挨家巡查，看看村民的房屋是否存在险情。一般人家倒还好，刘喜家的破房子因为年久失修，滴滴答答成了水帘洞。

肖俊学和刘喜忙活了半天，但是维修屋顶需要的材料太多太重，两个人根本忙不过来。无奈之下，他们只好把三宝和另外两个巡查的村干部也一起叫了过来，冒雨补漏。

自从开始下雨，三宝就几乎没合眼。长岭村虽说不紧挨着山，可村里的老房子还是有几间的。随便谁家塌一堵墙都不是小事，要再砸伤个把人，他这个村干部怕也不要干了。所以，哪怕平时多不待见刘喜，这个关口也不能不管他。但他三宝没想到，此刻竟然还有另一个人正等着他去解救。站在刘喜家的房顶上，三宝接到了一个让他脑袋发麻的电话："说什么，大点声! 梅书记? 困哪儿了?"

转眼到了傍晚，王晚菊守在后营村老太太的儿子家中没敢离开。见老太太路上淋了雨，儿媳烧了一大锅热水，留了些喝的，剩下的打湿毛巾给老太太擦身。王晚菊一边帮忙一边劝慰老太太："你儿媳妇对你也不错，孙子孙女都想让你回来，就在这住多好，非要自己一个人住，县长都看不下去了。"

老太太像一尊木雕，被两块毛巾来回擦拭，半晌才吐出一句："不习惯。"

老太太儿媳妇快言快语地接过话来："说了多少遍就是不听呀，不知道的还以为是我们不孝顺。做好了饭还得专门送，住回来我们也省事啊。儿子叫不过来，她闺女叫也不回去，就愿意在老房子里窝着，求都求不出来。"

眼看打理得差不多了，王晚菊直起身子，凑到老太太耳朵边，大声嘱咐道："这几天就住在这吧，等国土局把引水渠挖好再说。能听见吗？"

老太太木然地点点头，起身往饭桌旁挪动，也不知道是听见了还是没听见。儿媳收拾完毛巾，端了杯热水递给王晚菊，热情地留她吃饭。可王晚菊已经拿起了自己的雨伞："村里好几个危房还得去看看，你们吃。走了啊。"

看着王晚菊渐渐远去的背影，老太太儿媳叹了口气，转身对自家男人说道："刚才她给你妈擦头发，胳膊上都是青的。她家男人还打她呢？"

"不喝酒的时候像个人，一喝醉就成牲口了。"男人半晌才搭了一句，他平日里就是沉默寡言，和能说会道的媳妇正好相反。

也许是出于义愤，老太太儿媳妇把手里的毛巾啪地一下摔进了脸盆里："那家人大大小小什么事情不是她管的？累得快死了还得挨打，全是惯的。换成我试试看！"

男人早习惯了媳妇的做派，没吭声，但饭桌前的老太太却不自觉地惊了一下，刚伸出去的手赶紧变换方向，从盘子里拣了一个最小的包子。

山里的天色比外面更暗一些，梅晓歌他们得借助手电筒的光亮才能看清脚下的路。何书记与彭乡长一直在打电话，虽然这里不是山上，但接连的阴雨也让手机信号一直断断续续，打了几次，都说不上一句整话。

梅晓歌的手机屏幕也亮了一下，是乔麦的未接来电。可当他想打回去的时候，手机又没信号了。此时，周遭隐隐传来一阵闷响，不是打雷，更像是从山体内部发出的声音。所有人都被这声音镇住了，停下脚步一动都不敢动。

祝英杰年纪最大，专业经验也最丰富，停顿片刻之后，他立刻言简意赅地提醒大家："小心脚底打滑，抓紧下山，都别停留。"

这句提醒让所有人的神经都绷紧了。梅晓歌的手电筒闪烁了一下，电量不足了。雨势渐大，梅晓歌不禁打了个哆嗦。

一片云带着一阵雨，此时后营村的雨势见小了。老太太吃罢晚饭，穿戴整齐，非要回自己的房子取枕头。她的腰已经弯不下去了，坐在椅子上穿鞋颇为费力。她儿媳妇又急又气，一边蹲下身子帮婆婆穿鞋，一边唠唠叨叨地阻拦："就待这么两天，一个枕头还凑合不了？给你拿的那都是新的，我们都没用过。"

"太高了，睡不着，不习惯。"老太太语气怯怯的，但态度却十分坚定。

"非这么倔，下雨天路滑别再摔着你。让你儿子去拿也不行？"

"屋里都乱了，他找不着。"

老太太说完便起身朝外走去。她儿媳妇跟着走到了门口，便没再继续跟，只冲着院子里的厕所喊了一句："拉完了没有？你妈非要回去！"

为了安全起见，老太太的小院已经拉闸断电了。

黑暗中，她打着老旧的手电筒，在一个柜子里翻找着自己惯用的枕头。翻了一会儿，枕头找到了，老太太也累了。她心想："要不就在这儿住下吧。雨也小了，应该不会有事。"床上被各种杂物堆满了，还到处都是泥巴。老太太扒拉了一会儿，也没腾出一块平整地方可以歪歪身子。她无奈地叹了口气，一手抱起枕头，一手拿着手电筒，颤颤巍巍地朝外走去。

一步，两步，三步，本来熟悉的房间在手电筒晃动的灯光下也显得有些陌生了。老太太心头一紧，只觉得头有点晕，然后脚下一绊一滑，整个人便扑倒在地上了。她试图拄着枕头起身，可努力了两次都失败了。手电筒滚落到了一旁，灯光昏黄。老太太想拿，伸了伸手，恰好够不着。外面又传来了雷声，有雨的云又飘来了。

就在这时，院子里传来一阵纷乱的脚步声——王晚菊过来检查了。老太太的倔和她儿媳妇的刁，王晚菊之前都看在眼里，想来想去总是不放心，又跑来查看。王晚菊把老太太半扶起来，确定她神志清醒之后，小心地查看她是否受伤。幸好没有太严重的外伤，但老太太显然受了惊吓，身子沉得很，怎么也扶不起来。

正发愁的时候，老人的儿子终于赶到了。见老母亲倒在地上，他赶忙上前搀扶。王晚菊见这个闷葫芦一样的男人，气得声音都变了："说了别让她回来，你们两口子怎么弄的！"

男人还是没吭声，只是和王晚菊把老太太合力架到了平板车上，推着回家了。

河洞乡与鹿泉乡接壤的地方是一段狭窄的山路，滂沱大雨之中，梅晓歌一行人几乎都是边哆嗦边走路。何书记一边走还一边帮梅晓歌引路。梅晓歌的身上也湿透了，黑暗和寒冷不仅折磨身体，更会摧毁意志，梅晓歌深一脚浅一脚，心里渐渐升起了一阵烦躁，他边走边问："还有多久能到村子？怎么连个有灯的地方都看不见？"

"距离倒是没多远，咱们走得太慢了。"彭乡长在一旁回复道。

听到何书记和彭乡长的声音都控制不住地颤抖，梅晓歌更紧张了，他前后看了看说："互相都拉着点、看着点，别落下谁。"

祝英杰马上提醒大家："咱们都少说点话，节省点体力。"

"我快冻死了，还怕说话费体力吗？多说话不是能暖和点吗？"何书记的话与其说是反驳，不如说是给自己打气，"去年有几个外地人跑到这儿，不是我们过来，他们差点都下不去山了。失温是不是能搞死人？老祝，你懂不懂这些？"

祝英杰没有回答何书记的问题，因为他发现水利局局长朱韬已经停下了脚步，站在原地无力地喘息。祝英杰喊了他两声，没有丝毫反应。众人见状赶紧围过去，想扶着他继续走，可朱韬仿佛已经耗尽了力气，双腿一步也迈不动了。

"老朱，你什么情况？迈步子啊！不挪窝都会冻死的！"祝英杰焦急地呼喊着。梅晓歌赶紧掏出手机，一格信号都没有。彭乡长之前发送的微信消息，转了不知道多少圈，也显示发送失败了。一时间，众人都陷入绝望之中。

一道闪电照亮山谷，借着瞬间的光亮，梅晓歌似乎看到远处有闪烁的灯光。他担心是自己看花眼，便朝前方走了几步，使劲张望了一番。没错，灯光越聚越多，渐渐还听到了人群奔走呼喊的声音——三宝和肖俊学带着长岭村的村民们赶到了。

宝根第一个冲到梅晓歌面前，往他手里塞了件雨衣，像儿时一般说："你乱跑到这来干什么？"

不等梅晓歌反应过来，众多村民便一拥而上把他们一行人围住，有的扶，有的架，很快走出了这段山路。

村委会里早已准备好了棉被和热汤。梅晓歌换了宝根的衣服，裹着棉被，吸溜吸溜地吃着，仿佛又回到了儿时姥姥家的热炕头上。

村民们守在这里都没走，家常拉了没几句，话题便转到了"围炉夜话"和"三进农家"这两件事上。长岭村是梅晓歌的半个老家，在座的村民很多都认识他父亲，况且今天又没有乡领导在旁边使眼色，老百姓把自己的心里话如竹筒倒豆子一般地说了。

一个村民愤愤地说道："白天在地里辛苦一天，晚上回去就想歇歇，他们天天坐着不走，我说我没什么事需要你们解决，他说得熬到点拍了照片、签了字才行。在自己家，我老婆连换件衣服都得看表，这不算添乱吗？"

"算，百分之百算添乱。"梅晓歌把碗里的汤喝干净，放下碗坚定地回答。

眼看着众人越说越激动，三宝和肖俊学不断地打岔使眼色，可话匣子打开了就没那么容易收上，他俩的小动作很快被大家争抢的发言淹没了。

上次在"围炉夜话"上和人吵架的赵三挤在人群里说："'三进农家'，该办的事情什么时候都能做，非要晚上去。能解决的白天不解决，为什么非得等到夜里？"

旁的刘喜接茬说："白天解决完了的，晚上就不用废话了；白天解决不了的，夜里一样解决不了。我想要个媳妇，不也没解决吗？"

众人一阵哄笑，三宝瞪了刘喜一眼，没好气地揶揄道："下雨天给你补房子，我还要给你找个媳妇？！"

刘喜根本不怕三宝，马上回嘴反驳："嘴说不行，你得赶紧找呀。不能说我有事，你们就跑了；没事，想睡个觉，你们就翻墙进来。没媳妇，我自己睡个觉还不行了？"

此时又有人说："凑够时间，那些人马上就走，真有什么问题反倒找不着人。"

梅晓歌接上了这句话，问道："去哪找的？"

"乡镇啊，白天我去办事，都跟我说等晚上吧，反正晚上也要'围炉夜话'。每个星期都要在村头搞'围炉夜话'，去了就是站成一排拍照片。谁有空给你办？"

感受到梅晓歌投来了质疑的目光，三宝尴尬地打了个圆场："也不光是拍照片吧。"

"我也没说村里。这不都是乡镇逼的吗？"村民耿直地回应道，"东西也给得越来越少，以前还有鸡蛋、牛奶，现在光剩下洗衣粉、肥皂。领了还得唱红歌，还非得合唱，哪有那么多人能凑齐？独唱不行吗？"

又是一阵哄笑，梅晓歌也跟着笑了。热汤驱走了身上的寒意，村民们的话让梅晓歌心里觉得踏实——至少村民们还愿意跟他讲真话，还相信他能听得进去这些真话。

李来有和黄立清赶到长岭村村委会的时候，梅晓歌和村民们都已经离开了。村委会的屋里只剩下肖俊学和几个村干部在收拾东西。李来有顾不上换衣服，上来便问道："梅书记呢？"

"刚走，说有事还得赶到市里。"肖俊学答道，"主任去送他了。"

听了这话，李来有总算松了口气，他一路赶来又累又饿，见桌子上还有些吃的，便抓起来胡乱塞了两口，边吃边问道："怎么会困到山里头？河洞的人是怎么给带的路？给我去弄点吃的。人没事吧？"

肖俊学给他和黄立清都倒上了热水，答道："多亏及时赶到。赶过去的时候，水利局朱局长冻得连话都不会说了。人没事，车还扔在河洞。"

李来有越听越后怕，一拍桌子生气地说："有些人真的是搞不懂轻重，什么地方都敢带着领导去，失温会要人命！县委书记要是出点事情，这些人会有好日子过吗？脑子里不知道都在想些什么。没一个省心的！后营那个老太太也是，半夜跑回去那个危房，万一摔个骨折，一口泥巴再呛进去，就完蛋了。"

黄立清点点头："幸亏没出事，已经回她儿子家了。"

李来有喝了两口热水缓缓神，忽然看出些端倪。他转头问肖俊学："怎么这么多凳子？山里困住多少人？"

没人说话。

反应极快的李来有马上又问："村里来这么多人干什么？搞座谈吗？"

肖俊学没接话，默默地给李来有又添了点热水。李来有更警惕了，让肖俊学把会议记录拿来。肖俊学迟疑了一下回答："小路还在整理。"

李来有没搭理这句话，转而让黄立清马上去拿。待黄立清走出去之后，他又凝视着肖俊学问道："都说了些什么？"

眼见已经无法隐瞒，肖俊学只得说出了实情："梅书记的意思是，'围炉夜话'和'三进农家'先停一停。"

"谁组织的？是不是三宝这个蠢蛋？"

"不不，没人提前安排。我和主任都拦过，有些话实在是拦不住。"

看着肖俊学紧张而窘迫的神情，李来有意识到自己最担心的事情发生了——刚树起来的先进典型，如今成了活靶子。李来有看了看外面的天，这雨下得真不是时候。

接到刘晋飞的电话已经是深夜了，艾鲜枝刚坐车赶到鹿泉乡政府。李来有按照她的布置上下一通折腾，覃县马上服软了。

艾鲜枝坐在车里，摆出一副推心置腹的样子对电话那头的刘晋飞说："我本来就是这个意思呀。老哥，咱们是自己人，说实话，我都是站在你的立场上。你自己想想是不是这样？马市长也是够意思，三份钱，你只出一份，我要是你都得偷着乐了。"

被上级点了名，刘晋飞一分钟也不想等，而这也正中艾鲜枝的下怀，她告诉刘晋飞不用等她回县城，此时此刻就把治污方案发给她，她马上找电脑修改好，直接发给市里。

那边刘晋飞忙不迭地感谢，这边艾鲜枝则快速下车，往乡政府办公楼里走。她早看见里面还有房间亮着灯，那就肯定能找着电脑。

留在办公室加班的是王晚菊，她连家也没回。在堆积如山的文件和资料中间，她不停地敲打着键盘，电话听筒还夹在脖子那里，一边记录一边回复道："你也别生气，我知道，我知道，你听我说，危房转移肯定是原则，万一出了事谁也兜不住，能做通工作的肯定也不用强制带离。对对，贫困户不配合，给脸色，埋怨政府不让建新房，这些事情村村都有。危房加固和改造，下午都已经上会了，肯定是真的，我现在就在做数据摸底的表……"

手边的一桶方便面已经坨了，也凉透了，可王晚菊根本没工夫吃，更没发现站在楼道里望向她的艾鲜枝。

林志为见艾鲜枝一直沉默不语，便想进去问问电脑的事，没想到艾鲜枝却拦住了他："乡里还有没有开着门的饭店？叫上她，一起去吃口热乎饭，我也饿了。"

几个人赶在小店打烊前进了门，因为食材所剩无几，老板只给他们做了三碗热汤面。艾鲜枝从早上到现在一口饭都没吃，早已饿得前胸贴后背，汤面一上桌，她便狼吞虎咽地吃了起来。林志为张罗着倒茶水，只有王晚菊拘束地坐在桌子跟前，一根一根地挑着面条，吃得相当拘谨。

艾鲜枝吃了几口，压了压饥饿带来的心慌，抬头见王晚菊的吃相，立马说道："大口吃呀，你这几点才能吃完？"

王晚菊怕这又是县长的责备，马上吃得快了一些，但她不经意看见艾鲜枝体谅的眼神，心中立刻明白过来。待咽下嘴里的面，她低着头小声地说："谢谢县长。"

艾鲜枝本想再说几句勉励的话，可王晚菊的手机又响了，是彭乡长。艾鲜枝听不清电话里究竟说了些什么，只听见话很密，而王晚菊在这边不停地应着并点头。不仅如此，这个电话刚挂断，另一个电话又无缝衔接地打了进来。

许是觉得吵闹不停的电话打扰了县长就餐，王晚菊显得有点紧张，可越紧张越出错，在接通新电话的时候，她直接点了外放。瞬间，电话里传来丈夫蛮不讲理的呵斥："打你的事情，谁告诉三宝媳妇的？这种破事挺光荣啊，你到处说？"

王晚菊恨不得找个地缝钻进去，她一个劲儿点屏幕，挂断、静音都不管用——电话死机了。树哥还在电话那头不停叫嚣，除了王晚菊，艾鲜枝的脸色也越来越难看。

一个小时之后，艾鲜枝带着县公安局副局长赖小伟和鹿泉乡派出所所长走进了喜旺法兰厂。他们来到厂区办公室，找到了正在对账的树哥，派出所所长直接喝问道："是不是蒋树林？"

树哥下意识点点头，见进来一堆穿制服的，马上说道："环保局前天已经来过了，有事得问厂长……"

可没等他把话说完，艾鲜枝便大步走过来劈头问道："是左撇子吗？"

树哥完全被这阵仗整蒙了，话也说不出来，胆怯地摇了摇头。艾鲜枝见状一把抓起他的右手，将他拽到一个铁皮文件柜跟前，大声喝令："手举起来。举高点！"

"县长叫你举高点！"派出所所长紧跟着又呵斥了一句。

艾鲜枝拽住树哥的右手使劲往铁皮柜上一摔："打！使上你算账的力气，好好打这个柜子。怕疼不想打，还是嫌不过瘾？今天必须动手。你怎么打老婆，就怎么打它。"

树哥终于弄明白这些人气势汹汹的原因，可这个窝里横的男人在外面只剩下唯唯诺诺的软弱。他一边支支吾吾一边不自觉地往后退，完全没了在王晚菊跟前的威风。

艾鲜枝看他这副样子更来气了，劈头盖脸地骂道："王晚菊每天从早忙到晚，累得连口热饭都吃不上，你家的大事小事全都要她去管，回去还要挨打受气，这是什么道理？我不要求你当模范，任劳任怨支持老婆，但你把她当个人看也做不到吗？"接着，她转头问道："妇联的人什么时候才能到？"

"祁主席在路上了，最多十五分钟。"赖小伟赶紧应道。

艾鲜枝指着树哥极其严肃地说道："不要以为这种家务事没有人管。妇联的来了，马上走妇女救助流程，该验伤验伤，该立案立案，民政、妇联、公安，把你们的职责划清楚，这件事情决不能就这么过去。"

此时，办公室外面许多闻讯而来的工人正不明就里地探头探脑。艾鲜枝明白这样的男人最要面子，于是故意问道："你在这个厂子，每个月工资多少钱？说话！"

"五千五。"树哥磕磕巴巴地回答。

"还没你老婆挣得多！"艾鲜枝大声地训着他，"一天到晚，你当什么大老爷？体谅体谅很难吗？你知不知道你老婆血压有多高？她血糖和甲状腺功能正不正常？谁告诉你不能生孩子是女人的问题？这种不懂科学的蠢话是哪个文盲说的？赖小伟，明天带蒋树林去县医院，查出来如果是他的问题，就地隔离，什么时候把王晚菊吃过的那些中药吃完，什么时候再放他出来。林志为，给范太平打电话，协调鹿泉乡，即刻借调王晚菊到县政府办督查组，半个月起。"

"好，我这就联系。"

"这件事情必须有个说法。也就是王晚菊委曲求全，我要是她，你今天就活不出去！"

树哥彻底冧了。王晚菊说什么也不去验伤，树哥侥幸没被拘留。从乡派出所回来，家里已经空无一人。屋里冷清得吓人，树哥无力地瘫坐在地上。

三宝把梅晓歌一路送到了新州市。

在车上，梅晓歌回了几个工作电话和微信消息，又和艾鲜枝沟通了一下和覃县联合治污的情况。随后，他用手机摄像头看了看自己的模样——因为走得匆忙，他连澡都没顾上洗，头发蓬乱，脸也不大干净。

"这个形象被乔麦见到,她怕是又要唠叨了。"梅晓歌心中暗想。因为被临时安排参加会议,乔麦突然回来了,那个在山谷里未接通的电话本来应该作为惊喜出现的。

三宝把梅晓歌送到了市委大院。幽深的走廊里,梅晓歌站在一侧,像个等待老师下课的学生。也不知过了多久,远处会议室的门开了,乔麦随着人流走出来。当她看到梅晓歌狼狈的模样时,恍然一惊,但紧接着两人都露出了会心的笑容。

家中久不住人,早已蒙上了一层厚厚的灰尘。梅晓歌从柜子里抱出一床被子往床上一放,腾起的灰尘呛得他直咳嗽。

"去酒店吧。"乔麦的声音从身后传来。梅晓歌下意识地啊了一声,配上他始终不愿服帖的头发,让乔麦忍俊不禁。她轻轻推了梅晓歌一下:"啊什么啊,半尺厚的灰怎么睡呀?"

梅晓歌看看被子应了一声,好像还在琢磨着什么。乔麦看着他呆呆的样子,拿起包说:"合法夫妻,开房不犯纪律。"

即便如此,在前台办入住的时候,梅晓歌依旧显得有些拘谨。乔麦站在旁边想挽住他的胳膊,却被他挣脱了,还刻意地和她拉开一段距离。通往房间的路上,两人边走边聊,对话的内容也不像久别重逢的夫妻,更像讨论工作的同事,问得严肃认真,答得一板一眼。

"你们这是临时回来开什么会?"

"几个会都叠到一起了。"

"明天去北京是吧?什么时候回来?"

"看情况,要是顺利的话后天就得赶回来,省里还有点事情要办。"

"定了哪天回藏区了吗?"

"预计可以待一周左右,定了日期我会提前和你讲。你有什么安排吗?"

"抽点时间,回去和妈吃顿饺子。"

房门打开了,梅晓歌如往常一样,立在一边让乔麦先进。乔麦拎着包仿佛走进会议室一般,只是经过梅晓歌身边时,轻轻说了一句:"不吃韭菜鸡蛋馅儿的,好吧?"

房门关上了,二人终于卸下了心头的铠甲,激动地拥吻在一起。想着刚才梅晓歌一本正经的模样,乔麦推开梅晓歌,兴师问罪:"在底下不挺能装的吗?怎么不装了?"

"装不住了。"梅晓歌笑着说。

乔麦很快发现了不对劲:"这什么?你怎么耳朵和头发里都是泥巴?"

"嘴里没有就行了。"

"不行!"乔麦一把推开他,"这还有沙子呢,洗澡去。"

梅晓歌无奈地停下:"你先洗。"

梅晓歌洗得很仔细,头发洗了两遍,还特意刷了牙,可当他穿着浴袍兴冲冲地走到床边时,舟车劳顿的乔麦已经睡着了,只在床头柜的便签上留下了三个字:叫醒我。

看着妻子疲惫的脸庞,梅晓歌伸手想要轻抚,但就在手掌即将贴上她的脸颊时,他又停住了。啪一声,房间里的灯熄灭了,柔情蜜意还未展开,已经化作了沉沉的睡眠。

当他们被一阵急促的手机铃声吵醒的时候,已经是天光大亮的第二天早晨。平日里两人都没少接这样急促的电话,一听到铃声便条件反射般弹起来,四下寻找手机。

响铃的是梅晓歌的手机,下属向他汇报县里的人才引进方案。乔麦紧紧凑到梅晓歌身上,故意撩拨着他。梅晓歌强装镇定地布置完工作,没等挂断,又有电话打进来。

"有个电话进来了,那就先这样。"

不等梅晓歌再接,乔麦一把夺过了手机,看都不看就挂断了扔在一边:"我也是人才呀,你管不管? 今天周末,少敬业一会儿天塌不了。"

梅晓歌扑过去,仿佛要抢夺手机,但最终还是和乔麦纠缠着滚到一起。片刻之后,他想起之前乔麦说的行程,问道:"下午你还要去北京出差?"

"现在到下午了吗?"乔麦反问。

梅晓歌笑了笑,正想再抱住乔麦,忽然手机又响了,这次是乔麦的,来电号码显示是梅晓歌的姐姐梅晓诗。

"你姐怎么打我这来了? 她知道我回来了?"

"我没说呀。"

梅晓歌有点蒙,顺手接起了电话,还没等他说话,里面便传来了姐姐焦急的声音:"妈住院了,脑血栓!"

第十三章　塌　方

随着王晚菊被火速借调到县里，发生在她身上的事情也在县委大院迅速传开了，加之这件事又是艾鲜枝带头闹大的，所以在一早的县委食堂二楼，前来吃饭的领导们纷纷讨论起来。

县检察院检察长陈建平和王晚菊在工作中有过接触，他率先挑起了话头："你们可能不认识王晚菊，又瘦又小的，腿还没我的胳膊粗，以前在鹿泉乡搞妇女法律活动，我和老曾还去过一次，任劳任怨的，天天挨打，这哪能行？"

法院院长曾路端着盘子坐在陈建平身边接着说："家暴就是个问题，说实话，还真不好处理，还得县长去上手段。"

"我觉得现在的观念就是严重错误的。"不知何时艾鲜枝也走进了食堂，她简单取了两样早点，便坐到自己的位置上正色道，"两口子之间也是故意伤害，怎么会是家庭暴力？东亮县长，你们要管起来啊。"

听了这话，纪东亮面露难色："就像曾院长说的，有时候接到报警，到家里要带丈夫走，妻子自己就先妥协了，没法弄。王晚菊到现在都还没验伤呢。"

艾鲜枝不甘心地说："我觉得法院一定要从重处理，这不光是个体问题，全县的那些丈夫都要看看。女人就不是人吗？中国人都是怕死的，包括那些拐卖小孩和妇女的。都说难管难办，我告诉你们这些事情怎么解决。很好解决，除了买卖同罪从重判罚之外，一旦发生了这种事情，丢孩子属地的乡镇领导和村主任就地免职，你看看管不管得住！我就不信一个村子里去了一个陌生人，村主任都不知道。包括家庭暴力，村主任是不是也要担责？老婆明明已经快被打死了，这还叫家庭暴力？狗屁调解，这就是故意伤害，必须判刑。"

见艾鲜枝情绪激昂，陈建平碰碰纪东亮的胳膊肘，开玩笑地说："听见没有，县长让你抓紧判决，从严从重。"

纪东亮也跟着笑了笑："公安哪有这个权力？那是法院曾院长的。我们顶多能吓唬吓唬李来有，护不住自己的兵，就知道'围炉夜话'。"

众人都跟着笑起来，却听见艾鲜枝冷不丁地说了一句："书记昨天也在鹿泉乡，那个事情被叫停了。"

有些事情看上去很严重，可能三言两语笑笑就过去了，比如王晚菊挨打；有些事情好像就是随口一说的闲话，却能让所有听见的人表情微妙，比如被叫停的"围炉夜话"。大家互相对视片刻，于立群站出来问了一句："'围炉夜话'现在全县都铺开了，以后还搞不搞？"

"等书记从市里回来，你去问问他。"

艾鲜枝一句话就把皮球又踢了回去。于立群笑着说："阴霾、乌云就算啦，我还是去问点阳光灿烂的事情吧。"

一旦遇到事，不管家里家外，乔麦马上进入雷厉风行的工作状态。新州市人民医院神经内科的主任和乔麦的父亲是多年的朋友，她人还没到，电话就先打了过去，安排梅晓诗他们和医生对接。

待到她和梅晓歌到达医院，基本的检查结果已经出来了。乔麦什么都抢在前头，看了看检查结果之后，便向主任问道："我婆婆平时血压就高，不过她胆子小，一般不敢自行减药。我看除了脑血栓，怎么还有血管瘤？"

主任指着片子解释道："脑梗死是左侧，血管畸形在右侧。要不是这次检查，恐怕你们还不知道。平时有症状吗？比如眩晕、肢体麻木或者步态不稳？"

连丈夫都是半年才见一面，婆婆平日的状况她哪里知道。乔麦转而看向身边的梅晓歌，可他和母亲相见的次数也比乔麦多不了太多，只能含糊地回答说："好像没听她说过。"

平时的工作习惯让乔麦最讨厌这种模棱两可的答案，梅晓歌也一样，可这样的问题确实不是他们能对答如流的。无奈之下，乔麦只得先探问道："问题大吗？"

主任看着片子沉默片刻，谨慎地对乔麦说："我建议去一趟北京，听听那边的意见。"

主任是新州当地的权威专家，又和乔麦家有私交，说出这话，恐怕有点麻烦，夫妻俩的心头都压上了一块大石头。二人和主任简单寒暄了两句，立刻着手下一步的安排。乔麦联系北京医院的熟人，梅晓歌去办出院手续。

不过，梅晓歌这边进展得十分不顺，一则他的电话此起彼伏，哪个都得应对半天，根本腾不出时间办正事，二来母亲刘巧珍完全不配合，躺在床上一动不动，坚决拒绝转院。乔麦联系完医院，回来一见这场景，立刻不容置疑地说："我也建议去趟北京，找个好点的专家，看看权威的地方怎么说。"

刘巧珍半闭着眼睛，微微歪了歪头，小声但坚定地说："不去，县医院说我没事，输完液就好了。"

"病情是会发展的。昨天没事，今天怎么跑到这里来了？越是早治疗、早干预越好——输完这一瓶液要多久？"乔麦的语气令人仿佛觉得躺在床上的不是婆婆，而是一个犯错的下属。

刘巧珍可不吃这套，乔麦机枪一般的话根本打不透她，她睁开眼，对着床边的女儿梅晓诗说："我想吃瓣橘子。"

梅晓诗一直守在床边不说话，像个尽职尽责的保姆。听到母亲的指令，她马上动手剥橘子。乔麦的话她却好像没听见，一句也没接茬。

此时，梅晓歌打完电话回来了："商量得怎么样？"

乔麦一听这话更上火了，有病治病这么简单的事情，她搞不懂这母子三人还在犹豫什么。梅晓歌还在征求意见，她直接拍板决定了："科学的事情不用商量。我有个高中同学在天坛医院，刚给她打完电话，输完液就可以动身。"

"不用去。"刘巧珍望着梅晓歌说，"不是说输完液就好了吗？大老远折腾什么？"

"肯定得去，还是要尊重科学。"乔麦也望向了梅晓歌。

"你们先尊重我。我不想去。"

"围炉夜话"现场调解纠纷怕也没这么难，梅晓歌心里急又不能表现出来，忍不住搓了搓手。待到母亲吃完半个橘子，他看着梅晓诗问道："大脑的问题和别的不一样，是得重视。姐，你说呢？"

梅晓诗默默地团着手里的半个橘子。虽然不在母亲身边生活，但弟弟和弟妹都是有文化、有本事的人，他们的建议十有八九错不了，可乔麦刚刚咄咄逼人的语气，别说老太太，她这个大姑姐听着也不舒服，幸亏弟弟还懂得好话也得好好说的道理。她抬头望见梅晓歌恳切，甚至有点乞求的眼神，微微点了点头。

梅晓歌明白，姐姐已经把劝服母亲的事情揽下来了，现在他要做的就是先把乔麦带离现场，以免事态进一步恶化。

林志为上班后的第一件事，就是向艾鲜枝提交了《关于鹿泉乡养猪户造成河道污染的整改方案》。自从上次艾鲜枝在车上跟李来有交代过后，他几乎天天给李来有打电话落实方案的事情。从文稿到执行，他前前后后打了十几个电话。

果然，艾鲜枝看完报告后，第一句话就说："这上面的很多事情都和农业农村局有关系，给他们也看一下。"

"已经看过了。这个方案也包含了那边的意见。"

林志为的回答有些出乎艾鲜枝的预料，她又看了看方案最后规定的日期，问道："日期也估好了？这么短的时间做得到吗？"

"我给李书记打过电话，说您可能会问到可行性，他的原话是'七八成差不多'。"

"临阵磨枪，这个比例相当高了。"艾鲜枝点点头又问，"上次见面他还含含糊糊的，李来有怎么回事？"

"乡里一直在做规划，包括方案上提到的牲畜转移和养殖基地。这次如果不催，其实也差不多该出来了。唯一不确定的是市场生猪价格，他们之前是想再等等，看看清栏形势。"

事无巨细，对答如流，和前几天相比，林志为的表现不说是脱胎换骨，也可算是上了个台阶。艾鲜枝看着手里的文稿忽然想起之前在车里，林志为好像给过她一个什么东西，便随口问道："你上次是不是让我看个什么东西？"

林志为一愣，想起那份被踩了的稿子，微微低下头轻声回答："一个发言稿，已经不用……"

"回头拿来我看看。"艾鲜枝打断了林志为的话，她想全面了解这个年轻人。

北京的医院永远人山人海，四人间的病房里，每张病床前只允许放一个小马扎。梅晓诗要安顿孩子，过两天才能到北京。乔麦一道跟来了，但也得先去通州参加会议。能留下来陪护的只有梅晓歌。其实他也是马扎都坐不踏实，电话一个接一个，他不好意思打扰别人休息，又不放心母亲，只能蹑手蹑脚地在病房里来回穿梭。

刘巧珍躺在床上，看着忙碌的儿子，她心疼不已。但即便如此，她还是告诉梅晓歌："乔麦事情多啊，不用她来。来了也帮不上什么忙，光知道教育我。"

有了上次被医生问得说不出话的经历，梅晓歌现在特别注意母亲身体上的细微变化。母亲刚刚说了什么不重要，关键要听她说得清不清楚。"你看，个别咬字还是有些含糊。功能区以后总不能有影响，咱们这次好好查一查。听乔麦的还是没错。"

"当官当久了，儿子愈发会说话了。"刘巧珍无奈地在心里安慰自己。对于儿媳，她本不该有怨言。人漂亮又能干，家庭条件好，对梅晓歌也是死心塌地。可太要强的女人就做不到柔声细语，更做不到贤惠持家。儿子年纪渐长，反倒过上了两地分居的生活，更别提要孩子了。刘巧珍攒了许多话，可平时她连儿子的面都见不到，现在儿子就在眼前，自己话又讲不清楚了。

其实这些话，梅晓歌心里都明白，母亲无法舒展的眉头早已说明了一切，但眼下的境况他无法改变，也只能揣着明白装糊涂。这时候的工作电话反倒成了他的救星。

可县里打来的电话一点也不让他省心——他在长岭村的一句话传到县里就成了书记指示要取消"围炉夜话"。梅晓歌不明白，都是工作多年的干部，怎么遇到点问题，一个个全都听风就是雨。

大厅里预约检查的队伍前后都看不到头，梅晓歌强压着火，顶着周围人的白眼，尽量温和地解释着："不是取消，是暂停。'围炉夜话'的出发点是特别好的，以前是民找官，现在是官找民，很多矛盾直接在家门口就解决了。鹿泉乡的信访量以前哪有现在那么少？我的意思是要把制度定好定细。不管乡里县里，不管换了谁，制度都是一样的，不会跑偏。'围炉'和'夜话'的频率不用那么勤，每季度一次足够了。覆盖范围和参加人员也别死板，千万不要搞成形式主义。县委办要收集梳理好意见，先拿个方案出来……"

好不容易拿上了预约号，又到了吃饭的时间。食堂的窗口也是密匝匝地挤满了人。梅晓歌搞不懂这里的办卡规则，多问了几句，不仅工作人员不耐烦，后面等着买饭的也催促不停。偏这时，乔麦打来了电话，可乱哄哄的食堂里，两人谁也没听清谁的话就骤然断了线——梅晓歌的手机没电了。

费了半天劲没吃上饭，下午预约号又开始排队了。共享充电宝的盒子里空空如也，梅晓歌愈发体会到老百姓平常日子里的举步维艰。真别遇上事儿啊，否则就是唐僧取经，九九八十一难，一个也躲不过。

正在这时，有人从背后喊了一声："梅书记？"

梅晓歌回头一瞧，喊他的人分明是个熟脸，口音也是光明县的，可他叫不上名字。见梅晓歌不言语，那人接着自我介绍说："大院里的桶装水都是我送的。我叫小曾，上个星期还去过您的办公室。您怎么在这儿？"

梅晓歌一下想了起来，冲小曾笑了笑，反问道："你这是带家里人来看病啊？"

"陪我丈母娘来复查，明天就回去。"小曾说着从包里掏出两个充电宝，挑了个大个的递给梅晓歌，"手机没电了吧？出门充电宝得带够。"

梅晓歌感激地连连致谢，虽是一县主官，可具体的生活经验，他比普通老百姓差得远了。

快下班的时候，林志为收到了母亲的微信消息，让他下班直接去陶然亭餐厅。平时，母亲安排的饭局他都有点抵触，可今天却爽快地答应了——接连收到两个好消息，他心情太好了。

早上开会之前，艾鲜枝表扬了林志为先前交上去的那篇稿子，还通知范太平今后她这边的发言稿都由林志为撰写。这对林志为是一份莫大的激励。紧接着，林志为女朋友小萍的微信消息不期而至，没想到她不声不响地考取了光明县的教师编制，明天上午九点就要到县教育局正式报到了。真是喜事成双。林志为母亲一直拿异地这一理由反对林志为和小萍交往，现在这个障碍解除了。林志为想母亲今天有饭局，心情应该不错，干脆趁热打铁，晚上就谈谈这事。

可惜林志为只猜对了一半。林志为母亲的确心情大好，因为陶然亭的这顿饭是专门给林志为安排的相亲局，对象正是江霞。在餐厅门口看见江霞的车，林志为还在想"怎么会这么巧"，可当他推开包间门，看到江霞以及两人的父母，一切便不言自明了。

一见林志为，媒人汤阿姨马上热情地招呼说："啊呀呀，就等你啦。县长一分钟也离不开的大红人，你来了就能起菜啦。老林招呼一下服务员。"

久未回家的父亲一如既往憨厚，起身出去叫人。在客人面前，林母也收起了平时咋咋呼呼的样子。她走到林志为身边，接过他手里的包，难得温柔地对儿子说："坐呀。站着能吃吗？"

林志为的位置就在江霞旁边，直到坐下他还有点缓不过神来。江霞则保持了一贯的落落大方，看了看林志为，给他推过去一杯刚倒好的茶。

"上次你们搞接待也是在这个饭店吧？县长、书记都在，是陪哪个市领导来着？"林母的目光始终围绕着林志为，见他表情僵硬也没回话，她马上接着说道，"你来之前，我们和江霞聊半天了，你们这个年龄就是要忙一点，忙才能进步。志为，你给江霞添水呀，平时那么机灵，今天这是让谁给你唬住了？"

母亲言辞中的不满显而易见，林志为也不想当众失礼，可这样不打招呼的霸王硬上弓的安排实在让他不痛快。汤阿姨看出了端倪，马上笑着打圆场："啊呀，这是给领导写稿子太辛苦了。你就让孩子歇口气。老林，你也坐下，喊完服务员就行了，让他们弄。"

恰好林志为收到几条工作消息，他说了句"不好意思"便埋头回复了。

"我在你这个年龄的时候比你还忙哪，都能理解。县长的事情最大。"汤阿姨一边说一边从江霞手里接过茶壶，给江霞父母添上了水，"咱们这小地方，互相都认识都知道。早就说要请你们吃饭啦，这不江霞也忙，志为也忙，今天也不算晚啊，刚刚好，老林为这顿饭专门坐火车赶回来——你这也太着急请客了吧？"

专业媒人的三言两语就把被林志为冷的场又热了起来。江霞的父亲喝了口茶转而对林志为的父亲寒暄道："上次见你还是在老周书记女儿的婚礼上，一晃都快四年了吧。"

"差不多，差不多。"

"我看你平时也不怎么回来。这次能多住几天吗？"

"看吧，没事我就回去了，那边事情多。"

眼看着不善言辞的林父要把天聊死了，汤阿姨又马上站出来点题："老林就是闲不住，咱们都是领一份退休工资，就他挣两份钱。"

说到退休金，四位老人马上有了共同语言。林志为见状，偷偷给江霞发了一条微信消息："有个事情，我女朋友考了县里的教师，明天就来报到了。"

几秒钟后，江霞的手机屏幕亮了一下，可江霞的心思仿佛都在饭局上，根本没注意手机的变化。此时，众人已经从退休金聊到了家世背景和婚嫁礼节。汤阿姨穿针引线地说道："新时代都得有新思想。现在不比以前，彩礼都快没有人提了，也就村里还讲这个，我今年说成了六七对，都是县城里的，都是男方追着非要给。女方家也都有房子车子，现在讲究的是门当户对，是不是？"

林母知道这是媒人在帮他们这边说话，马上热情地接着说："那可不，和江霞妈妈我们从小就认识，人家上一代的家庭条件呀，三十年前就是全县拔尖的。要不是林志为争气，这还不是我们高攀呀？"

江霞母亲被捧得有点不好意思，笑着对林母说："哪有什么谁攀谁，现在咱们都是为年轻人服务，只要他们谈得来，我们从来不管孩子。说实话，你也管不住啦。"

汤阿姨见气氛烘托得差不多了，便举起酒杯说道："像小林这样的青年才俊，放到市里也没有几个。说难听点，要是不登对，咱们也坐不到一起来。今天有喜事怎么都要喝一杯，我血压高也要陪着，谁给我倒点白的呀？"

这杯酒若喝下去，不说婚事就此敲定，至少态度上也算明确了。林志为眼看着大家要举杯，心里一急，一下就站了起来："汤阿姨，有个事情，我得说一下。"

而几乎和他同时，江霞也站了起来："你说你的，我先去个卫生间。"

包间里骤然静了下来，看着江霞的背影，林志为忽然有点不忍心了。如果现在说出小萍的事，不是当众让江霞难看吗？于是，停顿了几秒钟之后，林志为开口说道："实在不好意思，刚通知要加班，我得提前走了。"

林志为站起来的时候，林母的心几乎提到了嗓子眼。她知道小萍的存在，更了解儿子的个性，倔脾气上来，真可能会做出不计后果的事。好在上班这段时间，经历了一些历练，总算没把事情搞到难以挽回的程度。但事情绝对不能这么完了，回到家里，林母严肃地召开了一场家庭会议。

"聪明，孝顺，语文好，个子高，你身上的优点全随着我，这你都知道。缺点也跟着像我，倔，不听劝，感情专一。你要知道你现在这个年龄，专一是缺点。"在家人面前，林母卸下了所有伪装，直言不讳地发表自己的观点，"我和你一模一样。就你这么大，也是刚上班，我非要嫁给你爸爸，你姥姥、姥爷、舅舅、三姨全部反对，谁说我也不听，跳窗户出去我也要和你爸过日子……"

"不好吗？"一直坐在旁边默默啃苹果的林志为忽然反问了一句。

林母的回答没有丝毫迟疑："好啊。问题是还有更好的。上海一个知青，北京一个知青，都在我们厂，一个技术员，一个销售员，当年我任意找了哪个，你现在保不齐就在国务院当联络员。等你到我这个岁数再明白就全晚了。你不是给自己挑媳妇，你是在给你孩子挑妈妈呀。你这么聪明，肯定懂我的意思。"

林志为看看沉默的父亲，接着说道："我觉得你当着我爸这么说，有点不合适。"

"我说的是这个道理。他要连这个都听不出来那也不用再解释了。"林母依旧理直气壮，转而对丈夫说，"背着孩子的时候你有那么多话，一见面就哑巴了，坏人全让我来做，你倒是说句话呀！是不是刚才我说的那些道理？"

"对呀，那肯定是有道理。"林父言简意赅地应承着，顺手递给妻子一个苹果。

但林母对这个敷衍的态度相当不满意，她把苹果往桌子上一蹾，没好气地甩了一句："不想说就别说了！"

"我这不是说了吗？你说的都对啊。不说话不行，说话也不行。"

林母打断了丈夫的抱怨，坚定地说："反正绝对不行。撕破脸就撕破了，你小时候假装肚子疼不去学校，我也不同意，现在走歪路，我更不会同意。我不会等你以后后悔了再来抱怨，我要对你负责任。"

林志为的苹果已经吃完了，他深吸一口气，平静而坚决地开始表态："小萍已经通过县里的教师考试，她有工作、有收入、有编制，也不存在两地分居的问题了。房子有宿舍，车子可以贷款，每年都有寒暑假，孩子完全可以自己带，你担心的事情我们都能解决。晚上吃饭的时候，汤阿姨也说了，新时代新思想，我平心静气地希望你们能尊重我的决定。"

说完，他起身进屋关门，只留下气愤的母亲和无奈的父亲。家庭会议无果而终，家里瞬时静了下来。

钻回房间的林志为心里却不安静，他翻来覆去了好久，终于拨通了江霞的电话。

"这么快就加完班啦？"电话里传来江霞语气轻松的揶揄。

林志为不自觉地挠挠头，虽然不是面对面，但想到刚才的情景，他还是有些不好意思："今天我是真不知道要和你们家一起吃饭，没人跟我说。我妈说我爸刚回来，我以为就他俩。"

江霞又笑了笑："其实我也懒得去，这顿饭吃得也太累了。下次互相知会一下吧。"

"中间我先走了，不好意思啊。"

江霞故意叹了口气："你说你，老干这种要道歉的事情。等你女朋友来了，请我吃饭吧。"

"龙虾馅儿的馄饨。"

"我录音了，不请我就扣你的份子钱。另外，万一结婚前反悔了，考虑我也还来得及啊。"

大方而不失幽默的回答让林志为对江霞又多了一分好感。他觉得，即便无缘牵手成为恋人，能结交这样一位朋友，也是一件幸事。

夜里的医院多了一分安静。第一天住院开的药比较多，刘巧珍直到此时还在输液。看着儿子憋屈地坐在小马扎上，她又心疼又着急，絮絮叨叨地抱怨起来："反正都是输液，跑到这里也一样，还不如回去。你和乔麦说了吗？晚上不用让她再过来了。"

处理群众问题，官员要勤快；处理婆媳问题，男人也不能偷懒。梅晓歌深刻领悟了这个道理，早已做好了连轴转的准备，听母亲又提起乔麦，马上回答道："说了说了，知道你俩待着互相都别扭。"

刘巧珍叹了口气说："她是管人管习惯了，见面就批评，这个不行那个不行的。我都这么大岁数了，还让人管着？"

"你不也老提要求吗？一见面就催孩子，让她来陪床，她也不一定敢。"梅晓歌开玩笑似的给母亲打预防针，长夜漫漫，他也不想再听这些老生常谈。

"嫌我麻烦以后就不催了。我是不是脑子里长了瘤子？会瘫痪吗？"说到病情，刘巧珍还是有些不安。

梅晓歌安慰着解释说："大夫不跟你说了吗？血管瘤是先天的，就是血管长变形了，不是你想的那种瘤子。要是不信我，你明天自己问问医生。"

"我不是怕站不起来，我是怕脑子糊涂了，要交代的没交代清楚。"

"祖传的那台电风扇，还是厨房拐角的老咸菜？"

刘巧珍想嗔怪儿子没正形儿，话还没说倒不由自主地笑了。梅晓歌参加工作以来，母子间这样轻松的时刻实在太少了。然而，妈妈永远是妈妈，永远有各种各样的不放心，所以笑过之后，她还是忍不住说起来："到了我这个年龄就得考虑这些了。平时是说笑，真有点什么事情都来不及安排。老了想的就多，话也多。平时你太忙了，总也见不着，乔麦也是，一有机会就想抓紧时间和你们唠叨。这次病了也挺好，要不哪有今天这时候。你也能喘口气，不用天天往村里跑了。一会儿输完液，你自己找个旅馆睡觉去，好好歇歇。"

"一会儿输完再看吧。"梅晓歌笑着说。

刘巧珍知道儿子的脾气，料定他不会听话，便望着天花板自言自语般地念叨起来："以前老想讲道理，现在看也不一定都对。以前催你姐早结婚、早要孩子，什么都催，现在看还不如由着她去多念念书。我这是急什么呀。"

梅晓歌知道母亲虽然明面上没说，但实际上还是在说乔麦。与其弯弯绕绕打哑谜，不如干脆挑明："乔麦也不是不愿意听你的，她就这么个性格。当初她反了天也要嫁到咱家。她是不愿意受别人控制，当然她也确实喜欢控制别人。"

刘巧珍也不藏着掖着了："生孩子要尽早。再往后别说我帮不上忙，你们自己也没精力带。我就是这个意思。说实话，孙子以后长大了，成家立业，我也不一定能看得见，一天到晚就知道瞎操心。现在我这个样子，你们生出来我也带不了，随乔麦吧。"

见母亲的话有些心灰意冷，梅晓歌又马上顺着哄起来："就是个脑血栓，片子我看了，腔隙性的，还没小米粒那么大。乔麦就这样，青春期叛逆劲儿还没过，你越不让她生她越不听。以后有了孩子，离她爸她妈又远，都是你的事情。"

"我的身体我自己知道，拍好你姐的马屁让她帮你们带吧。以前老盼着你出息，当个乡长还不够，副县长、副书记，越往后我越揪心，想着够了够了差不多就这样吧，现在我都怕你往上升，县长还不行，现在都书记了。官越大就越忙，你看你这头发，你看这边、后头都是，每次见你都要白一片。谁会心疼你？还不是只有自己家里的人？"刘巧珍说着轻轻摸了摸儿子的头发，"你胆子小，贪污的事情我倒不怕，那还有别的事呢。山上着了野火，你也得跟着背处分，全县上上下下，几十万人什么都要你来管，管得好没人夸，管不好全是骂你的。你说现在拉倒不干了又不行，可真是要愁死我了。"

梅晓歌静静地伏在母亲身边，听听这些唠叨也算难得的尽孝了。可母亲的话越扯越不着边际，他也越听越是哭笑不得："你说你一天愁的都是些什么呀。"

此时，病房门被轻轻推开，小曾站在门口朝里张望着。看清梅晓歌的位置后，他快步走过去，递过热乎乎的煎饼："书记，再晚一步就收摊了，趁热。"

刘巧珍赶紧道谢，忙不迭地问："这是谁呀？"

饿了一天的梅晓歌一边狼吞虎咽地吃着，一边答道："一个朋友，光明县的。"

说者无心，听者有意，已经退到门口的小曾听到书记这样介绍自己，不禁又回头朝他看了一眼。

煎饼也不白吃，输完液安顿好母亲之后，梅晓歌买了两罐啤酒，叫上小曾在住院大楼前的台阶上对饮起来。

"梅书记请我喝啤酒，这回去跟谁吹也没人信呀。"小曾言辞间带着点得意。

梅晓歌笑了笑，问道："现在还给机关大院送水吗？"

"送啊。我送水，我媳妇收快递。铺子就在大院门口斜对面，你们的快递都要送到我那。"

"那以后得走走后门，寄给我的别给摔太狠了。你丈母娘什么问题？"

"脑瘤，咱们那治不了，两年前在这儿做的手术，一年复查一次。你妈妈怎么了？"

"脑血管有点问题，堵了一点。"

两人你来我往地聊着家人的病情，仿佛只是一对偶遇的老乡，根本看不出身份的差别。听到梅晓歌妈妈的病情，小曾还热情地给他介绍偏方："找蜈蚣呀，大虫子就管治这个，咱县里鹿泉乡下面不知哪个村有个老中医，胡子都白了，反正我四姨以前在他那看过，一个方子下去就坐起来了，也是脑血栓。"

梅晓歌对这个玄乎其玄的说法将信将疑，小曾却拍着胸脯打包票，还说回去后再详细问，问明白了给梅晓歌发短信。

梅晓歌举起啤酒感慨："借我充电宝，替我买煎饼，还提供抓药信息，得谢谢你啊。"

小曾却憨厚一笑："这算什么。平时在县里，想给你服务也轮不上我。"

梅晓歌问起小曾家里的情况："老家现在还有地吗？"

"有啊。"小曾喝了口啤酒回答，"一半种了果树，一半租给邻居。也没几个钱，就是不想荒掉，太可惜。"

"以后呢，还回去吗？"

小曾摇摇头："好容易跑出来，就不回去了吧。孩子肯定是不让他回去。他自己也不愿意。"

"以后想让他干什么？"

"书念得好就来北京上海，念得不好就留在小地方，能干点什么也得看他自己的出息。"

"地是绝对不会再自己种了。"梅晓歌揣度着小曾的想法说道。

小曾看着梅晓歌说："咱们岁数应该差不多。从村里出来，谁会让孩子再回去？辛辛苦苦跑出来图个什么？现在随便干点什么都比刨土强。除非用绳子把人捆回去，要不谁愿意？"

这话也是人之常情，梅晓歌不禁点了点头，可作为一位官员，他也深知，土地不能没有人，都不想刨土了，地该怎么办呢？

范太平起身泡茶发现水桶空了，便随口招呼赵乐恒给小曾打电话。其实赵乐恒早已经打过电话，只不过正从北京往回赶的小曾说要下午才能到。范太平听了这话不解地问道："贩个水还用去首都？"

"他带着家里人去看病，电话里说梅书记也在那，还碰上了。"

范太平轻轻地应了一声，心里却马上开始盘算怎么打探一下梅书记去北京的真正原因。于是没过多久，县委书记母亲住院的消息便在县委大院内外不胫而走。

老邱作为县城里的万事通，自然是消息传播路上的重要一环。他抱着一缸子浓茶来找老拐，一边下棋一边优哉游哉地议论道："县委书记的老母亲住院，想知道的人肯定会知道。大太阳照着，哪有什么秘密？说保密都是做做样子。"

老拐打了个当头炮，瞥了老邱一眼说："你这是地里丢过粮，看哪个鸟都有嫌疑。吕书记在的时候，你什么时候听过他乱七八糟的事情？"

老邱不屑地哼了一声："你这听着像是给他当过秘书啊。"

"光明县总共才多大，大院里放个屁村里都闻着。吕书记儿子结婚，也就和亲家吃了个饭，一桌酒席也没摆，除了他司机，谁都不知道。这是徐泳涛到我这吃馄饨时说的呀。"

"我要是徐泳涛也得这么说。最好哄的就是你这种人。不摆酒就叫廉洁？"

"演戏装样子也行啊。"

对于老拐这种低到尘埃的标准，老邱一贯是嗤之以鼻。他喝了口茶继续说道："所以要学习这个好榜样，前面有老吕这样的人，梅晓歌想不自律也不行。你以为他愿意自己苦哈哈地排队取药，挤出一身汗？前面调起得高，戏还得接着演呀。人家戏台子下面的事情，灯一关，谁能看见？"

老拐也看不惯老邱这种自作聪明的阴谋论："你以为穿皮鞋的和咱俩一样，五毛一块地敲算盘？账起码要会算吧。现在天天反腐，还非要往枪口上撞，傻吗？"

"问题是咱俩穿的是草鞋。你现在要是县委书记，你就是不想收都不行。只要他回来，三天之内要是没人上门送礼，我不姓邱。一桌饭，赌不赌？"

老拐没接茬，抄起棋子直接来了一步："将军。"

因为到县教育局报到后，何亚萍要马上赶往鹿泉乡中学，所以林志为拉来了袁浩一起接站，免去女朋友的舟车劳顿。

袁浩其实和林志为母亲在一条战线上，根本不赞成林志为和大学的女朋友继续发展。不过，他也十分好奇这个拿捏住表弟的女生究竟是何方神圣，加上林志为的软磨硬泡，只能一起来了。

烈日炎炎，小萍的妆虽然有点花，但嘴却十分甜。听林志为介绍完，她马上笑盈盈地向袁浩表示感谢："辛苦表哥，大热天还得接着我去乡里送一趟。"

袁浩是场面人，马上打趣着说："我也不想来呀。你家林志为早上六点就开始催，十分钟一个电话，不来行吗？不来，他得把我车胎扎了。"

三个人一路驶往乡下，好为人师的袁浩边开车边对着车内后视镜里的小萍面授机宜："千万别矜持，初来乍到就是不能客气，住得不舒服、吃得不合适都要说出来。你不说校长怎么给县长秘书的女朋友搞好服务？"

小萍的兴奋都写在脸上，听了袁浩的话笑着问身边的林志为："我要这么嘚瑟，用不了一星期你就得让县长开除了吧？"

"一星期不至于，起码还能坚持十天。上回我听了他的，说县长办公室的门时刻都得关紧锁好，结果到现在那扇门也没关上过。"

袁浩哈哈大笑："你看看，规矩都是活的，脑子又不是死的，你得因地制宜呀。小萍，你别跟他学，一根筋从头穿到脚。过两天我给你把教育局副局长约出来，和你们校长吃个饭，垫脚铺路，你以后肯定是要调回县城教书的。林志为，你把李来有也请上。"

前面的话，小萍只当是玩笑，但这会儿越听越觉得袁浩是认真的，于是她赶紧客气地婉拒起来："早就听小林说表哥认识人多，不过刚来就大张旗鼓还是有些不合适，我先……"

小萍的话被袁浩的电话铃声打断了。其实，刚才林志为的手机也短暂响了一下，只不过很快被挂断了。虽然他的动作迅速隐蔽，但小萍还是看到了屏幕上的来电显示：妈妈。

这会儿袁浩也没有马上接起电话，而是故意打开了车上的收音机。随后，他接起电话，用很小的声音说了一声"二舅妈"。这么反常的操作，何亚萍心里大概有数了。她故意把车窗打开一条缝，耳边立刻响起呼呼的风声。

然而，林母在电话那头咋咋呼呼的声音还是传遍了狭小的车厢："浩浩你在哪呢？志为是不是和你在一起？今天他那个外地同学是不是要来县里报到？上次我和你说的话还记得吧？他的脑袋不灵光，你是他哥哥，你得敲一敲呀。一辈子的大事，轻重你是知道的。他这是被迷了心，什么都听不进去了。老嗯嗯的，你听没听见我说话？"

袁浩和林志为都不免尴尬，只有何亚萍轻抚着被风吹散的头发，平静地欣赏着车窗外的风景。

到了学校宿舍，林志为收拾东西的时候发现小萍带了厚厚一摞考研教材。"你要考研？"

小萍边收拾床铺边轻描淡写地回答说："来之前我问过在我们县乡中教书的同学，都没你们那么忙，大把的时间，反正闲着也是闲着。"

"你以前也没提过啊。"

小萍没有继续这个话题，转而反问林志为："你着急回县城吗？你要是有事就去忙，别因为我考到这儿给你加了什么负担。"

林志为听出了小萍的弦外之音，刚想解释，却被小萍抢先了："按理说应该去你家见见阿姨问个好，看现在这个局势还是免了。我的意思是你别有压力，大不了不结婚，就这么一直谈着，谈到你扛不住那天。"

"你倒是挺想得开的。"

"想不开我早就去考研，不往这边来了。"

林志为一时不知说什么好，多日不见，小萍似乎有了一些变化，这让他感觉既熟悉又陌生。

返程的途中，袁浩的评价侧面验证了林志为的感觉。袁浩对何亚萍的第一印象就是有心机。

"不至于吧？"林志为坐在副驾驶座上望着窗外说。

袁浩对自己看人的眼力相当自信："没开玩笑。我在县委大院起起落落，知古察今，什么样的人没见过？小萍是个拿得起放得下的姑娘，比你还多一分小聪明。'有心机'在我这儿是褒义词，你以为我在损她呀？"

"小聪明还不是贬义？"林志为依旧不喜欢这个评价，"咱俩的标准就没有统一的时候。幸亏你不是县长，否则我还不马上被撸掉？"

袁浩笑着摇摇头说："你真得向何亚萍学习。想想看，她前脚破釜沉舟考到光明县，哪怕县乡中宿舍里满地虫子都待得住，你要再变心那就是当代陈世美。道德绑架捆一辈子，结了婚你也不敢出轨吧？再说回来，万一你妈豁出命去反对，这事万一里的万一到最后彻底黄了，她后脚马上考研扶摇直上留省城。大哥，你还在傻笑什么？遇着高手了，不明白吗？三十六计你肯定是没看过。她能是一般人吗？"

这一通"高论"不仅没说到林志为的心里，反而引得他哈哈大笑。袁浩说得越认真，林志为的笑声就越大。最后，袁浩也只能无奈地总结陈词："傻孩子没救，就这样吧。不听劝呀。从你拒绝江霞那天起，我就知道你废了。看着吧，以后升个副科都够呛。升不上去也是好事，上去也是一块背锅的最佳材料。"

轻松的笑声盖不住家里的吵闹，一进门母亲就恨恨地质问林志为去哪儿了，为什么不接电话。林志为解释几句，母亲气得险些摔了他的手机。眼看场面即将失控，父亲赶紧劝和，还一个劲儿地冲他使眼色。在父亲的掩护下，他逃难似的钻进房间，迅速在里面上了锁。

客厅里，母亲急吼吼的唠叨依旧不绝于耳："我就是恶人，就是这个家和你俩的敌人。汤姐人家和我一起退休的，人家天天在外面跳跳舞、练练操，多舒服，我非要给自己找罪受，回来和你们咋咋呼呼，我这是图什么？我为了谁？他年纪小，什么都不懂。结婚和谈恋爱不一样，那是一辈子，点点滴滴过日子可都是一天挨着一天，一分钟接着一分钟，那不是开玩笑啊……"

房间里，林志为努力压抑着心中的烦躁，不断劝解自己外面的父亲比他还难受。后来实在听不下去，他拿出手机给何冬鸣连了个视频。何冬鸣正在快餐店里大口大口地啃汉堡，见他打来微信视频，好奇地问："今天怎么想起来催我了？你那边不是忙得像狗一样吗？"

林志为叹着气回答："抓紧点吧。第一笔风投要是真的靠了谱，我跟着你创业去。"

"挨领导骂了，还是找人算过卦了？"何冬鸣对着镜头好奇地问道。

林志为没心情说，他一头扎到床上，回了一句："烦，不想在家里待了。"

梅晓诗赶到医院后，梅晓歌向姐姐交代完母亲的情况，便带着乔麦离开北京回了新州。

之所以走得这么急，一方面是因为两人后续都有工作安排，另一方面也是因为母亲和乔麦一碰面就意见相左。刘巧珍怕给儿女添麻烦，输两天液就想赶紧出院。乔麦担心婆婆病情反复，主张既然来了就彻底调理一下，甚至还想转到康复院区打持久战。明明出发点都是为对方着想，可话全都是顶着说。

冰冻三尺非一日之寒，群众工作最忌讳急于求成。像乔麦和母亲之间这种历史遗留问题，梅晓歌的办法就是避其锋芒，迂回处理，即先让她们分开，再根据双方的诉求从中穿针引线。他认为，只要初心不坏，那问题终归能解决。

回到新州，两人先去了市委大院。刚进大门，便听到一个熟悉的声音："这是乔市长回来啦？"梅晓歌和乔麦不约而同地停下了脚步，回头一看，果然见曹立新快步向他们走来。曹立新紧接着说："一进院就看见前面一位英姿飒爽的女干部，大步流星啊，那气场我还以为是哪个市领导，再看旁边跟着的也不是联络员，是我们梅书记呀！"

乔麦的口才丝毫不输曹立新，马上接话说道："刚才我还和你们梅书记说，旅发大会这种马市长重点强调、亲自主持的会议，曹县长怎么没有第一个到，匪夷所思啊。你看，还这么不经念叨。"

"我哪能和你们比呀。领导也不让我到外面进步，只能窝在家里打打杂，没本事没功劳，腿脚再不勤快点，我还讲不讲规矩？"曹立新说着转向梅晓歌，"一会儿开会我叫屈你别拦着啊，乔市长这刚回来怎么又跑到这来了，领导不能这么对待周末夫妻呀。哪是周末夫妻，半年夫妻有了吧？"

不等梅晓歌开口，乔麦又抢在了前头："何止半年？八个月零六天，我在我家小区都快迷路了，一回来还让我开会出差，还是外地，这个事情你必须如实反映。曹县长，你是男子汉要说到做到，我要是没收到领导的反馈指示，别怪我到处说你打嘴炮啊。"

曹立新了解乔麦处处要强的个性，没再接话，转而揶揄梅晓歌："说实话，我要是有这样的老婆，家都不敢回去。太厉害了！在家你都插不上话吧？"

梅晓歌一笑："当男人的好好干活就行了，没事插什么话，女同志你惹得起吗，挨骂活该。"

一段微妙的玩笑后，三人一起走进了市委大楼。然而，对于和曹立新的不期而遇，乔麦心里似乎早有判断。处理完工作，她带着梅晓歌去了理发店，一边指挥理发师按照自己的要求整理梅晓歌的发型，一边向梅晓歌透露了一些自己听到的消息。

"马要转正，你听谁说的？"听了妻子的话，梅晓歌也没什么心思关心发型了。

"谣言嘛，遥遥领先的预言就是了。你没听说吗？还有，曹被举报是怎么回事？"

"具体还不大清楚。他的状态怎么说呢，谈笑风生，又感觉有点硬努着的意思。你觉得呢？"

"我觉得——家里的燃气费你交了吗？"乔麦若有所思，停了一下忽然转换了话题。

梅晓歌被问蒙了，想了想回答道："没有，我这两天也没顾上。锅和碗都多久没洗过了，算了，在外面吃吧。"

乔麦轻轻叹了口气，自嘲地说："家里老也没个人，没水没电，煤气欠费，方便面过期，蟑螂都不去做窝，家也不像个家。"

"要不你晚几天回西藏，我每天晚上跑跑家里？我们好歹住几天，现在连小区门口的保安都不认识我们了。"习惯性地开过玩笑，梅晓歌忽然感到一丝不寻常，"这几年好像第一次听见你念叨家里的事情。"

"你妈生病以前，我还真没意识到咱俩都不会做饭。"乔麦的脸上退去了强势的神色，"怎么说呢，我和你总得有一个人搞搞家务，收拾收拾窝吧？谁来？"

比起命令和说教，经历更能改变一个人，尤其是生老病死。梅晓歌看着妻子，开了个安慰的玩笑："退休那天猜丁壳吧。"

雨下完了，村里的活却一点也不少。刘喜家突然断电了，肖俊学接了电话马上赶了过去。一检查才发现，他家的电线已经老化得不像样了。"你这线都多少年了，全都脆了，风一大还得再刮断。明天吧，我拿根新的来。"

刘喜站在下面，一边翻看肖俊学每次都带来的精准扶贫一对一帮扶手册，一边抱怨道："早就和你说过要换，要及时。今天拖明天，补丁都没法打了。你明天才来换新的，我今天怎么办？"

熟悉了刘喜的脾性，肖俊学也不恼。他小心地爬下梯子，直接给刘喜派活："我总不能把村委会的线拆下来给你安上。这还不是一根线的事情，得找电工，得拉闸，电箱也得换。咱俩分个工，你要是能自己跑一趟乡里，天黑之前我肯定能换好。"

一听说要干活，刘喜立马懒病发作，开始谈条件："我这腿要是不疼，自己早就换了。你今天弄不完，这个字我也没法签。"

"你今天签了，我明天还能不来？你是怕我跑了啊？"

"签字也能赊账，传出去我是怕对你不好。明天来明天签，你急什么？"

肖俊学拍拍手上的土，道出了实情："下周一我就回局里了。这两天我要把手上的事情收个尾，乡里今天要归类入档。"

"回局里是什么意思？不干了？"

"到期了。"

这个消息着实让刘喜有些意外，他下意识地摸摸裤兜，愣了一下问道："你带钱了吗？我不是要，就借点。"

肖俊学不明白刘喜的用意，但还是掏出五十块钱，心想也就帮他这最后一回了。刘喜拿上钱，转头就往外跑，边跑还边嘱咐肖俊学在家里等他，千万别走。

工夫不长，刘喜拎了一瓶本地产的"七宝泉"酒和几样下酒菜气喘吁吁地跑回来。肖俊学本想推辞，可眼见到了饭点，以后恐怕再也没有这种机会，他便顺着刘喜的意思留了下来。

虽然嘴上没说过，但相处了一年，刘喜明白肖俊学和三宝、李来有他们不是一路人。酒过三巡，他拍着肖俊学的肩膀说："今天是我请你，这个钱我一定还你。酒和菜都简单了点啊，算是我的一个意思。刚才还有以前当你面骂的那些话，都不是冲你肖俊学的。"

不胜酒力的肖俊学虽然没喝多少，脸却已经上了色。他冲刘喜摆摆手，恳切地说："我要是怕挨骂，在长岭村也待不住。不满意就得说，不让人说话那就憋死了。"

刘喜重重地点点头，指着扔在桌子上的精准扶贫一对一帮扶手册说："就这种东西，我填过多少套了？上面检查一次就要我填一次，没有一回是一样的，光是身份证号码就写了几百遍。乡里那些人也是上过学的吧，改来改去连这么个东西都定不下来？那些打印费省出来给我买头牛行不行？"

"对！"肖俊学赞同地说，"买只兔子也是好的。"

"你来我们村也不短了，你是了解我的，我这个人除了爱喝点酒，别的还算可以。一沾点'猫尿'我都扇自己嘴巴子。"刘喜说着举起酒杯，"上次把你推倒那个事，其实我都不想提，对不住你，都在酒里了。"

情绪一到，酒杯一碰，两人都灌了一大口。肖俊学放下酒杯，第一次向刘喜抱怨起来："那回是我的问题，不该翻墙进来找你签字，怎么说呢，不签又不行。驻村书记其实最应该搞的事情是帮村里跑项目，结果天天让打卡拴在村里。我也没办法呀。扶贫工作必须避免疏漏失误，但是现在要求零差错，压力很大啊。我给你们算账必须精确到几毛几分，四舍五入也不行，不敢不精细呀。"

"你也不容易。"听了肖俊学的话，刘喜也不禁感慨。

"检查组进村，看的就是我们的工作有没有痕迹，一看表格，二看照片，三看入户。你把门锁了，我只能翻墙进来。那些单子，说实话乡里也没办法，有时候上面来个领导检查指示，乡里就得在旧表上加加加，填过的表格只能重新填。我给扶贫办写了信，反正我也要回去了，不管了，该反映的一起说清楚……"

刘喜从没想过，堂堂驻村书记竟然还有这么多不得已："你也不早说呀。来的第一天找我喝两杯，难处摆出来，老哥我还至于为难你吗？"

"不好说。"肖俊学捏起个花生米开玩笑地说，"前脚喝完，你后脚一举报，我就完了。"

"小看你哥。那是人干的事情吗？"

话音未落，肖俊学的手机响了，可不等他接起来，刘喜便一把抢了过去："喝酒。都不干了，谁派活也不用管。"

肖俊学赶紧抢回手机，来电的可是李来有。电话讲完，他更慌了——除了李来有，电话那头等着他的还有副县长兰茂林。肖俊学对着刘喜家脏兮兮的镜子照了照，又冲到水龙头旁洗了洗脸，一边收拾东西一边嘟囔："完了完了，脸红得像个猴子屁股，让副县长看见彻底完蛋了。"

"怕挨骂就别去。我要是你就假装生病、崴脚、拉肚子，手机一关就说没电了。破电话你非要接。"

肖俊学可不敢学刘喜的做派，他脚步匆匆地离开了。身后传来刘喜带着醉意的招呼："傻成你这样的也不好找。杯子底等你回来喝完我再给你签字啊！"

因为分管农业，兰茂林下乡一般都是直奔田间地头。肖俊学骑着车赶过来，不言不语地跟在一行人的后囿。小过李来有还是很快发现了他，立马把他叫到了最前面。

兰茂林上来便直接问道："贫困户房屋改造覆盖保温层是怎么回事？"

这是肖俊学写给扶贫办的信里反映的问题，可当着县、乡、村三级领导的面直说，他心里有点发怵。他偷偷张望了一圈，明显大家都在等他开口，无奈他只好支支吾吾地说："我觉得可能会有点不实用……"

兰茂林看出了肖俊学的顾虑，轻轻打断了他："那份提议，扶贫办和农业农村局都看过了，你就直接说。"

"你写都写了还怕说？"见他还在犹豫，李来有笑着补了一句。

这般情景让肖俊学下了决心，他擦把汗说道："按规定是房子外面都要覆盖保温层，每家贫困户的房屋都要改造。村民习惯在外墙上挂梯子，堆杂物，刚搬走又堆上，保温层一碰就坏，每平方米一百多块钱，第一批已经坏了一大半，反复浪费，第二批也马上要开建了。"

"又不能时时刻刻看着他们。"三宝在一旁附和道。

肖俊学接着说："我去找过规划部门，他们说施工方案是按建筑规范统一标准定的，要么就别建。三宝主任去问施工单位，那边说不按图纸建，验收就通不过。"

李来有也跟着说："用不着办的事还必须办，眼看着浪费资金，之前就反映过。"

兰茂林点点头，明确表示这件事回去就抓紧商议。随后，他看着脸色泛红的肖俊学问道："喝酒了这是？"

肖俊学紧张地又擦了把汗，没敢承认："一路小跑过来出的汗。"

兰茂林没有责怪的意思，顺着田间小路一边前行，一边对李来有说："说实话，搞驻村这种基层工作有时候还真得喝一点。以前我第一次上老乡家里，干坐着不动，什么都办不成，而一碗米酒喝掉，事情就好说了。"

一直看着领导脸色的李来有听了这话，赶忙推荐起肖俊学来："他爸爸和我是高中同学，爷儿俩一样，闻一下酒瓶子脸就红了。"

"来有书记晚上还给你在乡里安排了欢送仪式，中午就喝多了，这还能行？"三宝顺着话茬开起了玩笑。肖俊学憨憨一笑，终于放下了紧张的情绪。距离离开长岭村的时间越来越近了，肖俊学觉得能多办成一件事就多办成一件事。下面他要张罗的就是教育局给村里捐书的事。

送走领导之后，他一边和村干部做交接，一边把捐赠的书单交给了三宝："数量和书架我都预估过，刚刚好。我们局长这两天要去省里开会，也不过来了，局里宣传科科长的意思是干脆让我找辆车拉回来就行。如果乡里没意见，捐赠仪式就不搞了。"

"乡里太没意见了。"三宝高兴地说，"李书记就怕你把领导们都给整过来。就这么办了，让法兰厂派辆工具车。哪天呢？"

"局长明天上午出差。"

"那咱们就明天……"

三宝话未说完，手机就响了。他听了没两句，眉头立刻拧在一起问道："早就和你说过了，不怕下雨就怕天晴，这种事情都是有后劲的。塌的是哪个路段？交通局的通知了没有？"

肖俊学一听便知道又出了事，立马和其他几个村干部去拿铁锹和扫帚。待三宝放下电话，几个人急匆匆地便往外走。

到达现场，情况似乎比想象的要轻松一些。三宝一边清理一边说道："修路既是好事也是坏事，什么塌方、滑坡，其实都是修路闹的。"

肖俊学头一回听到这样的说法，不解地问："结构破坏了还是怎么？"

三宝摇摇头："具体道理我也不懂。教育局捐赠的几千本书你都读了也不知道？"

肖俊学搬起路面上的一块碎石，忽然想起一件事："主任，之前环保整改关停的那些小厂子，最近我看有的又偷偷开了。"

"是吗？"心知肚明的三宝敷衍地答道，"回头我去瞅瞅。"

说话间，眼前的路面已经清理得差不多了。几个人往前走了一段，不想拐过一个弯却被吓住了——前面的塌方更大更多，显然靠他们几个人是清理不过来了。

三宝掏出手机打电话叫人，大概是离山体太近的缘故，手机信号变得极不稳定。他转身往回走了一段，话还没说完，忽然听见轰隆一声，不禁打了个冷战，多年的生活经验告诉他，这是再次塌方的声音。身后一声闷响突如其来，三宝猛然转回头一看，在一片惊呼声中，他眼睁睁看着肖俊学被一块从天而降的山体砸倒在地，一瞬间，肖俊学从三宝的面前陡然消失了。

李来有和三宝并肩走出县医院的大楼，熟悉的楼道这次走下来感觉格外漫长。两人在停车场外面停下，佝偻着坐在路牙子上。三宝从兜里摸出香烟，递给李来有一根，自己也点上了一根。

李来有好久没抽烟了，对着三宝递上的打火机，半天才把烟点着。他吸了一口，觉得有点呛嗓子，咳嗽了两声，抬头正好看见自己脏兮兮的车。

"我那个车不知道怎么了，刚换了没多久，刹车片老是吱吱响。你介绍的那个修车的是不是给我换了个旧的?"

"不能吧。"三宝摆弄着手里的打火机，"他还想不想在鹿泉乡干了?"

李来有又吸了一口，终究感觉抽不惯了。他把半截子烟扔到地上，拿脚慢慢踩灭，心不在焉地说："噪声倒不怕，别他妈哪天跑到路边刹不住车再掉到臭水沟里去。"

"一会儿我开过去让他拆开看看，不行就换个新的。我在旁边盯着他。"

李来有没接话，一阵风吹过来，这么热的天他却觉得后背冒凉气，不禁缩了缩脖子。半晌，他看着自己的破车，失神地喃喃说道："怎么和他家里交代啊?"

夜里，刘喜在屋里点了根蜡烛。电线还没接上，他借着烛光在帮扶手册的最后一个评价栏里认真地写了个"很好"。他手边还放着肖俊学中午喝剩下的半杯白酒。

鹿泉乡政府食堂里，餐桌上摆满丰盛的菜，中间放着一个小小的蛋糕，大家兴奋地布置着，想给肖俊学一个充满惊喜的欢送仪式。

肖俊学的父亲和儿子身量差不多，也是瘦瘦小小的。肖俊学父亲住在县城的一个老小区里，家楼下的小房有点漏水。上次和父亲打电话，肖俊杰还在嘱咐父亲一定等自己回去一起修补。

可是，所有的这些都永远等不到肖俊学了。傍晚的公路上，李来有的破车时不时地吱吱作响，伴随着他的号啕，渐渐隐没在夜色中。

第十四章 医 改

刘巧珍没有按照儿媳乔麦的计划转入康复院区，输了几天液便出院回家了。梅晓歌和主治医生通了电话，听说母亲状况尚可，想着回家康复还能减轻一些姐姐的负担，便没再坚持。

新的问题很快又产生了——母亲不愿吃药，总说自己不难受，吃药多余。姐姐无奈，便开始四处打听偏方，而梅晓歌最近新得到的消息是，需要吃蝗虫。

梅晓歌不信这些旁门左道，他想："要是偏方真能治大病，那还要医院做什么？"可他自己不信，不代表别人认为他不信。第二天晚上，郑三便带着一桶鲜活的蝗虫和一张中药方敲开了梅晓歌的门。

一起晨跑了这么长时间，郑三已经和梅晓歌相当熟络了。他一进门便反客为主，洗刷茶具，准备泡茶。

梅晓歌看着这张手写的方子，无奈地说："我妈的问题就是讳疾忌医。她总想能拖一天是一天，可很多毛病都是拖出来的。"

"北京的大专家都看了，肯定没问题。书记，晚上喝点岩茶可以吧？"郑三殷勤地问道。

"我都可以。你要是不来我都没时间鼓捣这些东西。这个方子是哪里来的，要不要给中医院的人看看？"

"就是市中医院给开的。"不打无把握之仗的郑三早已安排妥当，"我姐夫和那个院长是亲戚，我问了，他也说没听过蝗虫能治脑血栓的。"

"那你还抓了一堆过来？"梅晓歌指着装蝗虫的塑料桶说。

"咱先备着，万一要有急用，这东西还真不太好找。"说话间，郑三已经洗完了茶具，开始鼓捣他带来的茶叶。各色茶叶好几盒，铺了一桌。梅晓歌见其中一盒离他太远够不着，便拿起来递过去。可上手一拿，梅晓歌马上察觉到了异样——这盒茶叶标着净重250克，现在沉甸甸的，恐怕不止这个分量。

梅晓歌看了一眼不动声色的郑三，直接打开了盒子，而里面装的是几沓百元钞票。郑三泡茶的动作始终未停，梅晓歌笑着说："你这个茶我喝了还怎么睡得着？"

郑三说得真心诚意："现在的纪律，咱都懂，我也没时间去看看阿姨，书记平时对我这么好，就是一点点心意。"

梅晓歌也不无坦诚："现在讲的是亲清政商关系，政府为你们服务是应该的。今天开会我还在说，让税务和工业园区把每年的新政策都梳理一下。以前都是你们上门问，总有搞不清楚的，现在让他们主动把福利告诉你们，一目了然，你们得到了实惠，自然也会给政府点赞。减税退税，我应该给你钱，你现在反过来给我送钱，这不是开玩笑吗？"

"书记，说实话呀，这算什么呀，你也知道我……"

解释的话还没说完，郑三便被梅晓歌打断了。"现在的纪律有多严，你还是不知道，你的好心和好意一不留神就把我害了。说实话也就是我晚上敢给你开门，有人为了清白廉正，都不和企业接触，当然那也是懒政怠政。没有私心，接触一下怕什么？"说着，他抬头看向郑三，"蝗虫留下，钱拿走。"

郑三还想再说些什么，但梅晓歌已经举起了茶杯："喝茶。"

这一夜，借调到县城的王晚菊悄悄回了家。半个月的工夫，曾经被她收拾得井井有条的家已经乱得没了下脚的地方，吃的、穿的、用的，乱糟糟扔得到处都是。王晚菊放下背包，顺手就开始整理，一边走一边收，待她走进里屋，正看见搬着一堆杂物的丈夫树哥。

看这架势，树哥应该也是在收拾屋子，可当惯了甩手掌柜的他终归是不得要领，东挪挪西靠靠，鼓捣了一番不过是换了个地方乱堆乱放。树哥没有了往日的冷漠与跋扈，他甚至不敢直视王晚菊的眼睛，说话的声音也有些怯怯的："我熬了粥，在锅里，是给你留的。"

"我吃过了。"王晚菊的语气一如从前。

"也没打个电话，我去接你呀。"

"本来要明天回来，今天有个顺风车。"

王晚菊说着又开始干活，仿佛一停手就不自在。可她没想到树哥上前一把拦住了她，眼巴巴地哀求道："我妈天天让我去找你，我说你在县里，在县长旁边上班，又不是回了娘家，怎么去找。她也不听，也害怕，以为你不回来了。我是想去又不敢。

村主任说你明天回来，我想着赶紧收拾收拾家，可翻出来的东西又不知道往哪放，越收拾就越乱。今天我把剩的酒全喝完了，以后再也不沾一滴了。那天和乡长也说了，以后我要是仍不像个人再打你，不用别人，他们几个就把我打死。这次回来就别走了，行吗？"

王晚菊没言语，她轻轻挣脱了树哥的手，默默地望向窗外的院子。月光洒在地上洁白一片，王晚菊轻轻地叹了口气。

林志为躺在值班室的床上辗转反侧。一到家，母亲就揪着小萍的事吵个没完，县政府值班室成了他的避难所。袁浩打来电话，帮林志为母亲当说客。林志为不怨他，都是被母亲逼的。袁浩的话他也听进去了一些，可母亲坚决不让小萍进门，他能值多久的夜班呢？他得想个出路。

刚才下电梯的时候，林志为看见公告栏里贴了一张大海报，写着"乡村振兴 你我同行——光明县驻村干部招募令"。夜深人静，一个念头在他的脑子里上下翻腾。他掏出手机见时间还不算太晚，鼓足勇气给艾鲜枝发了一条微信消息。

第二天，林志为早早来到艾鲜枝办公室，详细认真地汇报工作："和覃县一起的河道治污推进得很顺利，李来有书记每天都去现场盯着，他说明天来县里开会的时候也会当面向您汇报。"

"每周的进展也要同步给市里。不管上面看不看，都要报。"艾鲜枝一边批文件一边嘱咐道。

"明白。另外，《关于深入贯彻省委领导关于新州市未来发展的实施意见》这个文件，范主任问只是签发还是要上会。"

"这里面都是有项目的，以后都是有钱的。上会之前让各个局提前仔细看，做好对接。发改委报项目要报好，以前的项目说'做不好'还可以修改，现在都不行了，只有一次机会。"艾鲜枝说完抬头看了看正在奋笔记录的林志为，想起昨晚他发给她的微信消息，她还没有回复。林志为是她来到光明县后遇到的最满意的联络员，虽然还有很多不成熟的地方，但贵在真诚不油滑。艾鲜枝想："也许正是因为这个性格，所以他才会傻乎乎地放弃现在的职位，主动要求驻村吧。"

艾鲜枝问林志为："你昨天发的信息我看了。驻村书记是你自己想去，是吗？"

"我想去试试。"停顿片刻，林志为回答说。

很快林志为就接到了范太平的通知，驻村的事情明天就开始走流程。对于林志为的决定，范太平没有明确表态，但他带来了一句艾鲜枝的原话："主动申请下乡锻炼是好事。"

下午，梅晓歌给他们这一批的驻村干部开了动员会。会后，林志为在门口刚巧和梅晓歌遇上。听徐泳涛介绍完，梅晓歌笑着问："听说你是主动报名，县长能这么大方放你走吗？"不等林志为回答，他又说："她说你很细心。能让艾县长满意的人可不多。"

林志为没想到，他一直忐忑的心终于放下了。不过，一条来自小萍的微信消息又让他心里泛起了波澜："你疯了，多少人想给县长当联络员，你要去驻村？"

随着时间的推移，梅晓歌母亲生病的消息从县委大院传遍了县城，又从县城传到了隔壁的九原县。母亲和姐姐一家住在九原县，曹立新说什么也要上门拜访。

曹立新看上去和之前别无二致，说起话来依旧声如洪钟，底气十足："老妈妈，我就跟你讲，你这种情况最多半个月就可彻底恢复。我爸当年比你厉害多了，说话都要流口水，现在爬山比我都快。好好休息，想吃什么让姐姐随时给我打电话，二十四小时开机，一定搞好服务……"

曹立新一通安慰加保证，让刘巧珍颇为感动。梅晓诗走出卧室，给曹立新和梅晓歌端上了茶水后，便开始张罗午饭。梅晓歌趁机挽留道："中午我姐做热汤面，你吃面片还是面条？"

"下次，等老太太好了再说。"

"和你吃饭还得预约，有接待啊？"梅晓歌笑着问道。

曹立新喝了口热茶，摇摇头："向你学习，也回趟家，不能让人老说咱们不孝顺。老头血压最近不稳，老觉得自己人定胜天，不实事求是，不按时吃药，我回去给他上上课。"

话说得在理，但这明显不是曹立新的风格。以往，他忙得脚不沾地，没有时间探望父母，如今这光景显然是闲下来了。联想起乔麦前几天说的话，梅晓歌悄悄端详了一下曹立新。和之前意气风发的利落相比，他现在在形象上似乎有些松懈，头发长了，胡茬子也露了头。梅晓歌想了想，还是从手里的茶聊起来："我是不懂，你看看，这个茶怎么样？喝不惯就换一个。"

曹立新一如既往健谈，简单一句话就能勾出一肚子词："再好的茶在我眼里也是树叶子。跟什么人学什么话，当年我给领导当联络员，那时候还叫老板和秘书，他连白茶黑茶，熟普生普都分不清楚。你这是什么？"

"我也是抽屉里随便拿的，不管好赖都是新茶。"梅晓歌略略停了一下，压低声音问道，"举报信那个事情我也是前天才听说，没什么大问题吧？"

曹立新摇着头吹了吹水面上的茶叶，轻描淡写地回答："还能在这和你扯，能有什么大问题？"

梅晓歌笑了笑，以为他不想多谈，便随口问道："这个茶我怎么觉得有点发苦，是不是太浓了？你喝得惯吗？"

不想曹立新自己主动打开了话匣子："招商引资开会，我在市里汇报的那个项目，前景是好的，模式也没问题，可企业的资金链断掉了。有些蝴蝶效应是想不到的，那边扇扇翅膀，我这边就大风暴了。"

"就这个事？"

"产业园建设之初多少也有点缺口。当初挪用了点别的款子，说实话，最坏的结果我已经想到了，无非几封举报信。我只要把握好两条底线，第一不犯罪，第二自己不谋私利，就可以了。说句不好听的，太平官谁不会当，只要没有私心，看你怎么选了。"曹立新抬头望向门外，既像是诉说又仿佛是在辩解，"从刚上班干到现在，什么程度的违纪免予处分，什么程度轻微处分，什么程度可能丢官，多大的危机会被追究刑事责任，大家心里都有数。做事情冒点险是必要的，犯规嘛谁不犯规，被举报的风险我自己承担就是了。"

身在其位，梅晓歌能体会曹立新的感受："这就是戴着手铐跳舞。"

"还踩着钢丝。"曹立新接着说，"我没你跳得好，掉不下去就可以了。又不是为我自己，还不是为了九原县。挪用的资金，一没有流向个人腰包，二没有挥霍浪费。说白了，我连公车都没有换辆新的，也从来没有搞过公费旅游，别的就无所谓啦。"

曹立新说的都是事实，但对他以往大干快上、急功近利的做法，梅晓歌还是有些不同意见："从安全和长远的角度来说，有些事情还是得多论证。担当是一回事，钱是另外一回事，浪费的土地也会很麻烦。你那片当初都是耕地吧？别留下什么后遗症。"

曹立新不以为然："好人难做啊。没有经济模式才是最大的后遗症。我把产业园搞起来就像开饭店，炒锅一架，徽川鲁粤你随便炒啊。"

"现在是顾客要投诉。好沟通吗？"

问题似乎又回到了原点。曹立新没有继续回答，他放下茶杯，意有所指地说："这茶是有点苦。"

冒着淅淅沥沥的小雨，李来有亲自把林志为送到了长岭村村委会。

车子刚一停稳，等候多时的三宝便立刻上前打开了车门。李来有向林志为介绍完几个村干部之后，对三宝说："这是林志为，县长的联络员，现在给你当联络员了。"

"不敢不敢。"三宝满脸堆笑地握住林志为的手说，"日盼夜盼呀，咱村终于能来个领导了。小林书记一来钱就跟着来啦。这里和县里不一样，条件有限，委屈啦委屈啦。"

"没有没有，我什么都不挑，没问题的。"林志为诚恳地回应着。他的话既像是表态，又像是给自己加油打气。

此时，准备离开的李来有边走边说："人家女朋友在乡中学，在哪住还不一定呢。"

三宝和几个村干部心领神会地相视一笑。前一秒还被三宝的热情打动，后一秒便好似被假动作晃了一下，林志为的情绪在乡间的小土路上一阵颠簸。他本想解释两句，但还未张口便被三宝他们拥着走进了村委会。

一走进办公室，林志为本能地挺直腰板，可村委会的氛围一点也不配合他的严肃。屋子里烟雾缭绕，虽说坐在这里的都是村干部，但他们有的穿拖鞋，跷着二郎腿，有的边抽烟边随地吐痰，有的抱着大茶缸，吸溜水的声音大得恨不能传出二里地。

三宝站在门口接电话，不知道是不是屋里太吵，他说话也是扯着嗓子大声喊叫："行了，你也不要喊冤了，听我说。你家那只鹅已经被碾死了，你给县医院打'120'，它也活不过来，死了就死了。你天天把那鹅挂他家门口算怎么回事？你这是什么，开棺验尸啊？法医来了也得先训你。你这样，把鹅送过来，按市场价卖给村委会，晚上炖一锅，让全村六十五岁以上的过来吃肉喝汤，你爹也够岁数。关于赔礼道歉，那一家也同意，这个事情就了了。你要同意那就这么办，要是不同意你就拿一根棍子，准备好赔偿的医药费，安顿好家里的孩子，和乡派出所提前打个招呼，过去砸东西、打人，随你便。想通了告诉我。"

挂断电话，三宝走过去坐到林志为身边，刚想说话口袋里的手机又丁零零响起来。他眉头一皱，边掏兜边骂骂咧咧道："怎么还没个完了？啊呀，是书记呀。"

三宝明显加快了手上的速度，声音也马上变了样："嗯嗯，李书记你说。又有人偷着砍树？大白天的，不能吧？"

嘴上虽然这样说，但三宝其实对实际情况心知肚明。挂断电话，他带着林志为和几个村干部上了后山。雨下得不大，但足以让山路变得泥泞难行。林志为穿着皮鞋，狼狈地走在一行人的最后面。这伙人数他最年轻，也数他喘得最厉害。

好不容易找到现场，除了几道拖拉机的轮胎印子，连一个盗伐人的影子都没看到。两棵树倒在地上，还没来得及被运走，显然他们逃窜得很仓皇。三宝从地上捡起一把断锯，气呼呼地骂道："以前都是半夜，他妈的现在大白天就开始偷上了。"

"这种情况要怎么防？"林志为走上前问道。

"能怎么防呀。"三宝指着周围的山路说，"看看这连条正经路都没有。这帮人打一枪就换个地方，无非就是多跑几次，逮不逮得住看运气吧。公路都在村外头，后山这一块全都是羊肠小道，这还是修过的。村民从生出来开始就在这打来回，现在推着板车翻山头，跑得比兔子还快，你能有办法？"

望着四下里高低蜿蜒的小路，林志为第一次感受到了乡村基层工作的艰难。

下了山已是傍晚，三宝带着林志为去村食堂吃晚饭。桌上摆了三个大盆，一盆干饭，一盆稀饭，还有一盆土菜。三宝从柜子里拎出一瓶泡着蛤蚧和枸杞的白酒，往林志为跟前一放："喝多少自己倒。"

林志为赶忙推辞："主任，我过敏，一喝就起荨麻疹。"

三宝拿出自己的酒杯说："没人劝你喝，不想喝就拉倒，在这不用撒谎。"林志为又解释了两句，可三宝斟酒打断了他："随你便。咱这地方是山村，还挨着河，我这腿和膝盖都让湿气给浸坏了，药酒有好处。以后想喝自己倒。"

见三宝端起酒杯要喝，林志为有些不好意思，连忙端起茶水说道："基层工作经验我什么都没有，以后真的还得主任多指教，我就以茶代酒……"

三宝夹了一大口菜塞进嘴里，筷子一挥说道："茶和酒不重要，最要紧的是你得知道老百姓在想什么。说句大白话，大部分村民就是看别人怎么办，人人都在看，所以干部要带头，什么事情你都要先带头。搞基层工作该强就要强，不强当不了村书记。到乡镇也一样，你以后肯定是要往上升的，不硬气点没人服你呀。什么叫硬？喝酒你也要最后一个吐。"

一顿似是而非的东拉西扯让林志为有些摸不着头脑，三宝也看出这位新来的驻村书记有些嫩，于是他把酒杯一放，干脆直截了当地说："你镀你的金，我干我的活，没什么指教不指教的。脱贫攻坚说长不长，你是县长的联络员，怎么都要给村子里搞点资源吧。有好处谁都对你客客气气的。吃饭吃饭。"

这一夜，林志为依旧辗转反侧。他一边琢磨着三宝的话，一边和床上来无影去无踪的小虫子做着斗争。报名的时候他一腔热血，也做好了吃苦的准备，但工作的难度超乎想象。再后面呢？

后面更难。因为是接替肖俊学的位置，所以林志为首先要面对的就是刘喜。肖俊学的牺牲让刘喜难过了好一阵子，可他的懒病却并未消除，加上念着肖俊学的好，刘喜看着新来的林志为更加不顺眼。林志为上门核对情况，他懒懒散散，话也不好好说，说来说去就是一句话："吃不饱饭没力气，啥也干不了。"

林志为看了看米缸和灶台，确实空空如也，便拉上刘喜去乡政府领了两袋大米、一桶油，外加一百块钱。签字的时候，刘喜看看沉甸甸的大米，无精打采地问："这也没有油啊?"

黄立清知道他的底细,嫌弃地说:"你先签,我去给你拿呀。"

林志为看看时间,他还要在乡里办点事,便对刘喜说:"你把大米弄回去,先吃饱饭,我还要办点事情,一会替你把油领了,晚上给你送过去。"说完,他和黄立清并肩朝办公室走去。

乡政府门口的台阶上,刘喜守着两袋大米一步也没挪动,耗了大半天终于见远处驶来一辆电动三轮车,是送桶装水的。刘喜老远就招呼起来,车停到跟前后,他拍拍身边的大米问司机:"小兄弟,送到长岭村多少钱?"

司机伸出三个指头。

林志为骑着电动车回到长岭村村委会已是傍晚时分,刚进院子便看见三宝陪着个中年男人走出来。一见到他,三宝兴奋地抬手招呼:"看看我们长岭村的干部多守时,回来得刚刚好。小林来,这是乡供电所曹大所长。鹿泉乡那么多的村子,曹所长最照顾的就是咱们。"

曹建林显然早听说过林志为,不等他开口便抢先说道:"我们艾县长的联络员这么年轻?"

林志为下车和曹建林握手打了个招呼,曹建林自来熟地说:"你叫小林,我叫大林,这你得叫一句建林哥吧?"

三宝看出林志为接不上话,连忙跟着说:"我比建林哥岁数大,但今天也跟着小林叫了啊。我都闻着走地老母鸡的味了,走,你们亲哥俩边吃边聊。"

食堂的餐桌上已经摆好了刚出锅的柴鸡炖山菇,热气腾腾的一大盆,味道确实很香。角落里还搁着两只捆了脚的走地鸡和两箱柴鸡蛋,这是三宝准备给曹建林带走的。

平日里和李保平、刘亚军这些人称兄道弟,曹建林到了村里自然是一副趾高气扬的派头。两个作陪的村干部起来敬酒,他连身子都没欠一下,瞥了瞥二人的杯子,拿起酒瓶给他们添到溢,才高傲地举杯轻轻碰了一下。两个村干部异口同声地说了句"步步高升",一仰脖把酒都干了。

酒杯一空,三宝赶紧上前殷切地给曹建林添酒,一边倒一边奉承着:"今天喝多了,说句吹牛逼的话啊,这也就是我本人,别的村子去请建林哥试试看,得拿号、排队,半年以后要不要去也得看心情,是不是?"

曹建林被捧得相当舒服,指着林志为说道:"送你来的李来有,本来晚上他非要安排,一下午给我打了三个电话,可我是真不愿意去。一天到晚喝酒,把胃也搞坏了，在家里搞点稀饭咸菜多舒服。你们三宝主任说来了个新朋友，那我得来看看。"

这种互相抬轿子的吹捧话，一般人多少也会应承两句，偏偏林志为听也听不懂，接也接不上，只会低头听着，仿佛置身事外。

三宝在一旁暗暗着急，话是冲着林志为说的，他不能抢过来，只能提点着说："看看我们小林书记多低调，在县长身边就得这样，到了咱们村子里该放开你得放开呀。来，敬建林哥一杯。"说着，他倒了一杯酒，塞进了林志为手里。

林志为赶紧起身想拦住三宝，但为时已晚，他看看手里的酒杯对三宝解释道："主任，我确实是过敏，以前喝过一次差点住院，县医院的大夫说再也……"

三宝更着急了，曹建林这种人什么事都在酒里，今天你拂了他的面子，往后再找他办事可难了。所以无论如何，他也得让林志为把这见面的第一杯酒陪着喝了："啊呀，男人怎么能说自己不行？都是越喝越吐就越能喝，建林哥是谁敬的酒都会喝吗？"

林志为情知是躲不过去了，便端着酒走到曹建林跟前，勉为其难地说："建林哥，我敬您，希望您以后多支持村里的工作。"

一直稳坐钓鱼台的曹建林终于站了起来，笑着和林志为碰了碰杯："我就喜欢和年轻人打交道，搞掉。"

往常在这个位置上，曹建林一声令下，还没见过干不掉的酒，可林志为偏偏与众不同——双手郑重地端起酒杯之后，也只是轻轻地抿了一小口。

三宝的脸都绿了，看着曹建林脸上消失的笑容，他下意识地戳了戳林志为，可林志为不仅没注意到众人表情的变化，还领会错了三宝的意思，拿出手机对曹建林说："我能加您微信吗？"

曹建林冷着脸没接话，他坐回自己的位置，扯了扯领口，有些不耐烦地问："你们这地方怎么这么热？不通风吗？"

不等三宝开口，一个村干部立刻起身去找空调遥控器，三宝则满脸堆笑地张罗着曹建林吃鸡，不停地往他碗里夹菜。饶是如此，一顿饭吃完，曹建林的脸色再没露出一丝笑。

送走曹建林，三宝的心里一直咯噔咯噔的，而林志为一脸不以为意的茫然，还惦记着给刘喜送油，不等三宝跟他说话便骑着电动车走了。

到了刘喜家，林志为动气了，尤其是听说刘喜花三十块钱雇车把大米拉回来，他感觉自己简直是上当受骗——哪有这样大手大脚的贫困户！

这回轮到刘喜不以为意了，他带着几分醉意对林志为说："自己找杯子啊。鸡翅膀和爪子都给你留着呢。"

看着桌子上的残羹剩饭和半瓶白酒，林志为气愤地质问道："你把一百块钱全都花了?"

"还剩十块,明天搞点啤的。"刘喜毫不掩饰地答道。

林志为气得心头冒火,他二话不说,拎起地上的两袋大米,转身往外走去。刘喜还在念叨那桶油,见他这个架势赶忙问道:"拿我的米要去哪?什么意思啊?"

"要吃去村委会,自己扛回来。"

"你的单子还要不要填了?"

"你随便!"林志为扔下这句话,甩上大门走了。

县医院院长路长宇最近这段时间把办公地点挪到了财政局办公室,目的只有一个——要钱。自然,一个有头有脸的老专家哪怕是讨薪也不至于太不顾体面。路长宇每天就在办公室里找个空位子坐下,有人来了就马上让位,不吵不闹,喝茶看报。

办公室的吴主任又一次问他:"您每天上午还出诊吗?跑到这来看报纸,医院的事不管了?"

路长宇翻着报纸回答:"说实话,我现在就盼着退休,那样你们县里市里欠医院多少钱和我也没关系。一天到晚上门讨债,像个要饭的一样,没尊严啊。"

吴主任笑着说:"院长哪能这么说。这也得是局里能做主才行,是不是?我的鼻窦炎还要不要去复查了?得罪县医院有什么好处?"

路长宇眼睛都没离开报纸:"没好处净难处,叶局长回回也是这句话。我看看今天会不会换句台词。"

"好像他开完书记的会还有个别的会,上午真不一定能回得来。"

面对这样的规劝,路长宇充耳不闻,要不到钱他回去更得不安生,在这总没人敢轰他走吧。

这天到了中午,一群人下了班围着路长宇免费咨询。吴主任拿着一摞文件走进来说:"路院长,中午要不要在我们食堂吃?我看他们包饺子呢。义诊也不能白服务啊。"

路长宇开着玩笑说:"你们的饺子贵不贵?我一个专家号七块,算算看几个才能凑够饭钱。"

玩笑讲得话里有话,吴主任怎能听不出来:"这是点我们呢。大院长来了,怎么都要加个荤菜。你们别老围着看病,给倒杯水呀。"

主任发话了,众人渐渐散去。路长宇整理了一下面前的报纸,继续感慨:"必须给财政局的同志搞好服务啊,要不回头叶局长批了钱,你们卡着不给,那些退休的内外科主任又要去找县长上访了……"

话没说完,路长宇手机响了。路长宇接起来,听了一句便噌的一声站起来:"书记？现在吗？"

看着路长宇急匆匆的背影，吴主任一时没反应过来，喃喃自语"哪个书记？"，但很快他便回过味来，说了句："不会吧。"

梅晓歌带着徐泳涛、叶昌禾还有分管医疗的副县长兰茂林和卫健委主任一起去了光明县医院。这是一趟临时起意的行程，却并非一时心血来潮。没有提前安排，主要是最近日程太紧，一直没腾出时间。今天的县委扩大会结束得比较早，恰好会上又提起了给九原县还钱以及引进大学生人才这两件事，梅晓歌想着县医院专家的拖欠工资还没有彻底解决，于是决定亲自到医院转一圈。

医院以及全县的医疗问题一直在梅晓歌心里搁着，他从前分管过医疗，深知这里面的水深得很。既不能让老百姓看不起病，又不能让工作繁重的医生失去动力，两难又不能不管。这次趁着专家欠薪的事，梅晓歌想试着在光明县动一动。具体怎么动？自然，去医院考察便是早晚都要成行的事了。

临近中午，挂号窗口已经关闭了，但药房外面还排着长队。梅晓歌走过去，随口和排队取药的人聊了几句，很快便发现了问题。连着两个病人，处方单上都开了一种名叫"注射用血栓通"的药，可这两个病人一个来治脑血栓，一个得的是病毒性肝炎。

梅晓歌向其中一个患者问了问这种药的价格，一盒五百六十八，开了两盒，花费就要一千一百多。梅晓歌看着药盒，问："我不太懂医学啊，我是觉得这都成万能神药了，什么都能治。是这样吗？"

在场的人谁也不敢接话，徐泳涛眼尖，看见了急慌慌赶来的路长宇，赶紧说道："院长来了。院长，你这个药是中药还是西药？"

路长宇扫了一眼药盒，走上前回答："中成药。"

"效果怎么样？"梅晓歌追问道。

路长宇犹豫了一下回答："我自己没怎么开过。"

梅晓歌又问："这个药在县级医院肯定算贵的了，出厂价是多少钱？"

"很少。"

见路长宇的回答似乎有些遮遮掩掩，兰茂林问了一句："很少是多少？"

"肯定是少很多，但具体数字我还不太确定……"

周围的人越聚越多，梅晓歌看看路长宇，便打断他说："那就找个地方具体聊吧。"

一行人到了会议室，梅晓歌并未揪着刚才药品价格的问题不放，而是主动询问起路长宇日常的工作安排。听过回答之后，他说："按理讲，耽误谁的时间也不能耽误医生的，不过今天这个会可能会长一点。院长除了去财政局要钱，自己还要出诊。你怎么都算是专家了，挂你的号多少钱？"

路长宇坐在对面，正准备拿笔记录，听到这个问题愣了一下才回答："七块。"

"别的医生呢？"

"住院医师、主治医师和副主任医师基本是一块五、两块、四块五。"

听了这个答案，叶昌禾和徐泳涛对视了一下。他们平时看病基本都不挂号，一个电话约好医生直接过去诊断开药，挂号费这么低确实有些出乎意料。

看到他们的表情，梅晓歌反问道："是不是有点不可思议？大家平时看病都不用自己去挂号，普通人找一个有十年经验的大夫看个病，还不到五块钱，知识太廉价了。药反倒是越来越贵。我妈也是脑血栓，人其实已经好了，前两天去九原县医院开药，我姐夫用了超市的两个大塑料袋才能把药装回去，里头也有刚才那个血栓通。老百姓都是不懂的，医生说你得吃，你砸锅卖铁也得吃，还不能嫌贵。这要是没医保，谁兜得住？"看着路长宇手中停下的笔，梅晓歌接着问道："有些话就不进会议记录了。院长，你当了一辈子医生，你觉得这种万能药管用吗？说白了不就是回扣药吗？"

县委书记已经把话挑明了，路长宇也没有继续隐瞒的必要了："疗效不确切，价格确切。一小瓶药出厂价几毛钱，七拐八拐到了医院就成了几十块，定价严重虚高，病人经济负担沉重不说，身体上也有伤害。"

"经济负担当然也要说。"梅晓歌点出了这件事，"现在的情况是哪头都不落好。对患者来说小病大医，看个病越来越贵。市里统筹医保，八成都得各县自己负担，财政天天堵窟窿、擦屁股，叶局长，你们不还欠着县医院的钱吗？政府治不了药价，老百姓不满，对党的形象也是种损害。兰茂林县长分管医疗，你是最清楚的，享受城镇职工医保的退休人员越来越多，这在我县是个大趋势，医保的钱现在还能扔小球，以后呢，怎么办？"

问题是明摆着的。

梅晓歌接着说道："医生也不高兴啊。学医是很辛苦的，从上大学到实习，再到评上职称好几年过去了，学费挣得回来吗？我有个表舅是搞CT的，放射补助1979年时就是二十七块钱，那年的工资标准是三十六块钱，接近工资了。可到现在这个补助还是二十七块，这都没有人管。看病难、看病贵，老百姓都把气撒在大夫身上，包括没有开过回扣药的护士。医务工作者挨打的新闻还少吗？这就是个死结。院长不像院长，像个厂长；大夫不像大夫，像商人。每年背着绩效工资的指标，完不成，退休医生都要上访。现在是所有人都不满意。路长宇，你说是不是。"

梅晓歌的话字字句句都说到了路长宇的心里，他回答道："是的，书记。大夫是知识分子，都想站着把钱给挣了，可像我们医院堂堂的儿科主任，都买不起市里的一套房子，没尊严呀。"

"所以必须要改革。"梅晓歌坚定地说道。虽然是临时成行，但他确是有备而来。关于医疗的改革，已经在他心里来回筹划了好几年。此时此地，他觉得是时候把这个计划公之于众了。

"其实这个事情的核心就是算账，怎么先堵住医疗浪费这一大窟窿，怎么从都不满意变成都满意或至少一大半人满意。看病难、看病贵都是末端表现，根本问题在哪？就是把'计件取酬'机械地引到了医疗体系，没有病人要制造病人，有了病人要开发病人，吃亏的最终只能是老百姓。现在以药养医，所以医改的核心就是药，切断医院和药品、医生和药代之间的利益链条，这是第一条路。当然，我只是提个笼统的，怎么建立医药费用管控机制，得靠大家细化。"

见大家纷纷低头记录，梅晓歌略作停顿，整理了一下思路继续说道："第二个是收入。医务工作者都是救命的人啊，工作强度大、职业风险高、劳动时间长，技术含量比我们这些人肯定是要高多了，这些人必须有尊严。企业可以年薪制，医院也可以。院长、医生都可以。我听说南方有的沿海城市已经这样搞了。我几次开会都在反复说，思想一定要再解放。我建议参照国际上医生收入一般是社会平均收入三到五倍的惯例来。路院长，你和卫健委的同志要拿个具体方案出来，请兰茂林县长看看，看是怎么按级别和岗位实行不同等级的年薪。"

这话一出，路长宇的眼睛亮了，叶昌禾的眉头却皱了起来。

梅晓歌早已想到这一步，点着叶昌禾说道："叶昌禾又在那边嘀咕了。提高收入，钱从哪来？先把药品耗材上的水分挤掉，同时提高医疗服务收费，说白了，我们以后挂号就不是仨瓜俩枣的事了。要相信向善的力量，除了医药代表，只要绝大部分人都满意，只要方法得当，医院总收入一定会良性增长，医生一定会活得有尊严。医生的目标年薪的计算方法肯定是多样的，奖惩分开，由医院负责并且评判、审核。院长的年薪由财政全额负担，除了上面的考核，医院职工也要打分，就像网购一样，二合一给你最后结果。路长宇，你敢不敢？"

梅晓歌的一番话像一剂强心针，激活了路长宇的动力："梅书记，我要再说什么就显得是在拍你马屁了。我从实习起就在这家医院，一直干到现在。要尊严，医和药就必须断链。反正我过几年就要退休了，我也不管这里头动了谁的多大的蛋糕。这个事情你只要支持到底，我就豁出去干了。"

梅晓歌点点头，说出了具体的执行计划："第一步，取消以药补医。怎么确定哪些是回扣药，怎么防，怎么实行药品零差率销售，怎么通过联合限价跨地区采购，医保基金怎么用会更有效益，是不是要设立老百姓看病的次均标准，我就等你们的方案了。"

"次均标准？"路长宇一愣，这个说法他从未听说过，也从未想过。

梅晓歌进一步解释道："比如脑血栓、糖尿病、阑尾炎，定一个上限，原则就是要把看病贵、浪费医疗资源的问题解决掉。你们觉得呢？"

谁都没想到梅晓歌已经把问题考虑得这么深，计划制定得这么细，可以说除了医学专业上的问题，改革的每一步往哪儿走、走多远，他都想到了。众人折服，但对这些新概念、新问题也不免茫然无措。

梅晓歌看出了这种情绪，也理解他们的担心。没走过的路，谁不怕呢？可是他已经下定决心要做探路人，于是便坚定地勉励大家道："试试看。试出来的问题，我兜底。"

几天后，梅晓歌带着《光明县医疗改革方案概述（第一版）》走进了新州市委大楼。在常委会（扩大）会议上，他详细汇报了光明县的医改思路，甚至把眼光放到了整个新州市："包括光明县在内，本市的退休人员比例越来越高，一点五个人就要养一个人，负担太重了。按市财政局给出的数据，市职工医保统筹基金收不抵支已经超过了两个亿，摊到各个县的头上，压力一年比一年大，医疗费用每年都是两位数增长。医保亏损，群众负担越来越重，看病难、看病贵、小病大医的问题尤其突出。这核心症结就是药。光明县医改的目标，就是切断药品和医院之间的利益链条。现在这份改革方案只是第一版，肯定有很多不成熟的地方，还有很大的调整空间。"

梅晓歌的发言在会上一石激起千层浪，在市委书记谷文章让大家畅所欲言发表意见之后，马上有常委旗帜鲜明地站出来反对："整体方向肯定是好的，但是刚才提到的次均标准，我觉得很不合适。说难听点，这不就是一刀切吗？！我去看头疼，在医院上楼时把腿摔骨折了，超过单次收费标准，是要先看哪个？另一个是就不看了，还是要明天再来？包括并发症要不要管，这些都是问题。做事情必须要考虑周全，是吧？"

宣传部部长也附和道："还要考虑舆情。别说本省本市了，好像周边省市也没听过这样的事情。先例一开，记者们一下子全来了，他们本来还发愁找不到什么新闻点呢。省外媒体也会来，到时候笔都攥在别人的手里，正面还好说，万一负面铺天盖地呢？太容易失控了。"

此时，另一位常委站出来态度温和地打起了太极："方向是对的。知识必须值钱，否则以后谁还去学医？放射补助太低了，可以先解决这个。"

但反对派的态度依旧坚定："说句可能不该说的，这是国家层面去想的事情。在其位，谋其政，任其职，尽其责，反过来就怕好心办坏事，到最后变成添乱，骑虎难下，你这都不好收场了。"

梅晓歌不动声色，更激烈的反对他也已经预想过了，说到底这都是怕出事的心态作祟。他虽然不赞同，但是也能理解。现在还不是反驳的时候，他要等，等着有人提出关于改革方案的具体问题。有问有答，那这个方案就不再是他一个人的空谈，会变得越来越清晰，而看清未知事物的真面目就是消除恐惧的灵丹妙药。

果不其然，又有一位常委提出了问题："我看你把提高薪资都写进方案去了，大夫的收入能保证吗？"

"一切不以提高医生收入为目的的改革都是要流氓。"梅晓歌说得很坚决，"走上正轨之前，本县财政可以先负担提高的部分。"

市委组织部部长李国春一边翻看面前的方案，一边问道："药是个比较复杂的东西，也不是说卖得贵的就一定有问题。你们怎么认定回扣药？"

梅晓歌亦是有备而来："先把辅助性和营养性，且历史上疑似产生过高额回扣的药品梳理出来，列为第一批重点跟踪监控对象。是不是问题药，其实大家心知肚明，很容易甄别。"

谷文章抬头看看众人，提了一句："广群同志有没有要问的？"

一进会议室，梅晓歌就注意到马广群的名牌已经变成了"新州市代市长"——乔麦的"谣言"真成了预言。多年来，马广群对梅晓歌的工作一贯十分支持，这会儿，梅晓歌极其期待来自马市长的提问。

只见马广群放下水杯，问了梅晓歌一个似乎不相干的问题："你们县里妇女生孩子，收费标准是多少？"

"顺产一千二，剖宫产四千五。"

马广群点点头："我高中同桌，现在在省二院当院长，他跟我讲他的主要精力就是考虑怎么挣钱，他也很苦恼。以药养医的结果是药越来越贵，老百姓买不到便宜药，一个大夫给开了几毛钱的药就能上央视新闻。谷书记前两天开会还在说生育率的事情。妇女生小孩，能顺产谁愿意去剖？不能鼓励医生去做这种过度医疗的事情，但前提是制度上要保障好。收入的问题，你们必须保证解决，又要马儿跑得快又要马儿不吃草这种事情，我第一个不相信。医生也是人，他们不是神仙，先得让他们吃饱饭再谈发扬风格的事情吧？医疗改革是块'硬骨头'，既然光明县现在牙口好，我赞成试试看。当然，未雨绸缪非常必要，万一崩了牙，补救措施也要提前想好。几位领导提到可能出现的问题，怎么去规避，这都要研究好，不能捡了芝麻丢了西瓜。"

得到马广群的明确支持，梅晓歌心里又多了几分把握，他不禁向马广群投去了感激的目光。会议室里并不平静，支持的和反对的一时都无法说服对方。过了一会儿，谷文章向大家问道："各位领导还有没有要问的？"

窸窸窣窣的议论声渐渐平复下来。谷文章等待片刻，开始总结发言。他先问梅晓歌："晓歌同志在这方面还是有经验的，以前在九原县政府的时候你就抓过医疗卫生吧？"

"三年半。"梅晓歌回答。

谷文章点点头，然后直接表达了自己的观点："这件事情如果真的做成了，功在千秋。拿市医院来说，去年的收入60%以上是药品收入，当然这也包含了耗材，但体现医务人员劳务收入的部分不到20%。以药养医，收入倒挂，这就是现状。老百姓对基层医疗机构缺乏信任感，大病小病都往省里大医院挤，上去看病难，下来看病贵，目前看就是这么一条死胡同。减轻病人的负担，提高医生的价值和地位，把医保的钱用得更有效益，这才是一条活路。医保能不能结余，我不知道，但只要能做到不浪费，新州市就会是个很好的榜样。一会儿我们还是要去投个票。如果意见一致，我提个建议，医改的细节，市里不上会不讨论，让光明县彻底放手去干。"

谷文章的话一锤定音，梅晓歌在心里长舒了一口气。

烈日之下，长岭村的村委会大院吵吵嚷嚷地围了许多人，而大家来到这都是问一件事：多久会来电？

林志为不知道村里现在还会拉闸限电，他一边接着三宝的电话，一边向村民询问情况："拉闸限电这个事情，以前你们跟乡供电所反映过吗？"

"村主任去说过好几次了，但一遇到用电高峰，搞不好就会断电，没个准。"

"三宝怎么说？什么时候送电啊？"

众人你一言我一语，说不出个所以然来，但着急的心情都是一样的。尤其是种大棚菜的菜农，大棚停电，地里浇不上水，这么热的天，菜苗分分钟被烤死。艾鲜枝刚到村里，三宝正在后山陪同考察，林志为一时连个能一起商量的人都没有。他攥着手机冥思苦想，忽然想起前几天的饭局——曹建林就是管供电的啊！

乡供电所的办公室里，曹建林正守着一台老式电脑玩扫雷。手机铃响，他瞥了一眼屏幕，看见是林志为，伸手把电话调成了静音。

鼠标游走，一局扫雷结束了。曹建林的手机再次响起，他慢悠悠地点了下接听，不动声色地等对方先开口。

电话里传来林志为着急的声音："不好意思打扰了，曹所长。我们村的电……"

曹建林打着官腔："哪位啊？"

"我是小林，长岭村的林志为，咱们见过的。"

曹建林长长地哦了一声："想起来了，不会喝酒的领导。有事啊？"

"不敢不敢，我们这边老是断电，大棚的水都停了，村民都在这等着，实在是有点拖不起。辛苦曹所长帮忙协调一下，行吗？"

林志为恳切的言语丝毫打动不了曹建林，他又点开一局扫雷，慢悠悠地回复道："问题是我还在市里。等我回去再看看什么情况，好吧？"说完，曹建林就快速挂断了电话。

哪怕是个傻子，此刻也能听出曹建林的应付。林志为并不傻，他攥着手机想了一会儿，给他的继任者江霞发了一条微信消息："县长到哪儿了？"

不一会儿，江霞便传来回复："贵村，调研大棚蔬菜基地。"

林志为眼睛一亮，他走到村民聚集的党群服务中心，对大伙儿喊道："谁的大棚还没浇上水？"

第十五章　带尖的石头

蔬菜大棚里，汗水顺着艾鲜枝的额头缓缓流下。她看着打蔫的菜苗问："不是有统一建的浇水房吗？为什么不用？坏了吗？"

"都是好的。"李来有擦了把汗抢着回答，"不用自己找四轮车也不用买油，带根水管过去接上，一插电卡就能浇了。"

这样的回答让眼前的景象更具讽刺意味。艾鲜枝瞥了李来有一眼，阻止了他的话："你让他们说。"

李来有闭紧了嘴巴，可站在一旁的三宝也不敢开口，话说出来就是告状，告了状以后就更没好果子吃。见没人吭声，江霞瞥了一眼身边的林志为——他刚带着两个种菜的村民赶过来，为的就是说说这事。

谁知不等林志为开口，跟来的村民便先说上了："从前天晚上就断电了，怎么等也不来。"

"为什么断电？"艾鲜枝转头问李来有。

"最近天旱，是用电高峰，电力统一调配，各个村轮换着限电。"李来有小心地回答。

可村民显然对这样的说法不买账："那不能一直限的都是我们啊。我们交的电费比别的村都贵，限电还限我们，不讲道理。"

这话让艾鲜枝觉得奇怪："你们的电费是多少？"

"原来一度是一块二，今年又涨了，现在一度一块五。"

这回连林志为和江霞也跟着闹不明白了。农村用电确实和城里不一样，可也没有一年一涨的说法啊。艾鲜枝继续追问："农业用电几毛钱一度？"

"农业四毛左右，一块多那是工业用电的电费吧？鹿泉乡厂子多，是不是搞混了？"

李来有的话显然是在打马虎眼，艾鲜枝不吃这一套，立刻转头向身后的人群喊道："曹建林还没来吗？"

曹建林早来了，只是看着这个架势不敢上前，一直躲在人堆里盘算着说辞。这下被点了名，他不敢再迟疑，赶紧应声上前。

"为什么给村里断电？"艾鲜枝的问题直截了当。

曹建林也是有一说一："总电费收不齐，老有人不交。"

"国家规定一度电多少钱？"

"农业四毛七分五。是这样的，县长，附近这三个村的供电设施都是村集体投资的，村里投了设备，得把设备钱收回来。乡供电所都是按国家标准收总电费，村里具体收农户多少钱，不归我们管。"

见曹建林三言两语就把自己择了个干干净净，艾鲜枝更上火了，她提高声调继续问道："我就想知道，这个一块五是怎么核算出来的，拍谁的脑袋定的！"

李来有知道艾鲜枝的目光已经落在他脑袋上了，可是这个锅他不能背，也背不动，于是他赶紧转而质问三宝："电工是你们村里自己找的，是不是？"

"村里主要是管老百姓能用上电，不停电不误事就行。"三宝赶紧解释道。

艾鲜枝停顿片刻接着问："就是说这一块五毛钱没有通过村委会决议，电工说了算，是吧？我的翻译对不对？"

一通连环逼问，最后症结竟然在村里，这样的局面出乎林志为的预料。县长的枪口已经对准了三宝，林志为也跟着紧张起来。

三宝偷偷瞄了一眼李来有，用电的事大家心里都装着小九九，虽然各算各的账，但上下差不多能对上，谁也不说什么，可现在暗地里的账本被扯破了，还张扬到了县长面前。县长的话在县委大院里肯定管用，可能不能解决地头的问题，还真不好说。

不过眼下是箭在弦上不得不发，三宝别无选择，只能硬着头皮解释起村里用电的道道儿："县长，情况是这样的，农业用电的网线改造还没有覆盖到咱这儿，村里只能用集体资金投建了变压器，再把电线架到地头，解决灌溉问题。电费收取和线路维护都承包给村里的电工，多出来的钱就相当于是电工的工资。前两年核算出来电费是一度一块二，这个是通过村委会决议的，村民们也都同意。"

"那现在为什么收一块五？"艾鲜枝又问。

"这是今年电工自己提出来的，说一块二干不了这活，必须要涨一点，不给的话没人干，电工就找不到了。"三宝如实回答。

李来有也跟着补充道："有的村里农业用电的线路确实太旧，还是一九七几年的时候给架的线，线中间都结着疙瘩，电力损耗也很严重，刨除维护成本和损耗的电力，电工确实挣不着什么钱。"

三宝无奈地点点头，望着艾鲜枝说："都盼着村里早点改造电网，把电价拉下来。"

艾鲜枝大概听明白了原委，转过头对曹建林说："那还是你这的问题啊。农网改造现在是什么进度？"

"一直在按计划推进，鹿泉乡三十三个行政村，一半以上都完成改造了。实现完全覆盖恐怕还得一段时间。"

"我不听这些虚的。"曹建林的回答让艾鲜枝相当不满意，她连着问了三个问题，"一段时间是多久？一个月，还是五年？我在光明县期间看得到吗？"

这次曹建林的脸上也露出了无奈的表情："报备得有项目，艾县长，我们一直在申报，申报得一级一级地来。"

没有一句瞎话，全部都是实情，问题转了一圈又回到了原点，这让林志为始料不及。艾鲜枝明白问题的复杂性，但现在她人在地头，肯定不能眼睁睁看着农民的菜苗旱死，为今之计只能快刀斩乱麻，先解决一点是一点。她对曹建林说："电线上有疙瘩，我是解不开，但这些菜苗绝对不能等，再耽误就要砸村民的饭碗了，这个疙瘩必须解。马上通电，现在就办。林志为，你把这个事情盯住。"

回村是一条颠簸的山路，林志为系着安全带，一只手紧紧抓着车门上方的把手，但依旧控制不住地左摇右晃。他眉头深锁，脸色也很难看。

三宝早已熟悉了这边的路况，单手握着方向盘说："等着吧，姓曹的'好果子'以后肯定要喂给你，还源源不断。你吃，我也得跟着往下咽。"

林志为没吭声，车坐得已经够难受了，加上供电这件事，他只觉得心里堵得慌。

三宝根本不顾及他的感受，自顾自地说："县政府办的炼丹炉不能白待呀，兄弟。县领导拍的板兑现多少，还得看乡镇和单位怎么办事。说句难听的，县长的条子下面部门也不一定每张都会照办。你以为基层领导好当啊，挨家挨户要去拜码头，死疙瘩你得慢慢解呀。不是刚和曹建林吃过饭吗？"

这话听上去似乎没错，可林志为想了想又不能完全赞同："主任，这是个死疙瘩，不去找县长这把剪子，村民的菜苗就要旱死了。"

"现在是把曹建林的手也剪流血了，误伤了。"三宝反驳道，"部门办事有部门的套路，他要是给你办，可以有一千条理由，要是不给你办，能找到一万条理由。你总不能天天去找县长告状吧？"

这话让林志为哑口无言，艾鲜枝的行程有多满，他再清楚不过，今天这是赶上了，那明天呢？沉默良久，他无可奈何地向三宝求教："那现在应该怎么办？打电话他也不肯接呀。"

"不接拉倒!"三宝反倒一副满不在乎的样子,"反正电也通了,管他呢。过两天消消气,再找来有书记去协调吧。"

可曹建林的气还没消,长岭村的电线又出了毛病。有村民半夜上山盗伐,树木压断了电线,整个鹿泉乡都停电了。

黄立清带着乡派出所的两个民警赶到长岭村,急赤白脸地冲三宝问责:"前些天还因为断电浇不上水急得叫唤,现在树倒下来把电线都砸断了,大棚蔬菜还有水喝吗?乡里都没水喝了,三宝主任。李书记说让你自己过去看看,那些把树往外运的拖拉机,把那边的村道全压烂了,小轿车开过去都刮底盘。修路得花多少钱,李书记说这笔账你们得算清楚。乡派出所也已经调查过了,偷树滥伐的就那么几个人,最多也就七八个,都是你们长岭村的。李书记的意思是这里肯定是第一道关,该担的东西要担起来,压紧压实主体责任。"

黄立清的话还没说完,三宝便把手里的茶缸往桌上一放,不紧不慢地开始诉苦:"管肯定是要管的,但是光靠村里真的是不够。前两天林业局的人过来,我就反映过实际情况,山那么大,那些人打一枪就换一个地方,没有任何规律,加上新来的林书记,我们总共就这么几颗脑袋,就算什么都不干,专门抓这个,人手也不够啊。"

"那就由着他们偷了?"黄立清都被气乐了。

"话肯定不能这么说。加强暗访巡查,我们也只能这样了,要翻脸,我也得先抓到证据呀。"

跟着三宝的话,林志为暗自思量:"要证据,其实很简单啊,昨晚刚砍倒的树现在肯定来不及运出去,大概率就堆在自己家里,绕着村子查一查,一看便知。"林志为刚想说话,忽然看到了三宝制止的眼神。

林志为不说话,三宝打太极,黄立清只好抬出法条来震慑众人:"你们别不拿砍树当大事。李书记的意思是这个事情搞不好会判好几年的,而且还要罚款,金额巨大,村里如果再不管着点……"

话未说完,一位乡政府干部急匆匆地走了进来:"人找着了!"

听到这个消息,黄立清顾不上和三宝理论,立刻起身走了出去。三宝脸色一沉,冲林志为使了个眼色,紧随其后也跟了出去。

警察要来抓人的消息像长了翅膀,不一会儿便在村里传开了。不等林志为跟上前面众人的脚步,后面一群一群的村民已经追了上来。

村民徐军的家里人头攒动,几截长短不一的木头摆在院子当中,崭新的刀口在众目睽睽之下成了"罪证"。可徐军脸上毫无惧色,他和几个年轻村民站在一起,面对乡干部和民警不退不让，俨然形成了对峙之势。

在三宝面前，黄立清还能抬出上级和法条撑撑场子，可到了蛮横的村民这儿，黄立清的底气明显不足。他看了看徐军，指着木头问道："这些是不是你砍的？"

"捡的。"徐军回答得埋直气壮。

"是砍的还是捡的，我还看不出来吗？"这么明目张胆地耍无赖让黄立清非常生气，"那些树都是国家的，禁止乱砍滥伐是大政策，违法要判刑、坐牢的，村广播大喇叭里的普法，你们没听过吗？"

这些话对徐军丝毫不起作用，他有恃无恐地说道："普的是前山的法，我们捡的是后山小路往北那片树林子里的树。你可以回去查查以前乡里有没有这个政策。"

"村里那么好的地都征走了，当初不拿山上的树来换，谁会让你们征？"一个站在徐军身后的年轻村民气势汹汹地补了一句，四下围观的村民也乱糟糟地附和起来，院子里瞬间炸开了锅。

黄立清已经有点顶不住了，他下意识地往后缩了缩脚，强撑着一口气说："政策也是土政策。那时候不是穷嘛，现在是新时代，我们总是要往前看的。就算今天明天没人抓得着，后天大后天呢？你们能偷一辈子吗？"

黄立清口不择言的"偷"字像一星火苗，让徐军这个攒足了劲的火药桶一下炸了："谁偷了？谁是贼？"不光他一个人，站在他身后的几个年轻村民也跟着嚷嚷起来。火气推着几个人朝黄立清冲过去，眼看场面就要失控了。

"都别吵了！"一直冷眼旁观的三宝忽然大喝一声。这样的场面，三宝见多了，既不能得罪乡里的人，也不能不管不顾地把村里的乡亲舍出去，什么时候出手，需要掌握好火候。

果然，三宝的一嗓子让院子安静了下来。徐军瞪着黄立清，不服气地补了一句："哪个乡领导来也要讲道理，讲不过就耍赖，长岭村肯定不认。这些木头是我捡的，政策新旧是你们的事情，反正不让捡我们就集体上访！"

围观村民跟着一阵附和，此时不知道哪个乡干部随口说了一句"刁民"，村民们刚刚压下去的怒火再一次蹿了上来，而且比刚才烧得更凶、更旺。人群开始从外围往中间涌，像翻滚的浪头把黄立清带了一个趔趄。派出所的民警朝后面喊道："别推！干什么！"但这个时候，他们的话也起不到太大的作用了。

一直没吭声的林志为意识到了情况的严重，老百姓容易盲从，如果不加干预，造成严重的后果，谁也承担不了。他火速扫了眼现场，一把抓住了正要往前凑的刘喜："你干什么？"

刘喜本就是要凑热闹的，见林志为脸色严肃，马上嬉皮笑脸地说："保护领导呀。"

人群中间的三宝也出手了，他拽住为首的徐军猛地往后推了一把，然后把他身后的几个人挨个指了一遍。虽然一言未发，但他瞪大的眼睛和伸出的手指就像是消音器，点到谁谁就立刻没了声响。

此时，黄立清的手机响了起来，他看了眼屏幕，立刻接起来，对着话筒喊了声"书记"。三宝知道这是李来有打来的电话，他现在如果不作为，消息分分钟传到乡里。三宝教训徐军说："讲道理就讲道理，挤什么?!"

"没有，三叔。"

三宝不等他解释，抬起头故意提高声音说："乡领导问话，有什么就说什么。不是你偷的就说不是，没有砍树就说没有。有冤枉你的就叫屈，谁撒谎以后公安局上门就自己兜着。说话就说话，挤什么挤，往后站!"

众人听了这话纷纷退后，三宝转而对刚挂断电话的黄立清说："你接着说。"

黄立清扶了扶因汗水滑落的眼镜，对三宝说："李书记说回乡里开个会，让你也去。"

三宝抬手看了看时间，在人群中一扫，找到了林志为的身影，随后说道："覃县那边又在排污了，每天就是这个点，我看一眼再过去，先让小林过去听着。"

林志为和黄立清骑着电动车来到乡政府，正碰见曹建林和乡派出所所长在院子里说话。只听曹建林愤愤地向所长抱怨："光这个星期就偷了两次。就是长岭村那拨人。一点儿技术含量也没有，净瞎砍，好几米高的一棵树，十千伏的高压线一下子就被搞断了，好几台变压器全部停电。我的人通宵不睡觉也没法一下子修好啊。附近还有医院要给病人吸氧。"说到这儿，他指了指一旁正在跟王晚菊反映情况的镇上的几个居民："那几个都是病人家属，不骂偷树的，半夜都跑来骂供电站，你说让兄弟们怎么搞。"

所长的手搭在曹建林的胳膊上，算作安抚。曹建林接着说道："一停电就跟着停水，食堂也没法做饭，方便面我都快吃吐了。来有说这个事情还得靠你们抓紧呀。"

"一会儿就开会，我和来有书记碰一下。"所长赶紧回答。

诉苦完毕，曹建林和所长告别，心满意足地朝外走去。已经停好车子的林志为迎面上来，喊了一声"曹所长"。可曹建林仿佛没听见，他掏出手机，低头和林志为擦肩而过。林志为想起之前三宝说过的话，看来曹建林的气还没消。

乡政府会议室里，针对盗伐的问题，乡政府、林业所、派出所，还有林志为代表的长岭村，各相关责任方都到齐了。派出所所长首先向大家介绍目前的情况："砍树这事情，长岭村的人以前就干过。那时候干群关系也不好，我刚上班被分配到乡派出所，就赶上村民围攻乡政府，乡长被捆在树上打，县公安局的人来了才把他救出来。"

三言两语的描述，林志为听起来就像天方夜谭。刚刚徐军家的阵仗已然让他心头一紧，可是和所长讲的这些比起来，真的是小巫见大巫。

所长接着说道："今天下午也一样，村民们老是揪着已经被废除的旧政策不放，那都是当年征地的时候乡镇许诺的糊涂账了，他们就是要跟你讲歪道理，讲不过就要集体上访。长岭村历来就这样，他们只要这么说，就一定会这么做。我说这些的意思是要大家做好准备，比如是不是要跟县公安局、信访局和政法委都打个招呼，万一出了什么问题，不至于太被动。"

这个意见获得了在场大部分乡镇干部的赞同，所长见状转头看向李来有说："这种事情要么就别管，要管就一次性打服，否则没完没了，咱们晚上也没有觉睡，李书记。"

李来有深知基层工作的复杂性，尤其是长岭村，有三宝这个老油条带头，谁来都是难搞。出了问题，对上面他不能不有所交代，可对下面若一味压制，最终的结果很可能就会让他交代不了。所以对于所长的建议，他有些投鼠忌器。只见他盖上手中的茶杯，说道："要是别的村子，晚上去村口截着人直接两个嘴巴子，谁不服打谁，两棍子下去都服了。长岭这个村子很麻烦，他们真敢和你拼命。吴所长说得对，通盘都要考虑周全。"说完，他望向林志为问道："梁三宝怎么没来？"

"已经在路上了，一会儿就到。"林志为马上答道。

李来有完全不信："这个会开完之前他要是能到，我把这个茶杯吃下去。这个姓梁的他妈的护犊子没个够，老百姓再穷也不能违法呀。装什么傻，不好好搞发展，就知道和我唱大戏。林志为你要像他那样，这个村子就废了。"

林志为想说点什么，可李来有似乎没有心思听。没等林志为开口，他转头问黄立清："这两天，你们巡逻巡得怎么样？有效果吗？"

"反正这几天路也坏了，宣传手段跟上去，村民们嘴硬归嘴硬，真去组团砍树的也不会太多，就那几个老油子，主要是好偷不好防，他们一天到晚在山上跑来跑去，我们去了他们就撤，我们一走他们又回去，打游击战。"黄立清拐弯抹角地表达了一个意思——没效果。

这个结果其实在李来有的意料之中，长岭村是块带尖的石头，不管它就会硌得慌，所以就算捏不碎，也得先敲掉尖角。厘清思路后，李来有当即拍板："抓不了一窝就先抓一个。把人手凑足，抓现行，搞个典型出来，严惩，拘上一个人，其他的就都老实了。今天就干，行动保密，谁也不准通风报信。"

林志为感觉这话意有所指，他抬起头，果然看见李来有正盯着自己。他什么也没说，坦然地掏出手机，放在了会议室的桌子上。

夜半时分，黄立清、林志为、吴所长，以及一众干部、干警来到了林场的山脚下。上山的路蜿蜒曲折，林志为不熟悉路况，拎着手电筒磕磕绊绊地走在一行人的最后面。他好几次差点摔倒，多亏黄立清伸手扶住了他。

"教你一个办法，盯住前面人的脚后跟，他往哪儿走你就往哪儿跟，别看路，看他的脚，明白吗？"黄立清推了推鼻梁上的眼镜，小声告诉林志为。果然这个办法十分奏效，虽然免不了还有些气喘吁吁，但后面的路林志为再也没掉过队，走得稳多了。

又行进了十几分钟，寂静的山林里突然传来几声犬吠。走在队首的吴所长连忙喊了一句："有狗就有人，快！"

众人立刻加快脚步循声向前，当他们赶到盗伐现场的时候，还是没能抓住人。现场一片狼藉，只留下一条被拴在树上汪汪叫的土狗。吴所长望着土狗，调侃地说："这是没来得及撤退的。"

一个乡干部朝下山的方向张望了一番问道："还追吗？"

"人都跑了，往哪追？"黄立清小声嘀咕着。

乡干部指着山道说："就这么一条路，他们还能飞哪儿去？"

林志为想起之前三宝的话，有样学样地说："山道不好走，抓也抓不到。你一过去他们就上山，跟你打游击，根本抓不到。"

这些话，吴所长显然不是第一次听说，他转头问林志为："谁说的？"

林志为一愣，诚实地答道："三宝主任。"

大伙都笑了。吴所长揶揄道："他说的话你也信？他那是不想抓。"

一句话点醒梦中人，林志为回想之前关于盗伐事件的一幕幕，渐渐品出了一些不同的滋味。他没吭声，掏出手机给龇牙咧嘴的土狗拍了张照片，然后解开了拴在它身上的绳子。脱缰的土狗嗖的一声窜出去，不一会儿便消失在夜色之中。

林志为拎着耗光电量的手电筒回到宿舍门口的时候，天已经亮了。他疲惫地掏出钥匙正想开门，却发现外面的锁被打开了，而房门被反锁了。林志为下意识地推了推，片刻之后，门被打开了，小萍笑盈盈地出现在他面前。

林志为一愣，然后拍着脑袋反应过来："今天礼拜天啊，我都过糊涂了。"

桌子上已经备好了早餐，小萍边摆桌边说："豆腐脑都凉了，我去热热，你先吃包子。下次我给你带个微波炉。不会跳闸吧？"

林志为插上手机充电器，抢过豆腐脑一边说着"没事"，一边狼吞虎咽地吃了起来。折腾了一夜，他现在确实又累又饿。

"怎么乡里还要连夜开会？"小萍坐在旁边问道。

林志为嘴里塞着包子，含混地答道："不是乡里，是村里的事情。一会儿还得出去，今天也没法陪你爬山了。"

小萍没表现出一点失落，反而关切地问道："什么事情这么急？眼圈都黑了，不用躺会儿啊？"

林志为犹豫了一下，没有提及盗伐的事，只是草草回答说："防汛防火，基层就是这样，都得防。"

小萍没想深究这些，她剥了个茶叶蛋递到林志为嘴边："你去忙你的，中午我给你包饺子。你顾得上回来吃吗？"

林志为没想好，但他很肯定地告诉小萍想吃西葫芦馅的，还问她知不知道在哪儿买菜。小萍笑了笑，一边起身收拾林志为乱糟糟的宿舍，一边回答："鼻子底下就是菜市场，你别管了。"

林志为也对小萍笑了笑。林志为每次跟家里通电话，母亲总会不甘心地再提起江霞，还说汤阿姨那边也一直没断，还在帮忙说合。林志为嘴上没顶撞，但心里明白得很，这只是母亲的一厢情愿罢了。现在从乡里到县里，甚至江霞本人都知道林志为的女朋友在乡中教书，谁还会再给他们硬扯红线。选择伴侣的确是人生大事，所以他不会委曲求全。

曹建林坐在办公桌前，手里拿着把小毛刷，一边盘着山核桃，一边开着座机免提和刘亚军聊天。好些时日没见，刘亚军打电话叫他去小院喝土鸡汤。曹建林听见"土鸡"二字，肚子里的馋虫已蠢蠢欲动，可他还是拒绝了刘亚军的邀请，原因很简单，最近在电线上老出事，一停电就有人找他。这要是让人抓住他跑出去吃大餐，分分钟就能扣他一个玩忽职守的帽子。

与其如此，他还不如老老实实在办公室待着，别在这个当口让人抓了现行。他一边仔细地刷着山核桃的缝隙，一边哀叹道："你们吃肉，好歹给我打包留点汤。你以为我不想去吗？外头一堆人，门框都快被挤弯了。"

"偷树是李来有和派出所的事情，你那什么时候改成信访局了？"刘亚军在电话另一头反问。

"全是信访局那帮人给惯的。"一说这些，曹建林更不忿了，"以前停了电，修它三天，村主任也得过来谢我。现在半天接不通，老百姓就要打政府服务热线投诉，他妈的又不是我让停的。"

刘亚军幸灾乐祸地笑着说："县里天天抓干群关系，怎么搞得越来越对立？你们有几个屁股可以挨板子？"

"那天，我还和李来有说，以后吃饭都别叫我，一肚子的气早饱了。我家里也跟着停电，天天到处维修，他们都搞不好，我能有什么办法？"曹建林说着叹了口气，把山核桃往抽屉里一放，"挂了，我吃泡面去了。"

林志为站在徐军家门口，院子里的土狗和手机上的照片如出一辙，龇牙咧嘴地狂叫着。徐军的脸色比土狗好看不了多少，他拽住狗绳子，冷冷地甩给林志为一句"有事说事"。

来徐军家之前，林志为已经做好了心理建设。他收起手机，半开玩笑地说："这狗昨天半夜去盗伐林木，被派出所抓了现行，多亏它跑得快，要不被抓住了还得找个宠物看守所。"

"不用拿派出所吓唬我，民警来过也不止两三次了，有事说事。"徐军依旧是不冷不热的腔口。

林志为也不与他计较，微笑着说："追得嗓子都干了，进屋喝口水再聊，行不行？"

徐军没吭声，自顾自地往屋里走去，手一抖松开了狗绳子。土狗猛地一窜，直接扑到林志为跟前。林志为小时候被狗咬过，心里多少有点畏惧，可他硬是咬着牙半步都没退，脸上也是一副轻松的表情。徐军有点意外地瞥了他一眼，再次把狗拽回来，对林志为说："进屋吧。"

林志为意识到自己的坚持有了成效。进屋之后，他愈发主动，根本不等徐军给他倒水，自己就拿了个杯子，在水缸里舀了一杯，咕咚咕咚一饮而尽。之后，他随手拉了一把凳子坐下，仿佛徐军家是他的常来常往之地。

徐军冷眼旁观林志为的一举一动，在林志为准备开始打官腔的时候，直接拦住他说："你想干什么，直说吧。"

其实林志为刚才的行为做派都是在模仿新闻里的领导干部，可他毕竟缺乏实战经验，徐军当头一问，他立刻现出原形。停顿片刻后，林志为望着徐军恳切地说："说实话，来之前我也没想好要怎么开这个头。不过，盗伐林木是大事，乡里已经开了会，要抓典型。你再不收手，真要坐牢。"

"还有吗？"徐军拉着脸问道。

林志为见他依旧油盐不进的样子，耐着性子继续解释："典型是什么意思？全村有一百只羊，平时都去地里吃好菜，都没问题，都不抓，现在食堂要过年，厨子提着刀已经出门了，别的羊已经回到圈里，地里就剩你一个，你明白我的意思吗？"

徐军满不在乎地反问林志为："十里八村，那么多人砍树，凭什么老来我家？别人的鞋底上也有泥巴怎么不管？天天盯着我不放，你们就是在欺负老实人。吓唬我随便，欺负我不行。还有别的事吗？"

伴着一阵狗叫，林志为憋着一股气走出了徐军家。他本想回宿舍，可走了两步越想越不甘心，于是调转方向，骑着电动车去了乡里。

正巧李来有也在，林志为顶着一脑袋的汗走了进来，简单汇报了昨晚和刚才的情况后，把自己对这项工作的想法一股脑儿说了出来："这就是不患寡而患不均。乡里村里每次都是尽心尽力去查，老实人都不敢了，胆大的还在偷。剩下这几个顽固分子暂时又没办法对付他们，没偷的人觉得吃了亏，返过头又加入进来，所以砍树的人越来越多了。"

李来有默默听着汇报，但他的着眼点显然和林志为不太一样。在他看来，林志为再怎么有能力终归是纸上谈兵，村里的事还是得靠村里的人解决。待林志为停顿喘息之机，他问了个似乎毫不相干的问题："怎么老是你在跑，梁三宝呢？失踪了吗？"

林志为没回答这个问题，他加快语速，顺着自己的思路接着说道："书记，还有一个问题。白天我去挨家挨户找这些人做工作，但是在家的大多数都是妇女，没人愿意和我谈，理由是男人不在家，做不了主，有什么事情得等男人回来再说。"

此时，乡政府办公室副主任贺姐拿着几份文件来到李来有办公室门口。见里面有人，她犹豫了一下。李来有抬头正看到她，知道她的来意，便招招手让她进来。

见有人进来，林志为语速也稍稍慢了一些。他想起李来有刚才的问题，于是答道："三宝主任这两天都在河道那边盯着。覃县偷偷排污，环保局每天打电话查，他已经好几天没正经睡过觉了。"见李来有示意他继续，他便接着说道："书记，我不知道我说得对不对，我觉得咱们现在稍微有些乱，停电了才去堵砍树的，那些人像在打游击，我进他退，咱们只能像苍蝇一样乱飞，没头绪。我觉得应该重新梳理一下方案，时间也有必要调整一下。"

李来有、贺主任，还有一直在旁边听着的黄立清都愣住了，谁也没料到林志为想得这么深，说得这么直。贺主任偷偷瞄了一眼李来有的脸色，开口说道："长岭村的人不是挺和善的嘛，上个月我去的时候，村民们态度都很好啊。怎么会有这样的事？可能就是欺负你是新人，是不是？"

李来有认真地问道："调整时间，怎么个调法？"

"一定要在山上值夜班，我可以先来。"林志为表明了态度。

李来有翻着手里的文件，签了几个字，抬头问道："值一天？一周？再长点，一个月？你能在山上搭个帐篷，看他们半年吗？"

"起码这一天、一周、一个月，他们不敢去偷。"

李来有并没有急着下结论："值班的想法是好的，但实际行动牵扯的人比较多，我得统筹安排一下。你先回去，等我的消息。"

李来有的话模棱两可，林志为心里没底。出了办公室，他把心里的疑惑告诉了黄立清。在乡里工作了这么久，黄立清对上下两级的事再熟悉不过了："村民做事也挑人。办公室主任，重点不是主任，是办公室。贺姐又是个女干部，下村的机会肯定很少，村民见她的时间大部分都是在乡里，来这的人多少都会求着她，怎么可能刁难她？"

林志为有点明白了："所以，她觉得村民多数是好的。"

"就是这个意思。有时候就是盲人摸象，你问大象什么样，每个人的答案都不一样。"说话间，二人走到了食堂跟前，黄立清抬手一指，说道，"边吃边说。今天乡里集体加班，食堂给蒸了大肉包子。"

林志为想着小萍的饺子，连忙推辞。黄立清还以为他客气，热情地拽着他不放手："单身汉一个，和我一样能有什么事情？天天往乡里跑，吃个包子还怕什么？别那么谦虚。"

"没谦虚，我女朋友来了，等我回去吃饺子呢。"林志为回答完又有点过意不去，自己这么说似乎有显摆之嫌，于是他下意识地邀请了一下黄立清。没想到黄立清一点没客气，爽快地答应了。

见林志为带回了客人，小萍又做了几个下酒菜。几杯啤酒下肚，本来就有点自来熟的黄立清话更多了："很多事情，村里和县里是不一样的。肖俊学，你可能不认识，你前任那个驻村书记，刚来的时候也和你一样，有些事情慢慢就明白了。"

小萍吃完碗里的最后一个饺子，默默地把自己的碗筷收到了一边。林志为心里过意不去，难得和女朋友约会，因为自己的一句话现在全泡汤了。好几次，他望向小萍想说点什么，都被黄立清的滔滔不绝打断了。

小萍看出了林志为的尴尬和为难，她起身拿起包和外套说："你们慢慢吃，我先回去了，还有晚自习。"

"慢走慢走，下次我请你们两口子吃饭啊。就下礼拜。"黄立清大咧咧地挥挥手说道。

林志为赶紧起身，跟着小萍来到门口。他刚想解释两句，却见小萍朝屋里努努嘴，然后露出一个心照不宣的微笑。

回到饭桌上，黄立清拍着林志为的胳膊继续说："群众基础好的地方，积极分子就多，老党员的比例也大，你搞点事情就容易。反过来肯定就费劲。跟你说这些东西，你没个两三年总结不出来。就好比说长岭村，也一样。"

提到长岭村，林志为来了精神。上学的时候，他经常钻研难题到深夜，现在长岭村就是摆在他跟前的难题，这会儿终于有人给他指点迷津了。

黄立清夹了口菜，接着说道："大部分的村子，老实人大概都占个三成，胆小怕事，与人为善，你上门去做工作，基本都不会为难你。砍树偷沙子，就算他们有份，大喇叭一喊，再也不敢去了。"

"相信政策，通情达理。"林志为总结道。

黄立清点点头："在村里，势力弱小也是原因之一。还有六成是大多数，不当先进也不落后，你软他们就硬，你硬了他们就软。"

林志为想了想接着说："好处是不会带头戗你，麻烦就是随大流，跟着别人往前挤，你治不住第一排的刺头，他们踩你几脚也受不了。"

"可以呀，知道的还挺多。"两轮总结都说到了点上，黄立清不禁对林志为刮目相看。情绪一上头，酒量也跟着上来了，他又开了一罐啤酒："今天肯定又不够了，早知道该多买点。累死累活一星期，我就指着礼拜天喝点凉啤酒。"

林志为的注意力都在解题上，待黄立清又喝了口酒，他才忙不迭地追问："那就还剩下一头一尾。脑袋就是老党员，这些人肯带头，怎么都好说。尾巴是谁?"

"徐军和刘喜呀。"黄立清说道，"你说得对，要么就全给他们搞服了，只要还有一个偷树的，别人凭什么要听你的?"

"是啊，只要留着一个，就等于还有一百个。"

"农村就是一物降一物。"黄立清说着看了一眼林志为，"说实话，你这个性格怕是不行，当然我也不行。'棒打老虎鸡吃虫'，咱们连小鸡都不算，最多算个鸡蛋。看看梁三宝就知道了，村民服的是那些翻脸不认人、他硬你比他还硬的人。不是所有的事情都是好讲道理的，不能让他们觉得你好欺负。怎么说呢，驻村是个坑，千万别掉进去。掉进去你爬不出来的。"

黄立清虽然带着点酒劲，但说得也够实在。不过，林志为还有点微微不服气："你觉得我搞不定这些事情，你是从哪看出来的?"

"怎么说呢?"黄立清长叹一口气，"我看你和我自己刚到基层的时候，一模一样。"

这一声叹息包含了太多内容：不甘、无奈、规劝，以及几许说不清的复杂滋味。林志为明白黄立清的诚恳，他笑着说："没准也有不一样的地方，总得试试。"这句话既是说给黄立清听的，也是说给他自己听的。

林志为随后立刻开始了自己的动作。第一步就是先普法。他自作主张把挂在村里的宣传条幅换了。"保护环境就是保护我们自己的生态家园"，这话说得没错，可对村里人没有触动。林志为直接改成了八个大字："偷树违法，抓到坐牢。"简单直白，谁都看得懂。他还搜集了一些盗伐的实际案例，让村干部在入户的时候用聊天的方式散播出去。一传十，十传百，比拉着大家开会讲课效果好得多。

另一边，上山值班的提议获得了乡政府的支持。乡村两级和派出所、林业局、供电站都要派人参与。李来有把这件事安排给了黄立清，很快确定了一个参与排班的大名单。

至于成效，别人的感受可能不明显，曹建林这边可是立竿见影。盗伐没有了，意外断电的事自然也跟着消失了。

这天，轮到林志为上山值班。他在山坡上搭了个帐篷，点了一堆柴火，坐在马扎上用手机放歌听。他身旁停着一辆警车，车顶灯一闪一闪的，直晃眼。忽然，不远处传来一阵脚步声。林志为抬头一看，意外地说："你怎么也来了？"

黄立清笑呵呵地走过来，拍拍警车，表情比林志为还意外："这道具哪找来的？"

"乡派出所。下班以后送过来，上班之前还回去，两不耽误。"

"真有你的。"黄立清坐在林志为身边，递给他一罐红牛，"来有书记让我给你带的，见面分一半啊。"

两个饮料罐子碰到一起，却不想这一夜过得并不平静。忍了些日子的徐军和另一个年轻村民终于按捺不住又上山了，只是他们低估了乡里这次行动的决心，刚摸到半山腰就被民警抓了个现行。

半夜被电话惊醒的三宝，没接起来就知道出事了。电话没说完，他已经穿好衣服上了车，没一会儿工夫就带着村委会的几个人赶到了山上。

见到臊眉耷眼的徐军，三宝上去就是一脚："说了多少遍要坐牢要坐牢，关进去让你爹从医院出来给你送饭吗？"

徐军的硬气就只冲着林志为，到了三宝这儿，立时没了脾气。不过心虚归心虚，当着众人，他还是嘴硬地说道："我又没偷树，过来采蘑菇不行啊？"

三宝二话没说上去又是一脚："还采蘑菇，还和我扯淡，蘑菇呢！"

派出所的民警显然不想多纠缠，他们劝住三宝，拉着徐军便要下山回所里。这下徐军真慌了："三叔，我们刚来，真没砍。"

三宝急得脑袋冒汗，进了派出所，罪名就基本坐实了，后面他在村民跟前不好交代。可徐军毕竟让人抓了个现行，有什么理由不让警察把他带走呢？

混乱拉扯之间，林志为走了上来，对民警说道："磊哥，他没撒谎，他们真没砍树。我看过了，林子里的树一棵没倒。咱们也没人看见他动锯子，对吧？他确实就是刚到。"

　　这一番话出乎所有人意料，三宝反应最快，他走过去把徐军和另一个村民粗暴地一推一拽，看着像是在揍他们，其实是把两人从民警手里拽到了旁边："再有一次就不是拘留了。团伙系列盗窃案，别人的账也要算到你俩头上，脑子想清楚了，待看守所八七年才放出来，媳妇都得跑了。滚回家好好打工去！"

　　徐军也看清了刚才的形势，他望了一眼林志为，和另一个村民迅速跑下山去。望着他们的背影消失在夜色中，三宝暗暗松了口气，说："以前也不是这么个德性。今年要娶媳妇，可赶上他爹生病把家给掏空了，还欠了一屁股的债。这病还是个无底洞。砍树哪能砍出个媳妇来啊，别再把自己送进监狱了。脑子里都是烂泥，这么简单的账也不会算。"

　　民警也明白其中的关窍，不过林志为的话确实让他们没法拿人。不过临走的时候，民警断言："好人白当。过两天他还来偷，你们信不信？"

　　林志为的心里也不敢打包票，但自己选的路还没走到头，他不能停下脚步。

　　隔天，徐军拎着一个暖瓶走在县医院住院大楼的楼道里。父亲住院有些日子了，他本来计划白天陪床，晚上"开工"，不想一截木头桩子都没捞到，人还差点被抓去坐牢。住院的开销与日俱增，徐军心急如焚。他转弯走到病房门口，却见林志为拎着一袋橘子等在那里。

　　经历了前夜的出手相救，徐军彻底转变了对林志为的态度。他坐在楼道的长椅上，向林志为讲起了自己的无奈："村子就那么大，你传我我传你，说句难听的，谁愿意戴个贼帽子？传到我媳妇家里，老人们怎么想？道理谁还能不明白，这也是硬着头皮干。要不是你和三宝叔，还吃什么橘子，现在没准，我就在看守所吃窝窝头了。"

　　林志为剥了个橘子递给徐军，问道："听主任说你对象家也是本村的，还是乡供电站曹站长的外甥女。"

　　"远房亲戚。"徐军摇摇头，"就算是亲舅舅也不能指望人家。这么大的事情，这么多的外债，说实话，这要是我闺女我也不能同意嫁。"

　　"我给乡里打过电话，说你之前是没有整户参保所以不能报销，是吗？"

　　这一下可说到了徐军的痛处："要么不缴费，要么全部缴，那为啥缴费的时候不说呢？我以前在外地打工，厂子已经给上了四险还是五险，在老家要不要参保谁也不知道。换句话说，就算是老家也参保了，病了能给报销双份吗？就没人和我说过，我去报销才告诉我不行。"

　　林志为拍了拍徐军的肩膀，关于这些问题，他提前做了准备："来医院之前，我刚问过县里。你让务工单位开个城镇职工医保证明，再把社保卡复印一份就行了，能办报补。其他就是重疾的医疗费，这不在报销范围内。自费部分多不多？"

林志为的真诚细致彻底感化了徐军，徐军彻底放下了戒备，把自己的难处都说了出来："主要是药。每天都得输液，说是不在医保范围里，也不能报。我听说只要是建档立卡的贫困户就能免费医疗。我这种情况现在不贫困，很快也贫困了，能不能走个后门，提前返贫啊？"

这话让林志为犯难了，说谎、走后门，不仅违反原则，也不是解决问题的长久之计。可徐军说的情况也的确属实，放任不管，返贫是早晚的事情。林志为思量再三，决定去一趟县委大院。

办公室的门一如既往地敞开着，艾鲜枝大步流星地从里面走出来，后面紧紧跟着汇报工作的江霞。

"每个人都很忙，走过场的会就不开了。有什么事情双方坐下来，三句话就说得清楚，非要上会，有必要吗？城建局又有什么委屈？"艾鲜枝依旧是一副改不了的急性子。

江霞有些为难地答道："他们说管理范围有问题，觉得不公平，内部和外部的职权划分也不清晰。他们说只能管外面，农贸市场里面应该归商务局管。"

"都他们管，不用再说了。这么一个小市场还分个里外？！上次我不是已经说过了吗？"艾鲜枝的火气有点上来了。

但所谓的里外分管并不是问题的关键，江霞后面的话才是城建局的真实诉求："他们提出经费能不能增加一点，七十多个人，经费只有三十万元，连绩效都发不出来，很难带队伍。"

艾鲜枝早就看透了城建局的小九九，直接拒绝了这个要求："带不了就换个能带的。就那么一小片地方还要斤斤计较，要不把我的工资抵到他们经费里面去吧！"

江霞无言以对，作为领导联络员，上传下达是很重要的一部分工作，县长已经拍板，现在她得琢磨这件事要怎么跟城建局说。要让他们接受领导的决定，后面还不能带着情绪闹出幺蛾子。

这时一阵急匆匆的脚步声由远及近，林志为小跑着来到二人跟前。见艾鲜枝和江霞都站着，他小心地问道："县长是不是要出去？"

"林志为，你怎么来了？有事吗？"艾鲜枝有些意外地问道。

"等您方便的时候。"

"你直接说。"艾鲜枝边走边说。

林志为了解艾鲜枝的脾气，马上汇报起来："因病致贫的事，农村医保的报销流程不知道能不能优化一下。县长，我所在的那个村有一户……"

"医保的事情，是吧？你这样，我告诉你去找谁。现在就需要你这些基层的意见。"艾鲜枝边走边给林志为指了条路。

梅晓歌坐在办公桌前，仔细地翻看刚刚送来的第四版《光明县医疗改革方案概述（第四版）》。林志为规规矩矩地坐在对面，安静地等着书记发话。

梅晓歌近期一直都在忙医改，林志为的到来给他带来了基层最新鲜的样本。可医改工作又是千头万绪，林志为没说几句，就被各种事情打断了。光是陌生号码打来的电话，梅晓歌就挂了好几个。方案没看完，联络员小董又进来传话："书记，信地医药的秦总来了，说祁副市长和您打过招呼，想见个面。"

"说我不在。"梅晓歌利落地回绝了会面，但紧接着手机上又进来一条来自郑三的微信消息："叨扰书记，一老友托人求助，望当面汇报。可否？"

梅晓歌同样没有回复，他将手机息屏，抬头问林志为："刚才说到哪儿了？"

"大病致贫。"林志为马上回答。

梅晓歌直截了当地问道："你就是想给那个村民走后门，把医保超出去的部分解决掉，就是这个意思吧？有病看不起，药太贵，部分重症的自费部分过高，除此还有什么问题？"

林志为本想解释第一个问题，但梅晓歌话说得太快，根本没给他解释的机会。他想了想干脆把自己在村里的见闻一股脑儿都说了出来："能吃药的非得输液，打针的环节也跳过去了，一个感冒治下来要花大几百元。三宝主任的表嫂有病转院，县医院拍好的片子，到了市里不认，还得要重新拍。"

听了这些情况，梅晓歌未置可否。他起身接了杯水，重新回到座位后，闲聊似的换了个话题问道："我小时候经常到长岭村，那时候三代人的结构还很均衡，现在年轻人都不肯回村里了吧？"

林志为回答："一半一半。常年生活在村里的占户籍人口的三分之一，基本都是五十岁以上的，还有些留守儿童和学生，加上一些白天到外村打工，晚上才回来的，加起来也就一半人。另一半常年都不回来，大部分都在省外，也有些人在县城。"

林志为反映的情况，让梅晓歌想起当初在北京医院小曾说过的话——县里条件差，有点本事的都奔出去了，没人回来建设家乡，条件只能越来越差，就会有更多的人想离开，如此往复，恶性循环。梅晓歌紧锁眉头感慨道："大家都到外面打工，打着打着就把家里人都带走了。现在农村里的房子比人都要多了。"

林志为点点头："村里留不住年轻人，三十五岁以下不上学的人超过一半都在外面。有一个村民小组，这几年共有三个大学生毕业，一个在市里，另外两个都去了省城。"

"不回村里，县里也不回来？"

"父母是希望他们回来的，但是本人不愿意。我觉得除了县里工资不高，可能也和结婚难有关系。"

"大学生都找不到对象，这有点夸张了吧？"梅晓歌笑着问道。

"现在县城里最吃香的是体制内的，其他行业的年轻人确实不太好找对象。"

"你呢？女朋友是干什么的？"

"在乡中学教书，外地考过来的。据她说，她们那边农村老龄化的问题更严重。"

梅晓歌说："第一批到大城市打工的农民工也差不多到年龄了，告老还乡，老人更多了。出去了再回来，他们的土地是怎么个情况？"

这个问题，林志为在长岭村做过调查："主要还是体力问题。这些人都对土地有感情，但是年纪大了，加上农村的老太太比老头要多，力不从心，大多数人自己种粮也不指望卖钱了，够自己吃就行。"

"年轻的不回来，老年人又种不了地。鹿泉乡是这样，别的乡镇也差不多。如果将来荒掉的土地越来越多，你们村里怎么办？想过吗？"

问题都发掘完了，可答案却没有出现，面对梅晓歌的提问，林志为有些愕然地摇了摇头。

这个问题对于一个刚下基层的年轻干部来说，显然有些超纲了。梅晓歌望向窗外，说："是啊，很多人都没有想过。扶贫必然会成功，你说的医保问题也会解决。扶贫完成，再以后呢？"

清晨的体育场，梅晓歌逐渐放慢了脚步。

郑三在一旁也跟着走起来，今天这几圈跑得有点累，因为不光脚下要跟上梅晓歌的节奏，脑子里还要不停盘算如何回答梅晓歌的问题。比如，刚刚梅晓歌就问道，那些医药公司老板找他到底有什么事。

"我一个烧火打铁的粗人，光知道磕破皮要贴个创可贴，感冒了要多喝水，那些医医药药的，咱哪儿懂什么，都是人托人，谁知道他们这么着急想见书记是什么事情啊。"郑三回了一堆打马虎眼的话。

梅晓歌看得明白，他是怕引火烧身，便笑着说："以前也没听说过你是个烂好人，什么忙都帮。托你说事的是亲戚还是同学？"

一听这话，郑三以为有机会，也跟着笑了笑，说："一般人我也真不敢打扰书记。

我老婆那边一个亲戚，二十年前我刚搞厂子的时候求他帮过忙，也算是有恩了，实在是不好推。"

梅晓歌绕开了这个话题，又问："最近医改沸沸扬扬，听说些什么了吗？"

县委书记重点抓亲自问的事情，郑三不敢怠慢，赶紧回答道："我有个外甥在县医院五官科，听他说两三个重点科室的大夫都想辞职。路长宇压着不签字，但有的人反正也不管，说是已经到市里一家私立医院开始坐诊了。"

"还有吗？"梅晓歌追问。

"还有就是些风言风语了，说县里开了三天三夜的医改内部会，纪检委把所有人的手机都收了，政策还没实施，文件就流到了省里来的医药代表手上。"

郑三的话既是回答又是试探，梅晓歌不置可否。梅晓歌抬头望向跑道："刚才是不是少跑了一圈？我怎么感觉一点都不累？"

"是吗？我的腿都酸了，要不是跟着书记，早就跑不动了……"郑三瞄着梅晓歌的脸色，话未说完，梅晓歌便迎着阳光跑远了。

第十六章 变 化

县医院门口挂上了崭新的牌子——光明县总医院。变化的不仅是名字，更重要的是医院的运行模式。

然而，医改就像一场没有提前通知的考试，突如其来的变化让每个身处其中的人都很不适应。曾经在拆迁房里和梅晓歌他们当面叫板的油坊老板樊金河夫妇，如今把枪口对准了县医院妇科的沈大夫。

"我管哪个领导怎么改革，我就管我能不能吃上药。凭什么一次只给我开两周的药？就是非得让我再挂一次号，想多挣挂号费啊？"老板娘还是一如既往的牙尖嘴利。

沈大夫是路长宇的妻子，也是县医院的妇科专家。这个当口，她心里最清楚，肯定会有人闹，也肯定会有医生抱怨。不过她不能抱怨，于公于私她都得给大家带好头。所以，纵然患者出言不逊，她也始终心平气和地解释着："药是药，挂号是挂号。新规定一次挂号的开药费用不能超过标准，你这个是进口药，两盒就超标了。"

可老板娘根本不听，说来说去只讲自己的理："什么标准？我油坊生意那么忙，哪有时间天天往医院跑。我自己有钱想买药还不行了？沈大夫我不是对你有意见啊，来多少次了，我都是找的你。院长、县长，我又不认识，新改革、新规定就是折腾病人吗？到底谁定的这破东西？"

沈大夫还想解释，可今天看这一个病人就比平时看一天病人说的话还多，她张开嘴嗓子都发不出声了。强忍着无奈和疲惫，沈大夫端起杯子喝了口水，轻声说道："它这个叫次均费用标准。它本意是限制医生多开药、滥开药，以此遏制大处方、大化验、大检查……"

"那就看一半把病人打发回家？遏制谁呢？"老板娘不等沈大夫把话说完，便忙不迭地抢白起来，一边说还一边比画。这一下子随手打飞了沈大夫放在桌面上的杯子，碎片飞溅，扫过沈大夫的脸颊，留下了一道浅浅的伤痕。围在诊室门口的患者骤然发出一片尖叫，樊金河夫妇也吓了一跳，不敢再动弹半步。

消息很快传到了路长宇的耳朵里，他本想直接去门诊，但走到办公室门口又停下了脚步，给沈大夫打了个电话。

"没事，你别过来，已经处理完了，晚上到家再说。"沈大夫在电话里直接拦住了他。

傍晚时分，路长宇早早下班回到家，一进门便看见樊金河两口子送来的两桶花生油明晃晃地摆在茶几上。沈大夫坐在沙发上闭目养神，路长宇换了衣服，洗了手，站到妻子身后，一边给妻子做头部按摩，一边轻声说："意见再大也不能摔杯子呀，玻璃碴幸亏是没溅到眼睛里。还家里有钱，伤了眼睛，她赔得起吗？光知道扯淡，你让她去交住院费又嫌贵了。一片好心，这些人全当驴肝肺。"

白天的纷争耗尽了沈大夫的气力，她没有马上说话，忽然闭着眼皱了皱眉："说了不要揉人字缝，好好按蝶骨就可以了，最多到冠状缝，不要往后了，疼。"

"疼才要忍着，偏头疼就是这样，揉揉就好了，你就是太累了。"路长宇满是心疼地说。

沈大夫轻叹了一口气，睁开眼，慢条斯理地问："病人不高兴，医院的人也不高兴。你们这个年薪制设计得太复杂，不说别人了，你拿得到吗？"

路长宇知道妻子不是计较钱财的人，这么问其实是在旁敲侧击地质疑医改。他故意岔开话题问道："骂我的人这两天多不多？"

"我要不是你老婆也得骂你。灰色收入越来越少，折腾什么呀。"

"不折腾就没尊严。"

沈大夫的眉头又皱了一下——作为妻子，丈夫的心思，她岂能不知？作为医生，医疗体系的弊病，她怎会不明？可医改这条路太难走了，谁都不敢轻易尝试，所以不论是作为妻子还是医生，此时的她都格外担心。"县委书记最多就干这几年，干不好他走了，可你还要在县里过下半辈子。这个事，能行吗？"

妻子的话虽轻，可包含的忧虑却重，路长宇听得很明白。片刻之后，他有些感慨地答道："梅晓歌要是干不成，以后怕是再也干不成了。"

光明县的医改如同丛林里闯进了一头独角兽，无论褒贬，所有人都带着一股好奇。接连不断有兄弟市县前来光明县考察，而相关的舆论争议见诸报端的更是数不胜数。

马广群手里的报纸，二版头条便是赫然在目的评论文章《理想国：盛名之下的光明医改何去何从？》。标题已然不善，内文更是充满质疑。当然，这些反应，马广群早已经预料到了。

联络员刘大同站在一旁汇报工作："四个地级市的政府牵头，要来考察光明县的医改。市委宣传部那边觉得短时间来这么多人，除了市里县里的接待能力，还担心会出现一些负面的舆情。"

又是光明县，又是医改，这段时间但凡提到这件事，似乎每个人都心生微妙。马广群从刘大同的语气中听出了一丝犹疑，他没有直接回答，而是反问道："上次那批考察的看完以后怎么说？"

"意见有好有坏，其中一部分人……"

马广群了解联络员们的小心翼翼，不等刘大同说完，便打断他说："你就直接说。连我都不知道真实情况，怎么去答复省里？"

刘大同见遮掩不住，便一五一十地答道："大部分人都觉得这种模式学不了，认为如果自家的财政实力不够，肯定没法复制。他们中的一个副市长开玩笑说这是硬要一张麻将桌上的四个人全部赢钱。"

"倒是挺幽默。"马广群放下手中的报纸接着问道，"最近寄到省里的告状信少了还是多了？"

"翻了一倍。"

沉吟片刻之后，马广群吩咐道："你这样，安排个时间，我去一趟光明县。相关部门也都要去——不是在打麻将嘛，我们给梅晓歌送点钱过去。"

夜里，老邱戴着老花镜研读着手机上大号字的新闻：《争议医改：光明县的路究竟能不能走通？》

作为公认的县委大院编外人员，老邱少不了关注医改的事。不过这次，老伴比他更上心——都是有点年纪的慢性病人，别的事小，开药事大。此刻，老伴坐在沙发上，一边清点药箱子，一边抱怨道："以前挂个号几块钱，现在一个号好几十，谁敢去医院？家里一个有高血压，另一个有糖尿病，以后怎么办啊？"

老邱没吭声，仿佛这事与他毫不相干，举着手机自顾自地看新闻。老伴瞥了他一眼，不甘心地问道："我们邮局那些退休的，有人组织集体给市里写信，你说有没有用。"

老邱没有直接回答，而是反问老伴："你觉得药贵但挂号便宜好，还是挂号贵一点，买药便宜更划算？"

"还不是都在惦记我这点退休金。"老伴拉着脸说，"你以前没事就到大院'上班'，这次怎么没去找他们？"

老邱摘下老花镜，若有所思地安慰道："沉住气，急什么，先看看，实在不行我再压轴。"

压力、质疑，围绕着医改的纷纷扰扰最终都转到了县委大院。几天后，梅晓歌再次主持召开了光明县医改专项调度会。这是医改方案正式实施后，县委召开的第二次闭门会。

宣传部部长李唐率先发言，向大家通报了近期有关医改的舆论情况："上周的媒体报道主要围绕医改的难点、医务人员薪酬制度改革和医疗腐败三个点展开。舆论都聚焦在'改革孤岛'这个词上，还上了两次热搜。简单说，就是这件事情和老百姓息息相关，每个人都会生病，每个人都会去医院，没有人不关心看病贵和看病难的问题。所以，我们觉得这个热度还会持续下去，短期内是不会消的。"

梅晓歌听完，看向路长宇说道："路院长，说说吧。打补丁也得先找到破洞，就像马市长来视察的时候强调过的，直面问题，解决问题。哪里改得好，比如，医生下乡和'围炉夜话'结合得有多好就不说了。说没改好的或者越改越差的，拣重要的说。今天医改就满一个月了吧，你们的具体数据统计出来没有？"

"还没有。"路长宇愣了一下，如实汇报起来，"辞职潮还在继续，人数虽然不多，但是影响很大，稳定人心是当下最重要的事情。我个人觉得之前年薪制的设计太复杂了，建议简化。探索建立以健康为中心的岗位年薪制，让医保基金按人头年度打包支付给总医院，结余的医保基金可直接纳入医务性收入。这个部分的改革很难，但是很关键。家庭医生能不能签约？驻村驻乡怎么补助？具体的建议和思路会后发给各位领导。其次是林志为反映的大病致贫，建议尽快推行大病患者精准补偿制度，防止出现像书记说过的因病返贫。此外就是一直在修订的次均费用……"

一直埋头记录的梅晓歌听到这儿，插了一句："次均费用是目的不是办法，千万不能一刀切。我们的很多事情坏就坏在一刀切上。本意都是好的，一传二还可以，三传四就变了形。本来是苹果，你想要个梨，最后送来的是香蕉，还是烂的，这还不如当初那个苹果。你接着说。"

"继续细化和纠错，推行一院一标准，一病一标准……"路长宇的发言条理清晰，但他面前并没有发言稿。关于医改的丝丝缕缕，他早已烂熟于心。前路难行，每一步都要设计好。

李来有这边也在开会，不过乡里的关注点是迫在眉睫的环保问题。李来有亲自主持会议，严肃地告知全体村镇干部："当面传达的内容肯定是县里最重视的事情。环保这个事情，很多村都没搞懂主次，天天都在做那些上访户的思想工作。这错了，应该要解决问题。问题没了，人就没事了。人是最容易变的，上一秒下一秒，他的想法都不一样，眼睛一转就是一个新的想法。你搞好了张三，李四也会去举报你。现在举报的成本越来越低，一毛钱都不要，以前还要有个邮票，还要买个信封，现在点点鼠标就行了。从今天起严防死守，拿出解决偷树问题的细致劲来。河道污染的治理刚有起色，县长最近会来'回头看'，绝对不能再有污染。乡里决定短期内禁止村民养猪，家里有猪的必须尽快卖掉。养猪贷款是不是也要停？"

话说得这么坚决，三宝和林志为在下面听得直犯嘀咕。

"怕污染就不能养猪？"林志为的话更像是质疑，可三宝的心里已经开始打鼓了："咱村养猪的最多，这又得干好几仗。"

台上，李来有的话从养猪说到了贷款："上次去县里开会我还在说，银行能不能先调查好。乡里有人家里几十头猪，贷款五十万元，我们觉得不需要贷那么多钱，结果人家说已经和银行讲好了。那我们怎么填？我只能写栏数属实。他到底能贷多少钱，也不和我们先通个气，银行就应该担起主要的责任来。反正有政府兜底，出了事政府代偿是吧？将来出了麻烦，贷款的人跑得了吗？我上次去陪一个市里银行系统的科长吃饭，不知道他是不是让媳妇给骂了心情不好，发飙说贫困户贷款是我们不作为。我说：'他妈的，你们原来层层往下压也是下任务，什么风险都不管，现在又在这里说这些狗屁话！'"

李来有举的例子不是没有道理，可凭着这一个例子就把一项产业全砍掉，林志为心里觉得不对劲。他喃喃道："刚给刘喜找了一对小猪，乡镇又不许养了。要么是养猪怕污染，要么是地里缺猪粪到处买化肥。主任你觉不觉得这好像是一回事？"

"你想说什么？"三宝听出了林志为的弦外之音。

"我觉得不应该一刀切。"

三宝把目光转向李来有，片刻之后说道："那你就多努力，早点当上县委书记，什么都你说了算。"

开会容易干活难。回到村里，林志为先给刘喜家的小猪崽想了个出路——他在隔壁乡有个亲戚是个养殖户，把刘喜家的两头小猪运过去在那边养一阵，过了这个风头再带回来。

刘喜刚去村委会领了一袋大米，听说又不让养猪了，他一边淘米烧饭一边抱怨道："这是又抽什么疯，村民是得罪他们了还是怎么？"

刘喜的问题林志为没法正面回答，他停了停斟酌着说道："制定政策的有些干部，很多时候对村里的事情确实不了解。"

"有的事情你都不了解。你知道猪长得有多快吗？等它长得比我都沉了，禁养令也完不了。"显然刘喜对林志为给出的答案并不买账，他抓了把米往盆里一撒，"反正我这是白要的，不给拉倒。二嫂家的猪最多，看着吧，她不清栏，谁也不会清。"

刘喜说的不假，二嫂家是长岭村规模最大的专业养殖户，这些年仗着养猪也挣了些钱，已经在县城里买了房。一头不留全部清栏，基本就是砸了她家的饭碗。这些事，三宝心里明白得很，可上面的政策压着，他谁也保不了，只能先拿二嫂家开刀，才有可能把全村的猪清干净。

二嫂也知道自己的分量和作用，和徐军一样，是被人盯上的出头鸟。可养猪毕竟不是盗伐，又不是犯法的事，还真能一点后路不留？"有本事把我卖了！"她逢人便说这话，心想："三宝还真能把我卖了不成？"

二嫂怎么也想不到，她傍晚回县城的工夫，三宝带着人把她家的猪全给清了。待二嫂晚上到家，猪圈里已经空空荡荡的了，毛都没剩下一根。

二嫂急了，大半夜找到了村委会。三宝料到有这一出，泡好了茶，只等她来。

"下午出门的时候还在圈里哼哼，回来就没了。我不管是乡里还是村里，这是强盗还是干部？连个招呼都不打，养了那么久，我和猪告个别怎么了？我自己家的东西，卖不卖还由不得我了？"

面对二嫂气急败坏的质问，三宝抿了口茶，慢悠悠地答道："你来之前，我给你公公婆婆也打过电话啦。这个事情说句实话，村里现在一没权，二没钱，屁的主都做不了，乡里动不动拿刀子架在我脖子上，他说卖猪那就得卖猪。我能干的只能是在市场价的基础上，每斤猪肉给你多争取九毛钱。明天拿条子找会计领钱。要不要的，反正是卖了。"

三宝的答案无情又无奈，支棱着要干仗的二嫂竟然一下子失了气力。她一声不吭地瞪了三宝半天，猛然一把抓起桌上的条子，转身朝外走去。

"骂两句再走吧。哪去？"三宝在后面喊道。

"惹不起，我躲呀。回县城住去，再不回来了！"

"你和我置什么气呀。地也不种了？"

"谁爱种谁种！"

二嫂头也不回地走了，三宝端起茶杯，习惯性地吹了吹，可水面上什么都没有，茶叶早就沉底了。三宝也没喝，长长地叹了口气。

太阳照常升起，也不是每天都这么丧气。几天后，徐军夫妇去了趟村委会，在办公室里挨桌发喜糖。两人登完记就直接过来了，脸上的喜色藏也藏不住。林志为收到的喜糖比别人的更精致，是徐军亲自递到他手里的。徐军感激地说："大病补偿，我爸最高报销70%。这个事要不是你帮忙，我现在还是个光棍。"

"你这大喜事，你爸听了比吃什么药都灵。"林志为边吃糖边笑着说道。

徐军点点头对众人说道："我在家搞了一桌饭，自己人小聚一下，三宝主任也去。起身吧，大伙。"

"喜酒，这得喝呀。"林志为招呼着，和同事们一起去了徐军家。

酒席的确比较简单，除了村委会的人，来的都是新人两边的亲戚，没有外人，气氛显得自然而亲切。曹建林作为女方的长辈，自然也来参加。他和林志为的座位之间，只隔着个三宝。徐军敬完酒之后，三宝端着酒杯起身去找别人说话。林志为挪到曹建林身边，举着满满的酒杯说道："曹站长，压倒电线的事情，不好意思啊。"

曹建林眼皮都没抬回了一句："论辈分，我还是新娘的远方表舅，假客气的话就不用说了。"

"那现在咱都算是长岭村的亲戚，我敬您一杯。"

曹建林瞥了一眼林志为手里的酒杯，不阴不阳地说了一句："矿泉水很贵的。"

曹建林的敌意不是一天树起来的，自然也不可能靠三言两语就化解。此时的林志为已经褪去了刚来长岭村时的稚气，他没因为曹建林的话而放下酒杯，反而诚恳地说道："通电、断电，确确实实没有我想的那么简单。年纪小，太幼稚了，以后真要多向您学习。上次吃饭也是我没礼貌，今天我补上。"

见林志为铺了台阶，曹建林也没客气。他慢条斯理地拿了个一次性纸杯，咕咚咕咚倒满了酒："要补就用这个，省得倒来倒去的。"

林志为端起沉甸甸的纸杯，心里有点发怵，长这么大，他确实还没喝过这么多酒。见他有些迟疑，曹建林继续说道："三宝给我打了几次电话，搞什么送电答谢。开玩笑，我敢吃你们的饭吗？到时候又在县长那儿给我上眼药，这谁受得了？再说你们长岭村喝酒向来偷奸耍滑，你是不是跟着三宝也学坏了？"

话说到这份儿上，林志为已经没有退路了，他没再言语，举起杯子一饮而尽。酒到了，意思也就到了，曹建林的脸色好看了不少。见林志为喝完又倒了一杯，还要再敬，他伸手拦了下来："慢点喝吧，我外甥女婿没准备多少酒。"

林志为点点头，手搭在了曹建林的手上，但后面说的话他一句也不知道了。再醒过来的时候，他发现天已经黑了，自己躺在村委会值班室的床上。三宝坐在桌子旁边，端着个快餐杯，呼噜呼噜地吃着泡面。

林志为挣扎着坐起来，缓了半天才起身下地："我这是睡了多久？"

三宝头也不抬地说："可以了，有点村书记的样子了。"

"我都忘了是怎么回来的。"

"这个曹建林实在是太能喝了，他一个人把全桌都喝趴了。我要不是因为背你回来，也得让他给灌醉。"

林志为倒了杯水，坐到三宝对面，不好意思地说："没替你分担什么，老是给你添乱。"

扒拉完泡面，三宝一抹嘴，椅子靠墙，两脚往桌子上一搭，跟林志为聊了起来："不是你那次折腾，老曹也不会给村里通电。什么叫帮忙，什么叫添乱？只要村民得着利就是好事情。老百姓很简单，你能给他们把事办了，跟着你有好果子，这就是好书记。"

"我就担心自己什么都不会，事情干不好。"

"那也比自己觉得什么都会、什么都懂的要强。"三宝扬了扬头说道，"说实话，我就怕那些平时高高在上，脚上没有踩过泥，什么都不明白，你和他说也不听的那些人。他们想去哪儿去哪儿，千万别来长岭村，我真是要被吓死了。"

这几句话，林志为深以为然："坐办公室的确实有短板。以前我在政府办的时候也来过村里，说真的，那些厂子的事情我是真不了解。有一次我看环保局的文件，你说有些有问题的，明明已经是污染……"

"什么叫污染，你让环保局局长来干几天乡长和村主任试试看，了解了解。很多事情都不容易，你放他到这儿干，他就能干得好？"三宝也带着点酒意，直接打断了林志为的话。

"这个事情我觉得要分开看……"

三宝摇摇头，眼睛一闭，再次打断他说："我管不了那么多，我就管村里这么多人吃饭、挣钱、娶媳妇。吃不上饭才是大事。你的年纪太小了，知道饿肚子是什么滋味吗？"

昏暗的灯光下，林志为第一次注意到三宝脸上的皱纹竟然这么深。他想起之前和梅晓歌聊过的话题，转而向三宝问道："主任，还有个事情我之前一直没想过。现在村里年轻人越来越少，老年人越来越多，咱们鹿泉乡是这样，别的乡镇也一样。将来的地，谁去种呢？"

"什么种地？"三宝迷迷糊糊地应了一句。

"你看咱们村，年轻的只要出去了，哪怕是在县城，他都不肯回来。剩下的就只有那些当爷爷、奶奶的，小孩子长大肯定也要被接出去，他们都不可能再回来常住了。那些土地都荒了，你也不种，我也不种，咱们以后吃什么？"

林志为越说越清醒，可三宝的回答却只剩下如雷的鼾声。问题不是一朝一夕就能解决的，但变化却是每分每秒都在发生。

法兰厂的烟囱里又渐渐冒起了黑烟，挨着河边的一些庄稼因为不断排入河道的工业废水，纷纷耷拉着脑袋。

转眼数月，梅晓歌终于腾出时间去了趟姐姐家，看看母亲。因为是临时抽空回来，家里什么也没准备，母亲下了点面条，梅晓歌和姐夫老何就着蒜瓣，边吃边聊起来。这段时间，老何的变化不小，因为有曹立新照顾着，他组了个工队，如今小有规模。世面见多了，行为做派、穿着打扮都与从前判若两人。

"你也没说，你姐都不知道你要回来，带孩子出去吃汉堡了。醋，要吗？"

梅晓歌倒了点醋，问道："你是哪天回来的？听妈说你老往省里跑。"

"进货备料，这两个月都没怎么歇，太忙。"

"你那个队伍现在有多少人了？"

"最早就我和两个工友，现在不算上表叔也有十四个人了。表叔要照顾他爹，工钱给他日结单算，还有些小活干不过来就往外包。"

"业务这么多？"虽然有耳闻，但姐夫的发展规模还是让梅晓歌有些意外。

"也不全是顾不过来。"老何讲出了其中的门道，"有的部分，你得让出去，不能光自己一个人挣。该打点也得打点，要是只顾自己，也做不长久。"

"你们主要在做些什么？"

"大部分是县委大院的一些小活，都不大但也够干，主要是能顺利结款，不少都是曹县长照顾的。"

提到曹立新，梅晓歌谨慎地问了一句："小活是多小？"

老何也学精了，没有明确回答，跟梅晓歌兜起了圈子："修路补桥，县里搞工程不就是这些。莲花乡那些矿上几百万、几千万元的咱们也不敢碰，树大招风，干了也不好要钱。反正该怎么干就怎么干，我们也不会偷工减料，不会犯错误。活是不缺的，工程很多，做的人也多，就看谁能把钱要回来。"

梅晓歌还想再问，梅晓诗带着外甥女从外面回来了。孩子一进门就绷着脸，见到梅晓歌低声叫了声"舅舅"，便低头回自己的卧室了。

看着姐姐余怒未消的脸，梅晓歌笑着问道："又吵架了？"

"一说出门就活蹦乱跳，一说回来写作业就这个样子。"梅晓诗一边没好气地说着，一边朝女儿的背影白了一眼。

"六年级作业这么多？"梅晓歌好奇地问。

"五年级。"老何看着妻子的脸色，小心地插了一句。显然，如果不是弟弟在这儿，今天的事不会这么轻易过去。同样的白眼，梅晓诗又给了老何一个，然后转而问弟弟："回来也不提前打个招呼。我买了羊肉，你别吃太快，我加点葱拌一下就好。妈呢？"

"厨房，炒咸菜丝呢。"

梅晓诗麻利地换上衣服，拎着菜进了厨房。梅晓歌和姐大心照不宣地相视　笑，梅晓诗的脾气，他俩还真是心知肚明。不敢不等着那盘羊肉，两人吃饭的速度都慢了下来，梅晓歌接着刚才的话问老何："曹立新最近怎么样？"

"那真是霸气，政府那些人都怕他。"老何感慨地说，"从政协礼堂到食堂这段路重新铺，要求一下午把路修好，就必须修好，修不好谁也不敢回家睡觉。但是对我一直很好，你看要不要哪天请他来家里吃个饭？"

"他肯定不会来吧。"梅晓歌笑笑说。

"主要是表达一下感谢。咱们不能让人觉得不懂事。晓歌，你觉得我以后是不是也可以试着搞搞工程？"

老何的语气中满是小心试探，但梅晓歌也听出了不小的野心。这不是他乐见的结果，于是严肃地提醒道："你一个小小的工程队，资质也没有，怎么去包工程？修路也得是建筑公司。"

"找个够资质的建筑公司去签合同，我给这家公司交管理费就行，现在很多工程都是这么搞的。"老何显然已经把套路都打听明白了，刚才的一问就是想过梅晓歌这最后一关。

梅晓歌的态度依旧没有放松："姐夫，有些东西是不能碰的。你现在可能不明白。"

"我明白。"老何轻描淡写地打断了他，"你姐就说你胆子小。我又不会给你惹事。也就是些小打小闹，九原县搞了很多的大工程，你都不知道，这些大项目县里也不会给我。"

"好好的果子为什么要给你吃？有些人情你一欠就不好还了。"

梅晓歌苦口婆心地劝着，但老何能听进去几分还真说不准。老何吃完面条一抹嘴，迅速结束了这个话题："你姐说了，饿死也不能拖累你。我心里有数。"随后他没有像往常一样收拾碗筷，而是拿起手包往胳膊下一夹，边往外走边说："我出去一趟，晓诗你一会儿把碗筷收拾了。"

"喝酒别开车！"梅晓诗端着羊肉走出厨房，说话的时候只看见了老何的背影。

炒完儿子最爱吃的咸菜丝，刘巧珍端着一碗面汤也走出了厨房。她的病情恢复得很好，现在已经行走如常。把面汤放在儿子面前，她说："你姐夫现在回来吃饭的次数都少，活多到干不完。以后家里的事别找他，嘱咐你姐就行了。"

其实变的不仅是老何这个人，还有家里的方方面面。梅晓歌看着客厅里的新冰箱问道："冰箱什么时候换的？"

"前天刚送来。你姐夫说下星期还要换沙发，这好好的东西能往哪扔，但又拦不住他。"

责怪中满溢出夸奖，母亲是真高兴，梅晓歌自然也顺着她的心意说起来："真是不一样了。"

"会挣钱了，还是都紧着家里人花。"

"他自己出去吃饭也就点碗面，连个热菜都舍不得炒。"

母亲和姐姐轮番夸赞，梅晓歌都用笑容附和着。可老何刚刚没有说透的话，还一直在他心里难以消散。

这个周末，长岭村的"围炉夜话"只有林志为一个人主持。驻村这么长时间，他也终于脱去了机关的做派，渐渐有了村干部的样子——到哪儿都抱着个杯子，说多了话就喝上几口水。

村民们来得差不多了，林志为清清嗓子开始讲话："三宝主任本来也要回来，但车坏了，还在县里补轮胎，让咱们先说。今天主要是精准识别贫困户投票，谁是真的谁是假的，除了村委会投票，还要体现民意，这也是县扶贫办的意思。上个星期的物资和扶贫款暂时没发，因为贫困户名单不真实，很多村民有怨气，觉得不公平，所以今天咱们集体确定。所有流程公开，在全体村民的眼皮子底下算账。已经建档立卡的，有问题的调出来，没问题的放回去。谁有问题，咱们就当面说。"

二嫂坐在前排，一边嗑瓜子，一边瞥了瞥之前和她家斗气的赵三。听了林志为的话，她直接拿腔作调地问道："有房有车的算不算贫困户？不能吧？"

赵三早看见二嫂不善的眼神，一听这话马上跟着问道："说谁呢？"

"说谁谁心虚。"二嫂针尖对麦芒，分毫不让。

不同于李来有的端坐一方，林志为主持"围炉夜话"，听见谁有意见就马上走到谁的面前，仿佛自己是个游动的采访者。此刻，他来到二嫂跟前，耐心地解释说："他家的房是土坯房，上次塌了那一间半到现在还没盖起来，就是因为没钱。车，我去看过，十一年的农用车，修也修不好了。"

"那是修不好吗？那是不修。装穷就给钱，谁还不会。"二嫂依旧不依不饶。

赵三一听这话直接杠上了："对，就是不修，就是装穷。你不用装，你迟早比我还穷，盼着吧！"

林志为反倒不着急，他笑着看看赵三说："赵哥，要不你过来替我说？"见赵三低头不再言语，他接着跟二嫂解释："赵哥家是因病致贫，全村都知道。老两口加起来好几样慢性病，去县医院看病都是第一次进城，要不是医改，他们都不敢去。你们做了多少年街坊，再没人比你更了解他家的情况了。"

简单几句，入情入理，二嫂也是个要脸面的人，听到这些也不好再继续发难。

见自己的话起了作用，林志为抬头对大伙说道："咱们都住在一个村里，谁的情况，大家心里都有数。等会儿把单子一填，谁也作不了假。今天还有个事情，村东头坐轮椅的孙婆婆家不能被识别纳入贫困户，虽然子女都有钱，收入高于扶贫标准，但谁也不管老太太，她家是未尽赡养抚养义务的老人户。我们做了工作，子女还是不管。"

这件事情一出，众人立刻统一了立场，叽叽喳喳地数落起孙婆婆的子女。二嫂气愤地往地上啐了一口："儿子、闺女就住邻村，那都不是人。"

林志为示意大家静下来。他接着说："咱们县还算好的。有的地方一刀切，规定是高压线，谁都不能碰。我本来想让孙婆婆今天也过来，但前两天她又病倒了，来不了。她现在真的是面临难关，挺不过去了。我是觉得不能把真正有困难的农户卡在政策的门外头。要是在咱村，不是贫困户的人比已经建档立卡的人过得还难，那就是识别出了大问题，所以村委会需要征求大家的意见。先不管法院和他家子女，能不能先把老太太纳入贫困户范围里来？同意的，可以举手。"

人群里一直在静静听话的宝根第一个举起了手，二嫂拍拍手里的瓜子皮也紧跟着举起了手，然后是赵三以及更多的人。月光下，看着大家的手举得整整齐齐，林志为露出了欣慰的笑容。

散会之后，林志为在纷纷散去的人群中张望，见宝根从旁经过，随口招呼道："回去了，根哥？"

宝根摇摇头："我妈在村卫生所输液，我去接她。"

遍寻刘喜不见，林志为便向宝根问起来："刘喜怎么没来？见到他了吗？"

一听这话，宝根也四下张望起来："没来吗？是不是他被选下去，领不到钱，闹脾气了？"

人群散尽，两人也没找到刘喜的影子。林志为一边走一边说道："拿了钱就去喝酒，肯定不能给他。"

宝根深知刘喜的老毛病，附和道："每亩地补贴一百块钱，还不够他喝一星期。你这个办法好，都拿去买了种子、化肥，谁种地，谁来免费领，不领拉倒。"

话虽如此，可真就这么拉倒不管了？

刘喜似乎又恢复了老样子，病恹恹地靠在被褥垛上，手机扔在一边放相声。林志为一边翻找柜子里的药，一边问道："拉肚子还有劲儿听相声？"

"肚子拉又不是耳朵拉。药也快吃完了，明天再给我搞点新的。"

林志为放下药瓶，轻车熟路地找到暖瓶，倒了杯水，捏了一小撮盐，端到床边："水也不烧，暖瓶里的水都是凉的。还起不来吗？"

刘喜欠了欠身子，接过水杯："一天拉了七趟。扶贫名单里，你们把谁鼓捣出去了？"

林志为没有回答这个问题，他一边接水烧水一边问道："上个月你也是肚子的问题吧？发不发烧？"

"你去卫生所看看，最近村里净是生病的。就知道刁难贫困户，芝麻多点钱也扣着不发。那么多养猪的，他们的猪都往清河里头拉屎拉尿，你们也不管。"刘喜喝了口水便开始抱怨。

林志为沉吟片刻，还是把结果说了出来："今天是集体投票，不符合条件的贫困户予以清退，里头有你。"

刘喜挣扎着想起身，可刚坐起来便觉得两眼发黑，只能无力地瘫软下去，小声抱怨道："欺负穷人呗，我都快饿死了，你们讲不讲道理？"

事到如今，林志为也没什么可说的，忙活完了，他嘱咐刘喜："水烧开了，记得灌啊。多喝点盐水，有精神就吃点东西。"

"除了生米，我哪儿有吃的？你去哪儿啊？"

"给你冰箱里放了肉包子，自己拿！"

林志为本没有打算这么快离开，但刘喜刚才的话提醒了他——最近生病的人特别多，他决定去村卫生所看看。

果不其然，深夜里，卫生所照样热闹。除了宝根妈，还有两三个村民也在挂点滴。

林志为有些吃惊地问道："这么晚了，人还这么多，徐大夫呢？"

"隔壁，吃口饭就过来。"宝根答道。

林志为走到宝根妈床边，看了看输液袋子上的药名，问道："还是肚子疼吗？要不要先去查查到底是怎么回事，时间也不算短了。"

"零件老了，毛病就多。"宝根妈不以为意。

但宝根心里终究放不下："我也觉得要去县医院看看。你不听我的也得听听小林书记的吧。"

"没事，上回就是徐大夫给挂的吊瓶，两天就见好了。"

见母亲如此固执，宝根也只能无奈地望向林志为，不想林志为看着他突然瞪大了眼睛。宝根随口问道："怎么了?"可话一出口，他自己也感觉到了不对劲，一股热流从鼻子里流了出来，抬手一抹，全是鲜血。

"快快快!"宝根妈指着床头的纸巾，急得语无伦次。林志为慌忙拿纸，帮忙止血。宝根怕母亲惦记，一个劲儿地冲她摆手。

不一会儿，徐大夫回来了。宝根的鼻血倒是止住了，但林志为心中的疑点却更大了。徐大夫得知林志为的来意，一边翻出近期的诊疗记录，一边说道："肠胃病在咱村是老毛病了，是普遍问题，之前一直有，但是最近两个月频率太高，比例也大。我也有点迷糊，已经和县医院说过了。"

林志为接过记录本看了看，问道："检测过水质吗? 鹿泉乡隔壁，九原县莲花乡那个有色金属矿厂，会不会和他们有关系?"

这个问题，徐大夫没什么把握："我们早先就怀疑过水质，两年前县里来测过一次，测出来重金属含量偏高，但没有超标啊。"

林志为的疑虑并未消除。第二天，他又去了趟村卫生所，白天的人更多，很多人都是肠胃问题。思来想去，他拨通了小萍的电话："你现在有空吗? 我想测一下村里的水质，怀疑是污染，但是环保局从取样到出结果得小半个月，村里生病的人太多，等不了了。"

几天后，林志为带着水样来到了原平乡中学的化学实验室。这些水样来自村子的各个取水点，东井水、西井水、河水、村委会自来水……所有的采样过程都按照小萍教给他的标准执行。

小萍这边早已准备就绪，她从网上买到了简易的检测工具。每测出一个数值，林志为便在一旁记录下来。

"村委会自来水，0.06。"

林志为写下数据，在等待结果的间隙，他端详起手中有些发旧的厚本子："这本子还是咱俩大二辩论赛赢的奖品，还记得吗?"

"你说呢。"小萍一边小心地观察试纸变化，一边回答，"你现在用的这个本子就是我的。"

"是吗?"林志为又看了看手里的本子，"我那个呢?"

小萍抬头望向林志为："不都让你写满情书了吗? 化学方程式一套一套的，不知道有多俗。"

这么一提醒，林志为想起了往事："镁与硫酸锌反应生成锌与硫酸镁。"

"你的美（镁）偷走我的心（锌），土不土?"小萍模仿着林志为的样子说。

林志为自己都听不下去了："太恶心了。我那时候怎么会这么土？还有什么？"

"化合反应，$H_2+O_2=$？"

"生成H_2O。"这次是林志为接了下句，"我真的是受不了了，这种情话你也听得下去？"

"刚开始不太熟啊，想说又怕你脸上挂不住，谁能想到你脸皮挺厚。东井水，0.07。"

"没办法，苯乙胺和内啡肽分泌得太多了，上头。"林志为边说着边记录下数据，往前面看了看，似乎找出了规律，"这些数值一个比一个高啊。"

小萍也注意到了这一点："看样子，污染也不是一天两天了。你平时喝水没感觉吗？"

林志为没有马上回答，而是从书包里掏出一个装满隔夜茶水的玻璃瓶子。他拧开盖子，捞出一片茶叶，对着太阳边看边说："是不是黑了？"

小萍凑过去看了看问道："这是什么土办法？"

"网上看的，说重金属超标茶叶会黑——昌盛矿业，没跑了。"

小萍拿起玻璃瓶子，看看里面的茶水又看看林志为，一脸愁容地说："你这一年喝的全是这种水？没有不舒服吗？你也得去医院查查，现在就去！"

林志为现在顾不上自己，他第一时间赶回村里，把重金属检测结果交给了三宝。三宝对水质的事早有疑虑，只是苦于没有证据。如今，他如同得到了尚方宝剑，立刻急切地给李来有打去了电话，详细地汇报了这个情况："怪不得挨着山的那块地去年不长庄稼，我还以为是假种子，现在才搞清楚这是地下水污染的。"

可李来有没有被三宝带节奏："嚷嚷什么，走到哪儿都要讲法律、讲科学，连证据都没有，你让我怎么去找九原县？我找谁，矿上还是县里？"

"怎么能没证据，小林书记的检测结果就在我手里，水里全都是重金属啊。村子从西往东走，离矿越近越超标。书记，你听我说，山那边的九原莲花乡，这几年因为这个一直在给村民发补助，每户好几万元呢。"

"好几万元是几万元？一万元还是九万元？点钱的时候，你亲眼看见了？"

三宝被问住了，犹豫了一下："几万元……这每户具体发多少钱确实还不知道，我找人去问……"

"你先听我说。"李来有打断了三宝的话，"两个县的事情没那么简单，覃县的河道污染，你也知道，差一点把我给搞死。有的时候越着急越被动，你明白我的意思吗？"

三宝怎会不明白，这是想把事情在乡里压下来。他可不能轻易答应，于是便装傻地问道："什么意思？"

李来有接着解释说："乡里那几台显微镜没有用，我得先带县环保局的人去测水质，检测结果要专业才行，一步步来。你们村谁有问题，该统计统计，该反映反映，你先解决好村民的诉求。村干部是干什么的，明白了没有？"

"我明白了。"三宝说完挂断了电话。他等的就是李来有的这几句话，只要他不明确说不管，这个事情就可以办。乡里无非是拖嘛，走程序， 步 步来。可步子究竟迈多大，这事便不全由着乡里了，三宝的心里默默盘算好了对策。

李来有并非三宝想象的那般不作为，第二天，他便去了县环保局。拆迁工作结束后，乔胜利从镇上调到县里，成了环保局局长。在下面啃了几年硬骨头，本以为调到县里能稍微轻松些，哪知道环保局的事情比下面一点不少。李来有一早就到了乔胜利的办公室，他看见乔胜利的电话一直没断过。

听着李来有反映的情况，乔胜利也是忧心忡忡："在县长办公会上，我也说过，光知道搞旅游，别的什么都不管。鹿泉还算好的，你看看那几个搞旅游开发的乡镇，和旅行社去谈露营，一到礼拜六全省的驴友都来了，睡一晚上，第二天遍地都是垃圾。环保的代价，谁兜底？光知道挣钱，没一个负责任的。"

此时，刚才一通没人接的电话回拨过来。乔胜利接起电话吩咐道："你这样，和来有书记对接一下，下午去趟鹿泉乡。土壤和地下水都要测，到底是光明还是九原的问题，先把证据摸透。"

李来有支棱着耳朵，隐约听见对面询问检测范围。乔胜利十分确定地回答："肯定两边都要测呀，重点是九原县。楼上漏水了，你光检查自己家的水管子有什么用？"

李来有的心多少放下了一些，他了解乔胜利的性格，不是个和稀泥不干事的人。他这样布置下去，想来后面的程序也不会太慢。

然而长岭村里，三宝已经等不及了。他统计了一下村里近期肠胃病发作的人数，以及庄稼被污染的农户数量，然后带着会计梁小军核算赔偿金。林志为对水源污染的事很着急，也认为要去找九原县的企业问责，可他没想到三宝这就准备带人直接过去了。看着一旁时不时咳嗽几声的宝根，林志为忍不住说："主任，要不要和县里、乡里先沟通一下？至少给来有书记打个电话吧。咱们手里现在只有个实验室的基础数据，怕对方不认。"

"不认也得认！"三宝一边督促梁小军把赔偿款的金额写高点，一边对林志为说，"你等他层层汇报，腿毛都等白了。村卫生所现在连输液都要排队，好几个人都去县医院住进病房了，要钱看病，等不了了。"

"那也得先了解一下九原县自己的补偿标准是多少吧？"

下午还说好了给猪买饲料去。"

"我也不太懂，肯定不能超过二十四小时吧？"林志为的心里也没底。

徐军在一旁接上了话："那得看医院和公安局怎么定。听说打掉一颗牙也能判个重伤，还要看打的是哪颗牙。"

徐军因为盗伐的事进过几回派出所，在宝根看来，他的话有几分可信。三宝看出他们的慌张，骂了徐军一句"你别吓唬他们"，接着转而对林志为说道："干部就是这样，只要是为了县里的事被关起来的，这算立功，就算给你处分也会先提拔，不会亏待。"

宝根在旁边更不踏实了："你们是干部，我们呢？"

"不用担心。咱们又不是为了自己，咱们是为了全村的老百姓，是为人民服务，怕什么。"

宝根没再言语，他还不知道，李来有的车已经开到了昌盛矿业的厂区。

会议一结束，徐泳涛马上把李来有通报的情况告诉了梅晓歌。

此时，乔胜利安排的检测也出了结果，正巧前来汇报："鹿泉乡和九原县莲花乡都测了，数据很明显，长岭村的土壤和地下水污染都和昌盛矿业的有色金属矿有关系。我们的人去实地了解过，最近一年昌盛矿业在扩大开采，规模很大，一直往山里挖，从地理县界上来说，已经越过山脊线了。"

梅晓歌接过报告，神情严肃地翻看着。徐泳涛接着说道："县医院反馈的结果是这几个月止泻药的处方量历史最高。是不是和有色金属矿污染有关，还得再等等，他们要确认。"

正说着，一阵急促的敲门声传来，李来有满头大汗地出现在办公室门口。梅晓歌立刻上前问道："情况怎么样？"

李来有擦了把汗回道："已经和对方厂里协商了，问题不大，能解决。就是他们这么一闹，鹿泉乡的村民都知道昌盛矿业和污染的关系，现在都在乡政府院里聚着，要赔偿，要说法。"

梅晓歌又问："九原县给没给过自己村民赔偿？私下协调还是公开诉讼？"

"都有。"乔胜利在一旁答道，"以前也有企业对农户的，因为太多，也收紧了，扯皮的越来越多。"

徐泳涛补充道："他们的环保执法一直比我们这边要松。每次咱们关停整改一百家，那边最多只有我们的三分之一。"

李来有接着说道："乡里有人联系到莲花乡的一个苗木种植户，两年来死了上百棵。企业一共出了三十四万元，基本赔偿到位。"

"地下水和土壤都有问题。生态环境全破坏了，以后能不能长粮食都不一定，这又值多少钱？"听了这些情况，梅晓歌眉头紧皱，片刻后他开始布置下一步的工作，"李来有，你先回村里，把村民们的情绪安抚好，让他们先回家，告诉他们政府会兜底，管到底。老徐，你通知李唐部长，安排县医院的医生下乡，挨家挨户给村民检查身体，一个也不要漏掉，有问题的马上安排治疗，和污染有关的全部登记在册，尽快上报。"

得令的二人都立刻行动起来，梅晓歌拿着检测报告也急匆匆朝外走去，边走边对乔胜利说："先把光明县所有的锻造企业梳理一遍，哪些还有救，哪些只能安乐死，现在和将来都要算清楚。"

"明白。您这是？"

"我去趟九原县。"

对于梅晓歌的造访，九原县早有准备。车子刚开进九原县委大院，县委办的杨主任便迎了过来。待车子停稳，他亲自给梅晓歌拉开车门，客气地说："辛苦啦，梅书记，曹书记有个会马上就好，我先带您去接待室。"

梅晓歌太知道曹立新的套路了，这么棘手的问题搞不好就躲。于是，他冲杨主任笑了笑说："我就去他办公室等吧。"

时间不长，楼道里便传来了曹立新的声音："领导人呢？一来就到我这屋视察工作啦？"

梅晓歌闻声站了起来，马上看到曹立新大步流星地走过来。他握住梅晓歌的手接着说道："我的梅书记，有事打个电话吩咐一声就行了，还专门跑一趟。你必须回趟家啊，我起码得让老妈妈念个好吧？"

一见面先卖好，梅晓歌明白曹立新的小九九，笑着回答："晚上和我一起回去啊，我妈给你包饺子。"

此时，曹立新的手机响了。他看了看屏幕，按下接听键，却并不和里面的人说话，而是吩咐政府办的冯主任说："老冯，你去看看，那个谁过来了，让他先等我一下。"

冯主任正在倒水，听了这话，把水端上来，对梅晓歌寒暄了两句，便关门离开了。曹立新这才举起电话，冲着里面不客气地说道："可能是我说得太多了还是怎么，麻木不仁，'监管'这两个字是不会写还是不会念？安全生产的隐患必须要下力气整治，你每个月开一次单子，罚款啊，老是去求别人，搞几个问责的。"

梅晓歌不动声色地喝了口水，曹立新电话里的人，他已经猜得八九不离十。曹立新似乎怒气未消，接着训斥道："你不敢得罪人，麻烦就是你的，屁股架到火上烤。你不想在火上叫，平时就要有动作啊，搞一票否决，胆子大起来。那个事情，你要盯住，知道吧，先这样，我这屋还有领导。"

情绪和电话一起挂断，曹立新马上换了一张脸。他坐到梅晓歌身边，说起了推心置腹的话："书记不好当啊，你看你，村民们打个架都要你亲自来。我这里也一样，再搞下去，我都怕哪天猝死在岗位上。"

"所以，市领导才让你顶上啊。这担子还不能轻，铁肩膀必须得担重活，这是上级的信任呀。"梅晓歌顺着曹立新的话说了一句，既是捧他，也是点他。

曹立新自然听得明白，他没接这句话，转而从自己抽屉里翻出一小包茶叶，起身给梅晓歌泡茶："别喝那个了，这是我一个亲戚寄来的，据说一棵树晒干了就这么一小包。吹牛逼是肯定的，不过确实好喝。你们那个村主任没事吧？"

"我刚才问了一下，说那个企业经理伤了一根肋骨，轻微骨裂，不过确实不是打的，摔到台阶上磕伤了。违法的事情没什么好说的，该拘留拘留，该赔偿赔偿。这哪是村主任，这不是法盲吗？"听曹立新提起这个事情，梅晓歌马上表态，把自己犯的小错先认了，后面才能谈对方的大错。

"这样的干部，你不要，全给我。"曹立新果然转了个方向，"咱们也是从基层搞起来的，村民受委屈，你就得出头啊，要不还怎么搞工作？我觉得这才叫担当，自己先得豁出去呀。"

梅晓歌一笑："那我是不是也得豁出去才行？那几个厂子趴在鹿泉乡边上，以后肋骨断了怎么办？搞不好就是群体事件，要命的事情。"

绕来绕去，终于说到了正题。曹立新顿了一下，没有马上接招，而是把沏好的茶端到了梅晓歌跟前："尝尝，别人喝，我绝对舍不得。"

梅晓歌端起杯子闻了闻，果然茶香四溢，他抬眼看着曹立新问道："这么好的东西，是要堵我的嘴吗？"

"你的嘴，我哪能堵得住，先喝茶，给你看个东西。"曹立新说着从办公桌上拿起一页纸递给了梅晓歌，"我肯定是尽量节省你的时间，回趟家不容易，多陪陪老妈妈。这是你来之前拟好的，马上成立工作组，县环保局局长任组长，副组长是莲花乡的党委书记，你以前也见过。昌盛矿业和农民的纠纷不过夜，该我们让步的我们让步，该企业做出牺牲的必须牺牲，不能让梅书记白跑一趟。"

看完纸上的方案，梅晓歌不置可否地问道："这个企业是你们县的产业支柱，听说准备要上市，快了吗？"

"希望。"曹立新的眼神有些复杂,"希望是可以,但是很多事情,咱们也控制不了。马市长提的要求,我也没办法,脱皮掉肉也得搞呀。"

"你忙的都是大事情,我也节约点时间,长话短说。"梅晓歌也不再兜圈子,从包里拿出了光明县环保局出具的检测报告递给曹立新,"这是我们县环保局针对昌盛矿业做的空气、土壤和水源污染检测。你这个厂子真的要想个办法,它是个隐患,是我的也是你的。维稳的压力、环保的压力这些先不说了,我知道发展肯定是不惜代价,但这个代价不能是老百姓自己。咱们也别说那些虚的、高的,你自己看看报告上的数据,尤其是地下水,重金属超标已经到了没法直视的程度。真的是躲不过去了,立新,有些事情不是闭上眼睛就能糊弄过去的。"

曹立新面色凝重地翻看着报告,梅晓歌接着说道:"这道题很难,难也得解,不去解,咱们两个县就不是及格不及格的问题了,搞不好要休学呀。我今天为什么自己过来,是想咱俩先拿个方案,就像你说的,哪些双方该让步该牺牲,我是来表态的。"

"趁热喝,凉了就没味道了。"曹立新指着面前的茶杯说道。梅晓歌说得恳切,他一时还想不好该怎么回复。

梅晓歌看出曹立新还在躲,便又说道:"这个事情,你只要愿意推动,虽然难,虽然麻烦,但它一定比等死强。就这样耗下去,不光是农民在等死,现在地里连个癞蛤蟆都没有了,那些地方种出来的东西,捞起来的鱼,那些水,咱俩也在吃、在喝呀。"

见梅晓歌指着茶杯,曹立新叹了口气说:"于公于私,你这真的是好兄弟才会这么对我说。咱俩不见外,那些诉苦叫屈的话,我也不讲了,隐患和麻烦是什么,我非常清楚,但是就一个问题,能不能做到。时间和空间,我一个都没有。说白了只要不出人命,谁把谁打了,打成什么样,对我来说都不是问题。昌盛矿业是不是九原县最大的纳税企业,它感冒了,全县会不会感冒,我把它关了,要不要跑到光明县找你借钱,同样不是问题。至于我有没有良心,吃了那些被污染的蔬菜会不会得癌症,怕不怕死,这些全部都不是问题。晓歌,我的问题是,如果这个矿要达到你想象中的环保标准,我做不到边生产边整改,我必须要上一套几乎可以说是摧毁式重来的设备。你是学数学的,你应该比我更会算账。我必须全部停产,全部搬迁,到我离开九原县那天,你觉得我能完成吗?"

梅晓歌的脸色呈现出前所未有的凝重,面前的茶已经凉透了,他端起来又放下,抬头问道:"你不做,我也不做,等我离开光明县,你离开九原县,后面的人也不会去做。谁都不干,那都不要做了?"

见上面的话没劝服梅晓歌,曹立新转而说道:"你姐夫在那个厂里也有活儿在干,你可以回去问问他，企业有多少工人，多少车间，我是建议哪天陪你去实地看一看。"

一听聊起家里人，梅晓歌马上打断了这话："该了解的，我都了解过，这是一道特别复杂的数学题，但前提是你要不要坐下来，要不要拿起笔，你肯不肯解。"

话讲到这儿，曹立新也寸步不让地反问道："有些话，我就怕　说山来就没意思了。如果咱俩换换，就这个很可能成为新州市第一家上市的企业，就这道题，你解吗？"

"百分百要解，而且越早越好，越快越好！"梅晓歌看着曹立新回答得异常坚定。

对视了几秒，曹立新忽然笑了。外面传来轻轻的敲门声，曹立新没理会，又补了一句："我说句不讲政治的话——环保一刀切是不是也叫不担当？"

"这他妈是个伪命题！"

梅晓歌差点就要坐不住了，可曹立新依旧平静："你这不是理想主义，这是空想主义。"说完他对着门外喊了一声："进来。"

冯主任推门进来，小声汇报："书记，省委办公厅的孔秘书长请您给他回个电话，好像有点急。"

曹立新点点头，看着梅晓歌说道："还有个小事。"

冯主任听见这话马上关门退了出去，曹立新从办公桌后面走到梅晓歌身边，压低声音说："有个传言，说是市委的谷书记要调走了，我也没法找别人打听。你和他那么熟悉，你听说了吗？"

"没有啊。"梅晓歌认真的神情让旁人无从判断真伪。曹立新没再追问，掏出手机看了一眼。梅晓歌明白今天的较量要告一段落了，棋局未分输赢，只能先把眼前的事情解决了再说。

从九原县政府出来，联络员小董马上迎向梅晓歌汇报："九原县安排的人和来有书记已经见到长岭村的人了，手续办完就可以回去。梁宝根刚刚咳了点血，先安排他到九原县医院了。"

梅晓歌心中一沉："走，去看看。"

小董边拉开车门边快速说道："县医院的路院长刚才打电话说，鹿泉乡挨着昌盛铁矿的四个村子里，除了出现不明原因腹泻，得慢性肺病的人更多。"

情况比梅晓歌想象的还要严重。他回头看了一眼九原县的政府大楼，俯身上了车。

九原县医院的病房里，梅晓歌的到来不仅没能安慰宝根，反倒让他更加忐忑："书记，你这么忙还专门过来，是不是我有什么大问题？"

"我也是顺路。三宝带你们去闹事，我总要来看看。"梅晓歌一边看宝根的检查报告，一边岔开话题安慰他。

听梅晓歌说"闹事"两个字，宝根心生愧疚，感觉给梅晓歌添了麻烦："当时也是，那边说的实在是太气人了。"

宝根妻子显然更担心丈夫的身体，见梅晓歌拿着化验单看得仔细，她不安地问道："慢性肺病是什么病？要紧吗？"

宝根的状况超出了梅晓歌的预料，但此时他还不敢表现出来，只能假装轻松地回答："慢性总比急性的要好吧，我也不太懂。有病治病就好，医改报销的额度提高了很多，完全不用担心。"

这两句话让宝根夫妻都松了口气，但梅晓歌的心却更紧了。

从派出所出来，李来有拉着林志为和三宝回了长岭村。

"闹闹也好，不闹他们也不把咱们当回事。"李来有边开车边说，"但是你不能打人啊，一拳下去肋骨都裂了，你是体校的还是村委会的？"

"说话太难听了！"三宝坐在副驾驶座上，说话一着急，腰又有点上劲，他缓了一下说道，"讽刺就算了还嘲笑，书记，你要是在场，你也会先动手。"

"讽刺和嘲笑不就是一回事，还犟嘴。你听我这个刹车片是不是还有问题？火星子都快踩出来了。"

三宝侧耳听了听："是有点吱吱响，回去我找那家修车的看看，叫他换新的。"

李来有叹了口气："两个县的问题就这么麻烦。看着吧，这个事情比覃县那家厂子还费劲，它还不是光赔点钱的事情，搞不好都不会赔给你。"

此时，一直在后座沉默不语的林志为突然开口了："村民的损失太多也太大了，不能一直拖着。"

李来有和三宝都从车内后视镜里看向林志为。担心林志为话说得太冲，惹李来有不高兴，三宝跟了一句："梅书记和来有书记已经在交涉了。"

可林志为的话却没停："我是觉得村里得拿出自己的态度来。"

李来有摸不透林志为的路数，半开玩笑地说了一句："你家梁三宝主任今天的态度还不够硬吗？"

"书记，我建议直接诉讼。县环保局的测评结果已经出来了，我问过程序，咱们可以把受害的村民联合起来，集体报案。"

林志为的话让李来有和三宝都有些吃惊，这么多年，这么多事，他俩竟然从没往这个方向上想过。三宝扶着腰，转身看着后座的林志为问道："怎么个搞法？这些法律的东西，有人懂吗？"

只听林志为坚定地回答："我来。"

自下而上的追责即将展开，自上而下的改革也必须跟上。梅晓歌深知环保不是一时一地之事，儿原县的事，他做不了主，那就先从光明县入手。这天清晨，他趁着跑前热身的工夫和郑三聊了起来。

在光明县混了这些年，郑三的敏感度很高。最近环保的事吵得很凶，他料定梅晓歌会找他聊，便率先放低姿态说起来："那些大师班、总裁课我也上过几次，说得天花乱坠，其实企业搞管理，说白了就是挑人。挑不一样的人干不一样的事情。以前刚搞厂子的时候，我也有误区，谁老实听话就觉得谁好，其实让人骂骂娘没什么。"

"县工商联开会是昨天吧，听说你这个发言很精彩。"梅晓歌顺着他捧了一句。

郑三马上谦虚道："我一个土包子，只敢关起门来和熟人胡说八道。当年书记你刚来抓拆迁，乔胜利那时候还是镇书记，像他这样的人，抱怨完了回去撅着屁股照样干活。那些满嘴口号，喊完了就往后退的人，反正我是不敢用。"

"所以你才能越干越好。"梅晓歌接着说道，"你们是龙头企业，也是光明县的榜样。有什么事情，别的厂子都习惯性地先看看你们怎么做。"

高帽子戴到头上了，郑三赶紧表态说："昨天开会还在说，今年县里搞运动会，我肯定带头赞助。提高人民体质，书记身体力行，必须响应。"

"我可以报个半马。从这出发，终点正好是一过清河大桥的你的那个厂区。自从森林公园建好，人越来越多了吧？"

说到自己的厂子，郑三接话变得愈发小心："我最近老往省里跑，都不怎么去。"

梅晓歌也不兜圈子："当时拆迁、搞开发的时候，我就提醒过你，居民区以后肯定要往那边发展。未来，你的厂区可能还是得迁一下。"

话说得这么直白，郑三有点没想到，他脚下一绊，差点摔倒："书记，当年那一片都是荒郊野岭，哪知道住宅楼会往那边盖呀？"

梅晓歌不是个只顾眼前的人，他向郑三提议道："你有没有想过搞农业？"

郑三一时看不清梅晓歌的心思，不置可否地回答："工业方面，咱多少还懂一点；农业方面，我就是个小白。这得做做功课才敢汇报，我反正是听说村里面的水也很深，很多老板是打着领带进去，穿着裤衩出来。"

"任何行业都这样，哪有人人都挣钱的。"

"书记最近往各个村子跑，他们都说农业以前是后妈养的，现在终于来亲妈了。"郑三揣度着梅晓歌的心思小心地说道。

"蒋新民，你熟悉，听说他搞农业企业搞得很大。"

"大什么，全赔光了，现在在原平乡搞点大棚，种白菜呢。"

"那正好有经验，哪天找个时间，去他那儿坐坐。"梅晓歌说完迈开大步朝远处跑去。

"我一会儿就联系。"郑三嘴上和脚下都立刻跟上了。

一到办公室，梅晓歌就迎来了乔胜利。

"还是书记的习惯好，听说一个晨跑一个冬泳，坚持久了至少能多活十年。"

梅晓歌一边脱下外套一边笑着说："那得先确认一下说这话的人有没有晨跑、冬泳。是不是路长宇说的？"

乔胜利也跟着笑起来："他从办公室到厕所恨不得都骑着车，宁可懒死也不多活。"

二人说着，便坐到办公桌旁，乔胜利递上了一份详细的资料："往前多数了三年，不分大小，全县锻造企业的情况都在上面了。严格地说，三分之一的都有环保不达标的情况，刨去近期可以立刻整改的，数量还是不小。我不知道这些数据能不能公开说——很多厂子其实都没办法救。就像一辆破车，大部分零件都坏了，真要想彻底修好，还不如买辆新车。一打火就突突突冒黑烟，只能是你来查，我就靠边停车，你一走，我继续上路，混到哪天算哪天。"

"工人呢？就这么关关停停，他们的收入能保障多少？"梅晓歌看着资料上的数据问道。

"最后一行是工资发放情况的备注。工人是只要开工就能拿到工资，但是很多小厂基本上都是干半年歇半年，除了躲避市里、县里的检查，他们的订单也不多。"

看完资料数据，梅晓歌抬头总结道："不肯修车也修不了，三天两头停产，长远看还是赔钱的。"

"企业其实也没法维持，还得把寿命搭进去。"说完这话，梅晓歌的脸色更凝重了。

转日便是每周一次的常委会（扩大）会议。完成照例的程序后，艾鲜枝说道："这个季度和上半年的经济数据马上就要出来了。市里会排名，马市长特别重视，咱们不能掉链子。总体还是要按照县委的规划安排，坚定不移地抓项目。"

梅晓歌心中早有了计划："县长说的数据，我看了。我最近一直都在琢磨一件事，和经济排名也有关系。短时间内我们好像还可以，以后呢？咱们的工业已经基本到顶了，农业该怎么发展？我刚来的时候，光明县其他排名都是全市倒数，但农业是排全市前四的。这么好的基础，我们不能也不应该浪费。再一个就是环保的问题，这个要做常态化的调度。各位领导也要督促各乡镇，不要忘了都是有领导责任的。乔胜利呢?"

"在。"列席在外围的乔胜利应声回答。

梅晓歌吩咐道:"你们几个单位都要去监管好,会前我和几位领导也聊过,掩耳盗铃的事情,我们不能再干了。以鹿泉乡为例,如果不是这次的大规模筛查,慢性肺病的增长幅度有多夸张,我完全无法想象。"

艾鲜枝转头看了看梅晓歌。鹿泉乡水污染致病的事已经传开了,若不出手治理,老百姓人心惶惶,光明县今后的发展也无从谈起了。基于这些考虑,艾鲜枝在心里完全赞同梅晓歌的主张。

此时,梅晓歌的发言还在继续:"刚才有的领导也提出来一些民生问题,包括税收,我觉得还是一个算账方法的问题。就算我们网开一面,它们也坚持不了多久,但是换来的代价太大了。今年不关,明年也要关,我觉得还不如当机立断。环保局最近都摸排一遍,我的建议是,有问题的、没有整改意义的厂子,全部永久关停。"

这话一出,会议室里一阵窃窃私语。梅晓歌丝毫不为所动,目光坚定地继续说道:"执法部门要负起责任来,越是打招呼的越要严查,说明他们心里面有鬼。县级领导谁要想打招呼的,那你们就要背书做担保。环境污染,这都是和我们的生命息息相关的东西,绝不能敷衍马虎!"

三宝一摆手："你们这些城里的孩子都是太老实。赔偿都是讨价还价，标准都是人定的。咱们只管把数字做高，到时候才好谈。"

此时，徐军骑着摩托到了村委会院子里，一进屋便问道："三叔，你找我？"

三宝打量着徐军的一身骑行服，说道："你这穿的什么？又不是去打仗。去把你爸生病的事当面和他们矿上说清楚。这污染都多少年了，必须得赔一把大的。出发！"

眼见着一群人呼啦啦冲出去，林志为还想再劝，可三宝一句话便堵住了他的嘴："你要是害怕就别去。"

作为驻村书记，面对村里的事，林志为肯定不能躲。眼下的形势拦是拦不住了，林志为心想干脆一起去，和对方见了面，他还能心平气和地沟通几句。

三辆摩托，五个人，一路翻山越岭很快便到了两县交界的山头上。

居高远眺，九原县昌盛矿业的露天开采景象令人大为震惊，山体、植被、水源均遭到了严重的破坏。三宝气得直骂街，带着众人便要下山问罪。"等会儿。"林志为喊住了他们，掏出手机对着山下的矿区拍了不少照片和视频，"这就是证据，有了这些，走到哪儿，他们也不敢不认。"

三宝点点头，运足了气，带着众人朝山下的厂区开去。

县委大楼会议室里正在召开新州市深入推广光明县医改经验专题会议。参加会议的除了县卫生局和县医院的相关人员，还有各县前来考察学习的代表。

此时，梅晓歌正在台上做介绍经验的报告，台下徐泳涛的手机嗡嗡地响了起来。他掏出看了一眼，见来电的是李来有，便直接挂断了电话，正准备回复信息，电话又打进来了。徐泳涛感觉不妙，这肯定是有急事。他立刻起身，快步走出会议室，刚接起电话，便听见李来有焦急的声音："主任，你们几点能开完会？"

"最少四十分钟，怎么了？"

"长岭村村主任带着林志为去了九原县的污染企业，动了手，人被当场扣住了。村民家属围了鹿泉乡政府，找我们要人啊。我在去莲花乡的路上，开完会，您给我电话，我再和书记汇报。"

莲花乡派出所的羁押室里，梁小军蹲在三宝身后给他揉腰。刚才动手的时候，三宝一不留神把腰闪了，这会儿疼得龇牙咧嘴："往右边点，你那是左边，对对，哎哟，就这儿，扯着筋了。"

宝根看上去比其他人更着急，他趴在门缝上朝外喊："警官，警官，有人吗？"见没人搭理，便垂头丧气地走到林志为身边问道："什么时候能放咱们走？我也没带药，

第十七章　破釜沉舟

喜旺法兰厂关门了。

在厂子的小食堂里，大伙儿吃了一顿散伙饭。三宝也去了，不为别的，就是去当个"垃圾桶"，让这些老少爷们儿吐吐心里的苦水。果不其然，几杯酒下肚，法兰厂厂长坐到三宝旁边，一条胳膊搭上他的肩膀，大着舌头说起了这些年的艰辛。

外人眼里，他是开工厂的老板，可维持这个工厂，他上游跑原料，下游找销路，对内安顿员工，对外应付各种检查，行情好的时候的确能挣俩钱，可这些年环保查得严，干两天歇三天，挣的钱也都快赔进去了。早先有人出价想买他这厂子，他又担心外来的老板会甩了这些跟着他干了十来年的兄弟，犹犹豫豫也没了下文。现在厂子关了，他反而觉得踏实了，再也不用发愁工人的工资，也不用提心吊胆地害怕检查了。

掏心窝子的话终于都说完了，三宝拍拍厂长的肩膀，重新坐直，自己添满了酒。

"我说两句？"他端起酒杯，挨个指着桌上的人说道，"宝根，你和你老娘是咳嗽。树林，你三姨和老张一样，拉肚子。柱子，你现在全家都喘，是吧？就二乖自己没问题，可家里半亩西瓜苗枯了。大道理今天不说了，兄弟们，喜旺肯定得关。"

喧闹的酒桌陷入沉默，三宝看了看趴在桌上睡着的厂长接着说："这个人酒量太差，不到二两就醉了，刚才唠叨了半天，我就听见四个字——有心无力。环保设备，他上不起，也不可能上，这笔账算不过来了，要么继续污染下去，要么关掉。梅书记刚来光明县的第一天，你们几个去上访，当时我说会哭的孩子有奶吃啊。我到现在才明白，那是毒奶，这玩意儿不能再喝了。算了，就扯这些吧，干了。"

众人默默举起酒杯，一饮而尽，然后便陆续有人起身离开了。三宝一直坐着没动，等大家都走出食堂大门，他在一片狼藉的桌子上扒拉出一个稍微干净点的碗，从咕嘟咕嘟冒泡的火锅里捞着已经煮烂的菜，大口大口地吃起来。

此时，桌边微微晃动了一下，三宝看看趴在桌上睡觉的厂长，他埋着头，肩膀一颤一颤——他哭了。

喜旺法兰厂那边已经尘埃落定，郑三这边却陷入了未知的忐忑。这天，曹建林来厂区造访，郑三一边张罗着给他找新茶叶，一边聊起最近环保检查的事。

"你二舅那家厂子没问题吧？"郑三一边涮茶具一边问道。

"得看谁去查。"曹建林的心情有点不好，"换个人带队，那肯定没问题，乔胜利就不好说了。"

"新官上任三把火嘛，又是书记抓的事情，你总得让他烧一烧。"郑三说着和稀泥的套话。

两人极熟，曹建林在郑三面前大大咧咧，什么都敢说："要不了命的，随便他怎么烧。这一把火全县的屁股都要烤熟了，锻造企业大规模关闭，光明县都是靠这些吃饭的啊。郑老板，你虽是家大业大，但你的屁股不烫吗？"

郑三苦笑着答道："我的这个厂子搞不好都要搬迁啦。这么多年我挨的耳光最多、最疼，也就是比你们扛揍。"

"隔壁九原县不停地放屁，你这边关着窗户，它也是臭的。光知道拆自家的厕所，有用吗？"曹建林相当不忿地说道，"他以为这个事情还是当初的拆迁吗？不用关窗户，怕什么。光明县屁大点地方，谁在哪个厂里有多少股份都是明了的。梅老板不是吕青山，马市长也不是周良顺，有本事先去把昌盛矿业关掉啊。"

"没准又是一股风。都关了，民生怎么办？喝茶喝茶。"郑三说着给曹建林递过茶杯，心里的小九九一刻也没停。

自从开始准备集体诉讼，林志为比从前更忙了。那天在车上当着李来有和三宝的面，他应承下这件事其实也有点说大话的成分。不过既然话说出去了，那就得真干事，第一步就是挨家挨户地走访，了解实际情况和最终诉求。

今天，他去的是宝根家。虽然已经出院了，但宝根的身体还没完全恢复，而法兰厂关门后，他一直没出去干活。听到林志为问他有什么诉求，他半卧在床上虚弱地说："就想早点上班。老在家里躺着，媳妇要陪孩子，还得老回来看我，心里不踏实。"

宝根显然并未理解"诉求"二字的真正含义，林志为拉了把椅子坐下，耐心地解释道："不是这个。诉讼，打官司，你有没有特别的诉求？"

此时，宝根妈端着一盆刚煮好的毛豆走进来，递给林志为说："我们哪懂什么，县法院的大门朝哪边开都不知道。宝根是不是还得去法院啊？"

"还说不到这一步。"林志为答道，"现在的问题是环境污染的因果关系证明太复杂，对方又是大企业，村里受影响的人这么多，我是建议集体诉讼。"

"你觉得能赔多少钱？"没等宝根开口，宝根妈又问道。

"暂时还不好说。又有烟尘又有污水，可能要分开讲，具体要听律师的。"

一听到律师，宝根妈想起了当初"三进农家"的事情，连忙说道："乡里的黄委员给我普过法，我记得，我都懂。"

"什么法？"林志为问。

"国家安全法啊。水和地都不干净了，国家不安全，那还不是犯法？"

看着宝根妈言之凿凿的样子，林志为一时竟不知从何说起了。此时总插不上话的宝根在一旁问道："你刚才说集体诉讼是什么意思？全村的人一起打官司？没一个懂的呀。"

宝根的担心更为实际，也让林志为感到自己肩负的责任的重大。他望着宝根坚定地说："我也不懂，但咱们可以问，可以找人打听。只要占着理，肯定行。"

郝东风最近又忙起来了，关停污染企业的政策一出，信访量直线上升，信访局没有一天清静的时候。即便如此，他还是腾出时间单独接待了前来上访的老邱——这样的人，一不留神就不知道会惹出什么麻烦。

郝东风一边仔细地做着记录，一边向老邱问道："跳广场舞的出来太早，音响声音大，影响睡觉。窗户不隔音，物业不作为。还有吗？"

"噪声污染，对我这种睡眠不好的人来说，某种程度上不亚于有害的土壤和地下水。"老邱戴着老花镜，一边说一边逐字逐句地盯着郝东风的记录，"我需要一个确切的解决时间。"

看着老邱探着脖子的神情，郝东风哄小孩似的说道："放心，不会漏掉你说的每一个字。我马上就通知相关人员去查，三天内给你反馈，好吧？"

听了这话，老邱放心了，他摘下眼镜，一边不紧不慢地收拾东西一边说："反馈不是解决，文字游戏就不要玩了。这点小事情，我相信你能协调处理得很好。"

见老邱起身离开，郝东风也跟着站起来，像送走一个老街坊："你每天起得也不迟呀，那些跳舞的会比你还早？"

老邱回过头说道："她们这个岁数的战斗力不能轻视啊。搞不好你媳妇也在队伍里头。喇叭太响，我睡醒也受不了。你不走吗？"

郝东风摇摇头："关停污染企业，上访的又多了，我能按点吃午饭就不错了。"

把人送走，郝东风拿着杯子去接了点水，喝了两口便回到屋里，发现老邱随身带的杯子落在了桌上。他马上掏出手机打了过去，半晌接通后赶紧说道："你走到哪儿了？杯子落这儿了，我给你送出去？"

"就留那吧，反正我还会来。"老邱回答得满不在乎，郝东风一脸无奈。

不仅郝东风的日子不好过，这段时间县委大院的门口也不太平。艾鲜枝一早去市里开会，保安从前来上访、排队登记的人群里开出一条道，才勉强让艾鲜枝的车子驶出了大院门口。

透过车窗，艾鲜枝看了看外面的人群。很多人都穿着工服，上面印着"明日锻造"的字样——不用说，又是一家被强制关停的企业。隐约之间，她还听到一些声音：厂子关了，工资谁给发？这里给不给发？我们是来反映情况的，我们不是闹访，不用和我扯法律，公安来了也不怕，就是要见县长！

艾鲜枝从来不惧直面上访者，可这次她的心里生出了一丝犹豫。如果今天没有市里这场会，她见到这些工人该怎么说呢？环保重要，发展也重要，老百姓的民生更重要，艾鲜枝一时有些理不出头绪。

艾鲜枝去市里参加的是全市重点项目建设推进会，主持会议的马广群一上来就把各县狠狠批了一顿："市委把一方土地交给你们，如果都不扛责任，这就没法讲了。前几天有一个经济会议开完了，没有一家落实，事情糟糕到这个程度了。有的地方还是新换届没几天就这个样子，谈什么信任，谈什么感情？和领导谈感情，你们好意思吗？领导交办一件事情，层层传达，层层交办，很多的新政策，有些部门只知其一，不知其二。省里很多的评比，我们不是倒数第四就是倒数第三，还有比我们更差的吗？"

一连串的反问让下面的各县主官都不敢出声了，不过批评完了，工作还是要继续，马广群后面的发言明显缓和了语气："刚才每个人都做了很好的发言。大家也都尽力了，很不容易。就像常务说的，蓝天白云、青山绿水肯定是要的，转变经济发展的方式也日益紧迫。但是短时期内，搞一刀切，急转弯肯定是不可行的。有些地方的方案太激进，我个人表示担忧。有的企业都是前几年通过合法手续取得的经营权，投资都很大，因为一些问题说关就关，你怎么向这些企业家解释呢？换过来想想，会不会觉得政府在骗他们？工人的切身利益要不要考虑？引发的不稳定因素怎么处理？这些都要考虑清楚。"

打一巴掌，揉一揉，会议室的气氛渐渐轻松下来。趁着马广群脸色渐好的时机，曹立新凑到艾鲜枝身边，小声说："听说光明县最近在抓环保，力度很大呀。"

艾鲜枝望着台上，冷冷回了一句："你天天炒辣椒，还不开抽油烟机，我们只好自己开窗户了。"

曹立新马上显现出为难的表情："领导的肚子饿得咕咕叫，不着急上菜不行啊。我哪有晓歌书记那样的魄力？"

艾鲜枝瞥了他一眼："你是嫌电费太贵吧。"

曹立新也望向了台上："当媳妇的不容易啊。什么时候当了婆婆，我也随便点菜。柴米油盐的这些破事，你也不愿意管吧？"

"说这种话，少见啊，曹书记。"艾鲜枝感觉曹立新的话似乎意有所指。

曹立新还在抱怨："拉完磨还不让吐吐槽呀。既要又要还要更要，坐在主席台上的人说得轻松，累死累活的还不是你和我。谁不想山清水秀，怕污染，车也别开啦，咱们这些人走路来市里开会吧。"

艾鲜枝没再接话，说到吐槽，她可以不重样地吐到明天早上，可这个时候面对曹立新显然不是合适的时机，而且她此时的注意力被马广群所讲的内容吸引了过去。

"这些企业也不容易。千里迢迢的，他们能来新州市投资，在这里创业，给你们各个县纳税，带动我们本地的百姓就业，这是对市里最大的贡献，是对你们工作最大的支持。我们应该感谢这些企业家，四五十岁的人了，都很不容易。如果都容易，钱放在那里等着去捡，还要我们这些干部干什么？党和国家让我们在这里管事情，就是处理企业家的这些不容易。国家要公务员干什么？就是要解决他们面临的问题。覃县去年把一家企业彻底关闭了，与之相关的很多运输业、加工业都遭到了重创。所以我个人建议是留一个缓冲期。新州市必须要有上市企业，这是一个大原则，而且要快。保上市、保经济，让老百姓过上好日子，在保证环境治理的同时，加大招商引资的力度。我在这里说一句话，任何阻拦新州市经济发展的人，不管是谁，都是新州市的敌人。"

认真地听完了这段总结陈词，艾鲜枝的脑子里一下涌出许多想法。她不由自主地望向台上，发现马广群也正看着她——看来会后肯定要有一场谈话了。

办公室里，艾鲜枝坐在椅子上静静等待。没一会儿，门外传来一阵脚步声，马广群边走边说，语气相当不满意："上次我就和他们说过，排名统计这种事情，各个局至少要和省里的处级领导、分管领导搞好关系。你实在有什么需要我出面的，你就提前说，不要老是出了事情才来找，否则我们的脸也不值钱。至少基础数据是要搞好的吧？"

联络员刘大同紧跟在后面，走进屋里，他一边听一边迅速给艾鲜枝泡了杯茶，然后轻声回复道："我马上通知他们。"

马广群坐到自己的椅子上，喝了口水对艾鲜枝说："你和我都是操心的命，像是在带幼儿园的小孩子，反复说了也等于没说，能有什么办法。"

艾鲜枝微微一笑，应和道："马市长心细。"

可没等她说完，马广群又想起一个细节，立刻吩咐刘大同说："告诉统计局也别因为我说了这些话，搞得又过了火。我看工业指标上半年完成的很好，摆脱了去年垫底的位置。但是上山的时候要稳一点，这个季度直接搞成全省第五名，下个季度怎么办，第一吗？"

刘大同点点头，轻轻带上门，离开了办公室，话题自然转到了光明县。

"怎么样，听说光明县最近大刀阔斧，晓歌书记对环保很重视，是不是？"马广群问道。

艾鲜枝点点头："肺病的发病率太高了。"

"上次你找我说你们要拆迁，是吧？后来也没动静了，搞了吗？"

"常委会讨论以后，觉得还是先放一放。"

马广群脑子聪明，说话的思路也比较跳脱："拆迁越多，说明项目越多，需要落地的好企业也越多。我在不同市县当一把手的时候，做得最多的就是拆迁。一个地方天天拆迁，证明它的前途大好，当然带来的信访问题也多。光明县这几年信访率很低，是不是？"

环保、拆迁、信访，几句话里马广群的主题就来了个三连跳，艾鲜枝努力跟上他的节奏，有些惭愧地回答："上个星期有两个工人跑到市里来，是我们的工作作风出了问题。"

其实马广群也不是毫无章法地乱讲，前面提到的三件事看似毫不相干，其实内部环环相扣。所以面对艾鲜枝的检讨，他没有继续纠缠信访的问题，而是话锋一转又回到了环保上："治污是个很深的学问，不治理肯定是不行的，一刀切彻底关停也不是很科学。工人没饭吃，谁都会来找政府。最难的其实是你。医改还顺利吗？"

"比我们预想的要顺利不少。问题也有，但都可以及时修正。"

总算有个顺当点的事情，马广群赞许地点点头，接着问道："把你留下也没别的事情，光明县是个乖孩子，平时光顾着操心那些调皮捣蛋的，一直也没问问你们有什么困难。治污的阻力大不大？"

"谢谢领导关心。阻力方面还好，就是钱有些紧。确实不是故意哭穷，实在是医改和环保都在往前推……"

不等艾鲜枝说完，马广群便打断了她："晓歌就是个急性子。整改肯定是必要的，但是要不要致命性整改？要不要让这些企业，尤其是能给政府动力和支持的企业先活下去？光明县，我是了解的，好几个老厂子虽然有很多问题，但是这些厂子出资建过学校、文化馆，也做过相应的贡献。该不该让它们先活下去，要考虑好。"

这番话呼应着刚刚会上的总结，和艾鲜枝的想法不谋而合："它活下去才能践行政府的一些施政理想。困难的时候拉一把，以后它翻过身来，也能给县里做更大的贡献。就像市长说的，这不就是情怀嘛？"

马广群点点头："说句可能不合适的话，有时候，不作为也好过乱作为。"

虽然只是一句私下里的话，但艾鲜枝却感触颇多，她诚恳地说道："以前我当镇长，特别好奇常务管的财务工作到底是什么内容。我的上级告诉我，这和我没关系。后来到光明县当副书记，到挂点乡镇看河道污染，也觉得当地干部在糊弄县里，整条河都臭了，反复说也不管，其实还是不在其位。现在，光明县的公交车多少钱，一碗面多少钱，羊汤馆租金多少钱，我都要知道。我相信梅书记一定也经历过这种两难——环保和发展到底要保哪个？"

所谓"两难"就如同一个跷跷板，每个人都要选择其一，而现在梅晓歌和艾鲜枝显然没有坐在一头。意识到这个问题后，马广群语气微妙地问了艾鲜枝一句："这些事情，你和晓歌同志交流过吗？"

"还没来得及。"回完这句话，艾鲜枝看了看马广群，然后她马上明白了领导的意思。

回到县里的时候，天已经黑了。艾鲜枝下了车，一抬头发现梅晓歌的办公室还亮着灯。她想了想给梅晓歌发了一条微信消息："如果书记现在方便，我上去和您坐坐。"

办公室里，梅晓歌给艾鲜枝沏了杯茶："本来早就要下楼了，有个招商接待，企业那边堵车，要晚到，高速上也不知道要堵多久，搞得我也没法动，只能在这儿等着。"

艾鲜枝坐在沙发上，双手接过了茶杯："和书记汇报一下，市里开会说的也是招商的事情，主要是营商环境评价。马市长今天反复在说，市里刚被表彰过，他的意思是要么就不要表彰，帽子戴上了，如果出了问题，那就是政治影响。就像创文创卫，被摘帽还不如干脆评不上。"

梅晓歌端着自己的杯子走过去，坐在与艾鲜枝并排的沙发椅上说："我下午也看了，企业给我们的评价是有点不理想。"

"还是工作方法有问题。我和他们说不能只是打电话，一定要面对面，要沟通好。中国人都很谦虚，评价都是差不多，差不多就是挺好。但是现在的评价体系里面，差不多就是差很多。"

梅晓歌赞同艾鲜枝的看法："现在都是随机打电话，工作确实要做在前面，否则几万张嘴，谁能看得住。"

但这些并不是艾鲜枝此行的重点，她沉思片刻说道："市里最近对排名很重视，GDP抓得很紧。书记，我是想和您说一下，如果按照现在这个势头做下去，咱们挨板子的可能性很大。"

对这件事，梅晓歌早有预料："你这是给我留面子，说得太客气了。百分百会挨板子，这个毫无疑问。"

如此一说，艾鲜枝反倒有些犹豫了，她喝了口茶委婉地说道："其实这个事情要分怎么说。我也不同意马市长说的那些话，什么'十五年、二十年以后的事情谁也不知道，就管好当下'。我们不能为了GDP什么都不顾，书记，你也讲了，不惜代价，环保是利后代的事情，应该做。三年前，青山书记还在，在安全生产月刚说了抓典型，顶格处罚，鹿泉乡那家做米粉的企业就出了问题，事故不大但也算是顶风作案。你当时还是县长，很多人对你说的话都记忆犹新。你说讲完了法理，再讲讲人情，他们刚刚创业，真的是不懂、不明白，这是一种爱护，应该给他们一个机会。这个事情我印象特别深。搞环保这个事情，你是对的，我绝对支持。但是书记，我在想，能不能慢慢来，一步步来。那些厂子的数据，你也知道，如果全部顶格处罚，税收和经济都没有了。失业率到现在也测算不出来，信访的人又开始多了。那么多工人都要吃饭，咱们暂时真的没有那么多的饭碗能摆出来。"

艾鲜枝的语气十分诚恳，梅晓歌虽然一直没言语，但一直在点头。

艾鲜枝接着说道："昨天，郑三还在找我，他们要上环保设备，一整套，比标准要求还高，包括迁厂都需要时间。还有很多代加工的小厂子，如果全部停掉，订单不能交付，赔钱不说，整个光明县锻造业的声誉也是个麻烦。"

一起工作这么久，梅晓歌了解艾鲜枝的脾气和品格。所有这些都是她真实的所思所想，没有任何私心，全都是为了光明县的发展。如果战胜对手需要手段，那么说服队友只能靠实打实的证据。

待艾鲜枝说完，梅晓歌把乔胜利调查总结的数据递给了她："不瞒你说，青山书记还在的时候，我也找他聊过一次。当时还有假数据的事情，举步维艰。我们想解决所有的问题，但是没实力也没底气，左右为难。要钱就别想环保，县里这些数据，你想句句都说实话，好像也做不到。一团毛线，几任主官都解决不掉。我当时就在想，这个事情谁来解。我想要不我也不管了，先糊弄过去，反正后面还有别人。这就是一个死结。"

厚厚的一沓报告，艾鲜枝只草草地看了几眼便放下了。

梅晓歌明白她暂时还不能完全认同自己的观点，接着说道："你说的那个米粉厂，说白了，当初我们也有管理责任，平时的教育和宣传也不够，与其一拳打死不如给条活路。但是现在不一样，你放任他们搞下去，工人全都是肺病。这些人要么是现在活蹦乱跳来堵门骂我，要么是以后坐着轮椅、挂着氧气袋来上访。这份数据已经很清楚了，说到底就是怎么算账的问题。这些企业看上去提供就业岗位，提供税收，但是三年来关关停停，其实算总账是亏损的，而且利润不够上环保设备，没救了，这就是一条死路。今天不去管，明天还是老样子，总要有人唱个白脸当个恶人。我说句关起门来的话，这件不该我来做的事情，也可以留给下一任，搞不好下一任就是你。就像当初的拆迁，我愿意和青山书记做一样的事情。"

"但是这个账，我们付不起。"艾鲜枝有些急切，"有机菜健康好吃，但是它太贵了，县里没有钱买单呀。"

就像两个技艺高超的辩手，两人谁也说服不了谁。没等梅晓歌再开口，他手机铃声响了起来。徐泳涛告诉他，客人马上到，现在该出发了。梅晓歌想了想，把没说完的话都咽了回去，只约定找个充裕的时间再聊，艾鲜枝点头答应。两人心里都很清楚，关于抓环保和搞发展的争论其实才刚刚开始。

争论可以中断，行动却一直未停。一边是林志为在长岭村忙前忙后地联系律师、医院，准备集体诉讼，另一边则是九原县的昌盛矿业一刻不停地开采生产，巨大的烟囱里冒出一股股黑烟，四下飘散。

梅晓歌的行动也没有停止，关停环保违规企业进入攻坚阶段，他们遭遇的阻力也越来越大。周例会之前，乔胜利早到了一会儿，和梅晓歌在办公室里单独见了一面。

满满一页纸上是二三十家锻造企业的名字，乔胜利递给梅晓歌后直接说道："两轮以后还推不动的基本上就是这些了。敌进我退，白天夜里三班倒，和我们打游击。这几天逮住三四家，连夜打电话的人很多，大部分我都心里有数，也有的确实想不到。"

"电话有没有吓你一跳的？"梅晓歌看着名单问道。

乔胜利沉吟了一下回答："县里、乡里的多，省里、市里的也有。"

梅晓歌望着乔胜利说道："那又和当初搞拆迁一样了。你这是什么运气，又得来一遍。"

乔胜利无奈地笑了笑，接着说："长岭村挨着九原县那边，最复杂。很多厂子都是东一片西一片，你中有我，我中有你。两边的干部互相入股，传言很多。"

"最离谱的版本是什么?"

乔胜利再次停住,顿了顿,压低声音说:"马市长。现在传得沸沸扬扬。"

梅晓歌似乎对这个回答并不感到意外,反而问道:"一些污染企业的审批,我都不知道,你知道吗?"

这种事情,乔胜利也有所耳闻:"鹿泉乡供电站的曹建林,说是他二舅的厂子,以前为了通过环境评估,甚至搞了一堆假章,出了一个假文件。一边评估一边生产的违规操作就更多了。"

"像你说的这样大小的厂子,一个月利润能有多少钱?"

这次乔胜利没说话,而是慢慢竖起了三根手指头。梅晓歌皱起眉头:"确实不少,换了我是不是也得和你拼了?这可不是老周书记一两间小房子的事情了。"

乔胜利感觉到了梅晓歌的投鼠忌器,试着追问了一句:"您的意思是?"

梅晓歌犹豫片刻,斟酌着说:"主要是涉及马的谣言,肯定是要考虑周全的,是吧?"

乔胜利没再接话,会议马上开始了,两个人一前一后走了出去。

按照惯例,宣传部部长李唐就近期的舆论情况率先发言:"最近网上的文章很多,小视频也很多,各式各样,还有搞直播的。大部分都和拖欠工资有关系。有的是老板跑掉了,有的是要求补三险一金,很多法兰厂陆续关闭,可以预知的是近期只会多不会少。各位领导要多关注一下挂点的乡镇,尤其是鹿泉乡。"

随后,主持会议的梅晓歌依次询问常委,平时大家都没太多要说的,但今天艾鲜枝讲了几点:"近期群众上访越来越多,因为环保整改的力度上去了,各种问题迭出,建议优化信访渠道和方法。昨天有人又要去北京,我们的工作还是有漏洞。就像李唐部长说的,挂点的干部要下去,要主动做相关人员的调度,不要等事情闹大。我一大早去接访,有个人对我说,到政府门口拉横幅是违法,在信访局门口拉横幅,这也是违法,但是去现场拉横幅,这是维权,他什么都懂。个人意见是要提前预估,做好沟通,尽量在县里面解决,不要动不动就往外面跑。自己家里的事情,跑到邻居院子里诉苦也不管用。"

见艾鲜枝说完后没有其他人发言,梅晓歌总结道:"这个事情要重视起来,常态化细致抓好信访工作,还是要面对面。不能躲,得听大家在说什么。就像是去医院看病,什么部位不舒服,肺部还是肠胃,你总要先问诊才能开药。有污染的企业到底是要迁还是要关,也要给他们充分解释的机会。真的有问题的,屡教不改的,无法挽救的,性价比严重失衡的,尤其是影响到周边村民,已经使其出现健康问题的,一律封掉。不用自查自纠，我们去查，即刻就办。"

梅晓歌态度坚决，言语中没有丝毫转圜的余地。艾鲜枝想起二人之前的谈话，看了看梅晓歌，把自己的想法暂且保留了下来。

梅晓歌已经放下了所有顾虑，继续说："有的乡镇轰轰烈烈，放着肘子不吃，专门去夹花生米，浩浩荡荡下去，雷声大雨点小，查烟头、查消防，揪着针头线脑不放，边整改边生产，等这些鸡毛蒜皮的小问题整改结束，县里换届都结束了。还是那句话，你们都不想当恶人，我来当。有些数学题没有第二种解法，只有华山一条路。我刚来光明县第一天，就知道这里是很多成语的起源地，现在我们要破釜沉舟。"

会议的气氛在梅晓歌的带动下显得有些凝重，除了梅晓歌说话的声音，没有任何一丝其他的动静。

这时，小董的手机嗡嗡振动起来，他马上起身快步走出会议室。来电的是郑三，今天他不干别的，就是要陪着梅晓歌下乡考察。

走出了机关办公室，梅晓歌的心情也松快了一些。他和郑三要去见的不是别人，正是他刚来时的前任，光明县前任县长蒋新民。

离开机关之后，蒋新民一头扎进了农业，如今他的蔬菜种植基地就建在原平乡。知道梅晓歌要来，他早早等在大棚外面，毕竟在机关浸润多年，一见到梅晓歌，他便伸出双手握了过去，笑呵呵地说："梅书记比电视里还高啊，一米八五得有吧？"

梅晓歌也笑着回答："我们路上还在说，县里搞篮球赛，每年你都是主力中锋，今年要不要一起配合一下。"

蒋新民摆摆手："不能给大家拖后腿啊。自从种了菜就再没锻炼过，估计跟着你晨跑都坚持不下来啦。"

见蒋新民如此自谦，梅晓歌指着身后的小董说："你的老熟人说全光明县投篮你是最准的，这不夸张吧？"

小董之前在蒋新民身边干了不短的时间，再次会面，他懂事地称呼了一声"蒋总"。看见老部下，蒋新民也倍感亲切，他拍拍小董的肩膀说："跟着领导还能长个子？我当副书记的时候，他刚上班，那时候比现在至少要矮半个头。"

"喝原平乡的牛奶喝的吧。"梅晓歌说着向四下张望一番问道，"你是一直都在原平吗？"

蒋新民一边给梅晓歌引路，一边回答："最早是在九原县种地，弄不下去了才回来种蔬菜。梅书记，咱们是先喝口水坐坐，还是先去大棚里看看？"

梅晓歌没有马上回答，他的目光被农田里立着的稻草人吸引过去："我看刚才一路上都有，这个是防什么的？麻雀吗？"

蒋新民哈哈一笑："咱们老说傻鸟傻鸟，其实精着呢。这就是个摆设，还不如立几根木条，绑几个能动的塑料袋实用。配合乡镇，都是为了好看。"

此时，一直隐在梅晓歌身后的郑三开玩笑地说："不是照着保平书记做的吧？"

众人都笑了起来，一路朝蔬菜大棚走去。依次参观了一圈之后，蒋新民带着几个人回到了办公室，他一边沏茶一边说道："我这里的东西不敢说好吃，起码安全。中午要是不着急，咱们搞火锅，外面的菜现摘现吃。上个星期青山书记还来涮了一顿。想把你也请过来，我给小董打的电话，一问你还在省里开会。"

"吕书记的血压怎么样，现在敢喝酒吗？"梅晓歌关切地问道。

蒋新民递过一杯茶："说句他不爱听的，只要不当县委书记，身体立刻好，酒量比我大多了。"

此话一出，众人都会意地笑了起来。蒋新民又洗了几个甜瓜，收拾干净递到梅晓歌跟前："书记和县长真不是人当的。他们都以为我这是酸葡萄，说真的啊，我现在睡觉比以前好太多了。来尝尝我这个'三无产品'。"

梅晓歌接过咬了一口，味道着实不错，他连忙问道："甜而不腻，这个你是零售还是批发？"

"现在就是小打小闹，从零做起。省里有人来收，回去他们再做分发。"

"只生产，不销售，有什么讲究吗？"梅晓歌问道。搞清这些问题是他此行的关键目的。

蒋新民坐在一旁解答："赔了一次，裤衩都差点脱了。一句话说就是摊子铺得太大，步子迈得太快了。和书记汇报一下，最早我是从事粮食加工，借助九原县大米品牌的影响力，每年的净利润至少有一百万元。后来有资金进来，也是昏了头，就觉得必须搞个大的。心里想一个县都管过，管一块土地应该不太难。流转土地增加一倍，修鱼塘、种蔬菜利润低，要种就种花卉。曹立新还支持我搞高标准示范田，给我低息贷款，说省级农业产业化龙头企业指日可待。"

一听就是曹立新好大喜功的风格，梅晓歌笑了笑，说："参观的人肯定是很多了。"

"时间全浪费到迎来送往上了。"蒋新民尽量轻描淡写地说，"精力有限，人员也跟不上。该播种了，地还没整好；到施肥的时候，肥料又到不了位；产品收起来了，销路还没落实。着急出政绩嘛，互相担保，高息拆借。夏天一场暴雨，洪水从山里跑出来，劈头盖脸一浇——瞬间归零。"

农业是梅晓歌刚参加工作时的第一战场，他也来了精神："我大学毕业以后回县里的第一个地方，就是你所在的那个乡。后来我管农业，还请了不少企业去考察过。

那里地势太低，每年夏天汛期都会下大雨，建农场不能靠着大渠沟的边上。以前有一帮人就是，以为下雨挨着渠好排水，结果沟里的水倒灌，把基地都淹了。"

"早认识书记我就不用犯错误了。"蒋新民颇有些感慨地说，"说实话，有些细节以前在办公室里确实不知道。比如规划农村，出发点都是好的，但是有的乡镇干部觉得屋檐下有鸟筑巢造窝是卫生死角，铲掉了。其实，这些鸟是可以帮着驱除虫害的。包括从外面迁来一模一样的树重新种植，美观整齐，但是地下水都被吸走了。还有荷塘里的塘泥，那都是自然净化系统，很多都被填平了。过度干预的结果就是人和鸟都不回来了。"

梅晓歌赞同这个说法："我看九原县把很多上百年的老树也砍掉了，我还给曹立新打过电话。有人说这是把村里的客厅拆了，村民都不知道去哪儿聊天。之前有个乡贤回去特别失落，小时候找姥姥、姥爷，都是去这棵树底下找，现在回忆也没了。"

话题越聊越深，蒋新民也敞开说起了大实话："前两天还听说，曹立新代表九原县去省里招商引资，企业就问他待了几年。主要领导任期已满两年的，人家就不在这里做项目了。为什么呢？怕你快调走的时候不负责任，胡来。短视带来的恶果太多了。很多时候省市领导来视察，每个单位都有自己的指示，政策还会打架，都在要求村民做什么，但是很少有人问他们自己想做什么。就像我们现在过分依赖化肥和农药，土壤恶化，化肥也会污染地下水，农民种地的成本也越来越高。他们一方面其实很喜欢有机肥，猪、羊、鸡、鸭的粪便回田，但是另一方面怕河道污染，又不允许养猪。村民也很苦恼。"

这些话，蒋新民说得诚恳，梅晓歌听得认真。如同蒋新民自己说的，坐在机关里永远也听不到这些，也只有蒋新民这种身份才能畅所欲言。他起身给梅晓歌添了些茶水，接着说道："为什么现在化肥越用越多，说白了，化肥就是鸦片，吸多了，土地出产肯定是越来越少。但是又没办法，种植户不懂技术，他也听不见专家说的话，只能去问那些卖化肥的。"

梅晓歌虚心地问道："长远规划势在必行。光明县的地势很复杂，又有丘陵又有平原，你对规模化种植怎么看？"

这一问给蒋新民提了个醒："书记肯定是有想法、有规划才来听我唠叨。我的话是不是太多了？"

"我就怕你不说。"

梅晓歌的笑容给蒋新民吃了个定心丸，而他自己也把心中对光明县农业未来的发展方向讲给蒋新民听。

"为什么目前只有你说的规模化这一条路？"听过梅晓歌的思路之后，蒋新民说，

"最简单的,好比说技术需求。我在北京参观过几个农场,即便是在首都,他们都难招到学农的科班出身的工作人员。专家都很厉害,但是他们的研究成果根本到不了最终的种植户手里。再比如除草剂,很多人都说它不好,对吧?"

梅晓歌马上意识到问题的症结:"利润问题?"

蒋新民点点头:"人工除一遍草五百块钱,用除草剂九十九块。都是夏天最热那几天除草,我找两个路都走不稳的老头过来,这都不是工钱的事情了,万一中暑,往地里一摔,倒一个,我就倾家荡产。我只能用除草剂。"

梅晓歌若有所思地说道:"除非规模化,科技也跟得上,这是个系统的事情。"

"农业和生鲜绝不是低门槛,以我自己的经验来说,风险比县里的篮球架都高。我刚才为什么说不搞批发,物流运输就怕烂市,发一车菜到销售地,连车费都回不来的情况太多了。"

正说着,办公室的门开了,郑三和小董一人抱着一个纸箱子走了进来。

"每样一种,是这个意思吧?"郑三边问边把箱子搬到梅晓歌面前。箱子里面装着各种各样的蔬菜。

看着自己的劳动成果,蒋新民如数家珍般向梅晓歌介绍起来:"这黄瓜擦了泥巴,生吃一点儿问题都没有。书记,你看我这都是有机绿色,绿色其实就是'三无产品'。很多东西都是矛盾的。农村的东西怎么会有标准?就像县里那些小作坊,榨油的、酿酒的,都是纯天然吧?但也许它的菌群会超标。所以我干脆少而精,除了生产,别的什么都不管。"

梅晓歌拿起一根黄瓜,擦了擦,掰成几块分给郑三和小董,自己边吃边说:"现在的问题是很多基层干部不懂农业知识,很多来到城里的村民都不愿意回去种地,孩子都分不清麦苗和韭菜。农户们宁可把钱拿到城里买房保值,也不敢在农业项目上有所尝试。"

说到投资,郑三接过话茬:"一部分农户就是这样,见利则聚,有损就散,不愿意服从管理,一丝一毫的风险也不肯担着,只要今年种的东西还能卖,就不想明年的事情。"

蒋新民亦是这个观点:"就像原平乡种苦瓜,鹿泉乡种西瓜。政府绝对不能错,一错就是你的问题,就是因为听了你的赔了。基层干部也委屈,赚的时候怎么不说?"

梅晓歌则从另一个角度开始反思:"这个事情,说实话从我在乡镇工作的时候就一直在想,来的路上还在想。农业到底应该怎么搞?政府、企业和农民的关系,哪种模式最好?"

多角度多层次的思考，让蒋新民对梅晓歌刮目相看："郑三说你要来，我就知道你心里已经有数了。"

梅晓歌谦虚地说："不懂才要多学习，所以伤疤再大也得来听听你当初是怎么疼的。听说刚去九原县的时候，你还号召过村民入股？"

蒋新民回答："我去的时候农民就已经不信任企业了。之前有人忽悠他们，把商业前景说得天花乱坠，当然也有政策原因，说是种粮食，结果租了地改种花卉，自己又没经验，中途亏损就跑了，说好年底付土地租金，农民一分钱都没拿到。"

这样的结局让梅晓歌颇为惋惜："以前村干部只是媒人。这种事情村委会还是要介入，同时对接企业和农民，两边都踏实。"

蒋新民接着说："我也是想搞搞新模式，让村民按土地入股再分红，到地里干活还能拿一份工资，双保险。结果地下水和土地污染造成种子问题，项目亏钱，企业完蛋，给我投钱的老板也跑了，还拖欠了村民的工资。你说我刚从光明县跑到那边，又开始接访了。"

"根子还是污染。哪个地方？"

"你老家，莲花乡。"

说来说去，又回到了问题的原点——环保。

从蒋新民那里出来，梅晓歌又在附近的田垄上转了一会儿，和正在地里干活的几个农民简单聊了几句。郑三本来陪在旁边，忽然一个电话打进来，他看了一眼屏幕赶紧走到一旁的树荫下面，接起电话压低声音说："我没在厂里，你说。那个字我先不签。迁厂的事情还没定下来，上什么设备？是啊，县里现在没钱，那么点补贴，我拿情怀去迁啊？当然真要是迁成了我们也能扩大规模，先看看吧，书记现在满脑子都是种地的事。"

此时，远处传来梅晓歌大笑的声音。郑三扫了一眼，见梅晓歌起身要走，赶紧挂断电话，快步迎上去问："书记还想去哪儿？"

"先这样，回去还有个会。让小董给你当司机吧，你坐我的车。"

郑三赶紧答应着，心里却暗暗打鼓——坐一辆车，显然是有话要说。

郑三一边转着脑子想接下来该如何应答，一边上前几步，给梅晓歌拉开了车门："今天才知道晨跑有多重要，真的是体力好才能日理万机。我这才跟了小半天就不行了，头昏眼花。搞完工业搞农业，书记这一天得有多少事情啊。"

梅晓歌已经习惯了郑三张口就来的奉承话，但对郑三，他一贯是有话直说："有时候觉得每天要是不用睡觉就好了。不过前两天开会我还在说，也不用什么事情都去操心，该放手的就别去乱管。你在鹿泉乡的那个厂子，旁边有块富硒土地，你知道吧？"

又是厂子又是土地，郑三不敢轻易搭话了。待二人在车上坐定，梅晓歌接着说道："本来有想搞成产业示范基地，这个事情市里面也很重视。但是有一个问题，土壤富硒，那种出来的东西是不是也含有这个东西。这里面会有一个吸收和转换的问题，包括检测和认证，我就建议过程不要管，很简单，结果导向，老百姓搞出来一个就奖励。怎么搞，让他们自己去摸索。"

书记说了这么多，再不吭声就变成立场问题了，但这件事的前景尚不明朗，郑三掂量着说了句不咸不淡的话："我知道富硒饼干，营养价值很高。"

梅晓歌也不兜圈子，直截了当地说："蒋新民说的那些话，你也听见了，我的想法也是一样的，农业这种事情，除了政府，必须有企业参与，专业的事情要交给专业的人。你有没有兴趣？"

"您说的是搞富硒产品吗？"郑三试探着问道。

"那不一定。产业化种植都可以。你也不用着急答应，先想想，做做调研。说实话，这种事情，我完全可以不做，它绝不是一朝一夕的事情，干成以后我也离开光明县了。我就是觉得，它一定是个大趋势。"

话已经挑明，郑三不管能不能做到，嘴上必须先说到："书记您这么说，我是一定要搞的。得会算账啊，明天起我就研究一下，不懂的还得向您多请教。"

梅晓歌要的就是这个态度，他望向车窗外无边的田地，感慨地说："有些事情早也要干，晚也要干，反正要做，那就往前冲冲看吧。"

虽然没出门，但艾鲜枝一点儿都不清闲。下午又是两个套开的会，由她亲自主持。会上要讨论研究光明县第一批水库移民后扶项目，扶贫办主任拿着一份稿子坐到话筒跟前，一板一眼地念起来。这些材料早已经提交到艾鲜枝手里，她没听两句便插话说："不用念稿子了，说重点。"

扶贫办主任一时语塞，没有提前准备，他根本不知道重点从何提炼，况且平时汇报材料的开头是一定要念的。所以停顿了几秒钟后，他硬着头皮又念了起来。

"说了不要念稿子啦。"艾鲜枝毫不客气地打断了他，"以后开这种会不允许再照着念。稿子是给我们看的，不是给你复制粘贴的，直接说事情，拣重点说。连这个都需要我重复好几次吗？"

此时，赵乐恒拿着几份文件走过来，听见会议室里艾鲜枝怒气冲冲的声音，他向江霞小声问道："县长又发脾气啦？"

江霞正忙着在微信工作群里发各种工作通知，听见赵乐恒的问话，抬起头回给他一个肯定的表情。

赵乐恒朝会议室看了一眼，想了想说："那我还是一会儿再进去吧。"

过了不久，项目汇报终于结束了，可扶贫办主任并没有回到自己的座位上，而是立在原地望着艾鲜枝。

艾鲜枝指着汇报材料问道："我就问几个数字。这个镇安排多少人、多少钱？全部移民有多少人？"

"3091人。"扶贫办主任小心翼翼地回答。

艾鲜枝紧接着又问："分配到多少个村组？"

"112个村组。"

"100多个村组3000多人，这笔钱具体怎么分？人人都一样，还是不一样？如果有区别，那是为什么？"

面对第三问，扶贫办主任的回答有些磕巴："我们……我们是按项目分的，不是按人均分的。"

这个答案显然应付不了艾鲜枝，她接着问道："你刚才也没把项目说清楚啊。很多数字能说清楚吗？这个工作不好弄的，基本的工作原则是雨露均沾。哪个轻哪个重，哪个多哪个少，你们要好好地想一想。水利局的人在哪儿？你们去年到今年都干了些什么？开两会的时候，多少代表在说水利的事情，你们什么都不知道。你们报上来的这些都不是数字，这都是一个个的人，一个个的家庭。就我一个人在这里忧心忡忡。资金整合方案有没有？"

此时，水利局的一位工作人员从后排站起来，怯怯地回答道："有的，县长。"

艾鲜枝示意他坐下，继续说："所有的钱都是跟着项目走的，要有数据有选择有方案。我最不满意的是每个人都有道理，不停地欠钱，不停地搞项目，一问具体的只会念稿子。我如果是你，我都不好意思来开这个会。"

这话既是在说扶贫办主任，又是讲给其他人听的。此时的会议室里当真是寂静无声。但安静并不能解决问题，很显然钱的事情已经让艾鲜枝焦头烂额："包括长征公园建设这个项目，我一直压着，是因为根本看不懂。要盖二十亩的停车场，你们出去看看，光明县有没有那么多的车！你们还跑过来做我的工作，说这个可以申请上级资金。这个事情，我必须讲清楚，有多少钱做多少事，质量一定要做好，红色遗迹啊，先烈的眼睛都在看着你，搞不好先烈的眼睛都闭不上。"

一顿痛批之后，艾鲜枝稍稍缓了口气，她略略调整了一下语气，尽量柔和地说："说到底还是钱的问题——这些话就不要进会议记录了。我们如果像九原县那样有矿有资源，也不会在钱上这么抠着大家。县里现在很紧张，就像梅书记刚来的时候一样。上次我还在和书记说，他当初急企业所急，凡事都为企业着想，我是很感动的。我们总在说数据，数据不是铅字，那是活生生的人，上有老下有小，像咱们在座的一样。经济数据差一些，刚毕业的大学生就找不到工作，刚结婚的两口子就可能会断供，被人从新家赶出来，流离失所啊，这不是在开玩笑。"

艾鲜枝一边说一边看了看台下的乔胜利，会上的人虽然没说话，但心里都明白县长的意思，环保这一刀切得太狠太疼，再这样下去恐怕就要失血过多了。

艾鲜枝接着说道："营商环境的测评近在眼前了，我们要做到有求必应，无事不扰。有需求马上就办，无事不扰的意思就是不要顶格处罚，企业不熟悉当地的政策，需要引导。那些千里迢迢来创业的企业家很不容易，比我们惨多了。我们还有工资，他们搞不好连退休工资都没有。没有实体经济，没有企业，没有税收，哪有我们这些人的工资？必须要查清楚环境污染的企业，但是没问题的就不要乱作为，要为老百姓考虑。我们花了好几年的时间，好不容易让原来围堵县政府大门的事情消失了，坚决不能再出现了！"

艾鲜枝说完把手中的杯子重重蹾在了桌子上，所有人的心里都跟着咯噔了一下。环保和发展，这两难的选择题摆在了每个人面前，谁都跑不掉。

长岭村村委会里，除了林志为，之前去昌盛矿业讨说法的几个人都聚在了这里，而把他们聚到这里的也正是林志为。三宝出去接了个电话回来问道："小林呢？还没回来？"

"没，打电话也不接。"宝根回答道。

三宝皱了皱眉，一边拨打林志为的电话，一边念叨着："把你们都叫过来，他又不在，是什么事情他也没说啊。"

徐军接茬答道："就说要打官司，告九原县那家厂子。"

号码拨出去，传回来的却是电话已关机的提示音。三宝不禁有些担心："这孩子是丢哪儿了？徐军骑摩托车找找去。"

徐军答应着起身往外走，正巧和林志为撞了个正着。只见林志为满身满脸的泥污，脑袋上都是汗，一进门什么都不顾就先找插座给手机充电，嘴里还不停念叨："电动车没电，手机也没电，再多一米也走不动了。"

三宝打量着他的样子，凑上去问道："这是到哪儿打仗去了？"

林志为掏出早已喝干的保温杯，一边倒水一边回答道："还是隔壁。问了九原县很多的村民，大部分生了病的都拿过昌盛矿业的赔偿，谁听话就给谁，谁敢闹就拖着不给。有人转成慢性病，需要长期治疗的，也没人去管。"

几个人听了这话都面面相觑，显然都没搞明白林志为这么做的目的。三宝跟着又问："找这些要干什么？带着村民去上访，找曹立新吗？"

林志为咕咚咕咚地喝了几大口水，耐心地解释道："我们集体去告那家厂子，县法院肯定要证据。这些东西早准备早好。我也不知道有没有用，反正一勺烩，包括污染周围村子的顺序，村民发病的具体时间，全问到了。"

宝根见状，犹豫地问："就我们这些人，告一个大企业，能赢吗？"

林志为心里也没底，但他还是说："不去告肯定赢不了。小马过河，总要试试。"

就在这天傍晚，林志为在村民们聚集的小广场摆了张桌子，把集体诉讼的诉状拿了出来。这些日子的走访、宣讲、动员总算没白费，诉状一拿出来，很多村民都聚拢过来，排着队要签字。

在原告一栏中，宝根第一个签上了自己的名字。

鹿泉乡政府食堂里，李来有、曹建林和刘亚军正围着吃一锅香喷喷的山野菜走地鸡烩锅面。饭还没吃完，临走的礼物早已准备好了——几盒标着"有机、绿色、无污染"的"鹿泉山蘑"整整齐齐地放在柜子上。

李来有一边张罗饭菜一边说道："上星期就想叫你们来，今年雨水太少了。这松蘑都得是雨一停就上山，采了就吃。我给曹站长盛点菌汤，这玩意男人吃了能发电。"

刘亚军在一旁揶揄道："到你这儿什么都是加油站，吃根草都能发电。乔胜利可说了你这地方遍地污染，水都不能喝。"

一提到环保治污，曹建林立马来了情绪。不等李来有反驳，他先顶上了："照他这么说，气也别出了。怕死别出门，天上掉冰雹再把眼睛给敲了。"

见他这么大气，李来有反倒笑眯眯的："哎呀，梅书记亲自抓的事情嘛。冰雹砸眼睛的概率确实也有啊，买副墨镜戴上不就行啦。"

"大晚上的戴墨镜，头没事，看不见路再摔骨折了，轻重拎不清啊？"曹建林依旧愤愤。

"那就再加个头盔嘛。喝汤，趁热，蘑菇一凉就腥了。"说着，李来有递上了一碗蘑菇汤。

此时，刘亚军忽然压低声音说道："梅书记是不是快要调走了？你们听说什么了吗？"

一句话把其余两双眼睛都引了过来，曹建林嘴快地问："去哪儿？市里还是区里？"

"我哪知道。"刘亚军往后仰了仰身子，"我就是觉得是不是快走了，所以要抓紧折腾点动静出来。"

曹建林呵呵一笑："瞎折腾。这块地上有多少人的蛋糕，他会不知道吗？推不动信不信？你出去看看多少厂子还在冒烟。"

此时李来有趁机点出了今天饭局的主题："说实话，天一黑，我就什么都看不见了。林哥你赶紧给推动一下电网改造啊，要不墨镜一戴，真要摔跟头啦。"

曹建林看了看李来有："他妈的，就知道这蘑菇汤不给我白喝。"

小院外面，不知道又从哪里飘来了一缕缕黑烟。

县委书记办公室的斜对面就是会客室，有人来见都会提前在这里等着。梅晓歌带着小董刚一出电梯，就听见里面传来路长宇的声音："这是走到现在这一步了，多少有点效果，骂医改的人才算少了些。要不是马市长那次来视察来支持，能有这么顺利？"

小董马上警醒起来，他仔细听了听，知道里面应该还有徐泳涛。于是，他加快脚步，先从会客室的门口走了过去。屋里的对话戛然而止，随后梅晓歌不动声色地回到了办公室。

不一会儿，徐泳涛走进梅晓歌办公室向他汇报："医改有个调度会改到明天了。初稿基本完成，我过了一遍觉得还可以，有些细节稍微修改一下，明天一早给您过目。另外，晚上分管医疗的周副市长来，是不是让常务去陪一下？"

"好啊。"梅晓歌端着刚沏好的茶望向窗外。

徐泳涛沉思片刻，略微放低声音说："还有个事情。市政府有个通报，咱们的经济数据下滑，市里提出口头批评并予以通报。下星期可能要您去做个说明，县长也要做个检查。"

"知道了。"梅晓歌淡淡地应了一句。徐泳涛见状没再多说，静静地退了出去。窗外是县委大院东侧的篮球场，时间已近傍晚，两三个年轻小伙正在场上做着投篮的热身动作。

梅晓歌思索良久，掏出手机，翻出了通讯录里马广群的电话。艾鲜枝从市里带回来的话，半天还萦绕在耳边。梅晓歌在心里掂量了半天，最终还是没有打出这个电话。

手中的茶水已经凉了，梅晓歌索性放下，换上办公室里的运动鞋，下楼朝着篮球场跑了过去。

晚上，梅晓歌拨通了乔麦的视频电话，两人有一搭没一搭地聊着。见乔麦的桌上还摆着餐盘，梅晓歌便问她晚饭吃了什么。

"想我婆婆包的饺子了，就煮了点速冻的。"乔麦知道梅晓歌打这个电话绝对不是为了关心她的衣食住行，于是便直接挑明了说，"我怎么听说，市里开会，马多少有点针对你的意思。"

"正常批评，没听说别的。我其实一直好奇，西藏的海拔那么高，煮饺子能熟透吗。"

"有高压锅啊。"这么个常识性的问题，梅晓歌怎么会不知道。乔麦盯着镜头里的梅晓歌问："你老躲什么？"

"躲谁，马还是你？"

看着丈夫谨慎的神情，乔麦笑着说："新州市的海拔很高吗？不缺氧就别装傻。问你话呢，兜什么圈子，聊几句怕什么？"

"我怕什么？我不就是怕你乱琢磨、乱担心嘛。"梅晓歌也跟着笑了笑，但是真的很勉强。

乔麦了解梅晓歌的性格，心里装事，嘴上话少。"马广群的小鞋已经穿脚上了，和我就喊喊疼吧。"她尽力劝慰着丈夫。

梅晓歌低头沉默了一会儿，意有所指地说："今天打球，好像鞋真的小了，和光明县的经济一样缩水。"

"我让你去找一趟谷书记，找了吗？"

"领导那么忙，哪儿有时间听我诉苦。"

隔着屏幕，乔麦瞥了梅晓歌一眼："你现在越来越不老实了，我的话一句都不听。反正最坏的结果，你自己先想好，今天四二，明天四一，小鞋子肯定是越来越多。你要想好万一崴了脚去哪儿治，万一治不好，残疾了怎么办。"

梅晓歌没反驳，说了一句"去倒杯牛奶"就离开了镜头。乔麦在那边有些不淡定了，对着空镜头着急地问："是不是又失眠了？喝牛奶还不如直接吃点药片，省得半夜跑厕所，还不一定有用。你住的地方有药吗？是不是我上次给你发微信说的那种？我最不喜欢管控别人，你自己看。"

没一会儿，梅晓歌重新坐回来："前阵子是有些纠结。毛线太多，扯也扯不清楚，脑子里乱哄哄的。这两天好多了。这是原平乡新出的调制奶，我觉得还不错，等你回来也尝尝。"见乔麦只是关切地望着他不说话，梅晓歌喝了口牛奶接着说："大道至简吧，这么多年我还是这一个老办法，想不通就不去纠结它，毛线太多太乱我也不解了，只把做这个事情为的是谁想明白就行。我就这一条路走到底，有坑，有泥巴，崴不崴脚都认了。这么一想，事情马上简单化，每天晚上我都睡得很踏实。放心，鞋再小我就脱掉，光脚我也能走。"

梅晓歌的眼神平静而清澈，但乔麦知道，在这之前他一个人不知道熬过了多少不眠之夜。她笑了笑，和梅晓歌讲起了自己之前的经历："有些事情一直没和你说过。我刚调到新府区之前，很多本地干部都在排队等着腾出来这个坑，偏偏栽进去的是我这么个外地萝卜，加塞不说，搞不好还会留下来。后面的人怎么办？人生有几个三年、五年等着排队？眼中钉啊，所以我干什么都不对。冲在前面说你出风头，缩到后面去又说你懒政、不作为。走基层多了骂你形式主义，少了又说你脱离群众。横竖都有问题。后来我就想明白一点，他们随便说，我就一个心思——全心全意为人民服务。这个总没有错吧？他们谁还能再说我什么？"

梅晓歌点点头："越复杂的事情也越简单，就是这个意思。"

聊来聊去，两人的思路终于汇聚到了一个点上。乔麦看着梅晓歌手里的牛奶说："你不是最近天天在研究农业嘛，大不了和蒋新民一样包块地，我去找区政府的食堂，看能不能把你的土豆给包销掉。"

妻子的鼓励让梅晓歌宽慰不少，他想起和蒋新民见面的情景，不禁感慨道："和蒋新民见面的时候还说起青山书记了。说实话，现在我才明白老吕书记当初啊，是个怎么样的心境。"

夜色深沉，万籁俱寂。结束了和乔麦的电话后，梅晓歌躺在床上踏实地睡着了。

第二天一早，他和往常一样去体育场晨跑。不知道是不是受了他的带动，来这里晨练的人越来越多了。几年下来，他们很多都和梅晓歌成了熟人。梅晓歌边跑边和大家打着招呼，亲切得像在家里一般。

一上班又是开会，进场前，梅晓歌习惯性地去了趟卫生间，但他只是洗了洗手。因为紧张而造成的尿频已经离他远去，如今留在他身上的，只有笃定和坚韧。

第十八章　新征程

一大早，长岭村参与集体诉讼的村民们在林志为的带领下，浩浩荡荡地来到了光明县人民法院。

平时在村里，三宝是当仁不让的带头人，可一进了县城便不由得有些胆怯。他走到最前面的林志为身边，小声问道："那边请的是市里的律师，咱只有个快退休的，行不行啊？"

"这么多人都生了病，铁一样的证据，我们不怕。"林志为坚定地说。

三宝下意识地点点头，片刻后又有些不安地问："一会儿还要说话，你算当事人还是证人？那些公检法的词，你懂吗？要说些什么呀？"

林志为说了四个字："实话实说。"

常委会（扩大）会议上，梅晓歌开门见山地从农业说起："农业农村局这几天辛苦了，到处跑调研。农业现在出现的问题很多，劳动力供应减少，农民都不愿意种地，很多人全家迁走，等老了再回来，也没力气种地了。养老怎么办？农村的医疗和交通正在解决，教育还差点力度。这些配套问题不解决，光靠呼吁完全没意义。'三农'问题全都在桌上，掩耳盗铃是没有用的，这也不是一朝一夕了，我们是滚着雪球上山，万丈悬崖一直都在身边，我不知道有几个人看见了？

"每年毕业的大学生连县里都不肯回来，更别说乡下了。上个星期我去原平一个村子，村委会墙上贴着七八个考出去的大学生的照片，他们是村子里的骄傲，但没有一个人肯回来，有的过年都不回来。你也不能怪他们，回来做什么，还种地吗？如果有特别好的工作机会，空气好，待得舒服，他们自己就回来了，核心是自愿。农村确实是金山银山，但是必须得让大家看得见、摸得着。不动脑子，总在喊口号，换了我也不回来。"

梅晓歌言辞恳切，但台下听着的人心里都有自己的小九九。李来有和李保平并肩而坐，小声嘀咕道："书记天天往你那跑，你得抓点紧呀，别辜负了领导一片苦心。"

李保平用鼻子哼了一声："就剩下吃苦了。你们工业招商好招，我都快跑到国道上去拦车了，拉着人就问'你种地吗？'。哎，说真的，你种不种？"

"我去了种什么？种个法兰厂吗？种一百关五十。"

轮番自嘲了一顿后，李保平突然有点神秘地说："我和你说句话，你先别往那边看啊。最近这几次开会，县长和书记的眼神几乎都不对视、不交流，有没有？"

李来有假装无意地往台上瞟了一眼，正好看到艾鲜枝朝梅晓歌递了个眼神，不禁嘴角一动笑了笑。李保平自然也看到了这个对视，只能自己给自己圆话："一个炒菜，一个嫌呛，看也是假看。"

梅晓歌的发言还在继续："光明县现在种地就是交个朋友不赚钱。每家平均两三亩地，如果是粮食作物，你把人工成本算上，不管能不能丰收都是亏本的。不算人工，盈余顶多也就千把块钱，这还是按丰收年来计算。靠天吃饭，起得比鸡早，睡得比狗晚。壮劳力现在干什么不能挣到两千？种地太辛苦而且钱少，所以村民进城务工，农业大学的毕业生很多都改行了。李保平你总在看表，是不是饿了？"

四周传来一阵笑声，李保平立马坐直了身子，不敢再有小动作。

听见屋里有笑声，站在后门门口的江霞和袁浩不约而同地朝里面看了一眼。待梅晓歌继续讲起粮食安全的问题后，袁浩凑到江霞身边小声问道："哪天吃你的喜糖啊？"

"谁呀？"江霞不明所以地反问。

"财政局那个新分配来的小伙不是在追你吗？听说快订婚了，是不是？"

江霞轻叹一声："我快三天没洗头了。天天跟着县长跑，哪有时间谈恋爱？还订婚？你呢，什么时候领证？"

袁浩也是一脸苦相："书记最近就差住到各个村里了。污染的厂子要关，地要找人种，县委办天天加班，对象也见不着，搞不好我都快分手了。"

说完，两人又再次望向了台上的梅晓歌。此时，他的发言已经进行到了具体落实阶段："农业的问题以前是温水煮青蛙，看着没那么急迫，干好了也没什么响动，面子挣不到。但是各位，如果再没人去关心它，连锁反应的口子一旦捅破，后面是补不起窟窿来的。党员干部决不能对明摆着的问题视为不见。我建议先在原平和鹿泉两个乡搞试点，村委会介入，既要不遗余力支持企业，也要保护好农民的利益，不着急不行了，环保那边关停了不少厂子，宜早不宜迟，得赶紧把农业的饭碗补起来。"

提到了试点乡镇和措施，艾鲜枝在一旁提笔记录了一番，这几句话是接下来全县工作的重点。

不过梅晓歌的发言并未就此结束，提出了工作方向后，他未雨绸缪地指出了今后工作的隐患："但是越着急越不能慌，种什么一定要想好、确定好，放长线。我特别害怕"三个一"：一刀切、一窝蜂、一拍脑袋。必须稳扎稳打，搞有中国特色的新型农场，真正站在农民的利益和角度，尽全力解决农业相关问题。笨办法，先别去想哪天能结果子，我只管今天的小树苗种没种。"

叶昌禾今天和乔胜利并肩而坐，他悄悄向乔胜利问道："马市长是怎么回事？"

"怎么了？"乔胜利不知道他在暗示什么。

"全省医改交流会，前两天不是说好要来县里讲话嘛，又不来了。"

看来叶昌禾也听到了传言，但乔胜利不想聊这些，捕风捉影，毫无意义。于是他淡淡地回了一句："可能是领导忙吧。"

"说是去了九原县。"

"是吗？"乔胜利的反问意味深长。光明县和九原县的环保账还没算明白，马市长难道要提前站队？乔胜利不禁抬头看向了梅晓歌。他并不知道，这些传言和猜测已经不能撼动梅晓歌的决心了。

梅晓歌庄重而恳切地说道："很多事情都一样难，容易做的也不用我们开大会说了。包括环保治污，没有挽救意义的高污染企业必须关停，马上，立刻。我刚来光明县的时候就面临这个两难问题，一边是环保一边是发展，弯弯绕，最后其实只有一条路，那就是破釜沉舟。说实话，一个农业一个环保，这两个事情我完全可以不做，做成那天我可能也离开了。一任主官最多最多待满五年，我是个外地人，时间一到坐车就走了。你们大多数都是本地的，还遇得见在那些污染土地上过日子的村民。在县医院，在信访局，等退休以后，再在街上碰到了，你敢面对面直视他们的眼睛吗？你敢看那些眼神吗？后半辈子无数个日日夜夜，你们都要被这样的眼神盯着，大家睡得着吗？一个政党，一个政权，前途命运取决于人心向背。如果我们连这一点都忘了，党性就丢了。我们得对得起光明县三十八万的老百姓，对得起党，对得起手里的权力，对得起自己，也对得起祖宗和子孙后代。今天你和我做的每一件事情，以后都会印到县志上，白纸黑字，谁也改不了，抹不掉。以后光明县的子子孙孙，要么竖着大拇指夸你，要么戳着脊梁骨骂你。"

偌大的会议室再也没有嘀嘀咕咕的声音，所有人都听着梅晓歌入情入理的讲话。

"当官就像解题，麻烦就是试题。我其实完全可以不考满分，只混个及格线就可以拿毕业证。离校走人很简单，但是这次不拿满分，光明县连下次考试的机会都没了。麻烦就像是数学题，就像那些污染企业，你不去面对它，它会永远存在。把笔掰断，把考卷撕烂都没用。期中考、期末考，它永远是拉分的那一道题。有的题，你为什么不敢解？因为怕算错。心态很重要，平时你也可以解，做练习的时候、打草稿的时候都可以解，因为错了也没有关系，但是高考只有一次，解错了，你很可能就上不了大学。对吗？

"只有当你不怕算错的时候，才不会害怕解题。我在基层干过多年工作，也读过一些书，我很清楚自古以来做官的逻辑，低调和周全才能长久。但是这次不能再低调了，我家的祖坟就在鹿泉乡长岭村的隔壁，已经冒了青烟，官做到县委书记已经够了。我们所做的只要是全心全意为人民服务的事情，路就是正的。我坚信市委也会有坚定的政治原则立场，我也坚信所谓传说中的谁和谁关系怎么好、谁会保护谁，也只是一种情谊，绝不等于同流合污。楚河汉界，领导会分得很清楚。各位同仁，人生有些难题，我们必须去解。人生有些事情，我们是一定要做的。"

就在梅晓歌慷慨激昂的同时，光明县人民法院民事诉讼法庭也开庭了。作为原告方当事人代表，林志为按照法庭的要求开始发表陈词：

"我叫林志为，是鹿泉乡长岭村的驻村第一书记。刚才大家看到的九原县昌盛矿业挖采山体的照片，是我在长岭村工作满三年的那天拍摄的。我上班的第一天，有同事告诉我，单位有很多所谓约定俗成的规矩，要打破它就会给自己找别扭。他说，等时间长了，我就会明白，很多事情不需要别人站出来阻止你，你就会自觉自愿地去遵守这些规矩。这些规矩包括遇到事情别莽撞，别冲动，不要当出头鸟。

"这个同事还告诉我，驻村是个苦差事，最好不要去。因为你去了什么都不懂，农村的事情很麻烦，比如像跨县污染这种事情，更复杂，更难解决。等我驻村以后，确实发现有很多困难，但是村民的困难更多。如果因为复杂就不敢解决，也不去解决，那这个村子要我干什么？

"去长岭村之前，我从来没有见过宰猪宰羊。我完全不知道羊被宰的时候，居然不挣扎、不吭声。九原县为了挖矿，把山都要挖穿了。污染越来越厉害，如果没人管、没人阻止，再继续下去，生病住院的人会越来越多。今天，这些村民都没法到法院来坐在这里旁听。村子生了病，我得站出来，不能让长岭村变成那只不会叫唤的羊。

"来的时候，三宝主任还在问我，说我不懂法律、不懂程序，让我说话，我要说些什么。我说我不懂那些专业名词，我就说实情，将心比心。如果我们把光明县，把鹿泉乡，把长岭村当成自己的家，把这些生病的村民当成亲戚、家人甚至是自己，我们会如何？谁也不知道哪天更多的人会突然病倒。如果是癌症呢，谁能扛得住？如果这些事情发生在自己身上，我们又会怎么想？"

林志为面色凝重地望向法官，而旁听席上的三宝、宝根、徐军、刘喜还有所有其他前来旁听的村民都深情地望着他。在大家的心目中，林志为不是下来镀金的县长联络员，他把自己的心放在了长岭村，是和大家同呼吸、共命运的第一书记。

　　此时，九原县昌盛矿业的门口忽然驶来了一辆灰色的考斯特车。车子停在厂区正门口，刚好把一辆载着铁锭的卡车堵在了里面。卡车司机猛按了两下喇叭，考斯特车分毫未动。见此情景，司机助手从副驾驶座上跳下来，和厂区的门卫一起走到了考斯特车的跟前。

　　考斯特车的车窗缓缓降下来，司机助手和车上的人简单交涉了两句，忽然转身飞奔回到车上。司机见情势不对，马上问道："什么人？"

　　助手心惊胆战地说："说是国家生态环境部什么督察组的！"

　　刘大同急匆匆走进来的时候，马广群正拿着桌上的电话指导下属修改发言稿："'全力推动招商引资、项目建设取得新突破'后面不要那么啰唆，删掉这一大段，直接接上'一是抓好工业产业招商工作'，然后什么什么，一直到'引进一批高技术含量、高成长性的产业项目'就可以了。二、三、四都不用改，结尾你再过一遍。"

　　虽然心急如焚，但电话没挂，刘大同还是不敢轻易开口。不过马广群已经注意到了他的表情，能让他的联络员急成这样，不会是小事。于是，简单地跟电话里交代了几句之后，马广群放下听筒问道："什么事？"

　　刘大同踌躇了一下，绕到马广群身边，压低声音汇报了督察组突访九原的事。马广群未置一词，点了点头，便让刘大同出去了。

　　办公室里似乎有些过分安静了，映衬着马广群更加纷乱的心。过了一会儿，他的手机在桌上振动起来，屏幕上赫然显示出曹立新的名字。马广群看了看，既没接也没挂，只是默默地摁息了屏幕。

　　手机的另一端，曹立新在县委大楼的卫生间里听着无人接听的提示音，无奈地挂断了。杨主任刚才跟他汇报的时候说，国家生态环境部这次是暗访，直接去查企业，市里也不知道。

　　曹立新有些不相信："为什么单来九原县？有人举报还是随机抽查？"

　　这个问题，杨主任回答不了，他只说有好几个督察组同时行动，省里也来人了，这是他目前掌握的全部情况。

　　曹立新收起手机，时间不多了。

　　散了会，艾鲜枝边往办公室走边听李保平汇报富硒农业的事。就在这个时候，艾鲜枝的手机响了，李保平赶忙停下来。但艾鲜枝看了一眼屏幕，调成静音后便让李保平继续。

打电话的人很执着，一直到李保平汇报完毕，艾鲜枝攥在手里的电话始终在闪烁。等到李保平离开后，艾鲜枝破天荒地自己把办公室的门关上了。随后她回到座位上，快速接起电话，用一种平时少见的语气对手机那头的儿子说："我也是开了个会。刚才给你打电话，没影响你工作吧？以后不方便，你直接挂断就行。现在说两句，你那边方便吧？"

大概是随母亲，艾鲜枝的儿子也是个急脾气。终于轮到艾鲜枝轻声细语地好言相劝了："你听妈妈说，辞职这个事情没有你想的那么浪漫。现在觉得很潇洒，那是你还没撞过墙，创业哪有那么简单？我见过太多的企业家了，头破血流的不知道有多少，银行这种单位再不好它起码也是旱涝保收。"

这些循循善诱没能走进儿子的心里，手机里传来了一阵比刚才更大声的嚷嚷。艾鲜枝的语气更软了："我只是表达一下我自己的建议。小婷怎么样，最近孕期反应还厉害吗？你们月底回不回来？"

儿子模棱两可的回答中透着不耐烦，艾鲜枝还想再叮嘱几句，没说完电话就被挂断了。她站起来走到窗边，不无失落地轻叹了口气。

窗外，县委大院一如往常繁忙。小董一路下来，赶在蒋新民走进大楼前迎上了他。其实，蒋新民已经到了一会儿，只是故地重游，再次仰视这座大楼，不免五味杂陈地踌躇了片刻。

办公室内，梅晓歌早已准备好了迎接客人的好茶。蒋新民走进这间熟悉的办公室，打量了一圈说道："哎，这盆花长得这么旺，几年前我来这屋，比现在矮至少小半截。我就不行，养不了花，他们都说我这是火命。"

"不会养花没关系，会种菜就可以了。"梅晓歌说着递给蒋新民一杯茶。

蒋新民身上还有机关单位的作风，客客气气地接过茶杯。梅晓歌反倒实在，直截了当地说："和你我也不客气，现在真的是需要你的支持。你看你是农大毕业的，有专业、有情怀、有理想，关键是懂种地、懂技术，也有规避失败的经验。举贤不避亲，再没有比你搞农业更合适的人选了。"

对于今天这场邀约的目的，蒋新民早已心知肚明，于是也开门见山地问道："书记是想做个试点还是样板间？"

可这两样都不是梅晓歌想要的，只见他笑着摆摆手回答："那些装点门面的事情，我没兴趣。要是搞面子工程，我就不找你了。发展规模化农业产业，大幅土地流转，如果你来做，你会怎么搞？"

谈话进入了实质性阶段，蒋新民反问道："搞多大？"

"要看想搞多大。"

梅晓歌的胆量和气魄让蒋新民为之一振，他思量片刻后答道："我建议星星点灯，大农场、小农场都要有，企业和家庭也可以并存。作物类别、规模大小不用必须一样。不一样的地，种不一样的东西。"

梅晓歌继续追问："劳动力短缺怎么解决？"

"如果土地流转可以达到一定的规模，机械化程度高，对人工的需求会极少，未来只需很少的人就可以完成工作。举个例子，五千亩地，飞机撒药，全部机械化耕种，十二个人足够了，还能规避风险。现在的小工找过来，全都是六十岁以上的，万一摔倒怎么办？"

这个答案反倒有些出乎梅晓歌的意料，他想了想又问："那我反过来也举个例子，如果规模化产业成气候了，或者说万一未来县城富余劳动力就业困难，怎么解决？"

"经济作物风险大、利润多，传统作物风险小、利润低。对人工的需求也大不一样。根据地貌统筹种植，百花齐放。比如用一部分洼地去种藕，就业岗位就会翻很多倍。"

"需要政府解决什么问题？"

"政策。土地流转到期怎么办？摸着石头过河，上岸以后呢？"

梅晓歌若有所思地点点头，这几个问题让他对今后政府在农业发展中所起的作用有了一个初步的定位。但新的问题马上又涌现出来，他接着问蒋新民："利润稳定，未来可期，为什么有的企业就是干不下去，甚至是血本无归？"

"除了前期投入太大，需要有钱、懂农业以外，还得有耐心、有情怀。不喜欢土地、不管不问的，不光农业，什么行业都干不成。"

这个观点梅晓歌完全同意，于是他抛出了最后一个问题："除了专业对口，那么多事情可以做，你为什么偏偏要干这个？"

不同于刚才胸有成竹的快问快答，听到这个问题的蒋新民长舒一口气，感慨地说道："梅书记可能不会理解，大自然是一个非常奇妙的环境，我每天早晨去地里走一圈，下一场雨，眼看着水稻比昨天长高一截，那种喜悦真的是难以言表。说句实话，现在让我再回县委大院来上班，我不一定愿意。"

梅晓歌被蒋新民的真挚打动了，他端起茶杯敬道："样板间也有好坏之分。爱什么才能干好什么，任何职业都一样。希望你成为光明农业的样板间！"

蒋新民也举起茶杯："搞拆迁、弄环保我还真不敢打包票，农业这件事情，一定完成任务。"

伴随着清脆的碰杯声，两人都会心地笑了起来。梅晓歌喝了口茶说："上次见完你，我和郑三也提过。他还是不懂行，有些犹豫。"

"越想搞才越犹豫。"蒋新民笑笑说，"以我对他的了解，现在没准已经去试水了。"

艾鲜枝的家在彧县的一个老小区里。平日她不回来，家里便只有父亲和丈夫张华两个人。这天听到艾鲜枝进门的声音，正在卫生间给岳父理发的张华马上回应道："十分钟开饭。"

艾鲜枝循声来到卫生间门口，举了举路上带回来的熟食说："我买了猪头肉和豆腐干，你俩晚上喝点。"

"肉得上锅热一下，要不你爸咬不动。"张华边说边小心地修理岳父脖颈上的头发。

艾鲜枝听了这话，冲着父亲问道："左边那颗好牙是不是也掉了？"

听到女儿委婉的批评，艾鲜枝的父亲坐在轮椅上慢慢转过头，不等他说话，张华便抢先替他回答了："光想喝酒不让刷牙，不听话呀。今天最多一两啊。"

"二两。"老爷子重新正了正头，倔强地说道。

艾鲜枝家的客厅摆了不少照片，多年来一家三代的生活照记录着小家庭的变迁，而最显眼的位置放的是儿子儿媳的结婚照。

电视上正在放着《北岳省新闻联播》，一上来的头条就是中央督察组就环保问题进行突击检查的消息。艾鲜枝没下班的时候就听说了这件事，很多现场的细节传得神乎其神。

张华端着一锅汤从厨房里走出来对艾鲜枝说："吃完饭给你四姨回个电话，还是上次那个事情，不论我说什么，她都以为我在糊弄她。"

"哪个事情？我都忘了。"艾鲜枝给父亲夹了两块热乎乎的猪头肉问道。

张华解下围裙，坐到桌子旁边说："她婆家的亲戚，在光明县乡中教书那个小孩，想调到县里，不教主科也可以。"

艾鲜枝没回应，左右找了找，问醋在哪儿。张华立马起身去拿，随后问道："单位组织体检，你检了没有？血糖最近稳不稳？"

艾鲜枝往嘴里送了口饭说："下星期去吧，最近事情有点多。我爸血压最近怎么样？"

张华抽出一张纸巾，擦了擦岳父嘴角沾上的菜叶回答道："比你肯定是稳多了，就是越来越聋，还老喜欢打听事，我嗓子都要哑了。"

艾鲜枝看着死死护住酒盅的父亲，笑着说："那不挺好，我想聊，他都不理我。和你聊什么了？"

"除了他外孙，还能有什么。他们最近回来吗？"

艾鲜枝瞟了一眼电视，本该主持会议的马广群没有出现在画面里，取而代之的是市委书记谷文章："重疾需下猛药，新州市一定以壮士断腕的决心，开展彻彻底底的环保工作！"

片刻后，艾鲜枝的注意力回到了餐桌上。想起上午和儿子并不算愉快的电话，她故意拖着长声说："小婷吐得厉害，怕晕车，安全带勒着肚子不舒服。小婷回来吃不惯你炒的菜。哎呀，小婷是南方人，咱家做得太咸啦——听媳妇话他倒是不用人教。"

看着妻子装腔作势的样子，张华淡淡地笑了笑。他是个慢性子，凡事都想得开："不来，我还省点事。第一次回来吃饭，包了一上午的羊肉馅饺子，来了非要吃大米饭。我还得现做，转头菜又凉了，一顿饭折腾了一天。"

艾鲜枝没接茬，张华明白她的心思大半被电视里的新闻收走了。于是，他默默地去厨房取了个汤勺，盛了碗汤递到艾鲜枝手里。"上个礼拜来家里找你的那几个人是开什么厂的？环保过不了关吗？"

艾鲜枝依旧没接茬，她喝了口汤，答非所问地说道："你现在的手法确实是有点咸，也不赖小婷，你自己尝尝。"

张华自己尝了一口，味道确实重了，但他却不急不躁地说："明天热的时候兑点水就好了。最近上访的还多不多？"

话题又转了回来，艾鲜枝明白张华是在担心她。她本不想把工作上的压力带到家里，但显然此刻是绕不过去了。艾鲜枝轻轻叹了口气说："今天又把大门给堵了，要不早就回来了。"

"人人都得吃饭，肚子一饿，就要出事。"张华边说边往嘴里夹了口菜。

艾鲜枝沉思了一会儿说："就怕还没开席，已经生病住院了。抓环保是最得罪人的事情，吃力不讨好。其实，梅晓歌完全可以留给下一任。"

张华抬头看向妻子："下一任没准就是你。"

"他这是在替后面的人扫雷啊，万一炸响了呢？"说到这儿，艾鲜枝停顿了一下，"有时候我在想，如果换一换，我会不会、敢不敢这么做。"

艾鲜枝又想起她和梅晓歌那场未完成的讨论，当时他们还约定有时间要继续深入地聊一聊。不过，现在她的心里似乎已经有了答案。

周日一大早，小萍带着刚出锅的包子和热粥去看林志为。如此浓情蜜意的早餐，林志为只能狼吞虎咽地猛塞，根本尝不出滋味。三宝催促的电话一个接一个，因为梅晓歌、李来有等一众领导要到长岭村实地考察，马上就到。

"没一个星期天不加班的。以后提前说，我就不来了，起码不用这么早来。"小萍一边帮林志为整理衣服，一边故意说道。

"让你昨天来，你又不来，非得今天早起。"心里过意不去的林志为赔着笑脸。

"我得熬夜备课啊，林书记。"小萍眼睛一瞪说道，"要不你打个电话让教育局别老来听课。徽章戴不戴？"

"又不是开大会，不用戴。中午给我吃什么？"

"吃屁。"

林志为嘿嘿一乐，急匆匆跑了出去。他明白小萍在工作上是个拼命的人，虽然到乡中时间不长，但她的教学水平已经在县里传开了。这事说起来好像跟他没什么关系，但每每想起来，林志为心里都美滋滋的。有时候被何老师骂两句，他也甘之如饴。

站在山坡上，长岭村的数百亩农田尽收眼底。和蒋新民预料的一样，梅晓歌现在看见的这些地块，郑三前几天也来看过，还和三宝讨价还价。两人初步定了个一亩地五百五十元的价格，下一步就是村委会去跟每一户谈土地流转。

可事情难也难在这一步，别看平时种地不积极，一说要流转，好多人又大摇头。别人不说，二嫂就第一个不乐意。因为之前生猪清栏的事，她多少还带着点情绪，这回又说让土地流转，她回绝得干干脆脆："我不愿意往外租这块地，行不行？孩子以后高中住校了，我回去自己种点瓜、种点菜，行不行？不差钱，不流转。"

当然，这些问题三宝是不会主动说出来的。梅晓歌问，他就点头说一切顺利。好在梅晓歌前期做了功课，他停住脚步，看着三宝问道："真的顺利吗？肯定有不愿意的。原因是什么？林志为也说说吧。"

被书记点了名，林志为上前几步如实汇报了自己了解到的情况："主要是没有安全感，担心土地租出去，合同一签好几年，心里发慌。"

"你问他慌什么，又说不上来。"李来有在一旁补充道。

"还有呢？"梅晓歌追问。

"除了个别人对之前的其他政策有情绪、有意见，也有个人原因。比如听说邻县土地流转的钱多，也不知道真假，想再观望一下。"林志为说，"劳动力不足是当务之急。隔壁村有的人从县里跑回来种芦荟，干到一半，老板亏钱跑了，城里的工作也丢了，很多村民都担心这种事情。"

林志为说的每句话梅晓歌都入耳入心，听完这些情况，他诚恳地问道："在村里，工作上有什么困难？"

这是让一线的人站出来挑毛病啊，林志为犹豫地看了看身边的三宝和李来有，没敢吱声。梅晓歌把这些细微的举动都看在眼里，他笑了笑对林志为说："肯定有，说说吧。"

感受到书记的真诚，林志为思量了一下回答道："就是婆婆太多。地里种出来的东西归粮食局管，种田补贴有乡政府管，土地归国土局，水沟归水利局，污染有环保局，改造要听财政局。这还不包括扶贫办和农业农村局，村民记都记不住，其实这些事情村'两委'最熟悉，但是什么都管不了。村民不肯回来，不光是土地流转，还有一些政策上的原因。比如几年前搞的示范村，很多人的祖宅都被推倒了，这些年搬到县城里的人，对村里没有什么留恋的，就不愿意再回来了。"

林志为道出了梅晓歌心中的忧虑，他看着远处的田地说："其实不单单是鹿泉乡的事情。这些年新农村改造，现在就是这样，几千万元投进去，房子盖好，路也修好，但是农民都走了。因为他需要的，你没有；你给的，他都不需要。真的要为农民考虑，站在他的立场上。种地也可以有稳定的收入，教育和医疗配套好，别的少折腾他，就这么回事。目光要长远，哪怕现在干不成，我干不成，还有后面的干部。只要方向对了、路对了，肯定有一天可以干成。"

顺着田间的小路，梅晓歌边走边对身边的林志为说："你说的很多东西我都不知道。你不来驻村，天天在办公室里待着，你也不会明白。早知道就让县长早点放你下来了。"说完这些，他又转向另一边的李来有说："真的，乱管还不如不管。咱们县还好，我看很多地方搞文化小镇、搞景区，按照自己的想象搞一个村子出来，又要报旅游，又要报示范村，还要报自然景区。你要追求大自然，又要搞很多塑料花，要的是真的还是假的？"

"这是造假。"李来有附和道，三宝也在一旁跟着点头。

"盖楼房、搞改建也一样，大手一挥，这一片拆掉重建，可一个地方到底能盖几层楼，住满了会有多少人，停车场要不要配套，这些基本的数学题都不算……"正说着，梅晓歌的手机响了。来电的是老熟人曹立新，此刻他已经到了光明县。

上一次和曹立新见面还是梅晓歌登门去九原县，这回倒了过来。梅晓歌一边挑茶叶一边说："我的茶叶没你的好，将就将就吧。喝绿茶还是普洱？"

不同于往常笔挺的白衬衫，穿了件灰色T恤的曹立新看上去脸色有些暗淡："胃有点不舒服，熟普有吗？"

梅晓歌取了个茶饼，边泡茶边问："你昨天是被谁给灌醉了，半夜给我打电话，反过来问我找你什么事。"

"那我是又断片了。"曹立新笑了笑说，"省里九原商会那些人，劝酒太凶了。"

"你在主场不是很矜持嘛，谁劝酒也不喝，怎么一到客场就喝醉？"

"主要是为对方考虑。到了外地，东道主肯定是热情的。搞招商，你要有态度啊，一杯酒一个项目，我就干脆自己把自己搞醉，别人也省事。人家来了九原县不一样，我得搞接待，得讲究啊。"

听着曹立新依然如故的头头是道，梅晓歌笑了笑端着茶水走过去，坐在曹立新身边问："你这是刚从省里回来？晚上要不要在这里吃饭？"

"你不是说光明县有家店的羊汤好喝嘛，过来解解酒。"

看似轻松的一句话，其实相当不寻常——一直都忙得脚跟打着后脑勺的曹立新会专门跑到邻县喝羊汤？梅晓歌看破不说破地笑了笑："就你的酒量，啤酒漱漱口就解啦。"

"我自己一个人的时候一滴都不喝，胃和肝全献给招商了。"这句话曹立新说得相当认真。

"怪不得我们以前的企业都让你给撬走了，我要是领导也得欣赏你。"

提到这些曾经让他引以为傲的事，曹立新忽然有些落寞。他抿了一口热茶说："我这个人笨嘴拙舌，又不会拍马屁，不可能受重用。在县里干到头，要么到市里找个小部门，要么去政协搞搞地方志，干到退休算了。"

"又和我演戏。"梅晓歌察言观色，最近关于九原县和曹立新的传言，他听得太多了。

"真的。"曹立新感慨地说，"两眼一睁，忙到熄灯。每天累得要死，老婆都快要离婚了。到了单位也不省心，现在的年轻人没一个好带的。当年我们是怎么干的？领导在里面讲话，我们就在门口站岗，竖着耳朵边听边记。我和我老婆谈恋爱，三个月过去了手都没拉过，领导的事情比女朋友重要多了，哪有空？现在说他们两句还要狡辩，再骂就不干了。汇报不分场合，一点压力都受不了，操心呀。到九原县这才几年，你看我这头发，刚来的时候还能说黑的里面挑白的，现在只能白的里头找黑的。"

虽然在过往的几年间没少斗智斗勇，可放眼新州市，能让曹立新放胆发发牢骚的也只有梅晓歌了。比起羊汤，他更需要这样一个宣泄的出口。

其实梅晓歌很能理解曹立新的感受，都是一县主官，即便工作思路各有不同，但上上下下需要面对的各种局面都差不多。看着如今焦头烂额的曹立新，梅晓歌不禁说了一句："有时候你想做点事情，别人不一定都能理解，沟通很重要。"

"现在搞点事也太他妈的难了。"

虽然二人的所思所想未必都是同一个点，但都说出了相同的话。

"有时候你越着急，它越慢，有些事情不是着急就能办成的。"

梅晓歌的话既像劝慰又像提醒，可曹立新却不想再聊下去了。他起身推开窗户看着外面说："前两天我看乔麦的朋友圈发她的毕业照。咱们什么时候组织在新州的校友聚一下？"

"每次都说聚，不是你忙就是他忙，回回都聚不齐。"

见梅晓歌似乎不甚积极，曹立新转过头问："这次我张罗，挨个打电话落实，你先说你去不去。"

"学生会曹主席亲自组织，只要不是在市政府念检查，我肯定随叫随到。"梅晓歌立马表态，此刻他已经明白了，曹立新突然张罗同学聚会，要么高升，要么赋闲。结合他刚才说的那些话，很显然后者的可能性更大。

听到梅晓歌说念检查，曹立新又被触动了："以后念检查的只有我一个人啦。抵制环保，饮鸩止渴，这两个帽子我已经戴牢了。"

梅晓歌凑过去给他添了点水："我刚来的时候也被督察组查过。有些事情还是要早点做，你不做，它就是定时炸弹。明明知道它会响，不知道哪天就炸了。"

"不是所有人都能和你一样啊，晓歌书记。"曹立新接过茶杯说，"我为什么拼了命地搞经济？当初挖你们的墙脚，艾县长现在见了我都牙痒痒。我愿意当小人吗？说句关起门来的话，你知道我刚到九原县的时候，那些旧数据有多吓人吗？县里的经济产值增长率，两年之内分别上报了83%和92%，我怎么办，我只能跟着提出保80%、争取翻番的增长目标吧？难道我拦腰砍一半？"

曹立新说得理所当然，可梅晓歌至今都不能认同这个观点："别的县都不是这样，市里只有咱们两家。我不管别人，这些水分我必须要挤，湿了裤子不要紧，我不想截肢，不想等到炸弹响了。"

曹立新无奈地一笑："前面不负责，这种事情就变成了击鼓传花。都不是传花了，传手榴弹，传到谁手里谁完蛋。我都不知道后面的县长怎么当。飞到天上去当啊？炸弹还没响，周围的人就把我掐死了。我没有你的吕青山啊。"

这话说得悲凉，梅晓歌的脸色也渐渐凝重起来："我说句你可能不爱听的，不能老指望别人是吕青山。就算是被逼的吧，你也可以是吕青山，我也一样。池子就那么大，水那么多，肯定要溢出来的，到时候都得淹死。人都是自私的，但是水太多了，所有人都心知肚明，每个人都眼睁睁看着不管，决堤的时候，到哪儿去找救生圈？"

显然在这些问题上，两个人至今仍是意见相左。曹立新肯定还憋着话，但他最终还是欲言又止地端起了茶杯。

梅晓歌接着说道："难是肯定的，不难别人早就办了。都想挤水分，虚数太大了，挤少了不解决问题，挤多了会影响很多东西。但最后还是那句话，你不做，我不做，就没有一个人去做。就像你以前说的，只要不是利用职务之便营私舞弊，只要不是借着改革的名义贪赃枉法，就没有绝对的错。”

“我还说过这种话？”曹立新挤出一个勉强的笑容。

“七年前在市党校学习，你作为学生代表发言，说老百姓就是把尺子，干部是个什么样的人，一量定好坏。老说党，党太虚了，老百姓只看咱们这些活生生的人。看咱们干了些什么，哪些干好了，哪些干坏了，用了什么人，办了哪些事，功过评判，可不就是这么简单的事情。”

过往的一幕幕渐次浮现，曹立新叹了口气，悠悠地说：“是啊，话是这么说，但想做到，难呀。”

曹立新下楼之后，梅晓歌望着他的背影，心中五味杂陈。蒋新民刚刚在微信上发来了邀请：新未来农业园区动工仪式，暂定于下月18日早8点18分举行，恭请梅书记届时莅临指导！

梅晓歌的鼓励让林志为信心倍增，可实际工作却不是靠信心就能解决的。土地流转推进了一段时间，大部分村民都签了合同，可中心地块的几户一直迟迟不签字。三宝把这几户人家分为两拨，村里的他包，住在县城的交给了林志为。

其实也没有别人，就是一直不松口的二嫂家。林志为挠头挠好几天，最后还是小萍点醒了他。两人一合计，先去了趟二嫂村里的婆家，然后便找到了二嫂县城里的家。

傍晚时分，正在做饭的二嫂听见桌上的手机铃声，急匆匆跑过去接。见来电的是小林书记，便接起来应付地说：“在市里办事呢，今天不回去了。三宝给我打过电话，我和他说过了，不租，我自己留着乐意。我还有事，再说吧。”

挂了电话还没走回厨房，手机又响了。二嫂折回来一看，这次是婆婆。“有事啊，妈？我在家呀。让谁给捎东西？小林书记的对象？什么时候？”

还没问明白是怎么回事，门铃就已经响了。二嫂凑到猫眼前一看，门口站着笑容可掬的林志为和他女朋友小萍。客已至此，纵是不情愿，二嫂也只能开门。林志为拎着一兜馒头、包子走进来说：“二嫂，这是你婆婆让我给你带过来的，怕你忙，没时间自己蒸干粮。”接着，他指了指身边的小萍说：“这是我女朋友小萍，在乡中教语文。”

其实二嫂的怨气都在乡里和三宝身上，面对文质彬彬的林志为，她客气地招呼道：“早就听说小林书记的媳妇是老师，还是头一次见，快进来坐。”

“何老师。”二嫂的女儿不知何时走过来对着小萍喊了一声，然后转而对母亲说，“妈，这是我们以前的副班主任。”

听说是孩子的老师，二嫂更热情了。见小萍耐心地询问女儿转到县里后的学习情况，她赶忙从冰箱里取出几瓶饮料，开好了盖全都放在小萍面前："孩子老说你比村里那些老师教得有意思。别客气，你喝。"

受了冷落的林志为也不介意，他拎着干粮放在茶几上，一边解开塑料袋一边说："二嫂，你婆婆给孩子现蒸的包子，说别捂着，暂时不吃的先冻冰箱里头。"

二嫂对林志为的来意心知肚明，她咽不下之前受的气，又不好驳了林志为的面子，便走过去说："三宝就知道欺负你，他自己不来，叫你来堵门。"

林志为笑嘻嘻地说："正好带何老师来城里转转，汉堡馋了一个礼拜了。"

"吃什么汉堡，没营养，现成的包子，就在这儿吃。"二嫂说着，拿出个笼屉往外拾包子，同时也爽快地跟林志为交了底，"土地这个事情不是我非要较劲，你自己回去问三宝，土地流转几次了，里头多少麻烦事。以前分地，我根本就没想要中间的，想要离路边近方便浇水的，他不给呀，现在问题又来了吧。一找他就说是历史问题。过去不管，现在也别管啊，找我干什么？你说这是不是不公平，是不是欺负人。卖猪的事，我还没说呢。你喝水。"

林志为接过水杯，耐心地解释道："你也进了城，孩子以后肯定也不回去，地都荒在那里可惜了。都不种地，以后咱们怎么吃饭？包子也没得吃呀。要不是这次搞规模化种植，历史问题还都悬着。其实也是天时地利，先不管村里，把二嫂你以前的诉求先给它解决掉，不也是个二合一的机会吗？"

听林志为透出这个话口，二嫂的语气似乎也有些松动："怎么解决？"

有备而来的林志为立马从兜里掏出一张土地分配示意图："红线圈住的都在边上，想换哪块换哪块，你先挑，挑好了是谁家的，我去说。"

没想到二嫂竟然看也不看，起身转向厨房，边走边说："看不懂，我也不看。你先坐，一会儿踏踏实实吃包子，土地的事情别再说了。"

林志为愣在原地，他偷偷和小萍对视了一下，又回想着刚才的话是不是哪里说错了。可无论如何，二嫂家的地今天是难以拿下了。

林志为碰了钉子，三宝在村里进行得也不顺利。几乎是同一时段，他把刘喜叫到了村委会。二嫂虽然顶着一口气，但终归是要脸面的人，而刘喜要起无赖来真是什么也不在乎。整个村里尚未签字的地块只有五六块，他家是其中最小的。

三宝指着示意图教训他说："你自己看看你家的地在哪儿。你不流转、不租，天天耗在这儿，人家平整的时候还给你翻、耕、耙地，这都是免费白沾光的事情，你和我在这儿装什么？"

刘喜赖赖唧唧地晃荡了一圈，找了个杯子，又开始扒拉茶叶，一边挑挑拣拣一边说："不想沾光还错了？我习惯自己用手捏，不用他们翻耕，行不？"

"把茶叶放下！"三宝气哼哼地说。

"放下？"刘喜嘴里嘟囔着，手上还是趁三宝不注意抓了把茶叶出来，"本来就是啊，我来反映问题，你又不管，我只能去找他们呀。"

"屁问题。"三宝上前夺过茶叶罐子说，"你那地都抛荒几年了？你有什么问题天天去找碴儿？"

"农药啊，虫子啊，水势啊，旁边干什么都影响我家土地。你可以自己去看看。"

刘喜吊儿郎当的样子让三宝的火腾腾往上冒，他噌地一下走到刘喜跟前，吓得刘喜连连往后退。可发火也解决不了问题，尤其刘喜这样的赖子，你踹他一脚，他能直接在村委会住一年。

三宝努力调整情绪，拍拍刘喜的肩膀说："这样，你先回去，想好了过来和我直说。嫌钱少，你想要多少？不要胡来，想好了再说。实在不行，你就耗着，以后虫子、农药的事情，你随便闹，我也不管了。"

刘喜看了看三宝的脸色，打了个哈欠说："白天下了半天地，是有点困了。那我先回去了，三叔。"

懒洋洋地走出村委会，刘喜和匆匆赶回来的林志为打了个照面，可林志为没心思跟他闲扯。待刘喜走远后，三宝上前问道："二嫂是什么意思？这都多大了还置气、撒娇？五亩地给她换五亩五的地，随她调位置还不行？"

林志为摇摇头："说一千道一万，就是不配合。你惹的事，要不你去道个歉，万一行呢？"

三宝眼睛一瞪，不忿地说："我还再惯着她？爱租不租。"

话虽这么说，可整整一夜，三宝都没合眼。第二天一早，他下地摘了一大袋甜瓜，开车到了二嫂县城的家。进了门，他也不往里走，只把袋子卸在门口说："我家自己种的甜瓜，给你闺女尝尝。你别取拖鞋了，我还有事，不进去。我就跟你说土地流转那个事情。"

二嫂拎着拖鞋脸色一沉，正要开口又被三宝拦住了："不是来劝你非得往外租地，也不用你同意。村里要搞'围炉夜话'，乡书记要来，想让城里的也回去一趟，听完了，你不乐意再回来。你倒是接电话呀，害我背着瓜还得爬趟四楼。"

面对面，二嫂实在没好意思硬撅着拒绝："又'围炉'？什么时候？"

"就今天。"

与此同时，有关曹立新和马广群的传言从机关传向了民间。梅晓诗家里，丈夫老何依旧忙碌，但提起曹立新的次数明显减少了。这天回来，刘巧珍忽然问起来："上次晓歌和你说的那个事情，就那个工程，怎么样了？"

刚洗了手的老何甩甩手上的水珠，回答道："不做了，到此结束啦。"

"做完了？"刘巧珍又问。

老何摇摇头："厂子关掉了，估计以后够呛，不能再开了。他们都说，曹书记怕是有麻烦了。"

梅晓诗端着刚煮好的面条从厨房走出来，听到这个消息满脸惊诧。她放下面条定了定神不放心地问："晓歌没什么事吧？"

"挨不着。"老何挑了一筷子面条却没送到嘴里，停了片刻说，"以后做事还是得听晓歌的，投机取巧的事想也别想，稳稳当当地干，平平安安地过，比什么都强。"

如果说老何获知消息靠的是外面风传的流言，范太平就是福尔摩斯。晚饭的时候，范太平目不转睛地看着电视里播放的《新州新闻》，连饭都顾不上吃了。

"又不是光明县开会，又没你。看碗，别再把嘴给烫了。"妻子祁美萍端着一碗稀饭放在他跟前说道。

范太平不为所动，他的眼睛望着电视里挨个扫过的众多市领导，喃喃道："省里、市里的新闻，好好看，都有门道。"

作为光明县妇联主席，祁美萍平时也没少看新闻，但范太平这么一说，她也不禁望向电视："以前也没见你这么天天盯着新闻。瞅谁呢？"

"瞅谁不重要，瞅不见谁很重要。谁出来不重要，谁老不出来就有意思了。"

范太平的话似乎大有深意，祁美萍想了想问："谁呀？马市长？"

范太平点点头："连续八天没露过面，不是生病就是出事。一个人，意味着一串人。"

"哪一串？有咱们县的吗？"

范太平没有马上回答，他看了看手机，对祁美萍说："你不是加了曹建林老婆的微信吗？她平时天天发朋友圈，你看看她几天没动静了。"

祁美萍恍然大悟，她拿起手机翻了翻微信，果然如此："你怎么想到的？"

范太平喝了口稀饭说："微信运动，这哥们的步数消失了。"

傍晚，长岭村的小广场上挂起了横幅，从前的"围炉夜话"升级成了"围村恳谈"。吃过晚饭，村民们三三两两地聚了过来。二嫂好歹还是给了三宝面子，从城里赶了回来，依旧坐在熟悉的位置上，边嗑瓜子边和人聊家长里短。

宝根看了看人群中心的主座，凑过去问徐军："你爷爷也来了？"

"别的不关心，一说土地种地，非要来听听。"徐军说道。今天来的人确实比平时多不少，大家都知道要说土地流转发展农业的事，不管签没签字，都想来听听政府的意思。

正说着，人群忽然一阵骚动。宝根循声望去，见李来有和三宝簇拥着梅晓歌、徐泳涛一路走来，林志为则紧紧跟在后面。和之前一样，梅晓歌坐在靠边的老位置上，听李来有主持会议。

县委书记的来访，李来有也没想到。他觉得自己首创的"围炉夜话"一波三折地发展到现在，还能吸引领导亲临现场，证明这条路走对了。他激动地说："县委大院每天都是日理万机呀，我真的是没想到梅书记会亲自来参加咱们这个恳谈。说句不怕批评的话，这就是领导对鹿泉乡的偏心和厚爱。为什么偏心我们？因为土地流转的试点在咱们村。有时候政策就是金钥匙，这样的机会讲白了就是天上掉馅饼的事情，我觉得有良心的都应该感恩——书记您看，是先讲两句还是最后再讲？"

众人的目光都聚集到梅晓歌身上，他却摆摆手说："今天不讲话，挂点领导参与'围村恳谈'以后都是常态化了，就是和大家聊聊天，解决一些实际困难和满足一些实际需求。怎么样，你们的土地流转有什么问题？三宝主任你和小林书记就不用说了，大家讲讲吧。"

三宝和林志为都笑了，场面话领导显然一句也不想听。可谁出头说这第一句呢？村民们似乎都缺乏勇气。冷场了片刻，还是梅晓歌开口说："有的村民没有安全感，觉得把土地交出去，自己以后不知能干什么，心里发虚。这合情合理，因为你们没有看见前景，只听说以后会怎么好，所以我们要在机制上做好保证。九原县以前是秋收的时候才付租金，我们这里要往前提，二月二一过，耕种之前就要付清。钱捏在手里才踏实，你们也不用怕睡一觉醒过来发现企业半夜跑了。"

梅晓歌的话像一把钥匙，渐渐打开了村民的心门。刘喜抢着说了一句："政府补贴，给的钱太少了，多给点，我们自己也能种。"

梅晓歌耐心地解释道："种地其实就像开药店，自己种植单打独斗，风调雨顺的年份还好，万一赶上天灾，亏损都得自己担着。为什么要号召规模化种植？这相当于开连锁药店。你把药店租出去这是一笔钱，继续当店长挣工资，再拿一笔钱，而进货和销售都不用管，旱涝保收，把风险降到最低。关于农业补贴，你能看到的只是一小部分，看不见的才是大投入。基础建设、电网改造、水渠、道路，都是投到这里的钱。放心，冤大头肯定是政府来当。"

人群中一阵哄笑，气氛慢慢轻松下来。梅晓歌接着说："刚才在路上听来有书记讲，有人对位置调换有些异议。我个人的建议是，也别光说那些舍小家保大家的口号，农业改革的原则就是不能让农户吃亏。比如宝根家有块地，根据需要调到了不好的位置，一千亩土地平整以后，边边角角肯定会多出来一部分，该补的就要补上。"

徐军听了梅晓歌的话很羡慕，马上凑到宝根身边，嘀嘀咕咕地问起来。宝根没说太多，只是不住地点头，心里的一块石头总算落了地。

梅晓歌又把后续的务工政策讲了讲："在外面打工的，只要愿意回来干活，每天不管是八十还是一百，日结，现金。你在附近工厂上班，关关停停，歇一天工资就是零蛋，早一天来上班，就多一天收入，不用再去闻工厂里的废气，也不生病，细账是能算出来的。"

此时，坐在主座上听了半天的徐军爷爷直了直身板。梅晓歌注意到他，马上问道："徐大爷有话要说吗？"

徐军爷爷思量片刻说："我今年虚岁九十一，老党员了，十六岁起就跟着红军。我老家也不在光明县，一路打仗，我是后来留在长岭村的。"

没想到老人家竟是这样的出身，梅晓歌赶紧起身坐到了徐军爷爷身边。老人继续说道："今天，梅书记你也来了，你也知道地对农民来说就是天呀。我活了九十多年，见的事情太多了，我这辈子对土地的感情比你们都要深。反正现在我也干不动了，那些农田你们谁有力气种谁种，我也不反对，但我就是要问问你，这个土地流转，它会不会变来变去，三年、五年、十年、二十年以后，它会是个什么样子。"

全场都安静了下来。

梅晓歌也直了直身子，说："徐大爷，我先介绍一下自己。我是'70后'，大学毕业后就在隔壁九原县莲花乡上班，负责害虫防治和农田建设，当副乡长以后还是分管农业。后来调到县里，在农办和农业农村局都待过，再后来就是到了县委，还是分管农业。

"我对农业的事情很清楚，也很想做点事情。小的时候，我就是在长岭村长大的，就像您对土地有感情一样，我对这里也有特别深的感情。时间过得太快，一晃我今年已经四十三岁了，我也不知道自己还会在这里干多久，我所有的出发点，都是想干点对农民有好处的事情。我不想等我九十岁的时候，再回过头看这几年，觉得我在明明能做点什么的时候什么都没做。现在不管是政府、企业还是农户，大家都在探索，但是规模化种植一定是趋势，也是能看到希望、能论证结果、能长远走下去的一条大路。

"我是一个在长岭村长大的人。我希望这个地方好，我希望光明县好，我希望咱们的国家好。还是那句话，我完全可以批点钱，给这里修条新路，找个无关痛痒的时候过来走走，听听大家的掌声，但我想干点实事。我们总说扶贫必然会成功，那以后呢？乡村怎么振兴？咱们在座的每个人都是推动乡村振兴的一分子。今天县里做的所有事情，白纸黑字，将来都是要上县志的。光明县的名字不会白叫，未来一定是光明的……"

月光下没有热烈的掌声，但在座的每个人脸上都写满了对未来的憧憬。

一个月后，在新未来农业园区的办公室里，刘喜、徐军还有之前喜旺法兰厂的工友们，和新未来农业签订了集体劳动合同。刘喜从园区经理手中接过崭新的工装，高兴得恨不得立马穿上。刘喜在手里摆弄工装的工夫，外面传来一阵摩托车的声音——林志为载着宝根过来了。

"根哥怎么才来？还让小林书记专门送你？"大鹏打趣着问道。

宝根还有些气喘，但神情很是兴奋。他看看林志为，一副想说又不知道从何说起的样子。林志为也忍不住地笑，捅捅宝根的胳膊说："你说。"

"赢了，咱们的官司赢了，赔偿金比我们提的数额多了两倍，两百八十万元！"宝根再也按捺不住心中的狂喜，大声喊了出来。

胜利的狂喜，浸润了每个人的心田。

让林志为开心的不止这一件事，他和小萍的事情终于有了着落，而且还是县长艾鲜枝和妇联主席祁美萍亲自上门说合的。

第一次在家里接待县长，林志为的母亲又激动又忙乱。客厅小小的茶几上摆满了各种水果，可她总觉得还少点什么。林志为的父亲还是老样子，他和县长握了握手，便找了把椅子溜边坐下了。

艾鲜枝坐在沙发上，一边剥橘子一边对林志为的母亲说："林志为很机灵的，给我当联络员的时候就看得出来。你话说一半，都不用说完，他马上就明白。驻村也是自己申请的，肯吃苦，这很不容易。"

"还不都是领导们照顾。志为傻乎乎的也不会来事，我老和他说多跑腿少说话……"林母一如既往能说会道，不过话说到半截，她看到儿子使了个眼色，便马上收了声，她知道现在自己已经不是主角了。

艾鲜枝看了看身边的小萍接着说道："何亚萍老师刚刚评上县里的优秀青年教师，年轻人都很厉害。我给她颁奖的时候，要不是祁主席提醒，我都不知道是小林的女朋友。"说着她把手里刚剥好的橘子朝何亚萍递了过去。

小萍微微一愣，马上接过说："谢谢艾县长。"

祁美萍顺势补了一句："郎才女貌，这两个人在县里很有名。"

县长和妇联主席轮番夸赞，林志为的母亲早把从前对小萍的排斥一扫而光。她甚至发现这个未来儿媳妇和自己特别有默契。她笑着看看小萍又看看县长，小萍便马上会意，拿起水壶给艾鲜枝的杯子添满了水，真比自己的儿子还机灵懂事。

回想自己从前坚决反对的样子，林母在心里念了不知道多少次阿弥陀佛，这么好的儿媳妇差点就错过了。想到这些，她又忍不住说："县长，我和他美萍姨我们当年都是邻居，小林一上班我就对他说这都是熟人，他得多去跟着学习学习，他就是不敢，脸皮子薄，胆子小，像他爸。"

"像他爸就了不得，做事情认真。县长和书记欣赏的年轻人，差不了。"祁美萍见林母又习惯性地数落老公，赶紧接过话来打圆场。

林母这边早已高兴得不知从何说起："你说说这是怎么才能修来的福气。县长也这么关心，书记还要给他当主婚人，哎呀，我这都不知道该怎么感谢了。"

艾鲜枝大约也听说了林母早先反对的意见，便接着说道："梅书记的爱人也是外地的，跟着到了九原县，人家现在都是副市长了，我估计梅妈妈当年也和你一样有意见。"

县长这么一说，林母更不好意思了，赔笑道："哪有意见，缘分，都是好缘分。"

气氛烘托得差不多了，艾鲜枝转头找到林志为的父亲："林工，你们这边有什么需要的就讲，好日子如果定下来，提前告诉我们。好吧？"

林志为的父亲很少面对这么多人的注目，他愣了一下，认真地问道："摆酒席听说不能超标，像小林这种情况，不犯错误是几桌？"

一屋子人都被这话逗乐了。趁着大家不注意，林志为偷偷望向小萍，却不想早有一个甜蜜的笑容在那里等他了。

后面的事情便都是顺风顺水了。领了结婚证的那天晚上，两人趴在林志为卧室的床上，拿着各自的小红本反复端详。

小萍看着结婚证上的照片说："一点也不矜持，我是不是应该笑得再含蓄点？现在怎么有点把你骗到手，喜出望外的意思？"

"你那个算什么，我这笑得饭都快喷出来了。你看我。"

小萍没看照片，转过头盯着林志为看了起来。林志为一时不解："怎么了？我是不是笑起来不好看？"

小萍看着林志为脖子和胳膊上晒出的黑印子，摇着头说："以前也是白白嫩嫩的一块唐僧肉，驻村这才多久，怎么黑成这样了？"

可在林志为的眼里，小萍却一点没变，美丽、清澈、温暖又坚韧。自从小萍来到鹿泉乡，两人虽然离得近，可碍于工作环境，竟没什么卿卿我我的机会。现在他们已经是合法夫妻了，终于可以大大方方地亲热了。林志为刚凑近小萍，他的手机响了。

小萍先是笑了笑，继而说："我猜是江霞。赌今天谁洗碗，敢不敢？"

"不赌不也是我洗嘛。"林志为多少还是有点心虚。他拿起手机，来电的是何冬鸣。

接通了视频聊天，不等林志为开口，何冬鸣就兴奋地说："两个好消息啊。第一个，你俩结婚的日期赶上我论文答辩，怎么都回不去了，闹洞房这关先赊着。第二个，创业项目终于他妈的通过了，风投第一笔钱不日就到。你什么时候辞职？哎，是不是卡住了？"

"没有，我能听见。"林志为晃了晃神回答道。

何冬鸣感觉出一丝异样，马上问道："你这脸上分明写着三个字——不情愿。你什么意思，是不想结婚还是不想创业？"

林志为沉思了片刻，望着屏幕笃定地回答道："我仔细想过了，我还是不辞了，我在村里待得挺好的。"

突如其来的改变让何冬鸣和小萍都有些吃惊，他俩等着他继续说出原因。但林志为并不觉得意外，这个决定早就在他心里扎下了根，停顿了一会儿之后，他笑着对何冬鸣说："你不来，份子钱千万别忘了。"

一大清早，老邱分门别类地整理好各种材料，装进每次信访必带的旧手提袋里，然后走到门口，换上了出门办事才穿的皮鞋。

小女儿邱真此时成了一名正式的人民警察，她穿着警服，拦住老父亲的去路，说："谁说也不好使，非要去吗？"

老邱点头："去，很有必要。"

"不抬杠就活不下去，有意思吗？"

老邱很认真地说："民警同志，国家信访条例第一章第三条，各级人民政府、县级以上人民政府工作部门应当做好信访工作，认真处理来信、接待来访，倾听人民群众的意见、建议和要求……"

邱真也不含糊，提高声调打断老邱说道："第一章第五条，各级人民政府、县级以上人民政府工作部门应当科学、民主决策，依法履行职责，从源头上预防导致信访事项的矛盾和纠纷。"

眼见着背条例背不过女儿，老邱做了个打住的手势："嗓门大，解决不了问题。你预防，我信访，谁也不要耽误谁。"

此时，老伴提着一小把蒜薹走出来，忧心地看着父女俩说："闺女第一天上班，你能不能别闹了？人家单位领导为了让孩子照顾你方便，安排到离家最近的派出所上班，做人要不要讲点良心？你非要今天出门给她添堵！"

老邱一边整理鞋子，一边不慌不忙地说："那是照顾我吗？那是看着我、防着我更方便吧。他们越是拦着，我就越要去。"

邱真气得话也说不出来了。

县委大院的信访中心比往常安静了许多。老邱落在这里的茶杯放在桌子上，刷得干干净净。郝东风拿出个茶叶筒，像接待老街坊一般说道："今天别喝你自己的了。我这是新茶，要不要尝尝？"

老邱坐在自己的老位置上，一边分门别类地掏材料，一边答道："你直接沏不就行了，非要问，假客气。"

"你不发话，我哪敢贸然行动？尺子在你手里，得讲规矩。"郝东风笑呵呵地沏上茶，等着听老邱今天是个什么说辞。

此时，老邱指着桌子上排列整齐的各种资料说道："你点点数，看这些东西全不全。"

郝东风探头看了看："这还有十年前的东西。什么意思啊，老哥？"

"就到这儿了。能解决的销了账，解决不了的等梅晓歌的新政策吧。爷们，回见啦。往后哪天路过，进家里请你喝一杯我的老茶。"说完，老邱拿起自己的茶杯，放到空空如也的手提袋里，晃晃悠悠地一路往外走去。

"您是逗我玩吧？"郝东风在身后半信半疑地问道。

老邱摆摆手，头也不回地说："走啦。我闺女还在门口晒着太阳等着呢。"

郝东风站在桌子旁边，看看老邱远去的背影，又看看桌上一摞摞材料，心中一时涌起无限感慨。他端起杯子喝了一口，果然是新茶，香气悠远，沁人心脾。

工作不停，会议不断。县常务会议上，艾鲜枝的发言还是保持了一贯的雷厉风行："中国上千个县，谁能保证一年到头四季平安？哪个书记和县长都不敢保证。人不可能每件事都做对，不可能不犯错，但有一条，你得知道哪些错是要命的。有些错误是高压电，一碰就完蛋了。防火就是这个月的高压电，那些打盹的最近都要醒醒了。大风什么时候停了，你们什么时候再补觉。

"市委的谷书记专门开了会，这件事情谁出了问题，追谁的责。谁想给晓歌书记脸上抹一把黑，自己想想后果。说句难听的，你不想在岗位上待着，离开了还能干什么？都是这把年纪的人了，出去送外卖也竞争不过年轻人。还不懂这个道理的人请举手。没人举手，那就是都懂了。"

台下，范太平等一众人都认真仔细地做着记录。大家都知道，梅书记的任期就快结束了。和梅书记在一起的最后一班岗，谁都得打起精神来。

梅晓歌本人反倒是心态比以往任何时候都平和。离任之前，按惯例，省市联合考察组要找梅晓歌进行谈话。其间，考察组成员问道："你怎么评价艾鲜枝同志？听说你们在个别问题上有过分歧。"

这个问题听上去让人顾虑重重，但梅晓歌却回答得极其真挚诚恳："从我来光明县的第一天起到现在，艾县长是我见过最纯粹、党性最强，也是最光明磊落的一位同志。如果未来还有机会，我发自内心愿意和她继续一起团结共事。"

离开谈话的光明宾馆，梅晓歌没有乘车。来光明县这么久，这条街他已经走过了无数遍，可在过去殚精竭虑的日子里，每一次经过这里都是脚步匆匆。今天他终于可以轻松从容地走在街上，看看景，看看人，看看天地，看看自己。

穆记馄饨铺就在前面不远处，此时还没到饭点，店里只有两三桌客人。梅晓歌不慌不忙地走进去，点了碗馄饨。后厨里，老拐一边调汤配料一边说："你口重，多来点酱油。今天是最后一百碗，明天我就退休啦，以后咸淡不合适，你和我儿子说。"

听老拐这么说，梅晓歌走过去，靠在后厨门边，一如他第一次和老拐搭话时的样子："那我来得还真巧，下次来就不是这个味道了吧？"

老拐一笑："和自己的儿子不藏手艺，本事全教给他了，放心。加个荷包蛋，送的。"

馄饨出锅了，梅晓歌从老拐手里接过碗放到托盘里，一边加葱花一边回忆道："我第一次到你这儿，还是青山书记带着来的，一晃都三年多了。老哥，我和你一样，明天也要走啦。喝完汤，咱们就以后再见啦。"

"这么快？"老拐有点吃惊，看着梅晓歌笑着点点头，他也不知道说什么好，默默回到后厨又觉得有些不舍。他转回身张望，在角落的一张桌子旁，梅晓歌埋头吃着馄饨，脸色轻松淡然。老拐想了想，终究没过去打扰。

锅里的老汤一直翻滚着，今后的路还长。

第二天一早，无论是在体育场的郑三，还是县委大院的各部门同事，谁都没有等到梅晓歌——迎着第一缕阳光，他提早离开，踏上了新的征程。

半年后，新州市人民医院的孕妇课堂里，援藏归来的乔麦穿着宽大的衣服坐在一群孕妇中间，认真地听着医院专家的讲解。长久以来的工作习惯让她一听讲话就格外认真，拿着笔和本，写写画画，不停记录。

巨大的玻璃窗外，梅晓歌坐在椅子上耐心等待。手机上是乔麦刚发给他的B超照片，双胞胎正在妈妈的肚子里茁壮生长。

梅晓歌把这张照片看了又看，也不知过了多久，他回头望向教室里，乔麦刚好也看了过来，投来一个幸福的微笑。